《 가사 문학과 음악 》

- 노래로 부른 가사의 전통과 연원 -

임재욱 지음

보고사

서문

이 책은 필자가 지금까지 한국 가사 문학에 대하여 연구한 결과를 모은 것이다. 여기에는 이미 발표한 원고가 주로 실려 있지만 아직 발표하지 않은 새로운 내용도 포함되어 있다.

한국의 고전시가는 음악과 매우 깊은 관련을 맺고 있다. 그것은 노랫말로만 향유되는 시(詩)가 아니라 음악에 맞추어 노래하는 시가(詩歌)로 존재했다. 그렇기 때문에 시가 연구에서는 노랫말과 함께 그것을 얹어 부른 음악도 고려해야 작품과 장르에 대해 총체적으로 이해할 수 있다. 고려가요의 연구에서는 이런 점이 일찍부터 인식되어 문학과 음악 양쪽 측면에 대한 연구가 어느 정도 균형 있게 이루어졌다고 할 수 있지만, 시조나 가사의 경우는 노랫말을 대상으로 한 연구에 비해 음악적 측면에 대한 연구가 미흡한 실정이다.

시조가 과거에도 노래로 불렸고 지금도 노래로 불리고 있다는 것은 누구나 알고 있는 사실이다. 그러나 시조와 달리 가사는 그것이 과거에 어떻게 향유되었으며 무엇을 목적으로 창작되었는지에 대해 아직까지 합의된 의견이 없는 형편이다. 실제로는 가사도 시조처럼 노래로 불리었고 음악과 매우 깊은 관련을 맺고 있지만 이러한 사실이 그렇게 잘 알려져 있지는 않다. 필자는 석사학위 논문을 쓰면서부터 이러한 문제에 대해 의문을 품고, 가사가 기본적으로 노래하기 위한 갈래로 출발했다는 전제 아래 가사의 노랫말과 음악이 맺는 관련성을 해명하기 위해 노력해 왔다.

가사의 주된 향유방식이 노래였다는 점은 이미 선학들도 많이 언급해

온 것이지만 과거 문헌 자료에서 근거를 충분히 찾을 수 없었기 때문에 이에 대한 반론도 여러 학자들에 의해 제기되었다. 필자는 보다 많은 근거를 갖추어서 가사가 원래 노래로 불리기 위해 창작되었다는 점을 확인하고자 노력했다. 제1부에는 이러한 논의와 함께 초기 가사에서 12가사로 이어지는 한국 가창가사의 전통 및 가사를 노래 부르는 방식으로서의 부분창에 관한 기왕의 논의 또한 수록하였다. 두 편의 논문에서 다룬 이러한 내용은 모두 가사의 주된 향유방식이 가창이었다는 점에 대한 근거에 해당한다.

가사는 형식, 내용, 장르 등의 측면에서 매우 개방적이면서 복합적인 갈래이다. 그것은 4음4보격 연속체의 단순하고 쉬운 형식으로 되어 있어서 우리말을 할 줄 아는 사람이라면 누구라도 지을 수 있다. 이러한 형식 속에는 자연, 인생, 사랑, 전쟁, 여행, 노동, 투쟁, 평화 등등 담기지 못할 것이 없다. 또한 거기에는 서정, 서사, 극과 같은 문학의 기본적 갈래들이 모두 나타나기도 한다. 그것은 누구나 지을 수 있고 무엇이든 노래할 수 있는 매우 유연한 갈래인 것이다.

향유방식의 측면에서도 그것은 매우 복합적이다. 가사는 가창을 주된 방식으로 하지만 모든 시대의 모든 작품이 그렇게만 향유된 것은 아니고 시대에 따라 음영이나 율독과 같은 방식으로 향유되기도 했다. 그것의 향유방식은 시대에 따라 조금씩 변해왔던 것이다. 그리고 이러한 향유방식의 변화는 가사가 점차로 음악과 멀어져간 것으로 이해할 수 있는데, 그것은 가사의 형태에도 영향을 미친 것으로 보인다. 제1부에 수록해 놓은 석사학위논문 '가사의 형태와 향유방식의 변화의 관련양상 연구'는 가사 향유방식의 변화와 형태 변모 사이에 존재하는 연관성을 구체적으로 논의한 것이다.

12가사는 가창 가사의 역사에서 매우 중요한 위치에 있다. 조선 후기에 유행하여 현재까지 전승되고 있는 12가사는 가사의 가창 전통을 구체적으로 말해줄 뿐 아니라 초창기의 가사가 어떻게 노래 불리었는지를 알게 해주기도 한다. 문헌상의 근거로 볼 때 이것은 조선 후기에 크게 유행한 것으로 나타나지만 그것의 노랫말과 음악을 잘 따져보면 그 연원이 매우 깊다는 것을 알 수 있다. 12가사는 조선 시대 궁중에서 연행된 고려가요와 악장에 맥이 닿아 있는 것이다. 제3부에 수록된 박사학위논문 '12가사의 연원 연구'는 12가사와 조선시대 궁중 노래 사이에 존재하는 유사성을, 문학과 음악의 두 가지 측면에서 밝히고자 한 것이다.

필자는 박사학위 논문에서 가사의 음악적 측면에 대해 연구하면서, 장단이나 음악적 구조뿐만 아니라 선율까지 다루고자 했다. 장단이나 음악 구조와 달리 선행 시가와 12가사의 선율을 비교하는 것은, 물론 전례가 없는 것은 아니지만, 그렇게 쉬운 작업이 아니다. 조선시대 궁중 음악은 대체로 오음약보의 방식으로 기보되어 있는데, 근대에 들어서 채보된 12가사는 율명으로 기보되어 있어 기보 체계가 서로 다르기 때문이다. 이런 경우 기보 방식을 어느 한 가지 방식으로 통일하지 않으면 선율 비교는 불가능하게 된다. 기보 방식을 일원화하기 위해서는 오음약보를 율자보로 바꾸는 것이 현실적으로 불가능하기 때문에 율자보를 오음약보로 바꾸는 쪽을 택할 수밖에 없다. 율자보를 오음약보로 역보할 때에는 대상 곡의 구성음 가운데 특정 음을 '궁(宮)'으로 설정해야 하는데, 필자는 '궁(宮)' 결정에 관한 새로운 방법을 모색하고 이를 적용해 12가사의 악보를 오음약보로 역보하는 과정을 밟았다.

선율 비교는 반드시 적절한 기준 단위를 토대로 이루어져야 한다. 기본적으로는 행이나 장단 같은 음악적 단위가 기준 단위가 되겠지만, 고악보와 12가사가 채보된 악보의 행과 장단은 음악적 길이가 동일하지 않다. 어떤 경우는 하나의 행이 하나의 행에 대응하기도 하지만 어떤 경우는 하나의 행이 두 개의 행에, 또 다른 경우는 하나의 행이 네 개의 행에 대응하기도 한다. 그렇기 때문에 노랫말의 율격을 고려하여 동일한 길이의 율격 단위끼리 비교할 필요가 있는 것이다. 고악보의 '궁(宮)' 결정법이라든가 선율 비교의 기준이 되는 율격 단위와 같은 내용은 아직 발표하지 않은 것으로 모두 제2부에 수록되어 있다.

가사 문학을 총체적으로 이해하기 위해서는 그것의 노랫말과 음악을 아우르면서 둘 사이의 상관성을 밝히는 연구가 앞으로도 꾸준히 이루어질 필요가 있다. 필자가 지금까지 한 연구는 그러한 목표와 방법에 따라 수행된 조그마한 노력에 지나지 않는다. 이 책에 수록된 연구 결과가 가사 문학의 정체성을 밝히는 데 조금이라도 보탬이 되기를, 그리고 이를 바탕으로 가사 문학의 성격과 본질을 규명하는 새로운 연구가 이어지기를 바란다.

끝으로 제자들이 바른 인간이자 학자로 성장할 수 있도록 늘 보살펴 주시고 필자가 쓴 작은 글 하나하나에도 자상한 가르침을 베풀어 주신 권두환 선생님께 감사드린다. 박사학위 논문을 꼼꼼히 지도해 주신 김병국·김학성·황준연 선생님, 수준 높은 연구로 후학들에게 학문적 지침의 역할을 하고 계신 김명호·박희병·이종묵·조현설·정병설 선생님, 필자가 삶과 학문의 길을 바르게 걸어갈 수 있도록 늘 살펴 주시는 조해숙 선생님, 현장 답사를 통해 필자의 좁은 식견을 넓혀 주시는 시가학회의 선생님들께도 감사드린다. 그리고 필자의 음악적 소양을 길러 주신 조순자·정대석 선생님, 시가 문학을 어학적으로 연구할 수 있도록 이끌어 주시는 송철의·안명철·이현희·윤용선·정승철·전영철·김정남·박진호·황선엽 선생님께도 감사드린다. 보다 넓고 깊게 연구하여 더욱 좋은 글을 쓰는 것이 그동안 여러 선생님들께 입은 은혜에 보답하는 길이라고 생각한다. 언제나 필자의 글을 꼼꼼히 읽고 아낌없는 조언을 해 주는 아내와 이 책의 출판을 흔쾌히 허락해 주신 보고사 김흥국 사장님께도 감사의 마음을 전한다.

2013년 3월 3일
임재욱 씀

차례

서문 ▪ 3

제1부 가사의 향유방식과 가창의 전통

가사의 형태와 향유방식 변화의 관련 양상 ·················· 13
1. 서론 ··· 13
2. 향유방식의 구분과 변천 ·· 21
3. 향유방식 변천에 따른 가사 형태의 변모 ····················· 56
4. 가사 향유방식 변천의 시가사적 의의 ························· 107
5. 결론 ··· 116

가사의 가창 전통과 부분창의 가능성 ······················ 120
1. 서론 ··· 120
2. 가사의 가창 전통 ·· 123
3. 가사 부분창의 가능성 ·· 135
4. 결론 ··· 148

제2부 고악보 선율 비교의 방법과 적용

고악보 선율 비교의 방법 ·· 157

   1. 서론 ·· 157

   2. 고악보의 궁(宮) 결정법 ·· 160

   3. 비교의 기준과 단위 ·· 169

   4. 고악보 소재 악곡의 선율 변주 양상 ···························· 185

   5. 결론 ·· 204

〈황계사〉의 연원 ·· 206

   1. 서론 ·· 206

   2. 〈황계사〉 노랫말의 연원 ··· 209

   3. 〈황계사〉 곡조의 연원 ·· 225

   4. 결론 ·· 238

제3부 12가사의 연원

Ⅰ. **서론** ··· 243

   1. 문제 제기와 연구사 검토 ··· 243

   2. 연구 목표와 방법 ·· 248

   3. 연구의 의의와 전제 ·· 255

Ⅱ. 12가사와 선행 장르의 음악적 연관성 ················· 261
  1. 악곡의 전반적인 공통점 ···························· 261
  2. 개별 곡조 사이의 구체적인 연관성 ················· 282

Ⅲ. 12가사와 선행 장르의 문학적 연관성 ················· 325
  1. 여요계 12가사와 고려가요의 연관성 ··············· 326
  2. 가사계·한문체 12가사와 악장의 연관성 ············· 363

Ⅳ. 12가사의 시대적 변천 및 시가사적 의의 ············· 392
  1. 가창가사의 역사적 전개 양상 ····················· 392
  2. 12가사의 시가사적 위치와 가치 ··················· 413

Ⅴ. 결론 ··· 421

참고문헌 · 430
찾아보기 · 439

제1부

가사의 향유방식과
가창의 전통

가사의 형태와 향유방식 변화의 관련 양상

1. 서론

1) 연구사 검토와 문제 제기

가사는 4음4음보 연속체로서 비교적 단순한 형태로 되어 있는 시가 장르이다. 이러한 가사의 형태는 고정불변의 상태를 유지한 것이 아니라 시대의 흐름에 따라 다양한 변모를 겪어 왔다. 초기의 가사는 비교적 단형이고 종결규칙을 지니고 있었으며 4음4음보를 기준으로 해서 음수와 음보가 유동적이었는데, 조선 후기에 오면 장편의 가사가 등장하고 종결규칙이 사라지는 경향을 보이며 음보와 음수에 변동이 생기게 된다. 또 개화기에 이르러서는 연이 구분되고 매연마다 반복구가 실현되며 음수의 고정성이 더욱 엄격해지는 등 전대의 가사에서 보지 못한 새로운 형태의 가사가 형성된다.[1] 이러한 형태 변모에는 일정한

---

1) 가사문학의 시대구분에 대해서는 여러 가지 견해가 있으나, 가사의 형태 변모를 향유방식의 변화와 관련하여 논하는 데는 조선 전기, 조선 후기, 개화기의 세 단계로 나누는 것이 용이하므로 이 견해를 취하기로 한다. 정병욱은 가사의 역사는 다음과 같이 크게 3기로 나눌 수 있다고 했다. 1) 조선왕조 전기의 양반가사가 중심이 되던 시기 2) 조선왕조 후기의 평민가사가 중심이 되던 시기 3) 개화기 가사가 나타나고 전대(前代) 가사의 잔영(殘影)이 이와 병존하던 시기.(정병욱, 『한국고전시가론』, 신구문화사, 1994, 244면.)

원인이 있었을 것으로 생각되는데, 그 원인을 밝혀보고자 하는 것이
본 논의의 주된 관심사이다.

가사 형태 변모의 원인에 대해서 지금까지 다양한 견해가 제시되어
왔음은 물론이다.

먼저 후기 가사로의 변모에 대해서는 이병기나 김기동 등이 그 원인
을 지적한 바 있다. 이병기는 조선 후기 가사의 장형화가 산문정신의
발흥에 따른 것이라고 했다. 조선 후기에 이르면 소설이나 판소리가
등장하고 사설시조가 나타나는 등 산문이 유행하는 경향을 보이는데,
가사도 이러한 경향에 따라 산문화되었다는 것이다.2)

한편 김기동은 조선 후기에 서민층이 가사문학을 창작하게 됨으로
써 가사의 형태가 변하게 되었다고 보았다. 즉 숙종조까지의 양반가사
는 주로 3·4조가 우세하고 4음보 위주이며 결사법을 지니고 있으나
영정조 이후의 평민 부녀자들의 가사는 4·4조가 우세하고 2음보격이
흔히 나타나며 종결규칙을 지니지 않고 있는데, 이것은 영정조 이후
귀족문학이 평민문학으로 전환하면서 평민들의 생리에 맞는 변형이
이룩되어 나타난 결과라고 본 것이다. 특히 2음보 4·4조격은 민요의
영향이라고 했다.3)

그리고 개화가사로의 변모에 대해서는 조동일, 김윤식, 예창해 등이
그 원인을 언급한 바 있다. 조동일은 개화가사의 형식이 분련체로 되어

---

2) 관련되는 대목을 인용하면 다음과 같다. "과거의 문학이 운문 지배의 시대임에 비하여
실학이 유입된 이후의 문학은 산문이 그 주도권을 장악하게 되었고, 따라서 시가방면에
서도 사설시조의 발생이나 가사문학의 변질과 같은 시가의 산문화라는 경향이 눈에
뜨이게 드러나게 되었다."(이병기·백철, 『국문학전사』, 신구문화사, 1965, 203면.)
3) 김기동, 「가사문학의 형태적 고찰」, 『가사문학연구』, 정음사, 1979, 100-101면. 김문기
도 조선 후기의 서민가사에 흔히 나타나는 2음보가 민요에서 영향 받은 것이라고 했다.
(김문기, 『서민가사연구』, 형설출판사, 1983, 123면.)

있다는 점, 각 연을 이루는 구수가 작품에 따라서 일정하다는 점, 첫
연과 마지막 연을 제외한 각 연의 첫 구나 끝구에 반복이 있다는 점에
서 특이하다고 하면서, 분련과 반복구는 시대적인 의의를 가진 것으로
긴박한 감정이 요구되고 힘찬 리듬을 필요로 하는 시대의 산물이라고
했다. 반면 분련의 원리는 다분히 고전시가의 전통을 계승해서 이루어
졌다고 했다.4) 개화가사의 형태적 특징에 대해서는 이렇게 개화기의
시대정신과 관련지어 이해하는 것이 일반적인 경향인 듯하다.

김윤식은 개화가사의 고정적 율격이 율문 리듬의 주술적 기능을 강
화하기 위한 장치라고 했다. 그런데 이질적인 것을 동질적인 것으로
통합시키는 율분의 수술적 기능은 특성한 시가 상르에만 해낭뇌는 섯
이 아니라 어떠한 형태의 율문이라도 지닐 수밖에 없는 율문의 기본적
인 속성에 해당하는 것이다. 따라서 이 견해는 개화가사가 장르적 규범
에서 벗어나 율문리듬만 존재하는 보다 원초적인 단계에서 창작된 것
이라고 보고 가사장르 자체의 독자적인 특성보다는 산문과 구별되는
율문의 포괄적인 속성에 의거하여 개화가사라는 특정 장르를 이해하
려 한 것이라고 할 수 있다.5)

예창해는 개화가사에 보이는 율격적 고정성이 전통시가의 율격을
오해한 데서 비롯된 것으로 보았다.6) 우리의 전통시가는 원래 고정적

---

4) 조동일, 「개화기의 우국가사」, 『개화기의 우국문학』, 신구문화사, 1974, 99면.
5) 김윤식, 『한국근대문학양식논고』, 아세아문화사, 1980, 213-215면. 물론, 이 '주술적
   기능'이란 말은 개화가사 한 장르만 두고 한 말이 아니라 창가 등의 개화기 시가 장르
   전반을 염두에 두고 한 말이다. 그러나 『대한매일신보』에 고정적으로 발표된 '사회등가
   사'마저 주술적 기능을 발휘하는 장르 이전의 율문으로 보는 것은 무리라고 할 수 있다.
   사회등가사는 전통가사의 율격 구조를 이어받아 형식적인 장치를 더욱 강화시킨 것으
   로, 뚜렷한 장르의식하에서 창작되었다고 볼 수 있기 때문이다.
6) 김대행도 이와 같은 견해를 취하고 있다.(김대행, 『우리시의 틀』, 문학과비평사, 1989,
   91-93면.)

인 음수율로 이루어지는 것이 아니라 한 음보의 등시성만 유지되면 음수는 2, 3, 4 등의 다양한 형태로 나타날 수 있었는데, 개화기에 이르러 한 음보가 4음절로 일률화됨으로써 철저하게 동질적인 단위가 기계적으로 반복되는 지극히 단순한 리듬으로 경화되어 버렸다고 하면서, 이러한 결과는 말할 것도 없이 한국시가 율격의 본질을 제대로 이해하지 못한 데서 비롯된 것이라고 했다.7) 개화가사의 율격적 특성을 오해에서 비롯된 것이라고 보는 이러한 견해도 그것을 시대정신과 결부시켜 이해하는 견해만큼이나 일반적으로 받아들여지고 있는 것으로 보인다.8)

이상 여러 가지 견해들의 전반적인 문제점으로는 다음과 같은 것을 지적할 수 있다.

먼저 가사의 형태 변모를 산문정신이나 서민의식 또는 개화기의 시대정신과 같은 정신적 · 사상적 요인을 통해 설명해 보려는 견해가 지배적이었다는 점을 지적할 수 있다. 사상을 통한 접근법은 내용상의 문제를 해명하는 데는 적절한 방법이 될 수 있다. 그러나 형태상의 문

---

7) 예창해, 「개화기시가의 율격의식」, 『관악어문연구』 9집, 서울대국어국문학과, 1984, 229면.

8) 개화가사의 형태적 특성에 대해서는 시적 포에지의 결여에서 그 원인을 찾는 권오만 등의 견해도 있다. 개화가사는 대체로 시적 형상화 수준이 떨어지는 것이 사실인데, 그런 만큼 4자의 고정적인 음수를 실현하여 형태적 완결성을 추구하게 되었다는 것이다.(권오만, 『개화기시가연구』, 새문사, 1989, 187면.) 그러나 시가 장르의 형태적 관습은 내용과는 무관하게 전승되는 것이지 내용에 따라 결정된다고 할 수는 없다. 형태로 보자면 한시가 개화가사보다는 훨씬 더 완결성을 추구한 장르라고 할 수 있는데, 한시에는 시적 포에지로 충만된 작품이 혼하니 시적 포에지에 따라 형태가 결정된다거나 또는 형태에 따라 시적 포에지가 결정된다고 할 수는 없을 것이다. 장르적 관습은 그것대로 이어지면서 시적 형상화 수준은 작자의 역량에 따라 결정된다고 해야 한다. 개화가사는 시적 포에지가 빈곤한 것도 사실이고 형태적인 완결성을 추구한 것도 사실이지만, 이 두 가지가 긴밀한 대응관계를 맺고 있다고 보기는 어렵다고 하겠다.

제에는 사상론만으로는 해결할 수 없는 난점이 존재하는 것으로 보인다. 고전시가의 형태는 사상보다는 그것과 결부된 음악에 의해 더욱 크게 좌우되었다고 할 수 있기 때문이다. 물론 형태론은 형태론으로만 머무를 수 없고 사상론과 연관되어야 보다 의미를 지닐 수 있다. 그러나 사상론을 통한 접근법은 형태 변모의 결과론적 효용 내지는 시대적인 의미를 해명하는 데 적합한 방법일 뿐, 형태 변모의 직접적인 원인을 규명하는 데는 유용한 방법이 될 수 없는 것으로 판단된다.

다음으로 산문정신, 작자층의 확대, 개화기의 시대상황, 율격에 대한 오해 등의 다양한 원인이 제기되었으나 다양성을 포괄하는 일관된 기준이 없고 원인들 사이에 긴밀한 상관관계도 추구되지 않았다는 점을 지적할 수 있다. 가사는 조선 전기에서 후기를 거쳐 개화기에 이르기까지 꾸준히 형태상의 변모를 겪어 왔다. 그렇다면 거기에는 분명 그 변모의 과정을 전체적으로 아우르는 일관된 원리가 작용하고 있었다고 볼 수 있다. 그럼에도 불구하고 지금까지는 각각의 현상에 대한 각각의 원인이 개별적인 방식으로 제기되어 왔을 뿐, 일관된 원칙에 입각해 가사 형태 변모의 전반적인 양상을 명료하게 이해해 보고자 하는 시도는 없었다.

보다 구체적인 문제점으로는 다음과 같은 것을 지적할 수 있을 것이다.

개화가사의 형태적 특성을 설명하기 위해 '율격에 대한 오해'나 '주술적 기능'을 원용한 견해는 조선 전기에서 개화기까지 면면히 이어진 가사사(歌辭史)의 통시성을 간과하고 계승보다는 단절에, 동질성보다는 이질성에 집착하여 가사의 형태 변모를 설명하려 했다는 점에서 수긍하기 어려운 문제점을 내포하고 있는 것으로 보인다. 개화가사와 조선시대의 가사 사이에는 비록 형태상 이질적인 측면이 없지 않으나 그 율격 구조는 동질적인 측면이 강하게 드러나므로, 개화가사가 조선 시대의 가사를 계승하여 형성되었다는 사실을 간과하고서는 문제의 본질에 접근할 수 없을 것이다.

그리고 조선 후기 가사가 민요의 영향을 받았다고 하고 개화가사가 찬송가나 창가의 영향을 받아 형성되었다고 하는 견해도 가사 형태 변모의 원인을 외적인 영향관계에서만 찾으려고 했다는 점에서 문제점을 포함하고 있는 것으로 보인다. 외적인 영향도 변화를 유발하는 변수가 될 수 있으므로 무시할 수는 없겠지만, 그것이 직접적인 원인에 해당하는가 하는 점은 신중히 고려해 볼 필요가 있다. 가사 형태의 변모가 통시적인 맥락에서 일정한 방향으로 진행되었다는 점을 감안한다면 외적인 영향관계보다는 오히려 장르 내적인 동인이 더욱 중시되어야 할 것이다. 장르 내적인 동인이야말로 가사 형태 변모의 직접적인 원인에 해당할 것이기 때문이다.

가사 형태 변모의 원인을 밝히기 위해서는 이상과 같은 문제점을 지양해야 한다. 그리하여 시가의 형태는 음악적인 요인과 보다 긴밀한 관계를 맺고 있다는 관점에 입각하고, 변화의 다양한 양상을 포괄할 수 있는 일관된 기준을 마련하며, 조선 전기에서 개화기까지 이어지는 가사문학의 통시적 흐름을 염두에 둠과 아울러, 외적인 영향관계보다는 내적인 동인을 중시하는 입장을 취해야 할 것이다.

2) 연구의 목표와 방법

이상과 같은 취지에서 본고는 향유방식의 변화에 주목한다. 가사의 형태 변모가 향유방식의 변화에 의해 유발되었다고 보고, 둘 사이에 맺어진 긴밀한 상관관계를 밝혀 보자는 게 본 논의의 목표이다. 가사 형태의 변모가 다른 어떤 요인보다 향유방식의 변화와 더욱 긴밀한 관계를 맺고 있다는 사실이 밝혀진다면, 형태 변모의 보다 직접적인 원인이 향유방식의 변화에 있다고 할 수 있게 될 것이다.

가사의 향유방식에는 노래하기, 읊기, 읽기의 세 가지 방식이 있으며 이러한 세 가지 향유방식이 시대의 흐름에 따라 변화를 거듭해 왔다는 것은 널리 인정되고 있는 사실이다. 이능우는 가창, 음영, 완독의 세 가지 향유방식을 구분하고 세 가지 방식이 가사를 향유하는 데 사용될 수 있음을 구체적인 작품을 들어 논한 바 있고,9) 이혜순은 숙종대까지는 대체로 가창의 방식으로, 그 이후는 음영의 방식으로 가사가 향유되었다고 했다.10) 본고는 이러한 선행 연구를 이어 향유방식의 변화에 입각해 가사 형태 변모의 원리를 밝혀 보고자 한다.11)

---

9) 이능우는 가사를 그 향유방식에 따라 '가창물로서의 가사', '음영물로서의 가사', '완독물로서의 가사'로 나누고, '가창물로서의 가사'에는 12가사나 잡가가 포함되며, '음영물로서의 가사'에는 <성산별곡>, <관동별곡>, <사미인곡>, <속미인곡>, <태평사>, <선상탄>, <사제곡>, <누항사>, <독락당>, <영남가>, <노계가> 등이 포함되고, '완독물로서의 가사'에는 규방가사나 서민가사, 기행가사 등이 포함된다고 했다.(이능우, 『가사문학론』, 일지사, 1977, 13-40면.) 12가사나 잡가가 가창되었다는 것은 의문의 여지가 없겠으나, 조선 전기의 송강가사나 노계가사가 음영으로 향유되었다는 것과 규방가사나 기행가사가 완독으로 향유되었다는 것은 재고의 여지가 있다. 송강의 <관동별곡>이나 <사미인곡> 등이 가창되었다는 기록은 이미 많이 발견되었으며, 오늘날에도 규방가사를 짓는 사람들이 남아 있는데 그들이 규방가사를 단순히 눈으로 읽고 마는 것이 아니라 음영하는 것으로 미루어 보아 조선시대의 규방가사도 대체로 음영되었던 것으로 추측할 수 있다. 규방가사뿐만 아니라 서민가사나 기행가사 등도 그 길이의 장단에 관계없이 대체로 음영되었던 것으로 생각된다. 이 점은 다음 장에서 다시 다루기로 한다.

10) 이혜순, 「歌詞·歌辭論」, 서울대 석사학위논문, 1966, 20면.

11) 본격적인 연구는 눈에 띄지 않으나 가사의 형태변모를 향유방식의 변화와 관련지어 논의한 단편적인 견해로는 다음과 같은 것들이 있다. 김상선, 『한국시가형태론』, 일조각, 1979, 206면; 최강현, 『한국기행문학연구』, 일지사, 1982, 21-29면; 김문기, 앞의 책, 20-29면; 김대행, 『시가시학연구』, 이화여자대학교출판부, 1991, 50-51면. 참고할 만한 견해는 관련되는 부분에서 인용하여 다루기로 한다.

특정한 시가 장르가 향유방식의 변화를 겪을 경우에는 작품생산이 종식되거나 형태적인 변모를 겪는 것이 보통이다. 가사는 향유방식이 변함에 따라 작품생산이 중단된 것은 아니고, 형태적인 변모를 겪은 경우에 속한다. 또한 가사는 가창, 음영, 율독12)의 세 가지 향유방식을 두루 경유했고, 형태적인 변모도 일정한 방향으로 뚜렷하게 겪었다는 점에서 동시대의 다른 시가 장르와 구별된다. 경기체가는 가창의 장르로 출발해 가창이 중단됨과 아울러 장르 자체가 소멸되었고, 시조도 형태적인 변모와 향유방식의 변천을 가사만큼 일관성 있게 경험하지는 못했다.13) 이런 점에서 가사는 다른 시가 장르와 비교해 특이한 내력을 지녔다고 하겠다.

이러한 가사가 조선 전기에서 개화기까지 향유방식의 변천을 거듭해 왔다는 사실을 다시 인식하고, 향유방식의 변천에 따라서 가사의 형태와 장르 속성이 어떻게 변모되었는가 하는 점을 고찰해 보려는 것이 본 논문의 구체적인 목표이다. 가사의 향유방식이 가창에서 음영으로 다시 율독으로 변천했다는 것은 곧 노랫말에 결부되어 있던 음악이 점점 상실되어 왔다는 것을 의미하기도 한다. 따라서 가사 형태의 변모를 향유방식의 변천을 통해 이해해 보고자 하는 본고의 의도는 가사의 형태와 음악의 상관관계를 살펴보려는 데 있기도 하다.

---

12) 이능우는 '玩讀'이라는 용어를 사용했는데(이능우, 앞의 책, 25면.), 본 논의에서는 '律讀'이라는 용어로 바꾸어 사용한다. 완독은 율독보다 개념의 폭이 넓어 시가 장르에만 국한되지 않고 산문 장르의 향유에도 두루 사용될 수 있는 포괄적인 방법이다. 이와 달리 율독은 율문에만 사용되는 율문 고유의 향유방식이다.

13) 경기체가는 거의 마지막에 창작된 작품에까지 '再唱'이란 가창 표지가 있는 것으로 보아 가창의 장르로 탄생해서 가창의 장르로 막을 내렸다고 할 수 있다. 시조의 경우는 대체로 조선 후기까지 가창되었고, 사설시조에서 형태적인 변모를 겪기는 했으나 그것은 향유방식의 변화에 따른 변모가 아니라 음악 양식의 차이에 따른 변모라는 점에서 가사의 경우와 다르다.

이상과 같은 목표 하에서 본 논의는 다음과 같은 순서와 방법으로 진행된다. 2장에서는 먼저 세 가지 향유방식을 몇 가지 기준에 의거하여 구분하고, 향유방식의 변화는 곧 음악의 상실 및 기록성의 강화와 밀접한 관련이 있음을 밝히도록 한다. 이어서 향유방식의 역사적 변천 양상을 전기와 후기 그리고 개화기로 나누어 살핀다. 3장에서는 향유방식의 변화와 가사 형태의 변모가 맺는 긴밀한 관련양상을 몇 가지 항목으로 나누어 고찰하도록 한다. 특히, 가사의 음수 고정화 양상에 대해서는 중국 근체시 및 일본 와카[和歌]가 성립된 과정과 비교하여 살핌으로써, 음악이 상실되면 시가의 형태가 정형화되는 것이 일반적인 현상임을 입증하도록 한다. 4상에서는 향유방식이 변함에 따라 가사의 속성이 가(歌)에서 시(詩)로, 또 구비적 성향이 강한 단계에서 본격적인 기록문학의 단계로 발전하게 됨을 논하도록 한다.

향유방식을 구분하고 역사적인 전개를 살핀 2장은 전제에 해당하는 일반론이고, 향유방식이 가사의 형태를 결정한다는 잠정적인 가정을 몇 가지 항목에 걸쳐 검증해 본 3장은 본고의 주제와 관련된 본격적인 논의이며, 향유방식의 변천에 따른 장르 속성의 변모를 살핀 4장은 향유방식 변천의 시가사적인 의의를 다룬 것이다.

2. 향유방식의 구분과 변천

1) 향유방식의 구분

가창, 음영, 율독을 달리 표현한다면 '노래하기', '읊기', '읽기'가 될 것이다.[14] 이 세 가지는 율문 장르를 향유하는 기본적인 방식이라서 어떤 시대의 어떠한 율문 장르라고 하더라도 그 장르가 향유되는 방식

은 이 세 가지의 범주를 벗어나지 않는다. 여기서는 가창, 음영, 율독을
일정한 근거에 의해 나누고 그것들 간의 관계를 따져 보며, 아울러 가
능태와 실현태를 구분해 보기로 한다.

(1) 개념상의 구분

옛 문헌에도 시가의 향유방식에 대해 말한 것으로 이해할 수 있는
언급들이 나오는데, 몇 가지를 인용해서 가창, 음영, 율독의 구분 기준
이 무엇인지 알아보도록 한다.

먼저 『서경』에 나오는 구절을 들 수 있다.

> 詩는 뜻을 말한 것이고, 歌는 말을 길게 읊은 것이며, 聲은 가락을 따
> 라야 하고, 律은 聲과 조화를 이루나니, 八音이 다 조화를 이루어서 서로
> 차례를 빼앗지 않아야 신과 인간이 화합할 수 있다.[15]

인용한 글 가운데 "시(詩)는 뜻을 말한 것이고, 가(歌)는 말을 길게
읊은 것이며, 성(聲)은 가락을 따라야 하고, 율(律)은 성(聲)과 조화를
이루나니(詩言志, 歌永言, 聲依永, 律和聲)"라는 구절에서는 '시(詩)', '가
(歌)', '성(聲)', '율(律)'이 연쇄적으로 이어지면서 시(詩)에서부터 시작해
악(樂)에 이르는 과정이 단계적으로 진술되어 있다. '시언지(詩言志)'에
서는 시(詩)를, '가영언(歌永言)'에서는 '歌'를, '성의영(聲依永)'과 '율화성
(律和聲)'에서는 오음(五音)과 십이율(十二律)로 이루어지는 악(樂)을 정
의한 것으로 풀이할 수 있다. 뜻을 말하면 시(詩)가 되고, 거기다가 장단

---

14) '가창, 음영, 율독'을 '唱, 詠, 讀'이나 '노래 부르기, 읊기, 읽기' 등으로 문맥에 맞게끔
　　바꾸어 사용하기로 한다.
15) 詩言志, 歌永言, 聲依永, 律和聲, 八音克諧, 無相奪倫, 神人以和.(『書經』「舜典」)

의 가락을 붙여 말을 길게 늘어뜨려 읊조리면 가(歌)가 되며, 그 가(歌)
에다 다시 악기 반주와 곡조(曲調)를 붙이면 악(樂)이 된다는 것이다.16)
이 정의로부터 시(詩), 가(歌), 악(樂)이 구분되는 기준이 음악의 담지
정도에 있음을 알 수 있다. 시(詩)는 말로 하는 것이고 가(歌)는 가락을
붙여서 하는 것이며 악(樂)은 악기 반주와 곡조가 따르는 것이라고 했
으므로, 음악적인 요소가 결부되어 있는 정도는 시, 가, 악으로 갈수록
점점 증가하게 된다.

『예기』에도 세 가지 향유방식을 구분한 것으로 보이는 구절이 나온다.

　　1) 무릇 音의 일어남은 사람의 마음에서 생기고, 사람의 마음이 움직
이는 것은 사물이 그렇게 하게끔 하는 것이다. 사물에 感發되어 움직이
기 때문에 소리(聲)로 표현되고, 소리가 서로 상응하기 때문에 변화가
생기며, 또 변화는 일정한 모양새를 갖추니 이를 音이라고 한다. 音을
조화하여 노래를 부름에 干戚·羽旄의 경지에 이르게 되면 이를 樂이라
고 한다.17)

　　2) 무릇 音은 사람의 마음에서 생기며, 樂은 윤리를 관통하는 것이다.
이런 까닭에 소리(聲)를 알면서도 音을 모르는 것은 금수가 이것이고,
音을 알면서도 樂을 모르는 것은 일반 서민이 이것이다. 오직 군자만이
능히 樂을 안다고 할 수 있다. 이 때문에 소리를 살펴 音을 알고, 音을
살펴 樂을 알며, 樂을 살펴 政治를 아니, 여기에서 治道가 갖추어지는
것이다.18)

---

16) '聲依永, 律和聲'에서 '聲'은 '鐘聲琴瑟之聲'을 말하는 것으로, '律'은 '律呂'를 말하는
　　것으로 볼 수 있다. 律呂는 樂律의 총칭인데 여기서는 樂曲과 樂調를 합친 '曲調'를
　　말하는 것으로 보았다.(聲을 '鐘聲琴瑟之聲'으로, 律을 '律呂'로 본 것에 대해서는, 朱謙
　　之, 『中國音樂文學史』, 北京大學出版社, 1989, 30면을 참조했다.)
17) 凡音之起, 由人心生也, 人心之動, 物使之然也. 感於物而動, 故形於聲, 聲相應, 故生
　　變, 變成方, 謂之音. 比音而歌之, 及干戚羽旄, 謂之樂.(『禮記』「樂記」)

1)의 자료에서 성(聲)은 소리에 지나지 않는 것이고, 음(音)은 소리에 변화와 모양새를 갖춘 것이며, 악(樂)은 음이 조화되어 절주(節奏)를 지닌 것이라고 했다. 또 2)의 자료에서는 유교 최고의 덕목인 윤리(倫理)나 치도(治道)까지 언급하여 성, 음, 악을 보다 추상적인 개념으로 발전시키기는 했으나 여기서도 '성은 동물이라도 낼 수 있고, 음은 사람이라야 알 수 있으며, 악은 군자만 즐길 수 있다'고 하여 세 가지를 엄격히 구분했다. 『서경』에서 시(詩), 가(歌), 악(樂)으로 구분한 것과 달리 위의 두 자료에서는 성(聲), 음(音), 악(樂)이라는 표현을 사용하기는 했지만 세 가지를 구분한 기본적인 기준은 『서경』의 경우와 마찬가지로 음악에 있었다고 할 수 있다.

시, 가, 악이나 성, 음, 악을 구분한 기준은 향유방식의 구분에도 그대로 적용된다. 가창(歌唱)은 '성의영(聲依永), 율화성(律和聲)'이라고 한 악(樂)을 향유하는 데 적합한 방식이고, 음영(吟詠)은 '영언(永言)'이라고 한 가(歌)를 향유하는 데 어울리는 방식이며,19) 율독(律讀)은 '언지(言志)'라고 정의한 시(詩)를 향유하는 데 부합하는 방식이다. 또 노래하면 악(樂)이 되고 읊으면 음(音)이 되며 읽으면 성(聲)이 된다.

중국 쪽의 문헌뿐만 아니라 우리의 문헌에도 향유방식을 구분해서 인식한 것으로 볼 수 있는 자료가 있다. 퇴계의 「도산십이곡발(陶山十二曲跋)」을 보자.

---

18) 凡音者生於人心者也, 樂者通倫理者也. 是故知聲而不知音者, 禽獸是也. 知音而不知樂者, 衆庶是也. 唯君者爲能知樂. 是故審聲以知音, 審音以知樂, 審樂而知政, 而治道備矣.(『禮記』「樂記」)

19) 歌에는 광의의 歌와 협의의 歌가 있다. 광의의 歌는 가창과 음영 모두를 포괄하는 것이고 협의의 歌는 가창만을 지칭한다. 『서경』의 '歌永言'의 歌는 음영되는 것까지 포괄하는 광의의 歌이고, 이황이 「陶山十二曲跋」에서 말한 '可詠而不可歌也'의 歌는 음영과 구별되는 가창을 말한 것으로 협의의 歌를 뜻한다고 할 수 있다.

그러나 오늘날의 시는 옛날의 시와 달라 읊조릴 수는 있으나 노래할
수는 없다. 만약 시를 노래하고자 한다면 반드시 우리말로 지어야 하니,
대개 우리나라의 음악의 절주가 그렇게 하지 않을 수 없기 때문이다.[20]

"읊조릴 수는 있으나 노래할 수는 없다.(可詠而不可歌)"에서 '영(詠)'은
음영이고 '가(歌)'는 가창인데 두 가지가 혼동되지 않고 별개의 개념으
로 사용되고 있는 것으로 보아 이황도 가창과 음영을 엄연히 구분하고
있었으며, 두 가지 방식을 구분한 근거는 역시 각각의 방식에 결부된
음악의 차이에 있었다고 할 수 있다.[21]

이렇게 가창과 음영과 율독의 세 가지 향유방식은 음악의 결합 정도

---

20) 然今之詩異於古之詩, 可詠而不可歌也. 如欲歌之, 必綴以俚俗之語, 蓋國俗音節所不
得不然也.(『退溪集』卷四十三 「陶山十二曲跋」;『한국문집총간』 30, 민족문화추진회,
1989, 468면.)

21) 두 가지를 구분했을 뿐 아니라 향유방식의 전반적인 변천 양상까지 말했다. "오늘날의
시는 옛날의 시와 달라 읊을 수는 있으나 노래할 수는 없다."라는 말은 중국 한시의
향유방식이 변해온 과정을 지적하고 있는 것으로 해석할 수 있는 것이다. 물론 이 부분을
"시를 노래하고자 한다면 반드시 우리말로 지어야 한다."라는 대목과 관련지어 이해한
다면, 우리나라의 한시가 가창될 수 없었던 사정을 말한 것으로 풀이할 수도 있다. 그러
나 중국의 시와 우리나라의 시를 비교하지 않고 굳이 '옛날의 시'와 '지금의 시'를 비교하
고 있기 때문에, 한시 자체의 향유방식이 가창에서 음영으로 변모된 사정을 말한 것으로
이해해야 타당할 것 같다. 한시는 중국에서도 이미 가창되지 않던 것이었으므로 우리나
라의 한시가 가창되지 못하는 것은 너무나 당연한 일이었다고 하겠다. 이러한 향유방식
의 변천 양상에 대한 언급은 중국 한시에 국한되지 않고 우리나라의 가사에도 그대로
적용될 수 있으리라고 본다.
    그리고 歌唱과 吟詠만 언급하고 있을 뿐 律讀에 대한 언급이 없다는 점도 지적할
수 있다. 이 점으로 미루어 보건대, 이 무렵까지는 시가의 향유방식으로 가창과 음영이
존재했을 뿐이고 율독은 아직 일반적인 방식이 되지 못했다고 할 수 있다. 율독은 조선시
대 全時期를 통해서 시가의 보편적인 향유방식으로 자리 잡지 못했던 것이다. 물론,
일단 기록되면 읽는 것이 가능해지기는 하지만, 가능하다는 것과 실행된다는 것은 별개
의 문제이다. 가사는 조선 초기부터 讀의 방식으로 향유될 가능성이 있었음에도 불구하
고, 이 방식은 개화기에 가서야 비로소 보편화되기 시작했다고 보아야 옳을 것이다.
향유방식의 변천에 대해서는 '2.2. 향유방식의 변천'에서 더 자세히 다룬다.

에 따라 옛날부터 분명하게 구별되어 왔으며 그 구분 기준은 오늘날에
도 여전히 유효하다. 이상의 논의를 바탕으로 세 가지 향유방식을 음악
성의 정도에 따라 다음과 같이 구분해서 정의할 수 있을 것이다. 즉
가창은 악기 반주와 곡조에 맞추어 노래 부르는 방식이며, 음영은 악기
반주와 곡조 없이 단순한 가락을 반복하면서 읊는 방식이고,[22] 율독은
가락도 없이 율격적인 리듬에만 의존하여 읽는 방식이다.[23] 가창에서
악기 반주와 곡조가 빠지면 단순한 가락만 남아 음영이 되고, 음영에서
단순한 가락마저 빠지면 율격적인 리듬만 남아 율독이 된다. 가창의
선율은 구연자의 차이에 관계없이 고정되어 있는 데 반해, 음영의 선율
은 구연자에 따라 다양하게 바뀔 수 있으며, 율독에는 그러한 선율 자
체가 없다. 가창에서 음영으로 나아갈수록 음악성은 점점 감소하여 율
독에 이르면 음악성이 거의 0에 가까워진다. 이 점을 그림으로 그려보
면 다음과 같다.

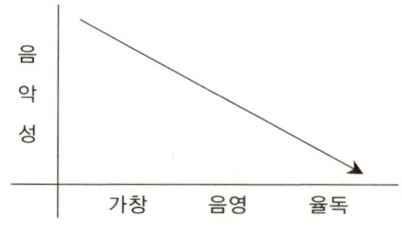

〈그림 1〉 음악성과 향유방식의 상관관계

---

22) 이능우는 음영을 높낮이가 심하지 않은 melody를 붙여 늘어지게 하는 것이라고 했다
(이능우, 앞의 책, 14면.). 음영에는 악기의 반주가 없는 것과는 달리 가창에는 거문고나
장고 등의 악기가 동반된다고 한다(송방송, 『한국음악통사』, 일조각, 1984, 425~426면.).
23) 여기서 '律讀'은 낭독과 묵독, 책을 보고 하는 율독과 보지 않고 하는 율독 모두를
포함하는 개념이다. 어떤 식으로 하든 간에, 선율이 있는 음영과는 달리 리듬감에만
의존하여 읽는 방식을 율독이라고 정의한다. 그리고 이 율독이 玩讀과 다른 개념임은
앞에서 지적한 바 있다.

음악성이라는 기준뿐만 아니라 구술과 문자 중 어디에 주로 의존하느냐에 따라서도 세 가지 향유방식을 구분할 수 있다. 물론 가창이나 음영이나 율독은 모두 기록물을 보면서 수행할 수도 있고 또 암기하여 기록물을 보지 않고 수행할 수도 있다. 그러나 그러한 가능성이 있다고 해서 창의 본질적이 속성이 구비적이라는 것과 독의 본질적인 속성이 기록적이라는 것을 부인할 수는 없다. 가능하다고 해서 모두 실현되는 일은 없으므로, 가능하다는 것과 실행된다는 것은 엄연히 다르고 또 반드시 구별해야 할 것이다.[24)]

이러한 관점에 의거하여 세 가지를 구분해 보면 다음과 같다. 창(唱)은 구술에 의존해 이루어지는 방식이고, 녹(讀)은 분자에 의손해 이루어지는 방식이며, 영(詠)은 그 둘의 중간에 위치한다. 다시 말해 창은 기록물을 보지 않고 하는 것이고, 영은 기록물을 보고 할 수도 있는 것이며, 독은 기록물을 보고만 하는 것이다. 창에서 독으로 나아갈수록 구비성은 점점 상실되고 기록성[25)]은 점점 증가하게 된다. 이를 그림으로 그려보면 다음과 같다.

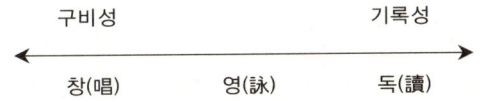

〈그림 2〉 구비성/기록성과 향유방식의 상관관계

---

24) 가능한 향유방식과 실현되는 향유방식의 구분에 대해서는 '2.1.2. 존재 양태상의 구분'에서 상세히 다룬다.

25) 본고에서는 '기록성'을 일차적 의미의 기록성, 즉 기록문화적인 사유방식이라든가 관습적 요소의 차용 등을 포함하는 기록성의 이차적 속성을 제외한 의미의 기록성으로 사용한다. 일차적인 의미의 기록성은 문자에 의존하는 경향을 의미하는 '문자 의존성'이라 용어로 표현할 수 있을 것이다.

또한 난이도를 통해서도 셋을 구별할 수 있다. 율독은 율문을 접한 경험이 있고 관습적인 운율감각에 어느 정도 익숙한 사람이라면 누구라도 할 수 있는 방식인 반면, 가창은 전문적인 수련을 쌓지 않은 사람이라면 수행할 수 없는 난이도가 높은 향유방식이다. 그리고 음영은 그 둘의 중간에 위치한다. 음영을 할 수 있는 사람이라도 창에 대한 수련을 거치지 않고는 가창을 할 수 없으며, 율독을 할 수 있는 사람이라도 읊조리는 가락에 익숙지 않으면 음영을 할 수 없다. 율독은 누구나 할 수 있고, 음영은 그것의 관습에 젖어 있는 사람이라야 할 수 있으며, 가창은 특별한 기능을 소유한 사람만 할 수 있는 것이다. 율독은 가장 손쉽고 일반적인 방법인 반면, 가창은 가장 어렵고 특수한 방법이다. 이런 식으로, 율독에서 가창으로 나아갈수록 제한이 많이 가해지며 난이도가 높아지고 향유 가능자는 줄어든다.[26] 이상과 같은 몇 가지 기준을 놓고 볼 때, 세 가지 향유방식은 혼동될 여지가 없이 엄연히 구별됨을 알 수 있다.

(2) 존재 양태상의 구분

형태 변모의 원인을 해명하자면 세 가지 향유방식을 개념상으로 나누는 데서 나아가 그 역사적인 변천까지 살펴야 한다. 그런데 향유방식의 역사적인 변천을 살피기 위해서는 먼저 셋을 존재 양상에 따라 구분해 둘 필요가 있다.

가창, 음영, 율독의 세 가지 향유방식은 해당 장르와 그 장르가 처한 시대에 따라 존재 양상이 다르게 나타난다. 장르와 시대라는 조건 하에

---

26) 이러한 난이도에 대해서는 성호경도 같은 지적을 했다. 노래부름은 음악에 대한 소양이 상당히 필요한데, 읽음과 읊음은 음악에 대해 잘 모르고도 가능하다는 점에서 비슷한 소양의 차원에 놓이는 것이라고 했다.(성호경, 『조선 전기 시가론』, 새문사, 1988, 69면.)

서 어떤 방식은 가능한 양태로만 존재하는가 하면 또 어떤 방식은 실현
되는 양태로 존재하기도 한다. 어느 시대 어느 장르에서나 가능한 향유
방식을 '가능태'라는 용어로, 특정 시대의 특정 장르가 보편적으로 또
실제로 향유되는 방식을 '실현태'라는 용어로 정의하고, 이 두 가지를
구분해 보기로 한다. 이것을 구분하는 것은 향유방식의 역사적인 전개
를 살피기 위한 논리적인 전제에 해당한다.

가창, 음영, 율독의 세 가지 방식이 어떤 시대 어떤 장르에서나 가능
한 방식으로 항상 존재해 왔다는 것과 무관하게 특정 시대 특정 장르가
실제로 또 보편적으로 향유되는 방식은 한 가지밖에 없었다고 보는
것이 본 논의의 기본적인 관점이다. 그런데 이런 생각과는 달리 특성
시대의 특정 장르가 다양한 방식으로 향유될 가능성이 얼마든지 있었
다고 보는 견해도 있을 수 있다. 실제로 시조나 가사가 항상 세 가지의
다양한 방식으로 향유되었다면 향유방식의 역사적인 전개를 살피는
것은 불가능한 일인 것 같기도 하다.

그러나 가능하다는 것과 실행된다는 것은 다른 것이다. 조선 초기의
시조나 가사가 대체로 가창되었던 것이 사실이라면, 노래로 불리지 않
고 그냥 읽거나 읊는 차원으로 향유된 것이 존재했다거나 다양한 방식
으로 향유하는 것이 가능했다는 점을 지적하는 것이야말로 일면을 부
각시킨 데 지나지 않는다. 조선 초기의 시조나 가사가 읊거나 읽는 방
식으로 향유될 가능성이 얼마든지 있었음에도 불구하고, 그것들이 기
본적으로 가창될 목적으로 창작되었고 또 실제로 대부분이 가창되었
다면 조선 초기 시조와 가사의 향유방식은 가창이라고 해야 한다. 읊거
나 읽는 방식이 부분적으로 존재한다거나 그러한 방식이 가능하다고
해서 특정한 장르의 기본적인 향유방식에 세 가지 방식이 공존하고
있었다고 할 수는 없는 일이다.

과거로 돌아갈 수는 없는 일이니 현대에 존재하는 장르들의 향유방식을 통해서 추론해 보도록 하자. 가령 현대시와 유행가를 비교할 수 있을 것이다. 현대시는 읽는 방식으로, 유행가는 노래 부르는 방식으로 향유하는 것이다. 현대시의 기본적인 향유방식이 읽기이고 유행가의 기본적인 향유방식이 노래하기라는 점을 부인할 사람은 아무도 없을 것이다. 그런데 현대시 중에 어떠한 작품이 유행하여 곡을 얻어 유행가가 되었다고 해서, 그래서 부분적으로 노래하는 시가 존재한다고 해서, 또 읽기도 하지만 노래하는 것도 얼마든지 가능하다고 해서 현대시에 세 가지 향유방식이 공존한다고 할 수 있겠는가? 유행가에 대해서도 마찬가지 말을 할 수 있을 것이다.27)

문제는 가능태와 실현태를 구분하지 못한 데 있다. 가창과 음영과 율독은 어떤 시대 어떤 장르에도 있을 수 있는 세 가지 기본적인 향유방식이다. 그러나 어떤 특정한 장르는 그 장르가 존재하는 시대에서 그 장르대로의 향유방식을 가질 수밖에 없다. 시조는 시조대로, 소설은 소설대로, 또 유행가는 유행가대로, 현대시는 현대시대로 각 장르의 속성과 그 장르가 처한 시대의 문화적 배경에 걸맞은 방식으로 향유된다.28) 세 가지 방식은 언제 어떤 장르에서도 가능하지만, 특정 시기의

---

27) 요즘 우리가 유행가인 조용필의 <여행을 떠나요>를 읽거나 음영하지 않고 노래 부르듯이 조선시대의 노래인 황진이의 <청산리 벽계수야>나 정철의 <관동별곡>도 읽거나 음영하지 않고 가창했을 것이다. 요즘은 유행가 가사라고 해도 책에 인쇄되어 나오니 읽는다는 것이 가능하기나 하지만, 조선시대의 시조 같은 것은 대체로 구비 전승 되었으니 읽는다는 것은 가능하지도 않았을 것이며 『청구영언』이나 『해동가요』 같은 가집에 실린 것이라고 하더라도 책을 보고 읽거나 음영하는 일은 거의 없었을 줄 안다. 간혹 그런 일이 있었다고 하더라도 그것이 지배적인 향유방식이 되지 못했다면 시조의 향유방식에 여러 가지가 공존하고 있었다고 할 수는 없을 것이다.

28) 이 문화적 배경에는 담당층 변동과 가창 장르의 교체 상황 및 기록문화의 발달 정도 등이 포함된다. 이 점에 대해서는 '2.2.4. 향유방식 변천의 원인'에서 다시 논한다.

특정 장르가 실제로 또 보편적으로 향유되는 방식은 한 가지밖에 없는 것이다.

가능한 방식과 실현되는 방식은 이와 같이 뚜렷하게 구분된다. 그럼에도 불구하고 시조나 가사가 노래하는 것뿐만 아니라 읊거나 읽는 방식으로도 향유될 수 있어 여러 가지 방식으로 향유되는 양상을 보였다고 하는 것은, 시조나 가사를 노래 부르지 않고 읽는 현대적인 관습에 젖어 옛날에도 지금처럼 읽을 수 있었으리라는 추측 하에, 가능한 방식과 실현되는 방식을 구분하지 못한 탓이라고 할 수 있다. 비록 어떤 작품을 때로 읽고 가끔 읊는 경우가 있다고 하더라도, 그것이 기본적으로 노래불릴 목적으로 창작되었다면 그 작품의 향유방식은 가창이라고 해야 옳을 것이다. 이런 점에서 시조나 가사가 모두 가창의 장르로 태동해 초기부터 가창의 방식으로 향유되었다고 하는 것은 의심할 필요도 없는 사실이라고 할 수 있다.29)

이렇게 '가능태'와 '실현태'를 구분해서 인식하는 것은 향유방식의 변천을 논하는 데 반드시 필요한 일이다. 그렇기는 하지만 이 둘을 구분하는 것은 논리상의 전제에 해당할 뿐이고, 실질적인 중요성을 지니는 것은 '실현태'를 파악함과 아울러 향유방식의 역사적인 변천을 살피는 일이다. 가창과 음영과 율독은 어느 시대 어느 장르에서나 가능한 기본적인 시가의 향유방식으로 존재했지만, 그 역사성을 감안한다면 대체로 가창, 음영, 율독의 순으로 변천해 왔다고 할 수 있다.

---

29) 권두환은 "시조는 그 발생 초기부터 음송을 통하여 즐기는 문학에 그치지 않고, 일정한 곡조에 얹어 노래를 부르도록 되어 있는 양식 즉 문학이면서 동시에 음악이기도 한 예술 형태였다."고 했다.(권두환, 「조선 후기 시조가단 연구」, 서울대 박사학위논문, 1984, 6면.) '2.2. 향유방식의 변천'에서 자세히 다루겠지만 초기의 가사도 대체로 가창되었다고 볼 수 있는데, 그렇다면 가사도 가창의 관습 속에서 가창의 장르로 태동했다고 할 수 있다.

이것은 특히 가사의 경우에 두드러지는 점이다. 가사는 가창의 전통 속에서 가창의 장르로 탄생했다가 시대가 흐름에 따라 점점 음악과 멀어져 갔던 것이다. 이렇게 가사가 음악과 멀어지고 그 향유방식이 변함에 따라 그것의 형태도 각각의 향유방식에 걸맞은 모양으로 변모 하게 되었다고 하겠다.[30]

2) 향유방식의 변천

본고는 연대를 고증하는 일보다는 변화의 추세와 그 원인을 밝히는 데에 관심을 두고 있다. 그러나 굳이 시대를 구분하자면, 17세기까지를 전기, 18세기에서 19세기 말엽까지를 후기, 그리고 『대한매일신보』에 가사가 집중적으로 발표된 20세기 초엽을 개화기로 잡을 수 있을 것이 다. 17세기까지의 가사는 대체로 가창의 방식으로 향유되었고, 18세기 무렵부터는 음영이 보편적인 향유방식으로 자리 잡았으며, 개화기에 이르러서 가사가 신문지상에 발표되자 그것은 율독의 방식으로 향유 되기 시작했다고 본다. 형태상의 변모를 통해서도 대체로 위와 같은 시대구분을 할 수 있다.[31] 이러한 시대구분에 따라 전기 가사의 가창성

---

30) 앞에서 인용한 『서경』의 구절을 통해서도 알 수 있듯이, 향유방식이 변함에 따라 시가 의 속성도 달라진다. 악기 반주에 따라 가창으로 향유되는 시가는 음악과 시가의 복합 체인 樂으로 볼 수 있으며, 음영으로 향유되는 시가는 광의의 歌라고 할 수 있고, 讀으 로 향유되는 시가는 詩라고 할 수 있다. 향유방식의 변천에 따른 장르 속성의 변모에 대해서는 '4. 가사 향유방식 변천의 시가사적 의의'에서 자세히 논한다.

31) 이혜순도 음영가사가 나타난 시기를 1700년 이후로 보고 있다.(이혜순, 앞의 논문, 20면.) 음영의 방식으로 향유되는 가사가 비록 18세기 이전에 나타났다고 하더라도 향유 방식의 변화가 가사의 형태에도 반영되어 전기 가사와는 다른 형태의 가사가 나타난 시기는 대략 18세기 이후로 잡아야 하리라고 본다. 김기동과 정재호도 가사의 형태가 크게 변모된 시기를 대략 18세기 이후로 보고 있다. 김기동은 음수율, 음보, 종결규칙을 포함한 가사의 형태가 영조대 이후부터 변모되기 시작했다고 했으며(김기동, 앞의 책, 98-101면.), 정재호는 가사체가 보편화되면서 장형가사가 나타난 숙·영조조 이후부터

과 후기 가사의 음영성, 그리고 개화가사의 율독성을 살펴보기로 한다.

(1) 전기 가사의 가창성

전기의 가사가 가창되었다는 점은 이미 여러 논자들이 지적한 바
있고,[32] 그 근거도 상당히 확보되었다고 할 수 있다. 구체적으로 어떤
작품들이 가창되었지 살펴보기로 한다.

먼저 허강(1520-1592)이 지은 <서호별곡>에는 음악의 형식을 나타내
는 '강(腔)', '엽(葉)' 등의 표시가 있어 가창되었음이 확실한 것으로 알려
져 있다. 그 첫대목을 인용해 보면 다음과 같다.

　　　(前腔)聖代에 逸民이 되어
　　　　　湖海예 누어이셔
　　　(中腔)時序를 니젓닷다
　　　　　三月이 져므도다
　　　(後腔)角巾春服으로
　　　　　세네 번 두리고[33]

'전강(前腔)', '중강(中腔)', '후강(後腔)', '대엽(大葉)', '중엽(中葉)', '소엽
(小葉)' 등의 표시는 음악의 형식이나 곡의 형식을 의미한다고 하는데,
이러한 표시가 붙어 있는 경우에는 그 노랫말이 음악과 결합되어 가창

가사의 율격이 3·4조 위주에서 4·4조 위주로 변모되기 시작했다고 했다(정재호,『한국
　가사문학론』, 집문당, 1982, 17면.).

32) 정병욱, 앞의 책, 242면; 김동욱,「허강의 <서호별곡>과 양사언의 <미인별곡>」,『국어
　국문학』25, 국어국문학회, 1962, 63면; 이혜순, 앞의 논문, 5-13면; 조규익,『가곡창사의
　국문학적 본질』, 집문당, 1994, 41면.

33) 김동욱, 앞의 논문, 53면.

의 방식으로 향유되었다고 해석할 수 있다.[34]

그리고 송강(1536-1593)의 가사 <관동별곡>, <사미인곡>, <속미인곡>, <성산별곡>은 모두 가창되었던 것으로 추정된다. 송강가사가 가창되었다는 근거는 여러 곳에서 발견되는데 그 중 몇 가지만 들어보면 다음과 같다.

1) 『東國樂譜』評語에 다음과 같은 말이 있다. "<관동별곡>은 송강 정철이 지은 것인데, 관동 산수의 아름다움을 차례로 들었고 멀리 떨어져 있는 기괴한 경관을 다 말했다. 사물을 형용한 것이 묘하고 말을 지어낸 것이 기발하여 악보의 절조라고 할 만하다."[35]

2) 『同春堂別集』의 遺事에 다음과 같은 말이 있다. "동춘은 퇴계의 <어부사>를 책 중에 베껴 두고는 노래를 잘 하는 홍주석으로 하여금 창하게 하였다. '송강의 <관동별곡> 같은 것은 역시 절조이다. 너는 그 뜻을 아느냐?'라고 묻고는 다시 <관동별곡>을 노래하게 했다. 잠시 후 어부가 물고기 몇 마리를 가져 왔는데, 동춘은 회를 만들게 하고는 주석에게 탄식하여 말하기를, '퇴계나 송강이 살던 시절에도 이런 풍미가 있었는지 모르겠다.'라고 했다."[36]

3) 석주 권필이 양이일에게 준 시
주에 "양(揚)은 <관동별곡>을 잘 불렀다."는 말이 있다.

---

34) <서호별곡>이 가창되었다는 근거가 여기에만 있는 것은 아니다. 허강의 「西湖詞跋」에 "又有西湖詞六闋, 蓬萊楊使君載之樂府, 爲三腔八葉, 總三十三節, 謂之西湖別曲." 이란 구절을 통해 보아도 이 작품이 가창되었음을 알 수 있다.(김동욱, 앞의 논문, 48면.)

35) 東國樂譜評語云: "關東別曲松江鄭澈所製, 而歷擧關東山水之美, 說盡幽邈詭怪之觀. 狀物之妙, 造語之奇, 樂譜之絶調也."(『校註歌曲集』, 224면.)

36) 宋同春堂別集遺事云: "同春以退溪漁父詞謄置冊中, 使善歌者洪柱石唱之. 曰: '如鄭 松江關東別曲亦是絶調, 汝知其意否?' 仍使更唱關東別曲. 俄而漁人來獻江魚數尾, 同 春使之作膾, 歎謂柱石曰: '未知退溪松江時亦有此風味否.'"(위의 책, 224면.)

내가 부허한 명성을 좇아 세간에 내려왔는데,
선계에 기약이 있으나 언제나 돌아갈까?
그대 만나 <관동별곡> 부르는 걸 들어보니,
금강산 일만 이천봉을 두루 다 알겠구나.[37]

4) 청음 김상헌이 관동 안찰사 윤이지에게 준 시

<관동별곡>이 가장 청신한데,
악부가 세상에 전해진 지 오십 년이 되었네.
문채와 풍류가 오늘날에는 쓸쓸하니,
세상에서 누가 적선인을 보았는가?[38]

위의 자료들은 모두 『교주가곡집』에 나오는 것으로 <관동별곡>에
대한 평이나 이 가사와 관련된 일화 또는 시(詩)를 모아 놓은 것이다.
『동국악보』의 평어(評語)에서는 <관동별곡>을 정철이 지은 것이라고
하고 '악보(樂譜)의 절조(絶調)'라고 평했으며, 동춘당(同春堂) 송준길(宋
浚吉, 1606-1672)은 노래를 잘하는 홍주석(洪柱石)이라는 사람으로 하여
금 퇴계의 <어부가>나 송강의 <관동별곡>을 가창(歌唱)하게 하여, 물
고기 회를 먹으면서 감상하는 풍미를 즐겼다고 했다. 또 석주(石洲) 권
필(權韠, 1569-1612)이 양이일(楊理一)이라는 이에게 준 시에는 "봄에 관
동곡 창(唱)을 들었네."라는 구절과 그 시의 주에 "양(楊)은 관동별곡을
잘 불렀다."는 구절이 보이며, 청음(淸陰) 김상헌(金尙憲, 1570-1652)은 관

---

37) 權石洲韠贈楊理一詩: 註云: "楊也善唱關東別曲." "我逐浮名落世間, 仙壇有約幾時
還. 逢君聽唱關東曲, 領略金剛萬疊山."(위의 책, 225면; 『松江全集』, 성균관대학교 대
동문화연구원, 1964, 368면에도 이 시가 나온다.)

38) 金淸陰尙憲贈關東按使尹仲素履之: "關東歌曲最淸新, 樂府流傳五十春. 文彩風流今
寂寞, 世間誰見謫仙人."(『校註歌曲集』, 225면; 『淸陰集』卷二, 『韓國文集叢刊』77, 28
면에도 <贈關東按使尹仲素>라는 제목으로 이 시가 나온다.)

동(關東) 안찰사(按察使) 중소(仲素) 윤이지(尹履之)에게 준 시에서 "관동 가곡이 가장 청신(淸新)하고, 그 악부(樂府)가 오십년 동안이나 전해져 왔다."고 했다. 이와 같은 여러 가지 사정을 감안할 때, <관동별곡>은 이 작품이 창작된 16세기 말엽부터 줄곧 가창되어 온 당대의 유명한 가사였다고 할 수 있겠다.[39)

<관동별곡>외에 <사미인곡>, <속미인곡>, <성산별곡>도 가창되었음을 알려주는 자료가 있다. 몇 가지를 인용해 보면 다음과 같다.

1) 정송강은 노래를 잘 지었다. 그의 <사미인곡>과 <권주사>는 모두 맑고 장대하여 들을 만하다. 비록 異論者들은 그것을 배척하여 나쁜 것이라고 하지만, 문채와 풍류를 또한 가릴 수 없어서 모두가 그것을 아끼는 것이다. 여장(權韠)이 송강의 묘를 지나면서 다음과 같은 시를 지었다. "빈 산에 나뭇잎 지고 비는 쓸쓸히 내리는데, 상국의 풍류는 이렇듯 쓸쓸하구나. 슬프다! 한 잔 술을 다시 권키도 어려운데, 옛적의 가곡이 곧 오늘날의 곡조로다." 자민(李安訥)의 <강상문가>라는 시는 다음과 같다. "강머리에서 누가 <미인사>를 부르는가? 바로 강머리에 달이 질 때라네. 슬프다! 임금을 그리워하는 한없는 뜻을, 세상에 오직 여랑만이 아는구나." 두 시는 모두 그 노래를 듣고 지은 것이다.[40)(괄호 안은 필자)

2) 옥아가 세상을 떠난 인성부원군 정철의 <사미인곡> 부르는 것을 듣고

---

39) 관동별곡이 창작된 정확한 연대는 1580년이라고 한다.(정익섭, 「송강 문학 형성의 배경고」, 『도남조윤제박사 고희기념 논총』, 형설출판사, 1976, 205면.)

40) 鄭松江善作俗謳. 其思美人曲及勸酒辭俱淸壯可聽. 雖異論者斥之爲邪, 而文采風流亦不可掩, 比比有惜之者. 汝章過其墓, 作詩曰: "空山木落雨蕭蕭, 相國風流此寂寥. 惆悵一盃難更進, 昔年歌曲卽今調." 子敏江上聞歌詩曰: "江頭誰唱美人辭, 正是江頭月落時. 惆悵戀君無限意, 世間唯有女郎知." 二詩皆爲其歌而發也.(許筠, 『惺叟詩話』; 『韓國詩話叢編』 1, 동서문화원, 1989, 274면.)

칠아는 이미 늙었고 석아는 죽었는데,
오늘날 노래 잘하는 이는 옥아라네.
고당에서 미인사를 시험 삼아 부르는데,
들어보니 인간 세상의 노래가 아닌 듯하네.[41]

3) <성산별곡>은 팔십육구로 되어 있는데, 이것은 정송강이 지은 것
이다. 대개 강산에서 놀며 즐기는 흥취를 노래하고, 그윽하고 아름답고
한가하고 빼어난 네 계절의 경치를 펼쳐 말했다. 손님과 주인이 대를 이
루고, 조어가 오묘하며, 가사와 음악이 구성져서, 우리나라 가곡 중의 율
려라고 할 수 있다.[42]

이안눌(1571-1637)이 지은 시에 "강머리에서 누가 <미인사>를 부르
는가?"라는 구절과 "고당에서 미인사를 시험 삼아 부르는데"라는 구절
이 나오는 것으로 보아 <사미인곡>과 <속미인곡>은 당시에 이미 <관
동별곡>만큼이나 널리 유행한 가사였다고 할 수 있다. 또, <성산별곡>
을 "가사와 음악이 구성져서, 우리나라 가곡 중의 율려라고 할 수 있
다."라고 평한 기록이 있는 것으로 보아서 이 작품도 가창되었음을 알
수 있다. 결국 송강의 가사 네 편은 모두 가창되었던 것이다.

송강가사 이전의 작품인 송순(1493-1583)의 <면앙정가>나 백광홍
(1522-1556)의 <관서별곡>도 가창되었다는 기록이 있다.

1) 또 <무등장가> 등의 가곡을 지어서, 술이 오르면 歌兒와 舞女 등에

---

41) 聞玉娥歌故寅城鄭相公思美人曲: "七娥已老石娥死, 今代能歌號阿玉. 高堂試唱美人
辭, 聽之不似人間曲."(李安訥, 『東岳集』 續集; 『한국문집총간』 78, 543면.)

42) 星山別曲八十六句, 此鄭松江之所製. 盖說江山行樂之趣, 伸言幽雅閒逸之四時之鋪.
賓主之對, 句語之妙, 辭音轉委, 吾東方歌曲中之律呂矣.(『雜歌』; 김동욱, 「임란전후 가
사연구」, 『진단학보』 제25·6·7 합병호, 진단학회, 1963, 436-437면에서 재인용.)

게 그것을 가창하게 하였다.[43)

2) <관산별곡>

봄 산은 점점이 있고 물은 도도히 흐르는데,
성위의 누대에서 몇 번이나 바라보았던가?
綠窓에서 梨園의 弟子가 노래를 하는데,
그 집은 짙푸른 수양버들 가에 있다네.

評事 백광홍이 이 노래를 지었다. 고인(高麗 金黃元)의 시에 "긴 성의
한 편에는 물이 도도히 흐르고, 큰 들판의 동편 머리에는 산이 점점이
있네."라는 구절이 있다. <關山竹枝詞>라는 제목으로 된 시에는 "푸른
창 붉은 문에 악기와 노래 소리 들리니, 다 이원제자의 집이라네."라는
구절이 있다.[44)   (괄호 안은 필자)

1)에서 송순은 <무등장가>, 즉 <면앙정가>를 지어 술이 오르면 가
아(歌兒)와 무녀(舞女)들에게 그것을 창하게 했다고 했으니 <면앙정
가> 역시 가창된 가사였다고 할 수 있다. 2)의 자료에서는 <관산별곡>
을 백광홍이 지은 것이라고 했는데, 이 <관산별곡>은 <관서별곡>을
말한 것이 아닌가 한다. <관산별곡>이란 제목으로 지은 시에 "녹창(綠
窓)에서 이원(梨園)의 제자(弟子)가 노래를 하는데(綠窓歌嘔梨園子)"라는

---

43) 且作歌曲如無等長歌等, 酒酣輒使歌兒舞女等唱之.(尹昕, 『溪陰漫筆』 卷之二; 서울대
규장각 소장.) 조윤제는 <무등장가>를 <면앙정가>로 보고 있다(조윤제, 『한국시가사
강』, 을유문화사, 1958, 259면.). <면앙정가>의 첫 대목이 '무등산 흔 활기 뫼히 동다히로
버더이셔'인 점을 고려하면 <무등장가>가 <면앙정가>를 가리키는 것으로 보는 데 무
리가 없을 것이다.

44) 關山別曲: "春山點點水溶溶, 城上樓臺望幾重. 綠窓歌嘔梨園子, 家在垂楊一色濃." 白
評事光弘作此曲. 古人題詩曰: "長城一面溶溶水, 大野東頭點點山." 爲着題關山竹枝詞
曰: "綠窓朱戶笙歌嘔, 盡是梨園弟子家."(李裕元, 『林下筆記』 卷三十八 「海東樂府」, 성
균관대학교 대동문화연구원, 1961, 963면.)

구절과 "푸른 창 붉은 문에 악기와 노래 소리 들리니, 다 이원제자의 집이라네.(綠窓朱戶笙歌嘔, 盡是梨園弟子家.)"라는 구절이 있는 것으로 보아서 <관서별곡>도 가창된 가사였음을 알 수 있겠다.45)

그리고 지금까지 언급한 가사의 제목은 이수광(1563-1628)의 『지봉유설』에도 그대로 나온다. 관련 대목을 인용하면 다음과 같다.

> 우리나라의 가사는 方言이 섞여 있기 때문에 중국의 악부와 나란히 비교할 수 없다. 근래의 송순이나 정철이 지은 것과 같은 것은 가장 좋은 데도, 입에서 회자되는 데 그치니 안타깝다. 장가로는 <감군은>, <한림별곡>, <어부사>가 가장 오래되었고, 근래에는 <퇴계가>, <남명가>, 송순의 <면앙정가>, 백광홍의 <관서별곡>, 정철의 <관동별곡>, <사미인곡>, <속사미인곡>, <장진주사>가 세상에 성행하고 있다. 기타 <수월정가>, <역대가>, <관산별곡>, <고별리곡>, <남정가>의 유형과 같은 것들은 매우 많다. 나도 또한 <조천곡> 전후 두 편을 지었는데, 또한 희작일 뿐이다.46)

장가(長歌)로는 <감군은>, <한림별곡>, <어부사>가 가장 오래 되었다고 하고, 다시 <퇴계가>, <남명가>, <면앙정가>, <관서별곡>, <관동별곡>, <사미인곡>, <속미인곡>, <상진주사> 등이 세상에 성행한다고 했으며, 기타 <수월정가>, <역대가>, <관산별곡>, <고별리

---

45) 『임하필기』에는 <관산별곡> 외에도 <관동별곡>, <사미인곡>, <장진주> 등의 작품이 나온다.(위의 책, 같은 면.) 뒤의 세 편은 모두 가창되었음이 확실한 작품인데, 이런 것들과 함께 나오는 것으로 보아도 <관산별곡>이 가창되었음을 알 수 있다.

46) 我國歌詞雜以方言, 故不能與中國樂府比也. 如近世宋純·鄭澈所作最善, 而不過膾炙口頭而止, 惜哉. 長歌, 則感君恩·翰林別曲·漁父詞最久, 而近世退溪歌·南冥歌·宋純俛仰亭歌·白光弘關西別曲·鄭澈關東別曲思美人曲續思美人曲將進酒詞盛行於世. 他如水月亭歌·歷代歌·關山別曲·古別離曲·南征歌之類甚多. 余亦有朝天前後二曲亦戲耳.(李睟光, 『芝峯類說』 卷十四 「歌詞」; 『한국시화총편』 2, 148면.)

곡>, <남정가> 등 매우 많은 가사가 있다고 했다. 그리고 자신도 <조
천곡> 전후 두 편을 지었다고 했다. <감군은>, <한림별곡>, <어부
사>는 가창되었음이 확실한데, 이것들과 나머지 작품들을 같은 차원
에서 거론하고 있는 것으로 보아 뒤에 거론한 <퇴계가>, <남명가>,
<면앙정가>, <관서별곡> 등도 모두 가창되었다고 할 수 있다.

이 중에서 <면앙정가>, <관서별곡>, <관동별곡>, <사미인곡>,
<속미인곡>, <장진주사>는 위에서 살핀 바와 같이 다른 곳에도 가창
되었다는 기록이 남아 있으므로 그 가창성을 의심할 필요가 없다. 그
외의 작품 즉 <퇴계가>, <남명가>, <수월정가>, <역대가>, <관산별
곡>, <고별리곡>, <조천곡>은 현재 작품이 남아 있지 않아서 설사
가창되었다고 하더라도 조선 전기 가창가사의 목록에 포함시킬 수는
없을 것이다. 다만, 현재 남아 있는 양사준의 <남정가>는 목록에 포함
시킬 수 있다.

다음으로『청구영언』에 기록된 가사 작품을 살펴보자.『청구영언(육
당본)』에는 <장진주>, <상사곡>, <춘면곡>, <권주가>, <백구사>,
<군악>, <관등가>, <양양가>, <귀거래>, <어부사>, <환산별곡>,
<처사가>, <낙빈가>, <강촌별곡>, <관동별곡>, <황계가>, <매화
가>가 수록되어 있다.[47] 여기에 나오는 총 17편의 가사는, 가집에 실려
있고 또 현재까지 전창되고 있는 12가사와 함께 기록되어 있다는 점에
서 모두 가창되었던 것으로 볼 수 있다.

이 중에 작자가 기록되어 있거나 또는 후대에 밝혀져 연대를 추정해
볼 수 있는 작품은 <장진주>, <어부사>, <환산별곡>, <낙빈가>, <강
촌별곡>, <관동별곡>의 6편뿐이다. 송강의 <장진주>는 작자가 기록

---

47)『청구영언(육당본)』. 이 책의 첫 면에 '崔南善氏藏本, 城大寫印本, 京城師範大學國文
科謄寫.'라고 되어 있다.

되어 있지 않고, <관동별곡>은 "송강이 지은 작품이다.(松江所著)"라고
하여 정철이 지은 것으로 되어 있다. <어부사>의 작자는 "퇴계선생의
이십칠구(退溪先生二十七句)"라고 해서 퇴계(退溪)로 되어 있는데, 이는
앞에서 인용한 『교주가곡집』의 "동춘은 퇴계의 어부사를 책에 베껴
두었다.(同春以退溪漁父詞謄置冊中)"라는 구절과 일치하는 내용이다. <환
산별곡>의 작자에 대해서는 "퇴계가 이십사구를 지었다.(退溪著二十四
句)"라고 밝혀져 있고, <낙빈가>의 작자에 대해서는 "퇴계 또는 율곡
의 사십육구(退溪或云栗谷四十六句)"라고 되어 있으며, <강촌별곡>은 작
자가 기록되어 있지는 않다. 그런데 <강촌별곡>의 작자는 차천로(1556
-1615)로,48) <낙빈가>의 작자는 율곡(1536-1584)으로 확인된 바 있다.49)
또 <환산별곡>의 작자를 퇴계(1501-1570)로 볼 수 없다는 견해도 있으
나,50) 본 논의에서는 『청구영언(육당본)』의 기록이 믿을 만하다고 보아
<환산별곡>을 퇴계의 작으로 간주한다.51)

　작자를 확인할 수 있는 작품 중 <장진주>와 <어부사>는 가사로
볼 수 없고 <관동별곡>은 이미 가창되었음이 확인되었다. 따라서 조
선 전기의 작품으로서 가창되었다고 인정할 수 있는 가사의 목록에
새로 추가할 수 있는 것은 <강촌별곡>, <낙빈가>, <환산별곡>의 세
편뿐이다.

　지금까지 가창되었을 가능성이 있는 것으로 확인된 가사는 <서호별

---

48) 홍만종의 『순오지』에 "江村別曲五山車天輅所製."라는 기록이 나온다고 한다.(이상보,
　『17세기 가사전집』, 교학연구사, 1987, 131면.)
49) 필사본 『雜歌』에 나오는 '此栗谷先生之所製也'라는 구절을 통해 알 수 있다고 한다.(이
　상보, 『한국가사선집』, 집문당, 1979, 192면.)
50) 김성배·박노춘·이상보·정익섭, 『주해가사문학전집』, 집문당, 1977, 284면.
51) <관동별곡>과 <어부사>와 <낙빈가>를 각각 '정철', '퇴계', '퇴계 또는 율곡'의 작이라
　고 한 『청구영언(육당본)』의 기록이 다른 곳에 나오는 기록과 어긋나지 않으므로, <환산
　별곡>의 작자가 퇴계로 되어 있는 것을 굳이 부인할 필요는 없다고 본다.

곡>, <면앙정가>, <관서별곡>, <관동별곡>, <사미인곡>, <속미인
곡>, <성산별곡>, <남정가>, <환산별곡>, <낙빈가>, <강촌별곡>의
11편이다. 이 작품들은 대체로 16세기 이전의 작품이다. 16세기 이전의
가사로 학계에 알려진 것은 모두 31편이라고 하는데,[52] 위에서 확인된
가창가사가 31편 중에 차지하는 비율은 35.5%에 이른다. 그리고 전기
의 가사 가운데 가창되었다는 사실이 입증될 가능성이 있는 작품은
이 11편 이외에도 상당수 존재하리라고 본다. 따라서 전기의 가사가
대체로 가창의 목적 하에 창작되었으며 또 실제로 대부분이 가창되었
다고 보는 것은 사실과 어긋나지 않을 것으로 생각된다.

(2) 후기 가사의 음영성

서민가사나 규방가사 또는 <만언사>나 <일동장유가> 같은 장편가
사가 가창되지 않고 음영되었다는 것은 주지의 사실이다.[53] 특별히 입
증할 필요도 없겠지만, 논의의 전개를 위해 몇 가지 근거를 들어 보기
로 한다. 먼저 장편가사가 음영되었음을 추측하게 하는 자료로서 <만
언사>와 관련된 것을 인용하여 보면 다음과 같다.

> 상이 위연이 누상의 올나 비회ᄒ시며 보시니 무수한 궁녜 둘너 안져
> ᄒ 칙을 돌녀 보고 두낫 상궁은 오열체읍하고 모든 궁녀는 손펵쳐 간간
> 졀도ᄒ며 혹 탄식ᄒ고 칭찬ᄒ야 자못 분분ᄒ거늘 상이 고이히 녀기사
> 환시로 ᄒ여곰 그 칙을 가져오라 ᄒ사 익혀 드르시고 지은 사람을 무르
> 시니 알외되 죄인 안도원의 글이라.[54]

---

52) 김광조, 「조선 전기 가사의 장르적 성격 연구」, 서울대 석사학위논문, 1987, 8면.
53) 이혜순, 앞의 논문, 20면; 고순희, 「19세기 현실비판가사 연구」, 이화여대 박사학위논문,
1990, 84~86면.
54) 『만언ᄉ』(서울대 규장각 소장).

무수한 궁녀가 둘러 앉아 한 책을 보며 오열하기도 하고 절도하기도 하며 탄식하고 칭찬하기도 한다고 했다. 여러 가지 행태가 동시다발적으로 연출되고 있는 것으로 보아서 한 사람이 읽어주고 다른 사람들은 주위에서 듣고 있던 상황임을 짐작할 수 있다. 이 대목은 전기수(傳奇叟)가 사람들을 모아 놓고 국문 소설을 구송하는 다음과 같은 상황을 연상케 한다.

> 전기수는 동문 밖에 거처하면서 <숙향전>, <소대성전>, <심청전>, <설인귀전> 등의 傳奇와 같은 言課稗說을 구송한다. 매월 초하루에는 첫째 다리 아래에 앉고, 이튿날은 둘째 다리 아래에 앉고, 사흘째는 베오개에 앉고, 나흘째는 교동 입구에 앉고, 닷새째는 대사동 입구에 앉고, 엿새째는 종루 앞에 자리 잡는다. 위로 거슬러 올라가기를 마치면, 칠일째부터는 따라서 내려오고, 내려왔다가 올라가고, 올라갔다가 또 내려와서 한 달을 마치게 된다. 다음 달도 또한 이와 같이 한다. 읽는 솜씨가 훌륭하기 때문에 주위에 사람들이 많이 모여든다. 가장 긴요해서 꼭 들어야 할 대목에 이르면 갑자기 조용히 하고 소리를 내지 않는다. 그러면 사람들은 그 下回를 듣고자 하여 다투어 돈을 던지는데, 이것을 邀錢法이라고 한다.[55]

궁녀가 <만언사>를 읽는 방식이나 전기수가 국문 소설을 읽는 방식은 모두 책을 보고 읽기는 하되 요즘처럼 무미건조하게 읽는 게 아니라 율문의 리듬에 맞추고 가락을 넣어 읽는 음영의 방식이었을 것이라고 추측할 수 있다. 조선 후기에는 이러한 음영이 국문으로 된 문학 장르

---

55) 傳奇叟: 叟居東門外, 口誦言課稗說如淑香傳·蘇大成傳·沈淸傳·薛仁貴等傳奇也. 月初一日坐一橋下, 二日坐二橋下, 三日坐梨峴, 四日坐校洞入口, 五日坐大寺洞, 六日坐鐘樓前. 溯上旣, 自七日沿而下, 下而上, 上而又下, 終其月也. 改月亦如之, 以善讀故傍觀匝圍. 夫至最喫緊可聽之句節, 忽默而無聲, 人欲聽其下回, 爭以錢投之, 曰此乃邀錢法云.(趙秀三,『秋齋集』卷七「紀異」;『여항문학총서』3, 여강출판사, 1986, 569면.)

를 향유하는 방식으로 보편화되어 있었던 것이다.

장편가사뿐만 아니라 규방가사도 음영되었다. 요즘도 규방가사를 창작하고 있는 이휘와 면담한 내용 중 일부를 소개하면 다음과 같다.

> 조사자: 안 읊으세요? 외우고 나서 읊기도 할 것 아닙니까?
> 이　휘: 예, 외우는 거를 읊으면서 하는 거지요. 읊으면서 외우는 거지요. 그냥 읽을 줄은 몰라요, 우리 고모님들은. 전부 그렇게 배워요. 같이 소리를 맞춰서 하고 그런 거지요.56)

이휘는 오늘날 남아 있는 몇 안 되는 규방가사 창작자 중의 한 사람으로 조선 후기 규방가사의 전통을 계승하고 있는 분이다. 이휘는 어릴 때 고모님들로부터 가사를 배웠다고 한다. 고모님들이나 자신이나 모두 가사를 글로 읽을 줄은 모르고 읊는다고만 했는데, 읽을 줄 모른다는 말은 글자를 모른다는 말이 아니라 읽을 줄 알기야 하지만 그렇게 하지 않는다는 말이다. 실제로 구연할 때에도 이분은 가락을 넣어 흥얼흥얼 노래하듯이 했다.

이휘가 가사를 향유하는 모습을 통해서 조선 후기의 규방가사가 향유된 양상을 충분히 짐작해 볼 수 있다. 조선 후기 규방가사의 향유방식도 이휘가 규방가사를 향유하는 음영의 방식과 크게 다르지 않았다고 할 수 있는 것이다. 결국 조선시대의 규방가사는 기본적으로 읽기 위한 것이 아니라 읊기 위한 것이었다고 하겠다.

음영은 조선 후기에 보편화되어 대대로 전승되어온 전통적인 방식이다. 악기 반주에 맞추어 곡조에 따라 가창되던 가사가 조선 후기에

---

56) 면담대상 : 素亭 李輝(女, 본적 : 경북 영천, 현주소 : 서울 송파구 가락동, 1931年生), 면담일 : 1996. 11. 9.

와서는 악기와 곡조를 잃어버림에 따라 단순한 가락만을 반복하는 음영의 방식으로 향유되기 시작했던 것이다. 장편가사나 규방가사뿐만 아니라 양반가사마저도 조선 후기에 창작된 것들은 대부분 음영되었을 것으로 생각된다. 말하자면, 음영은 가창의 유습으로서 곡조를 모르는 사람들이 선택할 수밖에 없었던 차선책이었으며 조선 후기 가사 향유의 지배적인 방식이었다고 할 수 있다.57)

(3) 개화가사의 율독성

개화기의 가사를 대표하는 것은 『대한매일신보』의 가사라고 할 수 있다. 개화기에 향유된 가사로는 동학가사, 의병가사, 개화가사, 우국가사, 내방가사 등이 있는데, 그 중심을 차지하는 것은 『대한매일신보』의 고정란에 발표된 가사이다. 『독립신문』이 창간된 1896년에서 『태서문예신보』가 등장한 1918년까지 각종의 신문·잡지에 발표된 가사의 작품 수는 총 890여 편이라고 하는데, 그 중에 『대한매일신보』에 발표된 가사가 699수로 전체에서 차지하는 비율이 79%나 된다. 개화기 전시기를 통하여 가사는 가장 발표량이 많은 시가 장르였던 데다가, 그 대부분이 『대한매일신보』에 발표되었으니 『대한매일신보』의 가사는 개화기 시가 장르 전체를 대표한다고 해도 손색이 없을 것이다.58) 따라서

---

57) 여기서 주의해야 할 점은 가사의 향유방식이 그렇게 변하기는 했어도 그러한 변천이 단선적으로 전개된 것이 아니라 복합적·누적적으로 전개되었다는 점이다. 조선 전기 가사창의 관습을 이어받아 발생한 12가사의 창법은 오늘날까지 전승되고 있으며, 조선 후기에 음영의 관습으로 가사를 향유하던 관습도 여전히 명맥을 유지하고 있다. 문화 변동의 일반적인 양상이 가사 향유방식의 변천에서도 마찬가지로 나타난다고 하겠다.

58)

매체＼장르	가사	시조	언문풍월	민요	변조체	신시	자유시	역시	창가
신문	838	594	39	20	32		18	2	76
잡지	52	73	19	12	18	7	44	22	68

개화기 가사의 향유방식과 형태적인 특징은 『대한매일신보』의 가사를 살피는 것으로 충분하다고 할 수 있다.

그러면 이 『대한매일신보』의 가사가 어떤 식으로 향유되었는지 살펴보자. 가능한 방식은 가창과 음영과 율독의 세 가지가 있을 수 있다. 동시대의 가창 장르인 애국가류나 찬송가류처럼 서양악곡에 따라서 가창의 방식으로 향유했을 수도 있으며, 전통적인 음영의 방식으로 향유했을 수도 있겠고, 가창이나 음영과는 다른 새로운 방식인 율독의 방식으로 향유했을 수도 있겠다.

이 가사들의 형태 자체만을 놓고 본다면 이것들이 노래로 불렸으리라고 생각할 수도 있다. 즉 분련된 형태나 반복구, 각 연의 행수가 일치하는 점, 고정적인 4·4조 등은 가창하기에 적합한 형식적인 장치들이

(김영철, 「한국 개화기 시가장르의 형성과정 연구」, 서울대 박사학위논문, 1986, 69면의 통계자료를 인용했다. 여기서 변조체는 가사의 시형을 유지하고 있으나 율조면에서 4·4조의 고정율을 탈피하여 변조의 양상을 보이는 것을 의미한다. 김영철은 자수나 음보의 측면에서만 본다면 이 변조체를 자유시에 포함시킬 수 있으나, 행·연의 구성 등 엄격한 기준으로 본다면 가사에 귀속되어야 한다고 했다. 후자의 기준으로 변조체를 가사에 귀속시킨다면 가사의 작품 수는 더욱 늘어날 것이다.)

신문 ＼ 장르	가 사	시 조	민 요	언문풍월	창 가	변조체	역 시
대한매일신보	698	381	2	3	13	19	1

(위의 논문, 63면의 통계자료를 활용했다.)

첫 번째 자료는 1894년에서 1918년까지 신문과 잡지에 발표된 개화기 시가 각 장르의 작품 수를 집계한 것이다. 가사가 가장 많은 수를 차지하고 있으며 다음이 시조, 창가의 순으로 되어 있다. 전통적인 장르인 가사와 시조가 개화기에 이르러서도 여전히 지배적인 위치를 차지하고 있었음을 확인할 수 있다. 두 번째 자료는 같은 기간에 『대한매일신보』에만 발표된 각 장르의 작품 수를 집계한 것이다. 여기서도 역시 가사가 가장 많고 다음이 시조이며 변조체, 창가 등은 소수에 지나지 않는다. 그리고 이 신문에 발표된 가사와 시조는 각종의 신문 잡지에서 집계한 가사와 시조의 대부분을 차지할 만큼 큰 점유율을 보이고 있다. 『대한매일신보』에 발표된 가사가 당시에 발표된 가사의 전체 작품 수에서 차지하는 비율은 80%에 육박하고 있고, 시조는 거의 60%에 이르고 있는 것이다.

라고 할 수도 있을 것이다. 그러나 당시에 실제로 가창된 장르인 찬송
가나 애국가류와 이 가사들의 형태를 비교해 본다면 그 두 가지 사이에
는 무시할 수 없는 차이점이 있음을 발견하게 된다.

찬송가류나 애국가류와 개화가사가 다른 점은 기본적으로 전자는 노
래의 가사였고 후자는 노래와 무관한 시가 형태였다는 데 있다.[59] 두
가지 유형이 향유방식에 있어 기본적으로 차이가 나므로, 가사의 형태
에 있어서도 대체로 다음의 몇 가지 측면에서 이질성이 나타나게 된다.

첫째는 율격 단락과 통사 단락의 일치여부에 관한 것이다. 찬송가나
애국가류는 하나의 율격 단락 내에서 의미가 완결되는 경향이 강하여
매 행의 마지막에 종결어미가 나타나는 경우가 흔하나, 개화가사는 하
나의 율격 단락 내에서 의미가 완결되는 경향이 약하여 행의 마지막에
종결어미가 나타나는 경우가 드물다. 구체적인 작품을 들어 보면 다음
과 같다.

뎨일

텬디만물챵죠후에　오주구역텬뎡이라

아시아쥬동양중에　대죠션국분명하다

후렴

독립귀쵸쟝구슐은　군민샹이뎨일이라

깃분날깃분날　　　대죠션국독립흔날

깃분날깃분날　　　대죠션국독립흔날

뎨이

단군긔ᄌᄌ쥬시고　신라년호건원이라

---

59) 물론 『독립신문』에 발표된 애국가류가 모두 가창되었다고 볼 수는 없다. 신문기사에
　　가창되었다는 근거가 명확히 제시된 것들과, 후렴구가 붙어 있는 등 노랫말의 형태로
　　보아 가창되었을 가능성이 많은 것들만 노래의 가사였다고 간주해야 할 것이다.(정한모,
　　『한국현대시문학사』, 일지사, 1974, 135면.)

기국홍졔인평후에 고려건원광덕이라
후렴
<농샹공부 쥬스 최병헌 독립가>[60]

▲東西南北四色論이 劘百何時競爭ᄒ야
士禍黨爭繼起ᄒ니 各自搆怨疾視ᄒ다
至今에도未解ᄒ야 心曲중에包藏ᄒ니
黨派癖을難治로다

▲翰林玉堂淸宦이오 兩司馬官賤職이라
淸濁輕重權衡ᄒ야 門閥高下比較ᄒ니
平交相敬守分ᄒ야 胡肝越膽不通ᄒ니
兩班癖을難治로다

<痼疾難治>[61]

4음보를 기준으로 했을 때, <농샹공부 쥬스 최병헌 독립가>는 대체로 4음보 내에서 의미가 종결되는 경향이 강하다. 이것은 노랫말의 한 행을 악곡의 한 소절과 일치시키고자 했기 때문에 나타난 결과라고 할 수 있다. 그러나 <고질난치(痼疾難治)>는 4음보 내에서 의미가 종결되지 않는다. 개화가사는 음악과는 무관한 것이어서 애국가나 독립가에서와 같이 한 행을 4음보로 마무리하게끔 하는 외적 규제가 존재하지 않았기 때문에, 4음보 한 행에 구애받지 않고 의미를 자유롭게 진행시킬 수 있었던 것이다. 그리고 의미가 한 행에서 마무리되지 않고 다음 행으로 넘어가는 경향은 전대의 가사에서 흔히 볼 수 있는 바이기도 하다.

---

60) 『독립신문』, 1896. 10. 3.
61) 『대한매일신보』, 1909. 4. 12.

다음은 음수율에 관한 것이다. 애국가나 찬송가류의 경우, 한 작품 내에서나 유형 전체에서나 모두 일관된 음수율을 발견할 수 없는 경우가 흔하다. 『독립신문』의 애국가류에 4·4조가 많이 나타나기는 하지만, <금강 김교익의 글>이라든가 <경무학도들 노릭>에는 4·4조 외에 3·4조나 4·3조도 흔히 나타난다. 4·4조나 8·8조 외에 다양한 형태의 음수율이 나타나기는 찬송가도 마찬가지이다.[62] 이와 달리 『대한매일신보』의 가사에는 엄격한 4·4조의 율격 형태가 한 작품 내에서나 유형 전체에서나 일관되게 나타난다.[63] 이 고정적인 율격은 특정한 시가 장르가 음악과 멀어졌음을 알려주는 징표가 되는 것이다.[64]

또 애국가류나 찬송가류에는 후렴이 있다는 점도 지적할 수 있다. 그리고 이 후렴의 율격은 작품의 전체적인 율조와 어긋나는 일이 많다. 애국가 중에 <농상공부 쥬스 최병헌 독립가>는 후렴이 붙어 있는데 작품의 4·4조 율격과는 이질적인 3·3조가 나온다. 후렴 부분에서 악곡이 고조됨에 따라 율격도 변질된 것이라고 할 수 있다. 그러나 『대한매일신보』의 가사에는 후렴구가 없다. 개화가사에 2음보격의 반복구가 나오기는 하지만 이것은 애국가류에 나오는 후렴구와는 성질과 기능이

---

62) 19세기말 한국 찬송가에는 35종의 시형이 사용되고 있었으며, 가장 많이 사용된 시형은 8·6조, 7·7조, 8·8조, 6·6조, 8·7조, 7·6조 등이었다고 한다.(김병철, 「개화기 시가사상에 있어서의 초기 한국찬송가의 위치」, 『아세아연구』 제42호, 고려대학교 아세아문제연구소, 1971, 89-91면.)

63) 개화가사의 4·4조가 찬송가나 애국가류의 율격에서 영향받았다고 보는 것은 본말을 거꾸로 파악한 데 불과하다. 개화기의 시가 장르가 나타나기 이전부터 이미 규방가사 등에 4·4조가 유행하고 있었고, 이 전통적인 율격형태를 계승하여 개화가사의 율격이 성립되었다고 보는 것이 옳을 것이다. 찬송가에 간혹 나타나는 4·4조, 애국가류에 흔히 보이는 4·4조도 모두 조선 후기 가사의 율격을 계승한 것이라고 보는 게 타당하리라고 본다.

64) 이 점에 대해서는 '3.3. 음악 상실에 따른 형태 변모 양상의 비교 고찰'에서 자세히 다룬다.

다르다. 애국가나 찬송가류의 후렴구는 악곡에 맞추어 지어진 것이지
만, 개화가사의 반복구는 음악과는 무관한 상태에서 창작되어 연의 형
태적 동질성을 이루어내는 데 기여하고 있는 것이다. 그리고 『대한매일
신보』의 가사에 나오는 반복구는 작품 전체의 율조와 어긋나지도 않는
다. 고정적인 4·4조는 작품 전체를 통해 시종일관 고수되는 것이다.

이러한 사실로 미루어 찬송가나 애국가류는 음악에 종속되어 악곡
에 맞게끔 지어졌으나, 개화가사는 음악과는 무관하게 전통 가사의 율
격을 기반으로 해서 창작되었음을 알 수 있다. 따라서 『대한매일신보』
의 가사가 가창되었다고 볼 수는 없을 것이다.

그렇다고 이 가사들이 전통적인 음영의 방식으로 향유되었다고 볼
수도 없을 것 같다. 이 가사들은 박은식, 신채호, 양기탁 등의 『대한매
일신보』 편집진에 의해 창작되었다고 하는데,[65] 그들은 자신들이 지은
가사를 가(歌)가 아닌 시(詩)로 인식하고 있었다. 시론(詩論)인 「천희당
시화(天喜堂詩話)」를 통해 이점을 확인할 수 있다.[66] 관련되는 대목을
들어보면 다음과 같다.

1) 大凡 詩란 者는 卽 此歡呼, 憤叫, 淒涼, 灑泣, 呻吟, 狂啼 등의 情態
로 結成ᄒᆞᆫ 文言이니 詩를 廢코ᄌᆞ ᄒᆞ면 是ᄂᆞᆫ 國民의 喉를 廢ᄒᆞ며 腦를
破홈이니 此ㅣ 엇지 可ᄒᆞ며 此ㅣ 엇지 可ᄒᆞ리오. 故로 余ᄂᆞᆫ 嘗言호ᄃᆡ
詩가 盛ᄒᆞ면 國도 亦盛ᄒᆞ며 詩가 衰ᄒᆞ면 國도 亦衰ᄒᆞ며 詩가 存ᄒᆞ면
國도 亦存하며 詩가 亡ᄒᆞ면 國도 亦亡ᄒᆞ다 ᄒᆞ노라.[67]

2) 詩란 者ᄂᆞᆫ 國民 言語의 精華라, 故로 强武ᄒᆞᆫ 國民은 其詩부터 强武

---

65) 조동일, 『한국문학통사』 4권, 지식산업사, 1989, 268면.
66) 「천희당시화」는 『대한매일신보』 1909. 11. 9.부터 1909. 12. 4. 사이에 연재되었다.
67) 『대한매일신보』, 1909. 11. 23.

ᄒ며 文弱ᄒ 國民은 其詩부터 文弱ᄒ나니 一國의 盛衰治亂은 大抵 其 國詩에서 可驗홀지오 又 其國의 文弱을 回ᄒ야 强武에 入코ᄌ 홀진ᄃᆡ 不可不 其 文弱ᄒ 國詩부터 改良홀지라.[68]

인용한 부분에서 논자는 시의 중요성과 국시의 개량을 주장하고 있 다. 그런데 여기서 말하는 시(詩)는 국문 시가 장르 중에서도 특히 시조 와 가사를 지칭한다고 할 수 있다.[69] 조선 시대까지 줄곧 가(歌)이기만 했던 시조와 가사가 개화기에 이르러는 시론의 대상이 될 만큼 시(詩) 에 근접해 있었던 것이다.[70] 가사가 시론의 대상이 되고 시(詩)로 인식 되었다는 것은 곧 이것들이 옛날 식으로 노래하거나 읊는 방식이 아니 라 읽는 방식으로 향유되었음을 뜻한다. 시를 읽는다는 것은 곧 율독이

---

68) 『대한매일신보』, 1909. 11. 11.
69) 일단, 이 詩라는 용어는 이 글이 씌어진 시점인 1909년 당시에 향유되던 詩歌 장르 중의 하나를 가리킨다고 할 수 있을 것이다. 이 당시에 향유되던 시 또는 시가의 장르로 는 한시, 가사, 시조, 언문풍월, 창가 등이 있었다. 그런데, 이 「천희당시화」의 내용은 東國語·東國文·東國音으로 된 동국시를 지어 東國詩界革命을 일으키자는 것으로, 한시의 가치를 부정하고 우리말로 된 우리시가가 진정한 의미를 가진다고 하는 주장을 담고 있다. 따라서 한시는 이 시론의 대상에 해당되지 않는다고 할 수 있다. 또, 1909. 11. 17.에 발표된 「천희당시화」에서 "此 七字詩도 或 一種 新國詩體가 될가 曰 否라 不可하다."라고 하여 언문풍월에 대해서도 부정적인 입장을 밝힌 것으로 보아, 언문풍월 또한 국시 개량의 대상이 되지 않았음을 알 수 있다. 따라서 詩가 지시하는 대상은 한시나 일본식 창가, 또는 언문풍월이 아니라 우리말 시가인 가사와 시조였다고 할 수 있다.
  앞의 도표에서 본 바와 같이 『대한매일신보』가 창간된 1904년부터 폐간된 1910년까지 이 신문에 발표된 시가 장르별 작품 수는 가사가 698수로 가장 많았고, 그 다음이 시조로 381수였으며, 기타 언문풍월이 4수, 창가가 13수였다고 한다. 가사와 시조가 가장 많은 비중을 차지하고 있었다는 사실을 통해 보더라도, 「천희당시화」에서 말한 詩는 『대한매 일신보』의 주력 장르였던 가사와 시조가 될 수밖에 없는 것이다. 그 중에서도 특히 가사 가 시계혁명의 성과를 가장 잘 보여준다고 할 수 있다(조동일, 앞의 책, 1989, 203면.).
70) 김대행도 개화가사가 노래로 불리거나 음영되었던 것이 아니라 읽힌 시였다고 했다. (김대행, 『시가시학연구』, 이화여자대학교출판부, 1991, 47-54면.)

며, 이 율독은 개화기에 저널리즘이 발달되면서부터 시의 향유방식으로 보편화되기 시작했다고 할 수 있다.

3) 향유방식 변천의 원인

이상에서 살펴 본 바와 같이 가사는 조선 전기에서 조선 후기 그리고 개화기를 거치는 동안 세 가지의 가능한 향유방식인 가창, 음영, 율독 모두를 경험했다는 점에서 특이한 장르라고 할 수 있다. 가사는 내용적인 복합성과 개방성에 어울리게 향유방식에 있어서도 세 가지 향유방식을 모두 수용할 수 있을 만큼 개방적이고 유연한 장르였다고 할 만하다. 가사 이외의 장르는 향유방식이 변화에 봉착할 경우 작품의 생산이 종식되거나 형태적인 환골탈태를 겪어 다른 장르로 인식되는 것이 보통이다.[71] 가령 경기체가 같은 경우는 음악이 상실되어 그 기본적인 향유방식인 가창이 중지됨과 함께 작품의 생산도 종식되었고, 일본의 고대가요에서 발달한 와카[和歌]는 고대가요의 가창에서 와카의 음영으로 향유방식이 바뀜에 따라 5·7 위주의 정형시로 형태적인 전환을 겪었던 것이다.[72]

그러나 가사의 경우는 가창에서 음영으로, 음영에서 다시 율독으로 향유방식이 변화하는 데 따라 일정한 방향으로 형태 변모를 겪기는 했지만, 그런 변모가 다른 장르에서만큼 강하게 나타났던 것은 아니었다. 가창가사와 음영가사의 형태가 크게 차이나지 않음은 물론이며,

---

71) 향유방식의 변화는 형태적인 변모를 수반한다는 본 논의의 관점에 따를 것 같으면, 역으로 생각하여 형태적인 변모가 향유방식의 변화를 증명하는 작품 내적인 물증이 된다고도 할 수 있다.

72) 와카[和歌]에 대해서는 '3.3. 음악 상실에 따른 형태 변모 양상의 비교 고찰'에서 상론할 것이다.

율독의 방식으로 향유된 개화가사의 경우도 전시대의 가사를 계승한 면모가 상당부분 존재하는 것이다. 이렇게, 가사는 향유방식의 변화에 직면하여 형태적인 변모를 크게 겪지 않은 채 그 생명을 유지할 수 있을 만큼 유연하고 개방적인 장르였고, 그래서 가능한 세 가지 향유방식을 모두 경험했다는 점에서 특이한 내력을 지닌 장르라고 할 수 있는 것이다.

이러한 향유방식의 변화는 그것 자체로 진행된 것이 아니라 다른 요인들의 변화와 함께 진행되었다. 음악과 결합되어 있다가 음악을 상실하게 되는 것은 시가 장르가 겪게 되는 일반적인 과정이기도 하지만, 특히 가사의 향유방식이 변하게 된 배경으로는 담당층의 확대, 가창장르의 교체, 전달방식의 변화 등을 생각해 볼 수 있을 것이다.

조선 전기에는 주로 양반계층이 가사를 창작했는데, 조선 후기에 이르러서는 서민이나 부녀자들도 가사의 창작에 대거 참여하게 된다. 서민이나 부녀자들은 거문고를 뜯으며 풍류를 즐기는 가창의 관습과는 거리가 먼 사람들이었으므로, 그들에게 적합한 음영의 방식으로 가사를 향유할 수밖에 없었던 것이다. 조선 후기의 음영가사를 정착시키는 데 담당층이 변한 것이 한 몫을 했다는 점은 부인할 수 없다.

그러나 담당층의 변화만으로 모든 것을 설명할 수는 없다. 서민가사나 규방가사가 아닌 양반가사도 <일동장유가>나 <만언사> 같이 장편인 경우에는 가창이 아니라 음영의 방식으로 향유되었다고 볼 수밖에 없는데, 그렇다면 작자층의 변화 이외의 다른 요인도 아울러 고려할 필요가 있는 것이다.[73]

---

73) 가사의 장형화가 향유방식 변화의 한 요인이 되었다는 것도 부인할 수 없는 사실이라고 할 수 있다. 그러나 이것은 역으로 설명하는 것이 오히려 타당할 수 있다는 점과 길이가 길지 않은 후기 가사나 개화가사의 경우도 가창으로 향유되지 않은 사정을 고려한다면,

　후대로 갈수록 사람들이 보다 빠른 음악을 선호하게 되어 조선 후기에 이르면 사설시조나 잡가가 새로운 가창 장르로 등장하여 유행하게 되는데,[74] 그럼에 따라 기존의 장르인 가사는 가창 장르로서의 의의를 잃고 음악과 분리되어 갈 수밖에 없었다고 할 수 있다. 그래서 조선 후기에는 12가사만 전승되었을 뿐 새로운 레퍼토리가 추가되는 확대 재생산이 이루어지지 않았던 것이다. 이렇게 새로운 가창 장르가 출현함에 따라 기존의 가창 장르가 음악과 멀어지게 되는 것은 장르 교체의 일반적인 현상이기도 하다.

　또 향유방식 변화의 배경으로 전달방식의 변화에도 주목할 필요가 있다. 가사의 전달방식은 기록성이 강화되는 방향으로 변화를 지속해왔다. 초기에는 구비적인 방식으로 전달되던 가사가 후기로 가면서 점차 기록물에 의존하는 경향이 증가하게 되어 개화기에 이르러서는 비로소 신문이나 잡지 등의 인쇄매체를 통해 유통되기 시작했던 것이다.[75]

　이러한 기록성의 강화는 가사의 향유방식이 변화한 것과 무관하지 않다. 구술로 전달되던 시대에는 가사의 향유에 항상 악기가 동반되었으나 문자로 전달되는 시대에 오면 가사의 향유에 악기 대신 책이 따르게 된다. 그렇게 되면 음악에 의존하는 경향은 줄어들 수밖에 없다. 음악이 하는 기능 중의 하나는 전승을 용이하게 하는 데 있다고 할 수 있는데, 그런 기능이 기록물에 의해 대체되면 음악의 필요성은 그만

장형화도 역시 담당층의 확대와 마찬가지로 가사 향유방식 변화의 부분적인 원인은 될 수 있지만 전체적인 원인은 될 수 없음을 알 수 있다. 가사 향유방식의 변화는 담당층의 확대나 장형화라는 요인 이외의 여러 가지 요인들이 복합적으로 작용하여 유발된 현상인 것이다.

74) 사설시조가 조선 후기에 유행했다는 것은 이미 주지의 사실이고, 잡가도 17세기 말에서 18세기 초엽에 발생했다고 한다.(정재호, 『한국가사문학연구』, 태학사, 1996, 205면.)

75) 이 점에 대해서는 '4.2. 구비문학에서 기록문학으로의 전환'에서 자세히 다룬다.

큼 줄어들게 되는 것이다. 그래서 후대로 갈수록 가창보다는 음영이, 또 음영보다는 율독이 보다 보편적인 향유방식으로 자리 잡아가게 되었던 것이다.[76] 특히 개화기 저널리즘의 발달은 율독의 방식이 보편화되는 데 결정적인 작용을 했던 것으로 판단된다.[77]

이렇게 보면 기록성의 강화는 음악 상실과 함께 향유방식의 변화라는 동전의 양면을 이룬다고도 할 만하다. 다시 말해 이 두 가지는 향유방식 변화의 핵심에 해당한다고도 할 수 있겠다. 본고는 가사 형태 변모의 원인으로 음악의 상실이라는 측면 외에 기록성의 강화라는 측면에도 주목한다. 그러면 이제 이러한 요인들이 가사의 형태에 어떤 영향을 미쳤는가 하는 점을 본격적으로 살펴보기로 하자.

---

76) 작자층의 확대는 전기 가사에서 후기 가사로의 변모 즉, 가창에서 음영으로 변한 데 대한 원인은 될 수 있겠으나 율독 방식이 나타난 데 대한 원인은 될 수 없다. 개화가사의 율독 방식이 작자층이 어떻게 변해서 나타났다고 보는 것은 아무래도 무리가 따른다. 또한 중국의 근체시가 성립된 과정이나 일본의 와카[和歌]가 성립된 과정에는 가사에 나타난 것과 같은 작자층의 확대가 나타나지도 않았다. 중국에서는 작자층이 상층귀족으로 옮아가면서 노래하던 민요에서 읊거나 읽는 시가 발생했고, 일본의 경우에는 전문적·직업적인 시인들이 나타나면서 가창되던 고대가요에서 음영되는 와카가 발생했던 것이다. 중국이나 일본에서는 작자층이 상층으로 옮아가 귀족화·전문화되었던 반면 한국에서는 작자층이 서민층으로 옮아가 평민화·비전문화되었다고 할 수 있다. 이렇게 작자층의 변동 양상이 서로 다름에도 불구하고 향유방식의 변화는 같은 양상을 보이고 있는 것이다. 그러니 작자층의 확대라고 하는 것은 한국의 경우, 특히 가창가사에서 음영가사로의 변모에만 적용되는 특수한 요인이라고 할 수밖에 없다. 이와 달리 문자의존성 또는 기록성의 강화는 음영에서 율독으로의 변화까지 포괄하며, 중국이나 일본의 경우에도 적용되는 일반적인 요인이라고 할 수 있다.

77) 저널리즘의 발달에 따른 문자의 홍수 속에서, 신문이나 잡지에 포함된 시가 작품을 느릿느릿 음영하는 방식으로 향유할 수는 없는 노릇이고, 리듬감만을 살려 보다 빠른 방식으로 향유하게 되는 것은 불가피한 일이었을 것이다. 율독의 관습은 개화기에 저널리즘이 발달하게 됨에 따라 시가 작품이 인쇄매체에 의해 전달됨으로써 보편화되기 시작하여 오늘날까지 이어진 것이라고 할 수 있다.

3. 향유방식 변천에 따른 가사 형태의 변모

1) 율격 외적 요소의 변모

(1) 제목

가사의 제목은 '…가(歌)'나 '…곡(曲)', '…사(詞)' 등으로 되어 있는 게 보통이다. 이런 식의 제목은 향가, 고려속요, 경기체가에서 볼 수 있는 바와 같이 음악과 결합되어 있던 고전시가에 흔히 사용된 것들이다. 가사도 가창 장르로 출발했던 만큼 이런 제목을 지니는 것은 당연한 일이다.[78]

그러나 꼭 음악과 결합되어 있는 가사에만 이런 제목을 붙일 수 있었던 것은 아니다. 후대로 내려오면 제명이 관습화되는 경향이 늘어나 음악과 결합된 것으로 볼 수 없는 가사에도 '가(歌)', '곡(曲)', '사(詞)' 등의 제목을 붙이게 된다. 장편가사인 <만언사(萬言詞)>나 서민가사인 <이별곡(離別曲)> 등은 가창된 것으로 볼 수 없는 가사인데도 같은 식의 제목을 사용하고 있는 것이다. 제명의 관습은 가사에서 음악이 사라지고 난 후에도 오랫동안 지속되었다고 할 수 있다. 그래서 지금까지는 대체로 이런 제목에 특별한 의미를 부여하지 않아 왔던 게 사실이다.

그러나 관습에 따라서만 제목을 붙였던 것은 아니다. 원칙적으로 '가(歌)', '곡(曲)', '사(詞)' 등은 곡에 얹혀 노래로 불리는 것에만 붙일 수 있고, 노래로 불리지 않는 것에는 붙일 수 없는 것이다. 판소리가 소설로 정착되면서 가창되지 않게 되자 '…가(歌)'란 제목이 '…전(傳)'이라는 제목으로 전환되었는데, 이것은 관습보다는 원칙에 따라서 제목을 붙인 경우라고 할 수 있다. 이렇게 관습보다는 원칙에 따라 작품 향유

---

78) 이혜순은 초기 가사의 제명에 '歌'나 '曲'이 많이 사용된 것이 가사가 음악과 결합되어 있었기 때문이라고 했다.(이혜순, 앞의 논문, 7-8면.)

의 실정에 맞게끔 제목을 붙이는 경향은 가사에서도 발견할 수 있다.

가사는 시대가 흐름에 따라 점점 음악과 멀어져 왔는데, 이러한 변화
는 제목에도 그 흔적을 남겼다. 가사의 향유방식이 변함에 따라 제목에
는 어떤 변화가 일어났는지 다음의 도표를 보면서 살피기로 한다.

〈표 1〉 제목 끝 자의 시기별 변화79)

시대＼제목의 끝 자	曲	歌	詞	嘆	吟	謠	기타	계
15-16세기	11(36)	18(58)			2(6)			31(100)
17세기	12(29)	22(55)	5(12)	1(2)			1 (2)	41(100)
18세기	22(27)	49(61)	9(11)				1 (1)	81(100)
19세기	24(11)	163(73)	9 (4)	7(3)			19 (9)	222(100)
20세기	3(0.4)	49 (7)	1(0.1)	13(2)		2(0.3)	631(90)	698(100)

( ) 속은 백분율.

여기서 15-16세기 가사로 집계된 최현의 <용사음(龍蛇吟)>과 <명월
음(明月吟)>은 그 이후에 이런 식으로 '음(吟)'을 붙인 가사가 나타나지
않으므로 예외적인 것이라고 할 수 있다. 『대한매일신보』에 두 편 나오
는 <격양가요(擊壤歌謠)>, <계동(癸童)의 동요(童謠)>도 전대에 이런
예가 없으니 예외적인 것은 마찬가지이다.

---

79) 15-16세기는 『조선 전기 가사의 장르적 성격 연구』(김광조, 앞의 논문)를, 17세기는
『17세기 가사전집』(이상보, 앞의 책, 1897)을, 18세기는 『18세기 가사전집』(이상보, 민속
원, 1991)을, 19세기는 『규방가사 1』(권영철, 한국정신문화연구원, 1979)과 『규방가사』
(권영철, 효성여자대학교 출판부, 1985) 및 『서민가사연구』(김문기, 앞의 책)의 자료를,
20세기는 『대한매일신보』의 가사를 대상으로 집계한 것이다. 『규방가사』에는 개화기
이후의 가사도 다수 포함되어 있으나, 창작 시기와는 무관하게 모두 비슷한 형태로
되어있고 향유방식도 음영으로 같았을 터이므로 19세기 규방가사에 맥이 닿아 있다고
해도 무방하리라고 본다. 그리고, 여기에 집계된 19세기의 가사는 일부에 지나지 않는다.
화전가나 계녀가 계열의 가사까지 모두 모아 놓고 통계를 낸다면, 19세기 가사에서
歌字로 된 제목의 비율은 더 늘어나고 曲字로 된 제목의 비율은 더 줄어들 것이다.

이 도표를 종횡으로 살펴보면 일정한 변화양상을 발견할 수 있다.

먼저 곡(曲) 자(字)가 붙은 제목의 비율이 꾸준히 감소하는 추세를 보이고 있다는 점을 지적할 수 있다. 곡(曲)은 곡조를 말하므로, 초기에는 곡(曲) 자가 붙은 제목이 노랫말을 지칭했다기보다는 노랫말을 얹어 부르는 악곡을 지칭했다고 할 수 있을 것이다. 그러던 것이 후기로 내려올수록 악곡과 노랫말을 아울러 지칭하게 되고, 결국에는 악곡이 없는 노랫말 자체에도 곡(曲) 자를 붙일 수 있게 되었을 것이다. 이런 곡(曲) 자가 붙은 제목의 비율이 후대로 내려올수록 감소한다는 사실은 그만큼 가사가 음악과 멀어지게 되었다는 점을 시사한다고 하겠다.

곡(曲) 자가 붙은 제목과 마찬가지로 사(詞) 자가 붙은 제목의 비율도 꾸준히 감소하는 추세를 보인다. 원래 사(詞)는 곡(曲)의 사(詞)여서 그 자체로 존립할 수 있는 것이 아니라 반드시 곡과 결합되어 있는 것이다. 중국의 경우에도 사(詞)는 악부, 곡, 소설 등과 함께 가창되었던 장르였다고 한다. 그러므로 사(詞) 자 제목의 초기 가사는 악곡을 전제로 한 것이었다고 보아 무리가 없을 것이다. 이런 사(詞) 자가 붙은 제목의 비율이 후대로 내려올수록 점점 감소하는 현상은 곡(曲) 자 제목의 경우와 마찬가지로 음악과 결부되어 가창되는 가사가 줄어듦에 따라 나타난 당연한 결과라고 이해할 수 있다.

다음, 가(歌) 자가 붙은 제목의 비율은 위의 경우와 달리 조선 후기까지는 증가하다가 개화기에 이르러 갑자기 떨어지는 경향을 보인다. 여기서 한 가지 고려해야 할 점은 가(歌)에 협의의 가(歌)와 광의의 가(歌)가 있다는 것이다. 협의의 가(歌)는 곡조에 따라 가창하는 것만 의미하는 개념이고 광의의 가(歌)는 곡조 없이 음영하는 것까지 두루 포괄하는 개념이다. 가(歌) 자가 붙은 제목의 비율이 조선 후기에 이르러 증가하고 있다는 사실은 이 가(歌)가 협의의 개념에서 광의의 개념으로 바

꿰어 사용되었음을 뜻한다고 풀이할 수 있다. 앞에서 살폈듯이 조선 후기에는 가창과는 무관한 음영의 방식으로 향유되는 가사가 주종을 차지하게 되었는데, 이 음영가사에도 모두 가(歌) 자를 달아 제목을 붙였기 때문에 가(歌) 자 제목의 비율이 높아졌던 것이다.

이것은 곡(曲) 자나 사(詞) 자로 된 제목이 줄어드는 것과 상대되는 양상이다. 후대로 내려올수록 곡(曲) 자로 된 제목과 가(歌) 자로 된 제목의 비율 차이는 점점 커지게 되는데, 이 점은 조선 후기에 이르러 가창하는 가사는 줄고 음영하는 가사는 늘어났다는 사실을 반영하는 것으로 해석된다. 그리고 개화기 『대한매일신보』의 가사에서 가(歌) 자로 된 제목의 비율이 급격히 감소하는 것은 가사가 신문에 발표되고 읽는 방식으로 향유됨으로써 그 가사들이 더 이상 광의의 가(歌)에도 포함될 수 없게 된 가사 장르 속성의 변화를 반영한다고 할 수 있다.

탄(嘆) 자로 된 제목이 차지하는 비율은 대체로 일정한 경향을 보인다. 탄(嘆)은 탄식이므로 가사의 향유방식이나 속성보다는 작품의 내용을 의미한다고 볼 수 있다. 시국에 대한 탄식은 어느 때나 있을 수 있는 것이므로 조선 전·후기와 개화기를 막론하고 일정한 비율로 나타나게 된 것이다.

'기타'에 해당하는 것은 곡(曲), 가(歌), 사(詞) 등의 글자가 붙지 않은 제목인데, 이것이 초기에는 미미한 비율을 보이다가 후대로 갈수록 점점 증가하여 『대한매일신보』 가사에 와서는 90%를 차지하게 된다. 여기에 해당하는 작품은 다음과 같은 것들이다. 17세기와 18세기의 것은 박인로의 <독락당>과 배이도의 <훈가이담>이고, 19세기의 것은 규방가사인 <평천 벽진리씨 딸래끼리 서로 통정>, <귀천긔힝 다젼듸 슈쟉>, <사겨울>, <상사몽>, <근봉>, <두견문답설화>, <한녀자 유행 원부모 형제 붕우>, <진정부> 등이며, 개화기 『대한매일신보』의 것은

<독사유감(讀史有感)>이나 <경쟁오해(競爭誤解)> 등으로 네 글자 제목
이 많으며 총 631편이나 된다. 개화기에 이르러 제목에 가(歌) 자나
곡(曲) 자가 붙지 않은 가사가 폭발적으로 증가한 것은 가사의 향유방
식과 장르 속성이 변화한 사실을 잘 반영하고 있다. 『대한매일신보』의
가사는 노래로 불리는 가(歌)가 아니라 읽히는 시(詩)로 변모되어서 '가
(歌)'나 '곡(曲)'이라고 해서는 작품 향유의 실상과 어긋날 수밖에 없었
기 때문에, 종래의 제명 관습을 거부하고 새로운 방식으로 제목을 붙이
게 되었던 것이다.

이상의 논의를 통해서 향유방식의 변화는 작품의 제목에 뚜렷한 흔
적을 남기고 있음을 알 수 있다. 또 가사의 작자들은 제목을 관습적으
로만 붙인 게 아니라, 작품 향유의 실정이나 장르 속성과 부합하게 하
여 제목이 적의성(適意性)을 지니도록 했다는 점도 확인할 수 있다. 이
와 같은 제목의 변화는 가사의 향유방식과 장르 속성이 변했다는 것을
방증하는 증거력을 갖고 있기도 하다.

(2) 분련(分聯)

다음으로 개화기 『대한매일신보』의 가사에 보이는 분련에 대해서
살펴보도록 하자. 『대한매일신보』의 가사는 대체로 전대의 가사에서
는 볼 수 없는 분련이라는 특이한 형태로 되어 있다. 연만 나누어져
있는 것이 아니라, 각 연의 행수가 일치하고 또 매연마다 일정한 구절
이 반복되어 나뉜 연이 형태적으로 동일한 모습을 보이는 경우가 많다.
한 예를 들어 보면 다음과 같다.

▲ 이時局을 俯察하니 風勢搖搖 無定時라
　如醉如狂 慌忙하야 若存若無 精神업다

▲自衛團을 認許ᄒᆞᆯ제 뎌主意를 몰낫던지
　各地方에 橫行하야 無辜生靈 恐動ᄒᆞ니
　火上添火 이아닌가 至今後悔 所用잇나
　內部大臣 精神업고

▲大東會專 門學校에 任員組織 紛운ᄒᆞᆯ졔
　酒中天地 되엿고나 狂言妄說 橫竪ᄒᆞ니
　逐出令이 忽出ᄒᆞ야 當場爻象 不美ᄒᆞ니
　뎌會席이 精神업고

▲土地家屋 證明書를 度支部로 報請ᄒᆞ니
　事務處理 所掌件이 此部彼部 各異ᄒᆞᆫ대
　事例茫昧 엇지ᄒᆞ나 推一事而 可知로다
　慶北觀察 精神업고

<酒中精神>80)

2, 3, 4연은 행수가 같으며, "精神업고"란 구절이 연의 마지막에 반복
되고 있어 각 연은 형태상 동일한 모습을 유지하고 있다. 이런 형태는
가사에서는 일찍이 시도된 적이 없었다. 가사는 처음부터 분련체가 아
니라 연속체로 출발했으며 이것이 조선 후기까지 지속되었다. 그러다
개화기에 이르러 갑자기 분련체의 가사가 등장하게 된 것이다.81)

　물론 분련체는 가사 이외의 다른 장르에 이전부터 존재해 왔다. 고려

---

80) 『대한매일신보』, 1908. 2. 28.

81) 이런 형태의 생성 배경과 시대적인 의의에 대해서는 이미 논의가 이루어진 바 있다.
　분련과 반복구는 강력한 사회비판과 힘찬 리듬을 필요로 하는 긴박한 시대의 산물이며,
　특히 분련은 이이의 <고산구곡가>나 <춘향전>의 <십장가>처럼 되어 있다고 한 견해
　가 그것이다.(조동일, 「개화기의 우국가사」, 『개화기의 우국문학』, 신구문화사, 1974,
　99면.) 개화가사의 분련체는 동국시의 혁명을 이룩하고자 한 『대한매일신보』의 집필진
　이 의도적으로 산출해 낸 것으로 가사 형태의 혁신을 이룩한 성과라고 할 수 있다.

속요나 경기체가, 연시조 등은 대체로 분련체로 되어 있는데, 이러한 분련체가 개화가사에까지 이어지고 있는 것을 보면 분련의 전통은 참으로 유구하다고 할 수 있다.

고전시가의 분련과 개화가사의 분련은 형태적으로 유사한 점이 있기는 하지만 그 둘 사이에는 본질적인 차이가 존재한다. 즉 고전시가의 분련은 음악에서 유래한 분련인 반면, 개화가사의 분련은 음악과는 무관한 분련인 것이다.[82] 가창 장르의 분련과 개화가사의 분련 사이에 이와 같은 본질적인 차이가 존재하기 때문에, 개화가사의 분련을 단순히 전통 시가나 동시대 찬송가의 분련체에서 영향 받은 것으로 이해하고 말 수는 없다. 다른 장르와의 영향 관계에서보다는 오히려 가사 장르 자체의 흐름 속에서 개화가사의 분련을 이해하는 것이 더욱 중요한 일이라고 하겠다.

기록 방식의 측면에서 접근한다면 가사문학의 맥락 속에서도 충분히 개화가사의 분련을 이해할 수 있게 된다. 조선시대 가사의 기록 방식에는 줄글체와 귀글체가 있다고 한다.[83] 그 예를 들어 보면 다음과 같다.

> 뎨가 는 뎌각시 본 듯도 흔뎌 이고텬샹빅옥경을엇디 흐야니별 흐고 히 다뎌
> 겨믄날의 눌을보라 가시 는 고어와네 여이고내 스 셜드러보오내얼굴이거동이
> 님괴얌즉 흐냐마 는 엇딘디날보시고네로다녀기실 식 나도님을미더군 쓰 디뎐
> 혀업서이 릭 야교 틱 야어 즈 러이구돗 쎤 디반기시 는 놋 비치녜와엇디다 릭 신고

---

82) 분련은 원래 같은 곡조에 동일한 형태의 노랫말을 반복적으로 얹어 부를 수 있도록 되어 있는 시가 형태이다. 그것은 음악을 전제로 생성된 형태라고 할 수 있다. 그런데 가사는 조선 후기 이래로 음악과 점점 멀어져 마침내는 음악과 무관한 존재가 되었음에도 불구하고 개화가사에 와서 다시 분련의 형태를 취하고 있는 것이다.

83) 최강현, 『가사문학론』, 새문사, 1986, 50면.

누어싱각ᄒ고니러안자혜여ᄒ니내몸의지은뫼ᄀ티짜혀시니하늘히라원망
ᄒ며사름이라허믈ᄒ랴 (후략)   <쇽미인곡>84)

　　뉘라셔하느님이 셜운진졍ᄒ랴ᄒ니 젼싱의무삼죄로
　　공명되다이르던고 목이메고가슴답답 이즘싱이되야나셔

　　이렁져렁곤ᄒ신제 인싱밧금수즁에 우츙모츙인지츙에
　　일싱고역못면ᄒ노 온갓즘싱혜여보니 삼쳔삼빅넘건만는

　　가련할손육츅즁에 묵긴원수무삼죄악 몸조차둔박ᄒ기
　　셜운니는나ᄲᅮᆫ일다 이티도록잇단말고 더욱민망이러ᄒ즁
　　(후략)   <탄우가>85)(밑줄은 필자)

전자의 기록 방식은 줄글체라고 하고 후자의 기록 방식은 귀글체라
고 한다. 줄글체에서는 구와 행을 구분하지 않고 달아서 쓰는 반면,
귀글체에서는 행을 구분하고 구를 나누며, 이어지는 두 구의 길이가
같아 보이도록 한다. 특히, <탄우가>의 "뉘라셔하느님이"와 "공명되
다이르던고"는 구의 글자 수가 다름에도 불구하고 앞의 것을 늘여 써
서 같은 모양으로 보이도록 했다. 이렇게 귀글체로 기록해 놓으면 미관
상 좋을 뿐 아니라 읽기에도 편하다. 이것은 가사가 기록에 의해 전달
되면서 나타난 것으로 일종의 형태미를 추구한 결과라고 할 수 있다.
이런 식으로 분절성과 형태미를 추구하는 것은 기록성이 강화되면서
나타나는 일반적인 현상인 것이다.86)
　이렇게 분절성과 형태미를 추구하는 귀글체의 전통은 개화가사에

---

84) 「松江歌辭上」, 『孤山歌辭·松江歌辭·蘆溪歌辭 合本』, 아세아문화사, 1974, 31면.
85) 최강현, 앞의 책, 1986, 51면.
86) 월터 J. 옹, 『구술문화와 문자문화』, 이기우·임명진 역, 문예출판사, 1995, 160면.

이르러 더욱 강화된 형태로 나타난다. 개화기에 이르면 각종의 신문과 잡지가 발생되어 가사가 인쇄매체에 의해 전달됨으로써 기록성은 더욱 강화되고, 그럼에 따라 분절성과 형태미를 추구하는 의식도 더욱 고양된다. 귀글체에서는 행을 구분하는 것으로 만족하고 구의 형태를 일정하게 보이도록 하는 조작에 머물렀을 뿐인데, 『대한매일신보』에 와서는 ▲와 같은 표시를 써서 연을 엄격하게 구분하고 각 연의 행수를 같게 하는 동시에 반복구를 써서 연의 형태를 일정하게 보이도록 하는 단계로까지 발전했던 것이다.

이렇게 전달방식의 측면에서 보면, 개화가사의 분련 형태가 전례없이 나타난 엉뚱한 존재가 아니고 필사시대의 귀글체 가사와 맥이 닿아 있는 것임을 알 수 있다. 또 기록성이 강화되면 형태미를 추구하는 경향도 강화된다는 일반적인 양상이 귀글체 가사로부터 개화가사로 변모한 과정에도 그대로 나타나고 있음을 확인할 수 있다.

(3) 길이

길이의 문제도 같은 관점에서 생각할 수 있다. 조선 후기에 이르면 가사의 길이가 길어지는 경향을 보여 500행이 넘는 <만언사>, <농가월령가>, <북천가>나 수천 행이 이어지는 <일동장유가>, <한양가>, <연행가>, <팔역가> 같은 작품이 창작된다. 형태가 길어짐과 함께 내용까지 변하여 장형가사에서는 초기 가사의 서정성보다는 사설성, 산문성이 두드러진다. 그리고 지금까지는 대체로 이 산문성이라는 내용상의 변화가 가사의 길이가 길어지도록 한 원인이 되었다고 보아왔다.87)

그러나 이 장형화의 문제에 대해서도 전기의 가사가 가창되었다는

---

87) 이병기·백철, 앞의 책, 203면.

기본적인 사실을 고려해야 하리라고 본다. 곡조에 맞추어 가창하기 위해서는 가사의 노랫말을 암기해야만 한다. 그러니 암기에 의존해 가창하는 상태에서는 산문정신 아니라 그 무엇이 영향을 미친다 하더라도 가사의 길이는 인간의 한계기억용량을 초과하여 길어질 수 없는 것이다. 암기에 의존하는 방식에서 벗어나야 비로소 길어질 수 있는 가능성이 생기게 된다.[88]

암기에 의존하는 상태에서 벗어나자면 기록에 의해 전승, 유통되는 단계에 이르러야 한다. 기록성이 강화되면 향유방식의 변화가 초래됨과 아울러 암기의 구속으로부터 벗어날 수 있어 가사의 길이가 길어질 수 있는 토대가 마련된다. 가창은 구비적인 속성을 많이 내포하고 있으나 음영은 구비성과 기록성을 아울러 내포하여 양면적인 속성을 지니고 있다고 했다. 가창할 때에는 반드시 암기에 의존해야 하는 반면, 음영할 때에는 암기에 의존할 수도 있고 암기하지 못하면 기록물에 의존할 수도 있는 것이다. 이렇게 기록물에 의존해 음영으로 향유할 수 있어야 암기할 필요성도 줄어들고 길이가 늘어날 가능성도 생기게 된다.

조선 후기에는 전대에 비해 전반적으로 기록성이 강화되어서 작품의 길이가 길어질 수 있는 조건이 숙성되었다. 100행 내외의 <상춘곡>이나 <관동별곡> 등의 조선 전기 가사는 대체로 구비적인 방식으로

---

88) 판소리는 암기해서 창하면서도 길이가 가사보다 훨씬 길다. 이 점을 고려하면 암기에 의존하는 방식에서 벗어나지 않고도 길이는 얼마든지 길어질 수 있다고 할 수 있을 것 같기도 하다. 그러나 가사와 판소리는 장르가 엄연히 다르기 때문에 두 가지를 같은 차원에서 비교하는 것은 무의미한 일이다. 한계기억용량은 사람에 따라서뿐만 아니라 장르에 따라서도 차이가 난다. 스토리가 있는 서사 장르는 스토리가 없는 비서사 장르보다 한계기억용량이 훨씬 크다고 할 수 있다. 초기 가사와 판소리가 같은 가창 장르이면서도 길이가 같지 않은 것은 스토리의 유무에 따른 한계기억용량의 차이에 기인한다고 하겠다. 그리고 서사 장르 자체를 놓고 따지자면 암기에 의존하는 판소리보다 기록에 의존하는 장편대하소설이 훨씬 길다.

전승된 반면, 500행이 넘는 <만언사>나 4000행이 넘는 <일동장유가>
같은 후기 가사는 대체로 필사에 의존해 기록적인 방식으로 전승·유
통되었던 것이다. 이렇게 기록성이 강화됨에 따라 향유방식이 가창에
서 음영으로 변하고 곡조로부터 해방되어 암기할 필요성이 없게 된
상황에 이르러서야 비로소 가사는 길이가 길어질 물적 토대를 확보하
게 되었다고 하겠다. 따라서 가사가 장형화한 것도 결국 향유방식과
전달방식의 변화, 즉 음악의 상실과 기록성의 강화에 그 근본적인 동인
이 있다고 할 수 있을 것이다.

길이의 문제에 대해서 이와 달리 생각해 볼 여지도 있다. 즉, 향유방
식이 변해서 가사의 길이가 길어졌다기보다는 길이가 길어져서 창되
지 않고 음영될 수밖에 없었다고 할 수도 있을 것 같다. 특히 이 장형가
사의 경우에는 이런 논리가 오히려 타당한 것일 수도 있다. 그러나 이
것은 길이의 문제에만 해당되는 논리일 뿐 길이 이외의 요소에는 적용
할 수 없다고 본다. 가령 제목이나 종결규칙의 경우에, 제목이 변하고
종결규칙이 사라져서 가사가 가창될 수 없게 되었다고 생각할 수는
없는 일이다. 가사의 향유방식은 작품의 형태에 따라 결정되는 것이
아니라 문화적인 변천의 일반적 과정을 따르는 것이며, 향유방식이 작
품의 형태를 결정한다고 해야 옳을 것이다.[89]

---

89) 또는, 가사는 길이가 길어서 원래부터 창하기에 적합하지 않았기 때문에 시조와 달리
시대가 흐름에 따라 점점 음악과 멀어지게 되었다고 할 수 있을 것 같기도 하다. 그러나
시조와만 비교할 게 아니라 다른 나라의 시가와도 비교해 볼 필요가 있다. 길이가 짧은
것만 가창할 수 있고 길이가 긴 것은 가창할 수 없다고 한다면 길이가 짧은 중국의
근체시나 일본의 와카 같은 것들은 모두 가창되었어야 할 것이다. 그러나 근체시와
와카는 모두 가창되지 않았던 장르이다. 그리고 시조도 후대에 오면 가창되지 않게
된다. 이렇게 길이가 짧은 것들도 다 가창되지 않게 되니 음악 상실의 문제는 길이와는
무관하다고 할 수 있다. 가사가 가창하기에 적합하지 않은 장르였다면 애초에 생기지도
않았을 것이다. 그러므로 길이가 길어서 가창되지 않게 되었다고 하는 것은 근대적인

2) 율격 내적 요소의 변모

가사의 율격은 4음4보격으로 비교적 간단하다. 그러나 이렇게 간단한 형태로 되어 있음에도 불구하고 가사의 율격은 일정한 모양새를 유지하는 게 아니라 시대가 흐름에 따라 변화하는 양상을 보인다. 이러한 변화 양상을 종결규칙, 음보, 음수로 나누어 살펴보기로 한다.

(1) 종결규칙

조선 전기 가사는 주로 시조의 종장과 같은 형식의 종결규칙을 갖는데 반해 조선 후기의 서민가사, 규방가사는 거의 종결규칙을 갖지 않고 있다. 그리고 이런 변화는 작자층이 평민층으로 확대되면서 생긴 것이라고 이해되어 왔다. 평민층이 그들의 생리에 맞는 변형을 이룩하느라고 가사의 종결규칙을 탈락시켰다는 것이 그 설명이다.[90]

그런데 서민가사나 규방가사뿐만 아니라 양반가사도 조선 후기에 이르면 종결규칙을 가지지 않는 작품이 늘어나는 경향을 보인다.

〈표 2〉 양반가사 중 결사가 없는 작품의 시기별 변화[91]

작품 수 \ 시기	15~16세기	17세기	18세기
양반가사 작품 총수	28	34	64
결사가 없는 작품 수	7(25)	7(21)	35(55)

( ) 속은 백분율.

편견에 사로잡혀 본말을 거꾸로 본 데 지나지 않는 것이다.

90) 김기동, 앞의 책, 101면.

91) 이 표는 『한국가사선집』(이상보, 앞의 책, 1979)과 『17세기 가사 전집』(이상보, 앞의 책, 1897) 및 『18세기 가사전집』(이상보, 앞의 책, 1991)을 참고로 해서 작성한 것이다. 이 세 책에 나오는 작품 중 승려, 평민, 부녀자가 지은 것과 작자미상의 작품 및 원작이 훼손되어 결사를 확인할 수 없는 작품은 제외했다.

위의 표에서 보는 바와 같이 17세기까지는 양반가사 작품 총수(62)에 대비한 비결사형의 작품 수가 14편으로 23%에 지나지 않는 데 반해, 18세기에는 양반가사 작품 총수(64)에 대비한 비결사형의 작품 수가 35편으로 55%나 되어 종결규칙이 실현되지 않는 빈도가 훨씬 높아졌음을 알 수 있다. 이렇게 서민층이 지은 가사뿐만 아니라 양반층이 지은 가사도 종결규칙이 탈락되는 경향을 보이므로, 이 문제를 작자층의 변화로만 설명할 수는 없을 것이다. 작자층 이외의 다른 요인도 아울러 고려해야 이러한 양상이 나타나게 된 원인을 보다 적절히 설명할 수 있게 된다.

가사의 결사는 시조 종장과 같은 형태로 되어 있으며, 작품 내에서 하는 기능도 같다고 할 수 있다. <관동별곡>의 결사 "明月이 千山萬落의 아니 비쵠 딕 업다"나 황진이의 시조 종장 "보내고 그리는 情은 나도 몰라 ᄒ노라"는 모두 시상을 마무리 하고 작품을 끝맺는 기능을 하고 있다. 이 시조 종장의 기능에 대해서는 일찍부터 주목되어 왔으며, 가사의 결사가 시조의 종장과 일치한다는 점에 근거하여 결사를 지닌 양반가사가 시조에서 유래했다는 견해가 제시되기도 했다.[92]

그런데 종장이 하는 기능은 작품 내적인 데서 끝나는 것이 아니라 작품 외적인 면으로도 이어진다. 시조의 종장은 시상을 마무리 하는 기능을 할 뿐 아니라, 그것이 얹혀 불리던 가곡 곡조의 마지막 대목과도 호응하는 것이다. 시조의 노랫말을 얹어 부르는 가곡의 곡조는 5장으로 구성되어 있고, 각 장의 박자 수는 1지가 32박, 2지가 29박, 3지가 51박, 4지가 29박, 5지가 48박으로 각각 다르다. 그리고 1지와 2지에 시조의 초장이 얹히고, 3지에 중장, 4지에 종장의 첫 음보, 5지에 종장

---

92) 서원섭, 『가사문학연구』, 형설출판사, 1978, 66면.

의 마지막 세 음보가 각각 얹혀 가창된다. 따라서 시조의 초장은 1지와 2지를 합한 61박에 불리고, 중장은 51박에, 종장은 77박에 불리게 되는 것이다. 결국 시조 종장이 차지하는 박자 수는 다른 장이 차지하는 박자 수보다 월등히 많다고 할 수 있다. 이것을 황진이의 시조를 예로 들어 도표로 그려보면 다음과 같다.

〈표 3〉 가곡 제1-5장의 박 수

장	노랫말	박 수
1듭	어져 내 일이야	32
2듭	그릴 줄을 모로던가	29
3듭	이시라 ᄒ더면 가랴마ᄂᆞᆫ 제 구틔야	51
4듭	보내고	29
5듭	그리ᄂᆞᆫ 情은 나도 몰라 ᄒ노라	48

가곡의 마지막 4, 5지의 박자 수가 많아서 시조 종장의 글자 수도 많아진 것인지, 아니면 시조 종장의 글자 수가 많아서 곡의 마지막 대목의 박자 수가 많아진 것인지는 쉽게 판단할 수 없다.[93] 그러나 어쨌든 초장이나 중장보다 많은 글자 수로 되어 있는 시조의 종장이 가곡 곡조의 마지막 대목과 서로 호응하고 있다는 점은 주목할 만한 사실이 아닌가 한다. 시조에서는 이러한 호응관계가 조선 후기까지 지속된다.

시조에 나타나는 곡조와 노랫말의 호응관계를 가사에도 적용할 수 있다. 앞에서 살펴본 바와 같이 조선 전기 가사는 대체로 가창되었던 것이므로, 노랫말의 결사와 곡조의 마지막 대목이 서로 호응하는 상태에 있었다고 볼 수 있다. 다른 곳보다 글자 수가 많은 마지막 행에는,

---

93) 김대행, 『시조유형론』, 이화여자대학교 출판부, 1986, 85면. 김대행은 시조 종장의 글자 수가 많은 것이 곡조의 제4, 5지가 다른 부분보다 박자 수가 많기 때문이라고 했다.

그 부분이 가창되는 길이가 본사의 한 행이 가창되는 길이보다 훨씬 길다는 음악적 조건에 대한 배려가 담겨 있었던 셈이다.

결국 조선 전기의 가사가 대부분 시조의 종장과 같은 결사를 가지는 것은 가창의 관습 하에서 곡조의 마지막 대목이 길다는 것을 염두에 두고 창작한 결과라고 할 수 있으며, 조선 후기의 가사가 결사를 지니지 않는 경향이 증가하게 되는 것은 가창의 관습과는 무관한 상태에서 악곡을 염두에 두지 않은 채 가사를 창작하게 되었기 때문이라고 할 수 있겠다.[94] 음영가사가 등장하여 음악이 망실되고, 그래서 곡조와의 호응을 고려할 필요가 없게 됨에 따라 가사의 종결규칙은 점점 사라지게 되었던 것이다.

초기 가사는 곡에 얹혀 불리었기 때문에 결사와 같이 전체 율조와 어긋나는 요소라고 하더라도 그것은 곡의 리듬에 동화, 흡수되어 그 이질성이 망각되기가 쉬웠다. 그러나 악곡이 떨어져 나가 가사가 더 이상 가창하지 않는 단계에 이르면 종결규칙은 전체적인 율조와 조화되지 못하는 하나의 이질적인 요소에 지나지 않게 된다. 서민가사나 양반가사나 가릴 것 없이 조선 후기 가사에 종결규칙이 사라지는 현상은 이러한 이질적인 요소를 배제하려는 노력의 결과라고 풀이할 수 있을 것이다. 이질적인 것을 배제하고 전체의 율조를 동질화하려는 경향은 종결규칙 탈락 현상에서 뚜렷하게 나타나고 있으며, 음보와 음수에서도 마찬가지로 나타난다.

---

94) 이 점이 시조와 다른 점이다. 시조는 조선 후기까지 계속 가창되었고 그럼에 따라서 종장의 형태도 조선 초기와 같은 형태를 유지한 데 반해, 가사는 조선 후기에 이르러 음영의 방식으로 향유되는 작품이 창작되면서 점차 곡조로부터 멀어졌기 때문에 결사도 갖지 않게 된 것으로 볼 수 있다.

(2) 음보

가사는 대체로 4음보격으로 되어 있다. 그러나 작품 전체가 4음보로
만 되어 있는 경우는 드물고 이 이외에 2음보의 편구(片句)도 혼히 등장
한다. 2음보의 편구는 작품의 전반적인 율조를 깨뜨리는 이질적인 요
소라고 할 수 있는데, 이것이 아래의 표에서 보는 바와 같이 모든 시기
의 가사에 빈번히 등장한다.95)

---

95) 음보율의 변화에 대한 지금까지의 견해는 대체로 두 가지로 갈린다.
　하나는 조선 후기로 오면서 서민층이 참여함에 따라 전기 가사의 정제된 형태가 파괴
되는 동시에 가사의 기본율격인 4음보도 변형되어 2음보의 편구가 주로 나타나게 되었
다고 하는 견해이다. 그리고 이것을 민요의 영향이라고 했다.(김기동, 앞의 책, 100면;
김문기, 앞의 책, 122면.) 한편, 편구의 발생 원인과 그 효과를 고찰한 성호경은 초기
가사에 혼히 보이는 편구가 16세기 말부터 줄어들었다가 18세기 이후의 평민가사에
다시 나타난다고 하면서 후기의 평민가사에 4음보격의 붕괴 현상이 발견된다고 했다.
(성호경, 『한국시가의 유형과 양식 연구』, 영남대학교출판부, 1995, 302면.)
　이와는 달리 조선 후기 서민가사나 규방가사에서 오히려 전기 가사보다 정연한 음보율
을 보이고 있다고 하는 견해도 있다. 서원섭은 11편의 작품에서 3음보가 나타나는 경우
는 3회밖에 없고 나머지는 모두 4음보로 되어 있는 평민가사가 같은 수의 작품에서
변형음보가 11회나 나타나는 양반가사보다 더 정연한 형식의 가사라고 했다. 또 조사한
11편의 내방가사는 모두가 4음보로 되어 있어 놀라울 정도로 정연한 시형이라고 했다.
(서원섭, 앞의 책, 177-179면.)
　전자는 가사가 조선 전기의 정격에서 조선 후기의 파격으로 나아갔다고 본 것이며
후자는 파격에서 정격으로 나아갔다고 본 것이다. 그러나 4음보를 기본 음보로 해서
살펴볼 때 음보율 변화의 양상은 그렇게 뚜렷하지 않다. 아래의 도표는 시기별로 네
작품씩 뽑아 각 작품에서 4음보, 5음보, 6음보가 나타나는 빈도를 조사해 본 것이다.
전자의 견해대로라면 조선 전기의 가사에는 4음보 이외의 음보가 거의 나타나지 않아야
할 텐데 조사한 결과는 이와 달리 조선 전기의 가사에도 4음보 이외의 음보가 혼히
나타났다. 그리고 후자의 견해대로라면 조선 후기의 가사, 특히 규방가사는 대부분이
정연한 4음보로만 되어 있어야 할 텐데 꼭 그런 것만은 아니어서 규방가사에서도 4음보
이외의 음보를 혼히 발견할 수 있었다. 그러므로 정격과 파격을 가르고 음보율의 변화를
따지는 것은 가사 형태 변모의 실상에 그리 잘 부합하지 않는다고 할 수 있다.

〈표 4〉 4·5·6음보의 작품별 출현 빈도96)

작품 \ 음보	4음보	5음보	6음보	계
남정가	60행120구 (73)		15행45구 (27)	75행165구 (100)
관서별곡	66행132구 (75)	4행8구 (5)	12행36구 (20)	82행176구 (100)
면앙정가	61행122구 (79)		7행21구 (21)	68행143구 (100)
관동별곡	145행290구 (99)		1행3구 (1)	146행293구 (100)
독락당	114행228구 (90)	1행2구 (1)	8행24구 (9)	123행254구 (100)
태평사	68행136구 (94)		3행9구 (6)	71행145구 (100)
연행별곡	96행192구 (97)		2행6구 (3)	98행198구 (100)
일민가	62행124구 (100)			62행124구 (100)
백구사	16행32구 (80)	1행2구 (5)	2행6구 (15)	19행40구 (100)
희설가	137행274구 (85)	6행12구(4)	12행36구 (11)	155행322구(100)
석문정구곡도가	48행96구 (88)	2행4구 (4)	3행9구 (8)	53행109구 (100)
춘면곡	65행130구 (100)			65행130구 (100)
모녀형제붕우소회가	113행226구 (68)	7행14구(4)	32행96구 (28)	152행336구(100)
노처녀가	190행380구 (75)	1행2구 (1)	41행123구(24)	232행505구(100)
우부가	104행208구 (94)	1행2구 (1)	4행12구 (5)	109행222구(100)
거창가	215행430구(100)			215행430구(100)

( ) 속은 백분율.

16세기 이전 작품의 경우 <관동별곡>은 주로 4음보로 되어 있어
정제된 형태를 보이나 <관서별곡>, <면앙정가>, <남정가> 등은 4음

---

96) 2음보와 3음보는 각각 6음보와 5음보로도 볼 수 있기 때문에 6음보와 5음보로 통일해
처리했다. <남정가>에서 <관동별곡>까지는 16세기 이전의 가사이고, <독락당>에서
<일민가>까지는 17세기의 가사, <백구사>에서 <춘면곡>까지는 18세기 가사, <모녀
형제붕우소회가>에서 <거창가>까지는 19세기 무렵의 서민가사와 규방가사이다.
　이 표에서 보는 바와 같이 이질적인 음보는 3음보나 5음보 또는 2음보나 6음보인데
5음보는 나타나는 비율이 6음보에 비해 훨씬 적어 예외적인 음보라고 할 수 있다. 한
음보의 길이를 늘려 잡아 두 음보를 합칠 경우 5음보는 4음보로 간주될 수도 있다.
따라서 가사에 나타나는 이질적인 음보의 주종을 차지하는 것은 6음보 또는 2음보가
되는 것이다.

보가 차지하는 비율이 80%도 안 된다. 또 규방가사와 서민가사의 경우 <거창가> 같은 것은 정제된 형태를 보이고 있지만, <모녀형제붕우소회가>나 <노처녀가> 같은 경우는 4음보 이외의 이질적인 음보가 상당수 등장한다. 4음보 위주로 되어 있는 가사와 4음보 이외의 다양한 음보로 되어 있는 가사는 특정시기에 국한되지 않고 모든 시기에 고루 분포되어 있다고 할 수 있는 것이다.

가사의 기본 율격을 4음보격으로 볼 때, 모든 시기의 가사에 흔히 나타나는 변형 음보인 2음보 편구는 분명히 작품의 전반적인 율조를 깨뜨리는 이질적인 요소로 작용한다. 그러나 이러한 편구가 그대로 방치되지는 않았던 것 같고 이것의 이질성을 무마시키는 기제가 나름대로 마련되어 있었던 것으로 보인다. 그런데 이 편구의 이질성을 해소하는 방식이 시대의 흐름에 따라 다른 양상으로 나타나는 것은 흥미로운 일이다. 여기서는 이질적인 음보인 2음보 편구에 각 시대의 가사가 어떤 식으로 대처했는가 하는 점을 살펴보기로 한다.

먼저 초기 가사의 경우부터 살펴보기로 하자. 가사는 4음보 위주로 되어 있기는 하되 여기에만 국한되지 않고 6음보나 5음보 등의 변형 음보도 자유롭게 사용할 수 있는 유동적인 장르로 출발했다. 한 음보의 음수를 꼭 네 자로 해야 된다는 규칙이 없었던 것과 마찬가지로 한 행의 음보를 4음보로만 해야 한다는 규칙도 없었다고 할 수 있다. 4음보가 아닌 음보에서 당혹감을 느끼는 것은 오늘날의 독자들에게서나 있을 수 있는 일이고, 가사를 가창하던 조선 초기의 창자들은 변형 음보에 대해서도 전혀 어색함을 느끼지 않았을 듯하다. 가사는 가사 자체로 존재한 것이 아니라 반드시 그 배후에 악곡을 깔고 있었기 때문에, 이질적인 음보가 작품의 중간 중간에 등장해도 곡에 따라 가창할 경우에는 리듬감을 손상시키는 일이 없이 자연스럽게 가창할 수 있었다고 하겠다. 곡에 얹어 부르면 이질적인 음보는 음악의 리듬에 흡수되어 이질성이 무화되어 버리고 마는 것이다.

　이런 점은 지금도 전창되고 있는 12가사를 통해서 확인할 수 있다. 4음보 위주의 작품인 <춘면곡>과 4음보 이외의 이질적인 음보가 나오는 <백구사>를 예로 들어 노랫말이 곡조에 안배된 상태를 살펴보기로 하자.

6/4

春	眠		을	늦	잇	깨	여
竹	窓	을		半	開	허	니

庭	花		는	灼	灼	헌	데
가	는	나	뷔	머	무	는	듯

岸	柳			依	依	허	여
성	권	내	를	띄	웠	에	라

窓	前		의	덜	괸	술	을
二	三		盃	먹	은	後	에

<春眠曲>97)

6/4

		景일느냐	黃金같은
꾀꼬리는	버들사이로	왕래하고	白雪같은
흰나뷔는	꽃을보고	반기어서	날아든다

---

97) 장사훈, 『전창십이가사』, 서울대학교출판부, 1980, 33-34면에서 악보의 첫 부분을 간략히 인용했다.

두나래 펼치고	날아든다 떠든다	까맣게 별같이	높다랗게 달같이
아 주 펄 펄	날 아 드 니	큰 들 아 니	景 일 느 냐

<白鷗詞>[98]

이 두 작품은 『청구영언(육당본)』에 기록되어 있으면서 오늘날까지 창법이 전승되고 있는 것으로 조선 전기 가창가사의 전통을 계승하고 있다고 볼 수 있다. 이를 통해 악보가 남아 있지 않은 <서호별곡>이나 <관동별곡> 등의 초기 가사가 악곡과 어떤 식으로 결합되었을지 추측할 수 있을 것이다. 같은 6/4 박자이면서도 <춘면곡>은 한 마디에 2자 이하로 배치되어 있어 유장한 가락으로 가창하는 가사인 반면, <백구사>는 한 마디 안에 4자에서 7자까지 배치되어 있어 <춘면곡>보다는 훨씬 빠르고 경쾌하게 가창하는 가사임을 알 수 있다.

곡의 속도만 다른 것이 아니라 노랫말의 상태에 따라 노랫말을 곡에 얹는 방식도 다른 양상을 보인다. <춘면곡>의 노랫말은 전체가 4음보로만 되어 있는 반면 <백구사>에는 4음보 이외에 5음보와 6음보도 나타나는데, 이에 따라 음보와 악곡의 배합 상태가 서로 대조적인 양상을 보이는 것이다.

<춘면곡>은 곡조의 두 마디 안에 노랫말 한 음보가 배치되는 상태가 끝까지 지속되어 곡조와 노랫말이 일관된 방식으로 결합되어 있으나, <백구사>는 한 마디 안에 한 음보뿐만 아니라 두 음보도 배치되어 곡과 노랫말이 일관된 방식으로 결합되어 있지 않다. <백구사>의 "꾀꼬리는 버들사이로 왕래하고 / 백설같은 흰나비는 꽃을보고 반기어서 날아든다"는 8음보인데 8마디 안에 배치되어 있으며, "두나래 펼치고 날아든다 떠든다 / 까맣게 별같이 높다랗게 달같이 / 아주펄펄 날아드

---

98) 장사훈, 위의 책, 28면에서 마지막 부분을 인용했다.

니 권들아니 경일러냐"는 총 12음보인데 이것 역시 8마디 안에 안배되어 있는 것이다. 그리고 <백구사>에서 부자연스럽게 느껴지는 "백설 같은 흰나비는 꽃을보고 반기어서 날아든다"의 5음보도 곡조 상에서는 앞의 노랫말과 이어져 자연스럽게 되어 있다. <춘면곡>의 결합방식을 규칙적인 방식이라고 한다면 <백구사>의 결합방식은 변칙적인 방식이라고 할 수 있겠다.

<춘면곡>과 같은 규칙적인 결합방식과 <백구사>와 같은 변칙적인 결합방식은 조선 전기의 가사에도 적용되었으리라고 본다. 즉, <관동별곡> 같이 4음보 위주로 되어 있는 가사는 <춘면곡>과 같은 안정적인 방식을 취했을 것이며, <관서별곡>이나 <남정가> 같이 변격의 음보가 빈번히 등장하는 가사는 <백구사>와 같은 변칙적인 방식을 취했을 것이라고 추측할 수 있다. 이러한 변칙적인 결합방식이 편구의 이질성을 무화시키는 데 적절한 작용을 하고 있었던 것으로 생각된다.

가령 <남정가>에 나오는 구절인 "혜음 업슨 뎌 兵使야 네 딘을 어딕 두고 達島로 드러간다"라는 6음보의 구절을 악보에 안배하면 다음과 같이 될 것이다.

6/4

혜	욤	업	슨	뎌	兵	使	야
네	딘		을	어	딕	두	고
達		島				로	
드		러		간		다	

6/4

혜욤업슨뎌兵使야	네 딘을 어딕두고	達 島 로	드 러 간 다

위의 방식대로 하면 유장한 가락이 되고 아래의 방식으로 하면 보다 경쾌한 가락이 된다. 노랫말 자체로만 보자면 "달도로 들어간다"는 균형감을 상실한 편구여서 전체의 율조와 어긋나는 것처럼 보인다. 그러나 위와 같은 방식으로 노랫말을 곡에 얹고 나면 노랫말 자체에서는 지니지 못한 균형감을 되찾게 된다. "혜음 업손 뎌 병사야 네 딘을 어듸 두고"와 "달도로 드러간다"가 같은 길이로 가창됨으로써 "달도로 드러간다"의 부자연스러움은 극복되고 자연스러움을 되찾게 되는 것이다. 이렇게 되면 편구는 더 이상 짝 잃은 구절이 아니라 제짝을 찾은 안정된 구절로 승화하게 된다고 할 수 있겠다. 이와 같이 가사가 곡과 결합되어 있을 때에는 노랫말의 이질적인 요소가 곡에 녹아들어 동질화되고 마는 것이다.

이러한 변칙적인 결합방식은 노랫말의 이질성을 무화시키는 작용만 하는 것은 아니다. 어떤 식으로 노랫말을 배치하든 2음보의 편구를 곡에 얹기 위해서는 <백구사>의 경우와 같은 변칙적인 수법을 쓸 수밖에 없는데, 그렇게 하면 가락에 완급의 변화가 생겨 다양한 리듬감이 조성되게 마련이다. <남정가>의 "혜음 업손 뎌 병사야 네 딘을 어듸 두고"와 "달도로 드러간다"가 같은 길이로 가창될 경우 전자는 후자보다 2배나 빠른 속도감을 지니게 된다. 이러한 변화감은 한 가지 리듬이 변함없이 지속되는 <춘면곡>과 같은 가사에서는 느낄 수 없는 색다른 미감임에 틀림없다.

이렇게 가사에 보이는 이질적인 음보인 편구는 곡에 얹히어 가창될 경우 다양한 리듬을 생기게 하여 노래에 변화감을 주는 효과를 지니기도 했던 것이다. 결국 <춘면곡>과 같이 작품 전체가 4음보로만 되어 있는 경우는 곡조와 가사가 일정한 양식으로 결합되어 변화의 폭이 좁고 안정감을 느끼게 하는 반면 <백구사>와 같이 4음보 이외의 다른 음보로도 구성된 경우는 곡조와 가사가 다양한 방식으로 결합되어 완급의 변화가 심하고 보다 율동적인 느낌을 준다고 하겠다.

이상에서 살핀 바와 같이 가사는 원래부터 기본적으로는 4음보의 율격으로 되어 있으면서도 4음보 이외의 음보도 훌륭히 소화할 수 있는 유동적이고 개방적인 장르로 출발했다.[99] 초기의 가창가사는 가사 자체로만 존재한 것이 아니라 음악과 결합되어 있었기 때문에 편구의 어색함이 음악의 리듬에 의해 자연스럽게 해소될 수 있었던 것이다. 그리고 이러한 이질적인 음보들은 다양한 리듬감을 조성하는 효과까지 지니기도 했다.[100]

그러나 노랫말의 불안정한 리듬을 보완해 주는 곡이 사라지고 나면 사정이 달라진다. 곡에서 이탈된 편구는 가사 전체의 리듬과 조화되지 못하는 이질적인 요소로만 남게 되는 것이다. 조선 전기의 가창가사는 음악과 결합되어 있어서 편구의 어색함이 저절로 해소된 데에 반해, 음악에서 이탈된 조선 후기의 음영가사는 이 편구에 대한 새로운 대처 방안을 강구하게 된다. 그것은 바로 율격 구조 자체를 조정하는 것이었다.

전기 가사는 대부분 4음보격으로 되어 있다고 할 수 있다. 그러나 후기의 서민가사나 규방가사는 2음보격으로 읽어야 자연스러운 경우가 많다. 후기 가사의 경우 표면 율격은 4음보격으로 전기의 가사와

---

99) 이런 특성은 율격에서뿐만 아니라 내용에서도 나타난다.(김학성, 앞의 책, 119-121면.) 개방성, 복합성, 유동성 등은 내용, 형식을 모두 아우르는 가사장르의 전반적인 특성이라고 할 수 있을 것이다.

100) 이런 율격적 특성은 음보에서뿐만 아니라 음수에서도 그대로 나타난다. 초기 가사의 경우 한 음보의 음수는 4자를 기본으로 하면서도 2자에서 5자까지 다양한 음수를 실현할 수 있었던 것이다. 다양한 음수로 되어 있는 만큼 음보에서와 같은 다양한 리듬감이 조성되었다고 하겠다.

흡사하나 내면 율격은 2음보로 전기의 가사와 다른 모습을 보이는 것
이다. 이런 점을 <우부가>와 <속미인곡>을 예로 들어 자세히 살펴보
도록 하자.

> 늬말슘 광언인가
> 저화상을 구경허게
> 남촌활량 긔쭝이늰
> 부모덕에 편이놀고
> 호의호식 무식허고
> 미련허고 용통ㅎ야
> 눈은놉고 손은커셔
> 가량업시 쥬져넘어
> 시체짜라 의관허고
> 남의눈만 위허것다
> 장장츈일 낫줌자기
> 조셕으로 반찬투정
> 민팔즈로 무상츌입
> 민일장춰 계트림과
> 이리모야 노름놀기
> 져리모야 투젼질에
> 기싱쳡 치가ㅎ고
> 외입장이 친구로다
> <우부가>101)

> 뎨가늰 뎌각시 본듯도 흔뎌이고
> 텬샹 빅옥경을 엇디ㅎ야 니별ㅎ고
> 히다뎌 져믄날의 눌을보라 가시늰고

---
101) 김문기, 앞의 책, 227면.

어와 네여이고 내ㅅ셜 드러보오
내얼굴 이거동이 님괴얌즉 ᄒ냐마는
엇딘디 날보시고 네로다 녀기실ㅅᅵ
나도 님을미더 군쁘디 젼혀업서
이리야 교틱야 어즈러이 구돗던디
반기시는 ᄂᆞᆺ비치 녜와엇디 다ᄅᆞ신고
<속미인곡>102)

2음보를 두 개 합치면 4음보가 되니 표면적으로는 <우부가>의 율격 구조와 <속미인곡>의 율격 구조가 같아 보인다. 그러나 의미를 고려하여 통사 단락을 기준으로 내면적인 율격 구조를 살펴본다면 <우부가>의 율격과 <속미인곡>의 율격이 서로 다름을 확인할 수 있다. <속미인곡>은 의미와 통사 단락이 대체로 4음보로 구획되나 <우부가>는 2음보로 구획되는 경향이 강한 것이다.103) 그래서 <우부가> 같은 가사는 2음보로 기록하고 읽는 것이 의미를 파악하기에 더 용이하다.

4음보는 유장하고 안정된 리듬인 반면 2음보는 보다 경쾌하고 유동감 있는 가락이다. 또한 전자는 두 구씩 짝을 맞추어야 하기 때문에 구사하기가 어려운 율격인 반면, 후자는 그럴 필요가 없기 때문에 보다 손쉬운 율격이라고 할 수 있다. 4음보격은 양반층의 정서에 맞는 리듬이고 2음보격은 서민층의 정서에 보다 어울리는 리듬이라고도 하겠다. 이런 점 때문에 서민가사나 규방가사의 2음보격이 작자층이 확대되면서 민요의 영향을 받아 이루어진 것이라는 견해가 제기되기도 했다.104)

---

102) 「松江歌辭上」, 앞의 책, 31-32면.
103) 후기 가사는 통사 단락이 2음보격으로 나뉘는 경우가 많을 뿐 아니라 기록 자체도 2음보격으로 되어 있는 경우가 많다. 귀글체는 바로 2음보격 기록 방식인 것이다.
104) 김기동, 앞의 책, 100-101면; 김문기, 앞의 책, 123-124면.

그러나 2음보격이 지니는 함의는 이런 데 국한되지 않는다. 이것은 서민가사나 규방가사에 혼히 보이는 편구의 처리 문제와도 긴밀히 연관되어 있다. 편구의 이질성이 곡에 의해 해소된 초기 가사와 달리 곡에서 멀어진 후기 가사는 율격 구조 자체가 2음보격으로 조정됨으로써 편구의 이질성을 해결하게 되었다고 할 수 있는 것이다. 이러한 양상을 보이는 규방가사 작품을 한 편 들어보면 다음과 같다.

> 파리長書 독립운동 여기에서 살펴보자
> 일백삼십 칠명의 유림대표 합심하여
> 한국독립 청원서를 파리강화 회의에
> 심산선생 김창숙이 종이집신 엮어서는
> 상해임정 차고가서 영문으로 번역하고
> 한자원본 그대로도 삼천부씩 인쇄하여
> 파리강화 회의와 중국이며 국내각지
> 고루고루 배포하니 면우선생 곽종석과
> 명망높은 유림들이 피체되어 투옥되다
> 자주독립 열망하는 국민들의 열망감에
> 나라잃은 슬픔을 절감했던 망명지사
> 삼일운동 있은후에 사월들어 중국상해
> 임시정부 수립하니 대표들을 선출하여
> 강화회의 보내어서 청원서를 제출하고
>
> <三一歌>105)

이 가사는 이휘가 1997년도에 지은 작품이다. 오늘날 지어진 것이지만 조선 후기 규방가사의 전통을 충실히 계승하고 있는 것으로 생각된다. 4음보로 정연하게 기록되어 있으나 가사의 의미는 4음보와 무관하

---

105) 李輝, 『素亭歌辭』二, 1997(김병국 소장), 82면.

게 진행되어, 통사 단락이 표면적인 4음보의 율격 단락과 일치하지 않는 경우가 많이 발견된다. 4음보로 읽는 것 보다는 차라리 2음보로 읽어 내려가는 것이 더 자연스럽게 느껴진다. 2음보격으로 다시 배치하여 읽어 보면 막힌 문맥이 뚫리고 어색한 편구들이 리듬감을 되찾아 작품 전체의 율조가 조화로운 상태를 유지하게 된다. 따라서 이 작품은 겉으로는 4음보격을 표방하고 있지만 속에서는 2음보격이 실현되고 있다고 할 수 있겠다. 이처럼 규방가사나 서민가사는 2음보격을 기본 율격으로 해서 창작된 경우가 많은 것이다.

이렇게 규방가사나 서민가사 같은 조선 후기의 음영가사는 율격 구조 자체를 2음보격으로 조정함으로써 이질적인 음보가 일으키는 문란한 리듬을 해소하고 자연스런 리듬감을 되찾게 되었다. 초기에는 가사에 결합된 곡이 안정된 리듬감을 조성하고 이질적인 음보를 동질화하였으나, 곡이 없어지고 난 다음에는 율격 구조 자체 내에서 그러한 기능을 감당할 수밖에 없게 된 것이다. 결국 2음보격은 음악이 상실됨에 따라 나타난 것으로 음악 상실의 보상품이라고 할 수 있겠다. 물론 2음보격이 이런 기능에 소용될 목적에서만 발생했다고 할 수 있을지는 의문이지만, 2음보격이 편구의 이질성을 해소하는 효과를 지녔다는 것만큼은 틀림없는 사실이라고 할 수 있을 것이다.

그리고 이러한 후기 가사의 2음보격은 『대한매일신보』의 가사에 더욱 강화된 형태로 이어진다. 작품을 예로 들어보면 다음과 같다.

▲ 매음녀야 매음녀야 너도역시 사람이라 너의부모 너랄낫코 금옥갓치 길을격에 정열부인 바랏건만 너의부모 그르더냐 네행세가 글럿더냐 정열부인 못될망정 매음녀가 되단말가 가련ᄒ다 네신세야

▲ 매음녀야 매음녀야 돈견갓흔 동축들도 화육시기 아니며난 그행동이

태연커던 당당국민 분자로셔 화조월석 쉴식업시 금가휴수 환영ㅎ고 이
랑접문 樂從ㅎ야 송구영신 골몰ㅎ니 가련ㅎ다 네신세야

<賣淫女야>106)

대부분의『대한매일신보』가사와 마찬가지로 이 작품도 행이 구분
되어 있지 않지만, 기본 율격은 4음보격이 아니라 2음보격이라고 할
수 있다. "매음녀야 매음녀야"와 "가련ㅎ다 네신세야"라는 2음보의 반
복구가 매연의 앞뒤에 반복되어 작품 전체의 율조를 2음보격으로 만들
기 때문에 4음보격으로 읽으면 리듬의 불균형이 심하게 노출되나 2음
보격으로 읽으면 자연스런 리듬감이 살아나는 것이다. 이 작품뿐만 아
니라『대한매일신보』에 발표된 대부분의 개화가사는 이런 식으로 되
어 있다. 이와 같이 개화가사의 2음보격은 조선 후기의 음영가사에서
이룩된 성과를 계승하여, 편구의 이질성을 해소하는 데 효과적인 기능
을 발휘하고 있다고 하겠다.

(3) 음수

종결규칙이 조선 후기로 넘어오면서 상실되기 시작하고 음보가 4음
보에서 2음보로 바뀌는 것과 달리 음수는 조선 초기에서 개화기에 이
르기까지 일관된 변화양상을 보인다. 초기 가사의 경우 한 음보의 음절
수가 네 음절을 기준으로 두 음절에서 다섯 음절까지 유동적인 양상을
보였으나 후대로 갈수록 점점 한 음보의 음절수가 네 음절로 고정화되
는 경향을 보이는 것이다. 몇 작품을 표본으로 삼아 음수의 변화 양상
을 나타내 보면 다음과 같다.

---

106) 김근수,『한국개화기시가집』, 태학사, 1993, 277면.

〈표 5〉 1-5음절로 이루어진 음보의 시기별 변화[107]

시기	한 음보의 음수 / 작품	1	2	3	4	5이상	음보의 합계
1580	관동별곡	1	43 (7)	255(44)	286 (49)	1	586(100)
1698	일민가		7 (3)	98(40)	142 (57)	1	248(100)
1788	석문정구곡도가		3 (1)	73(33)	144 (66)		220(100)
18??	우부가		1	35 (8)	410 (92)		446(100)
1908	藻鑑高				150(100)		150(100)

( ) 속은 해당 음수의 음보수가 전체 음보수에서 차지하는 백분율.

이 표에서 보는 바와 같이 시기가 흐를수록 두 음절과 세 음절로
된 음보의 비율은 점점 줄어들고 대신 네 음절로 된 음보의 비율이
점점 증가한다.[108] 〈관동별곡〉과 〈일민가〉는 한 음보의 음수가 한
음절에서 다섯 음절까지 자유롭게 변할 수 있는 데에 반해 〈우부가〉
와 〈조감고〉는 작품 전체의 음보가 거의 네 음절로 통일되어 있다.
음수의 변화 폭이 점점 줄어들어 결국에 가서는 4음으로 고착되는 것
이다.[109]

16세기의 〈관동별곡〉과 18세기의 〈석문정구곡도가〉 그리고 『대한

---

107) 〈관동별곡〉, 〈일민가〉, 〈석문정구곡도가〉, 〈우부가〉는 음보수를 집계한 〈표 4〉
의 대상 작품에서 시기마다 하나씩 뽑은 것이고, 〈조감고〉는 『대한매일신보』(1908.
2. 19.)에 발표된 작품이다.

108) 여기서는 물론 몇 작품만을 대상으로 집계했지만, 가사 음수 변모의 실제 모습도
이 표에 나타난 것과 크게 다르지 않다고 할 수 있다. 실제로 초기 가사의 대부분은
유동적인 음수율로 되어 있는 데 반해, 규방가사 작품은 4·4조 위주로 되어 있으며
또 『대한매일신보』의 가사는 엄격한 4·4조를 고수하고 있는 것이다. 이러한 가사
음수율의 변화양상은 엄연한 사실이며, 다음과 같은 논의에서도 이미 여러 차례 언급
된 바 있다. 서원섭, 앞의 책, 169-180면; 성기옥, 『한국시가 율격의 이론』, 새문사,
1986, 222면; 김학성, 앞의 책, 256-257면; 이원주, 「가사의 형식에 대하여」, 『고전시가
론』, 새문사, 1984, 481-482면.

109) 『대한매일신보』의 가사는 698편 중 582편이 4·4조로 되어 있다고 한다.(강은해, 「개
화기가사연구」, 계명대 석사학위논문, 1979, 22면.)

매일신보』의 <조감고>를 예로 들어 율격 변모의 실제 양상을 보이면
다음과 같다.

> 말디쟈 학을트고 구공의 올나가니
> 공듕 옥쇼소릭 어제런가 그제런가
> 나도 즘을씌여 바다홀 구버보니
> 기픠롤 모릭거니 ᄀ인들 엇디알리
> 명월이 쳔산만낙의 아니비쵠 듸엽다
> <관동별곡>110)

> 滿山紅綠 자자ᄂᆞ니 光風霽月 ㄱ시업나
> 觀魚石 비긴후의 무어시 ᄌᆞ미런고
> 깁푼못 쮜ᄂᆞ고기 靑天의 ᄂᆞ난쇼록
> 任意로 노ᄂᆞ양은 自然性 그러커든
> 하물며 사룸이야 本ᄆᆞᆷ 일홀손가
> <석문졍구곡도가>111)

> 四方學校 成立하야 新學問에 下工하니
> 蒼古ᄒᆞ다 上古事跡 史略通鑑 廢止ᄒᆞ고
> 地誌算術 語學課에 高等名師 延聘하니
> 村學究가 써거고나
> <藻鑑高>112)

인용한 부분은 세 작품의 마지막 대목이다. <관동별곡>은 두 음절
에서 다섯 음절까지의 음보를 자유롭게 구사하고 있고, <석문졍구곡

---

110) 「松江歌辭上」, 앞의 책, 22-23면.
111) 이상보, 앞의 책, 1991, 423-424면.
112) 『대한매일신보』, 1908. 2. 19.

도가>는 세 음절과 네 음절의 음보만 사용하고 있으며, <조감고>는 오로지 네 음절의 음보만을 고수하고 있다. 이와 같은 율격적인 차이는 서로 다른 미감을 느끼게 한다. <관동별곡>의 다양한 음수율이 자유롭고 율동적인 느낌을 갖도록 하는 데 반해 <조감고>의 단순한 음수율은 보다 통제되고 고정적인 느낌을 갖도록 한다. 또 전자가 정연하지 못하고 흐트러진 듯한 느낌을 주는 데 반해 후자는 정제되고 통일된 느낌을 유발한다고 할 수도 있다.

이렇게 가사의 음수율은 유동적인 상태에서 4음절 위주의 고정적인 상태로 변모되어 왔다고 할 수 있는데, 지금까지는 대체로 이런 변화가 전통율격에 대한 오해나[113] 시적 포에지의 결여[114] 등과 같은 정신 또는 내용상의 요인에 의해 유발되었다고 이해해왔다. 그러나 가사 음수율의 변화는 그런 식으로 간단히 처리해 버릴 수 없는 복잡한 문제를 안고 있다.

한 음보의 음수가 4음으로 고정화되는 현상이 개화기에 이르러 갑자기 나타난 것은 아니다. 다음의 표에서 알 수 있는 바와 같이 이미 18세기의 가사에도 2음절과 3음절로 된 음보의 비율이 줄고 4음절로 된 음보의 비율이 늘어나는 현상이 나타나기 시작했던 것이다. 이런 현상은 규방가사와 개화가사로 이어지면서 더욱 현저해지게 된다.

---

113) 예창해, 앞의 논문, 229면.
114) 권오만, 『개화기시가연구』, 새문사, 1989, 187면.

〈표 6〉 1-5음절로 이루어진 음보의 시기별 변화[115]

작자	작품	음수 연대	1	2	3	4	5이상	음보의 합계
송순	면앙정가	1534		15 (5)	140(49)	130(46)	1	286(100)
허강	서호별곡	1550	1	69(27)	96(38)	79(31)	9(4)	254(100)
양사준	남정가	1555		63(19)	117(35)	144(44)	6(2)	330(100)
백광홍	관서별곡	1556		60(17)	156(44)	138(39)	2	356(100)
정철	관동별곡	1580	1	43 (7)	255(44)	286(49)	1	586(100)
조우인	출새곡	1616		61(18)	136(41)	131(40)	4(1)	332(100)
박인로	독락당	1619		88(17)	171(34)	250(49)	1	510(100)
조우인	매호별곡	1624		58(16)	160(45)	137(38)	1	356(100)
임유후	목동문답가	1662		60(10)	241(40)	306(50)	1	608(100)
송주석	북관곡	1675		18 (5)	208(45)	239(51)	1	466(100)
윤이후	일민가	1698		9 (4)	97(39)	142(57)		248(100)
홍계영	희설가	1704	1	53 (8)	249(39)	337(52)	7(1)	640(100)
이진유	속사미인곡	1727		53 (7)	283(38)	411(55)	1	748(100)
박순우	금강별곡	1739		26 (4)	315(39)	458(57)	1	800(100)
이구화	하명동가	1758		55 (5)	147(39)	175(46)	1	378(100)
김인겸	일동장유가	1763		214(1)	4950(30)	1236(68)	86(1)	16486(100)
배이도	훈가이담	1781		24 (2)	304(21)	1089(77)	3	1420(100)
위백규	자회가	1787		8 (1)	162(28)	394(69)	12(2)	576(100)
채헌	석문정가	1788		10 (5)	73(36)	116(57)	3(2)	202(100)
	합강정가	1792		1 (0)	51(16)	271(83)	3(1)	326(100)
	금강별곡	1796		14 (1)	465(20)	1765(79)	4	2248(100)
이방익	표해가	1797		6 (0)	334(28)	866(72)	2	1208(100)
김익	권농가	1798		33 (8)	129(32)	241(60)	1	404(100)
	백당화가	1798		2 (0)	65(21)	237(78)	4(1)	308(100)

( ) 속은 백분율.

---

115) 이 표는 최강현, 『가사문학론』, 새문사, 1986, 38-49면에 나오는 표를 참고로 하여
작성했다. 이 책에는 3·4나 4·4 등의 율조가 출현하는 횟수와 율조의 항수가 집계되
어 있는데, 이를 바꾸어 각 음수로 이루어진 음보의 개수가 작품 전체의 음보수에서
차지하는 비율을 계산해 보았다.

이 표에서 보는 바와 같이 대체로 18세기 이후부터는 조선 초기의 가사에 흔히 보이던 2음절의 음보가 10% 미만으로 줄어든다. 그리고 3음절 음보도 점점 줄어들고 그 대신 4음절 음보는 늘어나는 경향을 보인다. 이러한 경향이 지속되어 규방가사에 이르면 2음절 음보는 거의 자취를 감추고 3음절과 4음절 음보가 주종을 이루되 4음절 음보가 더 많은 비중을 차지하며, 개화가사에 이르면 3음절 음보마저 자취를 감추고 4음절 음보가 작품 전체를 지배하게 되는 것이다.

이렇게 한 음보의 음절수가 4자로 고정화되어 가는 경향은 18세기 무렵부터 줄기차게 진행되어 온 가사 형태 변모의 한 양상이라고 할 수 있다. 따라서 이것을 개화기의 특이한 양상이라고 할 수는 없으며 또 율격에 대한 오해나 시적 포에지의 결여에서 비롯된 현상이라고 할 수도 없다고 하겠다.

그리고 음수가 고정화되는 현상은 작자층의 변화와도 크게 관련되지 않은 것 같다. 4·4조가 규방가사에 현저하게 나타나는 것이 사실이기는 하지만, 위의 표에서 확인한 바와 같이 양반가사 자체 내에서도 18세기 무렵부터는 이런 현상이 발생하고 있었던 것이다. 그러므로 양반가사에서 이미 진행되고 있던 과정을 규방가사에서 이어받아 더욱 진척시켰다고 하는 것이 타당할 것이다.

결국 이 음수 고정화 양상은 특정 시기, 특정 계층의 가사에만 나타난 일시적·부분적 현상이 아니라 그런 것들과는 무관한 별도의 요인에 의해 가사장르 전반에서 꾸준히 진행되어 온 일반적인 현상이라고 할 수 있다. 가사의 고정된 음수율이 개화기라는 특정 시기에 당대의 시대적인 분위기와 맞물려 빚어낸 사회적인 효과에 대해서는 이미 충분한 해명이 이루어졌다고 할 수 있으므로,116) 여기서는 이러한 변모의 뿌리 깊은 원인이 무엇인가 하는 점을 탐색해 보기로 한다.117)

그런데 음수가 고정화되는 양상은 한국 가사에만 나타나는 독자적인 현상이 아니라 세계 여러 나라의 시가에서도 두루 발견할 수 있는 보편적인 현상이다. 중국이나 일본 시가의 경우도 시대가 흐름에 따라 형태적인 변모를 겪게 되는데, 그 변모의 양상이 우리 가사의 경우와 유사한 점이 있어 비교해 볼 만한 가치가 있다. 중국의 근체시 성립과정과 일본 와카[和歌]의 성립과정을 우리 가사의 경우와 비교해 보면 이러한 변모가 나타나게 된 원인을 보다 명료하게 이해할 수 있을 것이다.

그리고 세 가지 율격 요소인 종결규칙과 음보와 음수의 변모 양상을 비교해 보면, 기본적인 성향은 일치하면서도 구체적인 양상은 각각 다름을 알 수 있다. 세 요소의 변모 모두 이질성을 배제하고 동질성을 추구하려는 노력의 소산이었다는 점에서는 일치한다. 그러나 음수의 변모는 율격 구조의 고착이라고 할 수 있고, 음보의 변동은 율격 구조의 전환이라고 할 수 있으며, 종결규칙의 탈락은 율격 장치의 상실이라

---

116) 김학성은 개화가사의 통제된 음수율이 다양한 사상이 충돌하던 개화기의 시대상황에서 이질적인 것을 동질화시키는 사회 통합적인 효과를 지녔다고 했다.(김학성, 앞의 책, 169-171면.)

117) 비록 단편적이기는 하지만, 가사의 음수율이 고정화된 원인을 향유방식의 변화와 관련지어 설명한 견해가 있어 참고할 만하다. 김문기는 음영가사의 4·4조 위주의 율격이 음영의 리듬을 살리기 위해 일정한 음수율이 요구되어 필연적으로 나타난 결과라고 했으며(김문기, 앞의 책, 124면.), 김대행은 개화가사의 고정적인 4·4조 율격이 가사가 가창물에서 독서물로 전환되면서 歌가 빠지게 됨에 따라 가에 대치할 수 있는 새로운 자질로서 요구된 것이라고 했다(김대행, 앞의 책, 1991, 50-51면.). 특히 김대행의 견해는 개화가사에 4·4조라는 고정된 율격이 나타나게 된 원인을 음악성의 문제와 관련지어 해명했다는 점에서 주목할 만하다. 이 점에 있어서만큼은 본 논의의 관점과 일치한다고 할 수 있다. 본고는 여기서 한 걸음 나아가, 음악이 상실되면서 고정적인 율격이 출현하게 되는 것이 개화가사에만 나타나는 특수한 현상이 아니라 어떤 시가에서나 나타날 수밖에 없는 필연적이고 일반적인 과정이라는 점을 다른 나라의 경우와 비교하여 밝히고자 한다.

고 할 수 있어 세 가지가 각각 다른 양상을 보인다.

앞에서 살핀 바와 같이, 작품의 끝을 표시하여 완결미를 높이는 시적 장치인 종결규칙은 후기로 갈수록 사라지게 되었고 음보율은 초기의 4음보격이 해체되어 후기의 2음보격으로 전환되었다. 이러한 음보와 종결 규칙의 변화는 음수가 후대로 갈수록 정형화, 고정화되는 것과는 분명히 다른 면모를 보인다고 할 수 있다. 종결규칙을 두고 말하자면 가사는 파격으로 치달았다고 할 수 있을 것 같기도 하고 음수율을 두고 말하자면 정형화되는 과정을 착실히 밟아 왔다고 할 수 있을 것 같기도 하다. 그만큼 가사의 형태 변모는 복잡한 양상을 보인다고 하겠다.

이렇게 형태 변모가 한 가지 방향으로만 전개되지 않고 다양한 방향으로 전개되어 복합적·중층적인 양상을 보이는 것은 내용이나 장르상의 복잡성과 결합되어 가사를 더더욱 이해하기 곤란하도록 만든다. 이러한 복합적인 변모 양상에 대한 이해를 돕기 위해서라도 다른 나라의 경우와 비교하여 살필 필요가 있다.

3) 음악 상실에 따른 형태 변모 양상의 비교 고찰
　　－근체시(近體詩), 와카[和歌], 개화가사(開化歌辭)의 성립 과정을 대상으로

(1) 형태 변모 양상의 동질성

중국의 근체시와 일본의 와카[和歌], 그리고 한국의 개화가사가 성립된 과정에는 여러 가지 차이점이 존재한다. 악부에서 고시를 거쳐 근체시가 성립된 시기는 8세기이며,[118] 고대의 기기가요(記紀歌謠)에서 와카가 성립된 시기는 7세기 무렵이라고 한다.[119] 조선 전기에 발생한

---

118) 김학주, 『중국문학개론』, 신아사, 1977, 71면.
119) 小西甚一, 『일본문학사』, 김분숙 역, 고려원, 1995, 37면.

가사가 조선 후기를 거쳐 개화가사로 변모된 것은 15세기에서 20세기
까지의 일이니 한국의 경우가 일본이나 중국보다 훨씬 후대에 해당한
다. 그리고 근체시와 와카는 기층의 민요를 바탕으로 상층에서 이룩한
장르인 반면 가사는 상층에서 발생하여 하층으로 확산된 장르이다. 또
근체시와 와카가 성립된 과정에는 장르 전환 현상이 발견되나 개화가
사가 성립된 과정에는 그러한 현상이 발견되지 않는다. 그러나 이러한
여러 가지 차이에도 불구하고 근체시와 와카가 성립된 과정과 가사가
변모한 과정에는 몇 가지 유사한 점이 있어 비교해 볼 수 있다.

먼저 비정형에서 정형으로 옮아간 형태 변모의 양상이 같다는 점을
들 수 있을 것이다. 중국 근체시의 모태인 악부는 정형적이지 않은데
고시로 나아가면서 5언과 7언으로 음수의 통일을 보게 되었고 근체시
에 이르러서는 음수 외에도 성률이나 압운, 대구 등의 다양한 기교를
갖추어 엄격한 정형시가 성립되었다. 악부와 고시와 근체시를 예로 들
어 형태가 정비되어 가는 과정을 나타내 보면 다음과 같다.

李夫人及貴人歌
齊 · 陸厥

屬車桂席塵, 豹尾香煙滅.
彤殿向麋蕪, 靑蒲復萎絶.
坐萎絶, 對麋蕪.
臨丹階, 泣椒塗.
寡鶴羈雌飛且止, 雕梁翠壁網蜘蛛.
洞房明月夜, 對此淚如珠.[120]

---

120) 郭茂倩, 『樂府詩集』 2, 台北: 里仁書局, 1984, 1183면. 우리말 번역은 다음과 같다.
"수레와 계수나무 자리에는 먼지가 쌓였고,
화려한 깃발과 향연기는 자취를 감추었네.

生年不滿百

生年不滿百, 常懷千歲憂.

晝短苦夜長, 何不秉燭遊?

爲樂當及時, 何能待來玆?

憂者愛惜費, 但爲後世嗤.

仙人王子喬, 難可與等齊.[121]

春望

杜甫

●●○○● ○○●●○

國破山河在, 城春草木深.

> 붉은 전각은 기울어 황폐해졌고,
> 푸른 부들은 다시 시들어 떨어졌네.
> 시들어 떨어진 데 앉아서,
> 황폐해진 것을 바라보네.
> 붉은 섬돌에 서서,
> 귀인의 궁실에서 우네.
> 홀로된 학과 외로운 암새는 날다가 또 내려앉고,
> 아로새긴 들보와 푸른 벽에는 거미줄이 쳐졌네.
> 깊숙한 방에서 달 밝은 밤에,
> 이를 대하니 눈물이 구슬처럼 흐르네."

121) 이수웅·김경일, 『중국문학사』, 대한교과서주식회사, 1994, 137면. 우리말 번역은 다음과 같다.
　　"인생이 백년을 채우지 못하는데,
　　항상 천세의 근심을 품고 있네.
　　낮은 짧고 밤은 길어 괴롭다지만,
　　어찌 촛불을 들고 놀지 않는가?
　　즐거움은 마땅히 때에 미쳐야 하니,
　　어찌 이(다른) 때를 기다릴 수 있으랴?
　　어리석은 자는 돈 쓰는 것을 아까워하나,
　　단지 후세 사람들에게 웃음거리가 될 뿐이네.
　　저 신선이었던 왕자 喬처럼,
　　더불어 긴 수명을 누릴 수 없네."

●○○●● ●●●○○

感時花濺淚, 恨別鳥驚心.

○●○○● ○○●●○

烽火連三月, 家書抵萬金.

●○○●● ○●●○○

白頭搔更短, 渾欲不勝簪.
(○는 平聲, ●는 仄聲. 平聲侵韻)[122]

　<이부인급귀인가(李夫人及貴人歌)>는 악부이며, <생년불만백(生年不滿百)>은 고시의 원조로 알려진 <고시십구수(古詩十九首)> 중의 한 편이고, <춘망(春望)>은 오언율시이다. <이부인급귀인가>는 3언과 5언과 7언이 혼합되어 있으나, <생년불만백>은 한 구의 자수가 오언으로 통일되어 있다. <춘망>은 글자 수를 맞추었을 뿐 아니라 평성침운(平聲侵韻)으로 압운을 했고 평측을 맞추었으며 함련과 경련에는 대구를 구사했다. 초기의 악부는 위의 작품과 같이 일정한 자수를 가지지 않은 자유로운 형식으로 되어 있었다고 한다. 이런 악부시가 고시로 발달하면서 한 구의 글자 수가 오언이나 칠언으로 정형화되었다. 근체시에

---

122) 김학주, 『중국문학개론』, 신아사, 1977, 73면. 우리말 번역은 다음과 같다.
　　"나라는 깨어져도 산하는 그대로인데,
　　봄이 온 성에는 초목만 무성하구나.
　　시절이 서글프니 꽃을 보고도 눈물을 흘리고,
　　이별이 한스러우니 새를 보고도 놀라는구나.
　　봉화불 석달 동안 이어지니,
　　집의 편지 만금의 값이로다.
　　센 머리 빗어보니 더욱 짧아져,
　　온통 비녀를 꽂지도 못하겠구나."

이르면 자수 외에 다양한 규칙을 강화하여 <춘망>에서 보는 것처럼 평측과 운을 맞추며 대구(對句)를 구사하게 되는 것이다.

일본의 경우도 이와 유사한 양상을 보인다. 와카의 모태인 기기가요는 비고정적인 형태로 되어 있었던 데 반해, 『만엽집』(759년 이후 성립)에 실린 와카는 대부분이 5·7字 위주의 고정적인 형태로 되어 있다. 『만엽집』에 실린 와카 중 대표적인 것은 단가와 장가이다. 단가는 대체로 5·7·5·7·7의 고정적인 율격을 준수하며, 장가는 5·7을 자유롭게 이어나가다가 마지막 행에서 5·7·7로 마무리 한다. 단가보다는 장가의 형태가 비교적 자유로운 편이긴 하지만, 장가의 경우도 5·7의 음수율만큼은 변함이 없다. 고대가요와 『만엽집』의 와카 작품을 예로 들어보면 다음과 같다.

1) 江に浮んで山背に幸す途中, 桑の枝が流れて來るのに御目を留められた大御歌(日本書紀)

菟怒瑳破赴	角支ふ	(つのさはふ)
以破能臂謎餓	磐之媛が	(いはのひめが)
飫朋呂伽珥	おほろかに	(おほろかに)
枳許瑳怒	聞こさぬ	(きこさぬ)
于羅遇破能紀	うら桑の木	(うらぐはのき)
豫屢麻士枳	寄るましじき	(よるましじき)
箇破能區莽愚莽	河の隈隈	(かはのくまぐま)
豫呂朋譬喩玖伽茂	寄ろほひ行くかも	(よろほひゆくかも)
于羅愚破能紀	うら桑の木	(うらぐはのき)[123]

---

123) 松岡靜雄, 『古代歌謠』, 東京: 同文館, 1932, 276–278면. 맨 왼쪽의 것은 원문이고 오른쪽의 둘은 해독된 것이다. 우리말 번역은 다음과 같다.
    <배를 타고 山背로 가시는 도중, 뽕나무가지가 흘러내려 오는 것에 눈을 머무르시며 지은 노래>

2) 天皇から八田の若郎女に贈られた大御歌(古事記)

夜多能	八田の	(やたの)
比登母登須宜波	一本菅は	(ひともとすげは)
古母多受	子持たず	(こもたず)
多知迦阿禮那牟	立ちか荒れなむ	(たちかあれなむ)
阿多良須賀波良	あたら菅原	(あたらすがはら)
許登袁許曾	言をこそ	(ことをこそ)
須宜波良登伊波米	菅原と言はめ	(すげはらといはめ)
阿多良須賀志賣	あたら清し女	(あたらすがしめ)124)

3) 詠霍公鳥歌一首幷短歌

多爾知可久	谷近く	(たにちかく)
伊敞波乎禮騰毛	家は居れども	(いえはをれども)
許太可久氐	木高くて	(こだかくて)
佐刀波安禮騰母	里はあれども	(さとはあれども)
保登等藝須	時鳥	(ほととぎす)
伊麻太伎鳴加受	未だ來鳴かず	(いまだきなかず)
奈久許惠乎	鳴く聲を	(なくこえを)
伎可麻久保里登	聞かまく欲りと	(きかまくほりと)
安志太爾波	朝には	(あしたには)
可度爾伊氐多知	門に出で立ち	(かどにいでたち)

"磐之媛(いはのひめ)가 / 소홀히 / 생각하지 않는 / 뽕나무가 / 흘러 다가올 일이 없는 강의 구석구석을 / 저쪽 구석에 막히고 이쪽 구석에 걸리며 흘러가네 / 뽕나무여."
124) 위의 책, 286-288면. 우리말 번역은 다음과 같다.
<천황께서 八田の若郎女에게 보내신 노래>
"八田이라는 들의 / 한 줄기 莎草는 / 애를 가지지 않은 채 / 그냥 시들어 버리는 것일까? / 아쉬운 菅原이여 / 말로는 / 菅原이라 하지만 / 정말로 청초하고 아쉬운 여자여."

由布敝爾波	夕べには	（ゆふべには）
多爾乎美和多之	谷を見渡し	（たにをみわたし）
古布禮騰毛	戀ふれども	（こふれども）
比等己惠太爾母	一聲だにも	（ひとこえだにも）
伊麻太伎己要受	未だ聞えず	（いまだきこえず）

反歌

敷治奈美乃	藤浪の	（ふじなみの）
志氣里波須疑奴	茂りは過ぎぬ	（しげりはすぎぬ）
安志比紀乃	あしびきの	（あしひきの）
夜麻保登等藝須	山時鳥	（やまほととぎす）
乃騰可伎奈賀奴	何か來鳴かぬ	（などかきなかぬ）125)

　　1)과 2)는 『일본서기』와 『고사기』에 나오는 고대가요이고 3)은 『만엽집』에 나오는 장가와 단가이다. 네 작품 모두 한자의 음만 사용하여 일자일음식으로 표기되어 있다.126) 앞의 두 작품이 3에서 8까지의 유동적인 자수로 되어 있는 데 반해, 뒤의 두 작품은 5자와 7자의 고정적

---

125) 吉澤義則·奧里將建, 『萬葉長歌全集』, 大同館書店, 1929, 472-474면. 우리말 번역은
　　다음과 같다.
　　　＜霍公鳥를 읊은 노래 한 수 및 단가＞
　　“계곡 가까이 / 살고 있지만 / 나무가 높은 / 마을에 살지만 / 時鳥는 / 아직 찾아와서
　　울지 않네. / 그 울음 소리를 / 듣고 싶어서 / 아침에는 / 대문 밖에 나가서 서고 /
　　저녁에는 / 계곡을 바라보며 / 그리워 해도 / 단 한 소리도 / 아직 들려오지 않네.”
　　　反歌
　　“등나무꽃 / 한창 필 때는 지났는데 / あしひきの / 산의 時鳥는 / 왜 찾아와서 울지
　　않는 것일까?”(여기서 あしひきの는 별 뜻 없이 사용하는 구절이다.)
126) 물론 『만엽집』의 차자표기에 이런 방법만 있는 것은 아니다. 『만엽집』의 와카는 향가
　　와 같이 한자의 음과 훈을 동시에 사용하여 표기한 것이 많다. 여기서는 형태 비교를
　　하기 위해서 음차 표기로 된 것을 골라 인용했을 뿐이다.

인 음절수로 되어 있다. 『만엽집』의 와카는 근체시와 같이 복잡한 규칙은 가지지 않으나 고정적인 음수율을 지키고 있어 정형시라고 할 수 있다.

앞에서 살핀 바와 같이 가사도 음수율에 있어서는 근체시나 와카가 성립된 과정과 비슷한 변모를 겪었다. 초기의 유동적인 상태에서 개화가사의 고정적인 상태로 변모한 과정은 근체시나 와카가 비정형적이던 단계에서 정형적인 단계로 이행한 것과 같은 모습이다. 흐트러진 것이 간추려지고 자유롭던 것이 통제되는 현상은 세 가지 시가에서 발견되는 공통적인 양상이라고 할 수 있겠다.

형태 변모와 아울러 그 향유방식에 있어서도 세 장르는 동일한 변화를 겪었다. 중국의 악부는 노래로 불리던 것이었는데, 고시와 근체시는 음악과 멀어져 읊거나 읽는 방식으로 향유되었다고 한다. 물론 근체시 중에도 절구 같은 것은 곡에 얹어 가창할 수 있다고 하지만 그것은 예외적인 경우일 터이고 근체시는 기본적으로 음악과는 거리가 먼 것이었다고 할 수 있다.[127] 근체시가 만약 악부처럼 가창 장르로 출발해 음악을 잃지 않았다면 정제된 형식미는 나타날 필요성도 가능성도 모두 없었을 것이다.

원래 가창되던 악부가 고시, 근체시로 발전하면서 점점 음악과 멀어짐에 따라 새로운 가창 장르로사 사(詞)가 등장하게 된다. 특정한 장르는 시대에 따라 변하지만 가창의 욕구는 소멸되지 않기 때문에 한 장

---

127) 김학주, 『중국문학서설』, 범학사, 1979, 118면. 절구가 예외적으로 가창되었다고 해서 근체시 전체를 가창의 장르였다고는 할 수 없다. 당대에는 악부가 더 이상 가창되지 않게 됨에 따라 노래부를 장르가 없어져서 근체시 중에 절구를 노래부른 것이지, 근체시가 가창의 장르로 탄생, 출발했다고 볼 수는 없는 것이다. 근체시를 歌라고 하지 않고 詩라고 한 점을 보아도 이 점을 알 수 있고, 『청구영언』 서문 같은 데서도 근체시가 노래가 아닌 詩임을 엄연히 밝히고 있다.

르가 음악에서 멀어지면 언제나 새로운 장르가 대두하게 되어 있는 것이다.[128] 절구와 율시가 갖추고 있는 성률이나 압운 등의 율격적 장치는 일종의 음악적인 요소라고도 할 수 있지만, 이런 것들은 엄밀히 말하자면 음악적인 배려가 아니라 음악을 잃은 데 대한 보상으로 마련된 것이다.

　향유방식이 변한 것은 일본의 경우도 마찬가지이다. 고대의 기기가요는 노래로 불린 데 반해 와카는 음악과 무관한 것으로 읊거나 읽는 방식으로 향유되었다고 한다. 다음의 견해를 통해 이 점을 확인할 수 있다.

　　歌謠는 불리우는 노래라는 점에서, 문자문학으로서의 와카와는 구별되지마는, 그것은 한갓 음악적 가치의 유무란 문제에 그치지는 않는다. 불린다는 것은, 거기에 반드시 듣는 이가 있고, 또 부르는 이와 듣는 이를 포함한 어떠한 구체적인 마당(場)이 있음을 말하며, 그러한 점에서도 작자의 서재 안에서 독자를 의식하거나 의식하지 않고서 지은 와카와는 다른 것이며, 이것이 歌謠와 和歌의 문학적 성격의 相違를 초래한다. 뿐만 아니라 같은 歌謠일지라도, 노래하는 사람과 듣는 이의 관계, 노래의 마당의 성격에 의해서, 집단적인 민요와 전문적·직업적인 藝謠와의 사이에, 노래의 성격의 相違를 낳게 하였다. 民謠와 藝謠를 구별하는 것은 이 때문이다.[129]

---

128) 악부에서 詞로 다시 曲으로 이어지는 중국 시가의 변천 양상은 우리 시가 장르의 변천과 흡사한 모습을 보인다. 우리 시가의 경우도 가사가 음악과 멀어지면서 새로운 가창 장르로 잡가가 등장하고 다시 유행가가 등장하여 가창 장르의 교체가 이루어지는데, 이렇게 한 장르가 음악과 멀어지면서 이를 대체하는 다른 장르가 발생하는 것은 장르 교체의 일반적인 양상이라고 할 수 있을 것이다.

129) 土橋寬,「古代歌謠の槪念と範圍」,『古代歌謠の世界』, 塙書房, 11면; 김사엽,『일본의 만엽집』, 민음사, 1983, 14면에서 재인용.

여기서 말하는 가요(歌謠)란 『고사기』와 『일본서기』에 기록되어 있는 고대의 민요를 말한다. 와카의 모태인 기기가요는 노래로 불린 구비문학인 반면 와카는 노래와는 이미 거리가 멀어진 기록문학이라는 것이다. 두 가지는 향유방식이 다를 뿐 아니라 문학적 성격도 다르다고 했다.

앞에서 밝힌 바와 같이 한국의 가사도 초기에는 가창되던 것이 음악을 잃어버림에 따라 음영되기 시작했으며 개화기에는 시(詩)로서 읽히게 되었다. 음악과 결부되어 가창되다가 음악이 떨어져 나감에 따라 노래불리지 않게 되었다는 점에서 근체시, 와카, 가사는 모두 동일한 변화를 겪었다고 할 수 있겠다.

이상과 같이 근체시, 와카, 개화가사가 성립되어 온 과정에는 형태와 향유방식의 측면에서 동일한 변모 양상이 나타나는 것이다. 삼국의 시가에 이러한 공통성이 나타나므로 형태 변모와 향유방식의 변화 사이에는 긴밀한 상관관계가 있으리라고 추론해 볼 수 있다. 즉 근체시와 와카와 개화가사에 나타나는 형태적인 정형성은 애초에 각 장르에 결합되어 있던 음악이 점점 상실됨에 따라서 나타난 현상이라고 할 수 있는 것이다.

음악과 결합되어 있던 단계에서는 세 장르 모두 유동적인 형태로 되어 있었다. 악부는 일정한 글자 수도 없이 자유로운 형태로 되어 있었고, 기기가요는 대체로 5·7의 음절이 지배적이긴 하나 거기에도 역시 고정된 형태란 존재하지 않았으며, 초기의 가사는 4음4음보의 기본 율격을 바탕으로 하고 있기는 하되 음수와 음보에 다양한 변화의 폭이 허용되었던 것이다. 이 율격적인 자유로움은 그 배후에 음악이 있었기 때문에 가능했던 것으로 볼 수 있다. 음악이 흐트러진 노랫말을 추슬러 안정적인 리듬감을 보장해 주었기 때문에 노랫말은 굳이 정제된 형태를 추구할 필요가 없었다고 하겠다.

근대 자유시가 나타나기 이전의 중세 시가는 모두 일정한 율격적인 리듬에 따라 창작되었다고 할 수 있다. 가사의 4음2보격이나 와카의 5·7조, 근체시의 여러 가지 규칙 같은 것들은 모두 각 장르가 시가로서 인식되게끔 하는 율격적 리듬에 해당한다. 이런 것들은 모두 인간의 심성 속에 기본적으로 내장되어 있는 리듬감을 만족시키기 위한 장치들이며, 율격적 리듬을 거부할 때 그것은 율문이 아닌 산문으로 인식되고 만다. 율문이 되려면 어떤 식으로든 리듬에 대한 요구가 충족되어야 하는 것이다. 거꾸로 말해, 이러한 리듬에 대한 욕구를 충족시키기 위해 율문이 생산되어 왔다고도 할 수 있을 것이다.

그런데 이러한 리듬에 대한 요구는 시가가 음악과 결합되어 향유될 때는 자동적으로 충족된다고 할 수 있다. 노래 불리던 시절에는 5·7언 근체시의 까다로운 규제도 필요 없었으며 와카의 5·7조나 개화가사의 4·4조 같은 고정된 음수율도 고수할 이유가 없었다. 율격적 리듬을 갖추지 않은 노랫말이라도 일단 곡에 얹어 노래로 부르게 되면 노랫말의 비율격성은 망각되기 십상이다. <백구사>의 이질적인 음보들이 곡에 얹혀 가창될 때에는 전혀 이질적으로 느껴지지 않는 것과 같은 이치라고 하겠다. 이런 식으로 음악이 안정된 리듬감을 확보해 주었기 때문에, 시가가 음악과 결부된 단계에서는 형태적인 정제성이라든가 율격적 고정성 같은 특별한 장치를 갖추지 않아도 되었고 또 갖출 이유도 없었던 것이다.

그런데 시가가 음악과 분리되면서부터는 사정이 달라진다. 노래로 불리지 않고 음영되거나 읽히는 단계에 접어들어 안정적인 리듬을 지켜줄 외적 장치가 사라지고 나면, 이제는 노랫말 자체 내에 그런 장치를 갖출 수밖에 없게 된다. 특정한 장르는 시대에 따라 변하더라도 리듬에 대한 욕구는 시대를 초월하여 상존하기 때문에, 시가에서 음악이 떨어져 나가면 음악적인 리듬을 노랫말 자체의 리듬으로 대체할 수밖에 없게 되는 것이다. 악부의 자유로운 리듬에서 출발해 고시를 거치고 근체시에 와서 완성된 한시의 엄격한 규제, 기기가요의 비고정적 음수율에서 배태된 와카의 고정적인 5·7조, 조선 후기부터 추구되기 시작하여 개화기에 이르러 결실을 본 가사의 통제된 4·4조 등은 모두 음악을 잃고 난 후 안정적인 리듬을 되찾기 위해 마련한 노랫말 내부의 율격 장치라고 할 수 있겠다.

리듬에 대한 욕구를 만족시켜 주는 음악과 율격 장치는 서로 등가의 관계에 있다고 할 수 있다. 다른 말로 하면, 음악성과 율격적 정형성은 언어학에서 말하는 '상실과 보상'의 관계에 있다고도 할 수 있을 것이다.130) 음악과 노랫말이 결합되어 균형 상태를 이루고 있다가 음악이 상실되면 상실은 상실로 끝나고 마는 것이 아니라 반드시 그에 대한 모종의 보상을 요구하게 되며, 정형성은 영문 없이 그 자체로 마련된 것이 아니라 무언가를 잃은 데 대한 대가로서 추구된 것이라고 볼 수 있는 것이다.

지금까지는 대체로 향유방식과 형태의 변화를 살피기는 했어도 그 둘 사이의 긴밀한 관련성을 따져 보지 않았고, 관련을 맺어 본 시도가 있기는 했지만 부분적이고 단편적인 논의에서 더 나아가지 못했다. 그러나 위에서 살핀 바와 같이 향유방식의 변화와 형태적인 변모 사이에는 밀접한 상관관계가 존재하며, 형태적인 정형화의 원인은 바로 음악

---

130) 음의 소실을 보상하기 위해 탈락된 음 주위의 음이 길어지는 현상을 역사언어학에서는 보상적 장음화(compensatory lengthening)라고 한다. 우리말에서 다음과 같은 경우가 이에 해당한다. '끌다(引)'는 "그스다>끄스다>끄으다>끌:다"의 변화를 거쳤다고 하는데, '그스다'의 '스'가 탈락됨에 따라 그 보상 작용으로 '끌:'이 장음화 되었다는 것이다. 이때 '스'와 ' : '은 상실과 보상의 관계에 있다고 할 수 있다.

의 상실에 있다고 할 수 있는 것이다. 또한 음악 상실에 대한 보상으로 정형성이 추구되는 것은 특정 시가에 국한된 현상이 아니라 여러 시가 장르에서 두루 발견되는 일반적이고 필연적인 현상이라고도 할 수 있을 것이다.131) 이상과 같은 음악성과 정형성의 상관관계를 그림으로

---

131) 이러한 현상은 민요에서도 발견된다. 민요도 향유방식으로 나누자면 가창민요와 음영민요로 구분할 수 있을 터인데, 아래의 예에서 보는 바와 같이 가창민요는 율격적으로 흐트러진 모습을 보이는 데 반해 음영민요는 비교적 정제된 형태를 갖추고 있다.

모심는 소리
-오늘 해는 여기서 넹구고 내일 해는 어디 가 넹구나
-오늘 해도 다 넘어갔나베 옥창에 앵도가 다 붉어가네
-오늘 하루는 여기서 놀구요 내일 날은 어디가 놀까
-이 논배미 모를 심어 장잎이 훨훨 영화로구나
-방실방실 웃는 임은 못 다 보고 해 다 진다
-늦어가네 늦어가네 담배참수 늦어가네
-담배참만 늦어가나 어린 아기 젖참수가 늦어가네
-이 논배미 얼른 심고 장구배미로 건너 가세
-임아 임아 나를 잡지 말구서 서산에 지는 해를 붙들어 매라
-우리네 농부는 아껴를 주면 나랏님 봉양은 우리가 하지요
-재밌게 놀아 보세 오늘 핼랑 여기서 넹구고 내일 해는 어디가 노나
(1993. 12. 9. / 옥천읍 대천1리 대골 / 연승창, 남, 1912. 이종철, 남, 1916. 한석훈, 남, 1922;『한국민요대전』(충청북도편), 문화방송, 1995, 135면.)

신세타령
옛날옛적 간날갓적　　　구비나물 잡샀던가
특수바리 영감적에　　　구비나물 간쟁이네
더벅머리 소시적에　　　울어머니 나슬적에
접시밥도 못다먹고　　　가지나물 잡샀던가
왕골자리 똥쌀적에　　　가지가지 걱정일세
그시절이 좋던감은　　　나이먹고 철이드니
우리엄마 나슬적에　　　똥쌀제가 좋던감은
도래나물 잡셨던가　　　애로점도 많아지고
돌아가민 걱정이요　　　걱정도　　태산이다
울어머니 나슬적에
(1993. 12. 9. / 영동군 용산면 신항2리 수리 / 김소용, 여, 1911;『한국민요대전』, 위의 책, 121면.)

그려보면 다음과 같다.

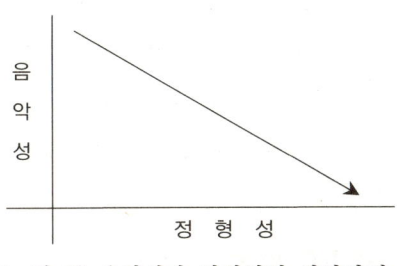

〈그림 3〉 음악성과 정형성의 상관관계

(2) 형태 변모 양상이 이질성

음악이 상실됨에 따라 나타나는 형태 변모의 양상이 항상 동일한 경향을 보이는 것만은 아니다. 정형화되는 과정이 세 장르 모두에서 관측되기는 하지만, 거기에는 약간씩의 편차가 존재한다. 형태 변모의 동일한 양상은 위에서 살폈으므로 이번에는 이질적인 양상을 살펴보기로 한다.

특정한 시가 장르는 음악적인 요소, 형태적인 요소, 의미적인 요소, 창작자와 수용자를 포함하는 향유집단 등의 다양한 요소를 포함하는 하나의 전체적인 체계를 이루고 있다. 이런 다양한 요소들이 상호작용하며 안정적인 상태를 이루고 있다가 이들 중 한 요소가 이탈하게 되면

이 두 민요는 모두 『한국민요대전』 충청북도편 CD3에 수록되어 있어 실제로 구연된 것을 들어볼 수 있다. <모심는 소리>는 소리를 길게 빼어서 흔들고 가락이 구성져서 가창민요라고 할 수 있으며 <신세타령>은 단조로운 가락이 반복되고 있어 음영민요라고 할 수 있다. <모심는 소리>는 대체로 4음보격으로 되어 있고 한 음보의 음수가 4음에서 7음까지 나타나고 있는 데 반해, <신세타령>은 2음보격으로 되어 있으며 한 음보의 음수가 거의 4음으로 고정되어 있다. 민요에서 보이는 이러한 율격적 變異는 가사에서 발견되는 율격 변모와 그 양상이 같다고 할 수 있을 것이다.

전체의 체계는 불안정한 상태에 도달하게 된다. 이 불안 상태를 어떤 식으로든 해결하지 않으면 그 장르는 붕괴되고 만다.[132]

구성 요소의 이탈로 인한 불안 상태를 해소하는 방식은 두 가지로 나뉜다. 첫째는 체계 내적인 변화를 유도하여 원래의 안정 상태를 회복하는 경우이고, 둘째는 체계 외적인 변화가 발생하여 새로운 안정 상태로 진입하는 경우이다. 전자를 '억제형'이라고 한다면 후자는 '촉진형'이라고 할 수 있다. 억제형에서는 구성 요소의 이탈로 인한 변화를 되도록 줄이려고 하기 때문에 체계가 지속되고, 촉진형에서는 구성요소의 이탈로 인한 변화를 오히려 확대하기 때문에 체계가 붕괴되거나 다른 체계로 대체된다.[133]

세 장르에 보이는 형태 변모의 양상을 억제형과 촉진형으로 구분해 보면, 근체시와 와카가 성립한 과정은 촉진형에 가깝고 가사가 변모한 과정은 억제형에 가깝다. 근체시와 와카는 음악의 이탈로 발생한 불안 상태를 엄격한 율격 장치를 통해 해소함으로써 환골탈태의 변모를 겪

---

132) 이런 관점에서 보면, 시가의 형태의 정형성은 음악적 요소의 이탈에 따른 불안정을 해소하기 위해 마련된 보완 장치라고 할 수 있다. 음악을 보상하는 새로운 자질인 율격적 고정성을 구비하게 됨으로써 장르 체계의 불안정은 극복되고 원래의 안정을 회복하거나 새로운 안정 상태로 진입하게 되는 것이다.

133) "사회구조와 같은 거대한 시스템 안에 있는 하위 시스템의 상호작용과 상호적응의 결과는 다음과 같은 두 유형으로 나누어 볼 수 있다. 첫째는 본래의 적응 상태에서 이탈한 일부 하위 시스템이 그대로 남아 있던 다른 하위 시스템과 서로 영향을 주고 받은 결과 전체시스템을 새로운 안정 상태로 진입시키는 이른바 촉진형(促進型)이다. 둘째는 본래의 적응 상태에서 이탈된 하위 시스템이 다른 하위 시스템들과 상호작용한 결과 이탈을 조장한 요인을 제거해 버림으로써 시스템 본래의 안정성을 회복시키는 이른바 억제형(抑制型)이다. 안정된 기존 시스템 내에서 하위 시스템 일부의 이탈로 초래된 시스템 전체의 붕괴를 막기 위해서 남아 있는 하위 시스템이 그 작용방식을 급변시켜 이탈의 후유증을 극복하고 본래의 적응 상태를 회복해 가는 방식은 억제형의 특색이다."(김관도·유청봉, 『중국문화의 시스템론적 해석』, 김수중·박동헌·유원준 역, 천지, 1994, 102-103면.)

어 새로운 장르로 바뀌었으므로 촉진형에 해당한다고 볼 수 있는 반면,
가사의 경우는 음악의 이탈로 발생한 불안 상태를 장르내적인 소규모
의 형태 변모로 해소해서 장르가 유지되었으므로 억제형에 해당한다
고 볼 수 있다. 가사는 음악이 상실됨에 따라 부분적인 형태 변모를
겪기는 했어도 겪기 전과 겪고 난 후의 형태 사이에는 단절성보다 지속
성이 강하게 드러나는 것이다. 악부에서 근체시가 성립한 과정과 기기
가요에서 와카가 성립한 과정을 '장르 전환'이라고 한다면 초기의 가창
가사에서 개화가사가 성립한 과정은 '장르 변동'이라고 할 수 있다.[134]
음악이 상실됨에 따라 나타나는 형태 변모는 모든 장르에서 항상 동일
한 양상을 보이는 것이 아니라, 근체시는 근체시대로, 와카는 와카대로,
또 가사는 가사대로 각 체계 내부의 고유한 상관관계에 따라 독자적인
변모를 겪어 장르마다 다른 양상을 보이게 되는 것이다.

　형태 변모의 독자성은 규칙의 강화와 완화라는 두 가지 기준을 통해
서 살펴 볼 수도 있다. 근체시나 와카는 대체로 규칙이 강화되는 방향
으로만 변모를 겪었으나, 가사는 규칙의 강화와 완화를 포함하는 다양
한 방향의 변모를 두루 체험했다고 할 수 있다. 가사의 경우, 일종의
율격적인 장치이며 규칙이라고 할 수 있는 결사는 후대로 가면서 상실
되었고, 음보는 4음보에서 2음보로 바뀌었으며, 음수는 4음으로 고착
되었다. 종결규칙의 탈락은 규칙의 완화에, 음보의 변화는 규칙의 전환

---

134) '장르 전환'은 음악이 분리됨에 따라 특정한 시가 장르가 형태적인 변모를 겪어 변모
　　후의 형태가 변모 전과 다른 것으로 인식되는 현상을 뜻한다. 이에 반해 '장르 변동'은
　　일정한 요인에 의해 특정한 장르가 형태적인 변모를 겪기는 하되 변모 후의 형태가
　　변모 전과 다른 것으로 인식되지 않는 현상을 말한다. 장르 전환은 장르 외적인 변화이
　　고 장르 변동은 장르 내적인 변화이다. 그리고 '장르 교체'는 음악 양식이 바뀜에 따라
　　특정한 가창 장르가 새로운 장르로 교체되는 현상을 말한다. 장르 전환은 음악 상실에
　　따른 변화이나 장르 교체는 음악 상실과는 무관한 변화이다.

에, 음수의 변화는 규칙의 강화에 각각 해당한다. 형태 변모의 과정이 규칙의 완화와 강화를 모두 포함한다는 점에서 가사는 근체시나 와카와 다른 양상을 보인다고 할 수 있다. 향유방식의 변화가 세 장르 모두에서 동일한 양상을 보임에도 불구하고, 형태 변모의 양상은 가사와 다른 나라의 경우가 부분적으로는 일치하지만 전체적으로는 일치하지 않는 경향을 보이는 것이다.

이렇게 가사의 형태 변모에 독자적인 양상이 나타나는 원인으로 작자층과 수용층을 포괄하는 향유집단의 변화를 생각해 볼 수 있다. 향유집단의 변화는 중국과 일본의 경우가 대체로 일치하는 편이고 한국의 경우는 다른 양상을 보인다.

중국에서는 평민문학인 악부가 귀족화되어 근체시가 나타났다고 한다.[135] 본격적인 율시로써 근체시의 율법을 확립시킨 송지문(宋之問, 656-712)이나 심전기(沈佺期, 656-714), 근체시의 전범을 이룩한 이백(701-762)이나 두보(712-770)같은 이들은 모두 상류의 문인층에 속하는 인물들이다.[136] 그리고 일본에서는 직업적, 전문적인 궁정가인들에 의해 와카가 성립되었다고 한다. 누카타노오오키미(額田王, 639?-?)나 카키노모토아소미히토마로(柿本朝臣人麿, ?-700?) 등은 모두 궁정가인으로, 왕을 대신해서 와카를 짓거나 또는 왕을 찬양하는 노래를 읊었다고 한다.[137] 이와 같이 중국이나 일본에서는 향유집단이 기층계급에서 상층계급으로 변하여 전문화된 작자들이 출현하면서 정형시가 성립되었다고 할 수 있다. 그러나 가사의 향유집단이 변모한 과정은 이와 다르다. 초기의 가창가사에서 후기의 음영가사로 나아가면서 가사의 향유

---

135) 朱謙之, 『中國音樂文學史』, 北京: 北京大學出版社, 1989, 48-49면.
136) 김학주, 앞의 책, 1977, 71면.
137) 김사엽, 앞의 책, 91-109면.

집단은 양반에서 서민층이나 부녀자층으로 확대되었던 것이다. 귀족화·전문화한 중국·일본의 경우와 달리 한국의 경우는 평민화·비전문화하는 방향으로 향유집단이 변모되었다고 하겠다.

한국 가사의 형태 변모가 중국·일본과 다른 양상을 보이는 것은 이와 같은 작자층의 비전문성에 기인한 것이 아닌가 한다. 세 가지 장르는 음악이 상실됨에 따라 정형성을 추구하는 경향을 다 같이 보이면서도, 작자층의 전문성 여부에 따라 규칙이 강화되는 쪽으로만 변하기도 하고 규칙의 완화를 포함하는 쪽으로 변하기도 하여 형태 변모 양상에 차별이 생기게 되었던 것이다.138)

4. 가사 향유방식 변천의 시가사적 의의

향유방식의 변화는 시가의 형태만 변화시키는 것이 아니라 그 장르의 속성마저 변질시킨다. 음악이 상실되면 가(歌)이던 것이 시(詩)로 바뀌며, 문자 의존성이 강화되면 구비문학이던 것이 기록문학으로 전환된다. 이러한 장르 속성의 변화를 형태 변모와 관련지어 종합적으로 살펴보기로 하자.

---

138) 그렇다고 하더라도 작자층의 변화가 시가 형태 변모의 직접적인 원인이라고 할 수는 없다. '음악이 상실되면 형태가 변한다'고 하는 것은 타당하지만 '작자층이 변하면 형태가 변한다'고 하는 것은 타당하지 않을 수 있다. 작자층이 변하더라도 음악이 상실되지 않으면 형태는 변하지 않을 수도 있는 것이다. 형태 변모의 양상이 다르다는 것 외에 정형성의 성취 정도에서도 세 가지는 차이가 난다. 한시의 규칙이 가장 까다롭고, 그 다음이 와카이며, 개화가사의 규칙이 가장 느슨하다. 정형성의 성취도에 차이가 나는 것은 작자층의 전문성 문제와 아울러 각국 언어의 특질과도 관련이 있으리라고 본다.

1) 가(歌)에서 시(詩)로의 변이(變移)

가(歌)와 시(詩)를 구분하는 기본적인 근거는 향유방식에 있다. 관현에 올려 노래로 하느냐 아니면 읽느냐에 따라 두 가지를 나눌 수 있는 것이다. 이러한 구분은 곧 음악의 유무에 따른 구분이기도 하다. 『청구영언』 서문에도 이 점이 잘 밝혀져 있다.

> 옛날의 노래에는 반드시 시를 사용했다. 노래를 글로 기록하면 시가 되고, 시를 관현에 올리면 노래가 되니·노래와 시는 실로 한 가지 이치이다. 시경 3백 편으로부터 변하여 고시가 되었고, 고시가 변하여 근체시가 되면서 노래와 시는 분화되어서 둘로 되었다. 한·위 이후에 시 가운데 율에 맞는 것을 악부라고 불렀으나 향인·방국에는 쓰이지 못했다. 진·수 이후에 또한 가사별체가 있어서 세상에 전해졌으나 詩歌가 왕성했던 것과 같지는 않았다.139)

"'글로 기록하면 시가 되고 관현에 올려 노래하면 노래가 된다."고 했으니 시와 가를 그 향유방식에 따라 구분했다고 할 수 있다. 그러나 이렇게 구분하는 데에만 머무르지 않고, '가시(歌詩) 전환(轉換)의 역사성(歷史性)'까지 언급했다. 옛날에는 가와 시가 합쳐져 있었으나 시대가 흐를수록 두 가지가 분리되어 왔다고 하면서 이런 경위를 시경에서 고시를 거쳐 근체시가 성립된 중국의 경우를 예로 들어 설명했다. 시경은 가(歌)와 시(詩)의 복합체였으나 근체시는 음악과 분리되어 시로서만 향유된 것임을 잘 밝히고 있다고 하겠다.

---

139) 古之歌者必用詩. 歌而文之者爲詩, 詩而被之管絃者爲歌, 歌與詩固一道也. 自三百篇變而爲古詩, 古詩變而爲近體, 歌與詩分而爲二. 漢魏以下, 詩之中律者, 號爲樂府, 然未必用之於鄕人邦國. 陳隋以後, 又有歌詞別體, 而其傳於世, 不若詩歌之盛.(靑丘永言序)

가에서 음악이 분리되면서 시가 성립되는 과정을 율격 의식 및 형태적인 변모와 관련지어 좀 더 구체적으로 따져 보면, 다음과 같이 세 단계로 나눌 수 있다.

첫째 단계는 음악과 율격 의식이 합쳐져 있되 율격 의식이 음악에 종속되어 있는 단계이다. 중국의 시경, 일본의 기기가요, 한국의 초기 가사가 이에 해당하는 것으로 볼 수 있다. 이 시가들이 대체로 율격적인 바탕 위에서 창작되기는 했지만, 율격 의식은 음악적인 리듬에 종속되어 잠재된 상태로만 존재했기 때문에 엄격한 형태가 나타나지는 않는다. 시경이 대체로 4언 위주라고는 하지만 꼭 4언으로만 되어 있는 것은 아니고, 기기가요에 대체로 5자나 7자가 많기는 하지만 다른 자수가 나타나지 않는 것은 아니다. 한국의 초기 가사에도 4음4음보격이라는 율격이 존재하기는 하지만 꼭 이것을 고수해야 한다는 규칙 같은 것은 없었다. 이런 것들은 모두 율격 의식이 음악의 리듬에 종속되어 있었기 때문에 나타난 결과라고 할 수 있을 것이다. 이 단계에서 각 장르는 시(詩)가 아닌 가(歌)로서 존재하게 된다.

둘째 단계는 음악이 분리되어 나가면서 율격 의식이 점점 표면화되는 단계이다. 중국의 고시나 한국의 후기 음영가사가 이에 해당한다고 볼 수 있다. 율격 의식이 표면화됨에 따라 형태도 일정한 방향으로 틀을 잡아가게 된다. 고시의 경우 한 구의 자수가 5자와 7자로 정형화되며, 조선 후기 음영가사의 경우 음보는 2음보로, 음수는 4음으로 정연해지는 양상을 보이게 된다. 그러나 음악이 완전히 사라진 것은 아니어서 음악과 율격 의식이 대등한 자격으로 시가의 형태를 구속하기 때문에 이 단계의 시가는 일정한 형태를 추구하는 경향을 보이기는 하되 엄격한 정형시에까지 이르지는 못한다.

그리고 셋째 단계는 음악이 상실되고 율격 의식만 존재하는 단계이

다. 중국의 근체시, 일본의 와카, 한국의 개화가사가 이에 해당한다고
볼 수 있다. 이전 단계에서 틀을 잡은 형태가 이 단계에 와서는 더욱
엄격하게 굳어진다. 고시는 음 수에만 제한이 있었을 뿐 구수에는 제한
이 없었는데 근체시에 와서는 음수뿐만 아니라 구수도 일정하게 맞추
게 되며 그 외에 성률, 압운, 대구 등의 다양한 장치를 갖추게 된다.
와카의 경우, 장가는 한 구의 음수가 5·7로 고정되고 단가는 음수 외에
구수도 정리되어 5·7·5·7·7의 정형시가 탄생하게 된다. 개화가사도
한 음보의 자수가 4음으로 고정되고 연의 행수가 일치하는 등 다소
정형적인 양상을 띠게 된다. 이러한 양상들은 모두 음악이 사라지고
율격 의식이 표면화됨에 따라 나타난 결과라고 할 수 있을 것이다. 이
단계에서 각 장르는 시로 성립된다. 그리고 정형시가 성립될 기본적인
조건은 음악이 사라지고 율격 의식만이 장르를 지배하는 이 세 번째
단계에 와서야 갖추어진다고 할 수 있다.140)

---

140) 중국 시의 발전 단계는 '音과 義'의 관계에 따라 다음과 같은 네 단계로 구분될 수
   있다고 한다.
   ① 음은 있고 뜻이 없는 시기(有音無義時期) : 원시 민가나 현대에도 있는 아동
     및 미개인의 노래.
   ② 음이 뜻보다 중요한 시기(音重於義時期) : 시경과 초기의 한대 악부시를 포함한
     민속가요.
   ③ 음과 뜻이 분화되는 시기(音義分化時期) : 민간시가 변하여 예술시로 되는 시기로
     서, 고시의 출현은 이 시기의 시작이다.
   ④ 음과 뜻의 합일 시기(音義合一時期) : 문자와 언어의 節奏와 音調에 치중하여
     성률을 강구하는 육조 성률시 이후의 시들.(朱光潛, 『詩論』, 정상홍 역, 동문선,
     1991, 307-308면.)
   네 번째 단계인 육조 이후의 시들이 성률을 추구했다고 해서 음악과 재결합한 것으로
   볼 수는 없다. '音義合一'의 音은 음악이 아니라 시 언어 자체의 節奏와 音調를 말하는
   것이다. ①에서 ③까지의 音이 시 외부의 음이라면 ④의 音은 시 내부의 음이라고
   할 수 있겠다. 실제로 육조 이후 귀족문인들의 시는 음악과의 관계가 상당히 약화되었
   으며, 노래하는 것보다는 읊조려지는 시로서의 성격이 강화되었다고 한다.(오태석,
   「중국시가발전단계론 탐색」, 『중국문학』 20, 한국중국어문학회, 1992, 248면.)

이와 같은 과정을 거쳐 특정한 시가 장르는 가에서 시로 변모하게
된다. 향유방식이 변하면서 시가에서 음악이 분리되는 과정은 그것 홀
로 진행되지 않고 형태 및 시가 속성의 변모와 함께 얽이어 진행되는
것이다. 한국의 가사도 이와 같은 변모를 차근차근 밟아 와서, 초기에
는 가이기만 하던 것이 개화기에 이르러서는 시로 탈바꿈하게 되었다.
개화가사는 향유방식의 측면에서 보나 형태적인 측면에서 보나 시(詩)
라고 하기에 손색이 없다고 할 수 있다.[141]

가사 장르 속성이 가에서 시로 전환되면서 타 장르와의 관계가 역전
되는 현상이 발생한다. 조선조까지는 한시가 시조나 가사보다 우월한
장르로 군림했으나, 개화기에 이르러 국문 시가가 시로 전환됨에 따라
장르간의 위치관계도 역전되고 만다.[142] 한시는 쇠망의 운명에 접어들
었고 그 지위가 국문시로 이전되었던 것이다.

물론 개화기 이전에도 국문 시가의 중요성을 역설한 논의가 몇 차례
제기된 바 있었다. 김만중은 일찍이 우리말 시가의 소중함을 역설한
바 있으며,[143] 『청구영언』 서문에서도 시(詩)와 가(歌)는 한 가지 이치

이런 견해를 참고로 하여 본 논의에서는 '음악과 율격 의식', 다른 말로 하면 '음악의
리듬과 시의 리듬'이 맺는 상관관계에 따라 위와 같이 세 단계로 구분해 보았다.

141) 가사와 마찬가지로 시조도 개화기에 이르러 음악과 분리됨에 따라 가의 속성을 벗어
버리고 시로 변모되었다. 음악과 분리되어 시로 성립됨에 따라 개화기의 시조에도
전대의 시조에서 볼 수 없었던 형태가 나타나게 된다. 시조에 제목이 붙게 되며 3장이
라는 형식상의 분장보다는 6구라는 시적 리듬의 반복 형태가 뚜렷해지게 되는 것이다.
(권영민, 「개화기 시조에 대한 검토」, 『학술원 논문집』 15, 1976, 187면.)

142) 조동일은 중세까지는 한문시가 자국어시 위에 군림했으나 근대에 이르면 이 둘 사이
의 관계가 역전되는 현상이 동아시아 시가 장르 전반에서 발견된다고 했다.(조동일,
「한시가 같고 다른 양상」, 『하나이면서 여럿인 동아시아문학』, 지식산업사, 1999,
243-244면.)

143) 我國詩文捨其言而學他國之言, 設令十分相似, 只是鸚鵡之人言. 而閭巷間樵童汲婦
咿啞而相和者, 雖曰鄙俚, 若論眞贋, 則固不可與學士大夫所謂詩賦者同日而論.(金萬
重, 「西浦漫筆」; 『西浦集·西浦漫筆』, 통문관, 1971, 653면.)

라서 우리말 노래도 시(詩)가 될 수 있다고 했다. 그러나 이러한 견해들
은 모두 명분상의 발언에 지나지 않았고, 당시의 실상은 어디까지나
가는 가로서만 향유된 것이지 시보다 더 우월한 존재로 인정받을 수는
없었다고 할 수 있다. 19세기 말엽까지 시조와 가사는 여전히 노래하는
장르로 향유되었기 때문에 가로서의 속성을 완전히 벗어버리지 못하
고 있었던 것이다. 시대를 앞지르는 주장을 했다고는 하지만 현실은
그런 주장과 무관하게 진행되었다고 할 수 있다.

   그러나 개화기에 이르면 국면이 달라진다. 개화기의 대표적인 국시
론으로는 「천희당시화(天喜堂詩話)」를 들 수 있다. 「천희당시화」의 국
시론은 전대 국문 시가 옹호론자들의 주장을 이어받고 있기는 하지만,
현실과 어긋나지 않는 논의를 폈다는 점에서 보다 의미 있는 주장을
했다고 할 수 있다. 개화기에는 가(歌)가 마냥 가(歌)이기만 했던 것이
아니라 이제는 시(詩)로 격상되었기 때문에 당시의 국시 옹호론이 더욱
무게를 지닐 수 있었던 것이다. 관련되는 대목을 인용해 보면 다음과
같다.

   客이 漢詩 數首를 携하고 余를 示하는데 句句에 新名詞를 參入하여
   成한지라, 其中 '滿壑芳菲平等秀 閑林禽鳥自由鳴'이라 云한 一聯을 指
   하여 "此兩句는 東國詩界革命이라 可稱할 바라"하고, 怡然히 自得의 色
   이 有하거늘, 余曰 吾子의 用心이 良苦하도다마는, 此로 支那 詩界의
   혁명이라 함은 可커니와 동국시계의 혁명이라 운함은 불가하니, 盖 "東
   國詩가 何오?" 하면 東國語・東國文・東國音으로 製한 者가 是오, "東
   國詩 혁명가가 誰오?" 하면 동국시 중에 新手眼을 放한 자가 是라 할
   지어늘, 今에 子가 한자시를 作하고 貿然히 자신하여 왈 "我가 동국시계
   혁명가라" 하니, 抑亦 愚悖함이 아닌가.[144]

---

144) 권영민, 『한국의 문학비평』, 민음사, 1995, 51-52면. 임형택은 「천희당시화」의 작자를

한시는 동국시가 될 수 없고 우리말, 우리글로 지은 시만이 동국시가
될 수 있다고 해서 한시와 국문시의 위치를 역전시키는 강도 높은 발언
을 하고 있다. 그러나 이런 주장의 배후에서 시계 혁명의 실천적인 과
업이 진행되고 있었기 때문에, 「천희당시화」의 국시론은 명분상의 빈
말에 머무르지만은 않았다. 『대한매일신보』에 발표된 가사들이 시계
혁명의 구체적인 성과물이라고 할 수 있을 것이다.145) 실제로 이 가사
들은, 작품의 편 수로 보나 사회적인 역할로 보나 형태와 내용상의 혁
신성으로 보나, 당시 신문·잡지에 발표된 여러 장르의 시가들을 압도
할 만한 개화기의 주도적인 시 장르였다고 할 수 있다.146) 명실상부한
국시론의 실천으로 국문 시가는 본격적인 시로 정립될 수 있었으며,
한시와 국시의 장르 위상 역전이 구체화될 수 있었던 것이다. 조선시대
이래의 국시 옹호론이 개화기에 이르러서야 비로소 결실을 보게 되었
다고 하겠다.

2) 구비문학에서 기록문학으로의 전환

가사 장르가 구비문학(口碑文學)적 속성이 강한 단계에서 본격적인
기록문학(記錄文學)으로 이행해왔다는 사실도 주목할 필요가 있다. 초
기의 가사는 구비성을 많이 내포하였지만 후대의 가사로 갈수록 점점
기록에 의존하는 경향이 증가하게 되는 것이다. 이 점은 특히 전승이나
향유의 측면에서 접근할 때 보다 명료하게 파악된다.

단재 신채호라고 한 바 있으나(임형택, 「'동국시계혁명'과 그 역사적 의의」, 『한국문학
사의 시각』, 창작과 비평사, 1984, 240면.), 이 책에서는 윤상현으로 밝히고 있다(권영
민, 같은 책, 44면.).

145) 조동일, 앞의 책, 1989, 203면.

146) 이 점에 대해서는 '2.2.3. 개화가사의 율독성'에서 논한 바 있다.

가창되었던 조선 전기의 가사는 주로 구비적인 방식에 의해 전승되었다고 할 수 있다. <상춘곡>이나 <서왕가>가 오랜 세월 입에서 입으로 전해지다가 후대에야 문자로 정착된 사정은 초기 가사의 구비성을 잘 말해 준다. 조선 후기에 이르면 각종의 목판본이나 필사본이 유행하고 심지어는 가사가 소설에 부록으로 끼워져 유통되기도 한다. 그만큼 조선 후기의 가사는 기록에 의존해 전승·향유되는 경향이 증가하고 있었던 것이다. 그러다 개화기에 이르면 드디어 가사가 인쇄매체에 실려 유통되는 상황이 벌어진다. 개화기에는『한성순보』를 필두로『독립신문』이나『대한매일신보』등 각종의 신문·잡지가 간행되고 다양한 문학 장르가 거기에 실려 전파되었는데, 이러한 신문·잡지에 발표된 시가 장르 중 가사가 절대 다수를 차지하고 있었다. 이 무렵의 가사는 전승이나 향유에서 기록에 의존하는 경향이 전대 가사와 비교할 수 없을 만큼 고양되었던 것이다.147)

이렇게 가사는 후대로 갈수록 점점 기록에 의존하는 경향이 증가하게 되었는데, 이 점을 보다 간명하게 나타내 보면 다음과 같다.

〈표 7〉 창작·전승·향유 매체의 시기별 변화

시기	창작	전승	향유
초기가사	文	口	口
후기가사	文	文(口)	口(文)
개화가사	文	文	文

이 표는 가사의 창작, 전승, 향유가 구술과 기록에 의존하는 양상을

---

147) 이러한 기록성의 강화는 가사만의 독자적인 체험은 아니었고 모든 문학 장르가 겪을 수밖에 없었던 보편적인 경험이었다. 그것은 기록문화의 발달이라고 하는 문화적인 변동에 따라 나타날 수밖에 없었던 필연적인 추세였던 것이다.

시대별로 나누어 정리해 본 것이다. 가사의 창작은 기본적으로 기록에 의해 이루어졌다고 할 수 있지만, 전승과 향유에 있어서는 시대가 흐를수록 구술의 영역이 점점 줄어들고 기록의 영역이 점점 늘어나는 경향을 보인다.

대부분 가창되었던 초기 가사는 전승과 향유가 모두 구술로 이루어졌으므로 구비적인 속성이 강했다고 할 수 있고,[148] 음영되었던 후기 가사는 구술로 향유되긴 했으나 필사본·목판본 등의 기록물에 의존해 유통되기도 했으므로 구술과 기록의 두 가지 속성을 동시에 내포했다고 할 수 있으며, 개화가사는 전승과 향유 모두가 기록물을 통해 이루어졌으므로 기록적인 속성이 강했다고 할 수 있다. 초기에는 구비문학적 속성이 우세했던 가사가 후대로 갈수록 기록성이 점점 증가하여 개화기에 이르러서는 비로소 온전한 의미의 기록문학으로 성립되었던 것이다.

구비문학은 변이가 허용되는 유동적인 문학이라고 하고 기록문학은 변이가 허용되지 않는 고정적인 문학이라고 한다. 그런데 이러한 특성들이 가사의 율격 구조에도 그대로 나타난다. 초기 가사의 율격은 4음4음보를 기준으로 해서 음수나 음보에 가감이 있을 수 있는 유동적인 형태였던 데 반해, 개화가사의 율격은 4음2보격의 고정적인 형태로 굳어지게 되는 것이다.

유동적인 율격에서 고정적인 율격으로 바뀐 것은 가사 장르의 속성이 구비문학에서 기록문학으로 옮아 간 것과 무관하지 않다. 가사가

---

148) 구비시가는 창작(composition), 전승(transmission), 향유(performance)의 세 가지 요소가 모두 구술로 이루어질 수도 있고 셋 중 둘이나 하나만 구술로 이루어질 수도 있다고 한다.(Ruth Finnegan, *Oral Poetry*, Cambridge University Press, 1977, 17면.) 따라서 전승과 향유가 주로 구술에 의존하여 이루어졌던 초기 가사는 기록문학보다 구비문학에 더욱 가깝다고 할 수 있다.

기록문학화된 것은 기록성 강화의 직접적인 결과이기도 하지만, 꼭 그
것과만 관련된다고 할 수는 없다. 앞에서 언급한 대로 기록성의 강화는
음악의 상실을 동반하며 음악이 상실되면 안정된 리듬감을 되찾기 위
해 고정적인 형태를 추구하게 된다. 결국 기록성의 강화와 율격적 고정
성은 필연적인 상관관계를 맺게 되는 것이다. 따라서 율격 구조의 변모
는 장르 속성 변화의 가시적인 징표라고도 할 수 있을 것이다.

5. 결론

가사의 형태는 시대의 흐름에 따라 다양한 변모를 겪어왔다. 후대로
가면서 장편가사와 분련체의 가사가 등장하고, 제목에 쓰인 '가(歌)',
'곡(曲)', '사(詞)' 등의 글자와 종결규칙은 사라지는 경향을 보이며, 4음4
음보를 기준으로 음수와 음보에 가감이 있을 수 있던 율격 구조가 엄격
한 4음2음보로 고착화되는 등의 변모가 나타나게 되는 것이다. 본고에
서는 이러한 여러 가지 요소들의 변모가 향유방식의 변천으로 인해
유발된 것임을 입증해 보고자 하였다.

시가의 향유방식은 음악의 결합 정도에 따라 가창, 음영, 율독의 세
가지로 구분할 수 있다. 가창은 악기 반주와 곡조에 맞추어 노래 부르
는 방식이며, 음영은 악기 반주와 곡조 없이 단순한 가락을 반복하면서
읊는 방식이고, 율독은 가락도 없이 율격적인 리듬에만 의존하여 읽는
방식이다. 가창에서 음영으로 나아갈수록 음악성이 점점 감소하여 율
독에 이르면 거의 0에 가까워진다. 이 세 가지 방식은 어느 시대 어떤
장르에서나 가능한 향유방식으로 항상 존재해 왔지만, 특정 시대 특정
장르가 실제로 또 보편적으로 향유된 방식은 한 가지밖에 없었다고

할 수 있다.

가사의 향유방식도 그 형태와 마찬가지로 시대의 흐름에 따라 변천을 거듭해왔다. 17세기까지의 가사는 대체로 가창되었고, 18세기 무렵부터는 음영이 보편적인 향유방식으로 자리 잡았으며, 개화기에 이르러서 가사가 신문지상에 발표되자 그것은 율독의 방식으로 향유되기 시작했다. 가사는 가창의 관습 속에서 가창의 장르로 탄생했다가 시대가 흐름에 따라 점점 음악과 멀어져 갔던 것이다. 음악과 결합되어 있다가 음악을 상실하게 되는 것은 대부분의 시가 장르가 겪는 일반적인 과정이기도 하지만, 특히 가사의 향유방식이 변하게 된 배경으로는 담당층의 확대, 가창 장르의 교체, 전달방식의 변화를 들 수 있다.

제목, 분련, 길이 등의 율격 외적 요소의 변모도 그렇지만, 종결규칙, 음보, 음수와 같은 율격 내적 요소의 변모는 다른 어떤 요인보다 음악성의 문제와 긴밀히 관련되어 있다. 종결규칙이 상실된 것이나, 음보율이 4음보격에서 2음보격으로 전환된 것이나, 한 음보의 음수가 4음절로 고정된 것은 모두 가사에 결부되어 있던 음악이 점점 사라짐에 따라 이질적인 것을 동질화하여 율격적 안정성을 회복하려는 노력에 의해 자연스럽게 나타난 현상인 것이다. 이 중에서도 특히 음악 상실에 대한 보상 작용으로 형태가 정형화되는 양상은 가사에만 나타나는 특이한 현상이 아니고 근체시, 와카와 같은 다른 나라의 시가나 우리나라의 민요에서도 발견할 수 있는 일반적인 현상이라고 할 수 있다.

향유방식의 변천은 가사의 형태를 변모시키는 데 머무르지 않고 가사 장르의 속성마저 변질시켰다. 초기에는 구비문학적 속성을 많이 지닌 가(歌)이기만 했던 가사가 후대로 갈수록 기록에 의존하는 경향이 점점 증가하여 개화기에 이르러서는 구비성을 탈피하고 완전한 기록문학인 시(詩)로 성립되었다. 이러한 장르 속성의 변화는 형태적인 변모와도 무관하지 않아 보인다. 특정한 시가(詩歌) 장르가 정형화될 기본적인 조건은 그 장르가 음악과 완전히 분리되어 기록문학인 시로 성립되는 단계에 이르러야 비로소 갖추어지며, 형태적인 정형성은 장르 속성 변질의 한 징표가 된다고 할 수 있기 때문이다.

향유방식의 변화와 시가 형태의 변모가 맺는 관련 양상이 가사 장르에서만 발견되는 것은 아니다. 가사와 동시대의 장르인 경기체가나 시조의 형태적인 변모에도 향유방식의 변천을 통해서 설명할 수 있는 부분이 존재하리라고 본다. 훈민시조의 종장이 시조 종장의 일반적인 규칙에서 어긋나는 경우가 많은 것은 그것이 가곡의 곡조에 얹혀 가창되지 않고 음영되었기 때문이라는 견해가 제기된 바 있는데,[149] 이러한 설명은 시가의 형태를 향유방식의 문제와 관련지어 해명했다는 점에서 주목할 만하다고 하겠다. 시가의 율격과 음악의 상관성은 모든 시가 장르에 두루 걸쳐 있는 포괄적인 문제이기 때문에 이에 대해서는 보다 심도 있는 연구가 수행되어야 할 것으로 생각한다.

본고는 향유방식의 문제를 음악성의 문제로 국한시켜 다루었기 때문에 형태론의 차원에 머물렀을 뿐 내용상의 문제로까지 논의를 확장하지 못했다. 그러나 향유방식은 연행 상황과 연관되어 음악성의 문제 외에도 많은 문제를 내포하고 있다. 가령 향유방식을 통해 내용상의 문제까지 거론하자면, 가창은 집단적인 향유이고 음영이나 율독은 개인적인 향유라서 가창되는 상황에서는 집단 이념을 표방하는 경향이 농후하고 음영이나 율독으로 나아갈수록 개인 정서를 표출하는 경향이 강화된다는 식의 설명을 할 수 있을 것이다. 또 전기의 가사는 개인적·비공식적 차원에서 기록화가 이루어졌으나 후대로 갈수록 대중

---

149) 조태흠, 「훈민시조 종장의 특이성과 향유방식」, 『고시조연구』, 국어국문학회편, 태학사, 1997, 159-161면.

적·공식적 기록화가 이루어져 기록성이 점점 고양되었다고 할 수 있는데, 이 기록성의 문제와 관련해서도 내용상의 일정한 측면을 해명할 수 있는 여지가 존재하리라고 생각한다. 물론 내용의 문제는 선행 연구에서처럼 담당층이라든가 시대정신의 문제와 관련지어 이해해야 보다 적절한 해명을 할 수 있겠으나, 그것이 향유방식이나 기록성의 문제와 전혀 무관하다고 할 수는 없을 것이다. 이러한 문제는 논의의 폭이 광대하고 보다 세심한 고찰을 요구하는 것이라 차후의 과제로 삼을 수밖에 없다.

그리고 한·중·일 삼국 시가의 변화 양상을 검토한 논의는 보다 확장시킬 필요가 있다. 본고에서는 형태 변모와 관련된 단편적인 측면만을 비교하고 말았으나, 타국 장르와의 비교를 통해 한국 시가의 특수성을 밝히기 위해서는 형태의 비교에만 머물러서는 안 되고 형식과 내용을 포함한 장르의 전반적인 측면을 두루 비교의 대상으로 삼아야 할 것이다. 이러한 포괄적인 비교 연구를 통해 한국시가의 독자성을 밝힘과 아울러 세계 여러 나라의 시가에 두루 적용되는 일반적인 원리를 발견하기 위해서는 많은 연구자들의 협동 작업이 필요하리라고 본다.

가사의 가창 전통과 부분창의 가능성

1. 서론

조선 전기 가사의 향유방식에 대해 지금까지 제기된 견해는 대략 세 가지 정도로 정리된다. 첫째는 음영을 본질적인 방식으로 보는 견해이고,[1] 둘째는 가창을 주된 방식으로 보는 견해이며,[2] 셋째는 가창성을 인정하되 복수실연(複數實演)에 무게를 두는 견해이다.[3] 이 문제는 가사 장르의 태동 또는 본질과 관련된 문제이기도 하다. 가사가 노래하기 위한 장르로 출발했는가 아니면 읊거나 읽기 위한 장르로 출발했는가 하는 문제를 생각하는 관점에 따라, 향유의 주된 방식을 가창으로

---

1) 김학성, 『한국 고전시가의 정체성』, 성균관대학교 대동문화연구원, 2002, 235면; 성무경, 「가사의 가창 전승과 '착간' 현상」, 『가사의 시학과 장르 실현』, 보고사, 2000, 293면.

2) 김동욱, 「허강의 <서호별곡>과 양사언의 <미인별곡>」, 『국어국문학』 25, 국어국문학회, 1962, 63면; 이혜순, 「歌詞·歌辭론」, 서울대 석사학위논문, 1966, 20면; 정병욱, 『한국 고전시가론(증보판)』, 신구문화사, 1994, 242면; 조규익, 『가곡창사의 국문학적 본질』, 집문당, 1994, 41-45면; 윤덕진, 「향유 방식을 중심으로 본 16-17세기 가사의 양상」, 『한국시가연구』 9집, 한국시가학회, 2001, 30면; 졸고, 「가사의 형태와 향유방식 변화의 관련양상 연구」, 서울대 석사학위논문, 1998, 17-25면.

3) 성호경, 『조선 전기 시가론』, 새문사, 1988, 62면; 고순희, 「歌辭文學의 口碑的 性格」, 『고전문학연구』 15집, 한국고전문학회, 1999, 88-89면; 김현식, 「<서호별곡>과 <서호사>의 변이양상과 그 의미」, 『고전문학연구』 25집, 한국고전문학회, 2004, 206-207면.

보기도 하고 음영이나 복수실연으로 보기도 하는 것이다.

이렇게 가사의 태동이나 그 향유방식의 본질에 관해서는 의견이 엇갈리는 것이 사실이지만, 조선 전기의 가사가 가창의 방식으로 향유되던 관습이 존재했다는 사실에 대해서는 대체로 수긍하고 있는 것으로 보인다.[4] 다양한 문헌에 가사가 가창되었다고 하는 기록이 많이 남아 있을 뿐 아니라,[5] 조선 전기 가창가사에서 12가사로 이어지는 가사 가창의 전통이 시가문학사 상에 존재하고 있기 때문이다.[6]

그러나 오늘날까지 전승되고 있는 12가사가 과연 조선 전기 가창가사의 맥을 잇고 있는 것인가 하는 문제에 대해서는 논란의 여지가 있을 수 있다. 다양한 가창 근거가 존재함에도 불구하고 아직까지 조선 전기 가사의 가창성에 대해서는 견해가 일치되지 못하고 있고, 설령 전기 가사의 가창성을 인정하는 입장에 서더라도 12가사가 과연 전기의 가창가사를 계승한 작품군인가 하는 점은 쉽게 인정하기 어려운 측면이 있기 때문이다. 12가사의 작품 목록은 대개 조선 후기, 그것도 19세기나 되어야 비로소 『청구영언(육당본)』 같은 가집에 나타나기 시작하는데,

---

4) 가사 향유의 본질을 음영으로 보는 김학성도 그 음영이 상황에 따라 가창이나 완독으로 전환될 수 있다고 하여 가사가 가창으로 실현되었음을 인정하고 있다. 관련 부분을 인용하면 다음과 같다. "가사의 제시형식의 본질태는 가창과 완독의 어느 쪽으로도 전환이 가능한 '음영'이고, 그것이 텍스트마다의 상황에 따라 가창이나 음영, 완독으로 나아간 것이 구체적 실현태이자 가사 장르의 운동양상이라는 것이다."(김학성, 앞의 책, 2002, 235면.)

5) 자료의 제시는 졸고, 앞의 논문, 18-25면으로 미룬다. 졸고는 조선 초기의 가사 중 <서호별곡>, <면앙정가>, <관서별곡>, <관동별곡>, <사미인곡>, <속미인곡>, <성산별곡>, <남정가>, <환산별곡>, <낙빈가>, <강촌별곡>의 11편이 가창되었음을 문헌에 남아 있는 기록을 통해 확인한 바 있다.

6) 조선 전기 가창가사와 12가사의 관련성에 대해서는 졸고, 앞의 논문, 28면의 주석 58에서 간략히 언급한 바 있다. 본고는 이에 대한 실질적인 논거를 제시하여 그 타당성을 입증하기 위해 집필된다.

이런 점 때문에 이들 작품군의 성립을 그 이전 시기로 소급하기는 어렵다고 보기가 쉬운 것이다. 그래서 가창가사가 연행음악으로 형성된 시기를 18세기 중반 무렵으로 잡고 있는 것[7]이 일반적 견해인 듯하다.

그러나 문제가 그렇게 간단하지만은 않다. 『청구영언(육당본)』에는 현전하는 12가사를 포함하여 총 16편의 가사 작품이 수록되어 있는데, 이들 중에는 <어부사>나 <관동별곡>과 같이 비교적 이른 시기의 작품들도 존재하는 것이다. 본고는 이러한 사실에 주목하여, 『청구영언(육당본)』과 같은 가집의 가사와 현전하는 12가사가 조선 전기의 가창가사와 맥이 닿아 있을 가능성을 타진해 보고자 한다. 그렇게 함으로써 조선시대 가사 가창의 전통을 확인해 보고자 하는 것이 본고의 첫 번째 목표이다. 이를 위해 가집에 수록되어 있는 가사 작품과 현전하는 12가사 작품의 노랫말을 다양한 측면에서 검토하여 그것들의 관계와 유형 및 성격 등을 따져보는 논의를 펼쳐보고자 한다.

본고는 나아가 가사의 가창이 이루어진 방식에 대해서도 생각해 보고자 한다. 가사의 가창 방식에 대해서는 여러 측면에서 접근할 수 있겠지만, 본고는 우선 가사가 '부분창'의 방식으로 가창되었을 가능성에 대해서 알아보려고 한다. 가사 부분창에 대해서는 최상은이 그 가능성을 제기한 이래,[8] 고순희 등도 이에 대해 거듭 언급한 바 있다.[9] 그러나

---

7) 김창원, 「조선 후기 '歌詞'에 대한 역사적 검토」, 『한국가사문학연구』, 태학사, 1996, 640면.

8) 최상은은 『松江全集』에 나오는 자료 "昔淸陰先生甚愛此調, 朝夕歌詠, 其家兒童亦莫不傳誦羅幃寂寞·繡幕空虛之句, 如鄭康成婢僕能誦毛詩."를 바탕으로 가사의 부분창의 가능성과 함께 부분 주제의 개별성에 대해 언급한 바 있다.(최상은, 「조선 전기 사대부 가사의 미의식」, 성균관대 박사학위논문, 1991, 106~107면.)

9) 고순희는 최상은이 제시한 자료를 다시 인용하고, "『지봉유설』에서 '長歌'로 다룬 것으로 미루어 보건대 완창되었을 가능성은 충분히 있다고 보인다. 그러나 완창과 병행하여 경우에 따라서는 부분창이 되거나 곡조에 맞추어 변형된 형태로 불리어지기도 하였던

두 연구자 모두 단편적인 자료에 의존해 그 가능성을 간단하게 언급했을 뿐이고, 본격적인 논의를 전개하지는 않았다고 할 수 있다.

이에 본고에서는 『청구영언(육당본)』과 같은 가집의 가창가사 노랫말 수록 양상, 부분창의 연원과 전통, 또 그것을 가능하게 하는 문학적·음악적 조건과 근거 등에 대해 살펴보기로 한다. 그리하여 부분창이 가사의 가창에 가능할 뿐 아니라, 실제로 상당히 보편화되어 현재까지도 전승되고 있는 가창방식이라는 점을 확인해 보기로 하겠다. 이러한 논의를 통해 가사 가창의 실상을 살피는 데 한걸음 다가설 수 있게 되기를 기대한다.

논의를 전개하기 위한 주자료로 『청구영언(육당본)』10)에 수록되어 있는 가사와 『전창십이가사』11)에 수록된 12가사를 활용하고, 필요할 경우에는 『고금가곡』12)을 비롯한 다른 자료도 함께 거론하기로 하기로 한다.

2. 가사의 가창 전통

1) 가집 소재 가사와 12가사의 관계

『청구영언(육당본)』과 같은 가집에 나오는 가사 작품들의 성격과 정체를 밝히기에 앞서, 그것들과 현전하는 12가사의 관계를 살펴볼 필요가 있다. 이를 통해 가창가사의 전승 양상에 대한 밑그림을 마련할 수

것으로 보인다."라고 하였다.(고순희, 앞의 논문, 88면.)

10) 『청구영언』, 경성제국대학, 1930.

11) 장사훈, 『전창십이가사』, 서울대학교출판부, 1980.

12) 南滄 孫晉泰 所藏本 『古今歌曲』. 이 책은 손진태가 소장한 사본으로 서울대도서관에 보관되어 있다.

있을 것으로 생각한다.

『청구영언(육당본)』이 편집된 것은 『청구영언(진본)』이 완성된 1728
년으로부터 100여 년 후의 일이다.[13] 그리고, 현재 전창되는 12가사의
모본이 되는 하규일(河圭一)의 8곡과 임기준(林基俊)의 4곡이 장사훈 등
에 의해 채보된 것은 1930년대 말엽이다.[14] 따라서 『청구영언(육당본)』
의 가사와 『전창십이가사』에 수록된 가사의 시대적 거리는 대략 100년
정도 된다고 할 수 있다.

먼저 작품 제목의 목록을 비교함으로써 둘의 관계를 파악해 보기로
한다.

『청구영언(육당본)』에 수록되어 가사는 총 16편으로 그 제목을 기록
된 순서대로 나열해 보면 다음과 같다.

<相思曲>, <春眠曲>, <勸酒歌>, <白鷗詞>, <軍樂>, <觀燈歌>, <襄
陽歌>, <歸去來>, <漁父詞>, <還山別曲>, <處士歌>, <樂貧歌>, <江
村別曲>, <關東別曲>, <黃鷄歌>, <梅花歌>

그리고 현전하는 12가사의 작품 목록은 다음과 같다.

<白鷗詞>, <黃鷄詞>, <竹枝詞>, <春眠曲>, <漁父詞>, <相思別曲>,
<길軍樂>, <勸酒歌>, <首陽山歌>, <襄陽歌>, <處士歌>, <梅花打令>

---

13) 심재완, 『시조의 문헌적 연구』, 세종문화사, 1972, 36면. 김용찬은 『육당본 청구연언』의
    편찬이 1834년 이후의 어느 시점부터 시작하여 1852년에 완료되었다고 하였다.(김용찬,
    「<청구영언 육당본>의 성격과 시가사적 위상」, 『조선 후기 시가문학의 지형도』, 보고사,
    2002, 215면.)
14) 장사훈, 앞의 책, 1면. 하규일이 부른 것은 <백구사>, <황계사>, <죽지사>, <춘면곡>,
    <어부사>, <길군악>, <상사별곡>의 8곡이고, 임기준이 부른 것은 <수양산가>, <양양
    가>, <처사가>, <매화타령>의 4곡이라고 한다.

이 둘을 비교해 보면『청구영언(육당본)』과 12가사의 작품 목록에 동
일한 작품이 다수 포함되어 있음을 알 수 있다.『청구영언(육당본)』과
12가사에 모두 있는 작품은 <백구사(白鷗詞)>, <춘면곡(春眠曲)>, <어
부사(漁父詞)>, <권주가(勸酒歌)>, <양양가(襄陽歌)>, <처사가(處士歌)>,
<황계가(黃鷄歌)>(<황계사(黃鷄詞)>), <상사곡(相思曲)>(<상사별곡(相思
別曲)>), <군악(軍樂)>(<길군악(軍樂)>), <매화가(梅花歌)>(<매화타령(梅花打
令)>)로 총 10편이다. <황계사>, <상사곡>, <군악>, <매화가>는 12
가사에 와서 제목이 조금 바뀌었지만, 노랫말을 살펴보면『청구영언(육
당본)』에 있는 것과 12가사에 속하는 것이 동일한 작품임을 알 수 있다.
제목이 일치하는 작품의 노랫말이 서로 같음은 말할 필요도 없다. 이렇
게 현재의 12가사와 동일한 작품이『청구영언(육당본)』에 10편이나 수
록되어 있다는 사실은, 12가사가『청구영언(육당본)』소재 가사를 그대
로 이어받고 있다는 점과 함께『청구영언(육당본)』의 가사가 모두 12가
사처럼 가창되었다는 것을 말해준다.

　『청구영언(육당본)』에 있지만 12가사에는 나오지 않는 작품은 <관등
가(觀燈歌)>, <귀거래(歸去來)>, <환산별곡(還山別曲)>, <낙빈가(樂貧
歌)>, <강촌별곡(江村別曲)>, <관동별곡(關東別曲)>으로 모두 6편이다.
그리고『청구영언(육당본)』에는 없지만 12가사에는 있는 작품은 <죽지
사(竹枝詞)>, <수양산가(首陽山歌)> 두 편이다. 이렇게 일부의 가사가
사라지기도 하고 또 새로 나타나기도 한 것을 보면 가창가사의 레퍼토
리는 고정된 것이 아니라 다소간 유동적인 것이었다고 할 수 있다.

　『청구영언(육당본)』보다 시기가 이른 가집인『고금가곡(古今歌曲)』
(1764, 영조 40)에도 가창가사가 다수 수록되어 있는데, 여기에 실린 것들
은 <귀거래사(歸去來辭)>, <채련곡(采蓮曲)>, <양양가(襄陽歌)>, <억진
아(憶秦娥)>, <백운가(白雲歌)>, <무검기행(舞劍器行)>, <답경박소년

(答輕薄小年)>, <도원행(桃源行)>, <비파행(琵琶行)>, <적벽부(赤壁賦)>, <여랑송추천(女娘送秋千)>, <송전죽지사(誦傳竹枝詞)>, <와념소유언(臥念小遊言)>, <풍아별곡(風雅別曲)>, <겸가삼장(蒹葭三章)> 등의 중국의 사부가곡과 <어부사(漁父詞)>, <상저가(相杵歌)>, <감군은(感君恩)>, <관동별곡(關東別曲)>, <사미인곡(思美人曲)>, <속미인곡(續美人曲)>, <성산별곡(星山別曲)>, <장진주(將進酒)>, <강촌별곡(江村別曲)>, <규원가(閨怨歌)>, <춘면곡(春眠曲)> 등의 장편가사이다.15) 여기에 수록된 작품은 총 26편으로 『청구영언(육당본)』의 16편보다 10편이 더 많다.

『고금가곡』에는 26편이던 가사가 『청구영언(육당본)』에서는 16편으로, 다시 12가사에서는 12편으로 줄어들고 있는데, 이를 통해 풍부했던 가창가사의 레퍼토리가 후대로 가면서 점차 축소되었다는 사실을 알 수 있다. 18세기 무렵까지 풍부했던 가창가사의 레퍼토리가 하규일과 임기준이 가사를 가창한 20세기에 들어와서는 12곡만 남게 되었던 것이다.

2) 가집 소재 가사의 유형과 성격

앞에서 살핀 대로, 『청구영언(육당본)』에 나오는 가사와 12가사에 속하는 가사는 10편이나 되는 작품이 서로 일치하고 있다. 이 사실은 두 가지가 음악적으로 동일한 장르라는 점을 말해 주기도 한다. '십이가사(十二歌詞)'를 줄여서 '가사(歌詞)'라고 하기도 하는데, 이때의 '가사(歌

---

15) 심재완, 앞의 책, 28면. <귀거래사>·<양양가>·<어부사>·<관동별곡>·<장진주>·<강촌별곡>·<춘면곡>은 『청구영언(육당본)』의 가사와 중복되고, <양양가>·<죽지사>·<어부사>·<춘면곡>은 12가사로 계승된 작품이다. 송강의 가사 네 편도 모두 여기에 수록되어 있다. <장진주>가 여기에는 장편 가사와 함께 실려 있으나 『청구영언(육당본)』에는 사설시조로 분류되어 실려 있다. <장진주>를 제외하면 <고금가곡>에 실려 있는 작품은 총 25편이 된다.

詞)'는 '가곡(歌曲)'이나 '시조(時調)' 등과 구별되는 음악 장르의 명칭이
다.16) 그렇다면 『청구영언(육당본)』 소재의 가사도 모두 12가사처럼 '가
사(歌詞)'라는 음악적 명칭으로 부를 수 있다.

『청구영언(육당본)』에 수록된 가사(歌詞)에는 다양한 형태의 노랫말
이 포함되어 있다. 거기에 수록된 가사 작품을 노랫말의 형태적 특징에
따라서 몇 갈래로 나누어 보면 다음과 같다.

〈표 1〉『청구영언(육당본)』 수록 가사의 작품 분류17)

國文體 노래	歌辭系	〈춘면곡〉, 〈관등가〉, 〈환산별곡〉, 〈처사가〉, 〈낙빈가〉, 〈강촌별곡〉, 〈관동별곡〉
	雜歌系	〈상사곡〉, 〈백구사〉, 〈군악〉, 〈황계가〉, 〈매화가〉
漢文懸吐體 노래		〈양양가〉, 〈귀거래〉, 〈어부사〉
國文體+漢文懸吐體 노래		〈권주가〉

---

16) 본고는 '歌詞'와 '歌辭'를 구별하여 음악적 장르를 가리킬 때는 '歌詞', 문학적 장르를
가리킬 때는 '歌辭'를 사용하기로 한다. 이것은 12가사와 같은 歌詞의 곡조에 문학 장르
인 歌辭 이외에도 다양한 시가 장르가 얹혀 불릴 수 있다는 점을 감안한 것이다. 歌辭가
곡에 얹혀 가창될 때는 歌辭를 歌詞라고 할 수도 있지만, 개화가사 같이 가창되지 않는
歌辭는 歌詞라고 할 수 없다. 아울러, 12가사와 『청구영언(육당본)』에 수록된 개별 작품
의 제목은 곧 그 노랫말의 명칭인 동시에 그 노랫말을 얹어 부르는 악곡의 명칭이기도
하다는 점 또한 짚고 넘어가야 한다. 따라서 '〈관동별곡〉'이라고 하면, 그 노랫말을
가리키기도 하지만 그 악곡을 가리키기도 하는 것이다.

17) 이를 12가사의 노랫말 분류와 비교해 보자.

國文體 노래	歌辭系	〈春眠曲〉, 〈處士歌〉
	雜歌系	〈相思別曲〉, 〈白鷗詞〉, 〈길軍樂〉, 〈黃鷄詞〉, 〈梅花打令〉, 〈首陽山歌〉
漢文懸吐體 노래		〈襄陽歌〉, 〈漁父詞〉
國文體+漢文懸吐體 노래		〈勸酒歌〉, 〈竹枝詞〉

歌辭系의 숫자는 두 편으로 크게 줄었고 대신 雜歌系의 숫자가 6편으로 늘었다. 雜歌
系의 증가는 1편에 그쳤으나 전체에서 차지하는 비율로 보면 크게 증가한 것이다. 이를
통해 조선 후기 가창 장르의 구도가 가사에서 잡가 쪽으로 넘어가게 되는 시가사적인
변환을 감지할 수 있다.

국문체와 한문현토체는 노랫말이 우리말 위주로 되어 있는가 아니면 한시에 토를 단 형태로 되어 있는가 하는 점에 따라 구분한 것이다. 국문체 노래는 다시 4음4보격의 가사체를 유지하고 있는가 아니면 가사체가 파괴되어 잡가의 형태에 가까워져 있는가 하는 점에 따라 가사계와 잡가계로 나눌 수 있다.

잡가계로 분류한 작품은 대체로 4음4보격의 가사체(歌辭體) 율격과 맞지 않는 부분이 많거나 후렴구가 삽입되어 있는 것들이다. <상사별곡>은 이본에 따라 가사체 율격을 유지하는 경우도 있으나, 『청구영언(육당본)』의 자료는 가사보다 잡가에 가까운 양상을 보인다. <권주가>는 대체로 4음4보격에 들어맞으나 가운데 한문현토체 구절이 끼어들어 있어 온전한 국문체(國文體) 노래로 볼 수 없다.

세 부류의 노래 중 가사계(歌辭系)가 7편으로 가장 많고, 그 다음이 잡가계(雜歌系)로 5편이며, 한문현토체도 3편이 들어 있다. 가사계 작품이 가장 많다는 사실은, 음악 장르인 가사(歌詞)의 곡에 얹어 부르기에는 가사계 노랫말이 가장 적합하다는 것을 말해 준다.

가사계(歌辭系)가 아닌 노래들도 율격의 기본적인 구조는 가사체로 되어 있다. 잡가계(雜歌系)로 분류된 작품들의 경우, 후렴구 등에 가사체 율격에 어긋나는 부분이 존재하는 것이 사실이지만 그 율격적인 기조는 4보격이라고 할 수 있고, 한문현토체의 경우도 우리말 현토로 인해 그 율격 구조는 4보격으로 전환되어 있는 것이다.[18] 이런 점을

---

18) <상사곡>의 앞부분은 "人間離別 萬事中에 獨守空房이 더욱섧다 相思不見 이닉眞情을 제뉘라셔 알니 딧친시름 이렁져렁이라 헛트러진 근심 다후루혀 더져두고 자나쒸나 쒸나자나 任을못보니 가슴이답답(후략)"이고 <양양가>의 앞대목은 "落日이欲沒 峴西山ᄒᆞ니 倒着接䍦 花下迷라 襄陽小兒 齊拍手ᄒᆞ니 欄歌爭唱 白銅鞮라 傍人은借間 笑何事오 笑殺山翁 醉似泥라(후략)"이다.(띄어쓰기는 필자) 두 작품 모두 음수는 4음을 이탈하는 경우가 왕왕 있지만 음보는 대체로 4보격에 맞게 되어 있다.

통해 가창 음악장르 가사(歌詞)의 노랫말은 4보격의 가사체(歌辭體)이어야 한다는 것과 아울러 4보격의 가사체 율격으로 된 노랫말은 그 장르에 관계없이 가사의 곡에 얹어 부를 수 있다는 점을 알 수 있다.

『청구영언(육당본)』의 가사에는 다양한 형태의 노랫말이 섞여 있을 뿐 아니라, 시대적으로 이른 작품과 늦은 작품이 혼재되어 있기도 하다. 작자 표시 여부와 율격적 특징을 주로 고려하고 낙구의 존재 여부도 참고하면서 이른 시기의 노래로 볼 수 있는 작품을 구별해 보기로 한다.

<관동별곡>, <어부사>, <환산별곡>, <낙빈가>에는 공통적으로 작자가 표기되어 있다. <관동별곡>의 제목 아래에는 "송강이 지은 작품이다.(松江所著)"라고 부기하여 작자를 정확하게 밝혀 놓았고, <어부사>의 제목 아래에도 "퇴계 선생의 이십칠구(退溪先生二十七句)"라고 기록하여 작자를 표시해 놓았다. <환산별곡>에는 "퇴계가 이십사구를 지었다.(退溪著二十四句)"라고 하였고, <낙빈가>에는 "퇴계 또는 율곡의 사십육구(退溪或云栗谷四十六句)"라고 하였다. 작자를 표기한 작품은 <관동별곡>을 포함하여 총 네 편인 셈이다. <관동별곡>을 제외한 작품의 작자를 『청구영언(육당본)』의 기록대로 믿을 수 있을지에 대해서는 의문을 제기할 수도 있겠지만, 작자의 신빙성 여부를 떠나 작자를 기록하고 있다는 사실 자체에 주목할 필요가 있다.

<어부사>는 고려시대부터 줄곧 전승되면서 개작이 거듭되어 온 유서 깊은 노래이고, <관동별곡>은 정철(1536-1593)이 이 작품을 창작한 16세기 후반부터 계속 가창되어 온 유명한 작품이다.19) 이 두 작품은 16세기 이전에 창작된 오래된 노래이다.

___
19) <관동별곡>을 포함한 송강의 가사 네 편이 모두 창작 당시부터 가창되었다는 기록은 졸고, 앞의 논문, 19-21면에 인용되어 있다.

그리고 <환산별곡>과 <낙빈가>도 비교적 오래된 작품으로 보인다. 이 두 작품은 시조 종장형의 낙구를 지니고 있을 뿐 아니라 율격 구조도 전기 가사의 특징을 보이기 때문이다.

<환산별곡>의 일부분을 인용하면 다음과 같다.

어졔 올탄 말이 오늘이야 왼 줄 알고
葛巾 布衣로 故園을 츳즈가니
山川은 녓빗치요 松竹이 싀로왜라
      (중략)
日落 咸地ᄒ고 月生 東谷커늘
업셔들며 곱셔들며 柴門을 츳즈오니
稚子은 扶醉ᄒ고 瘦妻 歡迎이라
아마도 江山 主人은 나쑌인가 ᄒ노라[20] (띄어쓰기는 필자)

다음은 <낙빈가>의 일부분이다.

이 몸이 쓸듸 업셔 聖上이 바리시니
富貴을 下直ᄒ고 貧賤을 樂을 삼아
數間 茅屋을 山水間의 지어두고
三旬 九食을 먹그나 못먹그나
      (중략)
竹杖 芒鞋로 分數듸로 집고 신고
千山 萬水의 이리져리 오락가락
갑 업슨 江山風月과 함께 늙즈 ᄒ노라[21] (띄어쓰기는 필자)

---

20) 『청구영언』, 앞의 책, 172-173면.
21) 위의 책, 174-175면.

위에서 확인할 수 있는 바와 같이, 두 작품은 모두 3/5/4/3의 시조 종장형 낙구를 정확하게 지키고 있다. 『청구영언(육당본)』에 수록된 16편의 가사 작품 중 시조 종장형 낙구를 지니고 있는 작품은 이 둘밖에 없다. 또 이 두 작품의 율격은 4음4보격을 기저로 하면서, 한 음보의 음수는 2-4음으로 비교적 유동적인 모습을 보이고 있다. 이를 <처사가>나 <강촌별곡>처럼 고착화된 율격을 지니고 있는 작품과 비교하면 그 특징이 잘 드러난다.

<강촌별곡>의 일부를 인용해 보면 다음과 같다.

> 半生我才 쓸데업셔 世上功名 下直ᄒ고
> 商山風景 바라보며 四皓遺跡 짜로리라
> 人間富貴 졀노두고 物外煙霞 興을겨워
> 　　　　　(중략)
> 生涯淡泊 늬질기니 富貴功名 부러ᄒ랴
> 千秋萬歲 億萬載의 이리져리 ᄒ오리라[22] (띄어쓰기는 필자)

이 작품 역시 율격의 기본 구조는 4음4보격으로 되어 있지만, 한 음보의 음수가 4음으로 고착화되어 있다는 점에서 <환산별곡>이나 <낙빈가>와 분명하게 구별된다. <처사가>의 율격도 <강촌별곡>과 동일한 양상을 보인다. 조선 후기의 가사로 가면서 시조 종장형 낙구는 점차 사라지게 되고 초기의 유동적이던 율격은 고착화되는 경향을 보이므로,[23] 낙구를 지니고 있으면서 동시에 율격적인 유동성을 보이는 작품은 비교적 이른 시기의 작품이라고 할 수 있다. 이런 점을 통해 <환

---

22) 위의 책, 175면.
23) 정재호, 『한국가사문학론』, 집문당, 1982, 17면; 김학성, 『국문학의 탐구』, 성균관대학교 출판부, 1987, 256~257면.

산별곡>과 <낙빈가>는 <강촌별곡>과 <처사가>보다 시기적으로 앞선 작품으로, 대체로 17세기 이전부터 가창되면서 전승되어 온 작품이라고 해도 크게 무리가 없을 것으로 생각한다.24)

따라서 작자가 부기되어 있는 <관동별곡>, <어부사>, <환산별곡>, <낙빈가>의 네 작품은 모두, 『청구영언(육당본)』이 편찬된 19세기 초반을 기준으로 잡고 볼 때 100년 이상 전해 내려온 옛 노래라고 할 수 있다. 『청구영언(육당본)』의 편집자는 가사를 수록하면서 당대의 기준에서 보아 비교적 오래된 노래로 판단되는 작품에는 모두 작자를 표시해 두었던 것으로 보인다.

그리고 <춘면곡>도 비교적 이른 시기의 노래로 보인다. 『청구영언(육당본)』에는 이 작품의 일부만 기록되어 있어서 낙구의 유무를 확인할 수 없지만, 그 율격은 유동성을 특징으로 하는 초기 가사의 모습을 보이고 있다. <춘면곡>은 이희징(李喜徵, 1587-?)이 지은 것으로 경종(景宗) 2년(1722)에 이 노래를 들었다는 기록이 남아 있어, 그 성립 시기를 17세기 후반까지 소급할 수 있을 것으로 본다.25) 이 작품까지 합치면 『청구영언(육당본)』에 수록된 가사 중 17세기 이전의 노래로 판단되는 작품은 <관동별곡>, <어부사>, <환산별곡>, <낙빈가>, <춘면곡>으로 모두 5편이 된다.

『고금가곡』에는 『청구영언(육당본)』보다 더 많은 작품이 실려 있는

---

24) 성무경은 <환산별곡>의 작자를 尹爾厚(1636-1699)의 外叔인 李洺(1634-1698)라고 추정하였다.(성무경, 앞의 책, 276면.) 그렇게 볼 수 있다면, <환산별곡>의 창작 시기는 17세기까지 소급되고, <환산별곡>과 동일한 형태적 특성을 보이는 <낙빈가>도 17세기까지 연대를 올려 잡을 수 있을 것으로 보인다.

25) 위의 책, 277면에 <춘면곡>에 관한 기록이 잘 정리되어 있다. 작자 이희징이란 인물의 생년이 1587년이라는 점을 감안하면, <춘면곡>의 창작시기를 17세기 후반 이후로 보는 것은 무리가 아닐까 한다.

데, 이들 중의 상당수는 조선 전기의 것으로 보인다.『고금가곡』에 실려 있는 작품 중, 중국 사부문학을 제외한 우리 시가는 <어부사>, <상저가>, <감군은>, <관동별곡>, <사미인곡>, <속미인곡>, <장진주>, <강촌별곡>, <규원가>, <춘면곡>으로 총 10편이다. 이 중 <어부사>와 <감군은>은『악장가사』에도 나오는 유서 깊은 노래이고, <관동별곡>, <사미인곡>, <속미인곡>, <장진주>는 모두 송강의 작품이며, <규원가>는 "난설헌(蘭雪軒)"(1563-1589)의 작품으로 소개되어 있다. 이 7편은 모두 16세기 이전의 작품이라고 할 수 있다.

또 <춘면곡>은 위에서 살핀 바와 같이 창작시기가 17세기 후반까지 소급된다. <상저가>는, "퇴계(退溪)"로 되어 있는 작자 표시를 차치하더라도, "우리도 이 방하 씨허내여 上典 供養ᄒ리라"라는 시조 종장형 낙구를 지니고 있는 데다가 그 율격의 구조가 유동적인 형태로 되어 있으므로 <춘면곡>과 같거나 보다 이른 시기의 작품으로 보아 무방하리라고 본다.26) 또 작자가 "차천로(車天輅)"(1556-1615)로 되어 있는 <강촌별곡>은 노랫말의 내용을 살펴보면『청구영언(육당본)』의 <강촌별곡>과는 다른 작품이고 <낙빈가>와 이본 관계에 있는 작품임을 알수 있다. 이 작품의 형태가 <낙빈가>와 같이 전기 가사의 특징을 보임은 물론이다.27) 그러므로 이 작품의 창작 시기도 <춘면곡>보다는 뒤

---

26) <相杵歌>의 일부를 인용하면 다음과 같다. "이바 相長네야 이 방하 씨허스라 방하 노래 내 브롬새 太古적 混沌ᄒ야 穀食이 업돗던지 神農氏 誠驗하야 장기 짜부 밍근 후에 后稷氏 ᄡ를 보아 논밧츨 分別ᄒ니 논밧치 삼겻거니 穀食인들 업슬소냐 (중략) 入孝 出悌는 션비의 홀 일이오 務本 力穡은 百姓의 홀일이오 豪上 死長은 軍士의 홀 일이라 우리도 이 방하 씨허내여 上典供養ᄒ리라"(띄어쓰기는 필자) 南滄所藏本 『古今歌曲』, 八-九면.

27) <江村別曲>의 일부를 인용하면 다음과 같다. "此身이 無用ᄒ야 聖上이 ᄇ리시니 富貴를 離別ᄒ고 貧賤을 樂을 삼아 一間 茅屋을 山水 間에 지어두고 三旬 九食을 먹으나 못 먹으나 (중략) 竹杖 芒鞋를 分대로 집고 신어 綠水 靑山의 오며가며 終日ᄒ니

지지 않을 것으로 생각된다. 따라서 『고금가곡』에 실린 <춘면곡>, <상저가>, <강촌별곡>의 세 작품은 대체로 17세기 이전의 노래라고 할 수 있겠다.[28]

이런 점을 통해 『고금가곡』이 편찬되던 18세기 말엽에는 17세기 이전의 비교적 이른 시기에 창작된 가창가사가 풍부하게 전승되고 있었다는 것을 알 수 있다. 이 중에 <관동별곡>, <어부사>, <낙빈가>, <춘면곡>의 네 편은 『청구영언(육당본)』으로 계승되고, <어부사>와 <춘면곡> 두 편은 다시 현재의 12가사까지 이어진다.[29]

『고금가곡』이나 『청구영언(육당본)』과 같은 가집에 조선 전기에 이루어진 것으로 보이는 작품이 다수 수록되어 있다는 사실은 조선 후기에 유행한 가창가사가 조선 전기의 가창가사와 밀접한 관련을 맺고 있었다는 점을 말해 준다.

물론 조선 후기의 가창가사 레퍼토리에 당대에 처음으로 창작된 곡들도 상당수 존재하고 시대가 흐를수록 그 숫자가 증가하는 추세를 보이는 것도 사실이다.[30] 그러나 조선 후기의 가창가사가 모두 당대에

이시면 粥이오 업스면 굴물만정 갑 업슨 江山의 누어 흥긔 늙쟈 흐노라"(띄어쓰기는 필자) 위의 책, 十一~十三면.

28) 『고금가곡』에 나오는 국문 시가는 <어부사>, <상저가>, <감군은>, <관동별곡>, <사미인곡>, <속미인곡>, <장진주>, <강촌별곡>, <규원가>, <춘면곡>의 순서로 수록되어 있다. 시기적으로 가장 앞선 작품인 <어부사>와 <감군은>이 앞쪽에, 송강가사가 가운데에, 그리고 가장 늦은 작품인 <춘면곡>이 제일 뒤쪽에 실려 있는 것을 보면 이 가집의 편찬자는 대체로 시대적인 순서를 감안하여 작품을 수록했던 것으로 생각된다. 이 점 또한 <상저가>와 <강촌별곡>의 시대를 추정할 근거가 될 수 있을 것으로 본다.

29) 이렇게 『고금가곡』 이후부터는 17세기 이전의 가사로 보이는 작품이 점점 줄어드는 경향을 보인다. 『고금가곡』에는 10편이던 것이, 『청구영언(육당본)』에는 이 네 작품과 <환산별곡>을 합해 5편, 12가사에는 2편으로 되어, 옛 노래는 점차 사라져 가는 추세를 보이는 것이다. 이는 시대가 흐름에 따라 조선 전기 가창가사의 영향력이 점점 줄어들고 대신 새로운 가창 장르인 잡가의 영향력이 점증되어 간다는 사실을 방증하는 것이라고 할 수 있겠다.

형성되었다고 볼 수는 없다. 앞서 언급한 바와 같이 조선 후기에 편찬된 가집에 조선 전기의 작품으로 보이는 가사가 다수 수록되어 있을 뿐 아니라, 시대를 거슬러 올라갈수록 가창가사의 레퍼토리에는 전기 가사의 작품 수가 증가하는 경향을 보이기 때문이다.

따라서 가집에 실린 조선 후기의 가창가사는 조선 전기로부터 이어지는 가사 가창의 전통을 이어받아서 성립되었다고 보아야 옳을 것으로 생각한다. 비록 시대가 흐름에 따라 그 영향력이 줄어들기는 했어도 조선시대 가창가사의 흐름은 가사 형성 초기로부터 줄곧 이어져서 현전하는 12가사에까지 맥이 닿고 있는 것이다.

3. 가사 부분창의 가능성

1) 부분창의 연원과 유형

'부분창'은 특정 작품의 전체 노랫말 중 일부분만 선택하여 가창하는 방법이다. 이것은 일찍이 판소리의 가창 방법으로 연구된 바 있다. 판소리는 사설이 길어서 전체를 가창하기가 힘들기 때문에 일부분만 선택하여 가창하는 방식이 보다 선호되었고, 그렇게 부분만 노래하는 일이 많다보니 판소리의 개작이 다수의 창자에 의해 부분적으로 이루어지게 되고, 그런 과정을 통해서 판소리는 부분의 독자성이라고 하는 특징을 지니게 되었다고 하는 것이다.[31]

---

30) 『청구영언(육당본)』에 수록된 가사 중 전기(17세기 이전)의 것으로 확인된 <춘면곡>, <환산별곡>, <낙빈가>, <관동별곡>, <어부사>의 5편을 제외한 나머지 雜歌系의 노래 <상사곡>, <백구사>, <군악>, <황계가>, <매화가>와 歌辭系 노래 <관등가>, <처사가>, <강촌별곡>, <권주가>는 모두 조선 후기(18세기 이후)에 성립된 것으로 보인다.
31) 조동일, 「<흥부전>의 양면성」, 『흥부전 연구』(집문당, 1991), 298-299면.

이러한 부분창은 판소리뿐만 아니라 다른 여러 장르에도 가능한 방식이다. 특히 고려가요나 악장과 같은 연장체 시가의 경우에는, 전체 노랫말 중에서 특정한 연을 선택하여 일부분만 가창하는 것이 가능했고 또 그렇게 하는 것이 상당히 보편화된 방법이었을 것으로 추정된다.

부분창으로 연행되었던 대표적인 작품은 <용비어천가>이다. <용비어천가>는 전체 125장으로 되어 있으나 이 중 일부분만 연행되었던 것으로 보인다. 『악학궤범』의 「봉래의」에는 여민락(與民樂), 치화평(致和平), 취풍형(醉豊亨)의 곡을 연주하면서 <용비어천가>를 가창하는 격식과 부분이 기록되어 있다. 그런데 치화평을 연주할 때는 제1장-제16장까지와 마지막 장을, 취풍형을 연주할 때는 제1장-제8장까지와 마지막 장을 가창하는 것으로 되어 있다.32) 이는 <용비어천가> 전체를 가창하는 방식보다는 첫 부분과 마지막 부분을 선택·조합하여 축약된 형태의 노랫말을 가창하는 방식이 선호되었음을 말해 주는 것이라고 할 수 있다. 치화평에는 취풍형보다 많은 장이 할당되어 있는데, 이는 음악적인 조건에 따라서 선택되는 부분이 달라질 수 있음을 시사하는 것이다.

부분창의 연원을 더 소급하여 고려시대의 시가도 부분만 가창하는 것이 가능했던 것으로 볼 수 있지 않을까 한다. 『시용향악보』에 보면 <서경별곡>이나 <정석가>, <청산별곡> 등의 연장체 속요의 악보가 기록되어 있다. 그런데 거기에는 작품의 전체가 아니라 각 작품의 제1연에 해당하는 부분만 기재되어 있다.33) 『시용향악보』뿐만 아니라 다

---

32) 「鳳來儀」, 『樂學軌範』 卷之五.(국립국악원 전통예술진흥회, 『한국음악학자료총서』 26(은하출판사, 1989), 128-129면.

33) 『時用鄕樂譜』.(국립국악원 전통예술진흥회, 『한국음악학자료총서』 22, 은하출판사, 1989, 77-82면.)

른 악보에도 연장체 시가의 곡조는 그런 식으로 기록되어 있는 경우가 많다.[34] 이러한 기록은 연장체의 시가가 동일한 악곡의 반복으로 성립된다는 점을 말해주는 것이다. 제1연 이외의 나머지 연들도 1연과 같은 곡조에 얹어 부르면 되기 때문에 굳이 작품 전체의 곡조를 기록할 필요가 없었던 것이다.

연장체 시가는 전체를 가창하는 방식뿐 아니라 부분만 가창하는 방식도 충분히 가능했을 것으로 생각된다.[35] 동일한 악곡의 반복으로 이루어진 노래는 전체를 가창하게 되면, 같은 곡이 몇 차례나 되풀이되기 때문에 음악적 감흥이 다소 저하될 수 있다. 이럴 경우는 작품 전체를 부르지 않고 몇 개의 연 가운데 일부만 취사선택하여 부르는 것이 음악적 감흥의 감쇠를 피하는 효과적인 방법이 될 수 있는 것이다.

또한 현재까지 남아 있는 고려속요나 경기체가의 작품이 모두 당대의 유명한 레퍼토리였다는 점도 부분창을 가능하게 한 배경이 되었다고 할 수 있다. 처음 접하는 노래라면 끝까지 다 들어봐야 그 의미를 알 수 있겠지만, 누구나 알고 있는 작품이라면 굳이 전체를 들어보지 않더라도 그것이 지니는 의미와 감흥을 충분히 전달받을 수 있는 것이다.

세 개의 연으로 구성되어 있는 <쌍화점> 같은 노래는 연장체 시가

---

34) 『大樂後譜』의 <한림별곡>, <서경별곡> 등도 제1연에 해당하는 부분만 기재되어 있다.

35) 南孝溫(1454-1492)의 <松京錄>(乙巳 九月)에 나오는 다음과 같은 구절을 통해 <청산별곡>이 부분만 가창되었던 사실을 확인할 수 있다. "북쌍련에 이르자 바람이 더욱 거세지고 비가 얼어 눈이 되어 낙엽과 뒤섞여 흩날렸다. 창을 열고 바다를 바라보니 마치 신령이 기운을 만드는 것 같았다. 정중과 자용이 매우 기뻐하였다. 정중이 <청산별곡> 제1결을 탔다. 주지승 성호 또한 매우 기뻐하며 포도즙을 짜서 우리들의 갈증을 풀어주었다. 나 또한 기뻐하며 산중에 맛을 비교해 보려 하였으나 비할 데가 없었다.(至北雙蓮, 風力益緊, 凍雨成雪, 雜與黃葉飛空. 開囪望海, 如有神靈作氣者. 正中·子容大喜. 正中彈靑山別曲第一闋. 主僧性浩亦大喜, 漉葡萄汁, 沃余輩渴喉. 余亦喜, 比來山中之味, 無此比.)"『秋江集』卷6(『韓國文集叢刊』16, 민족문화추진회, 1988).

이면서도 음악적 형식이 좀 더 복잡한 것으로 보인다. 악곡의 일부만 간단하게 기재되어 있는 <서경별곡>이나 <청산별곡>과 달리, 이 노래는 악곡 전체가 비교적 길게 기재되어 있으면서도 각 연의 악곡 형식이 동일한 형태를 취하지 않고 있는 것이다.[36]

그런데 이 노래는 『고려사』 「악지」에 제2연에 해당하는 부분이 <삼장(三藏)>이라는 제목으로 한역되어 전한다.[37] 이것은 <쌍화점>이 몇 개의 노래가 합성되어 형성된 노래임을 증명하는 근거가 되기도 하겠지만, 이 노래의 각 연이 따로따로 가창되었음을 입증하는 근거가 되기도 한다고 생각한다. <쌍화점>은 전체보다는 부분으로 가창되는 일이 많았고, 특히 제2연에 해당하는 부분이 당대에 호응을 얻어 인구에 회자됨에 따라 그 부분을 한역한 시도 자연스럽게 나타나게 된 것이 아닌가 한다. 이렇게 보면, <쌍화점>은 동일한 악곡의 반복으로 이루어지지 않은 보다 복잡한 형식의 노래도 필요에 따라 부분만 가창하는 것이 가능했음을 보여주는 좋은 예라고 할 수 있다.

이러한 부분창은 노랫말 선택 방식에 따라 두 유형으로 나누어 볼 수 있다. 첫째는 단순선택형 부분창으로, 전체 노랫말 중에서 한 부분만을 선택하여 가창하는 방식이다. 이는 <청산별곡>과 같은 비교적 짧은 연장체 시가의 가창에 사용될 수 있는 방법이라 할 수 있다. 둘째는 선택조합형 부분창으로, 전체 노랫말 중에서 다수의 부분을 선택한 후 다시 조합하여 가창하는 방법이다. 이 방법은 <용비어천가>에서도 확인 된 바, 악장 같이 비교적 긴 연장체 시가의 가창에 적용될 수 있으리라고 본다.

---

36) 『대악후보』 권6.

37) 『高麗史 樂志』. 원문은 다음과 같다. "三藏寺裏點燈去, 有社主兮執吾手. 倘此言兮出寺外, 謂上座兮是汝語."

또 이 부분창을 원 노래의 악곡 형식에 따라 두 가지로 나누어 볼 수도 있다. 모든 노래는 그 악곡의 반복 여부에 따라 반복형과 비반복형으로 나뉜다. 반복형은 <서경별곡>, <청산별곡>, <한림별곡> 등과 같이 동일한 형식의 악곡이 반복적으로 결합되어 이루어지는 노래를 말하고, 비반복형은 <쌍화점> 등과 같이 한편의 노래에서 같은 형식의 악곡이 반복되지 않는 노래를 말한다. 반복형 노래의 부분창은 어느 부분을 노래해도 음악적 감흥은 동일하게 되지만, 비반복형 노래의 부분창은 선택하는 부분에 따라 음악적 감흥이 달라질 수 있다.

아울러 부분창은 그것의 관습화 정도에 따라서도 나누어 생각할 수 있다. 자의적(恣意的)인 부분창과 관습적(慣習的)인 부분창이 그것이다. 자의적인 부분창은 창자와 청자가 분화되지 않은 가창 환경에서, 창자가 가창의 조건이나 자신의 욕구에 따라서 노래하는 부분을 임의적으로 조절할 수 있는 부분창을 말한다. 가령 노동요를 부르던 창자가 노동이 끝남으로 인해 노동에 수반된 노래를 다 부르지 않고 중간에서 종결하는 경우가 이에 해당한다. 관습적인 부분창은 창자와 청자가 분리되어 있는 가창 환경에서, 부분만 가창하는 행위가 반복적·공식적으로 이루어짐에 따라 하나의 가창 관습으로 굳어진 부분창을 말한다. 판소리의 더늠이 이에 해당하는 좋은 예이다. 자의적인 부분창은 청자에게 어색한 것으로 생각되기 쉬운 반면, 관습적인 부분창은 창자나 청자 모두에게 자연스러운 행위로 용인된다. 자의적 부분창도 오랜 세월 동안 반복적으로 이루어지다 보면 관습적인 것으로 바뀔 수 있겠지만, 문학적으로 의미 있고 연구할 가치가 있는 쪽은 관습적인 부분창이라고 할 수 있다.[38]

---

38) 본고는 가사의 부분창에 대해서만 중점적으로 논의하고 판소리, 무가, 민요, 고려가요 등 다양한 가창 장르를 대상으로 하는 부분창에 대한 보다 확장·심화된 본격적인 논의

2) 가사 부분창의 근거와 조건

부분창이 가능했던 것으로 보이는 판소리나 고려가요나 악장은 모두 노랫말의 길이가 어느 정도 길다는 공통점이 있다. 가사도 노랫말의 길이가 비교적 긴 장르에 속한다. 그렇다면 가사도 부분창으로 가창될 기본적인 조건은 갖추고 있는 셈이다.

가사 부분창의 직접적인 근거는 가집에 기록되어 있는 가사의 노랫말에서 찾을 수 있다. 『청구영언(육당본)』을 살펴보면, 거기에 실려 있는 작품들이 대체로 전체가 아니라 일부분만 기록되어 있다는 사실을 확인할 수 있다. 가령 <상사별곡> 같은 것은 『청구영언(육당본)』뿐 아니라 『남훈태평가』에도 그 노랫말이 전하는데, 둘을 비교해 보면 『청구영언(육당본)』의 노랫말은 작품 전체의 앞부분 몇 구절에 지나지 않는다는 사실을 알 수 있다.

『청구영언(육당본)』에 실린 <상사곡> 13행을 간략히 인용하면 다음과 같다.

> 人間離別 萬事中에 獨守空房이 더욱 섧다
> 相思不見 이닉 眞情을 제 뉘라셔 알니
> 밋친 시름 이렁져렁이라 헛트러진 근심 다후루혀 더져두고
> 자나씨나 씨나즈나 任을 못보니 가슴이 답답
> (중략)
> 梧桐秋夜 붉은 달의 任生覺이 식로왜라
> 흔번 離別ᄒ고 도라가면 다시보기 어려왜라 ᄒ노라39)(띄어쓰기는 필자)

위의 노랫말은 대체로 4음보격이 유지되고는 있지만 한 음보의 음수

는 후일의 과제로 남겨둔다.
39) 『청구영언』, 앞의 책, 166면.

가 4음을 초과하는 경우가 많은데, 이것은 잡가의 영향을 받을 것으로
보인다. 『남훈태평가』의 <상사별곡>에는 『청구영언(육당본)』에 수록
된 부분에 이어서 그 보다 긴 35행의 노랫말이 덧붙어 있다. 이를 간략
히 인용해 보면 다음과 같다.

(전략)

훈번 離別ᄒ고 도라가면 다시보기 어려왜라 ᄒ노라
근원 흘너 물이 되여 깁고 깁고 다시 깁고
사랑 뫼여 뫼이 되어 놉고 놉고 다시 놉고
문허질 줄 몰낫더니 슨허질 줄 어이알리
죠물이 싀우ᄂ지 귀신이 휘지ᄂ지
일조낭군 니별 후에 쇼식조차 영녁ᄒ니
오늘이ᄂ 드러올가 ᄂ일이나 드러올가

(중략)

한번 죽어 도라가면 다시 오기 어려오니
아마도 녜졍이 잇거던 다시 보게 삼기쇼셔[40] (띄어쓰기는 필자)

마지막 행이 낙구의 율격을 지키고 있는 것으로 보아 『남훈태평가』
에 실린 <상사별곡>은 작품의 전체라고 할 수 있다. 14행부터는 마지
막까지는 4·4조의 고착화된 율격으로 되어 있어 『청구영언(육당본)』에
수록된 노랫말과 형태적으로 뚜렷이 구별된다.[41] 이렇게 『청구영언(육
당본)』에 실린 작품은 『남훈태평가』의 것보다 짧을 뿐 아니라 형태적으
로도 이질적인 양상을 보이는 것이다.[42]

---

40) 『南薰太平歌』.
41) 『청구영언(육당본)』에 실린 <상사곡>이 『남훈태평가』에 실린 <상사별곡> 14행 이후
　　부분과 이질적인 형태로 되어 있는 것 또한 13행까지만 주로 가창되면서 전승되었기
　　때문에 생긴 변화로 보인다. 자주 가창되지 않은 부분은 원래의 형태를 유지하고 있는
　　데 반해, 자주 가창된 부분은 당시 유행하던 잡가적인 형태로 변형되어 있는 것이다.

뒷부분이 잘린 채 앞부분만 기록되어 있기는 『청구영언(육당본)』의
<춘면곡>, <관동별곡>, <군악>, <관등가>, <양양가>, <어부사>,
<매화가> 등도 모두 마찬가지이다. 이렇게 『청구영언(육당본)』의 가사
들이 일부분만 기록되어 있는 것은 당시의 가창 관행과 관련된 것으로
보인다. 즉 당시의 가사 가창이 부분만 가창하는 방식으로 이루어졌기
때문에 『청구영언(육당본)』의 편찬자도 그 점을 고려하여 실제로 가창
되는 부분까지만 기록하였던 것이다. 결국 가집에 부분만 기록되어 있
는 가사의 노랫말은 가사가 부분창 위주로 전승되어 왔다는 점을 시사
하는 좋은 물증이 된다고 하겠다.

　게다가 12가사는 곡조 자체가 부분창에 적합한 구조로 되어 있다.
12가사 중 <춘면곡>을 예로 들어 보기로 하자. 이 노래는 Ⅰ-Ⅶ까지
총 7개의 마루로 구성되어 있다. 그 악보를 살펴보면, 이 노래가 연장체
시가의 경우와 같이 동일한 악곡이 반복되는 것은 아니지만 각 마루의
마지막 한두 소절에서는 동일한 멜로디가 반복됨을 알 수 있다. Ⅰ-Ⅲ
마루에서 동일한 멜로디가 나타나는 부분을 인용해 보면 다음과 같다.

〈악보 1〉〈춘면곡〉제1-3마루43)

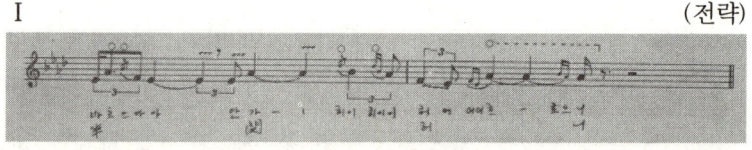

---

42) 현전하는 12가사 <상사별곡> 노랫말도 『청구영언(육당본)』에 실린 것과 대동소이해
　서, 『청구영언(육당본)』에 나오는 노랫말 중 "처음 盟誓ㅣ 죽지마즈ᄒ고"와 "나며들며
　뷘 房 안의 다만 한숨뿐이로다 千金珠玉이 귀 밧기오 世事一貧이 關係ᄒ랴"의 구절만
　없을 뿐 나머지는 거의 같다.
43) 장사훈, 앞의 책, 33-34면.

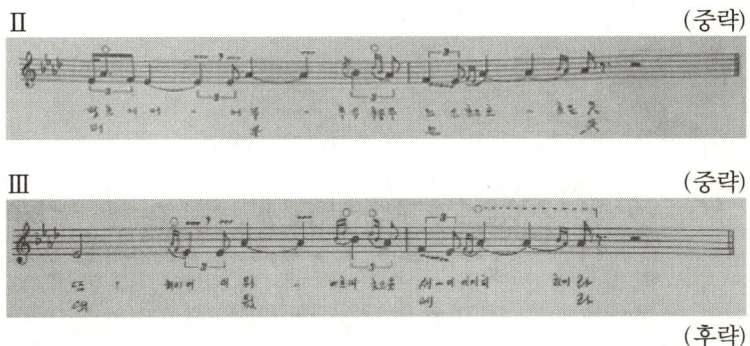

인용한 부분은 Ⅰ-Ⅲ 마루의 마지막 악절이다. 이를 살펴보면, Ⅰ과 Ⅱ의 마지막 악절이 같은 멜로디로 되어 있음을 알 수 있다. Ⅲ의 경우, 첫째 소절의 앞부분에 약간 다른 멜로디가 나타나기는 해도, 그 뒷부분에는 Ⅰ·Ⅱ 마루의 마지막 악절에 나타난 것과 동일한 멜로디가 반복적으로 출현하고 있다. Ⅰ·Ⅱ 마루에 반복적으로 나타난 멜로디는 Ⅳ-Ⅶ 마루의 마지막 악절에도 지속적으로 나타난다.

이렇게 반복되는 동일한 멜로디는 노래 전체의 종지 선율로 실현되기에 앞서 각 마루의 종지 선율로 실현되고 있다. 다시 말해 <춘면곡>은 음악적인 종지가 곡조의 맨 마지막에서뿐만 아니라 곡조의 중간에서도 여러 차례 실현되고 있는 것이다. 이러한 경우에는 종지가 있는 곳이면 어디서든 가창을 중단해도 무방하게 된다. <춘면곡>뿐만 아니라 여타의 12가사도 대부분 그 악곡이 이와 유사한 형태로 되어 있다. 이렇게 12가사는 그 음악적인 구조 자체도 부분창을 가능케 하는 것이다.

또한 12가사 및 『청구영언(육당본)』에 실린 가사는 노랫말의 구성이 부분창을 해도 좋게끔 되어 있는 것으로 보인다. <백구사>를 예로 들어 보기로 한다.

白鷗야 풀풀 나지 마라 너 잡을 내 아니로다
聖上이 바리시니 너를 좇아 예 왔노라
五柳春光 景조흔 데 白馬金鞭 花遊가자
雲沈碧溪 花紅桃 柳綠한데 萬壑千峰 飛泉瀉라
壺中 天地에 別乾坤이 여기로다
高峰萬丈 青溪鬱한데 綠竹蒼松이 눕기를 다토왔고
明沙十里에 海棠花 불거있다
꽃은 피어 절로 지고 잎은 피어 모진 狂風에
뚝뚝 떨어져서 아조 퍼펄 흘날리니 긔도 또한 景이로다
바회岩上에 다람쥐 기고 시내 溪邊에 金자라 긴다
조팝남게 피죽새 울고 함박꽃에 벌이 나네
몸은 크고 발은 적어 제 몸을 못 이기어
東風건듯 불적마다 이리로 접뒤적 져리로 접뒤적
너훌너훌 춤을 추니 긔들 아니 景이런가
黄金같은 꾀꼬리는 楊柳 사이로 往來하고
白雲같이 흰 나비는 꽃을 보고 반기 너겨
두 날애 펼치고 날아든다 떠든다
가맣게 동고랗게 달같이 별같이
아조 펄펄 날아드니 긔들 아니 景이런가44)(띄어쓰기는 필자)

　이 작품은 단락이 대체로 네 부분으로 나누어진다. 첫째 단락은 5행
까지이고, 둘째·셋째·넷째 단락은 모두 "긔들 아니 景일런가"로 마무
리했다. "긔들 아니 景일런가"는 경기체가에 흔히 쓰이는 관용구를 응
용하고 있는 것으로 보인다. 첫째 단락에서는 "壺中 天地에 別乾坤이
여기로다"라고 하여 화유(花遊)할 곳의 전반적인 경관을 말했고, 나머
지 세 부분은 모두 구체적인 자연물과 동식물의 모습을 묘사하고 있다.
　네 부분이 모두 경치를 묘사했다는 점에서 한 가지 주제로 모아지기

---

44) 『청구영언』, 앞의 책, 168면.

는 하나 시상을 전개해 나가는 방식은 다소 산만한 경향을 보인다. 부분들이 긴밀한 연관을 맺고 있는 것이 아니라 산만하게 흩어진 채 나열되어 있어, 시상의 연속성이나 부분의 통합성 같은 원리는 이 작품에서 발견되지 않는다. 이런 작품은 부분들 간의 순서를 바꾸거나 특정한 부분을 빼버린다고 해도 작품 전체의 의미에는 별 영향을 미치지 않게 된다. 이러한 가사의 노랫말 구성을 '분할구성'이라고 할 수 있다.45)

이러한 부분의 분할성은 <매화가> 같은 작품에서 더욱 현저하게 나타난다. <매화가>는 <백구사>와 함께 12가사에 속하는 작품으로, 몇 개의 서로 다른 노래가 모여서 이루어진 것으로 보인다. <매화가>를 인용하면 아래와 같다.

▲梅花야 녯 등걸에 봄節이 도돌아 온다
　녯 퓌던 가지마다 퓌염즉도 ᄒ다마는

---

45) 최상은은 유배가사의 전개방식을 '삽화적 전개'와 '유기적 전개'로 나누어 살피고, <사미인곡>과 <속미인곡>을 제외한 대부분의 유배가사가 삽화적 전개를 택하고 있다고 논한 바 있다. 용어의 정의와 관련된 대목을 인용하면 다음과 같다. "삽화적 전개란 작품의 여러 단락이 시간적이 순서로 나열되어 있거나 단편적인 사실을 계속 나열해 가는 전개방식을 말한다. 삽화적 전개로 된 작품은 단락 상호간에 어떤 긴밀하고 인과적인 관계를 맺고 있지 않기 때문에 몇 단락을 더하고 빼더라도 작품 구조나 의미에는 별다른 변화가 없다. … 그러나 유기적 전개는 시간 순서는 물론이거니와 각 단락이 상호 인과관계를 맺고 있기 때문에 단락을 빼거나 더할 수가 없다. 각 단락은 전체를 이루는 한 일부분으로서의 기능만을 지니고 있지 그 자체의 독립된 의미는 아주 미미하다."(최상은, 「유배가사의 작품구조와 현실인식」, 한국정신문화연구원 석사학위논문, 1983, 58-59면.)
　'삽화적/유기적'이라는 용어는 원래 조동일이 사용한 것이다. 조동일은 『문학연구방법』, 지식산업사, 1980, 161면에서 문학작품의 시간적 질서를 삽화적 질서, 연쇄적 질서, 유기적 질서로 나누어 제시한 바 있는데, 이러한 용어는 시가 장르보다 소설이나 탈춤 같은 서사 장르에 적합한 용어라고 할 수 있다. 삽화적 질서로 된 시가 장르의 예로 경기체가를 들고 있지만, 경기체가의 각 연을 삽화(揷話, episode)로 보기에는 어색한 감이 없지 않은 것이다. 이에 본고에서는 시가 장르의 구성을 논하기에 적합하다고 생각되는 '분할구성'과 '통합구성'이라는 용어를 사용하기로 한다. '분할구성'은 최상은이 정의한 바 있는 '삽화적 전개'와, '통합구성'은 '유기적 전개'와 같은 개념이다.

春雪이 亂紛紛 ᄒ니 필지 말지 ᄒ다마ᄂ

▲北京 가ᄂ 驛驛官드라 唐絲실 ᄒ 테 부붓침 ᄒ셰

그믈 밋셰 그그믈 밋셰 唐絲실노 그그믈 밋셰

그믈 치셰 그그믈 치셰 練光亭에 그믈 치셰

걸니소셔 걸니소셔 거걸리소셔 잔 쳐여란 솔솔 다 빠지고 굴근 女만

걸니소셔

▲成川이라 동의紬를 이리로 졈첨 져리로 졈첨 졈첨졈첨 ᄀ야노코

ᄒ 손에ᄂ 방츄들고 또 ᄒ 손에 물박 들고 출넝출넝

▲안 南山에 밧 南山에 ᄀ얌을 심거 심거 못 짜먹ᄂ 져져 다람아46)

(띄어쓰기, ▲는 필자)

이 작품은 ▲를 경계로 하여 네 부분으로 나뉜다. 3행까지는 시조
작품 "梅花야 녯 등걸에 봄졀이 도라오니 / 녯 퓌던 稼枝마다 피염즉도
ᄒ다마ᄂ / 春雪이 亂紛紛 ᄒ니 필동 말동 ᄒ여라"47)와 같은 것이다.
그리고 4행에서 7행인 "北京 가ᄂ 驛驛官드라 - 굴근 女만 걸니소셔"
와 8·9행인 "成川이라 동의紬를 - 물박 들고 출넝출넝" 및 마지막
10행인 "안 南山에 밧 南山에 - 못 짜먹ᄂ 져져 다람아"는 각각 서로
다른 노래의 일부로 보인다.48) <매화사>는 이렇게 몇 편의 노래가 합

---

46) 『청구영언』, 앞의 책, 178면.

47) 정병욱, 『시조문학사전』, 신구문화사, 1966, 182면.

48) 이것을 장사훈, 앞의 책, 69-71면에 악보와 함께 수록된 <梅花打令>의 노랫말과 비교
해 보면 서로 다른 노랫말의 결합양상을 보다 분명하게 인식할 수 있다. 『전창십이가사』
에 수록된 <梅花打令>을 인용하면 다음과 같다. "梅花 옛 등걸에 봄節이 돌아를 온다
/ 녯 퓌었던 柯枝마다 퓌염즉도 허다마는 / 春雪이 하紛紛허니 필지말지 허도메라 //
北京使臣 驛官들아 唐絲실을 부붙임을 허자 / 맺세 맺세 그물을 맺세 五色 唐絲로
그물을 매세 / 치세 치세 그물을 치세 浮碧樓下에 그물을 치세 / 걸리 걸리 걸리소셔
情든 사랑만 거걸리소셔 // 물 아래 그림자 졌다 다리 우에 중이 지나를 간다 / 중아
중아 거 暫間 너 가는 人便에 말 물어를 보자 / 그 중놈이 白雲을 가르치며 頓談無心만
허는고나 // 成川이라 通義紬를 이리고 접첨 저리고 접첨 저무러 접첨 개어 놓고 /
한 손에 방추 들고 또 한 손에 물박 들고 / 흐르는 淸水를 드립덕덤석 이리로 촬촬

쳐져 한 작품을 이루고 있는 것이다. 이러한 경우는 분할구성이라기보
다 차라리 '합성구성'이라고 하는 것이 합당할 듯하다.

12가사에 속하는 작품뿐만 아니라 조선 전기부터 전래된 가창가사
도 대체로 분할구성을 보이는 경향이 있다. 이러한 경향을 보이는 작품
으로 <관동별곡>을 들 수 있다. <관동별곡>은 『청구영언(육당본)』에
노랫말의 표현과 글자가 약간 바뀐 채 기록되어 있는데, 첫 대목부터
"놉을시고 망고당요 외로울ㅅ 망고봉이 하늘의 츄밀러서 무삼 일을
올니려고 천만 겁 지니도록 굽필 줄 모르는다"[49]까지만 기록되어 있는
것으로 보아 거기까지가 주로 가창된 부분임을 짐작할 수 있다. 이 작
품은 관동팔경을 유람하면서 여정에 따라 산수의 경치와 고사·풍속·
감상 등을 노래한 것인데, 대상을 옮겨 가며 묘사한 부분 부분들이 하
나의 주제 아래 묶일 수 있으면서도 구조적 유기성을 강하게 지니지
않는 점은 <백구사>의 작품 구성에서 본 바와 크게 다르지 않다고
할 수 있다. 그 노랫말의 구성 방식은 가사 노랫말 구성의 표본이 되었
다고 할 만하다.

가사의 이러한 구성 방식은 작품을 부분적으로 감상하는 것을 가능
하게 한다. 가사 이외의 다른 문학 장르는 작품의 전체를 보고 또 부분
사이의 긴밀한 연관성을 고려해야 의미가 온전히 파악되는 것이 보통
이다. 그러나 가사는 부분의 분할성이 강한 속성을 지니고 있기 때문
에, 굳이 작품 전체를 보지 않고 또 부분과 부분의 관련성을 따져 보지

저리로 쏼쏼 출넝축척 // 안 남山에 밧 南山에 개암을 개암을 심거라 심거라 / 못다
먹는 저 다람의 안과"(띄어쓰기는 필자) 『청구영언(육당본)』의 <매화사>와 비교하면
"물 아래 그림자 졌다 다리 우에 중이 지나를 간다 / 중아 중아 거 暫間 너 가는 人便에
말 물어를 보자 / 그 중놈이 白雲을 가르치며 頓談無心만 허는고나"가 추가되어 있음을
확인할 수 있다.

49) 『청구영언』, 앞의 책, 176-177면.

않더라도 의미를 적절히 파악할 수 있는 것이다.[50] 이렇게 가사의 노랫말 구성이 분할구성의 양상을 보이는 것은 가사가 부분창의 방식으로 가창될 수 있게 하는 문학적 조건이 되었다고 할 수 있다.

이상과 같은 여러 가지 사정을 통해 보건대, 전체 노랫말 중 일부분만 가창하는 부분창은 가사를 가창할 때 사용할 수 있는 효과적인 창법이었던 것으로 생각된다. 가사는 악장이나 고려가요와 같은 연장체가 아니라 연속체로 되어 있는 시가 장르임에도 불구하고, 작품의 부분만 가창하는 방식이 얼마든지 가능한 장르였던 것이다.

4. 결론

본고는 조선 전기 가창가사에서 현재의 12가사로 이어지는 가사의 가창 전통을 확인하고 가사의 가창이 부분창의 방법으로 이루어졌을 가능성에 대해 검토해 보고자 했다. 가사의 가창 전통은 조선 후기의 가집 중 비교적 이른 시기의 가집인 『고금가곡』 같은 가집에 조선 전기의 가사가 다수 포함되어 있다는 사실과 그 가사들이 『청구영언(육당본)』의 가사로, 다시 12가사로 계속 전승되었다는 사실을 통해 확인할 수 있었다. 그리고 부분창의 가능성은 『청구영언(육당본)』의 가사 노랫말 수록 양상과 12가사의 음악적 양식 및 가사의 노랫말 구성 방법 등을 살핌으로써 검토해 보았다.

이 두 가지 주제는 일견 서로 동떨어진 것처럼 보이기도 한다. 그러나 두 가지 주제가 모두 가사 가창의 중요한 측면이라는 점과 가사의

---

50) 가사의 이러한 특성과 관련하여 최상은은 "작품의 부분을 이루는 사실들은 전체의 주제를 위해 유기적으로 결합되어 개별성을 상실하는 것이 아니라, 개별성을 강하게 지니면서 부분의 주제를 형성한다."고 한 바 있다.(최상은, 앞의 논문, 1991, 108면.)

가창 전통을 확인하는 것이 가창 방법을 논의하는 데에 전제가 된다는 점에서, 두 주제를 함께 묶어 다룬 것이 부당하지는 않다고 생각한다. 예컨대 12가사가 『청구영언(육당본)』에 기재된 가사의 직접적인 계승물이라는 전제에 입각하지 않는다면, 12가사의 음악적 특징에서 가사 부분창의 근거를 이끌어 내고 이를 다시 그 이전 시기의 가사에 소급 적용하려는 시도는 처음부터 불가능하게 되는 것이다.

가사는 노랫말이 길기 때문에 가창하기는 힘든 장르라고 생각하기 쉽다. 그러나 부분창이라는 창법에 따른다면 작품이 아무리 길더라도 얼마든지 노래할 수 있게 된다. 길이가 길든 짧든 원하는 부분을 필요한 만큼만 부르면 되기 때문이다.

이러한 가사의 부분창은 부분 선택의 자율성이 보장되는 방법이기도 하다. 즉 부분창은 곡에 따라 가창할 수 있는 노랫말이 고정되어 있는 것이 아니라, 창자나 청자의 기호·취향에 따라 가창 부분을 자유롭게 선택할 수 있는 유동적이고 개방적인 방법인 것이다. 창자는 일정한 곡에 한 작품의 다른 부분을 얹어 부를 수도 있겠지만, 아예 작품을 바꾸어 다른 작품의 어떤 부분을 얹어 부를 수도 있다. 이런 방법에 따르면 짧은 곡으로 긴 노랫말을 가창할 수 있을 뿐 아니라, 적은 숫자의 곡으로 많은 작품의 노랫말을 가창할 수도 있게 된다. 이러한 부분창은 시조와 구별되는 가사의 중요한 특징이라고 할 수 있다.

물론 부분창은 하나의 관습에 지나지 않았고 가사 가창의 원칙은 어디까지나 전체를 가창하는 것이었다고 할 수도 있다. 그러나 그러한 원칙 때문에 가사 부분창의 의미가 손상되는 것은 아니다. 문학의 형태나 성격을 결정짓는 것은 원칙이 아니라 관습이기 때문이다.

【부록】

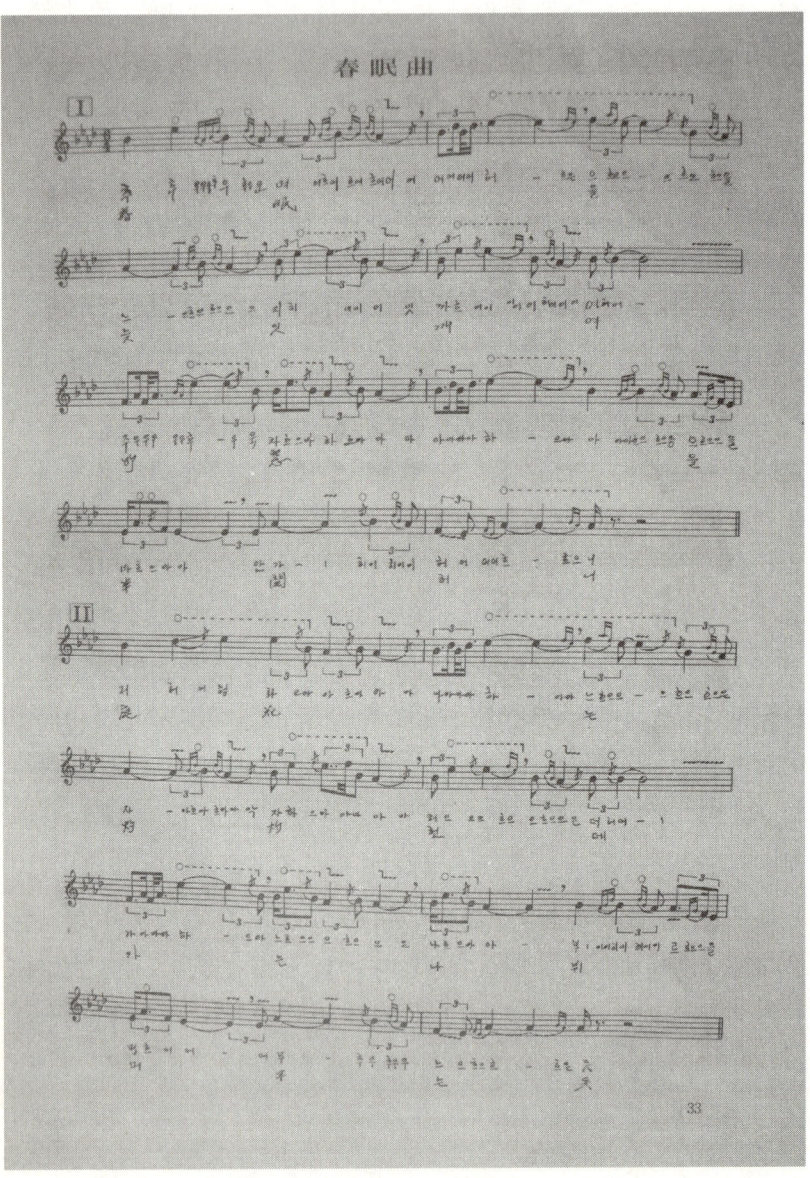

春眠曲

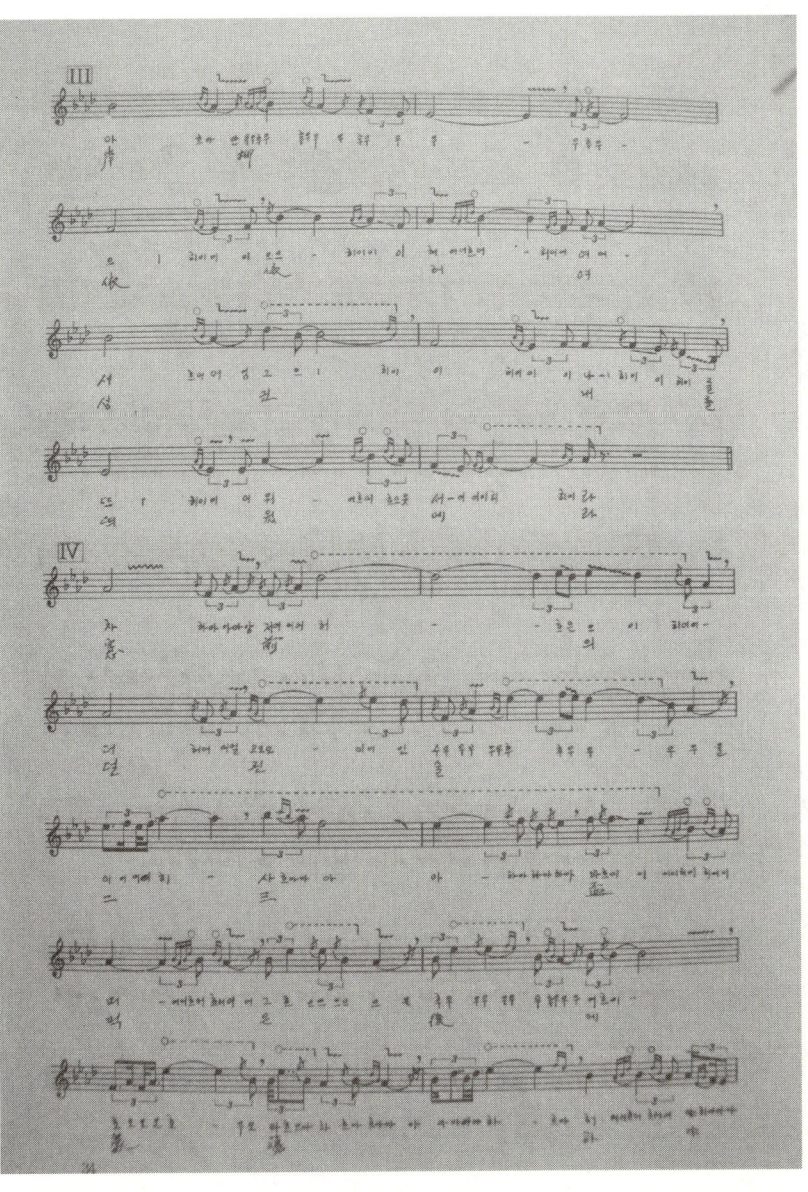

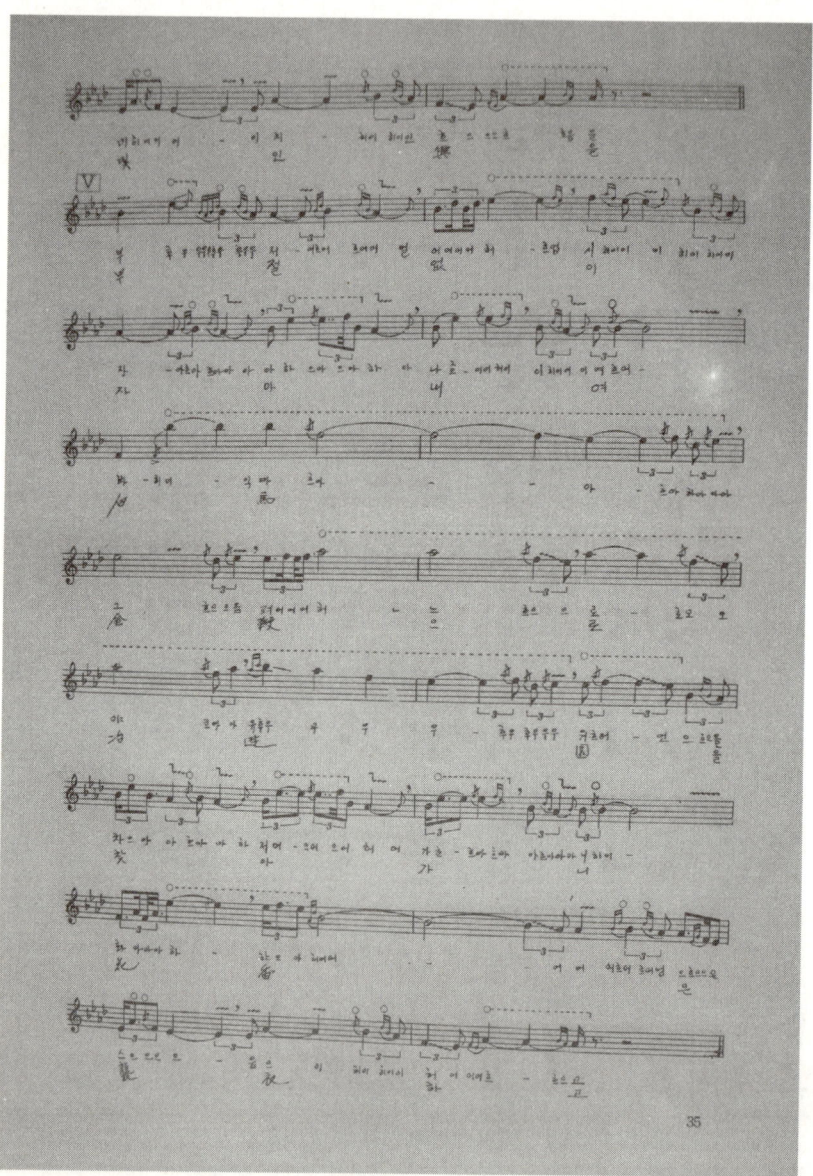

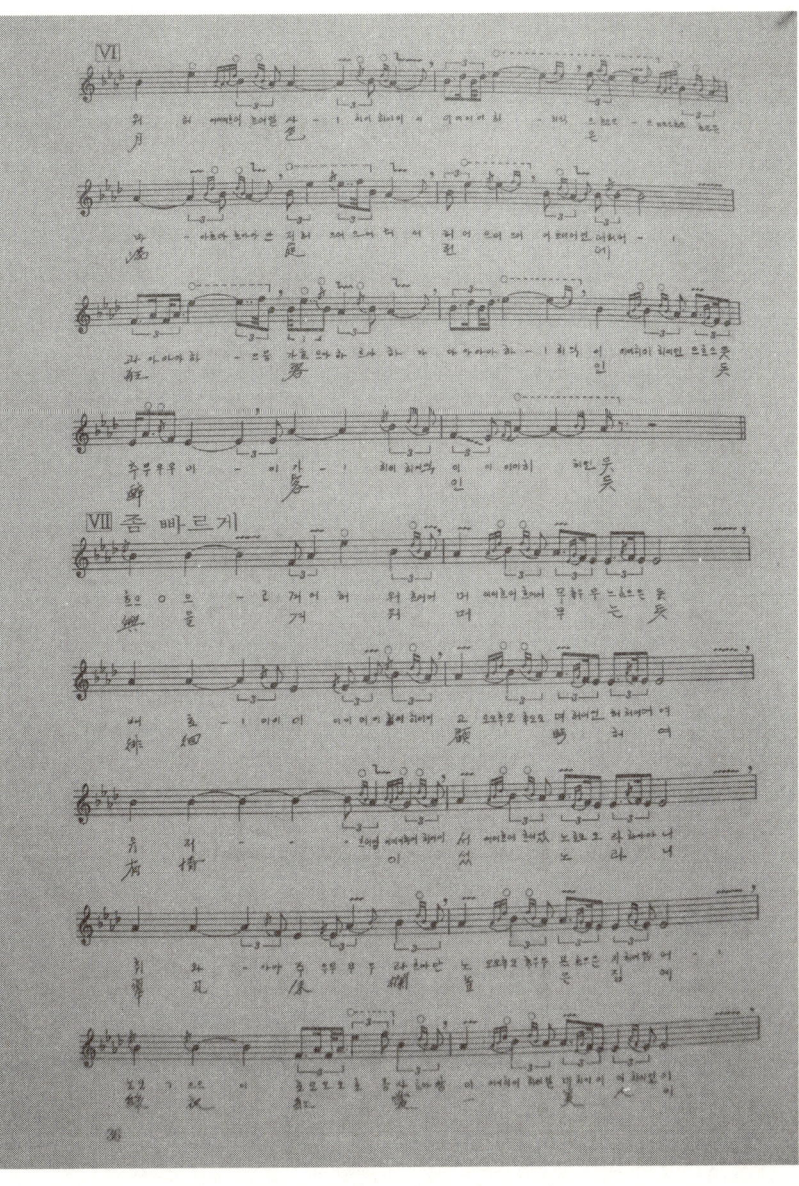

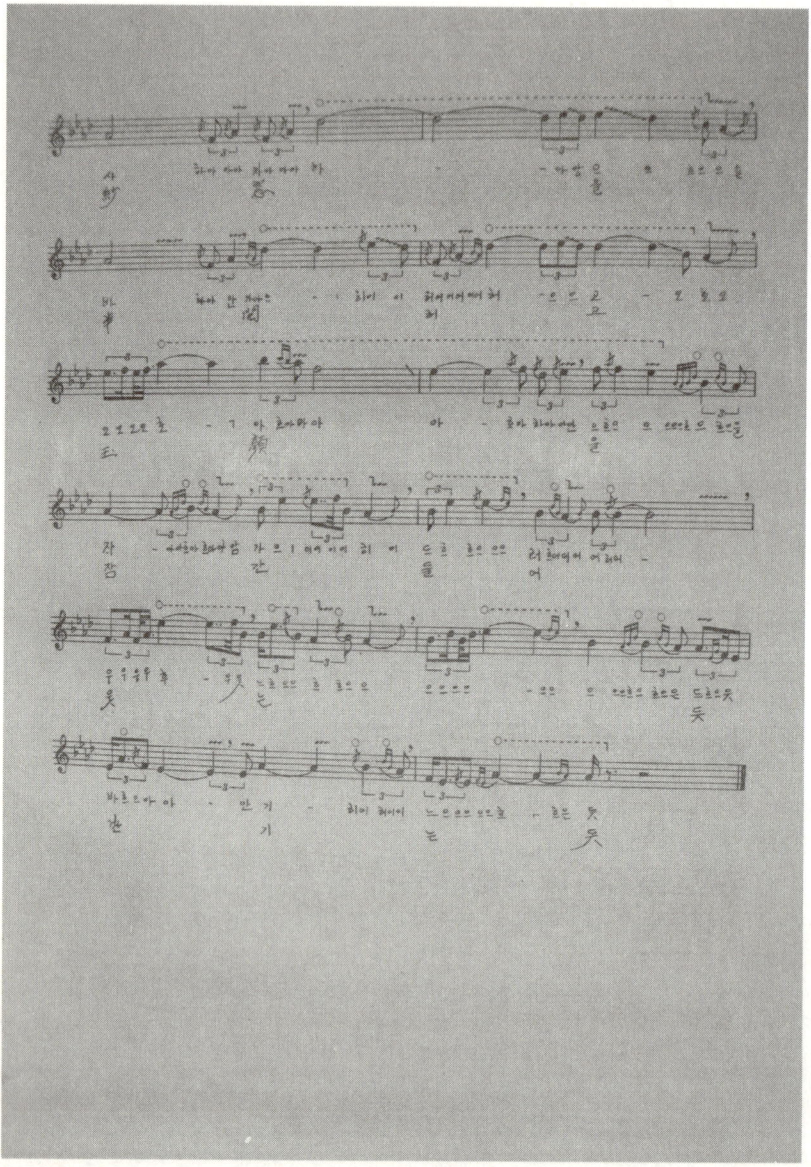

제2부
고악보 선율 비교의
방법과 적용

고악보 선율 비교의 방법

1. 서론

앞에서 살핀 것처럼 12가사는 조선 전기 가창가사에 맥이 닿아 있으며 노랫말로만 전하고 있는 대부분의 가창가사와 달리 노랫말과 음악을 모두 간직한 채 현재까지 전창되고 있다. 그렇기 때문에 그것은 향유방식, 노랫말의 형태, 곡조 등의 측면에서 발생 초기 가사의 본래 모습을 비교적 잘 간직하고 있을 것으로 생각되고, 또 그런 점에서 가사 장르의 성격이나 유래 등을 규명하는 데 매우 중요한 자료가 된다고 할 수 있다.

그렇다면 이러한 12가사는 어디에서 비롯되었을까? 그것의 연원은 초창기 가창가사를 넘어 보다 앞선 시기로까지 소급되지 않을까? 이러한 문제에 대해 알아보는 것은 그 자체로도 흥미로운 일이지만 가사 장르가 어디에서 비롯되었는지를 알게 하는 단서를 제공하기도 한다는 점에서 의미 있는 작업이 될 수 있다.

12가사는 노랫말과 곡조가 모두 전하고 있어서 그 연원을 밝히는 작업은 노랫말과 곡조 양쪽 측면 모두에서 이루어질 필요가 있다. 노랫말의 연원을 살피는 작업은, 물론 간단한 일은 아니지만, 12가사와 선행 시가 작품을 직접 비교하면 되기 때문에 비교적 큰 어려움 없이 이루어질 수 있다. 그러나 곡조의 연원을 탐색하는 일은 노랫말의 연원을 알아보는 것과 달리 단순한 비교 작업으로 수행될 수 없는 난점을 안고 있다.

12가사의 음악적 연원을 알아보기 위해서는 12가사 개별 작품들을 고악보에 기보되어 있는 선행 악곡과 비교하는 작업을 거쳐야 하는데, 둘 사이의 비교는 악곡 구조나 장단에서뿐 아니라 선율의 측면에서도 이루어 져야 한다. 음악에서 구조나 장단은 형식 혹은 틀에 해당하고 선율은 내용 또는 질료에 해당하는 것이어서, 선율을 제외한 나머지 측면에 대한 비교만으로는 서로 다른 음악의 상호 연관성을 확신하기가 어려울 수 있기 때문이다.

악곡 구조나 장단 비교도 물론 그리 단순한 것은 아니지만 선율 비교를 위해서는 몇 가지 전제가 먼저 해결되어야 한다. 고악보와 12가사 악보의 기보 방식을 통일하는 것과 비교의 기준과 단위를 마련하는 것이 그것이다.

조선시대 궁중 음악은 대체로 오음약보(五音略譜)의 방식으로 기보되어 있다. 그런데 근대에 들어서 채보된 12가사는 율명으로 기보되어 있어 기보 체계가 고악보와 다르다. 그렇기 때문에 기보 방식을 어느 한 가지 방식으로 통일하지 않으면 선율 비교는 불가능하게 된다.

기보 방식을 통일하기 위해서는 율자보(律字譜)를 오음약보로 바꾸는 것이 수월하다. 반대로 오음약보를 율자보로 바꾸는 것도 생각해 볼 수 있지만, 고악보에 나오는 '궁(宮)'의 율명을 규정하기가 어렵기 때문에 이러한 방식은 현실적으로 불가능하다. 율자보를 오음약보로 바꾸는 것도, 어떤 음을 '궁'으로 잡아야 하는지에 대해 몇 가지 이견이 존재할 뿐 확실한 방법은 알려져 있지 않기 때문에, 어려움이 있기는 마찬가지다. 여기에서는 『시용향악보』와 『대악후보』 같은 고악보에 수록된 악곡의 출현음들을 조사하여 '궁' 결정법에 대해서 새로운 방법을 생각해 보기로 한다.

채보된 시기가 서로 다른 두 개의 곡조를 비교하기 위해서는 적절한 비교의 기준과 단위 또한 마련해야 한다. 특정 곡의 비교 대상 곡을 선정하기 위해서는 음역이나 구성음의 출현 횟수와 같은 음악적 요소와 함께 노랫말의 형식이나 내용적 특징과 같은 문학적 요소에도 주목할 필요가 있다. 비교 대상곡이 선정되었다면 유사한 선율이 존재하는지 검토해야 하는데 이를 위해 행이나 대강 같은 음악적 단위뿐만 아니라 율격이라고 하는 문학적 단위 또한 고려할 필요가 있다. 시대와 갈래가 서로 다른 악곡을 효과적으로 비교하기 위해서는 음악적 조건뿐 아니라 문학적 조건도 고려해야 하는 것이다.

어떤 곡이든 후대로 전승되면 변주가 일어나기 마련이다. 이러한 선율 변주로 인해 선행 악곡과 후행곡 사이에 존재하는 공통 선율을 찾아내는 작업은 어려움이 가중된다. 우리의 고악보에는 제목은 같으면서도 선율이 다르게 채보되어 있는 곡이 몇 편 존재한다. <서경별곡>, <감군은>, <쌍화점> 등이 그것이다. 이러한 곡들을 대상으로 고악보 선율 변주의 다양한 양상을 점검하는 것은 12가사 개별 곡조와 선행 악곡 사이의 유사 선율을 확인하는 데 도움을 준다. 여기서는 이러한 것들에 대해 자세히 검토해 봄으로써 12가사와 선행 악곡의 선율 비교에 필요한 전제 방법을 확인해 보기로 한다.

2. 고악보의 궁(宮) 결정법

서론에서 언급한 바와 같이 12가사와 선행 악곡을 비교하기 위해서
는 먼저 서로 다른 방식으로 기보되어 있는 두 종류의 악보인 오음약보
(五音略譜)와 율자보(律字譜)를 한 가지 방식으로 통일시켜야 한다. 그런
데 오음약보를 율자보로 바꾸는 것을 채택하기 어려운 방법이기 때문
에 그 반대의 방법, 즉 율자보를 오음약보로 바꾸는 방법을 선택할 수
밖에 없다. 여기서 문제가 되는 것이 율자보로 되어 있는 특정곡의 악
보에 나오는 여러 음들 중에서 어떤 음을 궁으로 설정할 것인가 하는
것이다. 이 궁을 선정할 방법을 찾지 못하면 율자보를 오음약보로 바꿀
수도 없고 또 12가사의 악보와 선행 악곡의 악보를 비교할 수도 없게
된다.

특정 곡이 한쪽에는 오음약보로 다른 한쪽에는 율명보로 기록되어
있는 경우, 두 악보를 비교하면 해당 곡의 궁이 무엇인지 쉽게 찾아낼
수 있다. <서경별곡>이나 <만전춘별사> 같은 경우가 이에 해당한다.
<서경별곡>은『대악후보』5·6권나『시용향악보』에 오음약보로 기보
되어 있을 뿐 아니라 이것과 동일곡이라 할 수 있는 <정동방곡>이
『대악후보』2권 말미에 율자보로 수록되어 있기 때문에 그 둘을 비교
하면 <서경별곡>의 궁이 어떤 음에 해당하는지 쉽게 알아 낼 수 있다.
<만전춘별사>의 경우도 마찬가지이다. <만전춘>의 경우『대악후보』
5권에는 오음약보의 방식으로,『세종실록악보』에는 율자보의 방식으
로 기보되어 있어 궁의 판정에 아무런 어려움이 없다.

그러나 특정 곡이 오음약보나 율자보 중 어느 한 쪽으로만 기록되어
있는 경우에는 해당 곡의 궁의 정체를 밝히기가 쉽지 않다. 특히 오음
약보로만 기록되어 있는『시용향악보』와『대악후보』의 많은 곡들의

궁이 어떤 율명에 해당하는지는, 비교할 만한 타 악보가 존재하지 않는 한, 찾을 길이 없는 형편이다.

특정 곡이 율자보로만 기보되어 있을 경우도 어떤 음을 궁으로 잡아야 할지 어렵기는 마찬가지이다. 궁에 대해서는 지금까지 몇 가지 의견이 제시되어 왔다. 예를 들면 해당 곡의 마지막 음인 종지음(終止音)을 궁으로 보자는 견해[1]라든가 해당 곡 음계의 중간에 위치한 음인 중심음(中心音)을 궁으로 보자는 견해[2]와 같은 학설이 그것이다. 그렇지만 아직까지 이에 대한 합의된 방법이 도출되지는 못한 것으로 보인다.

그렇다면 고악보의 궁은 어떻게 설정되었을까? 옛 노래를 악보에 수록하던 당대의 악관들이 아무런 원칙 없이 곡에 따라 임의로 궁을 잡고 기보작업을 수행했을까? 여러 곡에 통용되는 궁 결정에 관한 일반적 원칙은 존재하지 않을까?

이 문제에 관해 알아보기 위해 『시용향악보』에 수록된 여러 곡에 출현하는 음들을 하나하나 파악하여, 각 곡의 음계와 구성음[3]의 출현

---

1) 장사훈, 「유예지의 군악타령과 현행 군악과의 관계」, 『예술원보』 제8호, 1962, 117-120 면. 물론 장사훈이 여기서 종지음만으로 궁을 결정한 것은 아니다. 그는 主音인 宮을 결정하는 데 가장 중요한 요소는 종지음이라고 하면서도, 해당곡을 移調하여 원래의 종지 선율을 다른 선율로 바꾸고 나아가 선법까지 고려하는 복잡한 과정을 거친 후 궁을 결정하였다. 그 결과 <군악타령>은 黃鐘이 궁이 되고, 또 현행 <군악>은 <군악타령>을 2度 높인 곡이기 때문에 太簇가 궁이 된다고 보았다.

2) 황준연, 「한국전통음악의 악조(평조와 계면조)」, 『국악원논문집』 제5집, 1993, 115-117면.

3) '構成音'은 장사훈, 앞의 논문, 122면 등에 사용된 바 있는 용어이다. 장사훈은 용어에 대한 특별한 규정 없이 이 말을 쓰고 있는데, 본고에서는 '특정 곡의 음계를 구성하는 모든 음'이라는 뜻으로 이 말을 사용하기로 한다. 이와 비슷하면서도 조금씩 뜻이 다른 용어로 '出現音', '基本音' 등이 있다. '출현음'은 해당 곡에 나타나는 모든 음을 가리키는 의미로 사용한다. 출현음에는 구성음뿐 아니라 장식음과 경과음 등의 모든 음이 포함된다. '기본음'은 '특정 곡에 사용되는 기본 5음'을 가리키는 뜻으로 사용한다. 국악의 모든 곡은 12율명 중에서 5개의 음을 선택하고 선택된 음에 淸濁을 가미하여 보다 폭넓은

횟수를 정리하면 다음과 같다.

〈표 1〉『시용향악보』 소재 악곡의 음계와 구성음의 출현 횟수

曲名 / 音階	下五	下四	下三	下二	下一	宮	上一	上二	上三	上四	上五	비고 (노랫말)
납씨가	1	4	3	10	9	**10**	10	2				한문현토체
유림가	6	5	6	18	33	**48**	29	29	8			국문체
횡살문	4	10	30	28	29	**118**	40	16				국문체
사모곡	4	6	10	12	16	**56**	19	16	1			국문체
서경별곡	1	2	4	8	9	**24**	11	6				국문체
쌍화곡	3	3	9	27	26	**59**	30	14	2			한문체
나례가	3	2	2	6	8	**22**	18	11	1			국문체
정석가	3	4	8	15	11	**18**	17	5	1			국문체
청산별곡	1	2	7	11	**12**	10	10	3				국문체
유구곡	2	4	4	8	6	**13**	11	5	2			국문체
귀호곡	1	1	2	8	7	**10**	4	2	1			국문체
생가요량	4	7	9	8	**11**	9	7	3				한문체
상저가	5	5	3	4	7	**13**	12	5				국문체
풍입송	20	32	79	**112**	85	65	35	10				한문현토체
야심사		2	10	**12**	10	7	8	4				한문체
성황반	3	19	18	48	43	**96**	48	16				국문체
내당	12	21	48	31	16	**52**	14					국문체
대왕반	1	1	6	12	16	**29**	14	6	1			국문체
잡처용	2	4	21	38	34	**54**	25	11	4	1		국문체
삼성대왕	3	2	2	7	8	**31**	22	13	1			국문체
군마대왕				2	9	**16**	15	7	1			국문체
대국 일	2	2	8	13	**13**	10	11	6	1			국문체
대국 이	3	4	10	**24**	20	20	18	9	1			국문체
대국 삼	1	2	7	9	**11**	9	8	3	1			국문체

음역을 형성하여서 선율을 만들어 내는데, 이 때 선택되는 5개의 음이 바로 기본음이다.

구천	4	8	8	**12**	8	5	2				국문체
별대왕	4	2	2	4	5	**18**	13	8	3		국문체

(진한 숫자는 최다 출현음)

위 표를 자세히 고찰해 보면 궁의 쓰임이나 결정 방법에 관한 일정한 경향을 발견할 수 있다

  *고악보의 宮 결정법(궁이 나타나는 조건 또는 위치를 근거로 판단)

  ① 최다 출현음을 궁으로 결정한 경우 : 전체 26곡 중 8곡을 제외한 모든 작품.
  ② 최저음의 상위 다섯 번째 음을 궁으로 결정한 경우 : 전체 26곡 중 <야심사>, <군마대왕> 2곡을 제외한 모든 작품.
  ③ 예외 : <야심사> 1작품.

  ㄱ. 최다 출현음이 최하위의 음의 다섯 번째 상위의 음일 경우(①과 ②를 동시에 만족하는 경우)는 예외 없이 그 음을 궁으로 설정 : 전체 26곡 중 아래의 9곡을 제외한 나머지 17편.
  ㄴ. 위의 조건에 부합하지 않을 경우.
    a. 최다 출현음을 궁으로 설정 : <군마대왕> 1작품.
    b. 최저음의 상위 5번째 음을 궁으로 설정 : <풍입송>, <생가요량>, <청산별곡>, <대국 일>, <대국 이>, <대국 삼>, <구천>의 7작품.
  ㄷ. 예외 : ㄱ도 ㄴ도 아닌 경우 - <야심사> 1작품.

먼저 궁이 쓰인 조건으로 고려될 수 있는 것으로 출현 빈도를 생각해 볼 수 있다. 이것은 출현 빈도가 가장 높은 음이 궁에 해당할 것이라 가정에 따른 것이지만, 위에서 살핀 바와 같이 예외가 8곡이나 되기 때문에 독립적으로는 궁 결정 원칙이 될 수 없다. 다음으로 궁이 나타

나는 음계상의 위치를 고려해 볼 수 있다. 위에 조사한 바와 같이 최저음의 5번째 상위음이 궁이 되는 경우는 상당히 많다. 예외, 즉 최저음의 상위 5번째 음이 궁으로 설정되어 있지 않은 경우는 <야심사>, <군마대왕> 2편에 불과할 정도이다. 이 두 편은 제외한 24곡은 모두 최저음의 상위 5번째 음이 궁으로 설정되어 있다. 이 두 가지 경우에 해당되지 않는 작품도 존재한다. <야심사>의 궁은 최다 출현음도, 최저음의 상위 5번째 음도 아니다.

궁 결정에 관한 원칙으로 여러 가지 기준이나 조건을 생각해 볼 수 있지만, 위에서 본 바와 같이 어떤 기준에 의거하더라도 예외는 발생하기 마련이다. 예외 없는 법칙은 없다는 말도 있는 것처럼 궁 결정에 관한 원칙도 예외를 피할 수는 없을 것이다. 그러나 같은 원칙이라고 하더라도 예외가 많은 쪽보다는 적은 쪽이 타당한 것으로 인정된다. 그러므로 궁 결정의 원칙도 되도록이면 예외를 줄이는 방향으로 고안되어야 할 것이다.

이와 같은 방향에 따라서 위의 두 조건, 즉 출현 빈도와 음계상의 위치를 동시에 고려하면 예외를 최소화하면서 보다 합리적인 원칙을 도출할 수 있다.

ㄱ. 위 표의 여러 곡에서 확인 할 수 있는 바와 같이, 최다 출현음이라는 출현 빈도에 관한 조건과 최저음의 5번째 상위음이라는 위치에 관한 조건을 동시에 만족하는 음은 모두 예외 없이 궁으로 설정되어 있다. <납씨가>·<유림가>·<횡살문>·<사모곡>·<서경별곡>·<쌍화곡>·<나례가>·<정석가>·<유구곡>·<귀호곡>·<상저가>·<성황반>·<내당>·<대왕반>·<잡처용>·<삼성대왕>·<군마대왕>·<별대왕>의 17곡 이에 해당한다. 이 곡들의 궁은 모두 각 곡에 출현하는 음들 중에서 가장 많이 나타나는 음이면서 동시에 최하위

음의 5번째 상위음에 해당한다.

ㄴ. 위의 조건을 만족하지 않는 경우, 즉 최다 출현음이 최저음의 상위 5번째 음이 아닌 경우는 최다 출현음과 최저음의 상위 5번째 음의 두 가지 중 어느 하나가 궁으로 설정되어 있다.

    a. 최다 출현음이 궁으로 설정되어 있는 경우는 <군마대왕> 1작품이다.

    b. 최저음의 상위 5번째 음이 궁으로 설정되어 있는 경우는 <풍입송>, <생가요량>, <청산별곡>, <대국 일>, <대국 이>, <대국 삼>, <구천>의 7작품이다.

여기서 알 수 있는 것처럼 두 가지 조건이 서로 맞아 떨어지지 않을 경우에는 최다 출현음보다는 최저음의 5번째 상위음이 궁으로 설정되는 경향이 지배적이다. 궁 결정 방식을 이렇게 정리해 놓고 보면 그것이 비록 조금 복잡한 것처럼 보일지는 몰라도 예외는 <야심사> 1작품으로 줄어들게 된다.

그러면 이러한 원칙이 『대악후보』에 수록된 곡들에도 그대로 적용되는지 살펴보자. 『대악후보』에 수록된 곡들의 음계와 구성음의 출현 횟수를 조사해서 정리하면 다음과 같다.

〈표 2〉『대악후보』 소재 악곡의 음계와 구성음의 출현 횟수

권수	곡명 \ 음계	下五	下四	下三	下二	下一	宮	上一	上二	上三	上四	上五	비고 (노랫말)
卷一	創守曲	3	13	14	18	**23**	14	14	3				한문체
	敬勤曲	18	53	71	67	**99**	92	93	10	8			한문현토체
卷二	迎神 熙文	7	12	**16**	12	13	9	3					한문체
	奠幣 熙文	7	12	**16**	11	14	9	3					한문체
	進饌 豊安之樂	3	5	11	**16**	13	5	2	1				한문체
	初獻 熙文	7	12	**16**	12	13	9	3					한문체
	基命	2	5	4	**8**	6	6	5					한문체
	歸仁	8	12	**18**	8	7	1	1					한문체

	亨嘉	1	1	2	7	6	**9**	7	6				한문체
	輯寧	1	1	5	10	9	**11**	11	3				한문체
	隆化	4	5	12	**16**	14	9	3	1				한문체
	顯美	7	3	6	11	17	**24**	7					한문체
	龍光貞明	3	2	5	12	11	**20**	14	11	1			한문체
	重光	1	1	4	6	8	**12**	8	3				한문체
	大猷	6	11	7	5	17	**20**	6	2				한문체
	繹成	1	1	4	6	8	**12**	8	3				한문체
	亞獻 昭武	10	6	8	7	12	**17**	15	3				한문체
	篤慶	2	5	3	**9**	6	6	5					한문체
卷二	濯征	2	3	7	6	7	**10**	3	1				한문체
	宣威	3	12	14	16	**23**	14	15	4				한문체
	神定	2	4	13	**16**	13	15	8	2				한문체
	舊雄	1	1	2	9	9	15	15	**19**	6			한문체
	順應	8	11	12	**23**	22	13						한문체
	寵綏	2	2	4	7	7	**11**	10	2				한문체
	靖世	1	2	6	**8**	6	6	5	1				한문체
	赫整	1	3	6	10	12	**21**	14	9	1			한문체
	永觀	1	1	4	7	10	**16**	8	6				한문체
	徹籩豆 雍安之樂	3	5	11	**18**	11	5	1	2				한문체
	送神 興安之樂	3	5	11	**16**	13	5	2	1				한문체
	維皇曲	4	9	24	**27**	23	18	9	5				
	靖東方曲	1	2	4	3	6	**16**	11	7				
卷三	致和平 一	6	4	11	26	36	**163**	64	25				
	致和平 二	4	4	11	21	19	**86**	31	5				
	致和平 三	32	17	47	80	103	**359**	207	99				국문체
	醉豊亨	2	1	9	18	18	**98**	53	54	89	66	35	上六5, 국문체
卷四	鳳凰吟 一	15	37	95	160	154	**363**	131	45				한문현토체
	鳳凰吟 二	11	44	81	93	121	**239**	74	19				한문현토체
	鳳凰吟 三	10	19	52	66	113	**264**	80	9				한문현토체
	眞勺 一	15	12	32	62	61	**201**	68	22				국문체
	眞勺 二	17	11	36	63	52	**135**	38	6				국문체
	眞勺 三	12	9	20	41	41	**129**	48	17				국문체
	眞勺 四	25	36	74	117	153	**262**	91	33	4			
卷五	履霜曲	5	7	14	29	40	**92**	25	7	1			국문체
	滿殿春	14	22	48	60	74	**113**	46	23	3			
	納氏歌4)	1	4	3	10	9	**10**	10	2				한문현토체
	橫殺門5)	4	10	30	28	29	**118**	41	15				국문체
	感君恩	4	3	5	16	18	**35**	22	19	6			국문체
	西京別曲6)	1	2	4	8	8	**23**	13	7				국문체

4) <납씨가> : 『시용향악보』에 있는 것과 동일하다.

5) <횡살문> : 『시용향악보』에 있는 것과 한 정간의 음만 다르고 나머지는 모두 같다.

卷六	慢大葉	1	10	17	39	38	**63**	42	9	1			
	感君恩7) 平調	1	3	5	22	25	**45**	27	19				국문체
	翰林別曲	4	4	7	12	15	**30**	21	12	1			국문체
	西京別曲8)	1	2	4	8	8	**23**	12	7				국문체
	雙花店9)	3	3	10	35	51	**91**	56	31	11	2		국문체
	步虛子	45	61	101	**129**	95	53	22	4				한문체
	靈山會相				14	18	**55**	47	32	4			한문체
卷七	北殿	9	5	13	28	35	**90**	52	35	14	2		
	動動 餘音	2		1	4	5	**28**	15	6				
	動動	2	9	24	33	42	**102**	61	36	7			
	井邑	4	26	65	75	83	**125**	75	56	9			
	紫霞洞 一	9	11	45	71	66	**197**	60	27				
	紫霞洞 二	11	11	29	43	50	**121**	27	12				

(진한 숫자는 최다 출현음)

① 최다 출현음을 궁으로 설정한 경우 : 총 61곡 중 42작품.

② 최저음의 5번째 상위음을 궁으로 설정한 경우 : 총 61곡 중 <영산회상> 1편을 제외한 60작품.

③ 예외 : 없음.

ㄱ. 최다 출현음이 최저음의 5번째 상위음인 경우에는 예외 없이 그 음을 궁으로 설정 : 전체 61곡 중에서 아래의 20곡을 제외한 41작품.10)

ㄴ. 최다 출현음이 최저음의 5번째 상위음이 아닌 경우

　a. 최다 출현음을 궁으로 설정한 경우 : <靈山會相> 1작품.

---

6) <서경별곡> : 『시용향악보』 소재 <서경별곡>과 선율이 약간 다른 곳이 있기는 하나 대동소이하다.

7) <감군은> : 卷五에 실린 <감군은>과 선율이 다른 곳이 다수 존재한다.

8) <서경별곡> : 卷五의 <서경별곡>과 한 정간의 음만 다르고 똑같다.

9) <쌍화점> : 『시용향악보』 소재 <쌍화곡>과는 서로 변주곡의 관계에 있다. <쌍화점>이 선대의 곡이고 <쌍화곡>이 후대의 곡이라면, <쌍화곡>은 『대악후보』에 있는 <쌍화점>의 악보를 변주하되, 행수를 두 배로 늘리고 음수는 대폭 줄여서 만든 곡이라 할 수 있다.

10) 제1·2권의 31곡 중에서 13편, 3권-7권의 30곡 중 <보허자>와 <영산회상> 2곡을 제외한 28편의 작품이 여기에 해당한다.

b. 최저음의 5번째 상위음을 궁으로 설정한 경우 : <創守曲>, <敬勤曲>, <迎神 熙文>, <奠幣 熙文>, <進饌 豊安之樂>, <初獻 熙文>, <基命>, <歸仁>, <隆化>, <篤慶>, <宣威>, <神定>, <舊雄>, <順應>, <靖世>, <徹邊豆 雍安之樂>, <送神 興安之樂>, <維皇曲>, <步虛子>의 19작품.11)

ㄷ. 예외 : 없음.

위에서 보는 것처럼 『대악후보』의 경우는 예외가 더 줄어들어 한편도 없는 것으로 나타난다. 『시용향악보』에서 발견된 궁 결정 원칙이 『대악후보』에서는 더욱 잘 들어맞고 있는 것이다. 전체 61곡 중의 2/3에 해당하는 41편의 작품에서 최다 출현음과 최저음의 상위 5번째 음이 일치하는 동시에 그 음이 궁으로 설정되어 있다. 두 음이 일치하지 않는 20곡 중 <영산회상> 1편에서는 최다 출현음이 궁으로 되어 있고 이것을 제외한 나머지 19 작품에서는 최저음의 상위 5번째 음이 궁으로 설정되어 있다. 그리고 이것도 저것도 아닌 예외는 존재하지 않는다.12)

이상으로 『시용향악보』와 『대악후보』에 수록된 여러 곡들을 대상으

---

11) <보허자> 1편을 제외하면 나머지는 모두 1·2권에 나오는 작품이다. 1·2권 총 31곡 중의 18곡이 여기에 포함된다.

12) 아울러 『대악후보』에서는 다음과 같은 특징이 발견되기도 한다. 즉 최다 출현음과 최저음의 상위 5번째 음이 일치하는 곡들은 대체로 국문체 시가가 많이 수록된 3-7권에 분포되어 있고, 최다 출현음과 최저음의 상위 5번째 음이 일치하지 않는 곡들은 한문체 시가가 많이 수록된 1-2권에 주로 분포되어 있다는 점이 그것이다. 3-7권에 수록된 곡은 모두 30곡인데 그 중에서 순한문체로 되어 있는 곡은 <보허자>와 <영산회상> 두 편뿐이고 나머지는 모두 국문체 시가(24편)이거나 아니면 한문체로 되어 있더라도 국문이 간간이 섞인 한문현토체 시가(4편)이다. 이것들 중 한문체인 <보허자>와 <영산회상>에서는 최다 출현음과 최저음의 상위 5번째 음이 일치하지 않지만 국문을 사용하고 있는 나머지 28작품에서는 두 음이 일치한다. 이와 달리 주로 순한문체 시가가 수록된 1-2권에서는 두 음이 일치하는 곡도 13곡이 있지만 일치하지 않는 곡이 18곡으로 더 많은 숫자를 차지한다.

로 고악보의 궁 결정법에 관해 알아보았다. 위에서 추론해 낸 방법은 비록 원칙이라고 하기에 다소 복잡한 면도 없지 않지만 예외가 두 악보를 통틀어 하나밖에 없을 정도로 줄어든 만큼, 율자보로 된 악보를 오음약보로 바꾸는 데 어느 정도 유용하게 사용될 수 있을 것으로 생각한다.

이 방식에 따라 12가사와 같은 율자보를 오음약보로 바꿀 때는 다음과 같은 과정을 거치면 될 것이다. 먼저 출현음을 조사하여 음계를 파악하고, 다음으로 음계를 구성하는 각 음들의 출현 빈도를 조사하여 최다 출현음을 가려낸다. 최다 출현음이 만약 해당 곡의 음계에서 최저음의 5번째 상위에 위치한다면 의심할 것 없이 그 음을 궁으로 설정하고, 최다 출현음이 최저음의 5번째 상위에 위치하지 않는다면 최다 출현음과 최저음의 상위 5번째 음 중에서 어느 한 음을 궁으로 설정하되 가능하면 후자를 먼저 고려한다.

3. 비교의 기준과 단위

궁 결정법에 관한 논의는 이상으로 마치고, 비교의 기준에 대해서 알아보기로 하자. 위에서 마련한 궁 결정법에 따라 12가사에 속하는 곡들의 악보를 모두 오음약보로 고친다고 하더라도 적절한 비교 기준을 마련하지 못한다면 그것을 선행 악곡과 비교하는 것은 불가능한 일이 될 것이다. 그렇기 때문에 12가사와 선행 악곡의 비교에 사용할 타당한 기준을 모색하는 것도 궁 결정법을 찾는 일만큼이나 어렵고 중요한 문제라고 할 수 있다.

먼저 12가사의 개별 작품과 비교할 곡을 선택할 때는 어떤 기준에 의거해야 하는지 알아보고, 나아가 선택된 두 곡 사이의 선율적 유사성을 탐색할 때는 또 어떠한 조건들에 유의해야 할지 생각해 보기로 한다.

1) 비교 곡 선정의 기준

(1) 문학적 기준 – 노랫말의 구성법, 구절, 표현 등

고려가요나 악장과 같은 12가사의 선행 악곡 중에서 12가사의 특정 작품과 비교할 곡을 찾는 데 적용할 기준으로 먼저 노랫말의 문학적 특성을 고려해 볼 수 있다. 12가사는 여러 가지 측면에서 선행 장르인 고려가요와 유사한 점을 지니고 있다. 두 부류 사이에는 제목 부여 방식이나 노랫말의 구성 방식, 후렴구 등에서 전체적인 유사성이 존재할 뿐 아니라 두 부류에 속하는 개별 작품 사이에도 구체적인 연관성이 있는 것으로 보이는 경우가 간혹 존재한다.13)

<매화가>나 <권주가> 같은 작품은 여러 편의 노래를 모아서 새롭게 편성한 것으로 보이는 작품인데, 이러한 원리로 이루어진 것은 고려속요 가운데에도 있으니 <서경별곡>, <만전춘별사>, <정석가> 등이 그것이다. 12가사가 실제로 고려속요에서 유래되었다면, 문학적으로 유사한 양상을 보이는 작품들 사이에는 음악적으로도 유사한 점이 발견될 가능성이 있다. 이러한 가정에 따라 동일한 원리로 노랫말이 구성된 여러 작품들 중에 <매화가>와 <서경별곡>을 비교해 보면 둘 사이에 선율적으로도 유사한 점이 있음을 확인 할 수 있다.14)

문학과 음악 양 측면에서 연관성이 있는 것으로 확인되는 작품은

---

13) 12가사 중 잡가계 가창가사와 고려가요의 관계에 대해서는 졸고, 「조선 후기 가창가사에 보이는 잡가적 경향의 연원」, 『국문학연구』 제13집, 국문학회, 2005, 187-204면에서 논의한 바 있다.

14) <매화가>와 <서경별곡>은 노랫말의 구성 원리에서뿐만 아니라 배경, 주제, 표현 등의 여러 가지 측면에서도 비슷하다.

이 둘 외에도 더 있다. <백구사>와 <한림별곡>, <길군악>과 <쌍화점>의 짝이 이에 해당한다. 12가사 중에 유일하게 <한림별곡>류의 경기체가에 쓰이는 "景 긔 엇더하니잇고"라는 구절을 차용하고 있는 <백구사>는 악곡적으로 따져봐도 <한림별곡>과 유사한 선율을 다수 지니고 있음을 확인 할 수 있다.[15] 또한 앞에서도 소개한 바와 같이 <길군악>과 <쌍화점> 사이에는 공통의 구절이 존재할 뿐 아니라 후대의 작품인 <길군악>이 선행 작품인 <쌍화점>에 화답한 노래로 보일 정도로 둘은 긴밀한 관계를 맺고 있는데, 음악적으로 살펴봐도 두 곡조는 악곡 구조나 장단 및 선율 등의 여러 가지 측면에서 비슷한 점이 있다는 것이 이미 선행 연구에서 밝혀진 바 있다.[16]

이러한 몇몇 작품을 통해 노랫말의 유사성과 곡조의 유사성은 서로 별개의 것으로 동떨어져 존재하지 않고 긴밀히 연관되어 있음을 알 수 있다. 이렇게 문학적 공통성이 비교 대상을 선택하는 유용한 근거로 사용될 수 있으므로, 위에서 언급한 작품들 외에 12가사 개별 작품과 유사한 노랫말을 지니고 있는 작품이 선행 작품 중에 더 있는지 자세히 고찰해 볼 필요가 있다. 또 노랫말이 유사한 것들 중에 곡조상으로도 닮아 있는 것은 없는지 면밀히 탐색해 볼 필요가 있다.

(2) 음악적 기준 - 음역(音域)과 구성음의 출현 횟수

다음으로 고려할 수 있는 것은 음악적 기준이다. 음악적 기준으로는 악곡의 구조적 특징이나 장고 장단 등도 고려할 수 있지만, 선율에 중점을 두고 비교 작업을 수행할 경우에 가장 유의해야 할 사항은 음역과

---

15) <매화가>와 <서경별곡>, <백구사>와 <한림별곡>을 노랫말과 악곡의 양 측면에서 비교한 논의는 졸고, 앞의 논문, 2005, 190-204면에서 다룬 내용이다.

16) 김창곤, 「쌍화점과 가사 길군악」, 서울대학교 석사학위논문, 1999, 19-29면.

구성음의 출현 빈도라고 할 수 있다. 두 곡이 유사한 선율을 지니고 있다면 각 곡의 음역이나 그 안에 존재하는 개별 음의 출현 횟수도 유사하게 나타날 가능성이 많기 때문이다.

고악보에 나오는 곡들의 음계와 그 구성음의 출현 횟수는 앞에서 궁 결정법에 대해 알아보면서 이미 조사한 바 있는데, 이 조사 자료는 비교 기준으로도 다시 활용될 수 있다. 위에서 유사한 선율로 되어 있는 것이 판명된 작품들을 예로 들어서 그것들의 음역과 구성음의 출현 빈도가 어떻게 나타나는지 살펴보기로 하자.

먼저 <매화타령>과 <서경별곡>의 경우를 비교해 보면 다음과 같다.

〈표 3〉 〈매화타령〉의 음계와 구성음의 출현 횟수[17]

黃	太	姑	林	南	潢	汰	㳰	비고
14	59	134	96	**181**	95	42	17	

이 곡의 음계를 위에서 알아 본 궁 결정법에 따라 오음약보식 음계로 고쳐 보기로 하자. 이 곡의 최다 출현음은 남(南)인데 이 음은 최저음의 상위 4번째 음에 해당하여 최다 출현음과 최저음의 상위 5번째 음이 일치하지 않으므로, 먼저 최저음의 5번째 상위음인 황(潢)을 궁으로 설정하고 음계를 구성하는 음들을 오음약보식으로 바꾸어 보면 다음과 같이 된다.

---

17) 장사훈, 『전창십이가사』, 서울대출판부, 1980, 269-295면에 나오는 <매화타령> 악보를 조사하여 정리했다.

〈표 4〉 오음약보로 바꾼 〈매화타령〉의 음계

黃	太	姑	林	南	潢	汰	㴢	비고
下五	下四	下三	下二	下一	宮	上一	上二	
14	59	134	96	**181**	95	42	17	

그러면 이 곡과 유사한 선율로 되어 있다고 밝혀진 〈서경별곡〉의 경우는 어떠한지 앞에서 정리한 자료를 통해 다시 살펴보기로 하자.

〈표 5〉 〈서경별곡〉의 음계와 구성음의 출현 횟수[18]

下五	下四	下三	下二	下一	宮	上一	上二	비고
1	2	4	8	9	**24**	11	6	

위의 두 표에서 보는 바와 같이 〈매화타령〉과 〈서경별곡〉은, 최다 출현음이 나타나는 위치가 최저음의 네 번째와 다섯 번째로 조금 다를 뿐, 下五에서 上二까지 전개된 음의 넓이는 동일한 것으로 나타난다. 선율이 비슷한 두 악곡은 음역도 유사할 것이라고 한 앞의 가정이 이 두 곡의 경우에 아주 잘 들어맞는다고 할 수 있다.[19]

다음으로 〈백구사〉와 〈한림별곡〉을 비교하여 보자. 먼저 〈백구사〉의 음계와 구성음의 출현 빈도를 조사하고 구성음을 오음약보식으로 바꾸어 정리하면 다음과 같다. 이 곡도 〈매화가〉와 마찬가지로 최

---

18) 『시용향악보』.

19) 본고의 궁 결정법에 따른다면 〈매화타령〉의 宮은 潢으로 결정되지만, 실제 비교에서는 潢의 세 번째 아래음인 姑를 궁으로 설정하고 악보를 역보한 후, 〈서경별곡〉과 비교해야 유사한 선율이 발견된다. 다음에 살필 〈백구사〉도 〈매화타령〉과 마찬가지로 궁으로 결정되는 음인 林의 세 번째 아래 음 黃을 궁으로 설정해서 역보를 한 후, 〈한림별곡〉과 비교해야 유사한 선율이 나타난다. 〈매화타령〉과 〈백구사〉의 두 곡의 경우는 선행곡인 원곡보다 각각 8도(姑-潢)와 7도(黃-林) 높은 방향으로 음역의 조정이 일어난 것으로 생각되는데, 이 점에 대해서는 차후에 다시 살피기로 하겠다.

다 출현음이 최저음으로부터 위로 4번째에 위치하여 두 가지가 일치하지 않으므로 먼저 최저음의 상위 5번째음을 궁으로 설정하여 음계를 바꾸면 아래와 같이 된다.

〈표 6〉〈백구사〉의 음계와 구성음의 출현 횟수[20]

㑣	㑖	黃	太	仲	林	南	潢	汰	沖	비고
下五	下四	下三	下二	下一	宮	上一	上二	上三	上四	
15		119	41	**206**	111	21	42	8	10	

이 곡과 선율이 유사한 것으로 밝혀진 〈한림별곡〉의 음계와 구성음의 출현 횟수는 아래와 같다.

〈표 7〉〈한림별곡〉의 음계과 구성음의 출현 횟수[21]

下五	下四	下三	下二	下一	宮	上一	上二	上三	비고
4	4	7	12	15	**30**	21	12	1	

〈한림별곡〉 역시 최다 출현음이 나타나는 위치는 〈백구사〉와 다르지만 음역은 비슷한 모습을 보인다. 〈한림별곡〉의 음계가 下五에서 上三까지 전개되고 있는 것과 달리 〈백구사〉는 下五에서 上四까지

---

20) 장사훈, 앞의 책, 1980, 3-20면에 나오는 〈백구사〉의 악보를 조사하여 정리했다. 여기서 출현하지도 않는 '㑖'을 음계를 구성하는 음으로 설정해도 좋을지 의문을 가질 만하다. 그러나 이 음의 한 옥타브 상위음인 '南'이 나타나고 있다는 점과 㑖의 바로 위의 음인 黃과 바로 아래음인 㑣의 음정 차이를 고려한다면 㑖을 음계의 구성음으로 넣어두는 것이 좋으리라고 생각한다. 다시 말해 이 㑖이 구성으로 설정되지 않으면 㑣과 黃이 서로 인접하게 되는데, 이 두 음의 음정 차이는 인접하는 다른 음에 비해 너무 크게 되는 것이다. 그렇기 때문에 㑖은 비록 출현음은 아니지만 구성음으로 설정되어야 한다.

21) 『대악후보』 6권.

전개되어 있어 차이가 나는 듯이 보이기도 한다. 그러나 <백구사>에 나오지 않는 음인 '남(㑲)' 제외하고 보면 이 곡에 출현하는 음의 숫자는 모두 9로 <한림별곡>의 출현 음수와 같다. 그리고 <백구사>의 '남(㑲)'을 제외하지 않고 두 곡의 음역을 비교해도 그 차이는 한 음밖에 나지 않는데, 이 정도의 차이는 <감군은>·<감군은 평조>나 <쌍화점>·<쌍화곡> 같은 동일곡 사이에도 발견되는 차이로 곡을 차별화할 만큼 큰 차이라고 할 수 없다.22) 따라서 <백구사>와 <한림별곡>의 음역도 유사하다고 할 수 있다.

다음으로 <길군악>과 <쌍화점>의 경우를 비교해 보기로 하자. 먼저 <길군악>의 악보에 나타나는 음들을 위에서 했던 식으로 조사하여 오음약보식으로 바꾸어 보면 다음과 같다.

〈표 8〉 〈길군악〉의 음계와 구성음의 출현 횟수23)

㐲	㑖	㑣	㒇	黃	太	仲	林	無	潢	汰	비고
下五	下四	下三	下二	下一	宮	上一	上二	上三	上四	上五	
5	15	44	65	77	**149**	92	119	92	38	17	

다음은 <쌍화점>의 음계와 구성음의 출현 횟수를 조사한 표이다.

---

22) 『대악후보』에 실린 두 편의 <감군은>과 『대악후보』와 『시용향악보』에 실린 <쌍화점>·<쌍화곡>의 음역을 비교해 보면, 아래에서 보는 바와 같이 <감군은>의 경우는 6권에 실린 것보다 5권에 실린 것이 음역이 넓게 나타나고 <쌍화점>과 <쌍화곡> 중에서는 <쌍화점>의 음역이 더 넓게 나타난다.

	下五	下四	下三	下二	下一	宮	上一	上二	上三	上四	上五	비고
感君恩(5권)	4	3	5	16	18	**35**	22	19	6			
感君恩 平調(6권)	1	3	5	22	25	**45**	27	19				
雙花店(대악후보)	3	3	10	35	51	**91**	56	31	11	2		
雙花曲(시용향악보)	3	3	9	27	26	**59**	30	14	2			

23) 장사훈, 앞의 책, 1980, 137-160면에 나오는 <길軍樂>의 악보를 조사하여 정리했다.

〈표 9〉〈쌍화점〉의 음계와 구성음의 출현 횟수24)

下五	下四	下三	下二	下一	宮	上一	上二	上三	上四	비고
3	3	10	35	51	**91**	56	31	11	2	

〈길군악〉과 〈쌍화점〉은 음역이 유사할 뿐 아니라 최다 출현음이 최저음의 5번째 상위에 위치하는 점도 닮아 있다. 이 두 곡의 예를 통해서, 음역과 최다 출현음의 위치가 모두 유사하게 나타나는 경우는 선율까지 닮아 있을 가능성이 매우 높을 것으로 기대할 수 있다.

이상으로 선율이 비슷한 것으로 알려진 세 쌍의 곡을 대상으로 하여 음역과 구성음의 출현 횟수라고 하는 음악적 조건이 악곡 비교에 사용될 기준으로서 적절한 것인지 알아보았다. 〈매화타령〉과 〈서경별곡〉의 짝을 제외하고는 음역이 정확하게 일치하는 경우가 없기는 했지만, 나머지 두 짝도 음역이 어느 정도 유사한 것으로 드러났고 특히 〈길군악〉과 〈쌍화점〉은 최다 출현음이 같은 위치에 나타나기까지 했다.

이러한 사례들은 두 곡이 유사한 선율로 이루어져 있으면 음역과 구성음의 출현 횟수도 유사하게 나타난다는 점을 잘 보여주기는 하나, 그 역도 사실이라는 점을 밝혀주지는 못한다. 즉 두 곡이 음역과 구성음의 출현에서 비슷한 양상을 보인다고 해도 선율은 같지 않을 수 있는 것이다. 하지만 그렇다고 해서 음역과 구성음의 출현 횟수라고 하는 조건이 비교곡 선정의 기준으로서 타당성을 잃게 되는 것은 아니다. 유사한 선율은 음악적 기본 조건이 완전히 다른 곡보다는 비슷한 곡 사이에서 발견될 가능성이 더 높기 때문이다.

따라서 12가사와 선행 악곡을 비교하는 작업을 수행할 때, 위에서 살핀 노랫말의 구성 방식이나 표현법 등의 문학적 기준과 함께 음역이

---

24) 『대악후보』 6권.

나 구성음의 출현 횟수와 같은 음악적 기준도 고려하면 보다 효과적으로 비교 대상 악곡을 찾을 수 있을 것이다.

2) 선율 비교의 단위

(1) 음악적 구조와 반복 출현 선율

12가사의 여러 작품들은 공통적으로 마루라는 음악적 단위로 나뉘고, 특정 작품에 포함되어 있는 여러 마루는 해당 곡에서 되풀이되어 나타나는 일정한 선율을 지니고 있는 경우가 많다. 이러한 12가사의 음악적 특징은 고려가요와 같은 연장체 시가의 음악적 조건과 상통하는 측면이기도 하다.

대부분의 연장체 고려속요는 『시용향악보』나 『대악후보』와 같은 고악보에 전체 노랫말의 일부분에 해당하는 곡조만이 수록되어 있다. 가령 <청산별곡>과 같은 작품은 『악장가사』에 전체 8연의 노랫말이 모두 실려 있지만 『시용향악보』에는 제1연인 "살어리 살어리랏다 청산애 살어리랏다 멀위랑 ᄃ래랑 먹고 청산애 살어리랏다 얄리얄리 얄랑셩 얄라리얄라"에 해당하는 곡조만이 기보되어 있으며, <서경별곡> 같은 작품도 『악장가사』에는 전체 3연의 노랫말이 모두 수록되어 있지만 『대악후보』에는 제1연의 제1행인 "셔경이 아즐가 셔경이 셔울히 마르는 위 두어렁셩 두어렁셩 다링디리"에 해당하는 곡조만이 수록되어 있는 것이다.

<청산별곡>은 『악장가사』에 'ㅇ'를 기준으로 전체 노랫말이 8절로 나뉘어 기록되어 있고 <서경별곡>은 전체 노랫말이 14절로 나뉘어 수록되어 있는데, 『시용향악보』나 『대악후보』에 수록된 노랫말은 각 노래의 첫째 마디에 해당하는 부분이다. 이렇게 첫째 마디에 해당하는

곡조만을 기보하고 나머지는 기록하지 않은 것은 나머지 부분의 노랫말도 첫째 마디의 곡조에 맞추어서 부르면 되었기 때문이었던 것으로 이해된다. 즉 전체 8절이나 14절로 이루어진 긴 노래는 첫째 절의 곡조가 나머지 절에서도 계속 되풀이되는 형식으로 불리었던 것이다. 이러한 것은 전체 4절로 되어 있는 <애국가>를 부를 때, 제1절의 곡조를 되풀이해서 노래하는 것과 같은 형식이다.

이러한 형식은 대부분의 12가사에서도 그대로 발견된다. 12가사 중의 <매화가> 같은 작품을 예로 들어 본다면, 이 곡은 전체 13마루로 이루어져 있고 제1마루에서 제10마루까지는 거의 동일한 선율이 10차례나 반복된다. <백구사> 같은 작품은 전체 8마루로 이루어져 있고 각 마루의 마지막 2행에는 항상 동일한 선율이 반복되어 나타난다. 그리고 이 곡의 마지막 2행에 나타나는 종지 선율은 다른 부분에서도 약간씩 변주된 형태로 지속적으로 나타난다. 이 둘뿐 아니라 12가사에 속하는 대부분의 작품은 마루를 단위로 하여 일정한 선율이 반복된다는 점에서 음악적으로 같은 속성을 지닌다. 12가사의 이와 같은 형식은 위에서 살핀 <청산별곡>이나 <서경별곡>과 같은 연장체 고려가요의 음악적 양식과 같은 선상에 있는 것이다.

이렇게 12가사와 고려가요가 음악적으로 유사한 양식으로 되어 있기 때문에 둘을 음악적으로 비교하는 작업은 각 곡에서 되풀이되어 나타나는 핵심 선율을 대상으로 해야 효과적으로 수행될 수 있다. 다시 말해 고악보에 수록된 고려가요가 대체로 반복적으로 출현하는 선율 위주로 기보되어 있기 때문에 이와 비교될 12가사의 개별 곡조에서도 반복되는 핵심 선율을 추출해야만 둘 사이의 비교가 원활하게 이루어질 수 있는 것이다. 따라서 12가사 개별 작품의 음악적 구조를 분석하고 각 작품에 반복적으로 출현하는 선율을 조사하는 일은 실제 비교

작업에 선행되어야 할 필수 사항이라고 할 수 있다.[25]

(2) 음악적 단위(행과 대강 및 정간)와 문학적 단위(율격)

12가사의 특정 작품과 비교할 선행 악곡을 선정하고 해당 작품에서 되풀이되어 나타나는 핵심 선율을 찾아내는 과정을 거쳤다면 두 곡을 실제로 비교하는 작업에 들어갈 수 있다. 선율을 비교하는 실제 비교 작업은 음악적 단위인 장단이나 행 또는 대강이나 정간과 같은 것을 비교 단위로 설정하고 수행해야 하겠지만,[26] 서론에서도 언급한 바와 같이 고려속요나 악장을 기보해 놓은 고악보와 12가사를 채보해 놓은 현대의 악보는 악보의 체재가 다르기 때문에 음악적 단위로는 비교하

---

25) 12가사의 음악적 구조와 반복 선율에 대해서는 이미 선행 연구에서도 충분히 조사되었기 때문에 참고할 수 있다. 송성범은 12가사의 음악 형식을 유절형식, 변형유절형식, 복합형식의 셋으로 나눌 수 있다고 하고 12곡을 다음과 같이 분류했다. 유절형식은 매 마루에 동일선율이 되풀이되는 형식을 말하며 <죽지사>가 이에 속한다. 변형유절형식은 각 마루에 일정한 선율이 조금씩 변화되면서 반복되는 형식을 말하고 <황계사>·<어부사>·<길군악>·<권주가>·<수양산가>·<상사별곡>·<백구사>가 이에 속한다. 복합형식은 마루마다 같은 선율이 나타나는 유절형식과 다른 선율이 나타나는 통절형식이 결합된 형식을 말하며 <춘면곡>·<매화타령>·<처사가>·<양양가>가 이에 속한다.(송성범, 「12가사의 악곡 형식 연구」, 한양대학교 석사학위논문, 1996, 19~71면.)

26) 12가사 악보의 한 행은 보통 6박으로 구성되어 있고 이것이 한 장단을 이룬다. <상사별곡>·<처사가>·<양양가>가 5박 장단으로 되어 있기는 하지만, 이것들도 원래는 6박 장단으로 연주되었다고 한다.(김창곤, 「12가사의 악곡 형성과 장르적 특징」, 서울대학교 박사학위논문, 2006, 153면.) 그렇게 보면 12가사는 모두 6박 장단으로 출발되었다고 할 수 있는데, 이러한 6박 계열의 장단은 고려가요나 악장을 수록하고 있는 고악보의 장단과도 유사한 점이 있는 것으로 보인다.『대악후보』나『시용향악보』는 모두 한 행이 16정간으로 구성되어 있고 16개의 정간은 6개의 대강으로 구분되어 있다. 여기서 대강 하나하나를 한 박으로 계산하면 고악보에 수록된 대부분의 곡은 6박 장단으로 환산될 수 있다. 이렇게 보면, 12가사는 고악보에 수록된 선행 악곡과 악곡 구조의 측면에서뿐만 아니라 장단의 측면에서도 매우 유사한 양상을 보인다고 할 수 있다. 12가사와 고악보에 수록된 곡의 장단·박 등에 대한 보다 자세한 논의는 이 책의 제3부에 수록되어 있다.

기가 쉽지 않을 수도 있다.[27] 그뿐 아니라 만약 고악보에 수록된 어떤 곡조가 위에서 살핀 바 있는 <쌍화점>에서 <쌍화곡>으로 변주되는 것과 같은 방식으로 변주되기라도 했다면, 고악보의 행과 12가사 악보의 행을 일대일로 비교하는 것은 의미가 없는 일이 되고 만다.

　이러한 문제는 문학적 단위인 율격을 고려할 때 좀 더 쉽게 해결될 수 있다. 서로 유사한 선율을 지닌 것으로 밝혀진 <매화타령>과 <서경별곡>을 대상으로 해서 율격이 선율 비교의 단위로 사용될 수 있는지 확인해 보기로 하자.

　앞에서 살핀 바 있는 <서경별곡>의 전반부 악보만 인용해 보면 다음과 같다.

〈악보 1〉〈서경별곡〉[28]

1	宮 셔		上二 경	上一	上二上	宮 이			宮		
2	上二 아	즐	上一	上二	上一	宮 가			宮		
3	下一 西		宮 京	宮 이	上一	上二 셔		上一 울	宮 히		
4	下一 마	上一	宮		上一	宮下一	宮 는		宮	上二上一宮 위	

　<매화타령>은 총 13마루로 이루어져 있고, 1에서 10마루까지는 거

---

27) 『대악후보』나 『시용향악보』 같은 고악보와 12가사가 기보된 현악보는 정간보인 점에서는 같지만 대강의 유무나 한 행에 포함된 정간 수 등에서는 차이점이 존재한다. 12가사의 악보는 행이 대강으로 구분되어 있지 않고 한행에 포함된 정간의 수도 10-12로 일정하지 않아, 한행이 6개의 대강으로 구분되어 있고 한행의 정간 수가 16으로 일정한 고악보와 다르다.

28) 『대악후보』 6권.

의 동일한 선율이 반복된다. 그 중에서 제2마루를 인용해서 <서경별
곡>과 비교해 보기로 한다.

<악보 2> <매화타령> 제2마루[29]

1	姑		南	汰	潢							
	宮		上二	上四	上三							
	녯				뷔							
2						南		林		姑太		
						上二		上一		宮下一		
						었				던		
3	林		潢	南		南潢			姑			
	上二		上三			上二上三			宮			
	柯					枝						
4	姑	姑	南		姑	林姑	姑					
	宮	宮	上二		宮	上一宮	宮					
	마					다						
5	南			南				南	林	南		
	上二			上二				上二	上一	上二		
	뷔			엄								
6	汰			林		潢	南	林		姑太		
	上四			上一		上三	上二	上一		宮下一		
						즉				도		
7	太	姑	南			南		淋	汰	潢		南
	下一	宮	上二			上二		上五	上四	上三		上二
	허							다				
8	南		林		姑太		太林					
	上二		上一		宮下一		下上一					
	마				는							

(오음약보는 필자)

---

29) 장사훈, 앞의 책, 1980, 271-272면. 이 악보의 <매화타령>에는 黃鐘, 太簇, 姑洗, 林鐘,
南呂, 潢鐘, 汰簇, 淋洗의 7음이 나온다. 여기에 기입된 오음약보식 음계는 姑洗을 宮으
로 잡고 역보한 것이다.

 <서경별곡>의 선율이 비교적 간단한 것과 달리 <매화타령>의 선율은 변화가 많고 복잡한 양상을 보인다. 두 악보를 좀 더 쉽게 비교하자면 <매화타령>의 악보를 액면 그대로 이해하기보다는 비교에 방해가 되는 음들을 적절히 덜어내면서 <서경별곡>과 공통되는 음들을 찾아 나가는 융통성을 발휘할 필요가 있다.

 두 작품에서 율격적으로 대응되는 구절의 선율을 먼저 비교해 보기로 하자.

〈악보 3〉〈매화타령〉 '녯 퓌었던'의 선율

宮		上二	上四	上三					
녯				퓌					

					上二		上一		宮下一
				,	었				던

〈악보 4〉〈서경별곡〉 '셔경이'의 선율

宮			上二		上一		上二	宮			宮	
셔			경					이				

 '녯 퓌었던'과 '셔경이'는 두 작품의 첫머리에 해당하는 구절로 각각 한 음보씩에 해당한다. 각 구절의 선율은 모두 '宮'에서 시작해 '上二'와 '上一'을 거쳐서 다시 '宮'으로 돌아오는 양상을 보인다.

〈악보 5〉〈매화타령〉 '가지마다'의 선율

上二			上三		上二上				宮	
柯					枝					

宮	宮	上二		宮	上一宮	宮				
마						다				

〈악보 6〉〈서경별곡〉'아즐가'의 선율

上二			上一		上二		上一	宮				宮		
아	즐							가						

두 번째 음보인 〈매화타령〉의 '가지마다'와 〈서경별곡〉의 '아즐가'
도 모두 '上二'에서 시작해서 '宮'으로 끝맺고 있다. 두 구절은 중간 부
분에 '上二'가 나오고, 마지막 선율이 '上一 宮 宮'으로 되어 있는 점에
서도 일치한다.

〈악보 7〉〈매화타령〉'퓌엄즉도'의 선율

上二			上二				上二	上一	上二
퓌			엄						

上四			上一		上三	上二	上一		宮下一
					즉				도

〈악보 8〉〈서경별곡〉'셔울히 마'의 선율

上二		上一		宮		下一		上一	宮		上一		宮下一
셔		울		히		마							

세 번째 음보인 '퓌엄즉도'의 선율과 '셔울히 마'의 선율도 기본적으
로는 같은 양상을 보인다. 두 구절의 선율은 모두 '上二'에서 시작해서
'上一'을 지난 다음 '上一 宮 下一'로 끝맺는다. 특히 마지막 선율 '上一
宮 下一'은 완벽하게 일치한다.

〈서경별곡〉의 '셔울히 마'에 해당하는 부분은 제3행의 후반부 '셔울
히'의 선율과 제4행의 전반부 '마'의 선율을 합쳐서 새롭게 만든 행인이
다. 제3행의 전반부에 해당하는 '셔경이'는 제1행 첫 구절에 이미 한번

나왔던 구절인 만큼 생략해도 노랫말의 흐름에는 큰 지장을 초래하지 않는다. 이렇게 <서경별곡> 곡조의 일부 행을 노랫말의 율격적 조건을 감안하여 조금만 바꾸면 <매화가>의 대응하는 구절과 잘 맞아떨어지게 된다.

<악보 9> <매화타령> '허다마는'의 선율

下一	宮	上二				上二		上五	上四	上三	上二
허								다			

上二		上一		宮下一	下一上一						
마				는							

<악보 10> <서경별곡> '는 위'의 선율

宮			宮		上二	上一	宮
는					위		

<매화타령> '허다마는'의 선율에는 <서경별곡> '는 위'의 선율에 보이지 않는 음들이 많이 나타난다. 그러나 첫머리에 '宮'이 나타나고 끝에 '上二 上一 宮'이 나타나는 점에서 '허다마는'도 <서경별곡>의 해당 대목과 크게 다르다고 볼 수는 없다.

이상에서 볼 수 있는 것처럼 <매화타령>과 <서경별곡>은 음악적 단위인 행을 기준으로 비교해서는 유사한 선율을 발견하기 힘들다. 음악적 단위인 행으로 비교할 경우 <서경별곡> 1행에 <매화타령> 1행을 대비하면 공통된 선율을 발견하기가 힘들고, 대체로 <서경별곡> 1행에 <매화타령> 2행을 맞추어야 봐야 비교가 성립하고 두 곡 사이의 유사성이 드러난다. 게다가 <서경별곡>에는 반복구 '셔경이'가 나오는 구절인 제3행 전반부처럼 <매화가>에는 나타나지 않는 선율로

이루어져 있는 부분도 있기 때문에, 음악적인 단위인 행으로만 비교를 수행하면 자칫 동질성보다는 이질성을 확인하게 되기가 쉽다. 이러한 이유 때문에 문학적 단위인 율격을 비교의 기준으로 감안하지 않을 수 없는 것이다. 위에서 확인한 것처럼 율격의 기본 단위인 음보를 기준으로 하여 비교 작업을 수행하면 두 곡 사이의 음악적 동질성이 보다 선명하게 부각된다.

4. 고악보 소재 악곡의 선율 변주 양상

모든 음악은 오랜 세월 전승되다 보면 어느 정도 변화를 겪을 수밖에 없다. 어떤 곡도 세월의 흐름 속에서는 원상태를 그대로 유지하기 힘들다. 같은 제목을 달고 있는 곡도 수록된 문헌과 시대가 바뀌면 각각 다른 모습으로 채보되어 있는 경우가 흔하다. 동일 곡도 그러하므로 역사가 바뀌고 장르가 달라지는 변천을 겪은 노래들의 경우에는 그 변화의 정도가 더욱 심각할 수밖에 없다.

이러한 선율 변화가 어떤 양상으로 일어나는지에 대해서 미리 알아 두는 것은 그 자체로도 의미 있는 일이겠지만 12가사의 연원을 찾는 바탕이 된다는 점에서 간과할 수 없는 중요성을 지닌다고 할 수 있다. 선율 변화에 대한 음악적 감각을 지니지 못하면, 수많은 악보 속에 파묻혀 있는 중요한 선율들을 보고도 그냥 지나칠 수 있으며, 그렇게 되면 12가사의 연원을 찾는 것은 기대하기 힘든 일이 될 가능성이 큰 것이다.

이 절에서는 제목은 같게 되어 있으면서 수록된 문헌이 다른 몇몇 곡들을 대상으로 하여 그것들이 문헌에 따라 어떻게 달리 기보되어

있는지 살펴보기로 한다. 그렇게 하여 12가사에 속하는 개별 곡들의
원곡을 찾는 데 요구되는 선율 변화에 관한 음악적 전제를 확인하기로
한다.

1) 『대악후보』와 『시용향악보』의 〈서경별곡〉 - 미미한 변주

먼저 〈서경별곡(西京別曲)〉의 선율이 기보된 악보를 살펴보기로 하
자. 〈서경별곡〉의 곡조는 다른 노래에 사용되는 경우가 많았다. 이미
선행 연구에서 충분히 검토된 바 있듯이 이 곡조는 〈화태(和泰)〉·〈영
관(永觀)〉·〈정동방곡(靖東方曲)〉의 곡으로 차용되었고,[30] 〈정석가〉
에도 삽입되었다.[31] 고악보를 자세히 검토해 보면, 이런 곡들 외에도
많은 곡에 〈서경별곡〉의 선율이 녹아 들어가 있는 것을 확인할 수
있다.[32] 이러한 사정은 이 노래가 당대에 그만큼 유명한 곡이었다는
점을 말한다.

〈서경별곡〉의 곡조는 『대악후보』 5권과 6권 및 『시용향악보』에 동
일한 제목으로 실려 있다. 『대악후보』 5권과 6권에 실린 두 악보는 한
음의 차이밖에 없기 때문에 거의 같은 것으로 간주해도 좋다.[33] 그러나
『시용향악보』에 실린 〈서경별곡〉의 악보는 『대악후보』의 것과 몇몇
부분에서 조금 다른 양상을 보인다.

---

30) 장사훈, 『國樂論攷』, 서울대학교 출판부, 1966, 62-65면.
31) 박재민, 「〈정석가〉 발생시기 재고」, 『한국시가연구』 제14집, 한국시가학회, 2003,
    10-12면.
32) 〈쌍화점〉·〈한림별곡〉·〈취풍형〉 등이 그 예인데, 이 점에 대해서는 차후에 자세히
    논의하기로 한다.
33) 『대악후보』 5권에 실린 〈서경별곡〉의 제6행의 제4대강 셋째 정간에 나오는 上一이
    6권에 실린 악보에는 나타나지 않는다. 이 한 음을 제외한 나머지 부분은 두 악보가
    완전히 동일하다.

먼저 『대악후보』에 실린 <서경별곡>을 인용해 보면 다음과 같다.

<악보 11> <서경별곡>[34]

대강\행	1		2		3		4		5	6		
1 (음)	宮		上二		上一	上二上一	宮			宮		
1 (사)	셔		경				이					
2 (음)	上二		上一		上二		上一	宮		宮		
2 (사)	아	즐					가					
3 (음)	下一		宮		宮		上一	上二	上一	宮		
3 (사)	西		京		이		셔		울	히		
4 (음)	下一	上一	宮		上一		宮下一	宮	宮	上二	上一	宮
4 (사)	마						는			위		
5 (음)	下一	宮	下二		下三		下四	下三	下二	宮		下
5 (사)	두		어		령		셩		두	어		
6 (음)	下二		下二		下二			宮	上二	上一	宮	下
6 (사)								령		셩		
7 (음)	下二	上一	宮		下一		下二	下三	下四	下五		
7 (사)	다	랑			디		려			리		
8 (음)	宮		上一	宮下一	下二		宮	宮	宮	下三		
8 (사)												

다음으로 『시용향악보』에 기보되어 있는 <서경별곡>을 인용해 보기로 하자.

---

34) 『대악후보』 6권.

〈악보 12〉〈서경별곡〉[35]

대강 / 행	1	2	3	4	5	6
1	宮 西	上二 京	上一 ‖ 上二上一	宮 이		宮
2	上二 아 즐	上一	上二	上一 ‖ 宮 가		宮
3	下一 西	宮 京	宮 이	上一 上二 셔	上一 울	宮 히
4	下一 上一 마 르	宮	上一 宮下一	宮 는	宮	上二 위 ‖ 上宮
5	下一 宮 두	下二 어	下三 렁	下四 下三 셩	下二 두	下一 어
6	下二	下二	下二	下一 宮 렁	宮	下一 셩
7	下二 宮 다 링	上一 宮	下一 디	下二 下三 러	下四	下五 리
8	宮	上一 宮下一	下二	宮 宮	宮	下三 宮

　　두 악보의 선율은 대체로 동일하게 진행되는 것 같지만 자세히 들여다 보면 약간의 차이점이 있음을 알 수 있다. 두 악보에서 진하게 표시된 부분이 서로 다른 곳이다.

　　제4행의 마지막 대강은 두 악보 모두 '上二 上一 宮'의 선율로 되어 있지만, 세 음이 정간에 분배된 모습은 약간 다르다. 『대악후보』에는 세 음이 각각 정간을 하나씩 차지하고 있지만, 『시용향악보』에는 둘째 정간이 비고 셋째 정간에 '上一'과 '宮' 두 개의 음이 몰려서 나타나고 있다. 제5행의 6대강도 조금 다르다. 『대악후보』에는 첫째 정간에 '宮'이 나오고 셋째 정간에 '下一'이 나오지만, 『시용향악보』에는 '宮'이 생

---

35) 『시용향악보』.

략된 채 첫째 정간에 '下一'만 나온다. 제6행의 변주는 좀 더 심하다. 『대악후보』에는 제3대강 셋째 정간에 아무 음이 나오지 않으나 『시용향악보』에는 '下一'이 보이고, 『대악후보』에는 제5대강과 6대강이 '上二 上一 宮 下一'의 선율로 진행되고 있으나 『시용향악보』에는 '上二 上一'이 생략된 채 '宮'과 '下一'만 보인다. 제7행의 제1대강의 경우 『대악후보』에는 없는 '宮'이 『시용향악보』에는 둘째 정간에 나오고, 이어 나타나는 '上一'과 '宮'이 『시용향악보』에는 한 정간씩 뒤로 밀려 있다. 그리고 『시용향악보』의 제8행 마지막 정간에 나오는 '宮'은 『대악후보』에는 존재하지 않는 것이다. 이 마지막 음은 <서경별곡>의 곡조를 마무리하는 종지음이 되는 셈인데, 그것이 『시용향악보』에는 '宮'으로 되어 있으나 『대악후보』에는 '下三'으로 되어 있다.[36]

두 악보에는 노랫말도 조금은 달리 기록되어 있다. 『대악후보』제4행의 "마는"이 『시용학악보』에는 '르'가 추가되어 "마르는"으로 되어 있다. 또 『대악후보』제6행의 "령셩"이 『시용향악보』에는 '령'이 단모음화된 형태인 '렁'으로 바뀌어 "렁셩"으로 기록되어 있으며, 제7행의 "디려리"도 『시용향악보』에는 '려'가 '러'로 바뀌어 "디러리"로 되어 있다. 이런 차이 외에 『시용향악보』제5행의 "두어렁"이나 제6행의 "렁셩",

---

[36] 특히 마지막음이 서로 다르게 되어 있다는 점은 보다 세심한 고찰을 요한다. 마지막 음이 宮으로 끝나느냐 下三으로 끝나느냐 하는 데에 따라 해당 곡의 유형과 성격이 결정되기도 하기 때문이다. 『대악후보』와 『시용향악보』에 수록된 곡들의 종지음은 몇 가지로 나뉜다. 종지음으로 가장 많이 나타나는 것은 下五와 宮이고, 그 외에 下三도 종종 보이며 예외적으로 下四와 上一도 존재한다. 장사훈에 의하면 한국음악의 종지형은 크게 '계단식 하강 종지형', '4도 또는 5도 하강 종지형', '상행 종지형', '주음으로 시작해서 주음으로 끝나는 종지형'의 네 가지로 나뉜다. 특히 마지막 '주음으로 시작해서 주음으로 끝나는 종지형'은 시작음과 종지음이 같은 것으로, 중국계 아악의 특징이라고 한다.(장사훈, 『최신 국악총론』, 세광음악출판사, 1985, 134-142면.) <서경별곡>은 시작음이 宮으로 되어 있으므로, 宮으로 마무리되는 『시용향악보』의 곡조는 네 번째 종지형에 해당한다고 볼 수도 있겠다.

제7행의 "다링디러리" 등에 쓰인 '꼭지 이영'(ㅇ)은 『대악후보』의 <서
경별곡> 악보에는 전혀 나오지 않는 것이다. 이와 같이 두 악보의 노랫
말은 단어와 표기법의 측면에서 미세한 차이점을 보이고 있다.

이렇게 <서경별곡>은 채보되어 있는 악보에 따라 곡과 노랫말이
조금씩 다른 형태를 취하고 있는데, 비록 그 차이가 크지 않다고 하더
라도 이를 단순히 연주자의 습관이나 채보자의 음악적 취향에 따른
차이 정도로 과소평가할 수는 없다. 『대악후보』의 편찬 시기(1759)와
거기에 수록된 곡들의 연대(세조대, 1455-1468)는 분명하게 알려져 있는
반면 『시용향악보』의 정확한 간행 연대는 알려져 있지 않기 때문에
두 악보의 시대적 격차가 얼마나 되는지는 정밀하게 따질 수 없지만,
두 악보에 보이는 위와 같은 미묘한 차이는 시대의 흐름에 따라 음악과
문학의 양 측면에서 발생한 변화의 일단으로 이해하는 것이 합당할
것이다.

2) 『대악후보』의 〈감군은〉 - 다양한 변주

다음으로 <감군은(感君恩)>의 경우를 살펴보기로 하자. <감군은>
은 『대악후보』와 같은 궁중 음악을 수록한 악보에 수록되어 있을 뿐
아니라, 조선시대에 간행된 『금합자보(琴合字譜)』(1572)[37]나 『양금신보
(梁琴新譜)』(1610)[38], 『현금동문유기(玄琴東文類記)』(1620)[39]와 같은 금보

---

37) 安瑺이 1572년에 편찬한 <금합자보>에는 단가 곡조로 平調慢大葉, 平調北殿, 羽調北
殿, 琵琶慢大葉이 실려 있다. 장가로는 <鄭石歌>, <翰林別曲>, <感君恩>, <思母曲>
과 한문 노랫말이 병기된 <與民樂>, <步虛子>가 실려 있다.(국립국악원전통예술진흥
회, 『한국음악학자료총서』 22, 은하출판사, 1989.)

38) 梁德壽가 1610년 편찬한 <양금신보>에는 단가 곡조로 慢大葉, 北殿, 中大葉 俗稱
心方曲, 中大葉, 中大葉 羽調, 中大葉 羽調界面調, 中大葉 平調界面調가 실려 있다.
북전과 만대엽도 나오지만 중심이 되는 곡조는 중대엽이다. 장가로는 <感君恩 平調四

(琴譜)에도 자주 등장하는 곡조이다. 『대악후보』나 『시용향악보』에 실린 많은 곡 중 후대의 금보(琴譜)에 다시 나타나는 곡은 『금합자보』에 실린 <한림별곡>이나 <여민락> 등의 몇몇 작품에 지나지 않는데, <감군은>은 비교적 시기가 이른 것으로 보이는 금보에는 거의 빠짐없이 실려 있다고 해도 좋을 정도로 빈번하게 나타난다.40) 이런 점을 통해 본다면, 이 곡은 조선시대에 궁중을 포함한 상층 사회 일반에서 널리 애창된 중요 레퍼토리 중의 하나였다고 할 수 있을 것이다.

이 곡은 『대악후보』 5권과 6권에 같은 제목으로 실려 있고, 『시용향악보』에는 실려 있지 않다. 『대악후보』 5권과 6권에 실려 있는 것을 대상으로 하여 두 악보에 어떤 변화가 나타나는지 살펴보기로 하자.

먼저 『대악후보』 5권에 실려 있는 것을 인용해 보면 다음과 같다.

編> 하나만 수록되어 있다.(국립국악원전통예술진흥회, 『한국음악학자료총서』 14, 은하출판사, 1989.)

39) 李得胤이 1620년에 편찬한 <현금동문류기>에는 단가로 북전, 만대엽, 중대엽, 삭대엽 등의 다양한 곡조가 수록되어 있는데 만대엽류가 제일 많다. 장가로는 「別曲」이라는 소제목 아래 <여민락>, <영산회상>, <보허사>, <한림별곡>, <감군은>의 곡목이 간략한 설명과 함께 기록되어 있고, 이어서 『小樂府』라는 소제목 아래 익재 소악부 7편 <五冠山曲>, <沙里花曲>, <瓜亭曲>, <處容歌>, <居士戀曲>, <濟危寶曲>, <長巖曲>의 제목과 작품(한역시)이 기록되어 있다.(국립국악원전통예술진흥회, 한국음악학자료총서 15, 은하출판사, 1989.)

40) <감군은>을 싣고 있는 금보를 들어 보면 다음과 같다. 『琴合字譜』(1572), 『玄琴東文類記』(1620), 『梁琴新譜』(1610), 『南薰遺譜』, 『琴譜(慶北大)』, 『琴譜(尹容鎭)』, 『琴譜古』, 『琴譜新證假令』, 『琴譜(延大)』, 『白雲庵琴譜』, 『琴譜(東大, 1813), 『琴譜』, 『增補古琴譜』, 『琴譜單』, 『仁壽琴譜』, 『琴譜(初入門)』.

〈악보 13〉 〈감군은〉[41)]

대강 행	1		2		3		4		5		6		
1	上二		上三		上二	上一	宮			上一	上二		上一
	四				海		바				닷		
2	宮		宮		下一		宮				宮		
	기				피		는						
3	宮		上一		上二	上一	上二	上一	宮		下一		
	닷		줄		로		자	히			리		
4	下二	下一	下二		下三		下二				下二		
	여				니		와						
5	上二		上三		上二	上一	宮			上一	宮		
	니				믜		德	澤					
6	上二	上一	宮		下一		下二				下二		
	기	피					는						
7	宮	上一	上二		上一	宮	下二	下一	宮		下一		下二
	어	닛	줄		로		자	히				리	
8	下三	下四	下二		下三	下四	下五				下五		
	잇						고						
9	下五		上一		宮	下一	下二	下一	下二		宮		上一
			享		福		無	疆	ᄒ		샤		
10	上二	上三	上二	上一	宮	下一	宮		上一	宮下一	下二		
	萬	歲			를		누	리	쇼		셔		
11			上三		上二		上二	疆	上二		上一		
			享		福		無		ᄒ		샤		
12	宮		上一		宮	下一	宮		宮		宮		
			萬		歲		를						
13	上二	上三	上二	上一	宮	下一	宮		上一	宮下一	下二		
	누	리					쇼				셔		
14			上二		宮	上一	上二		上三	上二	上一	宮	下一
			一		竿		明	月				이	

---

41) 『대악후보』 5권.

15	下二		下一	宮		下一		下二	下三			下四		下五	
	亦	君				恩		이	샷					다	
16	宮		上一	宮	下一		下二		宮	宮			宮		下三	宮

다음은 『대악후보』 6권에 실려 있는 <감군은>의 악보이다.

<악보 14> <감군은>42)

대강 / 행	1		2		3		4		5		6	
1	上二	上一	下二		上二	上一	宮		上一		上二	上一
	四				海		바				닷	
2	宮		宮		下一		宮				宮	
	기				피		는					
3	宮		上一		上二	上一	上二	上一	宮		下一	
	닷		줄		로		자하		리		리	
4	下二	下一	下二		下三		下二		下二		宮	
	어				니		와					
5	上二	上一	下二		上二	上一	宮		上一		宮	
	니				×		德澤					
6	上二	上一	宮		下一		下二		下二		宮	
	기	피					는					
7	宮	上一	上二		上一	宮	下一	下二	下一	下二 宮	下一	下二
	어	늬	줄		로	히	자	히			링	
8	下三	下四	下二		下三	下四	宮		宮		宮	
	잇						고					
9	宮		上一		宮		下一	下二	下一	下二	宮	上一
			享		福		無疆			흥	셔	
10	上二	下二	上二	上一	宮		下一		宮	上一 宮	宮	下二	下二
	萬	歲			룰		누		리	쇼	셔	
11	宮		下二		上二		上一		上二	下二	上二	上一
			享		福		無		疆		흥	

42) 『대악후보』 6권.

12	宮 / 샤		上一 / 萬	宮 / 歲	下一	宮 / ᄅ			宮		宮	
13	上二 / 누	下二 / 리	上二	上一	宮		下一	宮 / 쇼		上一	宮 下一	下二 / 셔
14	宮			上二 / 一	宮 / 竿	上一	上二 / 明	下二	上二 / 月		上一 / 이	宮 下一
15	上一 / 亦君	下一	下一	宮 / 恩	下一 / 恩	下二 / 이	下三 / 샷		下四	下五 / 다		
16	宮	下二	宮	上 宮	下一	下二	下一	下二	上一	宮 下一	下一	上一 宮

<감군은>은 <서경별곡>과 함께 『대악후보』에 두 번이나 수록되어
있어 주목된다. 단 한 차례밖에 수록되지 않는 다른 곡들과 달리 이
두 곡은 5권과 6권에 한 번씩 중복 수록되어 있는 것이다. 앞에서 살핀
것처럼 <서경별곡>과 <감군은>의 곡조는 다른 노래에 자주 차용되거
나 금보에 빈번하게 실릴 만큼 당시에 애창되던 노래였기 때문에 『대
악후보』에도 두 번씩이나 기보된 것으로 보인다.

그런데 <서경별곡>의 경우는 위에서 살핀 것처럼 5권에 수록된 것
과 6권에 수록된 것이 한 음을 제외하고는 차이가 전혀 없는 데 반해,
<감군은>의 경우는 보다 다양한 변주 양상을 보이고 있다. 전체 16행
으로 되어 있는 <감군은>의 두 악보에서 완전히 동일한 선율을 지닌
행은 2행·3행·12행의 세 행밖에 없고, 나머지 행은 모두 적게는 한
대강에서 많게는 다섯 대강까지 다른 선율로 이루어진 부분들을 지니
고 있다.

<감군은>에 보이는 다양한 선율 변주는 몇 가지 유형으로 나누어
볼 수 있다. 5권에 수록된 것과 6권에 수록된 것 중 어느 것이 시기적으
로 앞서는지는 판단할 근거가 없지만, 앞 권에 실린 것이 원형에 가깝

다고 가정하고 그 변주 유형을 세 가지 정도로 나누어 보면 다음과
같다.

첫째는 없던 음이 추가되는 경우이다. 6권 제4행과 6행의 마지막 대
강에 나오는 '宮', 제7행의 제5대강에 보이는 '下二', 제11행의 제4·5·6
대강에 보이는 '上一'과 '下二', 제14행의 제1대강에 나오는 '宮', 제16행
의 제1대강에 나오는 '下一'과 '宮' 및 제3대강에서 제4대강에 걸쳐 있
는 '下一 下二 上一'은 모두 5권의 악보에는 보이지 않는 음으로 새롭
게 추가된 것들이다.

둘째는 음이 교체되는 경우이다. 6권 제1행의 제1대강에서 제2대강
에 걸쳐 있는 '上一'과 '下二' 및 5행의 같은 자리에 나오는 '上一'과
'下二', 제8행의 제4·5·6대강 및 제9행의 제1대강에 나오는 '宮', 제10
행의 제1대강에 들어간 '下二', 제11행의 제1대강에 보이는 '宮', 제13행
의 제1대강과 제14행의 제4대강에 보이는 '下二', 제15행의 제1대강에
나오는 '上一'과 '下一', 제16행의 제5대강과 제6대강에 걸쳐 있는 '下
一'과 '上一'은 모두 5권의 악보의 해당 위치에 존재하던 음이 사라지고
그 자리에 대신 들어간 교체음들이다.

셋째는 음의 위치가 바뀌는 경우이다. 6권 제10행의 제4대강에서 5
대강에 보이는 '上一 宮 宮 下一'의 선율에서 '上一'과 '下一'은 각각
5권의 악보를 기준으로 볼 때 앞과 뒤로 한 정간씩 이동해 있다. 제13행
의 제5대강에 나오는 '宮 下一'의 선율에서 '下一'은 뒤로 한 정간 물러
나 있다. 제14행의 제6대강에 보이는 '上一 宮'의 선율은 두 음이 동시
에 뒤로 한 정간씩 밀려나 있다. 제16행의 제2대강에 나오는 '上一 宮
下一'의 선율에서 '上一'과 '下一'도 뒤로 한 정간씩 이동해 있다. 제16
행의 제4대강과 제5대강에 나오는 '宮'도 앞뒤로 한두 정간씩 이동해
있다. 이것들은 모두 5권의 해당 위치에 나오는 음들이 조금씩 자리를

바꾼 사례에 해당한다.

이렇게 <감군은>의 두 악보는 같은 책에 실려 있으면서도 서로 다른 책, 즉 『대악후보』와 『시용향악보』에 실려 있는 <서경별곡>의 경우보다 다양한 변주 양상을 보이고 있다. <감군은>의 악보상에 보이는 이러한 차이는 『대악후보』와 『시용향악보』에 실린 <서경별곡>의 경우처럼 시대적 차이에 따라 나타난 것으로 보기에는 무리가 있다. <감군은>의 경우는 <서경별곡>과 달리 동일 문헌에 두 차례 수록되어 있는 데다가, 5권의 악보와 6권의 악보가 시기적으로 어느 정도의 격차가 있는지 확인할 길도 없기 때문이다. 아마도 이것은 <감군은>이 웬만한 금보에는 다 실릴 정도로 당대의 유명한 가창 레퍼토리 중의 하나였다는 점과 밀접한 관련이 있는 것처럼 보이지만, 보다 분명한 근거가 발견될 때까지는 그 원인에 대한 적극적인 추론을 유보하는 것이 좋을 것이다.

3) 『대악후보』의 <쌍화점>과 『시용향악보』의 <쌍화곡> – 간소화

다음으로 <쌍화점(雙花店)>과 <쌍화곡(雙花曲)>의 경우를 살펴보기로 하자. 서론에서 인용한 선행 연구에서도 논의된 바 있듯이, <쌍화점>과 <쌍화곡>은 서로 파생곡의 관계에 있으면서 기악곡인 <길군악>과 12가사 중의 하나인 <길군악>의 모태가 되는 곡이라는 점에서 중요한 의의를 지닌다. 또한 이 곡들은 본고에서 제기한 12가사의 연원에 관한 문제의 발단이 된 작품이라는 점에서도 정밀하게 따져 볼 필요가 있다.

<쌍화점>의 악보는 『대악후보』에 실려 있고 <쌍화곡>은 『시용향악보』에 실려 있다. 『시용향악보』에 수록된 <쌍화곡>의 제목 아래에

"속칭은 쌍화점이고 평조이다.(俗稱雙花店○平調)"라는 기록이 있는 것을 보면, 당시에 <쌍화곡>은 <쌍화점>과 동일한 곡 또는 <쌍화점>에서 유래한 곡으로 인식되고 있었다고 할 수 있다.

그런데 이 두 노래는 얼핏 보기에는 서로 무관한 작품인 것으로 간주되기 쉬울 정도로 서로 다른 모습을 띠고 있다. 다른 무엇보다 이 두 곡은 노랫말이 전혀 다르다. <쌍화점>은 『악장가사』에도 기록되어 있는 국문체 속요를 그대로 사용하고 있으나, <쌍화곡>은 한문체의 노랫말을 쓰고 있는 것이다. 두 작품은 노랫말의 표기 체계가 한글과 한자로 다를 뿐 아니라 그 내용도 현격한 차이를 드러낸다. <쌍화점>의 노랫말은 앞에서 살핀 바 있으므로 생략하고, 여기서는 『시용향악보』 <쌍화곡>의 노랫말을 살펴보기로 한다.

寶殿之傍 雙花薦芳 궁전 옆에 한 쌍의 꽃이 향기롭구나.
來瑞我王 馥馥其香 상서로운 우리 왕, 그 향기 짙기도 하다네.
燁燁其光 久矣其祥 찬란한 그 빛이여! 오래도록 내려온 그 복이여!
於穆我王 俾熾而昌 아! 훌륭하신 우리 왕께서 빛을 더하시니 아름답기
　　　　　　　　　　　도 하구나.
繼序不忘 率由舊章 功業을 이어받아 잊지 아니하시고, 옛 법을 따르고
　　　　　　　　　　　지키신다네.
無怠無荒 網紀四方 게으르지도 않고 방탕하지도 않으셔서, 사방에 법
　　　　　　　　　　　도를 세우셨다네.
君明臣良 魚水一堂 임금은 현명하시고 신하는 어지니, 물고기와 물이
　　　　　　　　　　　한 집에 있는 듯하네.
儆戒靡遑 庶事斯康 미리 경계하시어 허둥대지 않으시니, 만사가 잘 다
　　　　　　　　　　　스려지는구나.
和氣滂洋 嘉瑞以彰 화기가 넘쳐흐르고, 상서로운 조짐이 밝게 드러나
　　　　　　　　　　　는구나.

嘉瑞以彰 福履穰穰　상서가 밝게 드러나니, 복록 또한 풍족하다네.
地久天長 聖壽無疆　땅과 하늘이 영원하듯 聖壽 무궁하여라.[43]

(행 구분과 번역은 필자)

　　시경체의 한시 형식으로 되어 있는 이 작품은 임금의 공덕을 찬양하
고 복록을 기원하는 내용을 담고 있다. 이것은 조선 초의 악장에서 흔
히 볼 수 있는 형식과 내용으로, 고려속요의 하나인 <쌍화점>과는 엄
연히 다른 것이라고 할 수 있다. 주지하다시피 고려속요 <쌍화점>은
국문으로 된 연장체 시가의 하나로, 조선 초에 배척받은 남녀상열지사
의 대표작인 것이다.[44] 비록 '쌍화(雙花)'라는 말이 두 작품에 공통적으
로 등장하고 있기는 하나, <쌍화곡>의 '쌍화'가 '꽃'을 가리키는 반면
<쌍화점>의 '쌍화'는 '만두(饅頭)'를 가리킨다.[45] 이처럼 두 작품의 노
랫말에는 어떠한 공통점도 존재하지 않는 것으로 보인다.

---

43) 『시용향악보』.

44) 『海東雜錄』 6권에 실린 <주세붕이 황준량에게 답한 편지(周世鵬答黃俊良書)>에 다
　음과 같은 구절이 있다. "지금의 가악(歌樂)이라는 것은 흔히 음란한 풍속에서 나왔으니,
　쌍화점(雙花店)·청가(淸歌)의 종류들은 모두 사람을 악하게 되도록 유도(誘導)합니다.
　이것들이 어떠한 말들입니까? 풍속으로 하여금 미미(靡靡)하게 날로 저급한 데로 나아
　가게 하니, 그 음란하여 도리를 무너뜨림은 차마 듣지 못할 정도입니다. 부자(夫子,
　공자)가 다시 살아나셔도 이런 가악들을 추방하지 않겠는지, 저는 알지 못하겠습니다.
　주(周)나라 시대에는 이남(二南)과 정아(正雅)를 나라 행사에 사용하고, 삼송(三頌)을
　종묘(宗廟)에 사용하여, 비록 변아(變雅)라 하더라도 역시 빈객을 대접하는 자리에 노래
　하지 않았는데, 하물며 정(鄭)·위(衛)의 음란한 음악을 연주했겠습니까? 이것은 진실로
　회옹이 강력히 주장하고 극진하게 논(論)한 것으로, 내가 안타까워 급하게 여겨 그 사특
　함을 교정하여 바른 데로 돌아가게 하려고 하는 것입니다.(固無與於我也今之爲歌者
　多出於桑濮 如雙花店淸歌之屬 皆誘人爲惡 此何等語也 使風俗靡靡 日就於下 其淫褻
　敗理 至有不忍聞者 設使夫子復生 其不在所放乎 吾不可知也 周之時 以二南正雅 用之
　於邦國 以三頌用之於宗廟 雖變雅 亦未嘗歌於賓筵也 況奏以鄭衛之淫聲乎 此固晦翁
　之所極言竭論 而僕之悶悶遑遑 欲矯邪而歸正也)"

45) <쌍화점>의 '雙花'를 '만두'로 본 것은 양주동, 『麗謠箋注』, 을유문화사, 1947, 254면
　참조.

　노랫말뿐 아니라 이 두 곡은 곡조상으로도 다른 양상을 보인다. 두 곡은 길이에서 상당한 차이를 보인다. <쌍화점>은 전체 26행으로 되어 있는 반면, <쌍화곡>은 전체 52행으로 되어 있는 것이다. 또한 이 두 작품은 악보에 기재된 선율도 매우 이질적인 양상을 보인다. <쌍화점>과 <쌍화곡> 악보의 일부를 인용해서 두 곡의 선율이 어떻게 다른지 자세히 살펴보기로 하자.

　먼저 『대악후보』에 실려 있는 <쌍화점>의 앞부분을 옮기면 다음과 같다.

〈악보 15〉〈쌍화점〉46)

대강 \ 행	1			2		3			4			5		6		
1 (율)	宮			宮	上一	上二	上二	上一	上一			上三	上二	上一	上一	上二
1 (가)	샹			화		뎜		에	샹			화		사		라
2 (율)	宮			宮	上一			上二			上二	上三	上二	上二	上一	上二
2 (가)	가			고	신			딘			휘	휘		아		비
3 (율)	宮			宮	上一	上二	上二	上一	宮		上一	宮	下一	宮	下一	宮
3 (가)	내			손		목		을	주			여		이		다
4 (율)	上一			宮	上一	上三	上四	上三	上二	上二		上三	上二	上一	上一	上二
4 (가)	이			말		슴			이	이		뎜	밧			쎄
5 (율)	宮			下一	宮	上二	上一	宮	下一		上一	宮	下一	下二		下二
5 (가)	나				명	들		명	다			로		러		니
6 (율)	宮			宮	上一	上二	上三	上二	上一	宮	上一	宮		宮	下一	宮
6 (가)	죠			고		맛			감		삿	기		광		대
7 (율)	上一			宮	上一	上三	上四	上三	上二			上三	上二	上一	上一	上二
7 (가)	네			마	리	라		호	리			라	더			러
8 (율)	宮			下一	宮	上二	上一	宮	下一	上一	宮	下一		下二		下二
8 (가)	둥				셩	다	로	러			그	자		리		에

---

46) 『대악후보』 6권.

다음은 『시용향악보』에 실려 있는 <쌍화곡> 악보의 앞부분이다.

<악보 16> <쌍화곡>[47]

대강\행	1	2	3	4	5	6
1	宮 寶			上二 殿		
2	上二 之			上一 傍		
3	宮 雙			上二 花		
4	上二 薦			上一 芳		
5	宮 來		上一	上二 瑞		上一
6	宮 我			宮 王		
7	上一 馥			上三 馥		
8	上二 其		·	上一 香		上二

두 곡은 위의 악보에서 보는 바와 같이 천양지차인 것처럼 보인다. <쌍화점>은 빈 곳이 거의 없다고 해도 좋을 정도로 대부분의 정간이 빼곡히 채워져 있는 반면, <쌍화곡>은 채워진 정간이 몇 되지 않는다. <쌍화점>의 모든 행이 복잡한 선율로 되어 있는 것과 달리 <쌍화곡>의 각 행은 매우 단순한 선율로 이루어져 있는 것이다. 그러나 보니 두 곡의 같은 행에 보이는 선율도 서로 다른 것으로 보이기 쉽다. 예컨 대 <쌍화점>의 제1행 '宮 宮 上一 上二 上二 上一 上一 上三 上二

47) 『시용향악보』.

上一 上一 上二'와 <쌍화곡> 제1행 '宮 上二'는 같은 선율로 보기 어려운 것이다.

그러나 좀 더 자세히 들여다보면 <쌍화곡> 각 행에 나오는 음들은 대체로 <쌍화점>의 같은 행 안에 존재하고 있는 것들임을 알 수 있다. 예를 들어 제1행을 다시 비교해 보면 <쌍화점>이 복잡한 선율로 되어 있는 것과 달리 <쌍화곡>은 매우 단순한 선율로 이루어져 있어 서로 다른 것처럼 보이지만, <쌍화곡> 제1행 첫대강에 나오는 궁(宮)은 <쌍화점>의 시작부분에도 동일하게 나타나고 있으며 <쌍화곡> 제4대강에 나오는 上二는 <쌍화점> 제1행 후반부에서 네 번이나 출현하고 있다. 제6행 같은 곳도 <쌍화점>은 '宮 宮 上一 上二 上三 上二 上一 宮 上一 宮 下一 宮 下一 宮'으로 진행되고 <쌍화곡>은 '宮 宮'으로 진행되어 두 가지가 다른 것처럼 보이지만, <쌍화곡>의 제6행에 두 차례 나오는 '宮'은 <쌍화점>의 시작 부분과 후반부에도 그대로 나타나고 있다. 이를 통해 본다면 <쌍화곡>은 <쌍화점>의 곡조에서 중요한 음은 유지하고 부수적인 음들은 제거하면서 복잡한 곡조를 간소화하여 만든 곡이라고 추정해 볼 수 있다.

그러나 이와 같이 두 악보의 행을 1:1로 비교하면 일치하지 않는 곳이 많이 나타난다. 예컨대 제5행이나 제8행과 같은 곳은 두 악보의 선율이 후반부로 갈수록 잘 맞아 떨어지지 않는다. 제5행의 경우 두 곡이 모두 '宮'으로 시작된 점은 같다. 그러나 <쌍화점>의 제5행 후반부가 '下一'에서 시작해 '上一'과 '宮'을 거쳐 '下二'로 떨어지는 선율 진행을 보이는 것과 달리 <쌍화곡>의 같은 곳은 '上二'에서 '上一'로 움직이는 진행을 보이고 있다. 제8행의 후반부도 <쌍화점>은 '下一'에서 출발해 '上一'과 '宮'을 거쳐 '下二'로 떨어지고 있지만 <쌍화곡>은 '上一'에서 '上二'로 상승하고 있다. 이러한 비교를 두 악보 전체로 확대해서 진행한다면 선율 진행상의 차이는 더욱 많이 나타나게 될 것이다.

　이러한 문제는 두 악보의 비교 단위를 1:2로 조정하면 쉽게 해결된다. 앞에서도 언급한 바와 같이 <쌍화점> 총 26행이고 <쌍화곡>은 총 52행이다. <쌍화곡>의 전체 행수가 <쌍화점>의 두 배에 해당하므로, <쌍화점> 한 행과 <쌍화곡> 두 행을 비교하거나 또는 <쌍화점> 반 행과 <쌍화곡> 한 행을 비교해야 올바른 결과에 도달할 수 있을 것이다. 이런 비율을 적용해서 두 곡의 모든 행을 비교해 보면 잘 맞아떨어지지 않거나 어긋나는 경우는 거의 나타나지 않는다.

　예컨대 <쌍화점> 제1행의 반행인 제1·2·3대강과 <쌍화곡> 제1행 전체의 선율을 비교해 보면 <쌍화점>은 '宮 宮 上一 上二 上二 上一'이고 <쌍화곡>은 '宮 上二'이어서 두 가지가 서로 크게 다르지 않는 선율로 되어 있음을 확인할 수 있다. <쌍화점>에서 '上一'을 없애면 둘은 일치하게 된다. 또 <쌍화점> 제1행의 후반부 '上一 上三 上二 上一 上一 上二'도 앞의 '上一'과 '上三' 및 맨 뒤의 '上二'를 제거하면 <쌍화곡> 제2행 '上二 上一'과 일치하게 된다. 그런데 <쌍화점> 제1행 후반부의 '上一'은 전반부의 연장선상에 있기 때문에 실상은 그 다음에 나오는 '上三'과 마지막의 '上二'만 제거해도 <쌍화곡>과 일치한다고 볼 수 있다.

　일대일로 비교했을 때 잘 맞지 않았던 제5행과 제8행도 비교 단위를 조정하면 서로 잘 부합하게 된다. 즉 <쌍화곡> 제5행의 선율은 <쌍화점> 제3행 전반부에 해당하는데, 이 둘을 비교하면 <쌍화곡>은 '宮 上一 上二 上一'의 진행이고 <쌍화점>은 '宮 宮 上一 上二 上三 上二 上一'의 진행이어서 매우 유사한 선율로 되어 있음을 알 수 있다. <쌍화점>의 제3행 전반부에서 '上三'만 제거하면 두 선율은 완전히 일치하게 되는 것이다. 제8행의 선율도 마찬가지이다. <쌍화곡> 제8행의

선율은 <쌍화점> 제4행 후반부에 해당하는데, 두 선율은 <쌍화곡>이
'上二 上一 上二'이고 <쌍화점>이 '上二 上三 上二 上一 上一 上二'로
되어 있어서 <쌍화점>의 해당 선율에서 '上三'을 제거하면 꼭 들어맞
게 된다. 나머지 행도 모두 이러한 방식으로 비교하면 두 곡의 선율이
매우 유사하다는 점을 확인할 수 있게 된다.

　이러한 선율 비교를 통해서, 앞에서 <쌍화곡>이 <쌍화점>의 곡조
를 간소화해서 만든 곡일 수 있다고 한 가정이 실상과 어긋나지 않다는
점과 아울러 『시용향악보』 <쌍화곡>의 제목 아래 부기된 "속칭은 쌍
화점이고 평조이다.(俗稱雙花店○平調)"라는 기록이 근거 없는 쓰인 말
이 아니라는 점도 알 수 있다. 이렇게 <쌍화점>과 <쌍화곡>은 겉으로
보기에는 서로 곡조가 다른 것처럼 보이지만 자세히 따져보면 매우
유사한 선율을 지니고 있는 동일한 곡인 것이다.[48]

　지금까지 살핀 여러 가지 변주 양상을 통해서 고악보에서 선율 변주
가 얼마나 다양하고 복잡하게 일어나는지 확인하였다. <쌍화점>은 미
미한 변주를 보였던 <서경별곡>이나 좀 더 다양한 변주 양상을 나타
냈던 <감군은>과 달리 기존 악곡을 간소화하는 방향으로 변주가 일어
났다는 점에서 주목할 필요가 있다. <쌍화점>에서 <쌍화곡>으로 변
주되는 식의 간소화가 가능하다면 그 반대 방향, 즉 단순한 선율에 살
을 붙여 풍부한 곡을 만드는 식의 복잡화도 얼마든지 일어날 수 있기
때문이다.

---

48) 이상의 <쌍화점>과 <쌍화곡>에 관한 음악적 논의는 이미 선행 연구에서도 다루어진
　바 있다.(이혜구, 『한국음악서설』, 1967, 127-135면.)

5. 결론

이상으로 고악보 선율 비교에 필요한 몇 가지 음악적 방법과 전제들에 대해 알아보았다.

이 장에서는 먼저 『시용향악보』와 『대악후보』에 실려 있는 곡들의 음계와 구성음의 출현 횟수를 면밀히 조사하여 '최저음의 5번째 상위음'이라는 '宮' 결정에 관한 새로운 방법을 모색해 보았다. 최저음의 5번째 상위음을 '宮'으로 설정하는 것은 곧 최저음을 '下五'로 설정하는 것과 같다. 그리고 이러한 방법은, 최다 출현음과 최저음의 5번째 상위음이 일치하는 경우는 물론이고 그렇지 않은 경우에도 3개 정도의 예외를 제외한 모든 곡에 적용되므로, 결국 고악보에 수록된 대부분의 곡에서 발견되는 '궁' 결정에 관한 일반적인 원리이라고 할 수 있다.[49]

또 선율 비교의 기준과 단위에 대해서는 음악적 요소뿐 아니라 문학적 요소도 고려할 필요가 있다는 점에 대해 논의하면서 노랫말의 구성과 표현, 율격 같은 것들에 대해 살펴보았다. 고악보에 수록된 곡들은 오랜 세월 동안 많은 변이가 이루어져 왔기 때문에 행이나 대강, 정간 같은 음악적 단위만을 기준으로 해서 비교할 때에는 비교 대상 곡 사이의 유사성을 발견하기 어려운 경우가 많다. 이럴 경우 율격 같은 문학적 단위를 고려하면 음악적 조건만을 따져서는 발견하기 어려운 곡들 사이의 유사성을 좀 더 쉽게 찾아낼 수 있다.

나아가 몇몇 사례를 통해 서로 다른 악보에 수록된 같은 곡이, 미미

---

49) 이 방법에 적은 수이기는 해도 예외가 존재한다는 사실을 완전히 무시할 수는 없다. 이것은 경우에 따라서는 최저음의 5번째 상위음이 아닌 다른 음이 궁으로 결정될 수도 있다는 것을 뜻한다. 따라서 본고에서 고찰한 궁 결정법은 일반적 원리이기는 하되, 모든 곡에 적용할 수 있는 확고부동한 원칙으로 보기보다는 다른 이론보다 우선적으로 적용할 필요가 있는 방법으로 보는 편이 좋을 것이다.

한 변화로부터 큰 변화에 이르기까지 다양한 방식으로 변주되고 있다는 점을 알아보았는데, 이러한 고악보 선율 변화의 다양한 양상은 12가사 개별 작품의 선행 악곡을 찾기 위해 미리 확인해 둘 필요가 있는 것들이다. 어떤 곡이 오랜 세월 동안 전승되다 보면 피상적 관찰로는 찾아내기 어려운 변화가 일어나기 마련이기 때문이다.

음악에서 선율이 중요한 기능을 담당하지만 하나의 악곡이 선율로만 이루어지는 것은 아니고, 선율에서 유사한 점이 발견된다고 해서 두 악곡의 동질성이 충분히 검증되는 것도 아니다. 12가사와 선행 악곡의 음악적 유사성을 보다 풍부하게 보여주려면 선율 외에 악곡 구조나 장단 같은 음악적 형식들에 대해서도 유의할 필요가 있다.

<황계사>의 연원

1. 서론

<황계사>는 조선 후기에 성립되어 지금까지 노래로 불리며 전해오고 있는 12가사 중의 한편으로, 유만공(柳晚恭)의 『세시풍요(歲時風謠)』(1843)[1]와 <한양가(漢陽歌)>(1844)[2] 등에 이 노래에 관한 표현이 나타나는 것으로 보아 19세기 중엽에 성행한 것으로 추정되는 작품이다. 지금까지 발견된 관련 기록이 비교적 조선 후기에 치우쳐 있어서 그것이 우리 문학사에 등장한 시기를 19세기 이전으로 소급하기 어려운 점이 있는 것이 사실이지만, 그 노랫말이나 음악은 연원이 꽤 오래된 것으로 보인다.[3]

---

1) "술과 안주 낭자한 곳에 밤은 얼마나 깊었나. 가곡 한 바탕이 끝나자 잡가로 넘어가네. 옛 곡조 춘면곡은 이제 부르지 않고, 황계사를 구슬프게 부르고 백구사를 간드러지게 노래하네.(杯盤爛處夜如何 曲罷篇歌變雜歌 古調春眠今不唱 黃鷄嗚咽白鷗哇)"(『歲時風謠』)

2) "擧床調 내린 후에 소리하는 어린 기생 / 한 손으로 머리 받고 蛾眉를 반쯤 숙여 / 羽調라 界面이며 騷踊이 編樂이며 / 春眠曲 處士歌며 漁父詞 相思別曲 / 黃鷄打令 梅花打令 雜歌 時調 듣기 좋다"(<漢陽歌>)

3) 졸고, 「12가사의 연원 연구」, 서울대학교 박사학위논문, 2007에서 12가사의 연원을 찾는 논의를 진행하면서, 88-91면에서는 <황계사>에 대해서도 노랫말에 포함된 일부

　지금까지 〈황계사〉에 대한 연구는 문학과 음악 양쪽 방면에서 다각
도로 이루어져 왔다. 연구자에 따라 12가사 전체를 다루면서 〈황계사〉
에 대해 논의하기도 하고4) 이 작품만을 집중적으로 다루는 작품론적
성격의 연구를 수행하기도 해서,5) 이 노래는 12가사에 속한 다른 작품
에 비해서는 비교적 많은 연구 성과가 축적되었다고 할 수 있다.

　김창곤은 〈황계사〉를 역사적인 맥락에서 검토하여 그 노랫말과 곡
조가 현재의 상태에 이르기까지 어떤 변천을 겪었는가 하는 점에 대해
살펴보았다. 곧 현행 〈황계사〉의 노랫말을 『청구영언』·『교주가곡집』
·『고금잡가』·『가집』에 실린 것과 비교하여, 그 노랫말이 후렴과 사
설 형태 및 반복 구조에서 다양한 변화를 겪어 현재와 같은 상태, 곧
'지화자 좋을시고'라는 일정한 후렴구가 붙고, 4·8 음보의 노랫말이
규칙적으로 반복되는 구조로 양식화되기에 이르렀다고 했다. 악곡에
대해서는 현행 곡의 선율을 『삼죽금보』·『아양금보』·『금보』·『장금
신보』에 실린 것과 비교하여, 다른 악보에 비해 높은 선율로 이루어져
있는 『장금신보』의 〈황계타령〉이 여창의 선율을 기보한 것이라는 점
과 『아양금보』의 〈황계가〉에 존재하던 세 가지 선율 형태 중에서 제1
마루와 제3마루의 선율이 현재의 〈황계사〉로 전해지고 제2마루의 선
율은 불리지 않게 되었다는 점을 밝혔다.6)

　구절을 중심으로 그 연원을 간략하게 살펴본 바 있다. 그 후속 작업으로 본고에서는
〈황계사〉의 문학적, 음악적 연원에 대해 본격적으로 논의해 보고자 한다.

　4) 송정숙, 「十二歌詞의 構造分析」, 『어문교육논집』 6, 부산대학교 사범대학 국어교육과,
　　1982; 이준자, 「己卯琴譜의 歌詞」, 서울대학교 석사학위논문, 1985; 송성범, 「12가사의
　　악곡 형식 연구」, 한양대학교 석사학위논문, 1996; 김은희, 「12가사의 문화적 기반과
　　양식적 특성」, 성균관대학교 박사학위논문, 2001; 김창곤, 「12가사의 악곡 형성과 장르적
　　특징」, 서울대학교 박사학위논문, 2006; 졸고, 앞의 논문, 2007.

　5) 김창곤, 「歌詞 황계사의 史的 考察」, 『한국음악연구』 28집, 한국국악학회, 2000; 김은
　　희, 「〈黃鷄詞〉 연구」, 『인문과학연구』 7권, 덕성여자대학교 인문과학연구소, 2002.

김은희는 <황계사>의 연행 양상과 텍스트 실현 양상을 종합적으로 검토하면서 <황계사>에 포함된 구절의 출처와 노랫말 구성 원리에 대해서도 고찰했다. 곧 <황계사>의 다양한 이본에 자주 출현하는 7개의 단위 사설의 출처가 <상사별곡>·사설시조·판소리 <춘향가>·소설 <구운몽> 등에 있다는 점을 밝힘으로써, 그 노랫말이 조선 후기에 공존했던 다양한 연행 문학 장르들로부터 단위 사설을 차용해와 편사(編辭)된 것이라는 점을 확인했다.[7]

김창곤의 경우 문학과 음악을 동시에 살피는 통합학문적 방법으로 작품의 초창기 모습과 변천 과정을 검토함으로써 <황계사>에 대한 이해를 심화시킨 공로가 크다고 할 수 있지만, 현재 기록으로 남아 있는 노랫말과 악보를 연구의 대상으로 삼아 대략 19세기 초기로부터 현재에 이르는 동안의 변천 과정을 고찰했을 뿐, 연원을 그 이전 시기의 작품으로까지 소급하지는 않았다. 김은희의 경우 <황계사>의 연행과 텍스트의 존재 양상을 포괄적으로 살피고 편사(編辭)라고 하는 <황계사>의 사설 구성 원리와 차용 구절의 출처까지 밝혀서 작품 이해의 폭을 한층 넓혔다고 할 수 있다. 그런데 단위 사설의 출처를 판소리나 시조와 같은 동시대의 갈래에서 찾은 논의는 작품의 연원에 관한 고찰이라기보다는 동시대 다양한 작품의 사설 공유 현상에 대한 연구에 가까운 것으로 보인다.

따라서 아직까지 이 노래의 연원을 본격적으로 살핀 연구는 이루어지지 않았다고 할 수 있다. 이에 본고에서는 <황계사>의 노랫말과 곡조가 어디에서 유래되었는지 알아보고자 한다. 그리하여 이 노래가 선행 시가 갈래 가운데 고려가요에 중요한 연원을 두고 있다는 점을 밝혀

---

6) 김창곤, 앞의 논문, 2000, 134-151면.
7) 김은희, 앞의 논문, 2002, 160-166면.

보고자 한다.

2. 〈황계사〉 노랫말의 연원

1) 이본과 빈출(頻出) 구절

　〈황계사〉는『청구영언(육당본)』·『가집』·『가곡원류(하합본)』·『가곡원류(가람본)』·『증보가곡원류』·『악부』·『시가요곡』·『시쳘가』·『가곡보감』·『정선조선가곡』·『대동풍아』·『고금잡가』와 같은 다양한 가집에 실려 있다. 〈황계사〉의 이본들은 대제로 비슷한 구절을 공유하고 주제도 유사하지만 후렴구, 구절의 배치 순서, 구절의 개수 및 내용 등의 측면에서 조금씩 다른 양상을 보인다. 후렴구 형태와 출현 구절의 내용에 따라 다양한 문헌에 수록된 이본들을 정리해 보면 다음과 같은 여섯 가지의 부류로 나눌 수 있다.[8]

　(가)『靑丘永言(六堂本)』 수록본

　(1) 一朝 郎君 離別 後에 消息조차 頓絶하야

　(2) 자네 一定 못 오던가 무삼 일로 아니 오더냐
　　　이 아해야 말 듣소

　(3) 黃昏 저문 날에 개가 짖어 못 오는가
　　　이 아해야 말 듣소

　(4) 春水가 滿四澤하니 물이 깊어 못 오던가
　　　이 아해야 말 듣소

　(5) 夏雲이 多奇峰하니 山이 높아 못 오던가

---

8) 김창곤, 앞의 논문, 2000, 131-136면 참조.

이 아해야 말 듣소

(6) 한 곳을 들어가니 六觀大師 性眞이는 石橋上에서 八仙女 다리고
戱弄한다 지어자 좋을시고

(7) 屛風에 그린 黃鷄 수탉이 두 나래 둥덩 치고 짜른 목을 길게 빼어
긴 목을 에후리어 四更一點에 날 새라고 꼬꾀요 울거든 오랴는가

(8) 자네 어이 그리하야 아니 오던고

(9) 너란 죽어 黃河水 되고 날란 죽어 都大船 되야 밤이나 낮이나 낮
이나 밤이나 바람 불고 물결치는 대로 어하 둥덩실 떠서 노자

(10) 저 달아 보느냐 임 계신 데 明暉를 빌리려문 나도 보게
이 아해야 말 듣소

(11) 秋月이 揚明暉하니 달이 밝아 못 오던가

(12) 어데를 가고서 네 아니 오더냐
지어자 좋을시고9)

(번호 부여, 행 구분, 띄어쓰기는 필자)

(나) 『歌集』 수록본

一朝 郎君 離別 後에 消息좇아 (돈절하)다
이 아놈 말 듯소
됴홀됴홀 조흔 景에 어듸를 가구셔 날 아니 와 챳노
이 아놈 말 듯소
屛風에 그린 黃鷄 두 나래를 두덩 치며 四更 一點에 날 새라고 꼬꾀요
울거든 오랴는가
이 아놈 말 듯소
한 곳을 바라보니 六觀大師에 性眞이난 八仙女 다리고 戱弄한다
지어자 돌시고

---

9) 『청구영언(육당본)』. 후렴구로 "이 아해야 말 듣소"와 "지어자 좋을시고"의 두 가지
형태가 쓰였다. 다른 이본에 비해 시기적으로 앞서고 작품을 구성하는 구절의 양도
많다.

됴흘됴흘 됴흔 景에 一定 자네씨 아니 오난가

이 아놈 말 듯소

져 달아 오느냐 님 게신 듸 明氣를 빌니렴 나도 보게

지어자 됴흘시고

널낭 쥭어 黃河水 되고 날낭 쥭어 돗대船 되야 밤이나 낫이나 낫이나
밤이나 바람 부난 대로 물결 치난 대로 於臥 둥덩실 떠셔 노자

지와자 됴흘시고

됴흘됴흘 조흔 景에 네나니나니나루네나니나 지와자 됴흘시고[10]

(행 구분, 띄어쓰기, 괄호 안은 필자)

(다)『歌曲源流(河合本)』수록본

일조낭군 이별 후에 소식죠츠 돈절허다

지어즈 죠흘씨고

병풍에 그린 황계 두 나릐를 둥덩 치며 ᄉ오경 일졈에 날 ᄉ라고 ᄭᅵ긔
요 울거던 오랴는가

지어즈 죠흘씨고

져 다라 보느냐 님 계신 데 명긔를 빌녀라 나도 보즈

지어즈 말 듯소

한 고즐 바라보니 뇩관듸ᄉ 셩진니는 팔션녀 다리고 희롱흔다

지어즈 죠흘씨고

죠흘죠흘 죠흔 경에 어듸을 가구셔 날 아니 찻노

지어즈 말 듯소

---

10) 김동욱·임기중,『校合 歌集』一, 태학사, 1982, 204-205면. 후렴구로 "이 아놈 말 듯소"
와 "지어자 됴흘시고"의 두 가지 형태가 나타나는 점은『청구영언(육당본)』과 유사하나
작품 말미에 삽입되어 있는 입타령 "네나니나니나루네나니나"는 다른 이본에 보이지
않는 것이다. 전체적으로 볼 때『歌曲源流(河合本)』와 유사한 이본이다. 구절의 배치
순서와 후렴구 "이 아놈 말 듯소" 및 입타령 "네나니나니나루네나니나"는『가곡원류(하
합본)』와 다른 모습을 보이지만, 후렴구를 제외한 구절의 내용과 숫자는『가곡원류(하합
본)』와 대동소이하다.

널낭 죽어 황하슈 되고 나는 죽어 돗디션 되야 바람 부는 디로 물결
치는 디로 에화 둥덩실 써셔 노즈
　　지어즈 죠흘씨고[11]

(행 구분과 띄어쓰기는 필자)

(라)『歌曲源流(가람본)』 수록본

일죠 낭군 니별 후에 소식 좃즈 돈졀ᄒ야
지여즈 죠흘시고
됴흘됴흘 됴흔 경에 얼시구 돗타 경이로다 지혀즈 됴흘시고
한 곳즐 드러가니 육관디스 셩진이는 팔션녀 드리고 희롱ᄒ다
얼시고 돗타 경이로다 지혀즈 됴흘시고
황혼 뎌문 날에 긔약 두고 어듸를 가고셔 날 아니 챳노
지혀즈 됴흘시고
병풍에 그린 황계 두 나릭를 퉁덩 치며 스오경 일뎜에 날 시라고 고긔
요 울거든 오랴ᄂ가
지혀즈 됴흘시고
달은 붉고 명랑흔듸 님 싱각이 시로이라
지혀즈 됴흘시고
너는 죽어 황희슈 되고 나는 죽어 돗디션 되야 랑풍이 것든 불 제마다
에화 둥덩실 노라 보즈
져 달아 보는냐 님 계신 데 명긔를 빌녀라 나도 보게
지혀즈 됴흘시고[12]

(행 구분과 띄어쓰기는 필자)

---

11) 『歌曲源流(河合本)』. 후렴구로 "지어즈 죠흘씨고"와 "지어즈 말 듯소"의 두 가지 형태
　가 나타난다. 후렴구를 제외한 구절의 숫자와 내용은 『가집』 수록본과 별 차이가 없다.
　구절의 배치 순서는 『가집』본과 다른 모습을 보인다.
12) 『歌曲源流(가람본)』. 후렴구가 "지여즈 죠흘시고" 하나로 통일되어 있다. 여기에 수록
　된 것이 『증보가곡원류』를 거쳐 현재까지 이어지고 있다.

(마) 『樂府』 수록본(1)

일조 낭군 이별 후에 소식조차 돈절허냐
지허즈 죠흘시고
웃지 웃지 못오시노 일졍 즈네 못오시나
지허즈 죠흘시고
슈운니 젹막허여 물이 막켜 못오시나
지허즈 죠흘시고
병풍에 그린 황계 짜른 목 길게 쎅고 스경 일졈에 날 시라고 쏙기요
울건 오려시나
지허즈 죠흘시고
뉵간듸스 셩진니도 팔션녀와 희롱헌다
지허즈 죠흘시고
한숨 모와 쳥풍 되고 눈물 모와 시위 되믹 임에 금침 졋고지고
지허즈 죠흘시고
져 다라 보느냐 임 계신 데 명귀를 빌려라 나도 보즈
지허즈 죠흘시고13)

(행 구분과 띄어쓰기는 필자)

(바) 『精選朝鮮歌曲』 수록본

一朝 郎君 離別 後에 消息조차 頓絶ᄒ다
어허야아자 죠흘시고
엇지 엇지 못 오든고 일졍 자니가 아니 오든가
어허야아자 죠흘시고

---

13) 정재호 외, 『註解 樂府』, 고려대학교 민족문화연구소, 1992, 268면. 『악부』에 수록된
두 편의 <황계사> 중 짧은 것이다. 『歌曲源流(가람본)』 수록본과 같이 후렴구로 "지허
즈 죠흘시고"가 쓰인다. 작품 말미에 있는 "한숨 모와 쳥풍 되고 눈물 모와 시위 되믹
임에 금침 졋고지고"는 다른 이본에는 보이지 않는 구절이다.

春水滿四澤ᄒ니 물이 깁어 못 오던가

夏雲多奇峰ᄒ니 산이 놉하 못 오던가

어데를 가고 날 아니 와 본고

어허야아자 죠흘시고

屛風에 그린 黃鷄 두 나릭를 둥둥 치며

四更一點에 날 식라고 쏙기요 울거든 오려난가

어허야아자 죠흘시고

져 달아 보는야 님 계신 데 명긔를 빌니렴 나도 보게

너는 죽어 黃河水 되고 나는 죽어 돗딗船 되어

밤이나 낫이나 낫이나 밤이나 어하 둥실 ᄰ셔 노식

어허야아자 죠흘시고

한 곳슬 드러가니 육관딗ᄉ 직자 승진이는 八仙女로 戲弄한다

어허야아자 죠흘시고

竹冠簑笠 젓게 쓰고 十里沙場 나려가니

어허야아자 죠흘시고

玉容이 寂寞淚欄干ᄒ니 梨花一枝春帶雨라

어허야아자 죠흘시고

죠흘 죠흘 죠흔 景을 얼ᄉ 죠타 경이로다14)

(행 구분과 띄어쓰기는 필자)

<황계사>의 후렴구는 비교적 이른 시기의 이본인 (가)에서와 같이 "이 아해야 말 듣소"와 "지어자 좋을시고"의 두 가지 형태가 함께 쓰이

---

14) 정재호, 『한국속가전집』 1, 도서출판 다운샘, 2002, 399면; 정재호 외, 앞의 책, 1992, 268-269면. 후렴구로 "어허야아자 죠흘시고"의 한 가지 형태만 쓰인다. 『청구영언(육당본)』 수록본에 나오는 "春水滿四澤ᄒ니 물이 깁어 못 오던가 夏雲多奇峰ᄒ니 산이 놉하 못 오던가"가 다시 나타나고 있다. 작품 말미에 나오는 "竹冠簑笠 젓게 쓰고 十里沙場 나려가니"와 "玉容이 寂寞淚欄干ᄒ니 梨花一枝春帶雨라"는 여기에만 있는 구절이다. 『樂府』[수록본 (2)] 및 『고금잡가』, 『대동풍아』 등의 잡가집에도 동일한 이본이 존재한다.

던 단계에서, (라)·(마)에서와 같이 "지허즌 죠흘시고"의 한 가지 형태만 쓰이는 단계를 거쳐, 비교적 늦은 시기의 이본으로 보이는 (바)에서처럼 "어허야아자 죠흘시고"가 쓰이는 단계로 변화한다.15) (나)와 (마)는 후렴구에서는 특별한 점이 없지만, 다른 본에는 나오지 않는 "네나니나니나루네나니나"라는 입타령과 "한숨 모와 청풍 되고 눈물 모와 시위 되뮈 임에 금침 젓고지고"라는 구절을 각각 지니고 있기 때문에 독자적인 이본으로 설정될 수 있다.

그러면 〈황계사〉를 구성하고 있는 노랫말의 연원을 여러 이본에 비교적 빈번하게 나타나는 공통 구절을 중심으로 살펴보기로 하자. 시기적으로 비교적 앞설 뿐 아니라 가장 많은 구절을 포함하고 있는 『청구영언(육당본)』의 〈황계사〉를 기준으로 하여, 후렴구를 제외한 12개 구절이 이본에 따라 출현하는 양상을 정리하면 다음과 같다.

〈표 1〉〈황계사〉 이본에 따른 중요 구절 출현 양상

구절	가집						5회 이상 출현구
	청구영언	가집	가곡원류 (하합본)	가곡원류 (가람본)	악부 (1)	정선 조선가곡	
1	○	○	○	○	○	○	√
2	○	△			△	△	
3	○			△			
4	○				△	○	
5	○					○	
6	○	○	○	○	△	○	√
7	○	○	○	○	○	○	√

15) 초창기 이본에 쓰인 "이 아해야 말 듣소"가 점잖고 단정한 느낌을 주는 것이라면 후대의 이본에 쓰인 "어허야아자 죠흘시고"는 가무와 취흥의 분위기에 어울릴 만한 것이다. 황계사의 〈후렴구〉는 후대로 가면서 점차 노래의 흥을 고조시키는 방향으로 변해간 것으로 보인다.

8	○						
9	○	○	○	○		○	√
10	○	○	○	○	○	○	√
11	○						
12	○	△	△	△		△	√

(○는 원형에 가까운 구절, △는 변형된 구절)

5회 이상의 비교적 잦은 출현 횟수를 나타내는 구절은 다음의 여섯 개이다.

(1) 一朝 郎君 離別 後에 消息조차 頓絶하야
(6) 한 곳을 들어가니 六觀大師 性眞이는 石橋上에서 八仙女 다리고 戲弄한다
(7) 屛風에 그린 黃鷄 수탉이 두 나래 둥덩 치고 짜른 목을 길게 빼어 긴 목을 에후리어 四更一點에 날 새라고 꼬꾀요 울거든 오랴는가
(9) 너란 죽어 黃河水 되고 날란 죽어 都大船 되야 밤이나 낮이나 낮이 나 밤이나 바람 불고 물결치는 대로 어하 둥덩실 떠서 노자
(10) 저 달아 보느냐 임 계신 데 明暉를 빌리려문 나도 보게
(12) 어데를 가고서 네 아니 오더냐

이 구절들은 다른 구절들보다 뚜렷하게 당대 향유층의 기억 속에 각인되어 있던 것들로 <황계사>의 여러 구절 가운데에서도 가장 인기를 누린 핵심 구절이라고 할 만하다. 따라서 이러한 빈출 구절들은 <황계사> 작품 전체의 연원을 밝히는 데 중요한 역할을 할 수 있다. 그러면 각 구절들이 어디에서 왔는지 하나하나 확인해 보기로 하자.

2) 빈출 구절의 연원

(1) · (6) · (12)는 당대에 향유된 다른 작품에서도 비슷한 내용이나 구절이 발견된다. (1)은 12가사의 하나인 〈상사별곡(相思別曲)〉에 보이고, (6)은 고전소설 〈구운몽〉에 나오며, (12)는 다양한 시조 작품에 같거나 유사한 구절이 나타난다.[16]

(1)이 포함된 〈상사별곡〉의 일부를 인용해보면 다음과 같다.

> 人間 離別 萬事中에 獨守空房 더욱 셜다
> 이렁 져렁 허튼 근심 다 후리쳐 더져두고
> 어린 樣姿 고은 소리 눈에 암암 귀에 징징
> 비너이다 하누님게 비너이다 인제 보게 싱기쇼셔
> 죽지 마자 쳐음 盟誓 離別 마즈 百年 期約
> 소랑 모혀 뫼히 되고 根源 흘너 물이 되어
> 문허질 줄 모로거든 쓴어질 줄 져 뉘 알이
> <u>一朝 郎君 離別 후에 消息조차 頓絶흔가</u>
> 綠陰 芳草 져문 날에 희는 어이 쉬 지는고
> 獨守空房 잠 못드러 다만 흔숨 늬 벗즌가
> 巧態 계워 웃던 우슴 혀여 본니 더욱 셜다[17]
> (후략)   (행 구분, 띄어쓰기, 밑줄은 필자)

『악부』에는 〈상사별곡〉이라는 제목으로 세 편의 이본이 실려 있다. 이본에 따라 구절의 순서나 내용에 조금씩 차이가 나타나지만, "一朝

---

16) "一朝 郎君 離別 後에 消息조차 頓絶하야"와 "한 곳을 들어가니 六觀大師 性眞이는 石橋上에서 八仙女 다리고 戱弄한다" 및 "어데를 가고서 네 아니 오더냐"가 각각 〈상사별곡〉과 〈구운몽〉 및 사설시조 작품에 나타난다는 점은 이미 김은희, 앞의 논문, 2002, 164면에서 확인된 바 있다.

17) 정재호 외, 앞의 책, 273면.

郎君 離別 後에 消息조차 頓絶흔가"는 세 이본에 모두 보인다.

(12) "어데를 가고서 네 아니 오더냐"는 "아니 오더냐"로 끝나는 구절로 (2) "자네 一定 못 오던가 무삼 일로 아니 오더냐" 및 (8) "자네 어이 그리하야 아니 오던고"와 유사한 형식으로 되어 있다. 이 구절은 "못 오던가"의 형태로 끝나는 (3)·(4)·(5)·(11)과 함께 우리의 고전시가에서 관용구처럼 쓰이던 것이다.

"아니 오더냐"와 "못 오던가" 형 구절은 다음과 같은 시조 작품에도 그대로 나타난다.

> (가) <u>어이 못 오던가 무슴 일노 못 오던가</u>
> 너 오는 길에 무쇠 城을 싸고 城 안에 담 쓰고 담 안에 집을 짓고 집 안에 두지 노코 두지 안에 匱를 쓰고 그 안에 너를 必字形으로 結縛흐여 너코 雙排目의 걸쇠 金 거북 자물쇠로 슈긔슈귀 잠가 잇더냐 <u>네 어이 그리 아니 오더니</u>
> 흔 히도 열두 들이오 흔 들 셜혼 늘의 날와 볼 홀니 업스랴[18]

> (나) 日暮 蒼山遠흐니 날 저무러 <u>못 오던가</u>
> 天寒 白屋貧흐니 하날이 차 <u>못 오던가</u>
> 柴門에 聞犬吠흐니 님 오는가 흐노라[19]

> (다) 春水 滿四澤흐니 물이 만아 <u>못 오더냐</u>
> 夏雲 多奇峯흐니 山이 놉하 <u>못 오던가</u>
> 秋月이 揚明輝어를 무슴 일노 <u>못 오던가</u>[20]   (밑줄은 필자)

---

18) 심재완, 『역대시조전서』, 세종문화사, 1972, 1962번 작품.
19) 위의 책, 2428번 작품.
20) 위의 책, 2988번 작품.

(가)의 초장 "어이 못 오던가 무슴 일노 못 오던가"는 〈황계사〉에서
는 (2) "자네 一定 못 오던가 무삼 일로 아니 오더냐"로 약간 변형되어
나타나고 있고, (가)의 중장에 나오는 "네 어이 그리 아니 오더니"는
〈황계사〉에서 (8) "자네 어이 그리하야 아니 오던고"로 거의 같은 형
식으로 되풀이 되고 있다. 또 〈황계사〉에서 네 번이나 반복되고 있는
"–니 –서 못 오던가" 형식의 구절은 위에 인용한 시조 (나)와 (다)에도
나온다. 특히 (다)는 〈황계사〉의 (4)·(5)·(11)번 구절을 뽑아서 새롭
게 구성한 작품으로 보일 정도로 내용과 표현이 중첩된다.

이렇게 (1)과 (12)를 포함하여 (2)·(8)·(3)·(4)·(5)·(11)과 같은 구
절처럼 동시대에 향유되었던 12가사와 시조 작품에 유사한 형식의 구
절이 많이 나타나는 경우는 우리의 옛 노래에 자주 쓰이던 관용구가
그대로 쓰이거나 또는 변형되어 나타난 것으로 간주하는 편이 좋을
것이다.

(7)·(9)·(10)의 세 구절의 연원은 동시대 다른 갈래를 넘어 고려가
요로까지 소급된다. (7) "屛風에 그린 黃鷄 수탉이 두 나래 둥덩 치고
짜른 목을 길게 빼어 긴 목을 에후리어 四更一點에 날 새라고 꼬꾀요
울거든 오랴는가"는 선행 연구에서 불가능한 상황을 설정하여 임에
대한 자신의 마음을 표현했다는 점에서 〈정석가〉에 나오는 표현과
유사성을 지니는 것으로 논의한 바 있지만,[21] 〈오관산(五冠山)〉과 더
욱 밀접한 관련을 맺고 있는 것으로 보인다.

〈오관산〉은 고려시대의 문충이 지은 것으로 우리말 가사가 전하지
않고 이제현의 한역시가 『고려사(高麗史)』「악지(樂志)」에 기록되어 있
다. 그 기록을 인용하면 다음과 같다.

---

21) 졸고, 앞의 논문, 2007, 89–90면.

오관산(五冠山)은 효자(孝子)인 문충(文忠)이 지은 것이다. 문충(文忠)은 오관산(五冠山) 밑에 살면서 모친(母親)을 지극히 효성스럽게 섬겼다. 그의 집은 수도(首都)에서 30리(里)가 떨어져 있었는데 모친(母親)을 봉양하기 위해 벼슬살이를 하느라고 아침에 나갔다가 저물어서야 돌아오고는 하였으나 아침 저녁의 보살핌을 조금도 게을리 하지 않았다. 자기 모친이 늙은 것을 개탄하여 이 노래를 지었는데 이제현(李齊賢)이 다음과 같은 시(詩)를 지어 이 노래의 뜻을 풀어냈다.

木頭雕作小唐鷄	나무토막으로 조그만 당닭을 깎아서
筋子拈來壁上栖	젓가락으로 집어 벽에 올려두고
此鳥膠膠報時節	그 닭이 꼬끼오 하고 때를 알리게 되면
慈顏始似日平西	그제야 어머님 얼굴이 해가 서쪽으로 기울어지는 것같이 늙으시어라.22)

이 노래는 나무로 깎은 닭이 운다고 하는 불가능한 상황을 통해 어머니가 늙어가는 것에 대한 안타까운 마음을 표현한 작품이다. '실물이 아닌 닭'을 소재로 활용했고, 그 '닭이 운다'고 하는 불가능한 상황을 전제로 했다는 점에서 <오관산>은 <황계사>에 나오는 것과 같은 표현을 사용했다고 할 수 있다.23)

(9) "너란 죽어 黃河水 되고 날란 죽어 都大船 되야 밤이나 낮이나 낮이나 밤이나 바람 불고 물결치는 대로 어하 둥덩실 떠서 노자"는 <서경별곡>에 나오는 비유법을 계승한 것으로 보이는 구절이다.24)

---

22) 『高麗史』「樂志」. "五冠山孝子文忠所作也. 忠居五冠山下, 事母至孝. 其居距京都三十里, 爲養祿仕, 朝出暮歸, 定省不少衰. 嘆其母老, 作是歌. 李齊賢作詩, 解之曰: '木頭雕作小唐鷄, 筋子拈來壁上栖. 此鳥膠膠報時節, 慈顏始似日平西.'"

23) <황계사>와 <오관산>의 표현상의 유사성에 대해서는 이창배, 『한국가창대계』, 홍인문화사, 1976, 97면에서 언급된 바 있다.

24) (9) "너란 죽어 黃河水 되고 날란 죽어 都大船 되야 밤이나 낮이나 낮이나 밤이나

〈황계사〉의 '황하수'와 '도대선', '강물에 배가 떠다니는 상황'은 남녀 사이의 관계를 비유적으로 표현한 것으로 파악된다. '강'과 '배'를 통해 남녀 간의 관계를 상징하는 것은 우리의 전통적 비유법 가운데 하나인데,25) 이러한 비유법은 고려속요 〈서경별곡〉의 제3연에도 나온다. 『서경별곡』 제3연을 간략히 인용해 보면 다음과 같다.

> 大洞江 너븐디 몰라셔
> 빅 내여 노흔다 샤공아
> 네 가시 럼난디 몰라셔
> 녈 빅예 연즌다 샤공아
> 大洞江 건넌편 고즐여
> 빅 타들면 것고리이다26)　　　　　(행 구분과 띄어쓰기는 필자)

이 구절은, 화자가 임이 자신으로부터 떠나가는 것을 도와 준 사공을 탓하는 내용을 담고 있다. 지금까지는 〈서경별곡〉의 제3연에 나오는 '대동강'과 '배'를 실제의 사물로만 이해해 왔으나, 그렇게 이해해서는 해당 구절을 납득하기 어려운 구석이 있다. 첫째 구절 "大洞江 너븐디 몰라셔 빅 내여 노흔다 샤공아"는 "대동강이 넓은 줄 알면서도 왜 배를 내어 놓았느냐?"로 바꾸어 볼 수 있는데, 이런 식의 표현은 사공을 탓하는 말로는 적절치 못하기 때문이다.

바람 불고 물결치는 대로 어하 둥덩실 떠서 노자"는 〈춘향가〉에도 나오는 구절이다.(김은희, 앞의 논문, 2002, 164면) 그러나 이 구절은 〈황계사〉에서 〈춘향가〉로 넘어간 것으로 볼 수도 있는 만큼, 그 연원이 판소리에 있다고 단정하기는 어렵다.

25) '강'과 '배'를 통해 남녀관계를 비유하는 표현은 〈서경별곡〉과 〈황계사〉 이외의 다른 시가 작품에도 많이 나타난다. 이 점에 대해서는 졸고, 「〈서경별곡〉에 나오는 '대동강'과 '배'의 상징성」, 『한국시가연구』 24집, 한국시가학회, 2008, 268-281면에서 자세히 다룬 바 있다.

26) 『樂章歌詞』.

<서경별곡>의 '대동강'은 실제의 대동강이면서 동시에 '여성'을 비유하는 것이고, '배'도 강을 건너는 도구이면서 '남성'을 비유하는 사물로 볼 수 있다. 이렇게 볼 때, 이 구절에서 화자가 사공을 탓하는 이유는 단순히 배로 임을 건네 준 것이라기보다는 임이 대동강으로 비유된 다른 여인과 결합할 수 있도록 도와 준 것이라고 이해할 수 있다. '강'이 여성, '배'가 남성을 비유한다고 보면 <황계사>의 해당 구절은 '남자인 너는 죽어서 여자가 되고, 여자인 나는 죽어서 남자가 되어 다시 만나 놀아보자'고 하여 후생에서는 처지를 바꾸어 만나보자는 뜻을 표현한 것으로 이해할 수 있다.

(10) "저 달아 보느냐 임 계신 데 明暉를 빌리려문 나도 보게"는 고려속요 <정읍사(井邑詞)>의 첫 구절을 응용한 것으로 보이는 표현이다. 조흥구와 반복구를 제외하고 <정읍사>를 간략히 인용하면 다음과 같다.

> 들하 노피곰 도드샤
> 머리곰 비취오시라
> 져재 녀러신고요
> 즌ᄃᆡ를 드듸욜셰라
> 어느이다 노코시라
> 내 가논ᄃᆡ 졈그를셰라[27]　　　　　　　(행 구분과 띄어쓰기는 필자)

<정읍사>의 화자는 첫 구절 "들하 노피곰 도드샤 머리곰 비취오시라"에서 임의 안녕을 기원하는 마음을 달님에게 호소하고 있다. <황계사>의 해당 구절에서는 화자가 달의 밝은 기운을 빌려서 멀리 있는

27) 『樂學軌範』.

임을 보고자 한다. 두 작품은 모두 '달'을 중요한 소재로 활용했고 '달빛'을 통해 임을 그리워하는 마음을 표현했기 때문에 서로 영향관계에 있는 것으로 볼 수 있다.[28]

이상에서 살핀 것처럼 〈황계사〉의 여러 이본에 공통적으로 나타나는 구절 6개 가운데에서 절반인 3개의 구절이 〈오관산〉·〈서경별곡〉·〈정읍사〉와 같은 고려가요 작품에 연원을 두고 있다.[29]

3) 구성 원리와 후렴구

〈황계사〉의 노랫말은 다른 노래에 나오는 잘 알려진 구절들을 취합하여 새로운 작품을 만드는 '합성구성'의 방식으로 이루어져 있다. 이러한 방식으로 노랫말이 구성되어 있는 12가사 작품에는 〈매화가〉·〈권주가〉·〈수양산가〉 등도 있다.

주지하다시피 합성의 방식은 고려속요에 흔히 보이는 노랫말 창작 방식이다. 〈서경별곡〉과 〈정석가〉, 〈만전춘별사〉와 〈정과정〉에는 각각 공통적으로 삽입되어 있는 구절들이 존재한다.[30] 이러한 공통 삽입구 때문에 〈서경별곡〉은 대개 3개의 서로 다른 노래가 합성된 것으

---

28) 졸고, 앞의 논문, 2007, 90-91면.

29) 〈황계사〉 구절 가운데에는 한시 작품에서 유래한 것도 있다. 다른 이본에 자주 출현하지는 않지만 『청구영언(육당본)』의 〈황계사〉에서 세 차례나 되풀이 되고 있는 한시를 응용한 구절, "춘수(春水)가 만사택(滿四澤)하니 물이 깊어 못 오던가", "하운(夏雲)이 다기봉(多奇峰)하니 산(山)이 높아 못 오던가", "추월(秋月)이 양명휘(揚明暉)하니 달이 밝아 못 오던가"는 모두 도연명의 〈四時〉(春水滿四澤 夏雲多奇峰 秋月揚明暉 冬嶺秀孤松)를 변형한 것이다.

30) 〈서경별곡〉과 〈정석가〉에는 "구스리 바회예 디신돌 / 구스리 바회예 디신돌 / 긴힛돈 그츠리잇가 / 즈믄히롤 외오곰 녀신돌 / 즈믄히롤 외오곰 녀신돌 / 信잇돈 그츠리잇가"(『樂章歌詞』.)가 공통적으로 삽입되어 있고, 〈만전춘별사〉와 〈정과정〉에는 "넉시라도 님을 ᄒᆞᆫ딕 녀닛景 너기다니 / 벼기더시니 뉘러시니잇가"(『樂章歌詞』)가 공통적으로 삽입되어 있다.

로, <정석가>는 본사의 앞뒤에 새로운 노래가 추가된 것으로 파악된
다. 그리고 <만전춘별사>와 <정과정>의 경우에는 원래 <정과정>의
한 부분으로 존재하던 구절이 <만전춘별사>로 삽입되어 들어간 것으
로 파악된다.[31]

<황계사>의 노랫말 중간 중간에는 "이 아해야 말 듣소"나 "지어자
좋을시고" 또는 "어허야아자 죠홀시고"와 같은 후렴구가 삽입되어 있
다. 이러한 후렴구의 존재는 12가사의 일반적 특징이기도 하다. 그런데
<황계사>에 반복적으로 출현하는 후렴구 "지어자 좋을시고"는 '임을
그리워하는 마음'이라고 하는 작품의 전체적인 정서와 어울리지 않는
이질적 요소이다.

작품의 정서나 내용과 어울리지 않는 이질적인 후렴구는 고려가요
작품 중에도 종종 등장한다. 대표적인 작품으로 <가시리>·<청산별
곡> 등을 들 수 있다. 관련 구절만 간단히 인용하면 다음과 같다.

> (가) 가시리 가시리잇고 나는
> 브리고 가시리잇고 나는
> 위 증즐가 大平盛代[32]　　　　　(행 구분과 띄어쓰기는 필자)

> (나) 우러라 우러라 새여
> 자고 니러 우러라 새여
> 널라와 시름 한 나도
> 자고 니러 우니로라
> 얄리 얄리 얄라셩 얄라리 얄라[33]　(행 구분과 띄어쓰기는 필자)

---

31) 고려가요의 합성구성에 대해서는 전규태, 「서경별곡 연구」, 『고려시대의 가요문학』,
　　새문사, 1982, Ⅰ-82에서 논의되었다. 12가사와 고려가요의 구성 방식상의 유사성에
　　대해서는 졸고, 앞의 논문, 2007, 74-79면에서 상론한 바 있다.
32) 『樂章歌詞』.

(가)는 고려가요 〈가시리〉의 앞부분이다. 이 작품에서는 "위 증즐가 大平盛代"가 되풀이되는데 이는 이별의 상황에 처한 화자의 슬픔과 어울리지 않는다. (나)는 〈청산별곡〉 제2연이다. 이 작품에서는 "얄리얄리 얄라셩 얄라리 얄라"라는 매우 맑고 명랑한 느낌을 주는 후렴구가 반복되고 있다. 이는 제2연에 표현되어 있는 서정적 화자의 시름겨운 삶이나 우울한 정서와 동떨어진 것으로 보인다.

이상에서 살핀 것처럼 〈황계사〉의 작품 구성 원리인 합성의 방식과 작품의 전체적인 정서와 어울리지 않는 후렴구는 고려가요 작품에 나타나는 것과 매우 유사한 모습을 보인다. 이렇게 〈황계사〉는 핵심 구절에서뿐만 아니라 구성 방식과 후렴구에서도 고려가요와 밀접한 관련을 맺고 있는데, 이러한 사실은 이 노래가 음악적으로도 고려가요의 영향을 받았을 가능성을 시사한다.

3. 〈황계사〉 곡조의 연원

1) 〈황계사〉와 〈청산별곡〉의 음계

〈황계사〉는 선율의 측면에서도 고려가요의 영향을 받은 것으로 보인다. 이 점을 확인하기 위해 〈황계사〉와 음악적 조건이 비슷한 선행 악곡을 찾아내고, 〈황계사〉가 그 곡과 유사한 선율을 지니고 있는지 검토해 보기로 하자.[34]

---

33) 『樂章歌詞』.

34) 〈황계사〉의 곡을 기보한 악보에는 『삼죽금보』(1841), 『아양금보』, 『금보』(1879), 『장금신보』 등의 고악보와 『傳唱十二歌詞』(장사훈, 서울대학교 출판부, 1980), 『歌詞譜』(김경배, 은하출판사, 2001), 『歌詞譜』(이주환, 가곡보존회, 1960), 『十二歌詞傳』(이양교·황규남, 도서출판 광명당, 1977), 『정가집』(김기수, 은하출판사, 1980)와 같은 현대

먼저 〈황계사〉의 악보를 인용해 보면 다음과 같다.

〈악보 1〉〈황계사〉 제3마루35)

박 / 행	1	2	3	4	5	6
1	南	林	林潢	南林南潢南	林	仲南　仲南
	上一	宮	宮上二	上一宮上一上一	宮	下一上一　下一上一
	한		곳		을	
2	南潢	南	南林　仲	南林南潢南	林	仲南　仲南
	上一上二	上一	上一宮　下一	上一宮上一上一	宮	下一上一　下一上一
	들	어		가	니	
3	南	南　林	南潢	南林南潢南	林	仲南　仲南
	上一	上一　宮	上一上二	上一宮上一上一	宮	下一上一　下一上一
	六	觀	大		師	
4	南潢	南	林　仲	南林南潢南	林	仲
	上一上二	上一	宮　下一	上一宮上一上一	宮	下一
	聖	眞	이		는	
5	黃仲	林	仲	仲	仲　太	黃
	下三下一	宮	下一	下一	下一　下二	下三
	八	仙	女	다	리	고

악보가 있다. 그런데 대부분의 고악보는 대체로 장구 장단이나 노랫말은 생략한 채 악기 구음만을 간단히 기록하고 있을 뿐이어서 곡에 대한 상세한 정보를 얻기가 힘들다. 현대식 악보에는 대체로 장구 장단, 노랫말, 선율이 모두 기록되어 있는데, 다양한 현대 악보 중에서 장사훈의 『傳唱十二歌詞』가 비교적 상세하고 채보된 시기도 1936-1940년 으로 가장 빠르다. 이에 본고에서는 『傳唱十二歌詞』에 실린 악보를 위주로 하여 〈황계 사〉의 선율을 선행 악곡과 비교해 보기로 한다.

35) 장사훈, 앞의 책, 1980, 24-26면. 율자보로 기보되어 있는 〈황계사〉의 곡조를 오음약보 로 기보된 조선시대의 악곡과 비교하기 위해서는 〈황계사〉의 악보를 오음약보식으로 바꿀 필요가 있다. 그리고 율자보를 오음약보로 바꾸기 위해서는 '宮' 음을 결정해야 한다. 그런데 『시용향악보』와 『대악후보』에 수록된 곡들은 대체로 최저음의 5번째 상위 음이 '宮'으로 설정되는 경향이 있다.(이 책 제2부의 「고악보의 궁 결정법」 참고) 본고에 서는 그러한 경향에 따라 〈황계사〉에 출현하는 음 가운데 최저음의 5번째 상위음인 '林'을 '宮'으로 설정했다.

6	黃仲 下三下一 戱弄		仲南 下一上一		林 宮 한	太仲林仲 下二下宮下	仲 下一 다				
7	仲 下一 얼		潢 上二	潢 上二 시	南潢南 上一上二上一 고	林 宮 좋		南潢南 上一上二上一	林 宮 다	太 下二	黃 下三
8	太 下二 景	黃太 下三下二	太仲 下二下一	太仲太 下二下宮下二	黃 下三 로	備 下四	備黃 下四下三 다			太仲太 下二下宮下二	備 下四
9	備備 下四下四 지화								㑣 下五	備黃 下四下三 자	備 下四
10	黃仲 下三下一 좋을		林 宮	仲 下一 시	仲 下一		仲黃 下一下三 고				

(오음약보는 필자)

위에 인용한 것은 <황계사>의 제3마루의 악보이다. <황계사>는 전체 8개의 마루로 구성되어 있다. 각 마루의 행수는 일정하지 않아서 제1·2·4·6마루는 6행이고, 제3·5·7마루는 10행이며, 제8마루는 4행이다. 이 곡도 12가사의 다른 작품들과 마찬가지로 반복되는 선율을 지니고 있다. 제3마루 제5-10행의 6개 행에 해당하는 선율은 제8마루를 제외한 나머지 모든 마루에서 되풀이된다.36) 또 제3마루 제1-4행의 4개 행에 해당하는 선율은 제3·5·7마루에서 반복된다.37) 그러

---

36) 4개의 행으로 구성된 제8마루도 제3마루의 마지막 4개 행, 즉 제3마루의 제7-10행의 선율과 동일하기 때문에 반복 선율을 지니지 않은 예외적인 마루라고 할 수는 없다. 즉 제8마루는 4개의 행으로만 구성되다 보니 다른 마루에 공통적으로 나타나는 제3마루의 제5-6행에 해당하는 부분이 없다는 것뿐이지 여타의 마루와 다른 선율로 이루어져 있는 것은 아니다. 제8마루 4개 행은 이 작품의 모든 마루 마지막 부분에서 반복적으로 나타나는 종지 선율에 해당한다.

37) 송성범, 앞의 논문, 23면.

므로 제3마루의 모든 선율은 이 작품의 핵심 선율이라고 할 만하다. 특히 매 마루에서 반복되는 제5-10행을 이 곡의 주선율이라고 한다면 세 개의 마루에서만 반복되는 제1-4행은 이 곡의 부선율이라고 할 수 있다.

　<황계사> 전체 악보의 음계와 구성음의 출현 횟수를 조사하면 다음과 같이 나타난다.

〈표 2〉 〈황계사〉의 음계와 구성음의 출현 횟수

㑀	僐	黃	太	仲	林	南	潢
下五	下四	下三	下二	下一	宮	上一	上二
8	53	77	75	**160**	89	126	59

　이 곡의 음계를 오음약보로 바꾸어 보면, 위의 표에서 볼 수 있는 것과 같이 음역은 下五에서 上二까지로, 최다 출현음은 下一에 해당하는 음으로 나타난다. 이와 음악적 조건이 같은 곡으로는 『시용향악보』의 <청산별곡(靑山別曲)>·<생가요량(笙歌寥亮)>과 『대악후보』의 <창수곡(創守曲)>·<선위(宣威)>가 있다.[38] 이 네 곡의 음계와 구성음의 출현 횟수를 나타내 보면 다음과 같다.

〈표 3〉 〈청산별곡〉·〈생가요량〉의 음계와 구성음의 출현 횟수[39]

곡명＼음계	下五	下四	下三	下二	下一	宮	上一	上二	上三	上四	上五	비고 (노랫말)
청산별곡	1	2	7	11	**12**	10	10	3				국문체
생가요량	4	7	9	8	**11**	9	7	3				한문체

---

38) 이 책 제2부의 「고악보의 궁 결정법」에 수록되어 있는 '『時用鄕樂譜』 및 『大樂後譜』 소재 악곡의 음계와 구성음의 출현 횟수' 참고.
39) 『시용향악보』.

〈표 4〉 〈창수곡〉·〈선위〉의 음계와 구성음의 출현 횟수40)

곡명 \ 음계	下五	下四	下三	下二	下一	宮	上一	上二	上三	上四	上五	비고 (노랫말)
創守曲	3	13	14	18	23	14	14	3				한문체
宣威	3	12	14	16	23	14	15	4				한문체

그런데 〈청산별곡〉 한 곡을 제외한 나머지 곡들은 모두 한문체 노랫말로 되어 있으면서 곡조의 선율도 〈황계사〉와는 상당한 차이가 있는 것으로 보인다. 〈황계사〉와 〈청산별곡〉은 둘 다 우리말로 된 노래이면서 반복구나 여음구를 지닌 분절식 체재로 구성되어 있다는 점에서 문학적으로도 친연성이 있는 관계에 있다. 이러한 문학적 유사성까지 고려하면 〈황계사〉의 비교 대상이 되는 선행 악곡은 〈청산별곡〉 하나로 국한된다.

2) 〈황계사〉와 〈청산별곡〉의 선율

그러면 〈황계사〉와 〈청산별곡〉의 선율에 유사한 점이 있는지 알아보기로 하자. 두 악보의 선율을 비교하기 위해, 먼저 두 곡에서 대응되는 행을 찾아내어 그것들의 전체적인 선율 흐름을 비교한 다음, 장구 장단 형식과 박자까지 고려하여 대응되는 부분의 유사성을 보다 정밀하게 살펴보는 식으로 논의를 진행하기로 한다.41)

『시용향악보』에 수록된 〈청산별곡〉을 인용해 보면 다음과 같다.

---

40)『대악후보』.

41) 장사훈의 악보를 기본 악보로 사용하되, 음이 복잡하게 기재되어 있어서 원음과 간음을 구별하기 어려운 경우에는, 장식음이나 경과음 등을 생략하고 비교적 간단한 형식으로 채보해 놓은 이주환의 『가사보』를 참고하기로 한다.

〈악보 2〉〈청산별곡〉42)

대강 행	1		2		3		4		5		6	
1	下一		上一		上一		上二		上一		宮	
	살		어		리		살		어		리	
2	上一				宮		上一				上一	
	라						짜					
3	宮		上一		上二	上一	宮		上一		宮	下一
	靑		山		의		살		어		리	
4	下一				下二		下一				下一	
	라						짜					
5	下一		宮		宮		上二		上一		宮	下一
	멀		위		랑		드		래		랑	
6	下二				下三		下二				下二	
	빠				먹		고					
7	下一		宮		下二		下一		下二		下三	
	靑		山		의		살	어	리	랏	다	
8	下三		下三		下一		下二		下一		宮	下一
			얄		리		얄				리	
9	下二				下三		下二				下二	
	얄	라										
10	下四		下三		下二		下三		下四		下五	
	얄		라		셩		얄				라	

『시용향악보』에는 전체 8개의 연으로 구성되어 있는 〈청산별곡〉의 제1연에 해당하는 곡조만 기록되어 있다. 당대의 악보 편찬자들이 제1 연의 악보만 기록한 있는 것은 나머지 연들도 모두 제1연과 같은 곡조 에 얹어서 불렀기 때문이었던 것으로 보인다.

그런데 〈황계사〉 제3마루 제1-4행의 선율은 하나의 행이 조금씩 변주되면서 4번 되풀이 된 것에 지나지 않는다. 이렇게 여러 행이 같은

---

42) 『시용향악보』.

선율의 반복으로 이루어져 있을 때는 그 중에서 한 행만을 골라서 비교 작업을 수행해도 무방할 것이다. 제1-4행 중 제1행을 대표로 선택하여 〈청산별곡〉의 제2행과 비교해 보면 다음과 같다.

〈청산별곡〉 제2행의 전체 선율이 '上一 宮 上一 上一'의 흐름으로 진행되는 것과 같이 〈황계사〉 제3마루 제1행도 '上一'에서 시작하여 '宮'을 거치고 다시 '上一'로 되돌아오는 흐름을 보인다. 물론 제3박에 나오는 '上二', 제5박에 나오는 '宮', 제6박에 나오는 '下一' 등은 〈청산별곡〉에는 보이지 않는 음들이다. 그러나 이러한 음들을 제거하면 위의 두 행의 전체 선율의 큰 흐름은 일치한다고 할 수 있다.

이 두 행의 선율을 박자에 따라 대응시켜 보면 다음과 같이 된다.[43]

〈악보 3〉〈황계사〉 제3마루 제1행과 〈청산별곡〉 제2행[44]

곡 \ 박/대강	1	2	3	4	5	6
황계사	上一	(上一) 宮	宮上二	上一	宮	下一上一
청산별곡	上一	(上一)	宮	上一	(上一)	上一

(괄호 안은 지속음)

두 행의 제1박은 '上一'로 일치한다. 제2박의 경우 〈황계사〉에는 '宮'이 기보되어 있는 반면, 〈청산별곡〉에는 아무런 음이 기재되어 있지 않아서 일견 달리 보이기도 한다. 그러나 제1박으로부터 이어지는

---

43) 고악보의 '대강'과 현행 악보의 '박'이 정확하게 일치하는지 여부는 아직 충분히 입증되지 않았다. 그러나 둘을 대응 관계에 있는 것으로 간주하면 고악보와 현행 악보의 장구 장단, 선율 등을 좀 더 정밀하게 비교할 수 있게 된다. 이에 대한 자세한 논의는 이 책의 제3부에 수록되어 있다.

44) 괄호 안의 음은 지속음을 가리킨다. 본고에서 '지속음'은 해당 박이나 대강에는 기보되어 있지 않지만 앞의 박이나 대강으로부터 계속 이어지는 음을 의미한다. 박자에 따른 선율 비교에서는 되도록 간음이나 중복음은 생략하고 출현음을 원음 위주로 간략하게 기입하기로 한다.

음을 기입해 넣으면 제2박에도 모두 '上一'이 나타나고 있는 것으로 볼 수 있다. 제3박에도 공히 '宮'이 출현한다. 제4박의 경우는 <황계사>의 선율이 '上一 宮 上一 上二 上一'로 복잡하게 되어 있어서 <청산별곡>의 제4대강에 나오는 '上一'과 다르게 보이기도 하지만, 제4박의 선율에서 원음에 해당하는 것은 '上一'이다.[45] 제5박의 음은 '宮'과 '上一'로 다르게 나타난다.[46] 마지막 제6박에도 두 곡에 공히 '上一'이 나타나고 있다. 이상에서 살핀 것처럼 두 행의 선율은 제5박에 해당하는 한 부분을 제외한 나머지 모든 부분에서 일치하고 있다.

<황계사> 제3마루의 제2·3·4행은 제1행과 다를 바 없으므로 바로 제5행으로 넘어가기로 한다. 제5행은 <청산별곡>의 제7행과 유사하다. 두 행은 모두 '下一 宮 下一 下二 下三'의 공통 선율을 지니고 있다. <황계사> 제3마루 제5행의 첫 음 '下三'과, <청산별곡> 제7행 제3대강의 '下二'를 제거하면 두 행의 선율은 완벽하게 일치한다.

두 행을 박에 따라서 비교해 보면 다음과 같다.

〈악보 4〉〈황계사〉 제3마루 제5행과 〈청산별곡〉 제7행

곡 \ 박/대강	1	2	3	4	5	6
황계사	下三下一	宮	下一	下一	下一下二	下三
청산별곡	下一	宮	下二	下一	下二	下三

---

45) <황계사> 제3마루 제1행 제4박의 선율이 장사훈의 악보에는 '上一宮上一上二上一'의 복잡한 선율로 기보되어 있으나, 이주환의 악보에는 '上一(南)'으로 간단하게 되어 있다. 따라서 이 부분의 주음 또는 원음은 '上一'이라고 할 수 있다.

46) 그런데 이주환의 악보에는 이 박의 음이 '宮(林)'이 아닌 '上一上一(南南)'으로 되어 있다. 둘 중 어떤 음이 원래의 음인지는 두 악보만으로는 알 수가 없다. 이를 알아보자면 다른 악보도 함께 고찰해 보아야 할 것이다. 만약 <황계사> 제3마루 제1행 제5박의 원래 음이 '上一(南)'이라면 두 행의 선율은 모든 박에서 일치하게 된다.

위에서 볼 수 있는 것처럼 제3박을 제외한 나머지 모든 곳에는 같은 음들이 나타나고 있다. 제1박에는 '下一'이, 제2박에는 '宮'이, 제4박에 는 '下一'이, 제5박에는 '下二'가, 제6박에는 '下三'이 공통적으로 나타 난다. 그러므로 〈황계사〉 제3마루 제5행과 〈청산별곡〉 제7행도 거의 같은 선율로 구성되어 있다고 할 수 있다.

다음 〈황계사〉 제3마루 제6행과 〈청산별곡〉 제8행을 비교해 보자. 이 두 행의 선율도 유사한 흐름을 보인다. 두 행은 모두 '下三'에서 시작해서 '下一'로 끝맺고 있다. 〈황계사〉 제3마루 제6행 제3박에 복 잡하게 나타나는 '下二 下一 宮 下一'에서 원음은 '下一'이다.[47] 〈황계 사〉 제3마루 제6행 제2박에 나오는 '上一'과 〈청산별곡〉 제8행 제4대 강의 '下二'만 없애 버리면 두 행은 거의 같은 선율로 진행된다고 할 수 있다.

박자를 고려하여 두 행의 선율을 좀 더 자세히 살펴보자.

〈악보 5〉 〈황계사〉 제3마루 제6행과 〈청산별곡〉 제8행

곡 \ 박/대강	1	2	3	4	5	6
황계사	下三下一	下一上一	宮下一	下一	(下一)	(下一)
청산별곡	下三	下三	下一	下二	下一	宮下一

(괄호 안은 지속음)

이 두 행의 제2박과 제4박에는 같은 음이 보이지 않지만, 나머지 부 분에는 대체로 같은 음들이 나타난다. 제1박에는 '下三'이, 제3박에는 '下一'이, 제5박에도 '下一'이, 제6박에도 '下一'이 나타나고 있다. 비록 두 곳에는 다른 음이 보이지만 나머지 네 곳에는 같은 음들이 발견되므

---

47) 이주환의 악보에는 이 부분의 음이 '下一下一(仲仲)'로 기보되어 있다.

로 두 행의 선율도 크게 다르다고 할 수는 없을 것이다.

　<황계사> 제3마루 제7행은 <청산별곡> 제5행과 대응된다. 이 두 행은 앞의 다른 짝들처럼 그렇게 완벽하게 대응되는 것은 아니다. <청산별곡> 제5행의 제2-3대강에 나오는 '宮'이 <황계사>의 해당 부분에는 나타나지 않고, <청산별곡> 제5행의 마지막 음이 시작 음과 같은 '下一'인 것과 달리 <황계사>의 마지막 음은 '下三'까지 떨어지고 있는데, 이러한 차이점 때문에 두 행의 선율은 서로 다른 것으로 보이기도 한다. 그러나 <황계사> 제3마루의 제7행은 <청산별곡> 제5행처럼 '下一'로 시작하고 있을 뿐 아니라 '上二'와 '上一' 및 '宮'을 경과하는 선율로 이루어져 있기 때문에, 두 행이 전혀 무관하다고 할 수는 없다.[48] 두 행의 선율을 박자에 따라서 비교해 보면 다음과 같다.

〈악보 6〉〈황계사〉 제3마루 제7행과 〈청산별곡〉 제5행

곡 ＼ 박/대강	1	2	3	4	5	6
황계사	下一	上二	上二上一	宮	上一宮	下二下三
청산별곡	下一	宮	宮	上二	上一	宮下一

　이 두 행에서 비슷한 부분은 두 곳에 지나지 않는다. 제1박에 나오는 '下一'과 제5박에 나오는 '上一'만 일치할 뿐이고 나머지 박에 나오는 음들은 모두 다르다. 이 두 행은 앞에서 살핀 <황계사> 제3마루 제5행과 <청산별곡> 제7행이나 <황계사> 제3마루 제6행과 <청산별곡> 제8행의 경우처럼 유사한 선율을 그렇게 많이 지니지는 못하다.

　<황계사> 제3마루 제8행은 <청산별곡> 제9행과 유사하다. <황계

---

48) <황계사> 제3마루 제7행 제3박과 제5박에 나오는 '上一 上二 上一'의 흐름에서 가운데 끼인 '上二'는 간음이고, 앞뒤에 나오는 '上一'은 원음이다.

사〉 제3마루 제8행은 복잡한 선율로 이루어져 있지만 간음을 제거하고 원음만 남기면 '下二 下二 下三 下四 下四 下三 下二 下四' 정도로 정리된다.[49] 이렇게 바꾸어 보면 이 선율은 〈청산별곡〉 제9행의 '下二 下三 下二 下二'의 흐름과 어느 정도 유사한 양상을 띠게 된다. 〈황계사〉 제3마루 제8행에는 〈청산별곡〉의 제9행에 보이지 않는 '下四'가 나타나기도 하지만, 두 행의 전체적인 선율은 '下二'에서 시작해서 '下三'이나 '下四'까지 떨어졌다가 다시 '下二'로 올라오는 식으로 전개되고 있는 것이다. 특히 〈황계사〉의 해당 선율에서 '下四'를 제거하면 두 선율은 거의 일치하게 된다.

이 두 행을 박자에 따라 비교해 보면 다음과 같다.

〈악보 7〉〈황계사〉 제3마루 제8행과 〈청산별곡〉 제9행

곡 \ 박/대강	1	2	3	4	5	6
황계사	下二	下二	下三下四	下四下三	(下三)	下二下四
청산별곡	下二	(下二)	下三	下二	(下二)	下二

(괄호 안은 지속음)

위에서 볼 수 있는 것처럼 두 행의 선율은 제4박과 제5박을 제외한 나머지 부분에서 모두 일치하고 있다. 제1박과 제2박에는 '下二'가, 제3박에는 '下三'이, 제6박에는 '下二'가 공통적으로 나타난다. 이 두 행은 위에서 살핀 대로 전체적인 선율이 유사하게 전개될 뿐 아니라 대응되는 박자에 나타나는 개별 음들도 일치하는 경우가 많은 것이다.

〈황계사〉 제3마루 제9행은 〈청산별곡〉 제10행과 비교해 볼 수 있

---

49) 제1박의 '下二 下三 下二'에서 사이에 끼인 '下三', 제2박의 '下二 下一 下二 下一 下二'에서 사이에 끼인 '下一', 제6박의 '下二 下一 下二'에서 사이에 끼인 '下一'은 모두 간음으로 볼 수 있다.

다. 이 두 행에는 같은 음이 몇 되지 않고 다른 음이 더 많이 보인다. <청산별곡> 제10행 제2-4대강에 보이는 '下三 下二 下三'의 흐름은 <황계사>의 대응 부분에 존재하지 않고, <황계사> 제3마루 제9행 제6박에 보이는 '下四 下三 下四'의 흐름은 <청산별곡>의 대응 부분에 나타나지 않는다. 다만 두 행의 선율은 시작음이 '下四'로 같다는 점과 각 행의 마지막 부분에 '下五'가 나타난다는 점에서 같은 모습을 보일 뿐이다.

박자에 따라 비교해 보면 다음과 같다.

〈악보 8〉 〈황계사〉 제3마루 제9행과 〈청산별곡〉 제10행

박/대강 곡	1	2	3	4	5	6
황계사	下四下四	(下四)	(下四)	(下四)	下五	下四下三下四
청산별곡	下四	下三	下二	下三	下四	下五

(괄호 안은 지속음)

두 행은 박자에 따라서 비교해 보아도 같은 음보다는 다른 음이 더 많이 나타난다. 시작부분인 제1박에서만 같은 음인 '下四'가 나타날 뿐 다른 곳에서는 같은 음이 전혀 발견되지 않는다. 다만 <황계사>의 제4·5박을 <청산별곡>의 제5·6대강에 대응시켜 보면 두 곳에 공히 '下四'와 '下五'가 나타나서 두 행의 선율이 좀 더 비슷하게 보일 수 있다.[50]

이상으로 <황계사>의 제3마루와 <청산별곡>을 비교해 보았다. 위에서 살핀 것처럼 <황계사>의 제3마루를 구성하고 있는 대부분의 행

---

50) <황계사> 제3마루의 나머지 한 행인 제10행은 <청산별곡>에서 유사한 곳이 발견되지 않는다. 아마도 <황계사> 제3마루의 제10행은 원곡에서 변주가 심하게 일어났거나 아니면 다른 곡에서 차용된 행이 아닌가 한다.

은 〈청산별곡〉에 연원을 두고 있다고 할 수 있다. 비록 〈황계사〉 제3
마루 제7행과 제9행의 선율은 〈청산별곡〉의 대응되는 행의 선율과
그다지 비슷하지 않고 〈황계사〉 제3마루 제10행은 출처를 찾을 수
없기도 하지만, 나머지 7개 행의 선율은 모두 〈청산별곡〉에서 나왔다
고 해도 좋을 만큼 대응되는 행의 짝들은 유사한 음들을 많이 지니고
있는 것이다. 이러한 두 곡의 행 대응 양상을 간단히 나타내 보면 다음
과 같다.

〈표 5〉〈황계사〉 제3마루와 〈청산별곡〉의 행 대응 양상[51]

곡	대응 행									
황계사	1	2	3	4	5	6	7	8	9	10
청산별곡	2	2	2	2	7	8	5	9	10	×

앞에서 이 곡의 구조를 살피면서 언급한 바와 같이 〈황계사〉의 제3
마루에 포함된 10개의 행에는 이 곡에서 반복적으로 나타나는 선율이
모두 포함되어 있다. 제3마루 앞의 4개 행은 제3·5·7마루에서 반복되
고 뒤의 6개 행은 이 작품의 모든 마루에서 반복되는 것이다. 이런 점을
고려한다면 〈황계사〉에 존재하는 선율은 대부분 〈청산별곡〉에서 유
래되었다고 할 수 있다.[52]

---

51) 음영의 농도는 유사성의 정도를 나타낸다. 즉 유사한 정도가 50% 이상으로 비교적
   높은 짝에는 음영을 진하게 넣었고, 유사한 정도가 50% 이하로 비교적 낮은 짝에는
   음영을 옅게 넣었으며, 유사한 짝을 찾을 수 없는 곳에는 음영을 넣지 않았다.
52) 〈황계사〉와 〈청산별곡〉 사이에 유사한 선율이 많이 존재한다고 해도, 시작 부분의
   선율이 일치하지 않기 때문에 두 곡을 같은 곡으로 보거나 원곡과 파생곡의 관계에
   있는 것으로 보기는 어려울 것이다. 그러나 두 곡은 선율, 음악적 구조, 장구 장단 등의
   여러 가지 측면에서 유사한 양상을 지니고 있기 때문에 〈황계사〉의 곡조가 〈청산별
   곡〉 곡조의 영향을 받아 이루어졌다는 점을 부인하기는 어려울 것으로 본다.

4. 결론

이상으로 <황계사>의 연원을 노랫말과 곡조의 두 가지 측면에서 살펴보았다. <황계사>의 노랫말에는 다른 작품에서 유래한 다양한 구절이 합성되어 있는데, 그 가운데 여러 이본에 공통적으로 나타나는 구절은 6개 정도이고, 그 중에서 3개는 고려가요에서 유래한 것이다. 그뿐 아니라 황계사의 작품 구성 원리인 '합성구성'과 작품의 내용과 어울리지 않는 후렴구는 고려가요 작품에서도 찾아볼 수 있는 특징이다.

음악적으로도 <황계사>는 고려가요와 밀접한 관계를 맺고 있다. <황계사>와 <청산별곡>은 반복 구조·장구 장단·음계·선율 등의 다양한 측면에서 유사한 양상을 보인다. 필자가 선행 연구에서 살핀 바에 따르면, <황계사>와 마찬가지로 <청산별곡>과 같은 연장체 고려가요도 일정한 곡조에 몇 개의 연을 반복적으로 얹어 부르는 반복 구조의 형식을 지니고 있었을 것으로 추정된다. <청산별곡>의 장구 장단은, 정간보의 6대강을 6박으로 맞추고 전환 관계에 있는 장구점을 조정해 보면 '쌍(雙) 요(搖) 고(鼓) 편(鞭) 고(鼓)'의 형식으로 되어 있는 <황계사>의 장단과 유사한 모습으로 바뀔 수 있다. 본고에서 살핀 바에 따르면, 음역이 下五에서 上二에 걸쳐 있고 下一의 음이 가장 많이 출현하는 모습을 보이는 <황계사>의 음계는 <청산별곡>과 정확하게 일치한다. 선율의 진행도 <황계사>는 많은 부분에서 <청산별곡>과 유사한 모습을 보인다.

이러한 점을 통해 <황계사>가 노랫말과 곡조의 두 가지 측면 모두에서 고려가요를 계승하고 있다는 것을 확인할 수 있다. 본고에서는 노랫말과 곡조라고 하는 작품 내적인 측면의 비교에 중점을 두어, <황

계사>가 어떤 과정과 경로를 통해서 고려가요를 계승하게 되었는가 하는 점에 대해서는 살피지 못했다. 향후 작품 외적인 자료를 통해 <황계사>와 고려가요의 연행 및 전승 상황에 대해 자세히 살핀다면 둘 사이의 영향 관계를 보다 포괄적으로 조명할 수 있을 것으로 기대한다.

제3부

12가사의 연원

I. 서론

1. 문제 제기와 연구사 검토

가사는 여러 가지 방식으로 향유되었던 장르이다. 그것은 악기 반주에 맞추어 화려한 곡조로 노래불리기도 했고, 단순한 가락으로 음영되기도 했으며, 율격적인 리듬으로만 읽히기도 했다.[1] 노래로 불린 첫 번째 부류의 가사를 가창가사라고 한다면, 두 번째 부류는 음영가사, 세 번째 부류는 율독가사라고 할 수 있다. 가창가사는 가사 장르의 시발점인 조선 초기부터 존재하였고, 조선 후기를 거쳐 현재에 이르기까지 면면히 이어지고 있다.

12가사는 조선 후기에 성행하여 현재까지 전승되고 있는 12편의 가창가사, <수양산가(首陽山歌)>·<양양가(襄陽歌)>·<처사가(處士歌)>·<권주가(勸酒歌)>·<백구사(白鷗詞)>·<황계사(黃鷄詞)>·<죽지사(竹枝詞)>·<어부사(漁父詞)>·<춘면곡(春眠曲)>·<상사별곡(相思別曲)>·<길군악(길軍樂)>·<매화타령(梅花打令)>을 가리킨다. 이

---

1) 가사의 향유방식에 대해서는 이능우, 『가사문학론』, 일지사, 1977, 13-40면; 졸고, 「가사의 형태와 향유방식 변화의 관련양상 연구」, 서울대학교 석사학위논문, 1998, 8-37면 등에서 논의된 바 있다.

노래들은 그 성행 시기가 18세기 이후로 비교적 늦은 편이지만, 조선 초기부터 시작된 가사의 가창전통을 잇고 있기 때문에 가사의 역사에서 중요한 위치를 차지한다.[2] 또한 대부분의 가창가사들이 악곡을 상실한 채 노랫말로만 전승되고 있는 것과 달리, 12가사는 곡과 노랫말을 모두 보존하고 있어서 가사의 음악적 성격을 연구하는 데 귀중한 자료가 된다.

문학적으로 살펴볼 때 12가사에는 다양한 형태로 이루어진 작품들이 한데 섞여 있는 것이 사실이다. 거기에는 <춘면곡>이나 <상사별곡>·<처사가>처럼 가사의 형식으로 짜인 작품들이 있는가 하면, <길군악>이나 <백구사>·<매화가>처럼 잡가적 경향 내지는 여요적 경향을 띠고 있는 작품들도 있고, <어부사>나 <양양가>처럼 한시에 토를 달아 노랫말을 구성한 작품들도 있다. 그렇기 때문에 이것들은 하나의 작품군으로 묶일 여지가 없어 보이기도 한다.

그러나 음악적으로 살펴볼 때 이들은 모두 가곡창과 같은 수준의 고급음악 장르에 속하면서 구조나 형식의 측면에서 일정한 동질성을 지니고 있다. 모든 곡들이 마루[3]라는 단위로 나뉘고, 각 곡에는 반복적으로 나타나는 일정한 선율이 존재하며, 대부분의 곡들은 6박 장단으로 연주되는 것이다.[4] 문학적으로 서로 다른 12편의 작품을 하나로

---

2) 졸고, 「가사의 가창 전통과 부분창의 가능성」, 『한국시가연구』 제16집, 한국시가학회, 2004, 283-293면.

3) 마루 : 국악에서 악절의 단위 또는 하나의 단위를 이루는 악절을 가리킨다. '마루'는 <與民樂慢>과 같은 기악곡에서 각 장의 악절을 세거나, <길軍樂>·<白鷗詞> 등과 같은 통절형식으로 된 가사에서 선율의 한 절을 나타낼 때 쓰인다.

4) 12가사 중 <권주가>는 장단이 없고, <상사별곡>·<처사가>·<양양가>는 5박 장단으로, 나머지 곡들은 모두 6박 장단으로 연주되고 있다. 그런데 5박 장단으로 연주되는 세 곡도 예전에는 원래 6박 장단으로 연주되었다고 한다.(김창곤, 「12가사의 악곡·형성과 장르적 특징」, 서울대학교 박사학위논문, 2006, 153면.)

묶을 수 있는 근거는 바로 그것들의 음악적 공통성에 있다고 할 수 있다.

12가사는 지금까지 대체로 시조나 가사 같은 시가 갈래에 비해서 노랫말의 수준이 떨어지는 작품군으로 인식되어 문학적 연구의 대상에서 거의 제외되다시피 했다고 해도 과언이 아니다. 12가사에 대한 이러한 부정적인 견해는, 거기에 속한 개별 작품들의 노랫말이 매우 저속하거나 조잡한 표현들을 포함하기도 하고 체계나 맥락이 없는 구성 방식을 취하고 있는 경우가 많기 때문에 불가피하게 제기된 것이기도 하다. 그러한 한편으로 12가사의 곡조는 가곡·시조와 함께 격조 높은 음악 양식의 하나로 인정된다. 가곡·시조·가사는 조선시대 사대부들과 가객들이 향유하던 성악곡으로 판소리·민요 등의 민속악과 구별되는 속성을 지니고 있는 것이다.5) 이렇게 12가사는 문학적 인식과 음악적 평가가 서로 엇갈리는 특수한 환경 속에서 일부 국악 애호가들에 의해 현재까지 계승되고 있다.

이렇게 12가사가 문학적 자질과 음악적 조건이 잘 부합하지 않는 것처럼 보이는 것은 무엇 때문일까? 본고는 이러한 의문에 대한 답을 마련하는 차원에서 12가사의 연원에 대해 고찰해 보고자 한다. 즉 12가사가 어디에서 비롯되었는가 하는 것이 본고의 근본적인 의문이다.

현재까지 발견된 여러 가지 기록과 정황으로 미루어 가사가 초창기부터 노래로 불리었다는 점에 대해서는 어느 정도 추정이 가능한 상태이지만, 초창기 가창가사들이 과연 어떠한 곡에 얹혀 노래로 불렸을지에 대해서는 남아 있는 음악적 자료가 거의 전무하기 때문에 추정조차 어려운 것이 사실이다. 그러나 다행히도 노래로 불리던 몇몇 가사

---

5) 가곡·시조·가사를 합쳐서 '正歌'라는 용어로 부르기도 한다.(송방송, 『한국음악통사』, 일조각, 1984, 412-414면.)

작품들이 현재까지 온전히 전해지고 있어서 초기 가사의 음악적 성격을 추정하는 데 도움을 주고 있다. 조선 전기 가사의 맥을 잇고 있는 12가사로부터 미루어 나간다면, 초창기 가사의 음악적인 면모를 완전히 재구하지는 못할지라도 어느 정도까지 추정해 보는 것은 가능하리라고 생각한다.

그러나 12가사의 악곡을 통해 초기 가창가사의 음악적 성격이나 양식을 알아보기 위해서는 아직 해결해야 할 과제가 많이 남아 있다. 관련 자료를 검토해 보면 조선 후기에 성행한 12가사가 이전 시기의 가창가사와 맥이 닿아 있고 그 중 몇몇 작품은 17세기 이전의 비교적 이른 시기에 창작되었다고 하는 점이 확인되기도 한다. 그렇지만 이러한 것은 가창가사의 역사적인 흐름과 생성 과정을 이해하기 위한 기본적인 전제 또는 전체적인 윤곽에 해당할 뿐이다. 12가사를 단서로 해서 초기 가창가사의 음악적 성격에 좀 더 가까이 접근하기 위해서는 12가사의 문학적·음악적 자질에 대한 보다 심화된 탐색이 요구된다고 하겠다. 본고에서 알아보고자 하는 12가사의 연원은 이러한 문제와도 관련되어 있다.

지금까지 12가사에 관한 연구가 음악과 문학의 각 방면에서 많이 이루어져 왔으나,6) 그 연원을 밝힌 연구로는 황준연과 김창곤의 <길군악>에 관한 연구와 졸고의 잡가계 가창가사에 관한 논의가 있을 뿐이다.

황준연은 『대악후보』에 실린 <쌍화점>과 『시용향악보』에 실린 <쌍

---

6) 12가사에 대한 문학 쪽과 음악 쪽의 연구사 전체는 김은희, 「12가사의 문화적 기반과 양식적 특성」, 성균관대학교 박사학위논문, 2001, 2-6면; 김창곤, 앞의 논문, 2006, 3-9면 등에 잘 정리되어 있으므로 그쪽으로 미루고, 본고에서는 12가사의 연원에 대해 고찰한 논문만 살피기로 한다.

화곡> 및 기악곡의 하나인 <길군악>을 장고형·박자·악곡 구조·선율의 측면에서 비교하여 세 곡이 유사성을 지니고 있음을 밝힘으로써 <길군악>이 <쌍화점>에서 유래되었다는 점을 입증한 바 있다.[7] 김창곤도 이러한 논의를 이어받아 <쌍화점>과 『삼죽금보』(1841)의 <행로곡> 및 현행의 가사 <길군악>을 음악적 측면과 문학적 측면에서 비교하여 가사 <길군악>이 <쌍화점>에서 비롯된 것임을 증명한 바 있다.[8] 졸고에서는 <백구사>와 <매화가>로 논의를 확대하여 이것들의 노랫말과 곡이 각각 <한림별곡>과 <서경별곡>에서 유래했음을 밝혔다.[9]

황준연의 논의는 제목도 다르고 시대적으로도 동떨어져 있어서 전혀 무관할 것 같은 두 작품을 대상으로 하여 그 사이에 존재하는 연관성을 밝혀냈다는 점에서 독창적 의의를 인정할 수 있고, 김창곤의 논의는 음악적 요소와 아울러 노랫말까지 비교하여 두 작품 간의 상관성을 밝혀냈다는 점에서 참고할 만한 가치가 있다고 생각한다. 다만 이들의 논의는 <쌍화점>과 <길군악>만을 대상으로 했을 뿐, 여타의 자료로 연구를 확대하거나 보다 발전된 논의를 전개하지 않아서 아쉬움이 남는다. 졸고에서 <백구사>와 <매화가>를 추가적으로 고찰하여 논의의 범위를 넓히기는 했지만, 두 편을 추가한 정도로 12가사 전체의 연원을 거론하기는 어려운 형편이다.

---

7) 황준연, 「쌍화곡과 길군악」, 『민족음악학』 14, 서울대학교 음악대학 부설 동양음악연구소, 1992, 2-15면. 황준연은 <쌍화점>에서 <쌍화곡>이 나오고 <쌍화곡>에서 다시 기악곡 <길군악>이 나왔다고 했다.(위의 논문, 15면.)

8) 김창곤, 「쌍화점과 가사 길군악」, 서울대학교 석사학위논문, 1999, 19-29면. 김창곤에 의하면 <길군악>에는 기악 <길군악>과 가사 <길군악> 및 민요 <길군악>이 있다고 한다.(위의 논문, 4면.) 위에 인용한 황준연의 논의가 기악곡 <길군악>에 관한 것이라면, 김창곤의 논의는 가사 <길군악>에 관한 것이다.

9) 졸고, 「조선 후기 가창가사에 보이는 잡가적 경향의 연원」, 『국문학연구』 제13호, 국문학회, 2005, 108-122면.

이제까지 이루어진 12가사의 연원에 대한 탐구는, 연원이 밝혀진 작품도 몇 되지 않거니와 논의의 수준도 대체로 개별 작품에 관한 것으로 머물고 있는 셈이다. 12가사에 대해 보다 깊이 이해하기 위해서는 여기서 더 나아가 12가사 전체로 논의를 확대할 필요가 있다. 그리하여 12가사의 전반적인 특성을 음악과 문학 양 측면에서 확인하고 이러한 특성이 어디에서 유래되었는지 밝힘과 아울러 연원이 밝혀진 <길군악>·<백구사>·<매화가> 외의 다른 작품들 중에는 앞선 시기의 작품과 유사한 것이 없는지 정밀하게 따져볼 필요가 있다. 나아가 12가사의 세 가지 큰 계열인 가사계 작품과 여요계 작품 및 한문현토체 작품 사이에는 어떠한 관계가 존재하는지 또 이것들은 각각 어떤 장르에서 유래하여 한국시가사에서 어떠한 역할을 수행했는지에 대해서도 고찰해 보아야 할 것이다.

2. 연구 목표와 방법

12가사에 대한 연구는 문학적 측면과 음악적 측면을 함께 고려하여 수행해야 한다. 일찍이 국악연구의 선편을 잡은 장사훈은 고전시가 연구에서 문학과 음악 양쪽이 긴밀히 협력해야 함을 강조하면서, 대학과 정에서부터 국문학과 국악을 함께 배울 수 있는 제도적 기반을 마련해야 한다고 언급한 바 있다.10) 물론 지금까지 문학과 음악의 통합적 연구로 주목할 만한 연구 성과가 없었던 것을 아니지만, 아직까지 국문학과 국악 양 분야의 협력은 그다지 활성화되지 못하고 있는 듯하다. 몇몇 의미 있는 연구 사례를 제외한다면 국문학계와 국악계에서 이루

---

10) 장사훈, 「고려가요와 음악」, 『고려시대의 가요문학』, 새문사, 1982, Ⅱ-164, 177면.

어진 대부분의 연구는 협력보다는 독립 작업에 가깝다고 할 정도로 분단된 채 진행되어 왔다고 할 수 있다. 12가사에 관한 연구에서도 지금까지 문학과 음악 양쪽에서 다양한 성과가 쌓여 왔지만, 두 분야를 함께 고려한 경우는 그렇게 많다고 할 수 없다.

국문학 연구의 여러 분야 중에는 어느 한쪽만 다루어서는 왜곡된 결론에 도달할 수밖에 없고 양쪽을 함께 다루어야 온당한 답을 찾을 수 있게 되는 경우가 많다. 그 예로 향가와 고려가요의 연구를 들 수 있다. 두 장르의 연구에 있어서 문학과 어학의 협력의 중요성은 오래전부터 강조되어 왔고,[11] 그러한 협력에 힘입어 상당한 연구 성과가 쌓여온 것도 사실이다. 그렇지만 만약 문학 쪽에서 어학적인 전제를 무시하고 상상력에만 의존하여 연구를 진행하거나 어학 쪽에서 문학적인 공감을 거부하고 어구 해석에만 만족하려 한다면, 그러한 연구는 성공적인 성과를 거두기도 어려울 뿐더러 보다 발전적인 논의로 이어지기도 힘들 것이다.

고전시가는 문학과 음악의 협력이 절실히 필요한 분야이다. 대부분의 우리 시가 장르는 오랜 세월 동안 시이면서 동시에 노래로서, 문학과 음악이 결합된 상태로 향유되어 왔다. 사정이 이런 경우 노랫말과 악곡을 따로따로 감상해서는 작품에 대한 온전한 이해에 도달할 수 없고, 둘을 함께 감상해야만 작품의 진면목에 접근할 수 있게 된다. 더구나 12가사는 그 곡조가 지금까지 그대로 전승되고 있기 때문에 곡을 알 수 없는 향가나 곡이 기록되어 있다고 해도 눈으로밖에 확인할 도리가 없는 고려가요 같은 장르에 비하면 음악적 측면을 다루기가 훨씬 용이하다. 그것은 눈과 귀 그리고 머리와 가슴으로 보고 듣고 이

---

11) 김완진, 『향가와 고려가요』, 서울대학교 출판부, 2000, 199-200면에도 두 분야 협력의 중요성이 강조되어 있다.

해하고 느끼면서 문학과 음악 양쪽을 모두 고찰할 수 있는 것이다. 12
가사의 연구에서 문학과 음악을 함께 다루어야 할 필연성은 이러한
점에서도 찾을 수 있다.

　한국의 시가 장르는 크게 단가와 장가로 나누어 볼 수 있다. 단가에
는 향가나 시조처럼 비교적 짧은 형식의 갈래들, 장가에는 고려속요·
경기체가·악장·가사·잡가 등의 비교적 긴 형식의 갈래들이 포함된
다. 단가에 속하는 향가나 시조는 행수나 종장의 규칙과 같은 엄격한
형식이 존재하기 때문에 거기에 맞추어 작품을 지어야 한다. 반면 장가
에 속하는 장르들은 해당 장르의 작품 간에 형태적 공통성이 존재하기
는 해도 향가나 시조처럼 행수의 제한이 있는 것은 아니기 때문에 작품
의 길이를 자유롭게 할 수 있다는 특징이 있다. 예컨대 고려가요 같은
장르의 경우, 대부분의 작품은 여음구가 삽입될 수 있는 연장체로 되어
있다는 점에 형태적 공통성이 있을 뿐이지 행수나 연수에 제한이 있는
것은 아니다. 따라서 연을 중첩한다면 작품은 얼마든지 더 길어 질 수
도 있다. 가사도 장가에 속하는 갈래라서 4음4보격이라는 형태만 지켜
준다면 작품을 얼마든지 늘여서 쓸 수 있다.

　가사에 선행한 가창 장르로는 향가·고려속요·경기체가·악장 등
을 들 수 있다. 이 중에서 향가는 짧은 형식의 노래인 단가(短歌)에 속하
고 고려속요·경기체가·악장은 긴 형식의 노래인 장가(長歌)에 속한
다. 향가는 같은 단가 계열에 드는 시조와 연관성이 깊은 것으로 알려
져 있으므로 이를 제외하면, 가사의 연원이 될 만한 장르로는 같은 장
가 계열인 고려속요·경기체가·악장 정도를 들 수 있다. 본고는 가사
에 선행한 여러 장르와 12가사를 음악과 문학 양 방면에서 비교하여
둘 사이의 동질성을 찾아 나가는 방향으로 논의를 전개하기로 한다.

　위에서 언급한 바와 같이 12가사 중에서 <길군악>·<백구사>·

<매화가> 세 작품은 각각 <쌍화점>·<한림별곡>·<서경별곡>과 유사한 노랫말과 선율을 지니고 있음이 이미 밝혀졌다. 이 세 작품만 놓고 보면 12가사는 고려가요와 친연성이 깊은 것으로 판단된다. 그렇다면 과연 다른 작품에도 이러한 판단이 그대로 적용될 수 있을까? 다시 말해 세 작품 외의 다른 12가사 작품들 중에도 고려가요와 유사한 것들이 존재할까? 또 가사의 선행 장르 중 고려가요 이외의 장르, 즉 악장은 12가사와 친연성이 없을까? 본고는 이러한 문제들을 논의하면서 12가사의 연원에 대해 고찰해 보고자 한다.

가사의 선행 장르인 고려속요·경기체가·악장에 속하는 작품들은 『악장가사』와 『시용향악보』 및 『대악후보』 등에 노랫말과 곡이 수록되어 있다. 이와 같은 문헌에 수록된 노랫말과 악보를 12가사의 그것과 비교하여 둘 사이에 존재하는 유사성을 찾아내는 것이 본고의 핵심적인 과제이다. 그런데 선행 악곡과 12가사의 음악적 유사성을 밝히는 과제를 풀기 위해서는 먼저 비교의 근거와 방법 및 기준 등을 마련할 필요가 있다. 『시용향악보』와 『대악후보』에 수록된 많은 악보를 현재의 12가사 악보와 비교하는 일은 다음과 같은 몇 가지 난점을 지니고 있기 때문이다.

첫 번째 난점으로 기보법의 차이를 들 수 있다. 『시용향악보』와 『대악후보』가 오음약보(五音略譜)12)의 방식을 택하고 있는 것과 달리, 12

---

12) 오음약보 : 조선 세조가 창제하여 19세기까지 사용해온 국악 記譜法이다. 오음약보는 세종 때의 井間譜가 32井間으로 된 행에 律名을 적는 기보법이던 것을 고쳐, 행을 그 절반인 16정간으로 하고 거기에 율명 대신 宮을 중심으로 하여 궁보다 높은 음에는 上一·上二·上三·上四·上五를, 궁보다 낮은 음에는 下一·下二·下三·下四·下五를 적는 편리하고 합리적인 악보이다. 오음약보의 중심이 되는 궁은 歌聲의 調로서 궁을 삼은 것이고 중국 五調 중의 宮調는 아니다. 이 기보법은 궁으로부터 위로 첫째 소리는 上一이 되어 上二 등으로 올라가고, 궁에서 한 음 아래는 下一이 되어 下二 등으로 내려가는데, 높은 소리 上五 이상은 너무 높고 낮은 소리 下五 이하는 너무

가사가 수록되어 있는 『전창십이가사』[13] 등은 율자보(律字譜)[14]의 방식을 사용하고 있다. 그렇기 때문에 둘 중 어느 하나를 다른 방식으로 바꾸어 기보 방식을 일원화시키지 않고서는 고악보와 12가사 악보를 직접적으로 비교하는 것이 불가능하다.

오음약보로 된 특정한 곡을 율자보로 바꾸자면 먼저 궁(宮)에 해당하는 음이 어떤 것인지 파악해야 한다. 그런데 해당곡이 오음약보와 율자보의 두 가지 방식으로 채보되어 있다면 악보 비교를 통해서 궁에 해당하는 음을 쉽게 파악할 수 있지만, 그렇지 않을 경우 다시 말해 해당곡이 오직 오음약보 하나의 방식으로만 채보되어 있다면 비교 대상이 존재하지 않기 때문에 궁에 해당하는 음이 어떤 것인지 알아내기 어렵다. 예컨대 오음약보로 기보된 <서경별곡> 같은 경우는 이 곡에서 파생되어 나온 곡인 <정동방곡>이 율자보로 기보되어 있어서 둘을 비교하면 <서경별곡>의 궁이 무엇인지 쉽게 파악할 수 있고, <만

낮아 모두 쓸 수 없다. 또한 오음약보는 한 옥타브 안에 5음밖에 표시할 수 없기 때문에 6음계나 7음계인 경우에는 工尺譜 중에서 '一'과 '凡'을 빌려 표기하기도 하는 등 불편한 점도 있으나 5음계로 된 음악을 기보하는 데는 편리하다. 이 기보법은 시각적으로 음의 높고 낮음을 直覺할 수는 있으나 궁 자체의 音高는 알 수 없고, 또한 平調에서는 宮에서 上一까지의 음정이 이율(二律 : 장2도)이지만 界面調에서는 삼률(三律 : 단3도)이어서 평조라든가 계면조라는 표시가 없으면 그 음정을 알기 어려운 점도 있다.

13) 12가사 악보가 수록되어 있는 것으로는 장사훈의 『傳唱十二歌詞』(서울대학교 출판부, 1980), 이주환의 『歌詞譜』(가곡보존회, 1960), 이양교·황규남의 『十二歌詞傳』(도서출판 광명당, 1977), 김기수의 『정가집』(은하출판사, 1980), 김경배의 『歌詞譜』(은하출판사, 2001) 등이 있다. 그 중에서 장사훈의 악보가 1936년에서 1940년 사이에 채보된 것으로 시기상 가장 앞선다. 본고에서는 12가사의 악보로 장사훈의 악보를 주로 사용하기로 한다.

14) 율자보 : 음의 높이를 12律名으로 표시한 文字樂譜이다. 12율명은 황종(黃鐘)·대려(大呂)·태주(太簇)·협종(夾鐘)·고선(姑洗)·중려(仲呂)·유빈(蕤賓)·임종(林鐘)·이칙(夷則)·남려(南呂)·무역(無射)·응종(應鐘)으로 되어 있으며 악보에 표기할 때는 '黃', '太', '仲'과 같이 앞의 글자만을 표기했다. 또한 청성(淸聲) 즉 높은 음부는 '氵'를, 탁성(濁聲) 즉 낮은 음부는 '亻'를 붙여 기보했다.

전춘> 같은 경우도 오음약보로 채보된 것과 율자보로 채보된 것이 함께 존재하고 있어서 궁을 파악하기에 어려움이 없다고 할 수 있다. 그렇지만 고악보에 수록된 나머지 많은 곡들은 오음약보로 채보된 악보 하나로만 존재하는 경우가 대부분이기 때문에 해당 곡의 궁음을 파악할 수도 없고 따라서 율자보로 바꿀 수도 없다. 따라서 오음약보를 율자보로 바꾸는 방식은 악보 비교를 하는 데 사용하기 어려운 방식이라고 하겠다.

율자보로 된 곡을 오음약보로 바꾸는 데에도 마찬가지 어려움이 존재한다. 율자보로 된 특정곡을 오음약보로 바꾸자면 먼저 해당 곡의 음계를 구성하는 여러 음 중에서 어느 하나의 음을 궁으로 결정해야 하는데, 어떤 음을 궁으로 잡아야 하는지에 대해서는 아직까지 정해진 학설이 없는 형편이다.[15] 그렇기 때문에 이 방식을 택하기 위해서는 먼저 특정 곡의 음계에 나타나는 여러 음 중에서 어느 하나를 궁으로 결정할 객관적이고도 타당한 방법에 대해 모색해 보아야 한다. 궁을 결정할 방법을 마련하지 못한다면 이 방식 또한 선택할 수 없게 된다.

두 번째 난점은 비교 기준에 관한 것이다. 율자보로 된 12가사의 어떤 작품을 오음약보로 바꾸는 작업을 성공적으로 마쳤다고 해도 해당곡의 연원으로 인정할 만한 선행 악곡이 저절로 나타나는 것은 아니다. 악보를 일원화하는 일은 그야말로 기초적인 작업에 불과할 뿐이다. 12가사 개별 작품의 모본이 되는 선행 악곡을 발굴하자면 12가사의 악보와 고악보를 비교하는 작업을 수행해야 하는데, 이를 위해서도 여

---

15) 宮에 관한 학설로는, 중심음을 궁으로 보는 견해(황준연, 『한국 전통음악의 악조』, 서울대학교 출판부, 2005, 2-8면.)나 종지음을 궁으로 보는 견해(장사훈, 「유예지의 군악 타령과 현행 군악과의 관계」, 『예술원보』 제8호, 대한민국 예술원, 1962, 117-120면.) 등이 있다.

러 가지 기준과 방법을 고안해야 한다.

12가사의 특정 곡과 고악보에 수록된 모든 곡을 하나하나 비교해 보는 것도 12가사 개별 곡조의 연원을 찾는 한 가지 방법이 되기는 하겠지만, 그렇게 해서는 시간과 노력만 들이고 원하는 성과를 거두지 못하게 되기 쉽다. 그렇기 때문에 직접적인 악보 비교에 들어가기에 전에 먼저 고악보에 수록된 많은 악곡 중에서 12가사의 특정 곡과 비교 가 성립될 가능성이 높은 곡을 선별해 내어야 하는데, 이 작업도 적절 한 기준에 의거해야 효과적으로 이룰 수 있다. 비교 대상을 선별하는 기준으로는 다양한 요인들이 고려될 수 있지만 특히 노랫말의 내용·형식적 특징이나 해당 악곡의 음계 및 구성음의 출현 횟수 등에 유의하 여야 할 것으로 보인다.

비교 대상 곡을 선별했다면 두 곡이 장고 장단이나 박자 및 선율 등의 측면에서 유사한 점을 지니고 있는지 살펴보아야 한다. 특히 선율 비교를 위해서는 12가사 특정 작품에 나타나는 주요 선율을 찾아낼 필요가 있다. 앞에서 언급한 바와 같이 12가사에 속하는 모든 작품은 여러 개의 마루로 구성되어 있고, 각 마루에는 반복적으로 되풀이되는 선율이 존재한다. 이 반복되는 선율이 해당 악곡의 주요 선율이라고 할 수 있다. 12가사와 선행 악곡의 선율 비교는 이러한 주요 선율을 대상으로 해야 효과적으로 진행할 수 있다.

주요 선율을 찾아내었다면 비교 단위를 결정하는 문제가 남는다. 유 사 선율을 지닌 선행 악곡을 찾는 일은 음악적 작업이기 때문에 선율 비교는 일차적으로는 음악적 단위, 즉 장고 장단과 박자가 기보되어 있는 악보 상의 행을 기준으로 수행되어야 한다. 그런데 고악보와 12가 사의 악보는 모두 정간보로 되어 있는 점에서 서로 같지만, 한 행의 정간 수와 대강의 유무 등에 있어서는 서로 다른 양상을 보인다. 『시용향악보』와 『대악후보』에 수록된 악보는 모두 한 행이 16정간으로 구성되어 있고 한 행은 다시 6대강으로 구분되지만, 『전창십이가사』에 수록된 12가사의 악보는 대체로 한 행이 10이나 12정간으로 구성되어 있고 대강은 존재하지 않는다. 그렇기 때문에 12가사의 한 행과 고악보의 한 행은 일치할 수도 있으나, 그렇지 않고 12가사의 여러 행이 고악보의 한행에 해당하거나, 음악적 단위인 행으로는 두 가지 악보를 비교할 수 없는 경우도 있을 수 있는 것이다. 이러할 때에는 음악적 단위보다 문학적 단위인 율격을 감안하여 비교하는 것이 보다 효과적인 방법이 될 수 있다. 이렇게 어떤 경우는 음악적 단위가 또 어떤 경우는 문학적 단위가 보다 적절한 비교 기준이 되기 때문에, 비교의 대상이 되는 두 곡에 효과적으로 적용할 수 있는 비교 단위를 결정하는 것도 중요한 일이 된다.

이렇게 해서 12가사의 특정 작품과 선행 악곡 사이에서 유사한 선율이 발견된다면 두 곡은 서로 친연성이 깊은 것으로 간주될 수 있을 것이다. 본고에서는 12가사와 선행 악곡의 많은 작품들 중에 이러한 친연성을 확인할 수 있는 짝이 이미 밝혀 진 것 외에도 더 존재하는지 검토해 보기로 하겠다.

3. 연구의 의의와 전제

이러한 논의는 이제까지 거의 연구되지 않은 상태로 남아 있는 장가(長歌)에 속하는 하위 갈래들의 관계나 한국 장가의 역사를 밝히는 밑바탕이 될 수 있을 것으로 생각한다. 지금까지 단가에 속하는 향가나 시조와 같은 갈래에 대해서는 각 갈래들 간의 상호관계나 그것들의

시대적인 흐름이 어느 정도 윤곽이 잡혔다고 할 수 있을 만큼 연구가
진척되어 왔다. 향가의 형식은 <정과정>이나 <사모곡> 같은 향가계
및 단형의 여요를 거쳐 시조로 이어지고 있는 것으로 보이고, 시조 장
르 자체의 역사도 만대엽에서 중대엽을 거쳐 삭대엽과 다양한 파생곡
으로 이어지는 음악적인 변모 과정이 체계적으로 서술되고 있다.

그러나 장가에 속하는 세부 갈래, 즉 여요·악장·가사·잡가 등은
서로 어떠한 관계를 맺고 있는지 또 그것들이 역사적으로 어떠한 전개
양상을 보이는지 하는 점에 대해서는 분명한 근거가 제시되지 않은
채 막연한 추정만 이루어지고 있을 뿐이다.16) 고려시대부터 향유된 여
요나 조선 초에 발생한 악장이 그 이후의 시기에도 줄곧 향유되어 오랜
세월동안 연행되었다는 것은 익히 알려져 있지만, 그것들이 가사나 잡
가와 같은 다른 갈래와 어떠한 관계를 맺고 있는지에 대해서는 거의
밝혀진 것이 없는 형편이다. 그렇기 때문에 장가류 갈래들은 서로 관련
이 없는 독립된 장르인 것처럼 인식되기도 한다. 이상과 같은 문제에
접근하는 일이 쉽게 이루어질 수 있는 것은 아니지만, 12가사의 연원에
대한 탐구가 그러한 문제를 해결하기 위한 단서를 마련할 수 있을 것으
로 기대한다.

이렇게 12가사의 연원에 대한 연구는 앞에서도 언급한 것처럼 초기
가사의 음악적 성격을 추정할 수 있도록 할 뿐 아니라, 장가에 속하는
개별 장르들의 관계와 그것들의 역사를 서술하는 데도 일정한 기여를
할 수 있다는 점에서 중요한 의의를 지닌다고 할 수 있다.

---

16) 가사가 연장체로 된 여요나 악장에서 유래되었으리라는 추정이 그러한 예에 속한다고
할 수 있다. 연장체 여요와 악장 및 가사는 모두 행수에 제한이 없는 장가에 속한다는
공통점이 있지만, 장가 계열에 속한다는 단순한 공통점만으로는 영향관계를 입증하기
도, 유래를 밝히기도 힘들 것이다. 영향관계와 유래를 규명하기 위해서는 보다 구체적이
고 명백한 근거를 문학과 음악 양 방면에서 찾아낼 필요가 있다.

국문 시가 갈래에 속하는 작품 사이의 음악적인 유사성을 밝히는 것은 문학적인 유사성을 찾는 데에 유용한 기준을 제공해 줄 수 있고, 그 역도 마찬가지이다. 시가에서 음악과 문학은 둘이면서도 하나로 통합되어 존재하기 때문이다. 따라서 먼저 12가사와 선행 장르의 음악적인 유사성을 확인한 다음, 이러한 유사성을 바탕으로 문학적인 동질성을 탐색하는 작업을 진행하면 12가사의 연원을 찾고자 하는 본고의 목표를 보다 효과적이고도 확실하게 달성할 수 있을 것으로 생각한다. 이러한 취지에 따라서 본고에서는 Ⅱ장에서 먼저 음악적인 논의를 전개한 다음 Ⅲ장에서 문학적인 비교 작업을 진행하기로 한다.

Ⅳ장에서는 12가사의 시대적 변천 양상과 시가사적인 의의에 대해 논의한다. 이를 위해서 12가사를 포함한 다양한 가창 장르의 작품들을 수록하고 있는 금보(琴譜)와 가사집(歌詞集) 및 가집(歌集)에 대해 고찰해 보기로 한다. 거문고 악보인 금보에는 12가사 등의 가창가사뿐만 아니라 고려가요나 악장 및 잡가와 같은 장가 계열에 속하는 다양한 작품들의 악보가 수록되어 있다. 금보에 수록되어 있는 다양한 장가류 작품들을 시기별로 정리해보면 장가에 속하는 장르들이 시대의 흐름에 따라 어떠한 양상으로 전개되어 왔는지 대략 파악할 수 있다. 금보를 통해 알 수 있는 장가류 장르의 시대적 흐름은 12가사의 연원에 관한 작품 외적 방증 자료로서 중요한 가치를 지닌다. 가사집과 가집에는 12가사를 포함한 다양한 가창가사 작품들이 많이 수록되어 있다. 이들의 자료에 수록된 가창가사 작품들을 시기별로 정리해 보면, 가창가사에 속하는 세부 갈래의 성립 시기와 상호작용 및 역학 관계 등을 파악할 수 있게 된다. 이러한 검토를 통해서 가창가사가 어떠한 변화 과정을 거쳐서 현재의 12가사에 이르게 되었는가 하는 점에 대해 대략적인 설명을 할 수 있게 될 것으로 기대한다. 이러한 논의를 거쳐서

선행 장르로부터 유래된 12가사가 어디로 흘러갔는지, 또 그것들은 한
국의 시가사에서 어떠한 역할을 수행했고 어떠한 가치를 지니는지에
대해서도 생각해 보기로 한다.

앞에서 언급한 바와 같이 12가사에 속한 작품들은 그 노랫말의 형식
에 따라 몇 가지 부류로 나누어 볼 수 있다. <길군악>·<백구사>·
<매화가>·<수양산가>·<황계사>·<죽지사>·<권주가>는 고려
가요와 유사한 형식으로 볼 수 있는 작품들이다. 이 작품들의 노랫말을
살펴보면 합성의 흔적을 보이기도 하고 노랫말 중간 중간에 여음구를
지니고 있기도 하며 또 여음구를 기준으로 노랫말이 몇 덩어리로 나뉘
기도 한다. 그리고 <춘면곡>·<상사별곡>·<처사가>는 가사체로 되
어 있는 작품들이다. 이 작품들은 대체로 정연한 4음4보격의 율격이
노랫말의 처음부터 끝까지 흐트러짐 없이 유지되는 경향을 보인다.
<어부사>나 <양양가>는 한문현토체 형식으로 분류된다. 이 두 작품
은 한시에 토만 붙여서 만든 것들이다. 여요 계열의 작품 중 <권주가>
나 <죽지사>에도 한문현토체의 노랫말이 일부에 삽입되어 있지만, 순
수한 한문현토체 작품은 <어부사>와 <양양가>밖에 없다.17)

가사계와 한문체 12가사는 사용 문자로 보면 구별되는 특징을 지니
고 있지만 그 이외의 다른 조건들에 있어서는 동질성을 보다 많이 지니
고 있다.18) 이점을 고려하여 본고에서는 12가사를 크게 여요계와 가사

---

17) 노랫말의 형태에 따른 12가사의 분류를 도표로 제시하면 다음과 같다.

國文體 노래	歌辭系	<春眠曲>·<處士歌>·<相思別曲>
	麗謠系	<白鷗詞>·<길軍樂>·<黃鷄詞>·<梅花打令>·<首陽山歌>·<勸酒歌>·<竹枝詞>
漢文懸吐體 노래		<襄陽歌>·<漁父詞>

18) 가사계와 한문체 12가사는 음악적인 측면에서 동일한 기반에 놓여 있을 뿐 아니라
율격과 같은 문학적 조건이나 시대적 추이 등에서도 유사한 양상을 보인다. 이 점에
대해서는 뒤에서 자세히 논하기로 한다.

계·한문체의 두 부류로 나누어서 논의를 전개하기로 한다. 그리하여 두 개의 부류가 각각 어떤 장르에서 유래하였고 또 우리 시가사에서 어떠한 위치를 차지하고 있는지에 대해 알아보기로 하겠다.

12가사와 선행 악곡의 음악적 유사성을 찾아내고 나아가 개별 작품 끼리의 관련성을 검토하는 문제는 앞에서 언급한 바와 같이 다양한 방법을 동원해야만 해결할 수 있는 문제이다. 그런데 적절한 방법을 모색하고 정밀한 탐색 과정을 거쳐 12가사의 특정 작품과 유사한 선율을 지닌 곡을 선행 악곡 중에서 찾아내었다고 하더라도, 두 곡이 완전히 동일하지 않다면 발견된 악곡을 12가사 특정 작품의 원조가 되는 곡이라고 단정하기 어려울 수 있다.

12가사의 곡들은 19세기나 20세기 무렵에 채보된 것들이 대부분인 반면, 선행 악곡이 담긴 『시용향악보』나 『대악후보』(1759) 및 『세종실록악보』(1473) 등은 12가사가 채보된 것보다 훨씬 이른 시기에 간행되었다. 특히 『대악후보』는 18세기에 간행되었지만 그 속에 담긴 곡들은 대개 세조(1455-1468) 시절에 연주되던 것들이다. 따라서 12가사와 선행 악곡들의 시간적 격차는 길게 잡으면 500년, 짧게 잡아도 200년은 족히 넘어가게 되는 것이다.[19] 또한 12가사와 위의 몇몇 서적에 실린 선행 악곡들은 모두 상류층의 음악이라는 점에서는 같지만, 선행 악곡들이 대부분 궁중에서 연주되었던 것과 달리 12가사는 시조와 함께 민간에

---

19) 물론 이것은 문헌 연대상의 거리를 말하는 것이다. 12가사와 고악보 수록곡들의 연행 시기상의 거리는 이보다 훨씬 가깝거나 아니면 없을 수도 있다. 조선 후기에 나온 『林下筆記』(1871)나 대한제국 시절에 나온 『國讌呈才唱詞抄錄』(1901)과 같은 문헌에는 고려시대나 조선 초기에 궁중에서 연주되던 <한림별곡>이나 <용비어천가> 같은 곡들이 후대에도 지속적으로 향유되고 있었다고 볼 수 있는 기록이 남아 있기 때문이다. (『國讌呈才唱詞抄錄』에 대해서는 이병기·백철, 『국문학전사』, 신구문화사, 1957, 121면 참조.)

서 향유되었던 것들이다. 이렇게 둘 사이에는 시간적·공간적 차이가 존재하기 때문에, 12가사가 비록 수백 년 전에 궁중에서 연행되던 선행 악곡에서 비롯되었다고 하더라도 원곡이 아무런 변화 없이 이어졌을 가능성은 거의 희박하다고 할 수 있다.

본고에서는 이러한 점을 고려하여 12가사와 선행 악곡이 음악적으로 완전히 일치하는 관계에 있다는 점을 밝히기보다는 둘 사이에 존재하는 음악적 유사성을 찾아냄으로써 서로 간의 영향관계를 입증하는 데 초점을 두고 논의를 전개하기로 하겠다.

Ⅱ. 12가사와 선행 장르의 음악적 연관성

본장에서는 12가사가 과연 선행 장르인 고려가요나 악장과 음악적인 측면에서 유사한 점을 지니고 있는지 실제의 비교 작업을 통해서 검토해 보기로 한다. 먼저 두 가지 악곡 사이에 나타나는 전반적인 공통점에 대해서 살펴보고 나아가 개별 곡조 사이에 존재하는 구체적인 연관성에 대해서도 고찰해 보기로 하겠다.

1. 악곡의 전반적인 공통점

본절에서는 12가사와 선행 악곡 사이에 존재하는 전반적인 공통점을 음악적 구조, 장고 장단과 박자, 노랫말 배분의 세 가지 기준에 의거하여 살펴보기로 한다.

1) 음악적 반복 구조

12가사에 속하는 작품들의 악곡은 마루를 단위로 하여 유사한 선율이 되풀이되는 구조로 짜여 있는 것이 보통이다. 이 점을 <황계사>와 <처사가>를 예로 들어 확인해 보기로 한다.

먼저 <황계사>의 악곡 구조를 분석해 보기로 하자. <황계사>는 전체 8개의 마루로 구성되어 있다. 각 마루의 장단 수는 일정하지 않아서 제1·2·4·6·8마루는 6개의 장단으로, 제3·5·7마루는 10개의 장단으로 구성되어 있다. 전체 악곡의 구조와 선율 형식을 표로 나타내 보면 다음과 같다.

〈표 1〉 〈황계사〉의 악곡 구조[20]

마루	장단수	선율 형식					
1	6			a	b	c
2	6			a	b	c
3	10	d	d	a	b	c
4	6			a	b	c
5	10	d	d	a	b	c
6	6			a	b	c
7	10	d	d	a	b	c
8	6			a	b	c

위의 표에서 알 수 있는 것처럼 이 곡도 12가사의 다른 작품들과 마찬가지로 반복 선율을 지니고 있다. <황계사>에서는 제1마루의 선율 'abc'가 매 마루마다 반복된다. 제3·5·7마루에는 4개 장단으로 된 선율 'dd'를 추가되어 약간의 변화가 나타나기도 하지만 그것 때문에 이 곡 전체의 반복 구조가 흐트러지는 것은 아니다.[21]

<황계사>의 8개 마루 중에서 제3마루의 악보를 인용해 보면 다음과

---

20) <황계사> 제8마루가 장사훈의 악보에는 4장단으로 구성되어 있으나, 이주환의 악보에는 6장단으로 구성되어 있고 그 선율은 1·2·4·6마루와 동일하게 나타난다. <황계사>의 악곡 구조와 선율의 형식은 이주환의 악보에 따라서 작성되었다.

21) <황계사>의 악곡 구조와 선율 형식은 송성범, 「12가사의 악곡 형식 연구」, 한양대학교 석사학위논문, 2006, 103면에도 정리되어 있다.

같다.

<악보 1> <황계사> 제3마루[22]

행\박	◑			⋮	●		|		●	
1 (音)	南			林	林潢	~~南林南潢南~~		林		仲南	仲南
1 (詞)	한				곳			을			
2 (音)	南潢		南	南林	仲	~~南林南潢南~~		林		仲南	仲南
2 (詞)	들		어			가		니			
3 (音)	南		南	林	南潢	~~南林南潢南~~		林		仲南	仲南
3 (詞)	六		觀		大			師			
4 (音)	南潢		南	林	仲	~~南林南潢南~~		林		仲	
4 (詞)	聖		眞			이		는			
5 (音)	黃仲		林	仲		仲		仲	太	黃	
5 (詞)	八		仙	女		다		리		고	
6 (音)	黃仲		仲南	林	太仲林仲	仲					
6 (詞)	戲弄			한		다					
7 (音)	仲			潢	潢	南潢南	林	南潢南	林	太	黃
7 (詞)	얼				시	고	좋			다	
8 (音)	太	黃太	太仲	太仲太	黃	㑂	㑂黃			太仲太	㑂
8 (詞)	景		이		로	다					
9 (音)	㑂㑂								㑆	㑂黃	㑂
9 (詞)	지화									자	
10 (音)	黃仲		林	仲	仲	仲黃					
10 (詞)	좋을			시	고						

<황계사> 제3마루의 제1-4행에 나타나는 선율은 제3·5·7마루에서, 제5-10행에 나타나는 선율은 모든 마루에서 반복된다. 그러므로 제3마루의 모든 선율은 이 작품의 주요 선율이라고 할 만하다. 특히

---

22) 장사훈, 앞의 책, 1980, 24-26면.

매 마루에서 반복되는 제5-10행의 선율이 이 곡의 주선율이라고 한다
면 세 개의 마루에서만 반복되는 제1-4행의 선율은 이 곡의 부선율이
라고 할 수 있다.

다음으로 <처사가>의 악곡 구조를 살펴보자. <처사가>는 전체 8개
의 마루로 이루어져 있다. 제1마루는 7개의 장단으로, 나머지 마루는
모두 12개의 장단으로 구성되어 있다. <처사가>의 악곡 구조와 선율
형식을 표로 정리해 보면 다음과 같다.

<표 2> <처사가>의 악곡 구조[23]

마루	장단수	선율 형식					
1	7	a	b	c	d		
2	12	e	f	g	h	i	j
3	12	e'	f	g	h	i	j
4	12	k	f'	g	h	i	j
5	12	e'	f	g	h	i	j
6	12	e'	f	g	h	i	j
7	12	k	f'	g	h	i	j
8	12	e'	f	g	h	i	j

위의 표에서 알 수 있는 것처럼 <처사가>는 제1마루를 제외한 나머
지 모든 마루에서 유사한 선율이 반복되고 있다. 특히 제2-8마루의
제4-12장단에는 'fghij'로 표시된 동일한 선율이 되풀이된다. 제2-8마
루의 선율은 앞부분 제1-3장단에서만 조금 변주가 이루어지고 있을
뿐, 나머지 부분에서는 완전히 동일한 모습을 보이는 것이다.[24] 이렇게

---

23) 장사훈의 악보에 <처사가> 제2마루가 12장단으로 되어 있는 것과 달리 이주환의
  악보에는 제2마루가 11장단으로 나타난다. <처사가>의 악곡 구조와 선율형식은 장사훈
  의 악보에 따라서 작성되었다.

모든 마루가 유사하거나 같은 선율을 지니고 있기 때문에 제2·3·5·6·8마루의 선율은 거의 완전히, 제4·7마루의 선율은 완전히 동일하게 나타난다. 약간의 변주가 이루어지고 있는 제2-8마루의 제1-3장단에 나타나는 선율은 크게 두 부류로 나누어 볼 수 있다. 즉 제2·3·5·6·8마루의 제1-3장단에 나타나는 것[25]과 제4·7마루의 제1-3장단에 나타나는 선율은 서로 다른 것이다.

<처사가> 8개 마루 중에서 제4마루의 악보를 인용해 보면 다음과 같다.

〈악보 2〉〈처사가〉제4마루[26]

행＼박	◖			⋮		●		●	
1	汰淋 寂		沖汰潢	汰 寂					
2	汰汰 松關							汰	潢
3	汰淋 달			汰潢沖汰		潢 었		林仲無林	仲
4	仲 는		潢	汰潢汰	沖	汰	淋	汰 데	沖汰
5	汰 寥			汰 寥		潢沖		汰潢沖汰	潢
6	潢 杏			林無 園		無林	仲	潢林	仲

---

24) <처사가>의 악곡 구조와 선율 구성에 대해는 송성범, 앞의 논문, 67면; 김창곤, 앞의 논문, 2006, 110면에도 자세히 정리되어 있어 참고할 수 있다.

25) 제2마루 제1장단의 선율은 제3·5·6·8마루의 제1장단의 선율과 유사하지만 완전히 같지는 않다. 그래서 두 가지를 <표 2>에서 e와 e'로 구별해 표시했다.

26) 장사훈, 앞의 책, 1980, 253-255면.

행	1	2	3	4	5	6	7	8	9
7	林 개			林 젓				太仲	
8	林 는		仲	林	潢	林無林	仲	林無林 다	
9	仲 景		仲 槪	太	黃仲 無	無林		無林	仲
10	林 窮	無林無		潢	汰潢	林無林	仲	潢林	仲
11	林 좋			林 을		無林	仲	潢林	仲
12	黃 시			太黃		黃 고			

　　총 12개의 행으로 구성된 〈처사가〉 제4마루에서 제4-12행에 나오는 선율이 이 곡에서 지속적으로 반복되는 주요 선율에 해당한다. 그리고 제1-3행의 선율은 제7마루에 다시 한 번 나타난다.

　　〈황계사〉와 〈처사가〉 외의 다른 12가사 곡들도 대개는 이러한 식의 반복 구조로 이루어져 있다. 그런데 이와 같은 반복 구조는 고려가요나 악장에 속하는 연장체 시가에서도 흔히 확인되는 것이다. 한 예로 『시용향악보』에 수록된 〈청산별곡〉을 인용해 보면 다음과 같다.

〈악보 3〉 〈청산별곡〉[27]

대강 행	1	2	3	4	5	6
1	下一 鼓 살	上一 어	上一 搖 리	上二 鞭 살	上一 어	宮 雙 리

---

27) 『시용향악보』.

No	1	2	3	4	5	6	7	8	9	10
2	上一			宮		上一			上一	
	鼓			搖		鞭			雙	
	라					싸				
3	宮		上一	上二	上一	宮		上一	宮	下一
	鼓			搖		鞭			雙	
	青		山	의		살		어	리	
4	下一			下二		下一			下一	
	鼓			搖		鞭			雙	
	라					싸				
5	下一		宮	宮		上二		上一	宮	下一
	鼓			搖		鞭			雙	
	멀		위	랑		드		래	랑	
6	下二			下三		下二			下二	
	鼓			搖		鞭			雙	
	빠			먹		고				
7	下一		宮	下二		下一		下二	下三	
	鼓			搖		鞭			雙	
	青		山	의		살	어	리	랏	다
8	下三		下三	下一		下二		下一	宮	下一
	鼓			搖		鞭			雙	
			얄	리		얄			리	
9	下二			下三		下二			下二	
	鼓			搖		鞭			雙	
	얄	라								
10	下四		下三	下二		下三		下四	下五	
	鼓			搖		鞭			雙	
	얄		라	성		얄			라	

위에 인용한 것은 전체 8개의 연으로 구성되어 있는 <청산별곡>의 제1연에 해당하는 부분이다. 『악장가사』에는 이 작품의 전체 노랫말이 모두 수록되어 있다. 『악장가사』와 달리 『시용향악보』가 제1연의 곡조

만 수록하고 있는 것은 <청산별곡>이 총 8개의 연을 모두 제1연의 선율에 얹어서 같은 곡조로 부르도록 되어 있었기 때문이었다고 할 수 있다.

물론 <청산별곡>의 경우가 일정한 선율을 변화 없이 되풀이하는 것과 달리 12가사에 속하는 곡들의 경우는 대부분 처음의 선율에 약간 씩 변화를 주어 되풀이하기 때문에 두 반복 구조가 동일한 것이라고는 할 수 없다. 그렇지만 <황계사>나 <처사가>의 노랫말이 <청산별곡>처럼 완전한 연장체로 되어 있지 않음에도 불구하고[28] 그 악곡에 반복 구조가 나타난다는 것은 12가사의 악곡이 연장체 시가의 음악적 형식에 일정한 영향을 받아서 이루어졌을 가능성을 시사한다고 할 수 있다.

2) 장고 장단과 박자

이어서 위에서 인용한 <황계사>와 <청산별곡>의 장고 장단과 박자를 고찰해 보기로 하자. <황계사>의 장고 장단은 6박 형식으로 <황계사>에만 쓰이는 것이 아니라 <수양산가>·<백구사>·<죽지사>·<어부사>·<춘면곡>·<길군악>·<매화타령>에도 두루 사용된다. 이러한 점에서 <황계사>에 보이는 장고 장단은 12가사의 장단 형식을 대표하는 것이라고 해도 좋을 것이다. <청산별곡>의 장고 장단도 고악보에 흔히 보이는 장단 형식이다. 이 곡에 쓰인 '고(鼓) 요(搖) 편(鞭) 쌍(雙)'의 장고형은 『시용향악보』 중 <사모곡>·<서경별곡>·<쌍화곡>·<나례가>·<정석가>·<유구곡>·<귀호곡>·<상저가>·<대왕반>·<삼성대왕>·<군마대왕>·<대국 일>·<대국 이>·<대국

---

28) <황계사>의 노랫말은 반복구나 후렴구적 성격을 지닌 구절을 지니고 있어서 어느 정도 연장체 형식에 가까운 모습을 보인다고도 할 수 있지만 <처사가>의 경우는 완전한 연속체로 되어 있다. 12가사의 노랫말에 대해서는 다음 장에서 자세히 살핀다.

삼>에도 나오기 때문에 향악의 장단 형식을 대표하는 것이라고 할 수 있다.[29] 이렇게 <황계사>와 <청산별곡>의 장단 형식은 각각 12가사와 고악보 소재 향악곡의 장단 형식을 대표한다는 점에서 서로 통한다.

그러면 두 장고 장단 형식이 어떻게 같고 다른지 비교해 보기로 하자.

〈악보 4〉 〈황계사〉의 장고 장단

◗(雙)		⋮(搖)	●(鼓)	❙(鞭)	●(鼓)

〈악보 5〉 〈청산별곡〉의 장고 장단

鼓					搖			鞭					雙		

두 곡의 장고 장단은 형식이 다르게 보인다. <황계사>의 경우가 6박으로 이루어진 한 장단에 '쌍(雙) 요(搖) 고(鼓) 편(鞭) 고(鼓)'의 다섯 점을 치도록 되어 있는 것과 달리, <청산별곡>의 경우는 16정간으로 이루어진 한 행에 '고(鼓) 요(搖) 편(鞭) 쌍(雙)'의 네 점을 치도록 되어 있는 것이다. 또 <황계사>의 장단 형식 '쌍(雙) 요(搖) 고(鼓) 편(鞭) 고(鼓)'와 <청산별곡>의 장단 형식 '고(鼓) 요(搖) 편(鞭) 쌍(雙)'은 일견 특별한 관련성이 없어 보이기도 한다. 그러나 좀 더 면밀하게 살펴보면 두 곡의 장단 형식 사이에는 일정한 유사성이 있음을 확인할 수 있다.

먼저 두 곡의 장단은 매 행마다 되풀이해서 치도록 되어 있다는 점에서 일치한다. 12가사에 속하는 곡들의 장단은 5박 또는 6박으로 되어 있고, 6박 장단의 경우 그 형식은 <황계사>의 장단과 같은 것으로 나타난다.[30] 그리고 장고 장단이 있는 곡이라면 어느 것이나 일정한 형식

---

29) 이혜구, 『한국음악서설』, 서울대학교 출판부, 1967, 133-134면.
30) 5박 장단으로 되어 있는 곡인 <상사별곡>·<처사가>와 장단이 없는 <권주가>를

을 매 행마다 되풀이해서 치도록 되어 있다. <청산별곡>의 경우도 제1
연에 포함된 총 10개의 행에 같은 형식의 장단이 되풀이 되어 나타난
다. 이 곡도 <황계사>와 마찬가지로 첫 행에 보이는 장단 형식을 나머
지 행에서도 동일하게 치도록 되어 있는 것이다.

그뿐만 아니라 두 곡의 장단 형식은 박자의 측면에서도 같은 것으로
볼 여지가 존재한다. 다음의 표를 통해 알 수 있는 것처럼 <청산별곡>
의 장단도 <황계사>의 경우와 마찬가지로 6박으로 간주할 수 있다.

〈악보 6〉〈황계사〉와 〈청산별곡〉의 장고 장단

곡 ＼ 박/대강	1	2	3	4	5	6
황계사	雙		搖	鼓	鞭	鼓
청산별곡	鼓		搖	鞭		雙

<청산별곡>의 제1-6박은 각각 제1-6대강에 해당한다. <황계사>의
제1-6박이 각각 2정간씩을 차지하고 있어 매 박의 길이가 일정한 것과
달리, <청산별곡>의 제1-6대강은 차례로 3·2·3·3·2·3정간씩으로
구성되어 있어 각 대강의 길이가 일정하지는 않다. 그러나 모든 대강을
같은 길이로 간주하여 위와 같이 조절해 놓으면 <청산별곡>의 장단
형식도 <황계사>와 마찬가지로 6박 장단으로 변환된다.

더구나 두 장단은 장고점이 들어가는 위치도 거의 유사하다. <황계
사>는 제1·3·4·5·6박에 장고점이 할당되어 있고 <청산별곡>은 제
1·3·4·6박에 장고점이 할당되어 있어서 일견 상이해 보이기도 한다.
그러나 <황계사>의 제5박에 놓인 '편(鞭)'만 제거하고 보면 두 곡은
모두 제1·3·4·6박에 장고점이 위치하게 된다. 결국 <황계사>와 <청

제외한 나머지 곡은 모두 6박 장단으로 되어 있다.

산별곡>의 장고 장단에서 점이 놓이는 위치는 제5박에서만 차이가 나는 것이다.

두 장단의 각 박에 할당된 장고점의 종류는 대체로 서로 다르게 나타난다. 제1박에는 각각 '쌍(雙)'과 '고(鼓)', 제3박에는 각각 '요(搖)'와 '요(搖)', 제4박에는 각각 '고(鼓)'와 '편(鞭)', 제6박에는 각각 '고(鼓)'와 '쌍(雙)'이 할당되어 있다. 두 장단에서 공히 '요(搖)'가 나타나는 제3박을 제외한 나머지 박에는 같은 것이 존재하지 않는다.

그런데 두 곡의 장단에서 '쌍(雙)'과 '고(鼓)'는 서로 교환 가능한 관계에 있는 것처럼 보이기도 한다. <청산별곡> 제1박의 '고(鼓)'가 <황계사>에서는 '쌍(雙)'으로 전환되어 있고, 제6박에서는 반대로 '쌍(雙)'이 '고(鼓)'로 바뀌어 있는 것이다. 두 장단의 제1박과 제6박에 보이는 이러한 '고(鼓)'-'쌍(雙)' 및 '쌍(雙)'-'고(鼓)'의 대응은 두 가지 장고점 '쌍(雙)'과 '고(鼓)'가 서로 교체될 수 있다는 점을 시사한다.

이와 같은 '쌍(雙)'과 '고(鼓)'의 교체는 <쌍화점>에서도 찾아볼 수 있다. 이미 선행 연구에서도 지적되었듯이 <쌍화점>의 장고 장단은 3행을 단위로 하여 주기적으로 반복되는 구조로 이루어져 있다.[31] <쌍화점> 제1-3행의 장고 장단을 인용해 보면 다음과 같다.

〈악보 7〉〈쌍화점〉제1-3행의 장고 장단[32]

대강 행	1			2			3			4			5		6		
1	鼓						鼓		搖	雙			鼓	搖	雙	鼓	搖
2	雙					雙	雙	鼓	搖	鼓			鞭	鼓	雙	鼓	鞭
3	鼓				鞭	鼓	雙	鼓	搖	鼓			鞭	鼓	雙	鼓	鞭

---

31) 황준연, 앞의 논문, 1992, 2-4면.
32) 『대악후보』 권6.

전체 26행으로 이루어진 〈쌍화점〉의 장고 장단은 제1-3행의 장단 형식을 조금씩 바꾸어 가면서 계속 반복해 나가는 형식으로 이루어져 있다. 그렇기 때문에 제1-3행의 장고 장단 형식이 〈쌍화점〉 장단의 기본형이라고 할 수 있는 것이다.

그런데 한 단위로 묶이는 제1-3행의 장단 형식도 자세히 들여다보면 유사한 형식이 세 차례 반복되고 있음을 알 수 있다. 제2행과 3행의 장단 형식은 거의 유사하다. 제2행의 제1-2대강의 '쌍(雙) 쌍(雙)'이 제3행에서는 '고(鼓) 편(鞭) 고(鼓)'로 바뀌어 있을 뿐, 나머지 부분은 완전히 일치한다. 제1행의 장단 형식도 나머지 두 행과 유사한 부분이 존재한다. 제6대강의 '쌍(雙) 고(鼓) 요(搖)'는 나머지 두 행의 제6대강에 나오는 것과 같은 것이고, 제3대강의 '고(鼓) 요(搖)'도 나머지 두 행의 제3대강에 보이는 '쌍(雙) 고(鼓) 요(搖)'와 '쌍(雙)' 한 점만 다를 뿐이다. 이렇게 보면 전체 3행으로 구성된 〈쌍화점〉 장고 장단의 기본형은, 제3대강과 제6대강의 장단 형식을 불변의 초석으로 삼고,[33] 제1-2대강과 제4-5대강의 장단 형식을 가변적으로 운용함으로써 성립된 것이라고 할 수 있다.

쌍화점의 장단 형식은 불변부와 가변부를 기준으로 다음과 같이 좀 더 간단한 형식으로 바꾸어 볼 수 있다.

〈악보 8〉 〈쌍화점〉의 장고 장단 형식

행＼부분	가변부(가)			불변부(나)			가변부(다)			불변부(라)		
1	**鼓**			**鼓**		搖	**雙**	鼓	搖	**雙**	鼓	搖
2	**雙**		雙	**雙**	鼓	搖	**鼓**	鞭	鼓	**雙**	鼓	鞭
3	**鼓**	鞭	鼓	**雙**	鼓	搖	**鼓**	鞭	鼓	**雙**	鼓	鞭

---

33) 위의 표에서 진하게 표시된 곳이 불변부를 나타낸다.

이렇게 바꾸었을 때 각 부분의 첫머리에 해당하는 장고점들이 원점(原點)에 해당하고 나머지는 모두 간점(間點)에 해당하는데, 각 부분의 원점은 모두 '고(鼓)'와 '쌍(雙)'으로만 되어 있다.[34] 다시 말해 가변부(가)의 '고(鼓)'와 '쌍(雙)'과 '고(鼓)', 불변부(나)의 '고(鼓)'와 '쌍(雙)'과 '쌍(雙)', 가변부(다)의 '쌍(雙)'과 '고(鼓)'와 '고(鼓)', 불변부(라)의 '쌍(雙)'과 '쌍(雙)'과 '쌍(雙)'이 각각 원점(原點)에 해당하는데 여기에 '고(鼓)'와 '쌍(雙)' 이외의 음은 존재하지 않는 것이다.

그리고 <쌍화점>의 원점을 구성하는 두 장고점인 '고(鼓)'와 '쌍(雙)' 사이에는 교환 관계가 성립되고 있다. 마지막 부분인 불변부(라)에서는 제1-3행에 걸쳐 '쌍(雙)'이 지속적으로 나타나서 변화가 없다고 할 수 있지만, 나머지 부분에서는 '고(鼓)'와 '쌍(雙)'이 교체되어 나타난다. 즉 가변부(가)에서는 제1행의 '고(鼓)'가 제2행에서 '쌍(雙)'으로 바뀌어 있으며, 가변부(다)에서는 제1행의 '쌍(雙)'이 제2행에서 '고(鼓)'로 변환되어 있는 것이다.

<쌍화점>에 보이는 '고(鼓)'-'쌍(雙)'의 전환 관계는 <황계사>와 <청산별곡>에도 적용해 볼 수 있다. 즉 <황계사> 장고 장단의 제1박과 제6박에 나오는 '쌍(雙)'과 '고(鼓)'는 각각 <청산별곡> 장고 장단의 제1대강과 제6대강에 나오는 '고(鼓)'와 '쌍(雙)'이 변환되어 나타난 것이라고 생각해 볼 수 있는 것이다.

이상에 살핀 것처럼 <황계사>와 <청산별곡>의 장고 장단 사이에는 어느 정도의 연관성이 존재한다. 행 단위로 되풀이되는 두 곡의 장단은 모두 6박 장단의 형식을 취하고 있고 장고점이 놓이는 위치도 흡사하다. 그뿐 아니라 각 장단의 제3박에는 같은 장고점이, 제1박과

---

34) 황준연, 앞의 논문, 1992, 4면. 위의 표에서 진하게 표시된 글자가 원점에 해당한다.

6박에는 교환 관계에 있는 장고점이 놓여 있기도 하다.

3) 완급 조절이 고려된 노랫말 배분

　노랫말 배분은 악보에 노랫말을 붙이는 것을 가리킨다. 12가사 중에
는 좀 특별한 방식으로 노랫말을 배분해 놓은 것들이 존재한다. <어부
사>가 대표적인 경우이고 <춘면곡>에도 유사한 방식이 발견된다.
　먼저 <어부사>의 노랫말 분배 경향을 알아보기 위해 같은 한문체
12가사에 속하는 <양양가>와 비교해 보기로 한다. <양양가> 악보의
일부를 간략히 인용해 보면 다음과 같다.

〈악보 9〉 〈양양가〉 제1-2마루[35]

1	落日			이	欲		沒			
2	峴				山		西			
3	허								니	
4	倒				着					
5	接						羅			
6	花				下					
7	迷						라			
1	襄				襄					
2	小				兒					
3	齊				拍		手			
4	허								니	
5	欄				街					
6	爭				唱					
7	白				銅					
8	鍉								를	

35) 장사훈, 앞의 책, 1980, 215-219면.

9	傍	人			借			
10	間							
11	笑		何					
12	事				오			

<양양가>의 노랫말 분배 방식은 그리 복잡하지 않다. 한 음보 길이에 해당하는 "落日이 浴沒"의 5자가 분배되어 있는 제1마루 제1행을 제외한 나머지 행에는 모두 두 행에 한 음보 길이의 노랫말이 붙이는 방식으로 노랫말이 배분되어 있다. 그리고 이러한 경향은 이 작품의 끝인 제10마루까지 거의 변함없이 유지된다.[36]

그런데 이 작품과 같이 4보격 율격을 지니고 있는 <어부사>는 좀 특이한 방식으로 노랫말을 배분하고 있어 흥미롭다. <어부사>의 악보를 일부 간략히 인용해 보면 다음과 같다.

<악보 10> <어부사> 제1마루[37]

1	雪		鬢			漁		翁		이	
2	住浦		間				하야				
3	自					言					
4	居					水					
5	勝		居		山	을					
6	배			띄			여		라		
7	배			띄			여		라		
8	早					潮					
9	纔					落					
10	晩		潮		來	라					

---

36) 제3마루 제7·8행에는 다른 곳과 달리 반 음보 길이인 '盃로' 2자만 붙어 있다.

37) 장사훈, 앞의 책, 1980, 77-81면.

11	至					菊		叢			
12	至					菊		叢			
13	於斯		臥			허		니			
14	依					船					
15	漁					父					
16	一		肩		高	라					

여음구가 붙어 있는 6·7행과 11·12·13행을 제외하고 나머지 부분에 노랫말이 분배되어 있는 방식을 살펴보면, 이 작품에는 <양양가>에서 본 것과는 다른 방식이 존재함을 발견할 수 있다. 제1행에 "雪鬢漁翁이"라는 한 음보의 길이에 해당하는 5자의 노랫말이 분배되어 있는 것은 <양양가>의 경우와 흡사하다. 그러나 그 다음 행부터는 한 행에 한 음보 길이의 노랫말을 붙이는 방식과 두 행에 한 음보 길이의 노랫말을 붙이는 방식이 교체되면서 나타난다. 그리고 이러한 경향은 제1마루에 그치지 않고 작품 전체에 걸쳐 두루 나타난다. 이것은 <양양가> 작품 전편이 두 행에 한 음보를 붙이는 방식으로 일관하는 것과 다른 방식이라고 할 수 있다. <양양가>의 경우가 처음부터 끝까지 일정한 속도로 노래 부르도록 노랫말이 분배되어 있다고 한다면, <어부사>는 빠르게 불렀다가 느리게 불렀다가 하면서 완급을 조절하여 긴장과 이완을 되풀이할 수 있도록 노랫말이 안배되어 있는 셈이다.

이렇게 완급 조절을 가능하도록 하는 노랫말 분배 방식은 <춘면곡>과 같은 작품에서도 발견된다. 관련되는 부분을 인용해 보면 다음과 같다.

〈악보 11〉〈춘면곡〉 제6-7마루[38]

1	月					色				
2						은				
3	滿					庭				
4	헌					데				
5	狂					客				
6						인			듯	
7	醉					客				
8	인					듯				
1	興	을				겨			워	
2	머			무		는	듯			
3	徘	徊								
4	顧			眄		허	여			
5	有	情							이	
6	엿				노	라	니			
7	翠	瓦				朱			欄	
8	놉		은			집	에			
9	綠	衣				紅			裳	
10	一		美			人	이			
11	紗					窓				
12						을				
13	半					開				
14	허					고				
15	玉					顔				
16						을				

위에 인용한 부분은 〈춘면곡〉의 제6마루와 7마루의 일부분이다. 이 곡의 제6마루까지는 두 행에 한 음보 길이의 노랫말을 붙이는 방식이 지속된다. 그러다가 "興을 겨워"로 시작되는 제7마루에 접어들면서부

---

38) 위의 책, 68-74면.

터 속도가 좀 빨라져서 한 행에 한 음보 길이의 노랫말을 붙이는 방식
으로 바뀌었다가, "紗窓을"로 시작되는 제7마루 11행부터는 다시 두
행에 한 음보를 붙여 나가는 원래의 방식으로 되돌아간다. 이러한 방식
도 <어부가>에서 본 것과 같이 완급의 변화를 고려하여 노랫말을 분
배한 것이라고 할 수 있다.

다만 <어부사>의 경우 완급 조절이 행단위에서 체계적이고 치밀한
방식으로 이루어지고 있는 것과 달리, <춘면곡>의 경우는 제7마루의
제1행에서 10행에 이르는 긴 구간에서 완급의 변화가 한 차례 나타나
고 있을 뿐이다. 이러한 점에서 <춘면곡>의 노랫말 안배 방식은 <어
부사>보다는 비교적 덜 조직적인 인상을 준다.[39]

그러면 이렇게 완급상에 변화를 주는 노랫말 분배 방식이 선행 악곡
중에는 나타나지 않을까? 결론부터 말하자면 이것은 악장이나 고려가
요 같은 국문 시가 작품에 상당히 일반화되어 있던 보편적인 노랫말
붙임 방식이었던 것으로 보인다. 이러한 경향은 위에서 살핀 <감군
은>·<유림가>·<납씨가>·<취풍형>과 같은 악장류 곡조에서는 물
론이고 <서경별곡>·<사모곡>·<청산별곡>과 같은 고려가요의 작
품에서도 두루 발견된다.

<감군은>과 <유림가> 및 <청산별곡>의 악보를 간략히 인용하여
악장이나 고려가요의 노랫말 붙임에서는 완급 조절이 어떻게 나타나
는지 살펴보자.

---

39) <수양산가>나 <황계사>의 일부분에도 이러한 방식이 존재한다. <수양산가> 제2·
3·6마루의 종지행에는 앞부분과 달리 노랫말이 비교적 성기게 배분되어 있는데, 이러한
것도 완급 조절의 사례에 해당한다고 할 수 있다.

〈악보 12〉〈감군은〉 제1-15행[40]

행 \ 대강	1		2		3		4		5		6	
1	四				海		바				닷	
2	기				픠		는					
3	닷			줄	로		자	히			리	
4	여				니		와					
5	니				믜		德	澤				
6	기	픠					는					
7	어	닉		줄	로		자	히			리	
8	잇						고					
9				享	福		無	疆		ᄒ	샤	
10	萬	歲			를		누		리	쇼	셔	
11				享	福		無	疆		ᄒ	샤	
12				萬	歲		를					
13	누	리					쇼				셔	
14				一	竿		明	月			이	
15	亦	君			恩	이	샷				다	

〈감군은〉 본사 제1-4행의 경우 제1·2행에는 한 음보 길이의 노랫말이 분배되어 있고, 제3행에는 한 음보 이상의 길이에 해당하는 노랫말이 분배되어 있으며, 제4행에는 한 음보 미만의 길이에 해당하는 노랫말이 붙어 있다. 이 악보대로 노래를 부르면 처음 두 행에서는 완만한 속도로 불러나가다가 세 번째 행에서는 빠르고 촉박하게 부르는 것으로 전환하고 네 번째 행에서는 다시 느린 템포로 되돌아가게 되어서, 노래 부르는 자와 듣는 자 모두 완급의 변화를 통해 가창의 묘미를 실감할 수 있게 될 것이다. 이러한 양식은 본사 제5-8행에도 그대로 되풀이된다.

---

40) 『대악후보』 권5.

이것은 본사뿐만 아니라 후렴구에 해당하는 부분에도 나타난다. 후 렴구에 해당하는 제9-13행을 살펴보면, 제9-11행에는 각각 두 음보의 노랫말이 할당되어 있지만 제12행과 13행에는 한 음보 길이의 노랫말 이 배분되어 있을 뿐이다. 이 악보에 따르면 제9-11행은 비교적 빠른 속도로 부르다가 제12행과 13행에서는 느리게 부르게 되어서 가창 속 도에 역동적인 변화가 나타나게 될 것이다.

노랫말 붙임에 완급이 가미된 이와 같은 방식은 <유림가>에도 적용 되어 있다. 앞에서 인용한 <유림가>의 악보 중 완급 조절이 잘 되어 있는 부분만 발췌하여 인용해 보면 다음과 같다.

<악보 13> <유림가> 제1-21행[41]

행＼대강	1	2	3	4	5	6
1	五		百	年		이
2	도			라		
3	黃		河ㅅ	므		리
4	믈			가		
5	聖		主ㅣ	重 興		
6	ㅎ 시			니		
7	萬 民		의	咸 樂		이
8	샷			다		
19		浴	乎	沂		
20		風	乎	舞	雩	
21	詠	而	歸	호 리		라

본사에 해당하는 제1-8행까지에는 모두, 율격 단위로 볼 때 한 음보 길이에 해당하는 노랫말이 붙어 있어서 속도상의 변화가 나타나지 않

---

41) 『시용향악보』.

는 것으로 생각할 수도 있다. 그러나 한 행에 들어가 있는 글자 수를 따져 보면 제1·3·5·7행은 4-6자로 비교적 많고 제2·4·6·8행은 2-3자로 비교적 적은 편이다. 따라서 이 경우는 완급의 교체가 행단위로 이루어지고 있다고 할 수 있다. 후렴구에 해당하는 제19-21행에도 완급의 변화가 나타난다. 제19행과 제20행이 한 음보 길이의 노랫말을 부르도록 되어 있는 것과 달리 제21행은 두 음보 길이의 노랫말을 부르도록 되어 있다.

〈청산별곡〉의 노랫말 붙임에도 이와 같은 양상이 발견된다.

〈악보 14〉〈청산별곡〉42)

대강\행	1	2	3	4	5	6
1	살	어	리	살	어	리
2	라			싸		
3	靑	山	의	살	어	리
4	라		싸			
5	멀	위	랑	ᄃ	래	랑
6	빠		먹	고		
7	靑	산	의	살 어 리 랏	다	
8		얄	리	얄		리
9	얄 라					
10	얄	라	셩	얄		라

〈청산별곡〉의 율격은 대개 3음보격으로 분석된다. 본사에 해당하는 제1-7행까지에는 〈감군은〉이나 〈유림가〉에 나타난 것과 같은 완급의 변화가 존재한다. 제1·3·5·7행에는 두 음보나 세 음보의 노랫말이 할당되어 있지만 그 사이에 끼인 제2·4·6행에는 한 음보의 노랫

---

42) 『시용향악보』.

말만 배당되어 있을 뿐이다. 여음구를 지니고 있는 제8-10행에도 본사와 유사한 방식으로 노랫말이 붙어 있다. 제8행과 제10행이 비교적 촉급하게 부르도록 되어 있다면 제9행은 매우 느리게 부르도록 되어있다고 할 수 있다.

이와 같은 노랫말 배분 방식은 고려가요나 악장과 같은 국문 시가에서 주로 발견되는 특징이다. <쌍화곡(雙花曲)>이나 <생가요량(笙歌寥亮)> 등의 순 한문체 가요는 대개 한 행에 한 자나 두 자 정도를 처음부터 끝까지 일관된 방식으로 붙여 나가는 것이 보통이다. 일견 국문 시가의 노랫말 붙임 방식은 상당히 불규칙적이고 산만한 방식인 반면 한문체 가요의 경우는 상당히 규격화되고 정형화된 방식인 것처럼 보이기도 한다. 그러나 다른 한편으로 생각하면, 한문체 가요의 변화 없는 방식이 단순한 규칙에 의거한 것인 데에 비해 국문 시가의 변화무쌍한 노랫말 붙임 양식은 노래의 묘미를 살릴 수 있도록 규칙을 보다 높은 차원에서 복합적으로 구현한 것이라 할 만하다. 고려가요와 같이 오래된 노래에서부터 존재해온 이러한 방식은 국문 악장을 거쳐서 <어부사>나 <춘면곡> 같은 가창가사로도 면면히 계승되고 있다.

2. 개별 곡조 사이의 구체적인 연관성

12가사의 연원을 밝히기 위해서는 12가사와 선행 악곡의 전반적인 유사성과 함께 개별 작품 사이에 존재하는 구체적인 관련성에 대해서도 살펴보아야 할 것이다. 개별 작품 사이의 연관성에 대한 검토는 원칙적으로 12가사에 속하는 12편 전체를 대상으로 하여 이루어져야 한다. 그렇지만 서론에서 언급한 바와 같이 12가사에 속하는 곡들은 악곡의 구조나 장단의 측면에서 대체로 같은 특징을 지니고 있고 또 <길군악>·<백구사>·<매화가>는 이미 선행 연구에서 그 유래가 논의된 바 있으므로, 여기서는 <처사가> 한 편에 대해서만 집중적으로 고찰하기로 한다.

<처사가>와 <양양가>는 <상사별곡>에서 파생되어 나온 것으로 알려져 있다. <처사가>와 <양양가>는 현재의 악보를 통해서 보아도 같은 곡임을 알 수 있을 정도로 음악적 구조와 선율이 동일하다. 그러나 <상사별곡>의 경우는 현행의 악보를 통해서 보면 <처사가>나 <양양가>와 다른 곡으로 보이기도 한다. <상사별곡>을 두 곡과 비교해 보면 그 사이에는 같은 선율도 물론 존재하지만 다른 선율이 많이 나타나기 때문에 별개의 곡인 것처럼 보이기 쉬운 것이다. 그렇지만 오래전에 나온 『금보(琴譜)』나 『아양금보(峨洋琴譜)』 같은 금보를 통해서 보면 <상사별곡>의 곡조는 <처사가>나 <양양가>의 곡조와 매우 유사하다고 한다.[43] 그러므로 이 경우는 세 곡 중에서 어느 한 곡의 원곡만 밝혀도 나머지 곡들까지 모두 연원을 밝혀내는 것이 된다.

이 세 곡 중에서 <처사가>가 악곡 비교에 유리한 조건을 갖추고 있는 것으로 보인다. 12가사 중에 4음4보격의 안정된 가사체 율격을 시종일관 견지하는 작품은 <춘면곡>과 <처사가>밖에 없다. 그만큼 <처사가>는 악곡 비교의 단위를 설정하는 데에 <양양가>나 <상사별곡>보다 비교적 유리한 조건을 갖추고 있는 셈이다. 본절에서는 <처사가>의 곡을 고악보에 수록되어 있는 특정 곡과 비교하면서, 12가사와 선행 악곡의 개별 곡조 사이에 음악적 유사성이 존재하는지 검토해 보기로 하겠다.

---

43) 김민정, 「12가사의 파생관계에 관한 연구」, 서울대학교 석사학위논문, 2004, 12–38면.

서론에서 언급한 바와 같이 율자보로 기보된 현행의 <처사가> 악보를 오음약보로 기보된 고악보와 비교하기 위해서는 <처사가> 음계의 구성음 중 어느 하나를 '궁(宮)'으로 설정하여 그 음계와 기보 체계를 오음약보식으로 바꾸어야 한다. 그렇게 한 다음 <처사가>의 음계를 분석하여 이와 음악적 조건이 유사한 선행 악곡을 선별하고, 나아가 선정된 선행 악곡과 <처사가>가 어떻게 같고 다른지 검토해 보아야 할 것이다.

1) 비교 대상 곡의 선정

<처사가>의 음계와 구성음의 출현 횟수를 조사하여 그 음계를 오음약보식으로 고쳐보면 다음과 같이 된다.

〈표 3〉 〈처사가〉의 음계와 구성음의 출현 횟수44)

음계	㑲	㒇	黃	太	仲	林	無	潢	汰	沖	淋	비고
출현 횟수	7		77	49	139	**165**	97	95	85	34	10	
오음 음계	下五	下四	下三	下二	下一	宮	上一	上二	上三	上四	上五	

이 곡의 음역은 下五에서 上五까지 펼쳐 있고 최다 출현음은 宮에 해당하는 음으로 나타난다.45) 이 곡과 유사한 음악적 조건을 갖추고

---

44) 최저음의 5번째 상위음을 宮으로 보는 본고의 방법에 따를 때 <처사가>의 궁음은 '林'이 된다. 음계의 중심음을 궁으로 보는 견해(황준연, 앞의 책, 2-8면)에 따르더라도 이 곡의 宮은 '林'으로 설정된다. 이 곡의 음계에서 '林'은 정중앙에 위치하기 때문이다.

45) <처사가>에서 '無'는 출현하는 음은 아니지만 음계를 구성하는 음으로 설정될 필요가 있다. 몇 가지 이유를 들어보면 다음과 같다. 먼저 이 음의 한 옥타브 상위음인 '潕'가 이 곡에 나타나고 있다는 점을 들 수 있다. 그리고 만약 이 '無'가 구성으로 설정되지 않으면 바로 아래 음인 '㑲'과 바로 위의 음인 '黃'이 서로 인접하게 되는데, 그렇게 될 경우 이 두 음의 음정 차이는 인접하는 다른 음에 비해 너무 크게 된다. 그렇기

있는 곡을 찾기 위해서『시용향악보』와『대악후보』에 수록된 곡들의
음계와 구성음의 출현 횟수를 조사해서 차례로 제시하면 다음과 같다.

〈표 4〉『시용향악보』소재 악곡의 음계와 구성음의 출현 횟수46)

곡명＼음계	下五	下四	下三	下二	下一	宮	上一	上二	上三	上四	上五	비고(노랫말)
납씨가	1	4	3	10	9	**10**	10	2				한문현토체
유림가	6	5	6	18	33	**48**	29	29	8			국문체
횡살문	4	10	30	28	29	**118**	40	16				국문체
사모곡	4	6	10	12	16	**56**	19	16	1			국문체
서경별곡	1	2	4	8	9	**24**	11	6				국문체
쌍화곡	3	3	9	27	26	**59**	30	14	2			한문현토체
나례가	3	2	2	6	8	**22**	18	11	1			국문체
정석가	3	4	8	15	11	**18**	17	5	1			국문체
청산별곡	1	2	7	11	**12**	10	10	3				국문체
유구곡	2	4	4	8	6	**13**	11	5	2			국문체
귀호곡	1	1	2	8	7	**10**	4	2	1			국문체
생가요량	4	7	9	8	**11**	9	7	3				한문체
상저가	5	5	3	4	7	**13**	12	5				국문체
풍입송	20	32	79	**112**	85	65	35	10				한문현토체

때문에 '無'는 비록 출현음은 아니지만 구성음으로 설정되어야 한다. 출현하지 않는
음이 음계의 구성음으로 설정된 것으로 보이는 예는 고악보에 수록된 곡에도 존재한다.
『대악후보』7권에 실린 〈動動 餘音〉이 그것이다. 물론 이것은 제목에서도 알 수 있는
것처럼 餘音일 뿐이지 독립된 악곡이 아니라고도 할 수 있겠으나,『대악후보』상에는
〈動動〉과 엄연히 구별되어 기보되어 있고 〈動動 餘音〉이라는 제목 아래에 이 곡이
〈동동〉뿐 아니라 〈정읍〉에도 쓰였다는 점을 지시하는 "井邑餘音同 界面調"라는 기록
까지 있는 것으로 보아, 〈動動 餘音〉은 〈동동〉으로부터 독립될 수 있는 가능성을
지닌 곡조였다고 할 수 있다. 그런데 그 음계를 조사해보면 "下五, 下三, 下二, 下一,
宮, 上一, 上二"로 나타나서, '下五'와 '下三' 사이에 下四가 빠져 있는 것을 확인 할
수 있다. 이 곡의 경우도 〈처사가〉의 경우처럼 출현하지 않는 '下四'에 해당하는 음이
음계의 구성음으로 설정되었던 것으로 해석된다.
46) 진하게 표시된 숫자는 최다 출현음을 가리킨다. 이하도 마찬가지이다.

곡명												비고
야심사		2	10	**12**	10	7	8	4				한문체
성황반	3	19	18	48	43	**96**	48	16				국문체
내당	12	21	48	31	16	**52**	14					국문체
대왕반	1	1	6	12	16	**29**	14	6	1			국문체
잡처용	2	4	21	38	34	**54**	25	11	4	1		국문체
삼성대왕	3	2	2	7	8	**31**	22	13	1			국문체
군마대왕				2	9	**16**	15	7	1			국문체
대국 일	2	2	8	13	**13**	10	11	6	1			국문체
대국 이	3	4	10	**24**	20	20	18	9	1			국문체
대국 삼	1	2	7	9	**11**	9	8	3	1			국문체
구천	4	8	8	**12**	8	5	2					국문체
별대왕	4	2	2	4	5	**18**	13	8	3			국문체

〈표 5〉『대악후보』 소재 악곡의 음계와 구성음의 출현 횟수

권수	곡명 \ 음계	下五	下四	下三	下二	下一	宮	上一	上二	上三	上四	上五	비고 (노랫말)
卷一	創守曲	3	13	14	18	**23**	14	14	3				한문체
	敬勤曲	18	53	71	67	**99**	92	93	10	8			한문현토체
卷二	迎神 熙文	7	12	**16**	12	13	9	3					한문체
	奠幣 熙文	7	12	**16**	11	14	9	3					한문체
	進饌 豊安之樂	3	5	11	**16**	13	5	2	1				한문체
	初獻 熙文	7	12	**16**	12	13	9	3					한문체
	基命	2	5	4	**8**	6	6	5					한문체
	歸仁	8	12	**18**	8	7	1	1					한문체
	亨嘉	1	1	2	7	6	**9**	7	6				한문체
	輯寧	1	1	5	10	9	**11**	11	3				한문체
	隆化	4	5	12	**16**	14	9	3	1				한문체
	顯美	7	3	6	11	17	**24**	7					한문체
	龍光貞明	3	2	5	12	11	**20**	14	11	1			한문체
	重光	1	1	4	6	8	**12**	8	3				한문체
	大猷	6	11	7	5	17	**20**	6	2				한문체

	繹成	1	1	4	6	8	**12**	8	3			한문체
	亞獻 昭武	10	6	8	7	12	**17**	15	3			한문체
	篤慶	2	5	3	**9**	6	6	5				한문체
	濯征	2	3	7	6	7	**10**	3	1			한문체
	宣威	3	12	14	16	**23**	14	15	4			한문체
	神定	2	4	13	**16**	13	15	8	2			한문체
	舊雄	1	1	2	9	9	15	15	**19**	6		한문체
卷二	順應	8	11	12	**23**	22	13					한문체
	寵綏	2	2	4	7	7	**11**	10	2			한문체
	靖世	1	2	6	**8**	6	6	5	1			한문체
	赫整	1	3	6	10	12	**21**	14	9	1		한문체
	永觀	1	1	4	7	10	**16**	8	6			한문체
	徹籩豆 雍安之樂	3	5	11	**18**	11	5	1	2			한문체
	送神 興安之樂	3	5	11	**16**	13	5	2	1			한문체
	維皇曲	4	9	24	**27**	23	18	9	5			
	靖東方曲	1	2	4	3	6	**16**	11	7			
卷三	致和平 一	6	4	11	26	36	**163**	64	25			
	致和平 二	4	4	11	21	19	**86**	31	5			
	致和平 三	32	17	47	80	103	**359**	207	99			국문체
	醉豊亨	2	1	9	18	18	**98**	53	54	89	66	35	上六 5, 국문체
卷四	鳳凰吟 一	15	37	95	160	154	**363**	131	45			한문현토체
	鳳凰吟 二	11	44	81	93	121	**239**	74	19			한문현토체
	鳳凰吟 三	10	19	52	66	113	**264**	80	9			한문현토제
卷五	眞勺 一	15	12	32	62	61	**201**	68	22			국문체
	眞勺 二	17	11	36	63	52	**135**	38	6			국문체
	眞勺 三	12	9	20	41	41	**129**	48	17			국문체
	眞勺 四	25	36	74	117	153	**262**	91	33	4		국문체
	履霜曲	5	7	14	29	40	**92**	25	7	1		국문체
	滿殿春	14	22	48	60	74	**113**	46	23	3		
	納氏歌[47]	1	4	3	10	9	**10**	10	2			한문현토체
	橫殺門[48]	4	10	30	28	29	**118**	41	15			국문체
	感君恩	4	3	5	16	18	**35**	22	19	6		국문체
	西京別曲[49]	1	2	4	8	8	**23**	13	7			국문체

卷六	慢大葉	1	10	17	39	38	**63**	42	9	1		
	感君恩50) 平調	1	3	5	22	25	**45**	27	19			국문체
	翰林別曲	4	4	7	12	15	**30**	21	12	1		국문체
	西京別曲51)	1	2	4	8	8	**23**	12	7			국문체
	雙花店52)	3	3	10	35	51	**91**	56	31	11	2	국문체
	步虛子	45	61	101	**129**	95	53	22	4			한문체
	靈山會相				14	18	**55**	47	32	4		한문체
卷七	北殿	9	5	13	28	35	**90**	52	35	14	2	
	動動 餘音	2		1	4	5	**28**	15	6			
	動動	2	9	24	33	42	**102**	61	36	7		
	井邑	4	26	65	75	83	**125**	75	56	9		
	紫霞洞 一	9	11	45	71	66	**197**	60	27			
	紫霞洞 二	11	11	29	43	50	**121**	27	12			

위에서 살핀 <처사가>의 음악적 조건과 완벽하게 일치하는 곡은 『시용향악보』와 『대악후보』에 수록된 선행 악곡 중에 발견되지 않는다. 그러나 음역이 이 곡과 어느 정도 유사하고 최다 출현음이 宮에 위치하는 곡은 존재한다.

『시용향악보』에 실린 <잡처용>은 음역이 下五에서 上四에 걸쳐 있고 宮에 최다 출현음이 나타나고 있어서 <처사가>와 어느 정도 유사

---

47) <납씨가> : 『시용향악보』에 있는 것과 동일하다.

48) <횡살문> : 『시용향악보』에 있는 것과 한 정간의 음만 다르고 나머지는 모두 같다.

49) <서경별곡> : 『시용향악보』 소재 <서경별곡>과 선율이 약간 다른 곳이 있기는 하나 대동소이하다.

50) <감군은> : 卷五에 실린 <감군은>과 선율이 다른 곳이 다수 존재한다.

51) <서경별곡> : 卷五의 <서경별곡>과 한 정간의 음만 다르고 똑같다.

52) <쌍화점> : 『시용향악보』 소재 <쌍화곡>과는 서로 변주곡의 관계이다. <쌍화점>이 선대의 곡이고 <쌍화곡>이 후대의 곡이라면, <쌍화곡>은 『대악후보』에 있는 <쌍화점>의 악보를 변주하되, 행수를 두 배로 늘리고 음수는 대폭 줄여서 만든 곡이라 할 수 있다. <쌍화점>과 <쌍화곡>의 관계에 관한 음악적 논의는 이미 선행 연구에서도 다루어진 바 있다.(이혜구, 앞의 책, 127-135면.)

한 조건을 갖추고 있는 것으로 보인다. 이뿐 아니라 『대악후보』에 수록된 <취풍형>·<쌍화점>·<북전> 등도 음역은 조금씩 차이가 나지만 궁에 최다 출현음이 위치하기 때문에 <처사가>와 비교될 조건을 갖추고 있다고 할 수 있다.

이상의 여러 곡들과 <처사가>의 음악적 조건을 비교해 보면, 그 중에서 <취풍형>이 <처사가>와 유사한 특성을 지닌 것으로 확인된다. <취풍형>의 음계와 구성음의 출현 횟수를 다시 제시해 보면 다음과 같다.

〈표 6〉〈취풍형〉의 음계와 구성음의 출현 횟수[53]

음계	下五	下四	下三	下二	下一	宮	上一	上二	上三	上四	上五	上六
출현 횟수	2	1	9	18	18	**98**	53	54	89	66	35	5

이것을 위의 <표 3>(<처사가(處士歌)>의 음계와 구성음의 출현 횟수)과 비교해 보면 둘 사이에 어느 정도 유사한 점이 있음을 발견할 수 있다. 물론 <취풍형>의 음계가 下五에서 上六까지 펼쳐져 있는 것과 달리 <처사가>는 下五에서 上五까지 전개되어 있고, 또 <처사가>에는 下四에 해당하는 음이 나타나지 않는 데 반해 <취풍형>에는 下四에 해당하는 음이 1회 나타나고 있어서 두 곡의 음계가 완전히 동일하다고는 할 수 없다.

그러나 『시용향악보』와 『대악후보』에 수록된 곡을 통틀어 고음이 上五까지 올라가는 곡이 <취풍형> 하나밖에 없다는 점을 고려한다면, 11개의 음으로 구성된 <처사가>의 음계와 가장 유사한 모습을 보이는 곡은 <취풍형> 하나밖에 없다고 해도 좋을 것이다. 더구나 두 곡은

---

53) 위의 <표 5>에서 다시 가져왔다.

모두 최다 출현음이 宮에 위치하고, 또 下四에 해당하는 음이 현저하게
줄어들어 있기도 하다. 이런 여러 가지 점을 통해 보건대, 두 곡은 음계
상의 조건에서 서로 유사한 특성을 지니고 있다고 할 수 있다.

그뿐 아니라 두 곡은 악곡 구조의 측면에서도 유사한 모습을 보인다.
<처사가>의 악곡 구조를 <취풍형>의 그것과 함께 나타내 보면 다음
과 같다.

〈표 7〉 〈처사가〉의 악곡 구조54)

마루	장단수	장단					
		1·2	3·4	5·6	7·8	9·10	11·12
1	7	a	b	c	d		
2	12	e	f	g	h	i	j
3	12	e'	f	g	h	i	j
4	12	k	f'	g	h	i	j
5	12	e'	f	g	h	i	j
6	12	e'	f	g	h	i	j
7	12	k	f'	g	h	i	j
8	12	e'	f	g	h	i	j

〈표 8〉 〈취풍형〉의 악곡 구조55)

마루	행수	행						
		1	2	3	4	5	6	7
1	4	a	b	c	d			
2	7	e	f	g	h	i	j	d
3	7	e	f'	g'	h'	l	j	d

---

54) 장사훈, 앞의 책, 1980, 245-268면.
55) 『대악후보』권3. <취풍형>의 악보에는 물론 마루가 구분되어 있지 않지만, 노랫말의
단락과 매 장의 마지막 두 행에 반복적으로 나타나는 종지선율 'd'를 기준으로 잡으면,
이 곡 전체를 8개의 마루로 구분하는 것이 가능해진다.

4	7	e'	f	g''	h''	l'	j	d
5	7	e	f'	g'	m	l''	j	d
6	7	e	f	g''	h'''	l'''	j	d
7	7	n	f''	g''	h''''	l'''	j	d
8	7	e''	f''	g'	h'''''	l''''	j	d

위의 두 표에서 알 수 있는 바와 같이 두 곡의 악곡 구조는 어느 정도 유사한 양상을 띠고 있다. 두 곡은 모두 8개의 마루로 구성되어 있다. 그리고 두 곡의 제1마루는 공히 다른 마루에 비해서 짧은 형태로 이루어져 있다. <처사가>의 제1마루는 다른 마루가 12장단씩으로 구성되어 있는 것과 달리 7개의 장단으로만 이루어져 있는데, 이와 유사하게 <취풍형>의 제1마루도 이 곡의 다른 마루가 7개의 행으로 구성되어 있는 것과 달리 4개의 행으로만 이루어져 있는 것이다.

또 두 곡은 모두 일정한 선율이 지속적으로 되풀이된다는 점에서도 서로 유사한 특성을 보인다. <처사가>의 경우 제2마루에 나타나는 'efghij'의 선율 형식은 제8마루에 이르기까지 지속적으로 반복된다. <취풍형>에서도 제2마루에 나타나는 'efghjd'의 선율 형식은 마지막 8마루까지 계속 반복된다. 물론 어떤 행(<처사가>의 제2마루 제1·2·3·4 장단 및 <취풍형> 제2마루 제1·2·3·4행)의 선율은 뒤로 가면서 조금씩 변주가 이루어지기도 하고, 특정 행(<취풍형> 제2마루 5행)의 선율은 아예 다른 것으로 교체되기도 하지만, 그 정도의 변주와 교체가 두 곡의 반복 구조를 다른 것으로 전환시키지는 못한다. 그리고 두 곡에서 다른 마루에 비해 짧은 형식으로 되어 있는 제1마루의 선율은 나머지 부분의 선율과는 현격하게 다른 양상을 보인다. 이상과 같은 여러 가지 점으로 볼 때, 두 곡의 음악적 구조는 매우 흡사하다고 할 수 있다.

그러나 음계와 악곡 구조의 측면에서 유사한 점을 지니고 있다고 해서 두 곡을 동일곡 또는 원곡과 파생곡의 관계에 있는 것으로 단정하기는 어려울 것이다. 음계와 악곡 구조는 음악에 관한 기본적인 조건에 해당할 뿐, 곡조의 세부적 특성까지 결정하지는 못하기 때문이다.

2) 개별 곡조 사이의 이질성과 동질성

이상에서 <처사가>와 어느 정도 유사한 음악적 조건을 갖추고 있는 곡을 선정했으므로 이제 두 곡이 어떻게 같고 다른지 살펴보기로 하자. <취풍형>은 조선 초기에 궁중 악장의 하나로 창작되어 조선 말기까지 지속적으로 향유된 곡이고, <처사가>는 18세기 무렵의 비교적 늦은 시기에 민간 사대부들의 유흥 공간인 풍류방에서 창작된 것으로 보이는 작품이다. 이렇게 두 작품은 창작 시기나 향유 공간 및 담당 계층 등의 여러 가지 측면에서 서로 다른 조건에 놓여 있기 때문에 음악적인 측면에서도 이질적인 양상을 나타낼 수밖에 없다. 아래에서는 먼저 둘 사이에 존재하는 이질성을 살펴보고 나아가 동질성에 대해서도 고찰해 보기로 하겠다.

(1) 이질성

<처사가>와 <취풍형>은 장고 장단의 형식이나 시작 선율의 흐름 등에서 매우 이질적인 양상을 보인다. 먼저 장고 장단에 대해 살펴보고, 시작 선율의 흐름도 비교해 보기로 한다.

① 장고 장단

<처사가>의 장고 장단은 5박 형식의 일정한 장단이 곡의 처음부터 끝까지 지속적으로 반복되는 단순한 구조로 이루어져 있다. <취풍형>

의 장고 장단도 반복 구조로 짜여 있다는 점에서는 <처가사>의 경우
와 같다고 할 수 있다. 그렇지만 둘 사이에는 많은 차이점이 존재한다.
두 곡의 장고 장단 형식을 함께 제시해 보면 다음과 같다.

<악보 15> <처사가>의 장고 장단[56]

◐(雙)		⋮(搖)	●(鼓)	●(鼓)

<악보 16> <취풍형> 제5-11행의 장고 장단[57]

대강 행	1	2	3	4	5	6
5		鼓	搖	鞭	鼓	鞭
6	雙	鞭	鼓	鞭	鞭	
7	鼓	雙	鼓	鞭	雙	鞭
8	雙	鼓	雙	鞭	鼓	
9	鼓	鞭	雙	鞭	鞭	鼓
10	雙	雙	搖	鞭	雙	
11	鼓	鞭	鞭	鼓	雙	雙

위에서 볼 수 있는 것처럼, <처사가>와 <취풍형>의 장고 장단 형식
은 매우 이질적인 양상을 보인다. <처사가>의 장고 장단은 12가사에
속하는 다른 작품들의 경우와 같이 매 행마다 같은 형식의 장단을 되풀
이해서 치도록 되어 있다. 그러나 <취풍형>의 장고 장단은 행 단위로
되풀이 되지 않는다. 위에서 볼 수 있는 바와 같이 제5-11행의 7개
행에 나오는 7개의 장단은 모두 다른 형식으로 설정되어 있는 것이다.
　<취풍형>의 장고 장단은 7행으로 구성된 장을 단위로 하여 반복된

---

56) 장사훈, 앞의 책, 1980, 245면.
57)『대악후보』권3. <취풍형> 제2마루에 해당하는 부분이다. <致和平 三>에는 <醉豊
亭> 제5-11행과 같은 노랫말이 붙어 있는 부분에 '불휘章'이라는 제목이 붙어 있다.

다. 제2마루 '불휘章'에 이어 나오는 제3마루 '주국장(周國章)'이나 제4 마루 '적인장(狄人章)'은 모두 7개의 행으로 이루어져 있는데, 각 장의 장고 장단의 형식은 '불휘章'에 나오는 것과 동일하다. 결국 <취풍형> 의 장고 장단은 7개의 행에 포함된 장단 전체가 하나의 단위로 기능하 면서 매 장마다 반복되는 형식으로 이루어져 있다고 할 수 있다. 이러 한 점에서 <취풍형>의 장단 형식은 한 행에 포함된 장단이 하나의 단위로 기능하면서 매 행마다 되풀이되는 <처사가>의 장단 형식과 뚜렷한 차별성을 지닌다.

<처사가>의 장고 장단은 5박 형식으로 이루어져 있고, 한 장단 안에 는 넉 점의 장고점이 안배되어 있다. 이와 달리 <취풍형>의 장고 장단 은 6대강보에 기보되어 있어 5박보다는 6박 형식으로 이해될 여지가 많고, 한 행에는 다섯 점이나 여섯 점의 장고점이 안배되어 있다. 또 <처사가>의 장단에 안배되어 있는 장고점은 '쌍(雙) 요(搖) 고(鼓) 고 (鼓)'로 매우 단순하게 구성되어 있는 데 반해, <취풍형>의 장단에 나 오는 장고점은 일정한 규칙을 발견하기 힘들 만큼 복잡하게 구성되어 있다. 이러한 점에서도 두 곡의 장고 장단 형식은 서로 다른 양상을 보인다.

② 시작 선율

두 곡은 장고 장단 형식뿐만 아니라 전반적인 선율 진행의 측면에서 도 서로 다른 양상을 보인다. <처사가>와 <취풍형>의 시작 부분인 제1마루의 선율을 비교해 보기로 한다.

먼저 <처사가> 제1마루를 인용하면 다음과 같다.

〈악보 17〉 〈처사가〉 제1마루58)

박\행	◐			⋮		●		●	
1	黃黃 下三下三 天生			仲 下一 我		仲 下一 才		林太黃 下五下二下三	
2	仲 下一 쓸			仲 下一 데				黃仲 下三下一	黃 下三
3	黃 下三 없					林太黃 下五下二下三		黃太 下三下二 어	黃 下三
4	仲 下一 世			仲 下一 上				太 下二	黃 下三
5	黃 下三 功			仲 下一 名		仲 下一 을		林太黃 下三下二下三	
6	黃 下三 下			仲 下一 直				林無林 宮上一宮	仲 下一
7	林太黃 下五下二下三 허	仲 下一				仲 下一 고			

(오음약보는 필자)

다음으로 〈취풍형〉의 제1마루에 해당하는 제1-4행을 인용하면 다음과 같다.

---

58) 장사훈, 앞의 책, 1980, 245-246면.

〈악보 18〉〈취풍형〉의 제1-4행[59]

대강 \ 행	1	2	3	4	5	6
1		宮	上一	宮		宮
		海	東	六 龍	이 ㄴ	ㄹ
2		宮	上一 宮下一	下二 下一	下二	宮 下一
	샤	일	마 다	天 福	이	시 니
3	下二 宮	上一 宮	下一 下二	下三	下四	下五
	古	聖	이	同 符	ㅎ	시
4	下五 宮	上一 宮下一	下二 宮	宮	宮	下三 宮
	니					

앞에서 제시한 〈표 7〉(〈처사가〉의 악곡 구조)과 〈표 8〉(〈취풍형〉의 악곡 구조)에 의하면 위에 인용한 두 곡의 제1마루는 악곡 구조상 서로 대응되는 부분이다. 〈처사가〉의 제1마루는 모두 7개의 행으로, 〈취풍형〉의 제1마루는 모두 4개의 행으로 구성되어 있다. 두 곡의 제1마루에 포함된 행의 수는 대략 2:1의 비례관계가 성립한다. 따라서 악곡의 구조적 대응에 의거하여 선율을 비교하려면 〈처사가〉 2개 행에 〈취풍형〉 1개 행을 맞추어 보아야 할 것이다.

이러한 비례 관계에 따라 두 곡 제1마루의 대응 부분을 비교해 보면 유사한 선율보다는 이질적인 선율이 더 많이 발견된다. 가령 〈처사가〉 제1마루 제1-2행의 선율인 '下三 下三 下一 下一 下五 下二 下三 / 下一 下一 下三 下一 下三'과 이에 대응되는 〈취풍형〉 제1행의 선율

---

59) 『대악후보』 권3. 제1마루 '海東章'에 해당하는 부분이다.

'宮 上一 / 宮 宮' 사이에는 같은 음이 하나도 존재하지 않는 것으로 나타난다. <처사가> 제1마루 제3-4행의 선율 '下三 下五 下二 下三 下三 下二 下三 / 下一 下一 下二 下三'과 이에 대응되는 <취풍형> 제2행의 선율 '宮 上一 宮 下一 / 下二 下一 下二 宮 下一' 사이에도 유사한 흐름은 잘 발견되지 않는다. 유사한 선율이 나타나지 않는 것은 나머지 대응 부분에서도 마찬가지이다.

이렇게 두 곡의 시작 부분은 악곡 구조의 측면에서는 서로 정확하게 대응되지만 유사 선율을 전혀 지니지 않고 있기 때문에, <처사가>가 <취풍형>과 음악적으로 어떤 관계를 맺고 있는지 판단하기는 그다지 쉽지 않아 보인다.

(2) 동질성

이상에서 살핀 것처럼 <처사가>와 <취풍형>은 장고 장단의 형식이나 시작 선율에서 서로 다른 양상을 보인다. 그러나 두 곡 사이에 유사한 선율이 전혀 존재하지 않는 것은 아니다. 구조적 대응 관계에 구애받지 않고 비교의 범위를 곡 전체로 확대해 보면, 두 곡의 일부에는 서로 유사한 것으로 볼 수 있는 선율이 나타나기도 한다. 특히 두 곡에서 반복적으로 되풀이되는 주요 선율을 담고 있는 부분에 그러한 유사성이 많이 잠재되어 있는 것으로 보인다.

두 곡 사이에 존재하는 유사 선율을 발견하기 위해서는 먼저 악보 비교의 단위와 기준에 대해서 생각해 보아야 한다. 악보를 비교하기 위해서는 음악적인 단위인 박자나 장고 장단에 의거하는 것이 원칙이 겠지만, 위에서 살핀 바와 같이 <처사가>와 <취풍형>의 장고 장단은 매우 이질적인 형식으로 되어 있기 때문에 악보 비교의 단위로 사용하기에는 무리가 있다. 그렇다면 비교의 기준으로 문학적인 단위인 율격을 고려해 볼 필요가 있다.

① 율격과 대응 단위

<처사가>와 <취풍형>의 노랫말은 율격적으로 서로 잘 대응된다. 먼저 <처사가> 제4마루와 제5마루의 노랫말을 율격을 분석하여 인용해 보면 다음과 같다.

> 寂寂 松關 / 닫었는데
> 寥寥 杏園 / 개 짖는다
> 景槪 無窮 / 좋을시고
> 山林 草木 / 푸르렀다
> 蒼岩 屛風 / 둘렀는데
> 白雲 深處 / 집을 삼고[60]

다음으로 <취풍형> 제2마루 '불휘章'의 노랫말을 율격을 분석하여 인용해 보면 다음과 같다.

> 불휘 / 기픈 남ᄀᆞᆫ
> ᄇᆞᄅᆞ매 / 아니 뮐씨
> 곳 됴코 / 여름 ᄒᆞᄂᆞ니
> 씨미 / 기픈 므른
> ᄀᆞ마래 / 아니 그츨씨
> 내히 이러 / 바ᄅᆞ래 가ᄂᆞ니[61]

---

60) 장사훈, 앞의 책, 1980, 253-258면.
61) 『대악후보』 권3.

위에서 보는 바와 같이 두 작품은 모두 2음보격으로 분석된다. 물론 <용비어천가>의 율격은 다른 방식으로도 분석될 수 있고,[62] <처사가>와 같은 가사의 율격은 4음보격으로 이해되는 것이 보통이다. 그러나 <용비어천가> '불휘章'의 율격은 위와 같이 2음보격으로 분석될 때 율격적 안정감을 지니면서 노랫말의 의미적 질서와도 조화롭게 호응하는 것으로 보이고, 가사체의 정격으로 알려져 있는 4음보격은 2음보격이 중첩된 형식으로 이해되기도 한다.[63]

<처사가>와 <용비어천가> '불휘章'처럼 두 작품의 노랫말이 동일한 율격 구조를 바탕으로 하고 있는 경우에는 율격적인 단위를 음악적인 비교의 기준으로 사용할 수 있다.[64] <처사가> 제4마루 앞부분과 '불휘章'의 율격적 대응 관계는 다음과 같다.

<처사가>		<취풍형> '불휘章'
寂寂 松關 / 닫었는데(제1-4행)	--	불휘 / 기픈 남ᄀᆞᆫ(제5행)
寥寥 杏園 / 개 짖는다(제5-8행)	--	곶 됴코 / 여름 ᄒᆞᄂᆞ니(제7행)

물론 이것은 뒤에서 살필 선율의 대응 관계까지 고려하여 대응시킨 것이다. <취풍형> '불휘章'의 제5행 다음에는 "ᄇᆞᄅᆞ매 / 아니 뮐씨"가 붙어 있는 제6행이 따라와야 하겠지만, "寥寥 杏園 / 개 짖는다"가 얹혀 있는 <처사가> 제4마루의 제5-8행의 선율은 <취풍형>의 제6행보다는 "곶 됴코 / 여름 ᄒᆞᄂᆞ니"가 붙어 있는 제7행과 더욱 잘 대응되는 것이다.

---

62) <용비어천가>의 율격에 대해서는 다음 장에서 좀 더 자세하게 다룬다.

63) 성기옥, 『한국시가 율격의 이론』, 새문사, 1986, 204면.

64) 노랫말이 음악적 비교의 기초 단위로 사용된 예는 황준연, 「致和平(三)과 醉豊亨의 관계」, 『예술논문집』 제1집, 부산대학교 예술대학, 1984, 1-4면에서도 찾아볼 수 있다.

이러한 율격적 대응 관계를 음악적 단위로 바꾸어 보면 다음과 같이 된다.

〈악보 19〉〈처사가〉 제4마루 제1-4행

행	제1행				제2행				제3행				제4행			
장고점	雙		搖	鼓	鼓	雙		搖	鼓	鼓	雙		搖	鼓	鼓	雙		搖	鼓	鼓
노랫말	寂		寂			松關					단			었		는				데
구획	가		나		다			라			마			바		

(구획 구분은 필자)

〈악보 20〉〈취풍형〉 제5행

대강	1			2		3			4			5		6		
장고점				鼓		搖			鞭			鼓		鞭		
노랫말				불		휘			기		픈	남		근		

이렇게 바꾸어 놓고 보면 〈처사가〉와 〈취풍형〉의 음악적 단위는 정확하게 4:1의 비율로 대응됨을 알 수 있다. 다시 말해 〈처사가〉 4개의 행이 〈취풍형〉의 1개 행에 해당한다. 그리고 〈처사가〉의 4개 행은 총 20박(5박×4행)으로 이루어져 있고 〈취풍형〉의 1개 행은 16정간으로 구성되어 있다. 〈처사가〉의 20박을, 16정간으로 이루어진 한 행이 6대 강으로 구분되는 고악보의 형식과 비슷한 모양이 되도록 구획을 나누면, 위의 표에 기입된 '가·나·다·라·마·바'와 같이 된다.[65] 〈처사가〉의 구획 '가'는 〈취풍형〉의 제1대강에, 구획 '나'는 제2대강에, 구획 '다'는 제3대강에, 구획 '라'는 제4대강에, 구획 '마'는 제5대강에, 구획

---

65) 총 20개의 박을 10개씩으로 이등분하고, 10개의 박을 다시 4개·2개·4개로 3분하여 구획을 설정하였다. 그리하여 구획 '가'에는 4개, '나'에는 2개, '다'에는 4개, '라'에는 4개, '마'에는 2개, '바'에는 4개의 박이 할당되도록 했다.

'바'는 제6대강에 각각 대응된다. '가'-'바'에 할당된 박수를 차례로 나타내면 4·2·4·4·2·4가 되는데, 이것은 제1-6대강이 차례로 차지하는 정간 수인 3·2·3·3·2·3에 대응된다.

다음은 〈처사가〉 제4마루 제5-8행과 이에 대응되는 〈취풍형〉 제7행을 위와 같은 방식으로 정리한 것이다.

〈악보 21〉 〈처사가〉 제4마루 제5-8행

행	제5행				제6행				제7행				제8행			
장고점	雙		搖	鼓	鼓	雙		搖	鼓	鼓	雙		搖	鼓	鼓	雙		搖	鼓	鼓
노랫말	寡		寡			杏		園			개		짓			는				다
구획	가		나			다					라					마		바		

(구획 구분은 필자)

〈악보 22〉 〈취풍형〉 제7행

대강	1			2			3			4			5			6		
장고점	鼓			雙			鼓			鞭			雙			鞭		
노랫말	곳			됴			코			여		름	하	ᄂ		니		

이어서 〈처사가〉 제4마루 제9-12행과 이에 대응되는 〈취풍형〉 제11행을 마찬가지 방식으로 나타내 보면 다음과 같다.

〈악보 23〉 〈처사가〉 제4마루 제9-12행

행	제9행				제10행				제11행				제12행			
장고점	雙		搖	鼓	鼓	雙		搖	鼓	鼓	雙		搖	鼓	鼓	雙		搖	鼓	鼓
노랫말	景	槪	無			窮					좋		을			시			고	
구획	가		나			다					라					마		바		

(구획 구분은 필자)

〈악보 24〉 〈취풍형〉 제11행

대강	1		2		3		4		5		6	
장고점	鼓		鞭		鞭		鼓		雙		雙	
노랫말	니											

이 두 부분은 율격적으로는 대응되지 않지만 각 곡의 종지에 해당하는 부분으로서 대응된다. 앞에서도 언급한 바와 같이 <처사가> 제4마루의 제9-12행은 이 곡 전체에서 지속적으로 반복되어 나타나는 주요 선율을 지니고 있다. 이 선율은 모든 마루의 마지막에 놓여 있는 종지 선율에 해당하는 것이다. '불휘章'의 종지행에 해당하는 <취풍형> 제11행의 선율도 '해동장(海東章)'이나 '주국장(周國章)'과 같은 장의 종지행에서 반복적으로 사용된다.[66] 이렇게 <처사가> 제4마루 제9-12행과 <취풍형> 제11행은 두 곡에서 반복적으로 쓰이는 종지선율을 포함하고 있다는 점에서 같은 속성을 지닌다고 할 수 있다.

② 반복 선율

위에서 살핀 율격적인 대응 관계와 음악적 단위를 함께 고려하여 <처사가> 제4마루와 <취풍형> 제2마루 '불휘章'의 선율을 비교해 보기로 하자. 두 곡은 4:1로 대응되므로 비례 관계를 조금 조정하여 <처사가>의 2개 행과 <취풍형>의 반 행을 비교하여도 좋을 것이다. 먼저 대응 부분의 전체적인 흐름을 살핀 다음, 세부적인 음악 단위까지 고려하여 출현음을 정밀하게 따져보는 순서로 비교를 진행하기로 한다. <처사가> 제4마루의 악보를 오음약보식으로 바꾸어서 인용해 보면

---

[66] '불휘章'의 종지행인 제11행의 선율은 『대악후보』의 <취풍형> 악보에서 총 8회 반복된다.

다음과 같다.

〈악보 25〉〈처사가〉 제4마루67)

박행	◐				⋮		●	●	
1	汰淋		沖汰潢	汰					
	上三上五		上四上三上二	上三					
	寂			寂					
2	汰汰							汰	潢
	上三上三							上三	上二
	松關								
3	汰淋		汰潢沖汰		潢			林仲無林	仲
	上三上五		上三上二上四上三		上二			宮下一上宮	下一
	닫				었				
4	仲	潢	汰潢汰	沖	汰	淋		汰	沖汰
	下一	上二	上三上二上三	上四	上三	上五		上三	上四上三
	는							데	
5	汰			汰		潢沖		汰潢沖汰	潢
	上三			上三		上三上四		上三上二上四上三	上二
	寥			寥					
6	潢			林無		無林	仲	潢林	仲
	上二			宮上一		上一宮	下一	上二宮	下一
	杏			園					
7	林			林				太仲	
	宮			宮				下二下一	
	개			짓					
8	林	仲	林	潢		林無林	仲	林無林	
	宮	下一	宮	上二		宮上一宮	下一	宮上一宮	
	는							다	

---

67) 장사훈, 앞의 책, 1980, 253-255면.

仲		仲	太	黃仲		無林		無林	仲
下一		下一	下二	下三下一		上一宮		上一宮	下一
景		槪		無					
林	無林無	潢		汰潢		林無林	仲	潢林	仲
宮	上一宮上一	上二		上三上二		宮上一宮	下一	上二宮	下一
窮									
林				林		無林	仲	潢林	仲
宮				宮		上一宮	下一	上一宮	下一
鍾				을					
黃				太黃		黃			
下三				下二下三		下三			
시						고			

(행 번호: 9, 10, 11, 12 각 행의 왼쪽에 표기됨)

(오음약보는 필자)

위에서 언급한 바와 같이 <처사가> 제4마루의 제4-12행에 나오는 선율이 이 곡에서 지속적으로 반복되는 주요 선율에 해당하고 제1-3행의 선율은 제7마루에 다시 한 번 나타난다. 12가사와 선행 악곡의 선율 비교는 반복적으로 나타나는 주요 선율을 중심으로 이루어져야 한다.

<처사가> 제4마루와 비교할 <취풍형> '불휘章'에 해당하는 제5-11행을 인용하면 다음과 같다.

<악보 26> <취풍형>의 제5-11행68)

행\대강	1	2	3	4		5	6
5	宮	上三	上四	上三	上四	上三	上三
		鼓	搖	鞭		鼓	鞭
		불	휘	기	픈	남	근

---

68) 『대악후보』 권3.

#											
6	雙		上四	上五		上四		上三	上二		
			鞭	鼓		鞭		鞭			
			ㅂ	ㄹ	매	아	니	뮐	씨		
7	上三	上五	上四	上三	上二	上一	宮	上一	宮	宮	
	鼓		雙		鼓	鞭		雙		鞭	
	곳		됴		코	여	름	하	ㄴ	니	
8	雙		上三	上四	上三	上四	上五	上四	上三	上二	上一
			鼓	雙		鞭		鼓			
			씨	미		기	픈	므			
9	宮		上三	上二	上宮 上一	上二	上三	上四			
	鼓		鞭	雙	鞭	鞭	鼓				
	른		ㄱ	마	래 아	니	그	츨	씨		
10	上三	上五		上四	上三 上二		上一	宮			
	雙		雙	搖	鞭		雙				
	내	히		이	러 바	ㄹ	래 가	ㄴ			
11	宮	上一	宮下一	下二	宮	宮		宮	下三	宮	
	鼓		鞭	鞭		鼓		雙	雙		
	니										

먼저 <처사가> 제4마루 제1-2행과 <취풍형> 제5행의 전반부에 비슷한 선율이 있는지 알아보자.

<악보 27> <처사가> 제4마루 제1-2행

행\박	1	2	3	4	5
1	上三上五	上四上三上二	上三		
	寂		寂		
2	上三上三				上三 上二
	松關				

〈악보 28〉〈취풍형〉 제5행 전반부(제1-3대강)

대강 행	1			2		3		
5전	宮			上三		上四		(上三)
				불		휘		

　　〈처사가〉 제4마루 제1·2행에 붙어 있는 '寂寂 松關'은 제4마루 제8
행까지의 노랫말 "寂寂 松關 / 닫었는데 // 寥寥 杏園 / 개 짖는다"의
첫째 음보에 해당한다. 그리고 〈취풍형〉 제5행 제1-3대강에 붙어 있
는 '불휘'도 〈취풍형〉의 제5-7행의 노랫말 "불휘 / 기픈 남간 // ᄇᆞᄅᆞ매
/ 아니 뮐씨 // 곶 됴코 / 여름 하ᄂᆞ니"의 첫째 음보에 해당한다. 위의
두 부분에 붙은 노랫말은 각각 한 음보에 해당하는 노랫말로 율격적으
로 같은 길이라고 할 수 있다.

　　두 부분은 선율도 어느 정도 비슷하게 전개되고 있다. 〈취풍형〉 제5
행 제2·3대강의 마지막 부분에다가 바로 다음에 오는 음인 제5행 제4
대강의 첫 음 '上三'을 끌어와 기입하면, 〈취풍형〉 제5행 전반부의 선
율은 '上三 上四 上三'의 흐름을 지니게 된다. 이러한 흐름은 〈처사가〉
제4마루 제1-2행에서도 발견된다. 〈처사가〉 제4마루 제1-2행의 선율
에서 간음을 제거하고 원음만 남기면 '上三 上五 上三 上二 上三 上三
上三 上三'이 된다.[69] 이러한 흐름은 '上三'에서 시작해서 위로 올라갔
다가 다시 '上三'으로 떨어지는 진행을 보인다는 점에서 〈취풍형〉 제5
행 전반부에 보이는 '上三 上四 上三'의 흐름과 완전히 다르다고는 할
수 없다.

　　〈처사가〉 제4마루 제3-4행은 〈취풍형〉 제5행 후반부와 유사한 선

---

69) 〈처사가〉 제4마루 제1행 제2박에 나오는 '上四上三上二'가 이주환의 악보에는 '上三
　　上二(汰潢)'로 되어 있다.

율을 지니고 있다.

〈악보 29〉〈처사가〉 제4마루 제3-4행

박＼행	1		2		3		4		5	
3	上三上五				上三上二四上		上二		宮下一上一宮	下一
	달						었			
4	下一		上二		上三上二上三	上四	上三	上五	上三	上四上三
	는								데	

〈악보 30〉〈취풍형〉 제5행 후반부(제4-6대강)

대강＼행	1		2		3	
5후	上三	上四	上三		上三	
	기	픈	남		근	

    〈처사가〉 제4마루 제3-4행의 노랫말인 '닫었는데'와 〈취풍형〉 제5
행 제4-6대강의 노랫말인 '기픈 남근'도 각각 한 음보에 해당하는 같은
길이이다. 〈취풍형〉 제5행 제4-6대강의 선율인 '上三 上四 上三 上三'
의 흐름은 〈처사가〉 제4마루 제3행과 제4행에 폭넓게 깔려 있다. 〈처
사가〉 제4마루 제3행의 제4-5박과 제4행의 제1-2박 사이에 이질적인
선율인 '上二'나 '宮 下一 上一' 등이 끼어 있고 제3행 제1박이나 제4행
제4박에 '上五'가 나타나기도 하지만, 제3-4행의 전체적인 기조는 이
부분의 앞과 뒤에서 지속되고 있는 '上三 上四 上三 上三'의 선율이라
고 할 수 있다.[70] 특히 이 두 부분의 선율은 시작음과 종지음이 모두

---

70) 이주환의 악보에는 〈처사가〉 제4마루 제3행 제3박에 나오는 '上三上二上四上三'의
　　흐름이 '上三(汰)'로 되어 있고, 제3행 제5박에 나오는 '宮下一上一宮下一'이 '宮(林)'으
　　로 되어 있으며, 제4행 제5박에 나오는 '上三上四上三'이 '上三上三上三(汰汰汰)'으로

'上三'으로 되어 있다는 공통점을 지니고 있다.

이상에서 살핀 〈처사가〉 제4마루 제1-4행과 〈취풍형〉 제5행의 선율을 음악적 대응 단위에 따라서 좀 더 정밀하게 비교해 보면 다음과 같다.

〈악보 31〉 〈처사가〉 제4마루 제1-4행과 〈취풍형〉 제5행71)

곡 구획/대강	가/1	나/2	다/3	라/4	마/5	바/6
처사가	上三上五上 三上二上三	上三上三	上三	上三上五 上三上二	宮下一	上二上三上二上三 上四上三上五上三
취풍형	宮	上三	上四(上三)	上三上四	上三	上三

'가/1'의 부분에서는 같은 음이 발견되지 않는다. 그러나 '나/2'에는 두 곡에 모두 '上三'이 나타난다. '다/3'에도 두 곡에 공히 '上三'이 나타나는 것으로 볼 수 있다. 〈취풍형〉 제5행의 제3대강에 기입된 '上三'은 바로 뒤에 이어지는 제4대강의 '上三'을 당겨 놓은 것이다. '라/4'에도 두 곡에 모두 '上三'이 지속적으로 나타나고 있다. '마/5'에서는 같은 음이 발견되지 않지만, '바/6'에는 다시 '上三'이 출현하고 있다. 〈처사가〉의 '라'와 '바' 구획에는 '上三' 이외에도 다른 음이 많이 포함되어 있지만, 두 곳 모두에서 '上三'의 출현 빈도가 가장 높게 나타난다. 정리해서 말하자면, 총 6개의 구획/대강 중 '가/1'과 '마/5'의 2곳에는 같은 음이 나타나지 않고 '나/2'와 '다/3' 및 '라/4'와 '바/6'의 4곳에는 같은 음이 나타난다. 이렇게 〈처사가〉 제4마루 제1-4행과 〈취풍형〉 제5행은 세부적으로 대응되는 음악적 단위에서도 일치하는 음들을 많이 지

되어 있다.

71) 두 악보를 음악적 대응 단위에 따라 비교할 때는 간음이나 중복음 등은 되도록 생략하고 출현음을 원음 위주로 간략하게 기입한다.

니고 있는 것이다.

　<처사가> 제4마루 제5-6행은 <취풍형> 제7행 전반부와 유사한 선율을 지니고 있다.

〈악보 32〉〈처사가〉 제4마루 제5-6행

박 행	1		2		3		4	5	
5	上三				上三		上三上四	上三上二上四上三	上二
	寥				寥				
6	上二				宮上一		上一宮	下一	上二宮	下一
	춤				園				

〈악보 33〉〈취풍형〉 제7행 전반부(제1-3대강)

대강 행	1			2		3		
7전	上三		上五	上四	上三	上二		上一 (宮)
	곳			됴		코		

　위의 두 행에 붙어 있는 '寥寥 춤園'과 '곳 됴코'도 각각 한 음보의 길이에 해당하는 노랫말이다. <취풍형> 제7행 제1-3대강의 선율 '上三 上五 上四 上三 上二 上一'은 '上三'에서 출발해서 위로 한두 음 올라갔다가 다시 '上一'까지 떨어지는 양상을 보이는데, 이러한 양상은 <처사가> 제4마루 제5-6행에도 그대로 나타난다. 물론 <처사가> 제4마루 제6행의 제4-5박에는 <취풍형>의 제7행 전반부에 나오지 않는 '宮 下一 上二 宮 下一'의 선율이 출현해서 두 부분을 다른 것처럼 보이게 하기도 한다. 그러나 여기서도 위에서 했던 식으로 <취풍형> 제7행 제1-3대강의 바로 뒤에 따라 나오는 음인 '宮'을 한 정간 앞으로 당겨서 놓으면, 두 부분의 선율은 거의 동일한 진행을 보이게 된다고 할 수

있다.[72)]

    <처사가> 제4마루 제7-8행은 <취풍형> 제7행 후반부와 대응된다.

〈악보 34〉〈처사가〉 제4마루 제7-8행

박 행	1	2	3	4	5
7	宮		宮		下二下一
	개		짖		
8	宮	下一	宮 上二	宮上一宮 下一	宮上一宮
	는				다

〈악보 35〉〈취풍형〉 제7행 후반부(제4-6대강)

대강 행	1		2		3	
7후	宮	上一	宮	ㄴ	宮	
	여	름	하		니	

    위의 두 부분에 얹혀 있는 '개 짖는다'와 '여름 하ᄂ니'도 각각 한 음보에 해당하는 노랫말로 길이가 같다고 할 수 있다. <취풍형> 제7행 제4-6대강의 선율 '宮 上一 宮 宮'의 흐름은 <처사가> 제4마루 제7-8 행에도 어느 정도 유사한 모습으로 나타난다. 특히 <처사가> 제4마루 제8행의 제4-5박에 두 차례 나오는 '宮 上一 宮'에서 가운데 끼인 '上一' 은 간음에 해당하므로 생략할 수 있다. 그렇게 보면 <처사가> 제4마루 제7-8행의 선율은 '宮'에서 시작되어 다른 음으로 바뀌었다가 다시 '宮' 으로 돌아오는 흐름을 보인다는 점에서 <취풍형> 제7행 후반부와 어

---

72) 이주환의 악보에는 <처사가> 제4마루 제5행 제5박의 '上三上二上四上三上二'의 흐름 이 '上三(汰)'으로, 제6행의 제4박과 제5박에 나오는 '上一宮下一上二宮下一'이 '上一上 二宮(無潢林)'으로 기보되어 있다.

느 정도 비슷하게 진행된다고 할 수 있다. 물론 <처사가> 제4마루 제7
행의 제5박이나 제8행의 제2박 및 제8행의 제4박에 '下二'와 '下一' 등
의 이질적인 음이 나타나기도 하지만, 제7-8행의 시작음과 종지음이
모두 '宮'인 점은 <취풍형> 제7행 후반부와 동일하다.

<처사가> 제4마루 제5-8행과 <취풍형> 제7행의 선율을 음악적 대
응 단위에 따라서 비교해 보면 다음과 같다.

〈악보 36〉〈처사가〉 제4마루 제5-8행과 〈취풍형〉 제7행

구획/대강 곡	가/1	나/2	다/3	라/4	마/5	바/6
처사가	上三上三 上三上四	上三上二	宮上一上一 上二宮	宮宮	下二下一宮	下一宮上二 宮下一宮
취풍형	上三上五	上四上三	上二上一	宮上一	宮	宮

<처사가> 제4마루 제5-8행과 <취풍형> 제7행의 경우는 모든 대응
단위에서 같은 음을 발견할 수 있다. 두 곡의 대응 단위에 공통적으로
나타나는 음은 '가/1'의 '上三', '나/2'의 '上三', '다/3'의 '上二' 또는 '上
一', '라/4'의 '宮', '마/5'의 '宮', '바/6'의 '宮'이다. 앞에서 살핀 <처사가>
제4마루 제1-4행과 <취풍형> 제5행의 경우는 6곳 중 4곳에서만 같은
음이 출현했는데, <처사가> 제4마루 제5-8행과 <취풍형> 제7행의 경
우에는 모든 곳에 같은 음이 나타나므로 두 부분은 동질성의 정도가
매우 강하다고 하겠다.

다음으로 <처사가>의 매 마루에 반복되는 주요 선율에 해당하는
제4마루 제9-12행을 살펴보기로 하자. <처사가> 제4마루 제9-12행에
는 <처사가>의 종지 선율이 포함되어 있기도 하다. 그런데 이 부분은
<취풍형> '불휘章'의 종지 행에 해당하는 제11행과 유사한 선율을 많
이 지니고 있다.[73] <처사가> 제4마루 제9-12행과 <취풍형>의 제11행

은 율격적으로 대응되지 않으므로 노랫말을 생략하고 선율만 인용해서 살펴보기로 하자.

먼저 <처사가> 제4마루 제9-10행과 <취풍형> 제11행의 전반부를 비교해 보면 다음과 같다.

〈악보 37〉〈처사가〉 제4마루 제9-10행

박\행	1		2		3		4		5	
9	下一		下一	下二	下三下一		上一宮		上一宮	下一
10	宮	上一宮上一	上二		上三上二		宮上一宮	下一	上二宮	下一

〈악보 38〉〈취풍형〉 제11행의 전반부(제1-3대강)

대강\행	1		2		3	
11전	宮	上一	宮下一		下二	宮

<취풍형> 제11행의 제1-3대강에 나오는 '宮 上一 宮 下一 下二 宮'의 흐름은 <처사가> 제4마루 제9행의 제4박에서 제10행의 제5박에 이르기까지 분포되어 있다. 물론 <처사가> 제4마루 제9행 제1-3박에 나오는 '下一 下二 下三 下一'이나 제10행 제2-3박에 나오는 '上二 上三 上二' 등은 <취풍형>의 해당 부분에 보이지 않는 이질적인 음들이지만, 이를 제외한 나머지 부분의 선율 흐름은 <취풍형> 제11행 전반부의 흐름과 대체로 일치한다. 즉 <처사가> 제4마루 제9행 제4-5박에서 '宮'을, 제10행 제1박에서 '宮'과 '上一'을, 제10행 제4박에서 '宮'과

---

73) <취풍형> 제11행은 '불휘章'의 종지 행일 뿐 아니라 '海東章'이나 '周國章', '狄人章'의 종지 행에 해당하기도 한다. <취풍형> 매 장의 마지막 행에는 제11행과 똑같은 선율이 반복되어 있다.

'下一'을, 제10행 제5박에서 '宮'을 각각 취하면 이 부분의 전체적인 흐름은 '宮 宮 上一 宮 下一 宮'이 되는데, 이것은 <취풍형> 제11행 전반부에 나오는 '宮 上一 宮 下一 下二 宮'의 선율과 유사한 모습을 보인다고 할 수 있다.74)

다음으로 <처사가> 제4마루 제11-12행과 <취풍형> 제11행 후반부를 비교해 보자.

〈악보 39〉〈처사가〉 제4마루 제11-12행

행\박	1		2		3		4		5	
11	宮				宮		上一宮	下一	上一宮	下一
12	下三				下二下三		下三			

〈악보 40〉〈취풍형〉 제11행 후반부(제4-6대강)

행\대강	1		2		3	
11후	宮		宮		下三	宮

<취풍형> 제11행의 제4-6대강에 나오는 '宮 宮 下三 宮'의 흐름은 <처사가> 제4마루 제11-12행 전체에 폭넓게 깔려 있다. <처사가> 제4마루 제11행의 제4박과 제5박에 나오는 '上一' 및 '下一'과 제12행 제3박에 붙어 있는 '下二'를 제거해 보면 이 부분의 흐름은 '宮 宮 宮 宮 下三 下三 下三'이 되는데, 이것은 <취풍형>의 대응 부분에 나오는 '宮 宮 下三'과 일치하는 것이다.

---

74) 이주환의 악보에는, <처사가> 제4마루 제9행 제4-5박에 나오는 '上一宮上一宮下一'의 흐름이 '宮(林)'으로 되어 있으며 제10행의 제4-5박에 나오는 '宮上一宮下一上二宮下一'의 흐름이 '宮上二宮(林潢林)'으로 되어 있다.

　　<처사가> 제4마루 제9-12행과 <취풍형> 제11행의 선율을 음악적
대응 단위에 따라서 비교해 보면 다음과 같다.

〈악보 41〉〈처사가〉 제4마루 제9-12행과 〈취풍형〉 제11행

구획/대강 곡	가/1	나/2	다/3	라/4	마/5	바/6
처사가	下一下一下二 下三下一宮	宮下一宮上一	上二上三上二宮 下一上二宮下一	宮宮宮下一	宮下一下三	下三下三
취풍형	宮上一	宮下一	下二宮	宮	宮	下三宮

　　<처사가> 제4마루 제9-12행과 <취풍형> 제11행의 경우도 앞에서
살핀 <처사가> 제4마루 제5-8행과 <취풍형> 제7행의 경우처럼 대응
되는 모든 단위에 같은 음이 출현하고 있다. '가/1'과 '다/3'과 '라/4' 및
'마/5'의 네 곳에는 모두 '宮'이, '나/2'에는 '宮 下一'이, '바/6'에는 '下三'
이 공통적으로 나타난다. 다만 <처사가>의 '가' 구획에는 '宮'보다 '下
一'이 우세하게 나타나고 '다' 구획에는 '上二'가 '宮'보다 큰 비중을 차
지하고 있기 때문에, '가/1'과 '다/3' 두 곳은 다른 곳에 비해 유사성의
정도가 다소 떨어진다고 할 수 있다. 그렇지만 '가/1'과 '다/3' 두 곳에도
완전히 다른 음이 나타나는 것은 아니기 때문에 <처사가> 제4마루
제9-12행과 <취풍형> 제11행은 매우 긴밀한 관계에 있다고 할 수 있
다. 이렇게 보면 <처사가>의 주요 선율이자 종지 선율을 담고 있는
제4마루 제9-12행은 <취풍형> '불휘章'의 종지행인 제11행에서 따왔
다고 해도 좋을 것이다.

　　이상에서 살핀 <처사가> 제4마루와 <취풍형> '불휘章'의 행 대응
관계를 정리해 보면 다음과 같이 된다.

〈표 9〉〈처사가〉 제4마루와 〈취풍형〉 '불휘章'의 행 대응 양상75)

곡	대응 행											
처사가	1	2	3	4	5	6	7	8	9	10	11	12
취풍형	5				7				11			

　이상에서 살핀 바와 같이 〈처사가〉의 제4마루는 〈취풍형〉 제2마루 '불휘章'에 해당하는 제5-11행과 유사한 선율을 많이 지니고 있다. 특히 〈처사가〉의 제5-8행과 제9-12행은 이 곡에서 지속적으로 되풀이되는 주요 선율이 담겨 있는 부분이다. 그에 대응되는 〈취풍형〉의 제7행과 11행도 주요 선율을 담고 있기는 마찬가지이다. 〈취풍형〉의 제7행은 '불휘章'인 제2마루의 제3행에, 제11행은 제2마루의 제7행에 해당하는 부분으로 각각 이 곡의 반복 선율을 지니고 있다.76) 이렇게 두 곡의 반복 선율이 담겨 있는 중요한 부분에 유사한 선율의 흐름이 나타난다는 것은 〈처사가〉가 〈취풍형〉 '불휘章'에서 일정한 영향을 받아서 형성되었을 가능성을 시사한다고 해도 좋을 것이다. 결국 〈용비어천가〉를 얹어 부른 〈취풍형〉의 일부 선율은 〈처사가〉의 곡조로 계승되어 오늘날까지 전하고 있는 셈이다.

　③ 『기묘금보(己卯琴譜)』의 〈처사가(處士歌)〉
　『기묘금보』는 1879년에 나온 것으로 추정되는 양금보(洋琴譜)이다.77)

---

75) 음영의 농도는 유사성의 정도를 나타낸다. 〈처사가〉 제4마루와 〈취풍형〉 '불휘章'의 경우는 대응되는 모든 부분이 50%이상의 유사도를 보이지만, 그 중에서도 특히 〈처사가〉 제5-8행과 〈취풍형〉 제7행의 짝이 가장 유사한 것으로 나타나고 〈처사가〉 제9-12행과 〈취풍형〉 제11행의 짝 및 〈처사가〉 제1-4행과 〈취풍형〉 제5행의 짝은 그보다는 조금씩 덜 유사한 것으로 나타난다.

76) 앞의 〈표 8〉(〈취풍형〉의 악곡 구조) 참조.

77) 『기묘금보』의 연대는 이준자, 「己卯琴譜의 歌詞」, 서울대학교 석사학위논문, 1985,

이 악보에는 <처사가>·<상사별곡>·<매화타령>·<춘면곡>·<황
계타령>·<권주가>의 악보가 구음(口吾)으로 기록되어 있다. 『기묘금
보』에 수록되어 있는 <처사가>의 악보를 현행 <처사가> 및 <취풍형>
'불휘章'의 악보와 비교해 보기로 하자. 『기묘금보』에 기보되어 있는
<처사가>의 악보를 인용하면 다음과 같다.

倘○澄○東唐○藐唐○澄東唐○倘鳳澄○倘東唐
○倘澄東唐○倘 黴○倘澄倘 倘 鳳澄○倘東唐○倘
○黴黴黴黴黴黴黴黴○黴 称称黴○倘澄倘○黴○
称黴○忩称黴○称 称黴○鳳○倘澄倘○黴○倘
澄○倘倘鳳澄○倘東唐78)

이것을 율자보로 옮기면 다음과 같다.

林○仲○太黃○㑣黃○仲太黃○林無仲○林太黃
○林仲太黃○林 潢○林仲林 林 無仲○林太黃○林
○潢潢潢潢潢潢潢潢○潢 汰汰潢○林仲林○潢○
汰潢○沖汰潢○汰 汰潢○無○林仲林○潢○林
仲○林林無仲○林太黃79)

이것의 음계와 구성음의 출현 횟수를 파악하고, 그 음계를 오음약보
식으로 고치면 아래와 같이 된다.

13면 참조.

78) 『기묘금보』. 위의 논문, 50면에서 재인용.

79) 구음의 해독은 위의 논문, 15면을 참조했다.

〈표 10〉『기묘금보』〈처사가〉의 음계과 구성음의 출현 횟수80)

음계	侏	僶	黃	太	仲	林	無	潢	汰	沖
출현 횟수	1		7	6	10	18	4	16	6	1
오음 음계	下五	下四	下三	下二	下一	宮	上一	上二	上三	上四

이것을 현행 〈처사가〉의 음악적 조건과 비교하면 두 곡의 구성음과 음역 및 최다 출현음의 위치가 동일하게 나타남을 알 수 있다.81) 현행 〈처사가〉에 나오는 '임(淋)'이 『기묘금보』의 〈처사가〉에 나오지 않는 것은 『기묘금보』가 〈처사가〉의 앞부분인 제1마루와 제2마루의 일부 만을 기보해 놓았기 때문이다. 현행의 〈처사가〉에는 제4마루와 제7마루에 '임(淋)'이 나타난다.

그러면 『기묘금보』〈처사가〉의 선율의 흐름이 어떻게 나타나는지 현행 〈처사가〉와 비교하여 살펴보기로 하자.

〈악보 42〉〈처사가〉 제1-2마루82)

악보	마루	박/행	◐			⋮	●		●
현행	1	1	天生			我	才		
			黃黃			仲	仲		侏太黃
			下三下三			下一			下五下二下三
기묘금보			俉			澄			東唐
			林			仲			太黃
			宮			下一			下二下三

---

80) 『기묘금보』의 〈처사가〉에서도 현행의 〈처사가〉에서와 마찬가지로 '林'을 宮으로 설정했다.

81) 앞의 〈표 3〉 참조.

82) 현행 〈처사가〉는 장사훈, 앞의 책, 1980, 245-247면에서 인용했고, 『기묘금보』의 〈처사가〉는 이준자, 앞의 논문, 50면에 있는 악보와 63-64면에 있는 비교 악보를 참고하여 기입했다.

구분	마디		1	2	3	4	5	6	7	8	9
현행	2		쓸				데				
			仲				仲			黃仲	黃
			下一				下一			下三下一	下三
기묘금보			黿	唐	澄					東	唐
			㑣	黃	仲					太	黃
			下五	下三	下一					下二	下三
현행	3		없							어	
			黃						㑣太黃	黃太	黃
			下三						下五下二下三	下三下二	下三
기묘금보			僴		鳳	澄			僴	東	唐
			林		無	仲			林	太	黃
			宮		上一	下一			宮	下二	下三
현행	4	1	世				上				
			仲				仲			太	黃
			下一				下一			下二	下三
기묘금보			僴	澄						東	唐
			林	仲						太	黃
			宮	下一						下二	下三
현행	5		功				名	을			
			黃				仲	仲		㑣太黃	
			下三				下一	下一		下五下二下三	
기묘금보			僴				徵			僴	澄
			林				潢			林	仲
			宮				上二			宮	下一
현행	6		下				直				
			黃				仲			林無林	仲
			下三				下一			宮上一宮	下一
기묘금보			僴	僴	鳳		澄				
			林	林	無		仲				
			宮	宮	上一		下一				
현행	7		허						고		
			㑣太黃		仲				仲		
			下五下二下三		下一				下一		

출전	단	행									
기묘금보	1	7	倘						東		唐
			林						太		黃
			宮						下二		下三
현행	2	1	養				閑				
			汰				潢			汰沖汰	潢
			上三				上二			上三上四上三	上二
기묘금보			倘	徵	徵	徵	徵	徵	徵	徵	徵
			林	潢	潢	潢	潢	潢	潢	潢	潢
			宮	上二	上二	上二	上二	上二	上二	上二	上二
현행		2	守				命				
			潢			沖汰	汰		潢	無林仲	無林仲
			上二			上四上三	上三		上二	上一宮下一	上一宮下一
기묘금보			徵			稱	稱			徵	倘
			黃			汰	汰			潢	林
			下三			上三	上三			上二	宮
현행		3	허								
			仲			林	潢		無	林仲無林	仲
			下一			宮	上二		上一	宮下一上宮	下一
기묘금보			澄			倘	徵				
			仲			林	潢				
			下一			宮	上二				
현행		4	여								
			仲	潢	汰潢汰	沖	汰	淋	沖	汰	沖汰
			下一	上二	上三上二上三	上四	上三	上五	上四	上三	上四上三
기묘금보			稱		徵	恁	稱			徵	
			汰		潢	沖	汰			潢	
			上三		上二	上四	上三			上二	
현행		5	雲				林				
			汰				汰		潢沖	汰潢沖汰	潢
			上三				上三		上二上四	上三上二四上	上二
기묘금보			稱				稱				
			汰				汰				
			上三				上三				

	2									
현행		6	處		土					
			潢		林無		無	仲	潢林	仲
			上二		宮上一		上一	下一	上二宮	下一
기묘 금보			徵		鳳佋			澄佋	徵佋	澄
			潢		無林			仲林	潢林	仲
			上二		上一宮			下一宮	上二宮	下一
현행		7	되		오	無林	仲	無林		仲太黃
			林		林					
			宮		宮	上一宮	下一	上一宮		下一下二下三
기묘 금보			佋		佋	鳳	澄			
			林		林	無	仲			
			宮		宮	上一	下一			
현행		8	리						라	
			黃			佛太黃			黃太	黃
			下三			下五下二下三			下三下二	下三
기묘 금보			佋						東	唐
			林						太	黃
			宮						下二	下三

(오음약보와 『기묘금보』의 율자보는 필자)

『기묘금보』에 기보되어 있는 <처사가>는 현행 <처사가>의 제1마루 전체와 제2마루의 제1-8장단까지에 해당한다. 두 악보 제1마루의 선율은 일치하는 곳도 있지만 일치하지 않는 곳도 다수 존재한다. 특히 제1마루의 제5행과 제7행은 같은 구석이 전혀 없다고 해도 과언이 아닐 정도로 두 악보의 선율이 다르다. 제1마루 나머지 행에서도 두 악보의 선율이 완전히 일치하는 경우는 드물고 각 행마다 조금씩 다른 부분들이 존재한다. 즉 제1마루 제1행에서는 제1박의 음이 '下三'과 '宮'으로 다르게 나타나고, 제2행에서도 『기묘금보』에는 제1박의 '下五 下三'이나 제5박의 '下二'와 같이 현행의 악보에 보이지 않는 음이 나타나며, 제3행에서도 제1-4박의 선율진행이 현행의 악보와 『기묘금보』의 악보가 '下三 下五 下二 下三'과 '宮 上一 下一 宮'으로 다르게 나타나는 것이다. 그렇기는 하지만 두 악보 제1마루에는 같은 선율 또한 많이 존재하기 때문에 두 가지를 다른 곡으로 보기는 어려울 것이다.

두 악보 제2마루에도 물론 다른 선율이 존재하는 것은 사실이다. 제1행의 경우 현행의 악보가 '上三 上二 上三 上二'의 흐름으로 진행되는 것과 달리 『기묘금보』의 악보는 '宮 上二'의 단순한 흐름으로 진행된다. 제2행의 경우 현행의 악보는 '上二'로 시작되지만 『기묘금보』는 '下三'으로 시작된다. 제3행의 경우 현행 악보의 제4-5박에는 '上一 宮 下一 上一 宮 下一'의 흐름이 존재하지만 『기묘금보』의 같은 곳에는 바로 앞에서부터 이어지는 '上二'가 지속되는 것으로 나타난다. 제4행에서도 현행 악보 제1박의 '下一', 제2박의 '上三 上二 上三', 제4박의 '上五 上四', 제5박의 '上三 上四 上三' 같은 음들은 『기묘금보』의 같은 자리에 나타나지 않는다. 제5행의 경우도 두 악보의 제4-5박에 나타나는 선율은 일치하지 않는다. 제6행의 경우는 현행 악보 제4박에 나오는 '上一'이 이질적인 음이다. 제7행에서도 두 악보 제5박의 선율은 '上一 宮 下一 下二 下三'과 '下一'로 다르게 나타난다. 제8행에서는 두 악보 제1-4박에 이르는 넓은 구역에서 서로 다른 흐름이 나타나고 있다. 그렇지만 두 악보 제2마루의 각 행은 전체적인 선율의 흐름으로 볼 때 같은 모습을 보이는 경우가 많기 때문에 간간이 이질적인 선율이나 음들이 끼어 있다고 해서 두 곡을 서로 다른 것으로 간주할 이유는 없다.

앞에서도 언급한 바와 같이 현행 <처사가>의 제2마루부터 제8마루까지 제4-12행에는 같은 선율이 반복된다. 그렇기 때문에 제1마루를

제외한 각 마루 제4-12행의 선율은 이 곡의 주요 선율에 해당한다고
볼 수 있다. 위의 『기묘금보』 〈처사가〉 제2마루에서 제4-8행의 선율
이 바로 주요 선율에 포함되는 부분이다. 『기묘금보』에는 제2마루의
제8행까지만 기보되어 있기 때문에 제12행까지 이어지는 주요 선율의
전모를 알 수 없기는 하지만, 기보된 부분의 전반적인 선율 흐름은 위
의 악보에서 볼 수 있는 것과 같이 현행 〈처사가〉의 제2마루 제4-8행
에 나오는 것과 같은 모습을 보인다.

그러면 『기묘금보』 〈처사가〉 제2마루의 제4-8행에 나타나는 선율
을 현행 〈처사가〉 제4마루 제4-8행 및 〈취풍형〉 '불휘章'의 관련 부
분과 비교해 보기로 하자. 세 악보의 비교는 앞에서 했던 것과 같이
대응되는 구획에 같은 음이 존재하는지를 확인하는 방식으로 진행하
기로 한다.

〈악보 43〉 현행 〈처사가〉 제4마루 제4행과
『기묘금보』 〈처사가〉 제2마루 제4행 및 〈취풍형〉 제5행 제5-6대강[83]

곡 　　　구획/대강	가/1	나/2	다/3	라/4	마/5	바/6
처사가(현행)					宮下一	上二上三上二上三 上四上三上五上三
처사가(기묘)					上三	上二上四 上三上二
취풍형					上三	上三

위에서 볼 수 있는 것처럼 현행 〈처사가〉 제4마루 제4행과 『기묘금
보』 〈처사가〉 제2마루 제4행은 대체로 같은 음을 지니고 있는 것으로

---

83) 여기서도 앞에서 했던 것처럼 간음이나 중복음 등은 되도록 생략하고 출현음을 원음
위주로 간략하게 기입한다.

보이지만, 제1박에 해당하는 '마/5'의 구획에서는 두 곡이 '宮 下一'과 '上三'의 서로 다른 음을 지니고 있는 것으로 나타난다. 이 구획에 나오는 『기묘금보』〈처사가〉의 '上三'은 〈취풍형〉의 대응 구획에 나오는 것과 같은 음이다. 즉, '마/5'의 구획에서 현행의 〈처사가〉에는 〈취풍형〉 제5행 제5대강에 보이는 '上三'이 나타나지 않지만 『기묘금보』의 〈처사가〉에는 '上三'이 나타나는 것이다. 제4행의 제2-5박에 해당하는 '바/6'의 구획에서는 현행의 곡과 『기묘금보』의 곡 모두에 〈취풍형〉에 나오는 '上三'이 나타나고 있다.

〈악보 44〉 현행 〈처사가〉 제4마루 제5-8행과
『기묘금보』〈처사가〉 제2마루 제5-8행 및 〈취풍형〉 제7행

곡 〰 구획/대강	가/1	나/2	다/3	라/4	마/5	바/6
처사가(현행)	上三上三上三 上四	上三上二	宮上一上一 上二宮	宮宮	下二下一宮	下一宮上二 宮下一宮
처사가(기묘)	上三	(上三)上二	上一宮下一宮 上二宮下一	宮宮上一下一	宮	(宮)下二下三
취풍형	上三上五	上四上三	上二上一	宮上一	宮	宮

(괄호 안은 지속음)

위의 표에서 볼 수 있는 것처럼 현행 〈처사가〉 제4마루 제5-8행과 『기묘금보』〈처사가〉 제2마루 제5-8행은 각 구획마다 대체로 같은 음들을 지니고 있다. 다만 제7행의 제1-4박에 해당하는 '라/4'의 구획에서, 현행의 곡에는 〈취풍형〉 제7행의 제4박에 보이는 '上一'이 나타나지 않지만 『기묘금보』의 곡에는 그것이 나타난다. 나머지 대응 구획에서는 세 곡이 모두 동일한 음들을 지니고 있다.

이상에서 살펴 본 바와 같이 〈처사가〉의 반복 선율이 포함되어 있는 현행 제4마루 및 『기묘금보』 제2마루 제4-8행의 경우, 현행의 곡보

다는 『기묘금보』의 곡에 <취풍형> '불휘章'에 나오는 음과 유사한 음이 더 많이 나타난다. 『기묘금보』 제2마루 제4행 제1박에 나오는 '上三'(마/5)과 제7행의 제4박에 나오는 '上一'(라/4)은 모두 <취풍형> '불휘章'의 대응 부분에 존재하지만 현행 <처사가>의 대응 부분에는 나타나지 않는 것들이다. 『기묘금보』 <처사가>가 현행의 <처사가>보다 이른 시기에 존재한 곡인 만큼, 선행 곡조와의 유사성도 조금 더 분명하게 드러나는 것이다.

Ⅲ. 12가사와 선행 장르의 문학적 연관성

　본장에서는 12가사가 선행 장르인 고려가요 및 악장과 문학적으로
는 어떠한 유사성을 지니는지 살피기로 한다. 12가사와 선행 장르의
노랫말을 문학적으로 비교하는 작업은, 음악적인 유사성이 존재하는
둘 사이에 문학적인 연관성도 존재한다는 점을 밝힘으로써 둘인 것
같은 음악과 문학이 시가에서는 결국 하나일 수밖에 없다고 하는 시가
론적 명제를 확인하는 과정에 해당하기도 한다.

　12가사의 노랫말에 대해 논의하게 될 본장에서는 12가사에 속한 12
편의 작품이 모두 수록되어 있는 『증보가곡원류(增補歌曲源流)』(1943)를
주요 자료로 활용하고 필요하면 다른 가집도 함께 살펴보기로 하겠
다.[84] 먼저 여요계 12가사와 고려가요 사이에 발견되는 공통점을 살펴
보고, 나아가 가사계·한문체 12가사와 악장 사이에 존재하는 유사성
에 대해서도 검토해 보기로 한다.

---

84) 『增補歌曲源流』(咸和鎭, 鍾路印文社, 1943.)는 12가사에 속하는 12편의 작품을 다
　실고 있을 뿐 아니라, 음악적 논의의 주악보로 활용된 『전창십이가사』에 수록된 곡들이
　채보된 기간인 1936-1940년과 시기상 가장 가까운 거리에 있기도 하다.

1. 여요계 12가사와 고려가요의 연관성

1) 노랫말의 전반적인 공통점

(1) 제목

가사에는 보통 제목이 붙어 있다. 대개의 경우 제목은 작품의 의미를 집약적으로 제시하거나 상징적으로 표현한다. 그래서 제목을 보면 작품의 내용을 어느 정도는 짐작할 수 있고, 또 제목을 통해서 보아야만 작품의 의미가 제대로 파악되는 경우도 많다. 예컨대 <관동별곡>이라고 하면 관동지방을 유람하면서 지은 작품이라는 점이 제목에서부터 드러나게 되는 셈이고, <사미인곡>이라고 하면 미인을 그리워하면서 지은 노래라는 점이 제목에 분명하게 제시되는 것이다. 이렇게 제목은 노랫말과 긴밀한 관련을 맺고 있으면서, 노랫말의 핵심을 제시하는 중요한 역할을 수행한다.

그런데 12가사에 속하는 다수의 작품들은 노랫말과 제목이 그렇게 긴밀한 관련을 맺고 있지 않은 것 같이 보인다. 구체적인 작품을 예로 들면서 이 점을 확인해 보도록 하자. 먼저 <수양산가(首陽山歌)>를 인용해 보면 다음과 같다.

> 首陽山에 고사리 걱거 渭水濱에 고기를 낙가
> 儀狄의 비즌 술 李太白 밝은 달이
> 藤王閣 놉흔 집에 張騫이 乘槎하고
> 달 求景 가는 말명을 請하자
> 바람 불고 눈비 오랴는지 東녁흘 바라보니
> 紫微峯 紫閣峯과 淸淸 밝은 달
> 碧樹 白雲이 層層 坊曲에 절로 감을 흰들휘휘
> 들네이로 노노네니 나네두하고 나루이루하고

네로나일나로이루하고 네루에니나네니나노네니나노너니나
穆王은 天子로되 瑤池에 宴樂하고
項羽는 將士로되 滿營에 悲歌 慷慨하고
明皇은 英主로되 楊貴妃 離別後에 馬嵬驛에 울엇나니
寒碧堂 淸風月에 萬古天下 英雄俊傑이 모야안저
오날갓치 조코조흔 날만 아니 놀고 무엇 하자느냐[85]

(행 구분과 띄어쓰기는 필자)

이상은 <수양산가>의 전편이다. 이 작품은 가운데 삽입되어 있는 악기 구음으로 보이는 조흥구를 기준으로 크게 두 부분으로 나뉘어져 있다. 작자가 주로 다양한 고사와 그 주인공 격인 인물들을 열거하고 편집하여 작품을 구성해 놓았기 때문에 전체적인 주제를 파악하기 힘든 측면도 있으나, 후반부에서는 대개 인생무상(人生無常)과 유흥(遊興)을 노래하고 있는 것으로 보인다.

이 작품의 제목 '수양산가'는 작품의 전체적인 의미나 분위기와 크게 관련이 없는 듯하다. 작품의 첫 구절이 "수양산에 고사리 걱거"로 되어 있어 '수양산'이라는 말이 맨 첫머리에 나오기 때문에 이것으로 작품의 제목을 삼은 것일 뿐, 제목에 심각한 뜻이 포함되어 있지는 않아 보인다. 제목에 나오는 '수양산'은 작품의 첫머리에서 한번 나오고는 그 뒤로 다시 나오지 않으며, 이하에 이어지는 어떠한 구절도 '수양산'과 의미적 관련을 맺고 있는 것으로 보기 어렵다. 이러한 제목의 무맥락적(無脈絡的) 성향(性向)은 이 작품에 국한되지 않고 12가사에 속하는 다른 작품에서도 두루 발견된다.

다음은 <황계사(黃鷄詞)>이다.

---

85) 咸和鎭, 『增補歌曲源流』, 鍾路印文社, 1943, 195면.

一朝 郎君 離別 後에 消息좃차 頓絶하다
지화자 조흘시고 조흘조흘 조흔 景에
얼시고 좃타 景이로다 지화자 조흘시고
한 곳을 들어가니 六觀大師 聖眞이는 八仙女 다리고 戱弄한다
얼시고 조타 景이로다 지화자 조흘시고
黃昏 점운 날 期約 두고 어듸를 가고서 날 아니 찻나
지화자 조흘시고
屛風에 그린 黃鷄ㅣ 두 나래를 둥덩치며
四五更 一點에 날새라고 꼬기요 울거든 오랴시나
지화자 조흘시고
달은 밝고 조요한듸 님 生覺이 새로외라
지화자 조흘시고
너는 죽어 黃河水 되고 나는 죽어 돗대船 되어
狂風이 건듯 불 제마다 於於臥 둥덩실 써 노라보자
지화자 조흘시고
저 달아 보느냐 님 게신 듸 明氣를 빌니렴 나도 보자
지화자 조흘시고[86]

(행 구분과 띄어쓰기는 필자)

이 노래는 작품 중간에 조흥구가 삽입된다는 점에서 위에 인용한
<수양산가>와 비슷한 양상을 보이기도 하나, 작품의 모든 구절이 일
정한 시상으로 집약되어 있어 주제 파악이 용이하다는 점에서는 <수
양산가>와 일정한 차이점을 지닌다. <황계사>는 노랫말 중간중간에
"지화자 조흘시고"로 시작되는 조흥구가 삽입되어 산만한 인상을 주기
도 하지만, 조흥구를 제외하고 읽어보면 이별과 그리움이라는 일관된
정서를 노래한 작품으로 파악된다. 작품에 나오는 '성진'·'황혼'·'황

---

86) 위의 책, 199면.

계'·'황하수'·'돗대선'·'달' 등은 모두 이별과 그리움의 정서를 표현하거나 고조하기 위해 동원한 정서적 상관물이라고 할 수 있다.

그런데 작품 중의 여러 정서적 상관물들 중에서 군이 '황계'를 골라 작품의 제목으로 삼은 이유는 무엇인가? '황계'가 이별과 그리움을 상징하는 문학적 관습으로서 고전시가에 사용된 용례를 충분히 찾을 수 있다면 그것이 작품의 제목으로 설정된 이유를 납득할 수도 있겠으나, 사정이 그러하지 않다면 이유는 다른 곳에서 찾아야 한다.[87]

이 작품도 <수양산가>와 마찬가지로 제목과 노랫말이 긴밀히 관련되어 있지 않기 때문에 제목이 나오는 '황계(黃鷄)'가 무엇일지 숙고할 필요는 없어 보인다. '황계'는 작품의 중간에 한 번 나오는 '황계'일 뿐이다. 이 황계는 '백계(白鷄)'나 '흑계(黑鷄)' 또는 '암탉'이나 '수탉'이 되어도 상관없다. 그것은 새벽을 알리는 닭이기만 하면 그만이다. 이렇게 <황계사>는 제목과 노랫말이 특별한 인연이 없는 것처럼 되어 있기 때문에 제목만 봐서는 이 노래의 내용이나 주제가 어떠한 것일지 짐작하기조차 어려운 것이다.

다음으로 <수양산가>나 <황계사>와 달리 가사체의 율격과 형식으로 되어 있는 <춘면곡(春眠曲)>을 보기로 하자. <춘면곡>은 4음4보격의 가사체 율격으로 되어 있고, 여음구나 후렴구도 지니지 않기 때문에 <수양산가>나 <황계사> 같은 여요계 작품과는 다른 유형으로 분류된다. 그런데 이 작품은 제목을 부여한 방식이 형식상 다른 부류에 속하

---

87) 한국 한시에서 '黃鷄'는 하루의 시작인 새벽을 알리는 상징물로 흔히 사용되었다. 백거이(白居易)의 <醉歌>라는 시에 "누런 닭은 새벽을 재촉하여 축시에 울고, 태양은 세월를 재촉하여 유시에 진다네.(黃鷄催曉丑時鳴 白日催年酉時沒)"라는 구절이 있는데, 이 구절은 한국 한시에서 '黃鷄'에 대한 하나의 전범이 되었던 것으로 보인다. 그러나 '황계'가 이별이나 임에 대한 그리움을 표현하는 비유물로 사용된 예는 고전시가에서는 물론이고 한시에서도 보기 힘들다.

는 위의 두 작품과 유사한 양상을 띠고 있어서 이채롭다.[88) 작품을 인용해 보면 다음과 같다.

> 春眠을 느짓 쌔여 竹窓을 半開하니
> 庭花는 灼灼한듸 가는 나븨 머무는 듯
> 岸柳는 依依하야 성긘 내를 쯰윗세라
> 窓前에 덜 괸 술을 二三杯 먹은 후에
> 豪蕩하야 밋친 興을 부질 업시 자아내여
> 白馬金鞭으로 冶遊園을 차자가니
> 花香은 襲衣하고 月色은 滿庭한듸
> 狂客인 듯 醉客인 듯 興을 겨워 머무는 듯
> 徘徊顧眄하야 有情이 섯노라니
> 翠瓦朱欄 놉흔 집에 綠衣紅裳 一美人이
> 紗窓을 半開하고 玉顔을 잠간 들어
> 웃는 듯 반긔는 듯 嬌態하여 마자들여
> 秋波를 暗注[89)하고 綠綺琴 빗겨 안아
> 淸歌 一曲으로 春興을 자아내니
> 雲雨襄臺에 楚夢이 多情하다
> 사랑도 그지 업고 緣分도 깁흘시고
> 이 사랑 이 緣分이 비길 듸가 전혀 업다
> 어화 내 일이여 내 일도 내 몰내라[90)   (행 구분과 띄어쓰기는 필자)

---

88) <춘면곡>과 같은 부류에 속하는 <相思別曲>과 <處士歌>는 <수양산가>나 <황계 사> 등의 작품과 달리 제목으로부터 작품의 내용을 쉽게 추정할 수 있다. <상사별곡>은 제목 그대로 임을 그리워하는 내용으로 되어 있고, <처사가>는 강호 자연에 묻혀 사는 처사의 삶을 노래하고 있다.

89) '暗注'은 '暗往'의 오기이다.

90) 함화진, 앞의 책, 201면. 『악부』에도 <춘면곡>이 실려 있는데, 거기에는 『가곡원류』에 나오지 않는 작품의 후반부까지 실려 있어 이 작품의 전체 내용을 알 수 있게 한다.(김동 욱·임기중, 『校合 樂府』, 태학사, 1982, 304-306면.) 작품의 전반부에서 화자가 한 미인 과 사랑을 맺게 된 사연을 읊었다면, 후반부에서는 그녀와 헤어져서 겪게 된 마음의

이 작품의 제목에 나오는 '춘면(春眠)'이라는 말에는 일견 작품 내용과 관련된 의미심장한 뜻이 담겨 있는 듯이 보이기도 한다. 이 작품에서 화자는 춘흥에 겨워 야유원을 찾아가게 되고 거기서 한 미인을 만난다. 그리고 그녀와 은밀한 사랑을 맺게 된다. <춘면곡>은 화자가 한 미인과 연분을 맺게 된 사연과 그녀로부터 느끼는 연정을 염정적인 어투와 곡진한 필치로 펼쳐내고 있다. 노랫말의 내용이 이러하다면 '춘면(春眠)'이라는 제목은 작품의 뜻과 잘 어울릴 것 같기도 하다. 작품 속에 담긴 사랑의 사연은 '봄에 꾸는 달콤한 꿈'과 같은 이야기일 수도 있을 듯하다.

그러나 이 노래는 결코 꿈에 관한 것이 아니다. 야유원을 찾아간 것이나 미인을 만난 것, 또 그녀와 사랑을 맺게 된 것은 모두 꿈이 아닌 실제에 일어난 일로 되어 있다. 작품은 꿈에 본 일들이 아니라 꿈을 깨면서 일어난 일들로 채워져 있는 것이다. 이 점은 "春眠을 느짓 쌔여 竹窓을 半開하니"로 시작되는 이 노래의 첫 부분만 보더라도 알게 된다. 그러므로 이 작품의 제목은 노랫말의 전체 내용과 부합하는 것이 아니라 오히려 상반되는 것으로 설정되어 있다고 해도 틀린 말은 아니라고 할 수 있다.

결국 <춘면곡>의 경우도 위에 든 <수양산가>나 <황계사>와 마찬가지로 "春眠을 느짓 쌔여 竹窓을 半開하니"로 시작되기 때문에 첫 대목을 따서 '춘면곡'이라는 제목을 붙인 것뿐이지, 제목에 어떤 특별한 뜻이 담기거나 상징적인 의미가 부여되어 있는 것은 아니다. 이렇게 제목과 노랫말이 서로 긴밀한 관련을 맺고 있지 않다 보니, 제목에서 작품에 관한 어떠한 의미를 이끌어 내려고 하는 시도는 수포로 돌아갈

고통과 외로움을 노래하고 있다.

수밖에 없다.91)

  12가사에 속하는 다수의 작품들에서 발견되는 이러한 제목의 무맥
락성(無脈絡性)은 12가사에서뿐만 아니라 전대의 시가 장르에서도 발
견된다. 고려속요 중에 몇 작품을 예로 들어 이 점을 확인해 보도록
하자. 먼저 <정석가(鄭石歌)>를 인용해 보면 다음과 같다.

        딩아돌하 當今당금에 계샹이다
        딩아돌하 當今당금에 계샹이다
        先王聖代선왕셩딕예 노니ㅇ와지이다

      ○삭삭기 셰몰애 별헤 나는
        삭삭기 셰몰애 별헤 나는
        구은 밤 닷 되를 심고이다
      ○그 바미 우미 도다 삭 나거시아
        그 바미 우미 도다 삭 나거시아

---

91) <수양산가> · <황계사> · <춘면곡> 외에 <白鷗詞> · <梅花歌> · <길軍樂> · <竹枝
詞>도 제목과 노랫말이 무관한 것처럼 보이는 작품들이다. <白鷗詞>의 경우 "白鷗야
풀풀 나지마라 너 잡을 내 아니로다"로 시작되고, <梅花歌>의 경우는 "梅花야 넷 등걸
에 봄節이 도돌아 온다"로 시작되기 때문에 그 첫머리의 구절을 따서 제목으로 삼은
것이다. <길軍樂>은 악곡의 명칭을 작품의 제목으로 삼은 것이라서 제목으로부터 노랫
말의 내용을 유추하는 것이 아예 불가능하다. <竹枝詞>는 원래 중국에서 예로부터
전해 내려오던 악부체 가악의 하나로, 경쾌한 음률에 각 지방의 풍속이나 남녀의 연정을
내용으로 하는 칠언절구 형식의 사설을 얹어 부르던 음악이다. 12가사 중의 <죽지사>는
중국에서 유래한 <죽지사>에서 명칭과 노랫말의 작법을 가지고 왔을 뿐, 제목과 노랫말
사이에 어떠한 관련성이 보이지는 않는다. 이 노래를 일명 '乾坤歌'라고도 하는데, 이러
한 별칭은 이 작품이 "乾坤이 不老 月長在하니"로 시작되기 때문에 붙은 것이다. 별칭에
서도 물론 노랫말의 내용을 짐작할 수 없다. 그러나 12가사에 포함되는 모든 작품의
제목이 무맥락적으로 설정된 것은 아니다. <수양산가> · <황계사> · <춘면곡> · <백구
사> · <매화가> · <길군악> · <죽지사> · <양양가>를 제외한 나머지 작품, 예를 들면
<勸酒歌> · <處士歌> · <相思別曲> · <漁父詞> · <襄陽歌>와 같은 작품은 대체로
제목과 노랫말이 유기적인 관련을 맺고 있다.

有德유덕ᄒ신 님믈 여히ᄋ와지이다

○玉옥으로 蓮련ㅅ고즐 사교이다
　玉옥으로 蓮련ㅅ고즐 사교이다
　바회 우희 接柱졉듀ᄒ요이다
○그 고지 三同삼동이 퓌거시아
　그 고지 三同삼동이 퓌거시아
　有德유덕ᄒ신 님 여히ᄋ와지이다

○므쇠로 텰릭을 몰아 나ᄂ
　므쇠로 텰릭을 몰아 나ᄂ
　鐵絲텰ㅅ로 주롬 바고이다
○그 오시 다 헐어시아
　그 오시 다 헐어시아
　有德유덕ᄒ신 님 여히ᄋ와지이다

○므쇠로 한 쇼를 디여다가
　므쇠로 한 쇼를 디어다가
　鐵樹山텰슈산애 노호이다
○그 쇠 鐵草텰초를 머거아
　그 쇠 鐵草텰초를 머거아
　有德유덕ᄒ신 님 여히ᄋ와지이다

○구스리 바회예 디신들
　구스리 바회예 디신들
　긴힛ᄃ 그츠리잇가
○즈믄히ᄅ 외오곰 녀신들
　즈믄히ᄅ 외오곰 녀신들
　信신잇ᄃ 그츠리잇가[92]

(행 구분과 띄어쓰기는 필자)

이 작품의 원문은 ○로 행이 구분되어 있다. 반복되는 구절을 제외하고 보면 ○는 문장과 문장의 사이에, 다시 말해 앞의 문장의 종결어미와 뒷문장의 첫 단어 사이에 삽입되어 있음을 확인할 수 있다. 그리고 ○를 달고 있는 문장이 두 개씩 모여 보다 큰 의미 단위인 연을 이루고, 이러한 연이 6개가 모여서 전체 작품을 구성하고 있다.

첫째 연은 서사에 해당하는 연으로 볼 수 있다. 둘째에서 다섯째 연은 본사에 해당하는 부분으로 공히, 현실적으로 이루어질 수 없는 조건을 제시하고 그 조건이 충족되어야만 임과 이별하겠다는 식의 어법으로, 임과의 이별을 원하지 않는 화자의 절박한 심정을 표현하고 있다. 그리고 마지막 연은 결사에 해당하는 연으로, 본사에서 노래한 화자의 심정을 다시 한 번 강조하고 있다. 서사를 제외한 나머지 연들이 모두 같은 주제를 표방하고 있기 때문에 작품의 전체적인 주제를 파악하는 것은 그리 어렵지 않다. 이 작품은 전체적으로 임과의 영원한 사랑을 노래하고 있는 것으로 풀이된다.

그렇다면 이 작품의 제목 <정석가(鄭石歌)>에 쓰인 '鄭石'은 무엇인가? '鄭石'은 이 노래의 시작 구절 "딩아돌하 當수당금에 계상이다"에 나오는 '딩아돌하'를 한자로 표기한 것이다. '鄭'은 '딩'에, '石'은 '돌'에 해당하는 한자이다. '딩'과 '돌'은 각각 악기인 '징(鉦)'과 '경쇠(磬)'인데, 제목에서는 이것을 '鄭'과 '石'으로 표기했다.[93] 물론 '딩(鄭)'과 '돌(石)'이 상징하는 바나 <정석가> 서사의 의미에 대해서는 보다 치밀한 고증과 해석이 필요하겠지만, 이 작품의 제목이 노랫말의 첫 구절에서

---

92) 『악장가사』.

93) 양주동은 "딩아돌하"의 '딩'은 '鉦', '돌'은 '磬', '아'는 호격조사인 것으로 보고, 그 구절이 金·石 樂器를 擬人的으로 呼格化한 것이라고 했다. 또 그는 '딩·돌'이 本歌 名稱에 '鄭石'으로 記寫되었는데 제목에 쓰인 '鄭'은 '鉦'의 戲借라고 하고, 『華東正音』에 '鄭'의 훈이 '징'으로 되어 있다고도 했다.(양주동, 『麗謠箋注』, 을유문화사, 1947, 335면.)

비롯되었다는 점은 분명한 사실이고 또 거기에 어떠한 중요한 뜻이
담겨 있지는 않은 것으로 보인다. 이 노래의 제목도 결국은 위에서 살
핀 몇몇 작품들의 경우처럼 작품의 첫머리 몇 글자에서 따온 것일 뿐,
특별한 의미를 지니지는 않는 것이다. '鄭石'은 <수양산가>에 쓰인 '수
양산'이나 <춘면곡>에 쓰인 '춘면' 등과 같이 작품의 주제나 정서와
특별한 관계를 맺지 못하는 노랫말 일부의 무맥락적 차용에 지나지
않는다.

　<쌍화점(雙花店)>과 <청산별곡(靑山別曲)>의 제목 또한 이와 유사
한 양상을 보인다. <쌍화점>의 경우는 "雙花店쌍화뎜에 雙花쌍화 사
라 가고신된"[94]으로 시작되어 '쌍화점'이란 말이 작품의 첫머리에 나
오기 때문에, 또 <청산별곡>은 "살어리 살어리 랏다 청산애 살어리
랏다"[95]로 시작되어 '청산(靑山)'이라는 말이 작품의 맨 첫 연에 나타나
기 때문에 작품의 제목이 각각 그렇게 된 것일 뿐이지, 거기에 더 이상
의 심각한 의미는 존재하지 않는다.

　<쌍화점>의 작중 공간은 '雙花店'·'三藏寺'·'드레우믈'·'술풀집'
의 네 곳으로 되어 있으니만큼, '쌍화점'이라는 첫 번째 장소가 비록
제목으로 부각되어 나온다고 하더라도 그것이 작품 전체의 대표 공간
이 될 수는 없다. 이 점은 <청산별곡>의 경우에도 마찬가지이다. <청
산별곡>에 '청산'과 관련되는 것으로 보이는 것들이 다수 나타나는 것
은 사실이지만, 이 작품이 오로지 '청산'에 관한 노래로 일관하고 있다
고 보기는 어렵다. 이 작품의 6연에 나오는 '바룰'이나 아직까지 해석의
기미가 보이지 않는 7연의 '에졍지', 그리고 술 노래로 해석되는 8연의
공간 등은 모두 제목에 표방된 '청산'과는 특별한 인연이 없는 공간으로

---

94) 『악장가사』.
95) 위의 책.

이해하는 것이 합당하다. <쌍화점>의 '쌍화점'과 마찬가지로 <청산별
곡>의 '청산'도 그 의미망을 작품 전체로 확산시키지 못하는 것이다.[96]

12가사와 고려속요 몇몇 작품의 제목에 보이는 이러한 특성은 한국
시가 중의 일부 장르에만 보이는 특수한 양상이다.[97] 향가나 연시조
및 경기체가나 악장, 12가사 제외한 가사 등의 다양한 장르에 속하는
작품 중에서 제목을 이상에서 살핀 것처럼 무맥락적으로 부여한 경우
는 거의 없다. 노랫말 중의 일부를 가져와 제목으로 삼되 제목과 노랫
말의 의미적 연관성에 크게 구속받지 않는 이와 같은 제목 설정 방식은
'민요적(民謠的) 작명법(作名法)'이라고도 할 만할 것인데,[98] 그것이 고
려속요에 그치지 않고 12가사와 같은 후대의 가창 장르로도 면면히
계승되고 있다는 점에 특별히 주목할 필요가 있다.

(2) 구성 방식

12가사에 속하는 작품 중에는 노랫말이 무질서하게 조합되어 있거
나 산만하게 나열되어 있는 듯한 인상을 주는 것들이 다수 존재한다.
12가사의 노랫말 내부에 존재하는 무질서와 산만함은 제목과 노랫말

---

96) 고려속요 중에 노랫말의 첫 구절을 따서 작품의 제목으로 삼은 경우는 이 외에도
<서경별곡>, <가시리> 등이 있다. 다만 이 두 노래의 경우는 제목이 된 첫 구절이
작품의 전체적 맥락과 상통하는 바 없지 않기 때문에, 노랫말의 일부를 무맥락적으로
차용했다고까지 단정할 필요는 없을 것 같다.

97) 12가사와 친연성이 깊은 잡가, 특히 휘몰이잡가 중에도 이러한 양상을 보이는 작품들이
다수 존재한다. <만학천봉>, <육칠월>, <생매 잡아>, <한잔 부어라> 등이 이에 해당
하는 작품이다.(김성배, 『한국가창대계』, 홍인문화사, 1976, 238-260면.) 잡가에 대한
고찰은 후고로 미룬다.

98) 민요 중에도 이러한 방식으로 제목을 부여한 작품들이 존재한다. <아리랑>이나 <도라
지타령> 같은 노래가 이에 해당한다. 고려속요는 원래 민간에서 유행하던 노래들이
궁중으로 수용되어 형성되었다고 한다. 고려속요에 민간에서 유래된 노래가 많다면
그 가운데에 민요에 보이는 작명법이 나타나는 것은 당연한 일이다.

사이에 보이는 무맥락성과 유사한 것으로, 12가사를 문학적 격조가 낮은 것으로 인식하게 하는 중요한 요인이 된다고 할 수 있다. 12가사 가운데 노랫말이 이러한 양상을 보이는 작품으로 <매화가(梅花歌)>·<권주가(勸酒歌)>·<죽지사(竹枝詞)>·<수양산가(首陽山歌)> 등을 들 수 있다.

먼저 『청구영언(육당본)』에 실려 있는 <매화가(梅花歌)>를 인용해 보면 다음과 같다.

  (1) 梅花야 녯 등걸에 봄節이 도돌아 온다
     녯 퓌던 가지마다 퓌염즉도 ᄒ다마는
     春雪이 亂紛紛ᄒ니 퓔지 말지 ᄒ다마는
  (2) 北京 가는 驛驛官드라 唐絲실 ᄒ 테 부붓침 ᄒ셰
     그믈 밋셰 그그믈 밋셰 唐絲실노 그그믈 밋셰
     그믈 치셰 그그믈 치셰 練光亭에 그믈 치셰
     걸니소셔 걸니소셔 거걸리소셔 잔 쳐여란 솔솔 다 쌔지고 굴근 女만
     걸니소셔
  (3) 成川이라 동의紬를 이리로 졈쳡 져리로 졈쳡 졈쳡졈쳡 기야노코
     ᄒ 손에는 방츄 들고 또 한 손에 물박 들고 츌넝츌넝
  (4) 안 南山에 밧 南山에 기얌을 심거심거 못 싸먹는 져겨 다람이[99]
                           (행 구분과 띄어쓰기는 필자)

이 작품은 크게 네 부분으로 나뉜다. 3행까지는 시조 작품 "梅花야 녯 등걸에 봄졀이 도라오니 / 녯 퓌던 柯枝에 피염즉도 ᄒ다마는 / 春雪이 亂紛紛ᄒ니 퓔동 말동 ᄒ여라"[100]와 같은 것이다. 그리고 4행

---

99) 『청구영언(육당본)』. 『증보가곡원류』(함화진 편)에는 이 작품이 <매화타령>이라는 제목으로 실려 있다.

100) 정병욱, 『시조문학사전』, 신구문화사, 1966, 182면.

에서 7행인 "北京 가는 驛驛官드라 ~ 굴근 女만 걸니소셔"와 8·9행인 "成川이라 동의紬를 ~ 물박 들고 출녕출녕" 및 마지막 10행인 "안 南山에 밧 南山에 ~ 못 싸먹는 져져 다람아"는 각각 서로 다른 노래의 일부로 보인다.101) <매화사>는 이렇게 몇 편의 노래가 합쳐져 한 작품을 이루고 있는 것이다.102) (1)과 (2)는 완성된 형태의 노래로 보이지만, (3)과 (4)는 어떠한 노래의 일부분인 것으로 보인다. 네 편이나 되는 서로 다른 작품을 모아서 새로운 작품을 만들면 설혹 네 편 모두 완전한 노래라 하더라도 작품이 혼란스럽기 마련일 텐데, 이 노래는 특정 작품의 전체가 아닌 일부를 떼어 와서 붙여놓기까지 했으니 산만함과 무질서함이 더 가중될 수밖에 없다.

이처럼 <매화가>가 여러 편의 노래가 합성되어 이루어진 것은 분명해 보이지만, 그렇다고 이 노래의 주제가 불분명한 것은 아니다. 이 노래를 구성하는 각 부분들은 대체로 사랑이 이루어지기를 원하는 화자의 염원이나 사랑의 대상을 찾는 화자의 갈망이 주된 내용으로 되어 있다. (3)과 (4)는 노랫말의 전체가 아니라 일부에 지나지 않아서 주제를 파악하기 곤란한 측면도 없지 않지만, 뜻이 비교적 분명하게 드러나는 (1)과 (2)에 비추어 보건대 (3)의 "흔 손에는 방츄 들고 또 한 손에 물박 들고 출녕출녕"과 (4)의 "기얌을 심거 심거 못 싸먹는 져져 다람아"의 구절 또한 남녀 간의 사랑에 관한 내용으로 이해할 수 있다. (3)의 해당 구절은 '방추'(다듬잇방망이)와 '물박'(물바가지)이라는 상징적인

---

101) 이것을 함화진, 앞의 책, 202면에 수록된 <梅花打令>의 노랫말과 비교해 보면 서로 다른 노랫말의 결합 양상을 보다 분명하게 인식할 수 있다. 『증보가곡원류』의 <梅花打令>에는 『청구영언(육당본)』의 <매화사>에 "믈 아래 그림자 졋다 다리 우희 즁놈이 간다 / 즁아 즁아 거긔 暫間 섯거라 너 가는 人便에 말 무러 보자 / 그 즁놈이 白雲을 가라치며 頓談無心만 하는고나"가 추가되어 있다.

102) 졸고, 앞의 논문, 2004, 303-304면.

사물을 통해서 남성과 여성의 관계를 암시적으로 표현한 것으로, (4)의 해당 부분은 임과의 사랑을 이루지 못한 안타까움을 다람쥐에 빗대어 표현한 것으로 이해된다.[103)

유사한 주제의 노랫말을 몇 편 모아서 보다 큰 작품을 이루는 이러한 작품 구성 방식은 <권주가(勸酒歌)> 같은 작품에서도 뚜렷하게 발견된다. 작품을 인용해 보면 다음과 같다.

  (1) 잡우시요 잡우시오 이 술 한盞 잡우시오
     이 술 한盞 잡우시면 千萬年이나 사오리라
     이 술이 술이 아니라 漢武帝 承露盤에
     이 술 바든 것이오니 쓰나다나 잡우시요 勸헐 적에 잡우시오
     제 것 두고 못 먹으면 王將軍之庫子ㅣ오니
     若飛蛾之撲燈이며 似赤子之入井이라
     단불에 나븨 몸이 아니 먹고 무엇 하리 살앗실 제 먹고 노세
  (2) 明沙十里 海棠花야 꼿 진다고 설워마라
     明年三月 봄이 오면 너는 다시 퓌려니와
     可憐하다 우리 人生 쐬리 업는 浮萍草라
     紅顔白髮이 절로 오니 귄들 아니 설단 말가
     藥山東臺 여즈러진 바회 꼿즐 썩거 籌로 노며 無窮無盡 먹사이다
  (3) 駕一葉之扁舟하야 擧匏樽以相屬이라
     寄蜉蝣於天地하니 渺滄海之一粟이라
     哀吾生之須臾하고 羨長江之無窮이라

---

103) <매화가>에 구성에 대해서는 선행 연구에서도 논의된 바 있다. 신은경은 <매화가> 가 의미적 일관성을 지니지 못한 5개의 담화가 모여서 이루어졌다고 하고, 작품의 부분들이 유기적으로 결합되지 못한 <매화가> 같은 작품은 독자에 따라 다양하게 해석될 수 있고 다른 텍스트가 그 사이에 수용될 여지도 많기 때문에 개방적 담화에 속한다고 한 바 있다.(신은경, 「唱詞의 有機性이 缺如된 詩歌에 대한 一考察 - 雜歌를 중심으로」, 『二靜 鄭然粲先生 回甲紀念論叢 Ⅱ』, 탑출판사, 1989, 391-408면.)

挾飛仙以遨遊하고 抱明月而長終이라

知不可乎就得일세

(4) 새벽 서리 찬 바람에 외기럭이 슯히 운다

님의 消息 바랏더니 蒼茫한 구름 밧게 뷔인 소래 쑨이로다

梧桐秋夜 밝은 달에 임 生覺이 새로왜라

님도 나를 生覺는가[104]

(행 구분과 띄어쓰기는 필자)

　

이 작품도 <매화가>와 마찬가지로 몇 개의 노래가 모여서 이루어진 것으로 보인다. 이본에 따라 일부 구절의 순서가 바뀌기도 하고 특정 부분이 빠지거나 더 들어가기도 하지만, 위에 인용한 자료는 크게 (1)에서 (4)까지 네 개의 노래로 나누어 볼 수 있을 듯하다. (1)과 (2)는 하나의 노래로 묶어서 다루어도 좋을 만큼 비슷한 주제와 표현으로 되어 있다. (3)은 소동파(蘇東坡)가 지은 <적벽부(赤壁賦)>의 일부이다. (4)는 임을 그리워하는 내용으로 되어 있어 다른 부분과는 조금 다른 내용을 담고 있는 것으로 보이기도 한다.

이렇게 서로 다른 몇 편의 노래에서 유래된 각 부분들은 대체로 인생무상(人生無常)과 권주(勸酒), 취흥(醉興) 등의 술과 관련된 내용이 주류를 이루고 있다. (4)가 다른 것들과 조금은 동떨어진 듯이 보이기도 하지만, 따지고 보면 임과 헤어져서 외로움에 젖어 있는 화자의 처지도 결국은 술로 달랠 수밖에 없는 것이니, <권주가>의 소재가 되지 못할 것은 없다. 이 노래도 하나의 주제로 묶일 수 있는 여러 편의 노래가 합성되어 이루어졌다는 점에서 작품 구성상 <매화가>와 같은 양상을 보이는 것이다.[105]

---

104) 함화진, 앞의 책, 198면.

105) 이 두 작품 외에 <수양산가>나 <죽지사> 등도 합성구성의 양상을 보인다. 앞에서

그런데 이러한 '합성구성'은 고려속요에도 빈번히 보이는 작품 구성
원리이다. "○구스리 바회예 디신돌 ○긴히쏜 그츠리잇가 ○즈믄 히를
외오곰 녀신돌 ○信잇돈 그츠리잇가"106)의 구절을 공유하고 있는 <서
경별곡>과 <정석가>가 서로 다른 몇 편의 노래가 합성되어 이루어졌
다고 하는 점은 주지의 사실이다. 그리고 <정과정>에 나오는 "넉시라
도 님은 흔듸 녀져라 아으 附葉 벼기더시니 뉘러시니잇가"107)의 구절
을 지니고 있는 <만전춘별사> 또한 몇 개의 노래가 모여서 새롭게
구성된 것으로 볼 수밖에 없는 작품 중의 하나이다. <서경별곡>이나
<정석가>, <만전춘별사>의 구성법에 대해서는 이미 오래전부터 충분
이 논의되었으므로 자세한 논의는 생략하기로 한다.108)

이런 작품들 외에 <청산별곡>도 합성구성의 원리로 이루어진 것으
로 해석될 소지가 있어 보인다. 작품을 인용하면 다음과 같다.

> 1. 살어리 살어리 랏다   5. 어듸라 더디던 돌코

살핀 것처럼 <수양산가>는 조흥구를 기준으로 해서 앞뒤의 두 부분으로 나뉘고, <죽
지사>는 각각의 구절이 의미적 연관을 맺고 있지 않는 것처럼 보일 정도로 산만하게
분열되어 있는 듯한 인상을 준다. <수양산가>는 앞에서 살핀 바 있으므로 생략하고,
<죽지사>를 인용해 보면 다음과 같다. "乾坤이 不老 月長在하니 寂寞江山이 今百年
이로구나 / 어히요 이히요 이히요 이히야어ㅣ / 一心精念은 極樂南無阿彌像이로구나
/ 야루느니나야루나 / 卌 보다가 窓 통탕 열치니 江湖 둥덩실 白鷗 둥 쩟다 / 口號
/ 하날이 놉하 구진 비 오니 山과 물은 萬溪로 돈다 / 口號 / 洛東江上船舟帆하니
吹笛歌聲이 落遠風이로구나"(함화진, 앞의 책, 200면.) 여음구를 제외한 이 노래의
각 구절은 모두 서로 다른 노래에서 온 것처럼 보인다. 이 작품은 <어부사>에서 볼
수 있는 것과 같은 集句의 방식으로 이루어져 있다.

106) 『악장가사』에서 여음구와 반복구를 제외하고 발췌 인용.

107) 『악학궤범』.

108) 전규태는 <서경별곡>은 세 개의 노래가, <만전춘 별사>와 <청산별곡>은 두 개의
노래가 합성되어 이루어졌다고 했다.(전규태, 「서경별곡 연구」,『고려시대의 가요문
학』, 새문사, 1982, Ⅰ-82.)

청산애 살어리 랏다

멀위랑 드래랑 먹고

청산애 살어리 랏다

얄리 얄리 얄랑셩 얄라리 얄라

누리라 마치던 돌코

믜리도 괴리도 업시

마자셔 우니노라

얄리 얄리 얄라셩 얄라리 얄라

2. 우러라 우러라 새여

자고니러 우러라 새여

널라와 시름한 나도

자고니러 우니로라

얄리 얄리 얄라셩 얄라리 얄라

6. 살어리 살어리 랏다

바르래 살어리 랏다

ㄴㅁ자기 구조개랑 먹고

바르래 살어리 랏다

얄리 얄리 얄라셩 얄라리 얄라

3. 가던새 가던새 본다

믈아래 가던새 본다

잉무든 장글란 가지고

믈아래 가던새 본다

얄리 얄리 얄라셩 얄라리 얄라

7. 가다가 가다가 드로라

에졍지 가다가 드로라

사스미 짒대예 올아셔

히금을 혀거를 드로라

얄리 얄리 얄라셩 얄라리 얄라

4. 이링공 뎌링공 ᄒᆞ야

나즈란 디내와 손뎌

오리도 가리도 업슨

바므란 쏘엇디 호리라

얄리 얄리 얄라셩 얄라리 얄라

8. 가다니 비브른 도긔

설진 강수를 비조라

조롱곳 누로기 미와[109]

잡ᄉᆞ와니 내엇디 ᄒᆞ리잇고

얄리 얄리 얄라셩 얄라리 얄라[110]

(연 배치, 행 구분 및 띄어쓰기는 필자)

---

109) '미와'는 본래 『악장가사』에 '미와'로 되어 있으나 간혹 '미와'에서 '丶'가 脫刻된 것으로 보고 그 의미를 '맵다'로 해석하기도 한다.(양주동, 앞의 책, 330면; 박병채, 『고려가요의 어석연구』, 선명문화사, 1974, 236면.) 여기서는 『악장가사』에 나온 대로 '미와'로 인용한다.

110) 『악장가사』.

<청산별곡>은 전체 8연으로 구성되어 있는데, 8개의 연이 대체로 형식적인 일관성을 유지하고 있다. 각 연은 모두 4행으로 이루어져 있고, 매 행은 3음보의 율격으로 짜여져 있다. 이러한 형식적 통일성 때문에 이 작품은 여러 노래가 합성되어 이루어졌다기보다는 한 작가에 의해 의도적으로 창작되었다고 생각되기 쉬운 것이다.

이러한 형식적 특징과 함께 이 작품은 구조적으로도 매우 개성적인 모습을 지니고 있다. 작품을 구성하고 있는 전체 8개의 연은 거의 완전하게 대응되는 두 개의 연씩 묶여서 크게 네 등분 될 수 있다. 제1연과 제6연, 제2연과 제5연, 제3연과 제7연, 제4연과 제8연이 각각 서로 잘 대응되는 연의 짝이다. 이것은 이미 잘 알려진 사실인데 이러한 사실에 비추어 제5·6연이 교체되었다고 하는 견해[111]나 이 작품을 제1-4연과 제5-8연의 두 개의 구조로 나누어 이해해야 한다는 견해[112]가 제기되기도 했다.

이상에서 살핀 것처럼 고려속요 중에는 합성구성의 원리에 의해 생성된 것으로 보이는 작품이 다수 존재한다. <청산별곡>의 경우는, 합성설의 가능성을 지지할 만한 보다 분명한 근거, 예를 들면 <서경별곡>에 나오는 "구슬이 ~"와 같이 여러 작품이 공유하고 있는 구절이 이 작품 내에도 존재해야 합성설을 아무 의심 없이 받아들일 수 있을 것이다. 그러나 <서경별곡>·<정석가>·<만전춘별사> 같은 작품은 유력한 근거가 노랫말 내부에 존재하는 만큼, 몇 편의 노래가 합성된 것으로 보아도 크게 무리가 없다고 할 수 있다. 이러한 원리는, 제목 설정 방식이 그러했던 것처럼, 고려속요에 그치지 않고 <매

---

111) 정병욱, 『한국고전시가론』, 신구문화사, 1975, 105-113면.
112) 김상억, 「청산별곡연구」, 『국어국문학』 30, 국어국문학회, 1965, 137면. 김상억은 같은 곳에서 제5·6연 교체설은 이희승이 1961년 東洋硏究大會에서 제기했다고 하였다.

화가>나 <권주가>와 같은 조선 후기의 가창가사로도 면면히 이어지
고 있다.113)

(3) 여음구 및 반복구

여음구 및 반복구는 작품 중에 반복적으로 출현하면서 흥을 돋우는
기능을 하기도 하고, 행이나 연과 같은 시적 단위를 구분해 주거나 작
품에 질서감과 통일성을 부여하는 역할을 하기도 한다.114) 고려가요에
여음구나 반복구가 빈번히 쓰인다는 사실은 이미 주지의 사실이거니
와 고려가요 이외의 다양한 장르, 특히 잡가나 대중가요와 같이 현대적
인 장르에도 여음구나 반복구는 왕성하게 사용되는 경향을 보인다.

12가사에도 물론 여음구와 후렴구는 사용된다. 12가사 중에서 이를

---

113) 물론 합성구성의 원리가 고려가요나 12가사에만 존재하는 것은 아니다. 시조 작품을
짓는 데도 간혹 이러한 방식이 사용되었다. 최진형은 <홍부전>(경판본) 19면에 나오
는 "또 군평이 쓰더귀 시조를 후되 스랑인들 님마드 후며 니별인들 드 셜우랴 님진강
틴동슈를 황능묘의 두견이 운다 동지야 네 션싱이 오거든 조리박 장스 못어드리오"에
포함되어 있는 시조 작품이 '조합형 사셜짜기'의 방식으로 형성된 작품이라고 하면서,
다음과 같이 지적한 바 있다. "'쓰더귀 시조'란 아마도 뜯어 붙인 句로 짠 시조로 여겨
진다. 이 시조는 기존의 여러 시조 작품에서 필요한 부분을 자유롭게 '뜯어'와 엮음으
로써 새로운 작품을 생산해 낸다. 구체적으로는 '초장+중장(앞구)+중장(뒷구)+종장
(앞구)+종장(뒷구)'의 짜임을 보인다. 여기에 쓰인 작품은 『역대시조전서』의 1409번,
1909번, 45번, 1105번 등이다."(최진형, 「홍부전의 전승 양상 -출판문화와의 관련을
중심으로-」, 『어문연구』 제34권 제4호, 한국어문교육연구회, 2006, 209-210면.)

114) '餘音句', '後斂句', '助興句', '反復句' 등은 유사한 뜻을 지닌 용어들이다. '여음구'는
의미 있는 노랫말을 제외한 나머지 구절을 총칭하는 의미로, '후렴구'는 노래의 곡조
끝, 특히 연장체 가요의 매연 마지막에 붙여서 반복적으로 부르는 노랫말을 가리키는
뜻으로, '조흥구'는 흥을 돋운다고 하는 노랫말의 기능을 강조하는 의미로, '반복구'는
되풀이되어 나타난다는 노랫말의 출현 양상을 가리키는 뜻으로 주로 사용된다. 본고에
서 다루는 것들 중 일부는 '조흥구'나 '후렴구'라고 해야 적절한 것들도 있지만 대개는
특별한 의미를 지니지 않는 '여음구' 또는 작품 중에 여러 차례 되풀이되어 나타나는
'반복구'에 해당하는 것들이다.

포함하고 있는 작품으로는 <수양산가>·<황계사>·<죽지사>·<어
부사>·<길군악(行軍樂)>115) 등을 들 수 있다. 이들 작품에 포함되어
있는 여음구와 반복구를 인용하여 보면 다음과 같다.

> 들네이로 노노네니 나네두하고 나루이루하고
> 네로나일 나로이루하고 네루에니 나네니나 노네니나 노너니나
>   (<수양산가>)116)

> 긘들 아니 景일너냐 (<백구가>)117)

> 어히요 이히요 이히요 이히야어ㅣ
> 야루느니 나야루나 (<죽지사>)118)

> 내 각시네 이리로 하다서 내 못 살냐
> 어ㅣ업다 이 년아 말 들어를 봐라
> 노나느니 나루노나 니루느니 르느닌니 루나니나 루니루히 히나니나
> 루노오오 느니나루 노나느니 나니나루 노오오나 니나루우 노오오나 니
> 나루우 우노나 (<길군악>)119)

> 지화자 조흘시고 조흘조흘 조흔 景에
> 얼시고 좃타 景이로다 지화자 조흘시고 (<황계사>)120)

---

115) <길군악>은 여러 가집에 대개 '길군악'이라는 제목으로 실려 있으나 『增補歌曲源流』
   에는 '行軍樂(譯名 路謠曲)'이라는 제목으로 실려 있다.

116) 함화진, 앞의 책, 195면. 여음구나 반복구가 작품 중간에 여러 차례 반복되는 다른
   작품과 달리 <수양산>에는 여음구가 작품 중간에 한 번밖에 나오지 않는다.

117) 위의 책, 198면.

118) 위의 책, 200면.

119) 위의 책, 202면.

120) 위의 책, 199면. 『청구영언(육당본)』의 <黃鷄歌>에는 "이 아희야 말 듯소"가 5번,
   "지어자 조흘시고"가 2번 되풀이되어 나온다.

至菊叢 至菊叢 於斯臥 하니

배 씌여라 배 씌여라

닷 드러라 닷 드러라

어워라 어워라 하니

돗 디여라 돗 디여라

배 저어라 배 저어라

배 매여라 배 매여라

닷 디여라 닷 디여라

배 붓처라 배 붓처라 (<어부사>)121)

(행 구분과 띄어쓰기는 필자)

12가사에 쓰인 여음구와 반복구는 대체로 두 가지 종류로 나뉜다. 첫 번째는 의미를 지니는 것들이고 두 번째는 특별한 의미를 지니지 않는 것들이다. 의미를 지니지 않는 것들은 다시 악기의 구음으로 볼 수 있는 것과 의성어나 의태어 또는 단순한 감탄사로 볼 수 있는 것으로 구분해 볼 수 있다.

<백구가>에 나오는 "권들 아니 景일너냐"나 <길군악>에 나오는 "내 각시네 이리로 하다서 내 못 살냐"와 같은 반복구는 유의미한 구절이지만 <수양산가>에 보이는 "들네이로 노노네니 나네두하고 나루이 루하고"나 <죽지사>의 "야루느니 나야루나" 및 <길군악>의 "노나느니 나루노나 니루느니 르느닌니 루나나나 루니루히 히나나나 루노오오 느니나루 노나느니 나니나루 노오오나 니나루우 노오오나 니나루우 우노나"와 같은 여음구는 악기의 구음, 특히 피리나 대금 같은 관악기의 구음이다.122) 그런가 하면 <죽지사>의 "어히요 이히요 이히요

---

121) 위의 책, 200면.

122) 12가사에 쓰인 악기의 구음에 대해서는 선행 연구에서 이미 언급된 바 있다. 정병욱,

이히야어ㅣ"나 <황계사>의 "지화자" 같은 것은 감탄사이고, <어부사>의 "至菊叢 至菊叢 於斯臥"는 노 젓는 소리를 흉내 낸 의성어이다.

특정 작품의 여음구나 반복구는 어느 한 가지 종류로만 이루어지기도 하지만 여러 종류가 조합되어 이루어지기도 한다. <수양산가>의 여음구는 순전히 악기의 구음으로만 구성되어 있고, <백구가>의 반복구는 유의미한 짧은 구절로 이루어져 있다. 그러나 <수양산가>와 <백구가>를 제외한 나머지 네 작품의 경우는 복합적인 양상을 보인다. <죽지사>의 여음구에는 감탄사 "이히요"와 악기구음 "야루느니 나야루나"가 함께 나타나고 있다. 또 <길군악>의 반복구와 여음구에도 유의미한 구절인 "내 각시네 이리로 하다서 내 못살냐 / 어ㅣ 업다 이 년아 말 들어를 봐라"와 관악기의 구음인 "노나느니 나루노나 니루느니 르느닌니……"가 공존하고 있다. <어부사>의 여음구에도 의성어인 "至菊叢 至菊叢 於斯臥"와 유의미한 구절인 "배 씌여라 배 씌여라", "닷 드러라 닷 드러라"와 같은 어구가 함께 나타난다. <황계사>에 나오는 조흥구 "지화자 조흘시고"는 감탄사인 '지화자'와 유의미한 단어인 '조흘시고'가 조합되어 이루어진 구절이다.

12가사에 이처럼 다양한 여음구와 반복구가 나타나는 것은 고려가요의 사정과 크게 다르지 않다. 다음의 예에서 보는 것처럼 고려가요에도 다양한 여음구 및 반복구가 사용되고 있다.

> 享福無疆ᄒ샤 萬歲를 누리쇼셔
> 享福無疆ᄒ샤 萬歲를 누리쇼셔
> 一竿明月이 亦君恩이샷다 (<感君恩>)

「악기의 구음으로 본 별곡의 여음구」, 『고려시대의 가요문학』, 새문사, 1982, Ⅱ-81-82.

얄리얄리 얄랑셩 얄라리얄라 (<청산별곡>)

위 두어령셩 두어령셩 다링디리 (<서경별곡>)

위 덩더둥셩 (<사모곡>)

다로러거디러
죠고맛간 ○○○○ 네 마리라 호리라
더러둥셩 다리러디러 다리러디러 다로러거디러 다로러
긔 자리예 나도 자라 가리라
위위 다로러거디러 다로러
긔 잔듸 ᄀ티 덦거츠니 업다 (<쌍화점>)

다롱디우셔 마득사리 마득너즈세 너우지 (<이상곡>)

위 증즐가 太平聖代 (<가시리>)

我窮且樂아 窮且窮且樂아
浴乎沂風乎舞雩詠而歸호리라
我窮且樂아 窮且窮且樂아 (<儒林歌>)

위 ○○○景 긔 엇더ᄒ니잇고
　　　　　　(<한림별곡>·<화산별곡>·<연형제가>·<상대별곡>)

빈 떠라 빈 떠라
지곡총 지곡총 어ᄉ와 어ᄉ와
닫 드러라
이어라 이어라
돋 ᄃ라라 돋 ᄃ라라
이퍼라 이퍼라
빈 셰여라 빈 셰여라

돗 디여라 돗 디여라
빅 미여라 빅 미여라
아외여라 아외여라
이퍼라 이퍼라
돗 더러라 돗 더러라
셔스라 셔스라 (<어부가>)123)

아으 動動다리 (<동동>)124)

어긔야 어강됴리 아으 다롱디리 (<정읍사>)125)

（행 구분과 띄어쓰기는 필자）

고려가요에 나오는 다양한 여음구나 반복구도 12가사의 경우와 마
찬가지로 몇 가지 종류로 나누어 볼 수 있다. <감군은>에 나오는 "一
竿明月이 亦君恩이샷다"와 <한림별곡> 등의 경기체가에 쓰인 "〇〇
〇景 긔 엇더ᄒ니잇고" 및 <유림가>에 보이는 "浴乎沂風乎舞雩詠而
歸호리라"와 같은 것은 유의미한 구절이다. 그런 반면 <서경별곡>의
"두어령셩 두어령셩 다링디리", <사모곡>의 "덩더둥셩", <쌍화점>의
"더러둥셩 다리러디러 다리러디러 다로러거디러 다로러", <유림가>
의 "我窮且樂아 窮且窮且樂아", <동동>의 "動動다리" 등은 모두 악기
의 구음이고, 여러 작품에 두루 쓰이고 있는 "위"나 <동동>과 <정읍
사>에 나오는 "아으" 같은 것은 감탄사의 일종이다.126)

---

123) 이상 <감군은>부터 <어부가>까지의 여음구와 반복구는 모두 『樂章歌詞』에서 발
췌·인용했다. <사모곡>과 <이상곡>의 여음구는 작품 중에 단 한 차례밖에 나타나지
않지만, 다른 작품의 여음구는 매 연마다 반복되어 나타나서 후렴구적 속성도 아울러
지닌다.

124) 『악학궤범』.

125) 위의 책.

126) 정병욱, 앞의 논문, 1982, II-81-94. 정병욱은 <유림가>의 "我窮且樂아 窮且窮且樂

여음구나 반복구가 한 가지 종류로만 이루어져 있는 경우는 <감군은>·<청산별곡>·<이상곡>의 세 편에 지나지 않고 나머지는 모두 두 종류 이상이 결합되어 있다. <서경별곡>·<사모곡>·<한림별곡>·<동동>·<정읍사> 등은 모두 여음구의 머리에 "위"나 "아으" 또는 "어긔야" 같은 감탄사를 지니고 있다. <쌍화점>이나 <가시리>·<유림가>의 여음구는 유의미한 구절과 악기의 구음이 결합되어 이루어져 있다. 특히 <쌍화점>에는 악기의 구음과 의미 있는 구절이 한 구절씩 교체되면서 나타난다. <어부가>의 여음구는 12가사의 하나인 <어부사>의 그것과 유사하지만 현행 <어부사>에 없는 다양한 구절들, 예를 들면 "아외여라 아외여라"나 "이퍼라 이퍼라", "셔스라 셔스라" 같은 것들을 지니고 있기도 하다.

이상에서 살펴본 것처럼 12가사와 고려가요는 노랫말에 다양한 여음구와 반복구를 지니고 있다는 점에서 유사한 모습을 보인다. 유의미한 구절이나 감탄사는 어떤 장르의 노래에나 흔히 여음구로 사용될 수 있는 것들이라서 특별하다고 할 수 없겠지만, 악기의 구음을 대거 여음구로 사용하고 있는 점은 고려가요와 12가사에만 보이는 특징적인 면모라고 하지 않을 수 없다.

다만 고려가요에 사용된 악기의 구음이 타악기·현악기·관악기에 걸쳐 다양하게 나타나고 있는 데 반해 12가사에 쓰인 구음은 관악기 위주로 이루어져 있어 비교적 단조로운 양상을 보인다. 고려가요와 12가사 사이에서 발견되는 악기 구음 사용상의 이러한 차이점은, 악기의

아"는 장구의 구음이고, <서경별곡>의 "두어령셩 두어령셩 다링디리"는 거문고·징(바라)·젓대의 구음을, <사모곡>의 "덩더둥셩"은 거문고·징(바라)의 구음을, <쌍화점>의 "더러둥셩 다리러디러 다리러디러 다로러거디러 다로러"는 젓대·해금·북·징의 구음을, <동동>의 "動動다리"는 북과 젓대의 구음을 합친 것이라고 했다.

구음을 노랫말의 여음구로 사용하는 음악적 관습이 후대로 갈수록 점점 사그라지게 된 시대적 변화의 결과로 이해할 수 있다.

2) 개별 작품 사이의 구체적인 연관성

위에서 12가사와 고려가요 노랫말 사이에 보이는 전반적인 공통점을 제목, 구성방식, 여음구 및 반복구의 세 가지 항목으로 나누어서 살펴보았다. 여기에서는 개별 작품을 대상으로 하여 12가사와 선행 장르 사이에 존재하는 구체적인 관련성에 대해서 검토해 보기로 한다.

12가사 중의 일부 작품은 용어, 표현, 수사, 주제 등의 측면에서 고려가요의 특정 작품과 매우 밀접한 관계를 맺고 있는 것으로 보인다. 이에 해당하는 12가사 작품으로는 <매화가>·<백구사>·<길군악>·<황계사> 등을 들 수 있다.

(1) 〈매화가〉와 〈서경별곡〉

위에서 <매화가>는 <서경별곡>과 구성 방식의 측면에서 동일한 양상을 띠고 있다는 점을 살폈는데, 두 작품은 그뿐 아니라 작품의 배경이나 주제 및 표현 방법의 측면에서도 매우 밀접한 관계를 맺고 있는 것으로 보인다. 관련되는 대목만 다시 인용해서 살펴보기로 하자.

(2) 北京 가는 驛驛官드라 唐絲실 흔 테 부븟침 ᄒ셰
그믈 밋셰 그그믈 밋세 唐絲실노 그그믈 밋세
그믈 치세 그그믈 치세 練光亭에 그믈 치셰
걸니소셔 걸니소셔 거걸리소셔 잔 쳐여란 솔솔 다 싸지고 굴근 女만 걸니소셔

(3) 成川이라 동의紬를 이리로 졈첨 져리로 졈첨 졈첨졈첨 기야노코
흔 손에는 방츄 들고 또 한 손에 물박 들고 출넝출넝[127]

(행 구분과 띄어쓰기는 필자)

인용한 부분은 <매화가>의 둘째와 셋째 대목이다. (2)에 나오는 '연
광정(練光亭)'과 (3)에 나오는 '성천(成川)'은 모두 지금의 평양인 서경에
있던 정자와 지명이다. 연광정은 평양성의 대동문(大同門) 밖에 있는
덕암(德岩) 위에 감사 허굉(許磁, 1471-1529) 지었다고 하는 정자로 경치
가 빼어나 예로부터 사람들의 발길이 끊이지 않는 명승지이고,[128] 성
천(成川)은 삼화(三和)·함종(咸從)·증산(甑山)과 함께 평양에 속해 있던
군(郡)의 하나이다.[129] 이렇게 <매화가>에 평양과 관련된 지명이 두
번이나 나온다는 사실은 이 노래가 <서경별곡>의 공간적 배경과 같은
서경 지역에서 불리던 노래 중의 하나라는 점을 잘 말해준다.

<매화가>와 <서경별곡>은 공간적 배경뿐 아니라 주제도 거의 비
슷한 양상을 보인다. 주지하다시피 <서경별곡>은 남녀 사이의 애정
문제를 다루고 있다.

<서경별곡>의 노랫말 전체를 간단히 인용해 보면 다음과 같다.

西京이 셔울히 마르는
○ 닷곤듸 쇼셩경 고외마른
○ 여히므론 질삼뵈 브리시고
○ 괴시란듸 우러곰 좃니노이다

---

127) 『청구영언(육당본)』.
128) 민족문화추진회, 『신증동국여지승람』 6권, 민문고, 1967, 371면.
129) 丁若鏞, 「郡縣分隷」, 『經世遺表』 권3.

○구스리 바회예 디신들
○긴히쫀 그츠리잇가
○즈믄히를 외오곰 녀신들
○信잇든 그츠리잇가

○大同江 너븐디 몰라셔
○비 내여 노흔다 샤공아
○네 가시 럼난디 몰라셔
○녈 비에 연즌다 샤공아
○大同江 건넌편 고즐여
○비 타 들면 것고리이다[130]   (행 구분과 띄어쓰기는 필자)

이 작품은 세 개의 부분으로 나뉘는데, 앞에서 언급한 바와 같이
세 부분은 원래 각각 서로 다른 노래였던 것으로 보인다. '西京이'로
시작되는 첫 번째 노래와 '구스리'로 시작되는 두 번째 노래 및 '大同江'
으로 시작되는 세 번째 노래가 모여 <서경별곡>이라는 보다 큰 노래
를 이루고 있다. 이 작품에 포함된 세 노래는 모두 '대동강'이 흐르는
'서경'에서 사랑하는 임과 헤어지게 된 화자가 자신의 소회를 읊은 것
으로 화자의 심리적 상황이나 정서적 배경은 동일하다고 할 수 있다.
특히 세 번째 노래는 이별의 상황에 처한 화자가 자기 자신이나 임
또는 이별의 직접적인 계기가 된 원인을 탓하기보다는, 화자의 애정
문제와 직접적인 관계가 없는 것으로 보이는 뱃사공을 탓하면서, 자신
의 원망과 한탄을 제삼자에게 돌려서 우회적으로 표현하고 있는 점이
흥미롭다.
　<매화가>의 주제도 <서경별곡>이 노래하는 것과 크게 다르지 않

---

130) 『악장가사』에서 여음구와 반복구를 제외하고 간략히 인용했다.

다. 앞에서도 언급한 바 있지만 <매화가>의 화자는 사랑에 대한 갈망과 염원, 안타까움 등과 같은 남녀 관계에서 비롯되는 여러 가지 감정들을 꾸밈없이 드러내고 있는 것이다.

더구나 두 작품은 모두 구체적이고 노골적인 비유를 통해 애정 문제를 거리낌 없이 진술한다는 점에서도 서로 잘 통한다. 특히 '大同江'으로 시작되는 <서경별곡>의 제3연은 남녀 사이의 육체적 결합을 암시하는 자극적이고 음란한 노랫말을 지니고 있는 것으로 풀이된다. "○네 가시 럼난디 몰라셔 ○널 비에 연즌다 샤공아 ○大同江 건넌편 고즐여 ○비 타 들면 것고리이다"라고 한 부분은 화자의 임과 사공의 아내 사이의 성적 결합을 암시하는 표현들로 가득 차 있다. 이러한 점 때문에 <서경별곡>은 <쌍화점> 등과 함께 조선 초에 남녀상열지사(男女相悅之詞)로 지목되어 배척받은 바 있기도 하다.

<매화가>도 <서경별곡>에 비해 손색이 없을 정도로 애정에 대한 갈망을 노골적으로 표현하고 있다. "그믈 치세 그그믈 치세 練光亭에 그믈 치세 걸니소셔 걸니소셔 거걸리소셔 잔 쳐여란 솔솔 다 쌔지고 굴근 女만 걸니소셔"라고 하면서 그물을 맺어 놓고 굵은 여자만 걸리라고 염원한 내용이나, "흔 손에는 방츄 들고 또 한 손에 물박 들고 출넝출넝"이라고 하면서 '방추(다듬잇방망이)'와 '물박(물바가지)'를 통해 남성과 여성의 육체적 관계를 비유한 부분 등은 사랑에 대한 여요적 표현의 연장선상에 있는 구절들이라 할 만하다.

이상에서 살핀 바와 같이 <매화가>와 <서경별곡>의 노랫말은 구성 방식, 공간적 배경, 주제, 표현법 등의 여러 가지 측면에서 동일한 양상을 보인다.

    (2) <백구사>와 <한림별곡>

다음으로 <백구사>를 살펴보기로 하자. 작품을 인용해 보면 다음과
같다.

> (1) 白鷗야 풀풀 나지마라 너 잡을 내 아니로다
> 聖上이 바리시니 너를 좇아 예 왔노라
> 五柳春光 景 조흔 데 白馬金鞭 花遊가자
> 雲沈碧溪 花紅桃 柳綠한데 萬壑千峰 飛泉瀉라
> 壺中 天地에 別乾坤이 여기로다
> (2) 高峰萬丈 靑溪鬱한데 綠竹蒼松이 놉기를 다토왔고
> 明沙十里에 海棠花 불거있다
> 꽃은 피어 절로 지고 잎은 피어 모진 狂風에
> 뚝뚝 떨어져서 아조 펄펄 흩날리니 긔도 또한 景이로다
> (3) 바회岩上에 다람쥐 기고 시내 溪邊에 金자라 긴다
> 조팝남게 피죽새 울고 함박꽃에 벌이 나네
> 몸은 크고 발은 적어 제 몸을 못 이기어
> 東風건듯 불적마다 이리로 접뒤적 져리로 접뒤적
> 너훌너훌 춤을 추니 귄들 아니 景이런가
> (4) 黃金같은 꾀꼬리는 楊柳 사이로 往來하고
> 白雲같이 흰 나비는 꽃을 보고 반기 너겨
> 두 날애 펼치고 날아든다 떠든다
> 가맣게 동고랗게 달같이 별같이
> 아조 펄펄 날아드니 귄들 아니 景이런가[131]
>
> (행 구분과 띄어쓰기는 필자)

이 작품에서 먼저 눈에 띄는 것은 "긔도 또한 景이로다" 또는 "귄들
아니 景이런가"로 나타나고 있는, 후렴구적 성격을 지니는 구절이다.
이 구절은 <한림별곡>을 비롯한 여러 경기체가 작품에 흔히 보이는

---

131) 『청구영언(육당본)』.

후렴구 "景 긔 엇더ᄒ니잇고"를 변용한 것으로 보인다. 이 작품은 연이
구분되어 있지 않지만 연속적으로 출현하는 "권들 아니 景이런가"라는
구절을 기준으로 몇 부분으로 나뉜다. 그렇게 나누어 보면 <백구사>
는, 비록 불완전한 형태이기는 하지만, 연속체보다는 연장체에 가까운
형식으로 구성되어 있다고 해도 무방할 것으로 생각된다. 이러한 점에
서 <백구사>의 노랫말은 경기체가와 유사한 형태를 지니고 있다고
할 수 있다.

<백구사>는 여타의 12가사 작품들과는 달리 주관적 감정보다는 객
관적 경물의 묘사에 치중하고 있는데, 이 점 또한 교술 장르인 경기체
가와 상통하는 특징이라고 할 수 있다. 인용한 자료의 첫째 행에서 "壺
中 天地에 別乾坤이 여기로다"라고 한 5행까지는 화유(花遊)할 곳의
전반적인 경관을 말했고, 나머지 부분은 모두 구체적인 자연물과 식물
및 동물의 모습을 묘사하고 있다. (2)연에 해당하는 부분에서는 주로
식물의 모습을, (3)과 (4)연에 해당하는 부분에서는 주로 동물의 모습
을 의태어와 구체적인 어휘를 사용해서 역동적인 율격으로 실감나게
표현하고 있는 것이다.132)

(3) 〈길군악〉과 〈쌍화점〉

다음으로 <길군악>을 살펴보자. 다른 가집의 <길군악>에 비해 노
랫말이 비교적 풍부한 『가곡원류(가람본)』의 <길군악>을 인용해 보면
다음과 같다.

(1) 오늘도 ᄒ심심ᄒ니 길군악이나 ᄒ야를 보자

---

132) 졸고, 앞의 논문, 2005, 109-110면.

에업다 이년아 말 드러를 바라
노오나에 넌니나루 노오나이루 노오이니루 나니루이네 나니ㄴ루 노
오 난니나루 노나네에 나니나루 노오나니나루 노너니나루노나
(2) 가소 가소 ᄌ네 가소 ᄌ네 가셔 닉 못살냐
정방산성 북문밧게 희 도라지고셔 달이 돗다온다
눈 비 챤 비 챤 이슬 맛고 홀로 셧는 노송남기
쪽을 일코셔 제 홀노 살냐
닉 갓시네 이리로 ᄒ다셔 닉 못살냐
에업다 이년아 말 들어를 보아라
입틱령
(3) 죠고마헌 상졔중이 보도치를 두루쳐 메고
만첩청산 들어를 가셔 크다라헌 고향 남글
이리로 찍고 져리로 찍어닉어 제 홀노 찍어를 닉랴
닉 각시네 이리로 ᄒ다셔 닉 못살냐
에업다 이년아 말 들어를 보아라
입틱령
(4) 에업다 이년아 말 듯거라
네라 한들 한궁녀며 닉라 헌들 비군지랴
남의 딸이 너쑨이며 남의 아들이 나쑨이랴
닉 각시네 이리로 허다셔 닉 못살냐
에업다 이년아 말 들어를 보아라
입틱령[133]

(행 구분과 띄어쓰기는 필자)

서론에서도 간략히 언급한 바와 같이 <길군악>과 <쌍화점>의 관
계에 대해서는 이미 선행 연구에서 충분한 논의가 이루어진 바 있다.

---

133) 『가곡원류(가람본)』(규장각 소장).

김창곤은 <쌍화점>과 <길군악>이 모두 점잖지 않은 사설로 남녀 간의 사랑을 노래하고, '죠고맛간 삿기샹좌'(<쌍화점>)와 '조그마헌 상좌중'(<길군악>)이라는 동일한 등장인물을 내포할 뿐 아니라, 의미 없는 입타령과 여음구를 사용하고 있기 때문에 사설의 측면에서도 서로 유관함을 알 수 있다고 했다.134)

이 노래는 <쌍화점>과 마찬가지로 전체 4개의 연으로 구성되어 있다. 각 연의 마지막에는 "늬 각시네 이리로 허다셔 늬 못살냐 / 에업다 이년아 말 들어를 보아라"라는 후렴구와 함께 피리의 구음으로 보이는 입타령이 나온다.135) 이것은 <쌍화점>에 "긔 자리예 나도 자라 가리라 / 긔 잔 딕ᄀ티 덦거츠니 업다"라는 후렴구와 "더러둥셩 다리러디러 다리러디러 다로러거디러 다로러"136)라는 악기 구음형 여음구가 함께 존재하는 것과 성격이 같은 것이다.

3연의 '죠고마헌 상졔중'이 『청구영언(육당본)』에는 '죠고마흔 上佐 중'으로 나오는데, 이것은 <쌍화점>에 나오는 '죠고맛간 삿기샹좌'와 같은 것이다. 그런데 이것은 다른 곳에서는 그 용례를 찾아보기 힘든 희귀한 구절이다. 고려가요나 가사에서는 물론이고 시조와 같은 갈래에서도 이 구절이 사용된 작품은 눈에 잘 띄지 않는다. 이 구절은 <길군악>과 <쌍화점>에만 삽입된 특수한 존재인 것이다. 이런 희귀한 구절이 두 작품에 동시에 쓰이고 있다는 사실은 <길군악>과 <쌍화점>이 매우 친밀한 관계에 있다는 점을 직접적으로 증명한다고 할 수 있다.

---

134) 김창곤, 앞의 논문, 1999, 22면.

135) <軍樂>의 입타령을 피리 구음으로 본 것은 정병욱, 앞의 논문, 1982, II-81면 참조.

136) 정병욱은 <쌍화점>의 여음 "더러둥셩 다리러디러 다리러디러 다로러거디러 다로러"를 젓대·해금·북·징(바라)의 구음이 합쳐져서 이루어 진 것으로 보았다.(위의 논문, II-92.)

<길군악>은 <쌍화점>의 형식과 구절을 모방했을 뿐 아니라 내용상 선행곡을 이어 받는 화답가의 성격을 띠고 있어서 더욱 흥미를 끈다. 2연과 4연에는 <쌍화점>에 등장하는 여성 화자의 부정한 행위에 대한 남성 화자의 반응이 표출되어 있는 것으로 보인다. '回回아비'나 '뎔의 社主' 같은 자들에게 손목을 잡히는 <쌍화점>의 여성 화자에 대해 <길군악>의 남성 화자는 "가소 가소 즈네 가소 즈네 가셔 늬 못살냐"라고 하며 단호한 태도로 질책을 퍼붓고 있다. "늬 각시네 이리로 허다셔 늬 못살냐"라는 후렴구적 성격의 구절이나 "에엽다 이년아 말 듯거라"라는 욕설에 가까운 속된 표현도 상대방의 변절에 대한 남성 화자 쪽의 증오심에서 비롯된 것이라고 이해할 만하다.[137] 이러한 여러 가지 점들을 통해 보건대, <길군악>은 <쌍화점>의 형식과 내용을 모방하여 만든 노래임을 알 수 있다.[138]

(4) <황계사>와 <정석가>·<정읍사>

<백구사>나 <쌍화점>이 어느 특정 작품과 유사한 양상을 보이는 것과 달리 <황계사>는 고려속요의 여러 작품에 나오는 유명한 표현이나 수사법을 집결하여 구성한 듯한 인상을 준다. 앞에서 제목에 관해 논의하면서 인용한 바 있는 <황계사>를 반복구를 제외하고 다시 인용해 보면 다음과 같다.

---

137) 송정숙은 <길군악>이 軍樂이라는 데 착안하여, 이 노래를 남정네들이 군대에 가 있는 동안 일어난 일이나 일어날 수 있는 일을 풍자·경계하기 위해 부른 것으로 보았다.(송정숙, 「十二歌詞의 構造分析」, 『어문교육논집』6, 부산대학교 사범대학 국어교육과, 1982, 21면.)

138) <길군악>과 <쌍화점>의 관계에 관한 논의는 주로 졸고, 앞의 논문, 2005, 106-107면에서 인용했다.

一朝 郎君 離別 後에 消息좃차 頓絶하다
한 곳을 들어가니 六觀大師 聖眞이는 八仙女 다리고 戲弄한다
黃昏 점운 날 期約 두고 어듸를 가고서 날 아니 찻나
屛風에 그린 黃鷄 l 두 나래를 둥덩 치며
四五更 一點에 날새라고 긇기요 울거든 오랴시나
달은 밝고 조요한듸 님 生覺이 새로외라
너는 죽어 黃河水 되고 나는 죽어 돗대船 되어
狂風이 건듯 불 제마다 於於臥 둥덩실 ㅆ져 노라보자
저 달아 보느냐 님 게신 듸 明氣를 빌니렴 나도 보자[139)]

(행 구분과 띄어쓰기는 필자)

이 노래에서 가장 먼저 눈에 띄는 부분은 "屛風에 그린 黃鷄 l 두 나래를 둥덩 치며 / 四五更 一點에 날새라고 긇기요 울거든 오랴시나"라는 구절이다. 이 구절은 <황계사> 전체 노랫말의 중간 지점에 위치하는 데다가 구절의 중간에 나오는 '황계(黃鷄)'라는 단어가 작품의 제목이 되어 있으니만큼, <황계사>의 백미에 해당한다고 해도 좋을 것이다.

여기서 화자는 사랑하는 임이 떠나간 뒤로 아무리 기다려도 돌아오지 않는 현실을 병풍에 그린 황계가 운다고 하는 실현 불가능한 상황에 빗대어서 노래하고 있다. 그림 속의 닭이 우는 상황이 현실로 나타날 수 없는 것처럼 이 노래의 화자에게는 자신이 그리워하는 임이 돌아오는 것도 기대할 수 없는 절망적인 일로 생각되고 있는 것이다. 아마 작중의 화자는 처음에 가졌던 희망이 절망으로 바뀔 만큼 너무나 오랜 세월 동안 임을 기다려 온 듯하다.

실현 불가능한 조건을 제시하고 그 조건이 충족되어야만 후속 행위

---

139) 함화진, 앞의 책, 199면.

나 사건 또는 상황이 성립될 수 있다는 식의 표현법은 원래 <정석가>
에 나오는 것이다. 전체 6개의 연으로 이루어져 있는 <정석가>는 첫째
연과 마지막 연을 제외한 가운데 4개의 연이 모두 그러한 화법으로
구성되어 있다. 그 중 한 연만 인용해 보면 다음과 같다.

> ○ 삭삭기 셰몰애 별헤 나는
>   삭삭기 셰몰애 별헤 나는
>   구은 밤 닷 되를 심고이다
> ○ 그 바미 우미 도다 삭 나거시아
>   그 바미 우미 도다 삭 나거시아
>   有德유덕ᄒ신 님믈 여희ᄋᆞ와지이다[140)]

(행 구분과 띄어쓰기는 필자)

물론 <황계사>의 중심 구절 "屛風에 그린 黃鷄ㅣ 두 나래를 둥덩치
며 / 四五更 一點에 날새라고 쇠기요 울거든 오랴시나"와 위에 인용한
<정석가>의 제2연은 의미상 구별되는 점이 있는 것도 사실이다. 두
작품 모두 사랑하는 임을 그리워하며 지은 노래라는 점에서 같은 주제
를 담고 있는 것으로 이해될 수 있지만, <황계사>의 화자가 기다림에
지쳐 절망적인 심정을 노래하고 있는 데 반해 <정석가>의 화자는 어
떠한 난관에도 굴하지 않는 영원한 사랑을 노래하고 있는 것으로 파악
된다.

두 작품의 차이점을 좀 더 구체적으로 살펴보자. 두 작품에서 불가능
한 조건이 충족된 뒤에 이루어지는 후속 사건 또는 상황은 서로 다른
것으로 설정되어 있다. <황계사>의 후속 상황이 임의 귀환 또는 임과
의 만남이라면 <정석가>의 후속 상황은 임과의 이별인 것이다. 두 작

---

140) 『악장가사』.

품에 설정된 조건이 모두 실현될 수 없는 것들이므로, 후속 상황으로 제시된 것들도 모두 실현될 수 없기는 마찬가지이다. <정석가>에서 임과 이별하는 일이 발생할 수 없는 것처럼 <황계사>에서는 임과 만나는 일이 이루어질 수 없다. 결국 <황계사>와 <정석가>는 유사한 화법과 표현을 사용하여 임에 대한 그리움이라는 동일한 주제를 노래하고 있으면서도, 각 작품 화자의 정서적 지향에는 미묘한 차이점이 존재한다고 말할 수 있겠다.

다음으로 <황계사>의 마지막 구절 "저 달아 보느냐 님 계신 듸 明氣를 빌니렴 나도 보자"에 대해 살펴보자. 이 구절은 <정읍사>의 첫 구절 "둘하 노피곰 도드샤 어긔야 머리곰 비취오시라"[141]를 연상시킨다. 두 구절은 모두 임을 멀리 떠나보낸 여인이 달에게 임이 계신 곳을 비춰 달라고 하는 소박한 소망을 빌고 있는데, 표현과 발상 및 정서의 측면에서 유사한 양상을 보인다.

두 구절에서 화자는 모두 "저 달아"의 '아'와 "달하"의 '하'라고 하는 동일한 호격조사를 활용하여 달을 호명하는 것으로 말을 꺼내고, "明氣를 빌려달라"고 하거나 "멀리까지 비추소서"라 하면서 달에게 자신이 요구하는 것을 들어주도록 요청하는 식의 어법을 취한다는 점에서 표현상의 유사성을 확인할 수 있다. 아울러 두 구절은 임과 자신을 연결시켜 주는 매개체로 자연물인 달을 상정하고 있다는 점에서 동일한 발상에서 진술되었다고 할 수 있다. 또한 두 구절은 모두 멀리 있는 임을 보고자 하는 욕구와 임의 안부를 걱정하는 마음을 담고 있다는 점에서 정서적인 측면에서도 동일한 양상을 보인다. 이러한 여러 가지 측면에서 <황계사>의 마지막 구절과 <정읍사>의 첫 구절은 매우 유

---

141) 『악학궤범』.

사한 모습을 보이는 것이다.

<황계사>는 다른 작품에 비해 노랫말이 비교적 짧은 편이다. 그러나 그 내면을 들여다보면 이 노래가 고려속요의 여러 작품 가운데서 수작이라고 평가할 만한 표현들이 여러 개 모여서 이루어진 작품임을 알 수 있다. 12가사에 합성의 원리로 이루어진 작품들이 다수 있다는 점은 앞에서도 살핀 바 있지만, <황계사>는 <매화가>나 <권주가> 등의 작품과는 조금 다른 성격을 띤다. 그 작자가 오랜 내력을 지닌 고전적인 노래들에서 빼어난 구절들을 취하여 노랫말을 구성한 점에서도 그렇지만, 선택한 구절들을 단순히 배합하는 데 그치지 않고 작자의 정서적 상황이나 작품의 내적 질서에 어울리게끔 적절히 변용하는 묘미를 발휘하기까지 한 점에서 <황계사>는 여타의 작품과 구별되는 독자적 성격을 지닌다고 할 수 있는 것이다.

이상으로 <매화가>·<백구사>·<길군악>과 <황계사>의 노랫말을 고려가요 중의 일부 작품들과 비교하면서 살펴보았다. <매화가>는 <서경별곡>을, <백구사>는 <한림별곡>류의 경기체가를, <길군악>은 <쌍화점>을 여러 가지 측면에서 모방하고 있다는 사실이 판명되었고, <황계사>는 <정석가>와 <정읍사>에 나오는 다양한 표현과 수사법을 창조적으로 재활용하고 있는 것으로 확인되었다. 이렇게 12가사와 고려가요의 몇몇 작품들은 문학적으로 상당히 긴밀한 관계를 맺고 있는 것이다.

2. 가사계·한문체 12가사와 악장의 연관성

앞에서 가사계 12가사인 <처사가>가 악장에 속하는 <용비어천가>

를 얹어 부른 <취풍형>과 음악적으로 밀접한 관련을 갖는다는 점을 논의한 바 있는데, 두 가지는 문학적으로도 유사한 특성들을 지니고 있다. 여기서는 <처사가>·<춘면곡>·<상사별곡>을 포함하는 가사 계 12가사와 <어부사>·<양양가>를 포함하는 한문체 12가사를 『대악 후보』·『시용향악보』·『악장가사』 등에 수록된 악장 작품과 비교하여, 그 사이에 존재하는 문학적 공통성을 율격과 작품 구성 방식의 측면에 서 고찰해 보기로 한다.

1) 율격

(1) 가사계와 한문체 12가사의 율격적 동질성

가사계·한문체에 속하는 12가사의 일부 작품과 악장 계열 작품의 율격을 비교하기 전에 먼저 가사계와 한문체 가사의 율격적 동질성에 대해 확인해 둘 필요가 있다. 가사계에 속하는 <처사가>와 한문체 가 사인 <양양가>·<어부사>의 율격을 비교해 보기로 하자.

<처사가>와 <양양가>의 노랫말을 비교해 보면 두 작품의 율격은 다음과 같이 동일한 형식으로 분석된다. <처사가>와 <양양가> 두 작 품의 앞부분을 차례로 간단하게 인용해 보면 다음과 같다.

> 天生 我才 / 쓸 듸 업셔 / 世上 功名을 / 下直하고
> 養閑 / 守命하야 / 雲林處士 / 되오리라[142]
>
> (행, 음보 구분 및 띄어쓰기는 필자)
>
> 落日이 欲沒 / 峴山西하니 / 倒着 接䍦 / 花下迷라

---

142) 함화진, 앞의 책, 196면.

襄陽 小兒 / 齊拍手 ᄒ니 / 欄歌 爭唱 / 白銅鞮라[143]

(행, 음보 구분 및 띄어쓰기는 필자)

위에서 보는 바와 같이 두 작품은 모두 4보격의 가사체 율격을 갖추고 있다. 그리고 이러한 율격 구조는 대체로 각 작품의 끝 부분까지 일관되게 유지된다. 간혹 <처사가>의 "世上 功名을"이나 <양양가>의 "落日이 欲沒" 같은 곳에 4자 이상이 들어가 있는 음보가 나타나기도 하지만, 가사체는 원래 한 음보에 적게는 2자에서 많게는 6-7자까지로 들어 갈 수 있는 융통성 있는 율격이기 때문에 한 음보에 5자가 나타난다고 해서 4보격에 어긋난다고 생각할 필요는 없다. 두 작품에 보이는 이러한 율격적 동질성은 그것들이 같은 곡에 얹혀 불렸기 때문에 나타난 자연스런 현상으로 이해된다.

이러한 율격 구조는 한문체 12가사인 <어부사>에도 동일하게 나타난다. <어부사>의 앞부분 몇 줄을 인용해 보면 다음과 같다.

雪鬢 漁翁이 / 住浦間ᄒ니 / 自言居水 / 勝居山을
빈 씌여라 〃〃〃〃
早潮纔落 / 晚潮來라
지국총 〃〃〃 어ᄉ와 ᄒ니
依船漁父 / 一肩高라[144]   (행, 음보 구분과 띄어쓰기는 필자)

위에 인용한 부분에서 조흥구 또는 여음구로 볼 수 있는 "빈 씌여라 〃〃〃〃"와 "지국총 〃〃〃 어ᄉ와 ᄒ니"를 제거해 보면 첫째 행과 둘째 행이 모두 4보격의 율격으로 조직되어 있음을 알 수 있다. 이렇게

---

143) 『청구영언(육당본)』. '接羅'는 '接䍦'로 고대 두건의 한 가지를 뜻한다. '白銅鞮'는 '白銅蹄'로 중국 南朝시대 梁나라의 歌謠名이다.

144) 위의 책.

<어부사>가 <양양가>나 <처사가>와 같은 율격 구조를 보이는 것은
이 작품도 <양양가>나 <처사가>와 동일한 계통의 음악에 얹혀 불리
었기 때문인 것으로 이해할 수 있다.

(2) 가사계·한문체 12가사와 악장의 율격적 연관성

그러면 악장에 속하는 작품들의 율격은 어떠한가? 『악장가사』에는
<보대평(保大平)>·<정대업(定大業)>·<납씨가(納氏歌)>·<정동방곡
(靖東方曲)>·<여민락(與民樂)> 등의 한문체 악장이나 <감군은(感君
恩)>·<유림가(儒林歌)>·<신도가(新都歌)>의 국문체 악장145)과 함께
<정석가>·<청산별곡>·<서경별곡>·<처용가>·<만전춘별사>·
<한림별곡>·<화산별곡> 등의 고려가요에 속하는 작품들도 다수 실
려 있다. 이 중에서 <감군은>·<유림가>·<신도가>의 국문체 악장
과 한문체 악장 중 토가 달려 있는 <납씨가>가 국문 악장의 율격 구조
를 파악하는 데 의미 있는 자료라고 할 수 있다. 한문 악장의 경우는
대체로 4언의 한시체로 이루어져 있어서 국문 시가의 율격을 논하는
데는 적절한 자료가 되지 못하다. 이 네 작품과 국문 악장의 정수라고
할 <용비어천가(龍飛御天歌)>를 대상으로 악장 계열 작품의 율격을 살
펴보기로 한다. 단, 『악장가사』에 수록된 노랫말만 살펴봐서는 율격
구조를 파악하기가 쉽지 않을 경우에는 『시용향악보』와 『대악후보』에
실려 있는 해당 작품의 악보도 함께 고려하기로 한다.

먼저 <감군은(感君恩)>의 율격을 분석해 보면 다음과 같다.

　　四海 / 바닷 기픠는 / 닫 줄로 / 자히리어니와

---

145) 『악장가사』에 실려 있는 국문체 악장은 <感君恩>·<儒林歌>·<新都歌> 세 편이
　　전부이다.

님의 / 德澤 기픠는 / 어느 줄로 / 자히리잇고
(享福 / 無疆ᄒ샤 / 萬歲를 / 누리쇼셔
享福 / 無疆ᄒ샤 / 萬歲를 / 누리쇼셔
一竿 / 明月이 / 亦君恩 / 이샷다)

泰山이 / 놉다컨마ᄅᆞᄂᆞᆫ / 하ᄅᆞᆯ해 / 몬 밋거니와
님의 / 놉ᄑᆞ샨 / 恩과 德과ᄂᆞᆫ / 하늘ᄀᆞ티 / 노ᄑᆞ샷다
(후렴구는 위와 같음)

四海 / 넙다ᄒᆞᆫ 바다ᄒᆞᆫ / 舟楫이면 / 건너리어니와
님의 / 너브샨 恩澤을 / 此生애 / 갑소오릿가
(후렴구는 위와 같음)

一片 / 丹心ᄲᅮᆫ을 / 하늘하 / 아ᄅᆞ쇼셔
白骨 / 麋粉인들 / 丹心이ᄯᆞᆫ / 가시리잇가
(후렴구는 위와 같음)146)

(행, 음보 구분 및 띄어쓰기는 필자, 괄호 안은 후렴구)

　　이 작품은 전체 4개의 연으로 구성되어 있고, 각 연의 마지막에는
"享福 無疆ᄒ샤 萬歲를 누리쇼셔 / 享福 無疆ᄒ샤 萬歲를 누리쇼셔 /
一竿 明月이 亦君恩 이샷다"라는 후렴구가 반복된다. 위에서 보는 바
와 같이 <감군은>의 전체적인 율격은 4보격으로 분석된다. 본사뿐만
아니라 후렴구도 4음보격이다. 간혹 한 음보의 음수가 4음을 초과하는
경우가 있기는 하지만, <양양가>에서와 마찬가지로 한 음보의 음수에
어느 정도 융통성이 허용되었다는 점을 고려한다면 이 작품의 율격
구조를 4음보격이 아닌 다른 것으로 볼 이유는 없다.

---

146) 『악장가사』.

이 작품뿐 아니라 <유림가(儒林歌)>의 율격도 4보격으로 분석된다.
작품을 인용해 보면 다음과 같다.

五百 / 年이 도라 / 黃河ㅅ / 므리 몰가
聖主ㅣ / 重興ㅎ시니 / 萬民의 / 咸樂이로다
五百 / 年이 도라 / 沂水ㅅ / 므리 몰가
聖主ㅣ / 重興ㅎ시니 / 百穀이 / 豐登ㅎ샷다
(葉 我窮 / 且樂아 / 窮且窮 / 且樂아
浴乎沂 / 風乎舞雩 / 詠而歸 / 호리라
我窮 / 且樂아 / 窮且窮 / 且樂아)

五百 / 年이 도라 / 泗水ㅅ / 므리 몰가
聖主ㅣ / 重興ㅎ시니 / 天下ㅣ / 大平ㅎ샷다
五百 / 年이 도라 / 漢水ㅅ / 므리 몰가
聖主ㅣ / 重興ㅎ시니 / 干戈ㅣ / 息靜ㅎ샷다
(후렴구는 위와 같음)

五百 / 年이 도라 / 四海ㅅ / 므리 몰가
聖主ㅣ / 重興ㅎ시니 / 民之 / 父母ㅣ샷다
桂林 / 마딋 鶴이 / 却說 / 枝예 안재라
天上 / 降來ㅎ시니 / 人間 / 蓬萊샷다
(후렴구는 위와 같음)[147]

(행, 음보 구분 및 띄어쓰기는 필자, 괄호 안은 후렴구)

<유림가>는 전체 6연으로 구성되어 있다. 위에 인용한 부분은 앞부
분의 3개 연이다. 이 작품도 <감군은>과 마찬가지로 4보격으로 분석

---

147) 『악장가사』, 『시용향악보』의 <유림가> 악보를 음은 생략하고 행과 노랫말만 간략히
   인용하면 다음과 같다.

된다. 이 작품의 후렴구를 구성하고 있는 "我窮 / 且樂아 / 窮且窮 / 且樂아"와 "浴乎沂 / 風乎舞雩 / 詠而歸 / 호리라"를 포함한 노랫말 전체는 모두 4음보격으로 분석된다. "我窮 / 且樂아 / 窮且窮 / 且樂아"의 경우 전체 음수가 4음보를 이루기에 부족한 것처럼 보이기도 하지만, 이 작품의 전반적인 율격적 기조를 고려하면 4음보격으로 분석하는 것이 타당하다.

『악장가사』에 실려 있는 또 한 편의 국문 악장인 <신도가(新都歌)>도 4음보격으로 분석되기는 마찬가지이다.

> 녜논 / 楊州ㅣ / 고올히여 / 디위예 / 新都形勝이샷다
> 開國 / 聖王이 / 聖代를 / 니르어샷다
> 잣다온뎌 / 當今景 / 잣다온뎌
> 聖壽 / 萬年ᄒ샤 / 萬民의 / 咸樂이샷다
> 아으 / 다롱디리
> 알ᄑᆞᆫ / 漢江水여 / 뒤혼 / 三角山이여

행\대장	1			2		3		4		5		6		
1	五					百		年				이		
2	도							라						
3	黃					河ㅅ		ᄆ				리		
4	믈							가						
5	聖					主ㅣ		重	興					
6	ᄒ	시						니						
7	萬	民				의		咸	樂			이		
8	샷							다						
16				我		窮		且		樂		아		
17	窮			且		窮		且	樂			아		
18				浴		乎		沂						
19				風		乎		舞		雩				
20	詠			而		歸		호	리			라		
21				我		窮		且		樂		아		
22	窮			且		窮		且	樂			아		

德重ᄒ신 / 江山 즈으메 / 萬歲를 /누리쇼셔148)

(행, 음보 구분 및 띄어쓰기는 필자)

4개의 연으로 되어 있는 <감군은>이나 6개의 연으로 구성되어 있는 <유림가>와 달리 이 작품은 단련체로 되어 있다. 중간에 삽입되어 있는 "잣다온뎌 / 當今景 /잣다온뎌"와 "아으 / 다롱디리"를 제외하고 보면 이 작품은 전체 5행으로 구성되어 있고, 각 행은 4보격으로 분석되는 형식을 취하고 있는 셈이다. 물론 이 작품의 경우는 중간에 삽입되어 있는 여음구로 보이는 구절의 율격이 4보격에서 어긋나기 때문에 위의 두 작품처럼 작품 전체가 4보격으로 일관되어 있다고 할 수는 없다. 그러나 여음구를 제외한 나머지 구절이 모두 4보격으로 되어 있기 때문에 작품 전체의 율격적 기조를 4보격으로 보는 데는 무리가 없을 것으로 생각한다.

이상의 세 작품 외에 한문 현토체 악장인 <납씨가(納氏歌)>도 4보격으로 분석해 볼 수 있다. 작품을 인용해 보면 다음과 같다.

納氏 / 恃雄强ᄒ야 / 入寇 / 東北方ᄒ더니
縱傲 / 誇以力ᄒ니 / 鋒銳라 / 不可當이로다
我后이 / 倍勇氣ᄒ샤 / 挺身 / 衝心胸ᄒ샤
一射애 / 斃偏裨하시고 / 再射애 / 及魁戎ᄒ시다
裹槍 / 不可救ㅣ라 / 追奔 / 星火馳ᄒ더니
風聲이 / 固可畏어늘 / 鶴唳도 / 亦堪疑로다
卓矣 / 莫敢當ᄒ니 / 東方이 / 永無虞ㅣ로다
功成이 / 在此擧ᄒ시니 / 垂之 / 千萬秋ㅣ샷다149)

---

148) 『악장가사』.
149) 『악장가사』. 이 경우는 악보보다는 의미를 중시하여 음보를 나누어 보았다. 『시용향악보』에 수록된 이 작품의 악보를 참고하여 음보를 나누어 보면 다음과 같다. "納氏恃雄

(행, 음보 구분 및 띄어쓰기는 필자)

『악장가사』에는 4언시로 된 많은 한문체 악장이 실려 있지만 한문현토체 작품은 <납씨가> 하나밖에 없다. 이 작품은 오언체 한시에 우리말로 토를 달아서 만든 작품으로 그 율격은 위에서 보는 바와 같이 대개 4음보격으로 분석된다. <양양가>나 <어부사>의 경우는 7언시에 토를 단 것과 달리 <납씨가>는 5언시에 토를 달았는데 두 경우 모두 결과적으로는 4보격에 도달했다. 이것은 원래의 한시가 어떤 형식으로 되어 있든 거기에 토를 달아 우리 식의 노래로 바꾸어 부르려면 그 율격도 우리식으로 가다듬을 수밖에 없었기 때문인 짓으로 이해할 수 있다.

국문 악장 계열의 작품에 나타나는 4음보격의 율격은 <용비어천가>에도 존재하는 것이다. <용비어천가>의 노랫말을 얹어 부른 『대악후보』 소재 <취풍형> 악보의 일부를 간단히 인용해 보면 다음과 같다.

強 / ᄒ야 / 入寇東北方 / ᄒ더니 // 縱傲誇以力 / ᄒ니 / 鋒銳라 / 不可當이로다" 이렇게 분석하면 율격적인 불균형과 파탄이 심각해지므로 율격적인 균형과 의미적 질서를 함께 고려하여 "納氏 / 恃雄強ᄒ야 / 入寇 / 東北方ᄒ더니 // 縱傲 / 誇以力ᄒ니 / 鋒銳라 / 不可當이로다"로 나누는 편이 좋을 것으로 생각한다. 『시용향악보』에 있는 <납씨가>의 악보를 간략히 인용하면 다음과 같다.

행\대강	1			2			3			4			5			6		
1	納			氏						恃			雄			強		
2	ᄒ									야								
3	入						寇			東			北			方		
4	ᄒ	더								니								
5	縱			傲						誇	以					力		
6	ᄒ									니								
7	鋒			銳			라			不	可		當			이		
8	로									다								

〈악보 45〉 〈취풍형〉 제1-25행150)

행\대강	1	2	3	4	5	6
1		海	東	六 龍 이	ㄴ	ㄹ
2	샤	일	마 다	天 福 이	시	니
3	古 聖		이	同 符	ㅎ	시
4	니					
5		불	휘	기 픈 남		ㄱ
6		ㅂ	ㄹ 매	아 니 뮐		씨
7	곳	됴	코	여 름 하	ㄴ	니
8		씨	미	기 픈 므		
9	른	ㄱ	마 래	아 니	그 츨	씨
10	내 히		이 러	바 ㄹ 래	가	ㄴ
11	니					
12		周	國	大	王	이
13	幽	谷	애	사	ㄹ	샤
14	帝	業	을	여 르	시	니
15		우	리	始		祖]
16		慶	興 에	사 ㄹ	샤	
17	王 업		을	여	ㄹ	시
18	니					
19		狄	人ㅅ	서 리 예	가	샤
20		狄	人 이	굴 외 어		늘
21	歧 山	올 ㅁ	샴 도	하 ᄂᆞᆶ 뜨	디	시 니
22		野	人ㅅ	서 리 예		가
23	샤	野	人 이	굴 외 어		늘
24	德 源	올 ㅁ	샴 도	하 ᄂᆞᆶ	뜨	디 시
25	니					

　　위에 인용한 악보를 토대로 하여 〈용비어천가〉 앞 대목의 율격을
분석해 보면 다음과 같이 된다.

---

150) 『대악후보』 권3.

海東 / 六龍이 ᄂᆞᄅᆞ샤
일마다 / 天福이시니
古聖이 / 同符ᄒ시니

불휘 / 기픈 남ᄀᆞᆫ
ᄇᆞᄅᆞ매 / 아니 뮐씨
곶 됴코 / 여름 하ᄂᆞ니
ᄭᅵ미 / 기픈 므른
ᄀᆞ마래 / 아니 그츨씨
내히 이러 / 바ᄅᆞ래 가ᄂᆞ니

周國 / 人王이
幽谷애 / 사ᄅᆞ샤
帝業을 / 여르시니
우리 / 始祖ㅣ
慶興에 / 사ᄅᆞ샤
王業을 / 여르시니

狄人ㅅ / 서리예 가샤
狄人이 / 골외어늘
歧山 올ᄆᆞ샴도 / 하ᄂᆞᆳ 뜨디시니
野人ㅅ / 서리예 가샤
野人이 / 골외어늘
德源 올ᄆᆞ샴도 / 하ᄂᆞᆳ 뜨디시니

(행, 음보 구분 및 띄어쓰기는 필자)

악보를 바탕으로 한 위와 같은 율격 분석은 <용비어천가> 율격의 다양한 가능성 중 하나를 예시한 것에 지나지 않는다. 서사에 해당하는 '해동장(海東章)'의 첫 행인 "海東 六龍이 ᄂᆞᄅᆞ샤"는 2음보격이 아닌 3

음보격으로 분석될 수도 있고, '불휘章'의 마지막 행인 "내히 이러 바ᄅ 래 가ᄂᆞ니"나 '적인장(狄人章)'의 "歧山 올ᄆᆞ샴도 하ᄂᆞᆶ ᄠᅳ디시니" 같 은 경우는 4음보격으로 분석될 여지도 있다.[151]

그러나 악보를 고려할 경우 <용비어천가>의 율격은 위에 제시한 것처럼 대체로 한 행이 2음보격으로 구성되어 있는 것으로 분석된다. 그리고 서사를 제외한 모든 장은 대체로 6개의 행을 지니고 있는 것으 로 나타난다. 따라서 <용비어천가>의 각 장은 2음보격의 행이 6개 모 여서 이루어진 형식을 취하고 있다고 할 수 있다.

그런데 2음보격은 4음보격과 유사한 율격이라서 두 가지는 서로 전 환 가능한 관계에 있다고 할 수 있다. 선행 연구에서 지적된 바와 같이 4음보격은 2음보격이 중첩되어 나타난 파생보격이기 때문에 4음보격 의 기저에는 2음보격이 깔려 있고 두 가지를 객관적인 기준에 의거해 구별해 내기는 매우 어려운 일이다.[152] 그렇다면 <용비어천가>는 앞 에서 살핀 <처사가>·<양양가>·<어부가>나 <감군은>·<유림 가>·<신도가>·<납씨가>의 4음보격과 근본적으로 같은 율격 구조 를 지니고 있다고 볼 수 있다. <처사가>나 <감군은> 등에 사용된 4음 보격은 2음보격으로 전환될 수도 있는 율격 형식이기 때문이다.

---

151) "(1)ᄲᅵ미 기픈 므른 // (2)ᄀᆞᄆᆞ래 아니 그츨ᄊᆡ // (3)내히 이러 바ᄅ래 가ᄂᆞ니"에서 (1)과 (2)의 행이 2음보격의 안정적인 율격으로 되어 있는 데 반해 (3)의 행은 일정한 율격으로 분석되기 힘든 유동적인 경향은 보인다. 제3시행의 이러한 율격적 流動性 또는 浮動性은 <용비어천가> 전편에 걸쳐 나타나는 현상이다.(성기옥, 「용비어천가 의 구조와 서사성」, 『고려가요·악장 연구』, 태학사, 1997, 503-504면.)

152) 성기옥, 앞의 책, 1986, 204-205면. 물론 4보격이 2보격과 전혀 차별성을 지니지 않는 것은 아니다. 성기옥에 의하면 4보격은 일반적으로 (가) 반행 단위에서보다 행 단위에 서 통사적 완결성을 보이는 경향성을 지니고, (나) 반행 단위에서보다 행 단위에서 보이는 율격적 통어력이 더 강한 경향성을 지니며, (다) 길이가 아주 짧은 단형의 시가에서보다 비교적 길이가 긴 장형의 시가에서 많이 쓰이는 경향이 있다.(위의 책, 206-209면.)

이상에서 살핀 바와 같이 국문체 악장에 속하는 대부분의 작품의 율격은 4음보격으로 분석된다. 물론 <신도가>처럼 작품 중간에 4음보 격으로 볼 수 없는 구절이 일부 포함되어 있는 경우나 <용비어천가>처럼 4음보격의 반토막 형식인 2음보격으로 구성되어 있는 경우가 존재하기도 하지만, 이러한 것이 국문 악장의 율격적 기저를 다른 것으로 파악하게 할 만큼 중요하고 심각한 것은 아니라고 본다. 따라서 국문 악장은 전반적으로 4음보격의 율격을 바탕으로 창작되었다고 해도 좋을 것이다. 그리고 이러한 4음보격은 <처사가>나 <어부사>같은 가사 계와 한문체 12가사로 계승되었다고 하겠다.[153]

2) 작품 구성 방식

(1) 가사계 12가사의 분할구성

가사계 12가사인 <춘면곡>·<상사별곡>·<처사가>의 구성 양식 은 여요계 12가사에 속하는 <매화가> 및 <권주가> 등과 유사하면서 도 약간 다른 양상을 보인다. 앞에서 언급한 바와 같이 <매화가>나 <권주가> 등은 여러 편의 노래를 합쳐서 새로운 작품을 만들었기 때 문에 '합성구성'의 양상을 보인다고 할 수 있는데, 가사계 가사의 경우 는 어떠한지 몇 작품을 예로 들어 살펴보기로 한다.

먼저 <상사별곡>을 예로 들어 살펴보자. 작품을 인용해 보면 다음 과 같다.

---

153) 4음보 율격은 고려가요의 일부 작품에서도 확인된다. <만전춘별사>나 <이상곡>, <처용가> 등이 그것이다.(위의 책, 216면.) 그리고 고려가요뿐만 아니라 향가 중에서 도 4음보격을 지니고 있는 것들이 존재한다. 향가 <처용가>나 <제망매가> 등이 그것 이다. 그렇게 본다면, 가사계·한문체 가창가사의 지배적 율격인 4음보격은 향가나 고려가요에서 잉태되어 국문 악장을 통해 성장하고 가사로 계승되면서 점차적으로 규격화된 모습으로 틀을 잡아간 율격 양식이라고 할 수 있을 것이다.

(1) 人間 離別 萬事 中에 獨宿空房이 더욱 셟다

(2) 相思 不見 이 닉 眞情을 제 뉘라셔 알니

(3) 밋친 시름 이렁 져렁이라 헛트러진 근심 다 후루혀 더져 두고

(4) 자나씌나 씌나즈나 任을 못 보니 가슴이 답〃

(5) 어린 樣子 고은 소릭 눈의 黯〃 귀예 錚〃

(6) 보고 지고 任의 얼골 듯고 지고 任의 소릭

(7) 비나이다 하날님씌 任 生기라 흐고 비나이다

(8) 前生 此生이라 무삼 罪로 우리 두리 삼겨나셔

(9) 잇지 마즈 흐고 쳐음 盟誓ㅣ 죽지 마즈 흐고 百年 期約

(10) 나며 들며 뷘 房 안의 다만 한숨 쑌이로다

(11) 千金 珠玉이 귀 밧기오 世事 一貧 관계흐랴

(12) 萬疊靑山을 드러간들 어늬 우리 郎君이 날 추즈리

(13) 山은 疊〃흐여 고기 되고 믈은 充〃 흘러 소이로다

(14) 梧桐秋夜 붉은 달의 任 生覺이 식로왜라

(15) 흔번 離別흐고 도라가면 다시 보기 어려왜라 흐노라[154]

(행 구분 및 띄어쓰기는 필자)

이 작품은 제목에서도 알 수 있는 바와 같이 사랑하던 임을 그리워하는 내용으로 되어 있다. 위에 인용한 부분은 전체 15개의 행으로 이루어져 있는데, 행과 행이 의미적으로 연결되어 있는 경우는 제3·4행과 제8·9행 정도뿐이고 나머지 행들은 모두 각 행 자체 내에서 의미가 완료되는 경향이 강하다. 각 행의 독립성이 강하다 보니 행과 행 사이의 결합도 견고하지 못하고 느슨한 상태를 나타낼 수밖에 없다. 그렇기 때문에 전체의 서사에 해당하는 제1행과, 율격적으로 나머지 행들과 차별화된 양상을 띠고 있어서 결사에 해당하는 것으로 볼 수 있는 제15행을 제외한 나머지 행들은 순서가 조금 바뀌거나 한두 행이 없어져도

---

154) 『청구영언(육당본)』.

작품의 의미에는 큰 지장을 초래하지 않게 된다. 그러할 뿐만 아니라 필요에 따라서는 노랫말 사이사이에 다른 구절을 삽입할 수도 있다.

이러한 구성법은 여요계 작품으로 분류되는 <백구사> 같은 작품에 보다 분명하게 드러난다.

    (1) 白鷗야 풀풀 나지마라 너 잡을 내 아니로다
        聖上이 바리시니 너를 좇아 예 왔노라
        五柳春光 景 조흔 데 白馬金鞭 花遊가자
        雲沈碧溪 花紅桃 柳綠한데 萬壑千峰 飛泉瀉라
        壺中 天地에 **別乾坤이 여기로다**

    (2) 高峰萬丈 靑溪鬱한데 綠竹蒼松이 놉기를 다토왔고
        明沙十里에 海棠花 붉거 있다
        꽃은 피어 절로 지고 잎은 피어 모진 狂風에
        뚝뚝 떨어져서 아조 퍼펄 흩날리니 **긔도 또한 景이로다**

    (3) 바회岩上에 다람쥐 기고 시내 溪邊에 金자라 긴다
        조팝남게 피죽새 울고 함박꽃에 벌이 나네
        몸은 크고 발은 적어 제 몸을 못 이기어
        東風 건듯 불 적마다 이리로 접뒤적 져리로 접뒤적
        너훌너훌 춤을 추니 긘들 **아니 景이런가**

    (4) 黃金 같은 꾀꼬리는 楊柳 사이로 往來하고
        白雲같이 흰 나비는 꽃을 보고 반기 너겨
        두 날애 펼치고 날아든다 떠든다
        가맣게 동고랗게 달같이 별같이
        아조 펄펄 날아드니 긘들 **아니 景이런가**[155]

                           (행 구분 및 띄어쓰기는 필자)

---

155) 『청구영언(육당본)』.

이 작품은 대체로 네 개의 단락으로 나누어진다. 첫째 단락은 5행까지로 "壺中 天地에 別乾坤이 여기로다"로 마무리 했고, 둘째·셋째·넷째 단락은 모두 "그도 또한 景이로다" 또는 "귄들 아니 景일런가"로 시상을 종결했다. 또 첫째 단락에서는 화유(花遊)할 곳의 전반적인 경관을 말했으며, 나머지 세 부분에서는 모두 구체적인 자연물과 동식물의 모습을 묘사했다.

<백구사>의 네 부분은 모두 자연 경관과 구체적인 사물을 묘사했다는 점에서 '화유(花遊)'라고 하는 한 가지 주제로 수렴되어 있다고 할수 있다. 그러나 이 작품의 부분들도 <상사별곡>의 경우와 마찬가지로 비유기적 체계를 형성하고 있으며 시상을 전개해 나가는 방식은 다소 산만한 경향을 보인다. (1)과 (2) 및 (3)의 부분들은 서로 순서가바뀌어도 무방할 만큼 내부적 질서를 갖추지 못한 채 배열되어 있다. 또 (2)에서 묘사된 '녹죽창송(綠竹蒼松)'과 '해당화(海棠花)', (3)에 등장하는 '다람쥐'·'金자라'·'피죽새'·'벌', (4)에 나타나는 '꾀꼬리'·'흰 나비' 등은 의미적 연관에 따라 체계적으로 정리되어 제시된 것이 아니라무작위적으로 나열되어 있을 뿐이다. 이렇게 부분들이 긴밀한 연관을맺고 있지도 않고 작중에 묘사된 사물들이 산만하게 흩어진 채 나열되어 있는 경우에는 작중에 부분의 통합성이나 시상의 연속성 같은 원리가 존재할 수 없다.156)

이상에서 살핀 것처럼 <상사별곡>이나 <백구사>를 구성하는 부분들은 조각조각 파편화되어 있다고 해도 좋을 만큼 유기적인 질서를형성하지 못하고 있는 것이 사실이다. 그렇지만 이러한 양상을 부정적으로 평가할 일만은 아니다. 이러한 식의 작품들은 유기성이나 긴밀성

---

156) <백구사>의 구성에 대해서는 졸고, 앞의 논문, 2004, 301-302면에서 논의한 바 있다.

을 갖지 못한 대신 부분과 부분이 자유롭게 넘나들 수 있고 이질적인
요소의 삽입을 거부하지 않는 유연성이나 개방성 등의 특징을 지니고
있기 마련이다.

이러한 구성 양식은 조선 전기의 사대부 가사 작품에도 나타나는
것으로,[157] '분할구성'이라는 용어로 표현할 수 있다. 가사에 보이는
분할구성은 고려가요나 악장의 연장체 형식과 무관하지 않은 것으로
생각된다. <감군은>이나 <유림가>와 같은 악장류 작품에 보이는 연
과 후렴구는 원래 고려가요에서 흔히 발견되는 연장체 형식에서 비
롯된 것이라고 할 수 있는데, 이것들이 12가사 중 <길군악>이나 <황
계사>와 같이 여음구를 갖추고 있는 여요계 12가사로는 비교적 온전
한 모습으로 계승되었지만 <춘면곡>이나 <상사별곡> 같은 가사계
12가사로는 불완전한 형태로 계승되어 흔적만 남기고 있는 것으로
보인다. 그러므로 가사계 12가사에 보이는 분할구성의 양식은 선행
장르에 존재하던 연장체 형식의 잔재라고도 할 수 있다. 이미 오래
전에 연장체 장가 형식이 변형되어 가사와 같은 연속체 시가 형식이
산출되었다고 하는 견해가 제기되기도 했지만,[158] 가사의 형식에는
연장체 시가에 존재하던 분절식 구성의 양식이 여전히 잠재된 형태
로 존속하고 있는 것이다.

---

157) 가사의 구성 양식의 특징에 대해서 최상은은 "작품의 부분을 이루는 사실들은 전체의
　　주제를 위해 유기적으로 결합되어 개별성을 상실하는 것이 아니라, 개별성을 강하게
　　지니면서 부분의 주제를 형성한다"라고 한 바 있다.(최상은, 「조선 전기 사대부 가사의
　　미의식」, 성균관대학교 박사학위논문, 1991, 108면.)
158) 조윤제, 『한국시가의 연구』, 을유문화사, 1948, 123-124면.

(2) 한문체 12가사의 집구 방식

12가사 중에서 한문체에 속하는 작품은 <양양가(襄陽歌)>와 <어부
사(漁父詞)> 두 편이다. 두 작품은 모두 한시에 토를 달아서 노랫말을
꾸몄다는 점에서는 같지만, 노랫말 제작 원리의 측면에서는 서로 다른
양상을 보인다. <양양가>는 이백의 <양양가>를 그대로 가져와 토만
달아서 노랫말을 만든 데 반해, <어부사>는 중국과 한국 시인의 유명
한 시구를 여기저기에서 따와 새롭게 제작한 작품이다. 두 작품은 앞선
시기의 작품을 빌어 와 노랫말로 활용하고 있는 점에서는 일치하지만,
원시 전체를 그대로 가지고 왔느냐 아니면 여러 작품에서 취사선택한
시구를 모아서 만들었느냐 하는 점에서 서로 다른 모습을 나타낸다고
할 수 있다.

<어부사>의 이러한 작품 구성 원리는 이황(李滉, 1501-1570)에 의해
지적된 바 있기도 하다. 이황의 <서어부사후(書漁父歌後)>를 인용해 보
면 다음과 같다.

세상에 전하는 어부가는 옛 사람의 어부 노래를 集句하고 간간이 우리
말을 끼워 넣어 노랫말을 길게 한 것이다. 모두 12장인데 작자의 성명이
알려져 있지 않다. 지난날 안동부에 있던 늙은 기생이 이 노래를 잘 불렀
는데, 숙부 松齋 선생이 때때로 이 기생을 불러서 그것을 노래하게 하여
수연 잔치의 즐거움을 돕게 했다.159) (후략)

이황은 위에 인용한 글의 첫머리에서 "세상에 전하는 어부가는 옛
사람의 어부 노래를 집구(集句)하고 간간이 우리말을 끼워 넣어" 지은

---

159) 世所傳漁父歌 集古人漁父之詠 間綴以俗語 而爲之長言者 凡十二章 而作者名姓無
聞焉 往者安東府有老妓能唱此詞 叔父松齋先生時召此妓 使歌之以助壽席之歡.(『退
溪先生文集』卷43.)

것이라고 하면서, 이 작품이 집구의 방식으로 제작되었다는 점을 분명하게 밝히고 있다. 이황이 말한 <어부가(漁父歌)>는 『악장가사』에 수록되어 있는 <어부가>를 가리킨다. 12장으로 구성된 『악장가사』의 <어부가>는 이현보(李賢輔, 1467-1555)에 의해 9장으로 개작되어 현재의 12가사 <어부사>로 계승되고 있다. 『악장가사』에 있는 12장짜리 <어부가>와 이현보의 9장짜리 <어부가>는 장의 수와 일부의 구절만 다를 뿐 대동소이하고, 이현보의 <어부가>와 현전 <어부사>는 후렴구 일부와 글자 몇 개를 제외하면 거의 동일하다. 그렇다면 이황이 집구의 방식으로 제작되었다고 한 <어부가>에 대한 지적은 현재의 <어부사>에도 그대로 적용된다고 할 수 있다.

그러면 현전 <어부사>의 원형인 이현보의 <어부가>를 대상으로 하여, 이 노래에 포함되어 있는 구절들의 출처를 찾아보기로 하자. 이현보의 <어부가>를 후렴구와 반복구를 제외하고 인용해 보면 다음과 같다.

(1) 雪鬢漁翁이 住浦間ᄒ니　　머리 흰 늙은 어부 포구에 살면서
　　自言居水이 勝居山이라　　물가에 사는 것이 산에 사는 것보다
　　ᄒ놋다　　　　　　　　　　낫다고 하네.
　　早潮纔落晩潮來ᄒᄂ다　　아침 조수 물러나고 저녁 조수 밀려오니
　　倚船漁父이 一肩이 高라　　배에 기댄 어부의 한쪽 어깨가 높아라.

(2) 靑菰葉上애 涼風起ᄒ니　　푸른 물풀 잎 위에 서늘한 바람이 불고
　　紅蓼花邊白鷺閒이라　　　붉은 여뀌 꽃 가에는 백로가 한가하네.
　　洞庭湖裏駕歸風ᄒ리라　　동정호 속에서 바람 타고 돌아올 제
　　帆急前山忽後山이로다　　돛 배가 급히 가니 앞산이 문득 뒷산이 되네.

(3) 盡日泛舟煙裏去　　　　하루 종일 배를 띄워 안개 속을 다니다가
　　有時搖棹月中還이라　　이따금 노를 저어 달 뜬 밤에 돌아오네.
　　我心隨處自忘機라　　　내 마음 가는 곳마다 절로 機心[160] 잊으니
　　鼓枻乘流無定期라　　　노를 치며 물결 타고 기약 없이 다닌다네.

(4) 萬事無心一釣竿　　　　낚싯대 하나로 만사를 잊었으니
　　三公不換此江山라　　　삼공의 벼슬 줘도 이 강산과 바꾸지 않으리.
　　山雨溪風捲釣絲라　　　산비와 시내 바람에 낚싯줄을 걷어내니
　　一生蹤迹在滄浪라　　　한 평생 자취가 물결 속에 있다네.

(5) 東風西日楚江深　　　　석양 무렵 봄바람에 초강이 깊은데
　　一片苔磯萬柳陰이라　　이끼 낀 낚시 바위에는 버드나무 우거졌네.
　　綠萍身世白鷗心라　　　부평초 신세에 갈매기의 마음인데
　　隔岸漁村三兩家라　　　저편 언덕 어촌에는 두세 집이 있구나.

(6) 濯纓歌罷汀洲靜　　　　탁영가 노래 마치자 모래섬이 고요한데
　　竹逕柴門을 猶未關라　　대숲 길 사립문을 아직 닫지 않았네.
　　夜泊秦淮[161]近酒家로다　밤에 秦淮[161]에 정박하니 술집이 가까워
　　瓦甌蓬[162]底獨斟時라　　배 안에서 술동이의 술을 홀로 따라 마시네.

(7) 醉來睡著無人喚　　　　취하여 잠이 들자 부르는 사람 없어
　　流下前灘也不知로다　　앞 여울로 떠내려가도 깨닫지 못하네.
　　桃花流水鱖魚肥라　　　복사꽃 흐르는 물에 쏘가리가 살쪘고
　　滿江風月屬漁船라　　　온 강의 바람과 달빛이 고깃배에 실렸다네.

---

160) 機心 : 狡詐한 마음. 책략을 꾸미는 마음. 機械之心.
161) 秦淮 : 강 이름.
162) 蓬 : 篷.

(8) 夜靜水寒魚不食거늘　　고요한 밤 차가운 물에 고기 입질하지 않아
　　滿船空載月明歸라　　배 가득 부질없이 달빛만 싣고 돌아오네.
　　罷釣歸來繫短蓬[163]호리라　낚시를 마치고 돌아와 작은 배를 매어 두니
　　風流未必載西施라　　풍류에는 西施같은 미인을 태울 필요 없다네.

(9) 一自持竿上釣舟　　　한 번 낚싯대를 갖고 고깃배에 오르니
　　世間名利盡悠悠라　　세상의 명리가 모두 다 아득하네.
　　繫舟猶有去年痕이라　매어 둔 배에는 아직도 작년 혼적 남아 있고
　　款乃一聲[164]山水綠라[165]　푸른 산수 속에 어영차 한 소리라.

위의 구절들 중에서 나른 삭품에서 따온 것으로 확인된 것들을 원시
와 함께 제시하면 다음과 같다.

(1) 雪鬢漁翁住浦間　自言居水勝居山 :

　　雪鬢漁翁住浦間　　머리 흰 늙은 어부 포구에 살면서
　　自言居水勝居山　　물가에 사는 것이 산에 사는 것보다 낫다고 하네.
　　青菰葉上涼風起　　　푸른 물풀 잎 위에 서늘한 바람이 불고
　　紅蓼花邊白鷺閒　　　붉은 여뀌 꽃 가에는 백로가 한가하네.
　　盡日泛舟煙裏去　　　하루 종일 배를 띄워 안개 속을 다니다가
　　有時搖棹月中還　　　이따금 노를 저어 달 뜬 밤에 돌아오네.
　　濯纓歌罷汀洲靜　　　탁영가 노래 마치자 모래섬이 고요한데
　　竹逕柴門猶未關[166]　대숲 길 사립문을 아직 닫지 않았네.

---

163) 短蓬 : 短篷. '短篷'은 작은 배 또는 거룻배를 가리킨다.
164) 款乃聲 : 노 젓는 소리. '款乃聲'의 '款'는 '欸'.
165) 『聾巖先生文集』 卷3.
166) 白居易, <漁父>, 『夾注名賢十抄詩』. 강석중, 「漁父歌의 集句 溯源 硏究」, 『국문학연구』 1998, 서울대학교 국문학연구회, 1998, 210면에서 재인용.

(1) 早潮纔落晚潮來 :

早潮纔落晚潮來   아침 조수 물러나고 저녁 조수 밀려오니

一月周流六十回   한 달에 나고 들기 예순 번 한다네.

不獨光陰朝復暮   빛과 어둠만이 아침 저녁으로 되풀이되는 것
    이 아니라

杭州老去被潮催[167]   항주의 늙어가는 인생도 조수의 재촉을 받는
    다네.

(1) 倚船漁父一肩高 :

雲端澈澈黃金餠   구름 끝에 넘실대는 황금 떡 같은 달

霜後溶溶碧玉濤   서리 뒤에 출렁이는 벽옥 같은 물결

欲識夜深風露重   깊은 밤 바람 결에 내린 이슬이 무거워

倚船漁父一肩高[168]   배에 기댄 어부의 한쪽 어깨가 높아라.

(2) 靑菰葉上涼風起 紅蓼花邊白鷺閒 : 白居易, <漁父>의 제3·4구.

(3) 盡日泛舟煙裏去 有時搖棹月中還 : 白居易, <漁父>의 제5·6구.

(3) 我心隨處自忘機 :

風帆斜颱漾晴漪   비낀 돛이 펄럭이고 맑은 물결 일렁이는데

驚起沙鷗掠水飛   놀라 깬 갈매기는 물을 스치며 날아가네.

寄語從今莫相訝   지금부터는 의아해 하지 말라.

我心隨處自忘機[169]   내 마음은 가는 곳마다 절로 機心 잊나니.

(3) 鼓枻乘流無定期 :

---

167) 白居易, <潮>, 『御定佩文齋詠物詩選』, 『欽定四庫全書』.

168) 李仁老, <洞庭秋月>, 『東文選』 卷20.

169) 楊時, <過蘭溪>, 『精選唐宋千家聯珠詩格』. 강석중, 앞의 논문, 212면에서 재인용.

扁舟滄浪叟 조각배로 물결 위를 떠다니는 늙은이

心與滄浪淸 그 마음 물결처럼 맑기만 하다네.

不自道鄕里 스스로 고향을 말하지 않아서

無人知姓名 그 성과 이름을 아무도 모른다네.

朝從灘上飯 아침에는 여울에서 밥을 해 먹고

暮向蘆中宿 저녁이면 갈대 숲에서 잠을 잔다네.

歌竟還復歌 노래가 끝나면 다시 또 부르고

手持一竿竹 손에는 대나무 낚싯대를 잡았네.

竿頭釣絲長丈餘 낚싯대 끝의 줄은 한 길 남짓한데

鼓枻乘流無定居 노를 치며 물결 타고 정처 없이 다닌다네.

世人那得識深意 세인들이 깊은 뜻을 어찌 알리오?

此翁取適非取魚[170)] 늙은이는 고기잡이보다는 自適을 즐긴다네.

(4) 萬事無心一釣竿　三公不換此江山 :

萬事無心一釣竿 낚싯대 하나로 만사를 잊었으니

三公不換此江山 삼공의 벼슬 줘도 이 강산과 바꾸지 않으리.

平生誤識劉文叔 평생토록 劉文叔[171)]을 잘못 알아서

惹起虛名滿世間[172)] 헛된 이름 세상에 가득하게 되었네.

(4) 山雨溪風捲釣絲 :

山雨谿風捲釣絲 산비와 시내 바람에 낚싯줄을 걷고서

瓦甌篷底獨斟時 배 안에서 술동이의 술을 홀로 따라 마시네.

醉來睡著無人喚 취하여 잠이 들자 부르는 사람 없어

---

170) 岑參, <漁父>, 『唐詩品彙』. 강석중, 앞의 논문, 222면에서 재인용. 원시 구절 '鼓枻乘流無定居'의 '居'가 <어부가>에서는 '期'로 바뀌었다.

171) 劉文叔 : 역적 王莽을 주멸하고 後漢을 세운 後漢 光武帝, 劉秀. 文叔은 그의 字이다.

172) 戴復古, <釣臺>, 『石屛詩集』, 『欽定四庫全書』. 이 시는 後漢을 세운 光武帝 劉秀의 친구 嚴陵이 후한이 성립한 이후 황제의 부름에 응하지 않고 七里灘에 은거하여 隱者로 평생을 보낸 故事를 노래했다.

　　流下前灘也不知[173]　앞 여울로 떠내려가도 깨닫지 못하네.

(5) 綠萍身世白鷗心 :

　　東風西日楚江深　석양 무렵 봄바람에 초강이 깊은데
　　一片苔磯萬柳陰　이끼 낀 낚시 바위에는 버드나무 우거졌네.
　　別有風流難畵處　별다른 풍류는 형용하기 어렵고
　　綠萍身世白鷗心[174]　부평초 신세에 갈매기의 마음이라.

(6) 濯纓歌罷汀洲靜　竹逕柴門猶未關 : 白居易, <漁父>의 제7·8구.

(6) 夜泊秦淮近酒家 :

　　烟籠寒水月籠沙　안개가 찬 강을 뒤덮고 달빛이 모래밭을 감쌀 때
　　夜泊秦淮近酒家　밤에 秦淮에 정박하니 술집이 가까워라.
　　商女不知亡國恨　장사꾼의 아낙네는 망국의 한도 모르는지
　　隔江猶唱後庭花[175]　건너편 강가에서 아직도 후정화를 부르네.

(6) 瓦甌蓬底獨斟時 : 杜荀鶴, <谿興>의 제2구.

(7) 醉來睡著無人喚　流下前灘也不知 : 杜荀鶴, <谿興>의 제3·4구.

(7) 桃花流水鱖魚肥 :

　　西塞山邊白鷺飛　서쪽 변방 산 기슭에 백로가 날아가고
　　桃花流水鱖魚肥　복사꽃 흐르는 물에는 쏘가리가 살졌네.
　　青蒻笠 綠蓑衣　푸른 갈대 삿갓 쓰고 푸른 도롱이 걸쳤으니
　　斜風細雨不須歸[176]　비낀 바람 가랑비에는 돌아가지 않으리.

---

173) 杜荀鶴, <谿興>, 『御定佩文齋詠物詩選』, 『欽定四庫全書』.
174) 趙東閣, <漁父>, 『精選唐宋千家聯珠詩格』. 강석중, 앞의 논문, 214-215면에서 재인용.
175) 杜牧, <泊秦淮>, 『三體唐詩』, 『欽定四庫全書』.

(7) 滿江風月屬漁船 :

夕陽吟立思無窮	석양에 서서 읊조리니 생각은 끝이 없는데
萬古江山一望中	만고의 강산이 한 눈에 들어오네.
太守憂民疎宴樂	태수는 백성 걱정에 잔치 열지 않으니
滿江風月屬漁翁[177]	온 강의 바람과 달빛이 어옹에게 주어지네.

(8) 夜靜水寒魚不食 滿船空載月明歸 :

千尺絲綸直下垂	千尺의 낚싯줄을 곧바로 드리우니
一波纔動萬波隨	하나의 파문 일자 萬波로 번진다네.
夜靜水寒魚不食	고요한 밤 차가운 물에 고기 입질하지 않아
滿船空載月明歸[178]	배 가득 부질없이 달빛만 싣고 돌아오네.

(8) 罷釣歸來繫短蓬 :

身閑輸與老漁翁	일신이 한가한 늙은 어옹은
罷釣歸來繫短蓬	낚시를 마치고 돌아와 작은 배를 매어두네.
滿眼秋光無處著	가을 풍경 가득하여 눈 둘 곳이 없는데
斜陽一抹蓼花紅[179]	석양 빛 한 줄기에 여뀌꽃이 붉어라.

(8) 風流未必載西施 :

江寒夜靜得魚遲	고요한 밤 차가운 강에 고기 더디 잡히니
獨倚蓬窓捲釣絲	혼자 蓬窓[180]에 기대어 낚시줄을 거두네.
滿目靑山一船月	눈에 가득 청산이요 한 배 가득 달빛이라
風流未必載西施[181]	풍류에는 西施같은 미인을 태울 필요 없다네.

176) 張志和, <漁父歌>, 『御定佩文齋詠物詩選』, 『欽定四庫全書』.

177) 崔致遠, <饒州鄱陽亭>, 『東文選』 卷19. 원시 구절 '滿江風月屬漁翁'의 '翁'이 <어부가>에서는 '船'으로 바뀌었다.(강석중, 앞의 논문, 222면.)

178) 船子和尙, <自題三絶> 중 제1수, 『至元嘉禾志』, 『欽定四庫全書』.

179) 蔡正孫, <漁翁>, 『精選唐宋千家聯珠詩格』. 강석중, 앞의 논문, 217면에서 재인용.

180) 蓬窓 : 대오리나 부들 같은 것을 엮어 만든 뜸을 걸어 놓은 배의 창.

(9) 繫舟猶有去年痕 :

客航收浦月黃昏　　　달이 뜰 제 길손 태운 배가 포구로 들어가니
野店無燈欲閉門　　　시골 가게는 등이 없어 문을 닫으려 하네.
倒出岸沙楓半死　　　튀어나온 모래 언덕에는 단풍나무가 반쯤 죽었고
繫舟猶有去年痕[182]　매어 둔 배에는 아직도 작년 흔적 남아 있네.

(9) 欸乃一聲山水綠 :

漁翁夜傍西巖宿　　　어옹은 밤이 되면 서쪽 바위 곁에 자고
曉汲清湘然楚竹　　　새벽에는 맑은 湘水 길어다 대나무로 불을 때네.
煙消日出不見人　　　해가 돋아 안개가 걷혀도 사람 아니 보이는데
欸乃一聲山水綠　　푸른 산수 속에 어영차 한 소리라.
廻看天際下中流　　　하늘 끝을 돌아보며 물을 따라 내려갈 제
巖上無心雲相逐[183]　바위 위엔 무심한 구름이 서로 쫓아가네.

이상에서 본 것과 같이 이현보의 <어부가>에 포함되어 있는 총 36
개의 시구 중에서 30개의 구절은 다른 작품에서 따온 것이다.[184] 원시
의 작자에는 중국인과 국내인이 함께 섞여 있다. 중국인은 백거이(白居
易, 772-846)·양시(楊時, 1053-1135)·잠삼(岑參, 715-770)·대복고(戴復古,
1167-?)·두순학(杜荀鶴, 846-904)·조동각(趙東閣, ?-?)·두목(杜牧, 803-
853)·장지화(張志和, 730-810)·선자화상(船子和尚, ?-?)·채정손(蔡正孫,

---

181) 李齊賢, <西江月艇>, 「松都八詠」, 『東文選』 卷21.

182) 方惟深, <舟下建溪>, 『宋詩紀事』, 『欽定四庫全書』.

183) 柳宗元, <漁翁>, 『御定佩文齋詠物詩選』, 『欽定四庫全書』.

184) 본고에서 출처를 제시한 30개의 구절들은 모두 이재수, 『윤고산 연구』, 학우사, 1955,
178-180면; 윤영옥, 「어부사 연구」, 『시조의 연구』, 영남대학교 출판부, 1986, 542-542
면; 여기현, 『고전시가의 표상성』, 월인, 1999, 90-117면; 강석중, 앞의 논문, 209-222면
등에서 이미 거론된 바 있다. 정운채, 「악장가사 소재 어부가의 한시 수용 양상」, 『장르
교섭과 고전시가』, 월인, 1999, 50-97면에는 지금까지 밝혀진 <어부가>의 원시가 모두
정리되어 있다.

?-?)·방유심(方惟深, 1040-1122)·유종원(柳宗元, 773-819)으로 모두 12명이고 국내인은 이인로(李仁老, 1152-1220)·이제현(李齊賢, 1287-1367)·최치원(崔致遠, 857-?)으로 모두 3명이다. 백거이(白居易)의 <어부(漁父)>와 두순학(杜荀鶴)의 <계흥(谿興)>에서는 작품을 구성하고 있는 구절 전체가 차용되었고, 대복고(戴復古)의 <조대(釣臺)>와 선자화상(船子和尙)의 시에서는 두 구절씩 적출되었으며, 나머지 작품들에서는 모두 한 구절씩만 선택되었다. 그리고 본고에서 출처를 미처 밝히지 못한 나머지 구절 중에도 선행 시구에서 따온 것으로 밝혀질 가능성이 있는 것들은 더 존재한다.

그런데 <어부가>의 제작에 사용된 집구의 방식은 『악장가사(樂章歌詞)』에 수록된 악장 작품 중에도 흔히 발견된다. 특히 「아악가사(雅樂歌詞)」 조에 수록된 작품들에서 이러한 방식이 빈번히 사용된 것을 확인할 수 있다. 몇 작품을 예로 들어서 이 점을 확인해 보기로 하자.

○風雲雷雨

<奠幣>

城南有壇 祀事孔明	성 남쪽 제단에 제사하는 일이 잘 갖추어져
俎豆旣陳 黍稷其馨	俎豆[185]가 이미 진설되어 있고 黍稷이 향기롭네.
樂具入奏 磬管鏘鏘	악기를 들여와 연주하니 경쇠와 관악이 쟁쟁하도다.
惟恭奉幣 神其降康[186]	삼가 공손히 폐백을 바치니 신께서는 康寧을

---

185) 俎豆 : 제물을 담은 그릇.

186) 「雅樂歌詞」, 『樂章歌詞』. 이 작품에 포함된 구절의 원시문은 다음과 같다.
　　祀事孔明 : 祀事孔明 先祖是皇 神保是饗 孝孫有慶(『詩集傳』 卷12, 『欽定四庫全書』.)
　　俎豆旣陳 : 曾子問曰 諸侯之祭社稷 俎豆旣陳 聞天子崩后之喪 君薨夫人之喪 如之何(『禮記註疏』 卷19, 『欽定四庫全書』.)
　　樂具入奏 : 樂具入奏 以綏後祿 爾殽旣將 莫怨具慶(『詩集傳』 卷20, 『欽定四庫全書』.)
　　磬管鏘鏘 : 斤斤其明 鐘鼓喤喤 磬管鏘鏘 降福穰穰(『詩集傳』 卷18, 『欽定四庫全書』.)
　　惟恭奉幣 : 我非敢勤 惟恭奉幣 用供王能 祈天永命(『書傳』 卷13, 『欽定四庫全書』.)

내려주소서.

○風雲雷雨

<初獻 風雲雷雨>

天施地承 品物以生　　하늘이 베풀고 땅이 받들어 만물이 생겨나네.

風雲雷雨 品物流形　　바람, 구름, 우레, 비로 만물이 형체를 갖추었네.

無失其時 澤我烝民　　알맞은 때를 잃지 않고 우리 백성에게 은택을 내리네.

以享以祀 福祿來臻[187]　제사를 올리니 복록이 끝없이 이르노라.

○社稷

<初獻 國社>

至哉坤元 克配彼天　　지극하구나! 大地여! 저 하늘과 짝하여 있도다.

含弘廣大 萬物載焉　　광대함을 품어서 만물을 싣는구나.

克禋克祀 式禮莫愆　　제사를 지냄에 예법에 어긋남이 없다네.

降福簡簡 於萬斯年[188]　복을 크게 내리니 아! 만년토록 누리리라.

神其降康：制幣斯陳 植以蒼璧 神其降康 俾我來益(『欽定續文獻通考』卷114, 『欽定四庫全書』.)

187) 「雅樂歌詞」, 『樂章歌詞』. 이 작품에 포함된 구절의 원시문은 다음과 같다.

天施地承：天奇地偶 天施地承 天奇爲一 地偶則二(『周易象辭』卷18, 『欽定四庫全書』.)

風雲雷雨：鬼神是天地之變化運動者 如風雲雷雨 凡陽噓陰吸之類 皆是(『周易集註』卷11, 『欽定四庫全書』.)

品物流形：大哉乾元 萬物資始 乃統天 雲行雨施 品物流形 大明終始 六位時成(『周易註疏』卷1, 『欽定四庫全書』.)

無失其時：雞豚狗彘之畜 無失其時 七十者可以食肉矣(『孟子注疏』卷1 上, 『欽定四庫全書』.)

以享以祀：以爲酒食 以享以祀 以妥以侑 以介景福(『詩集傳』卷12, 『欽定四庫全書』.)

福祿來臻：醓醢挹清 載奠瑤奠 神其格思 福祿來臻(『欽定續文獻通考』卷115, 『欽定四庫全書』.)

188) 「雅樂歌詞」, 『樂章歌詞』. 이 작품에 포함된 구절의 원시문은 다음과 같다.

至哉坤元：至哉坤元 萬物資生 乃順承天 坤厚載物 德合無疆 含弘光大(『周易集解』

위에 인용한 세 작품은 궁중의 제사에 사용된 악장의 노랫말이다.
모두 한문체로 되어 있으며, 각 작품에 포함된 시구들은 『시경(詩經)』
·『주역(周易)』·『서경(書經)』·『예기(禮記)』·『맹자(孟子)』 등의 경전이
나 중국 궁중 제례악의 노랫말에 나오는 구절에서 따온 것이 대부분
이다. 특히 『시경』과 『주역』에 나오는 구절이 전체 차용구에서 가장
큰 비중을 차지하고 있다. 그리고 『악장가사』의 「아악가사」 조에 수
록되어 있는, 위의 셋을 제외한 다른 작품 중에도 경전류의 문헌에 나
오는 구절은 많이 발견된다.

　결국 집구(集句)의 방식은 『악장가사』 <어부가>나 이현보 <어부
가>뿐만 아니라 궁중 악장의 노랫말 제작에도 흔히 사용된 보편적인
사설 구성 기법이었다고 할 수 있다. 이러한 궁중 악장의 문학적 전통
속에서 창작된 <어부가>는 12가사 <어부사>로 계승되어 오늘날까지
존속하고 있는 것이다.189)

卷2, 『欽定四庫全書』.)
　克配彼天 : 初往就四 四行就初 迭爲賓主 故皆曰主 自下就上曰配 如后稷克配彼天
是也(『周易傳註』 卷4, 『欽定四庫全書』.)
　含弘廣大 : 以仁育義正爲臨 則容保無疆 含弘廣大 法地之容澤無畛域也(『易酌』 卷
4, 『欽定四庫全書』.)
　萬物載焉 : 今夫地 一撮土之多 及其廣厚 載華嶽而不重 振河海而不洩 萬物載焉(
『用易詳解』 卷1, 『欽定四庫全書』.)
　克禋克祀 : 厥初生民 時維姜嫄 生民如何 克禋克祀(『詩集傳』 卷16, 『欽定四庫全書』.)
　式禮莫愆 : 我孔熯矣 式禮莫愆 工祝致告 徂賚孝孫(『詩集傳』 卷12, 『欽定四庫全書』.)
　降福簡簡 : 鍾鼓喤喤 磬筦將將 降福穰穰 降福簡簡(『毛詩注疏』 卷26, 『欽定四庫
全書』.)
　於萬斯年 : 昭玆來許 繩其祖武 於萬斯年 受天之祜(『詩集傳』 卷15, 『欽定四庫全書』.)
189) 이우성은 <어부가>의 작자로 孔子의 후예로서 李牧隱·鄭圃隱 등과 교유하였고
　우리나라 金石苑에 芳躅을 남긴 바 있는 고려말의 사대부 孔俯를 지목한 바 있다.
　(이우성, 「고려말·이조초의 어부가」, 『성균관대 논문집』 9집, 성균관대학교, 1964,
　19-21면.)

IV. 12가사의 시대적 변천 및 시가사적 의의

   3장까지의 논의로 이제 12가사의 연원에 대해서 어느 정도 납득할 만한 설명을 할 수 있게 되었다. 본장에서는 지금까지의 논의를 바탕으로 12가사의 시가사적인 위치와 의의에 대해서 생각해 보기로 한다. 이를 위해 먼저 한국 장가 장르의 시대적 흐름을 고찰해 보고 나아가 12가사를 포함한 가창가사의 세부 갈래 즉 여요계·가사계·한문체 가창가사가 시기에 따라 어떠한 양상으로 서로 관계를 맺으면서 변천해 왔는지도 살펴보도록 하겠다. 그리하여 가창가사의 역사적 전개 과정을 조망해 보면서 그것이 한국의 시가사에서 차지하는 위치나 역할 및 가치에 대해서 생각해 보기로 한다.

1. 가창가사의 역사적 전개 양상

1) 장가 장르의 시대적 흐름

   앞에서도 언급한 바와 같이 한국의 장가 장르에는 12가사로 대표되는 가창가사와 고려속요·경기체가·악장 및 잡가가 있다. 그런데 거문

고 악보인 금보(琴譜)에는 이러한 다양한 장가 갈래가 모두 수록되어
있어서 주목된다. 금보에 수록되어 있는 장가류 작품들을 통해서 한국
장가사의 큰 흐름을 조망해 보기로 하자.

금보에 수록되어 있는 장가류 작품들을 정리해 보면 다음과 같다.

〈표 11〉 금보에 실린 장가

서명 ＼ 장르	고려가요	악장	가창가사	잡가
琴合字譜 (1572)[190]	〈정석가〉·〈한림별곡〉·〈사모곡〉	〈감군은〉·〈여민락〉·〈보허자〉		
玄琴東文類記 (1620)[191]	〈한림별곡〉	〈감군은〉·〈영산회상〉·〈보허사〉		
梁琴新譜 (1610)[192]		〈감군은〉		
南薰遺譜[193]		〈감군은〉		
琴譜(慶北大)[194]		〈감군은〉		

---

190) 금합자보 : 단가 곡조로 平調慢大葉, 平調北殿, 羽調北殿, 琵琶慢大葉이 실려 있다.

191) 현금동문류기 : 단가로 북전, 만대엽, 중대엽, 삭대엽 등의 다양한 곡조가 수록되어
   있는데 만대엽류가 제일 많다. 「別曲」이라는 소제목 아래 〈여민락〉, 〈영산회상〉,
   〈보허사〉, 〈한림별곡〉, 〈감군은〉의 곡목이 간략한 설명과 함께 기록되어 있고, 이어
   서 「小樂府」라는 소제목 아래 익재 소악부 7편 〈五冠山曲〉, 〈沙里花曲〉, 〈瓜亭曲〉,
   〈處容歌〉, 〈居士戀曲〉, 〈濟危寶曲〉, 〈長巖曲〉의 제목과 작품(한역시)이 기록되어
   있다.

192) 양금신보 : 단가 곡조로 慢大葉, 北殿, 中大葉 俗稱 心方曲, 中大葉, 中大葉 羽調,
   中大葉 羽調界面調, 中大葉 平調界面調가 실려 있다. 북전과 만대엽도 나오지만 중심
   이 되는 곡조는 중대엽이다.

193) 남훈유보 : 단가로는 慢大葉 樂時調, 中大葉 平調界面調, 慢大葉 趙晟譜, 平調 數葉
   이 실려 있고, 장가로는 〈感君恩 平調四編〉이 실려 있다. 慢大葉 樂時調, 中大葉
   平調界面調, 〈感君恩 平調四編〉는 『양금신보』에서 전사한 것으로 보인다. 『양금신
   보』와 달리 數大葉까지 싣고 있는 점이 특이하다.

194) 금보(경대) : 『양금신보』를 전사한 악보이다. 수록된 곡은 『양금신보』에 실린 것과
   같다.

琴譜(尹容鎭)195)	<한림별곡>	<감군은>		
琴譜古196)		<감군은>		
琴譜新證假令197)		<여민락> ·<보허자>		
琴譜(延大)198)		<감군은>		
白雲庵琴譜199)		<감군은>		
琴譜 (東大, 1813)200)		<감군은>		
琴譜201)		<감군은>		
增補古琴譜202)		<감군은>		
琴譜單203)		<감군은>		

195) 금보(윤용진) :『금합자보』와『양금신보』의 곡을 전사한 악보이다. 단가로는 북전, 만대엽, 중대엽의 곡조가 수록되어 있다.

196) 금보고 :『양금신보』와 윤성고의 악보에서 전사한 악보이다. 단가로 북전, 만대엽, 중대엽, 삭대엽, 시조 등 다양한 곡조가 수록되어 있는데 중대엽과 삭대엽의 비중이 높다.

197) 금보신증가령 : 1661-1720년. 단가로는 만대엽, 중대엽, 삭대엽이 수록되었으나 만대엽 곡조는 하나에 지나지 않고 나머지는 모두 중대엽과 삭대엽이다. 만대엽과 삭대엽이 대등한 비중을 차지한다. 고려가요나 가사가 수록되어 있지는 않지만, <여민락>, <보허자>, <영산회상>이 실려 있고『금합자보』에서 본 것처럼 <여민락>과 <보허자>의 악보에 한문 노랫말이 병기되어 있다.

198) 금보(연대) : 1680년-1776년.『양금신보』와『琴譜新證假令』에서 전사한 내용이 대부분이다. 단가로는 북전, 만대엽, 중대엽가 함께 삭대엽이 수록되어 있고, 그 중에서 중대엽의 비중이 제일 높다. 여기에 실린 <감군은>은『양금신보』에 나오는 것이다.

199) 백운암금보 : 1610년-1680년. 단가로 북전, 만대엽, 중대엽, 삭대엽이 실려 있으나, 대부분이 중대엽류이다.

200) 금보(동대) : 앞부분에는『양금신보』를 전사한 것이 수록되어 있고, 뒷부분에는 靈山會上이 실려 있다. 단가에는『양금신보』와 같이 북전, 만대엽, 중대엽이 실렸으나 중대엽의 비중이 가장 높다.

201) 금보 : 전반부는『양금신보』에서, 후반부는『宋氏二水三山齋本琴譜』에서 전사한 악보이다. 수록된 단가와 장가는『양금신보』와 같다.

202) 증보고금보 : 전반부에는『양금신보』의 내용을 그대로 옮겨 놓았고, 후반부에는 삭대엽류와 영산회상 등을 수록했다. 단가는『양금신보』에서 삭대엽이 추가되었고, 수록된 장가 <감군은>은『양금신보』에 나오는 것이다.

仁壽琴譜204)		\<감군은\>	\<琴譜歌\>	
琴譜(初入門)205)		\<감군은\>	\<권주가\>·\<태평곡\>	
三竹琴譜 (1841)206)			\<상사별곡\>·\<춘면곡\> ·\<길군악\>·\<매화곡\> ·\<황계곡\>·\<권주가\>	
一蓑琴譜207)			\<춘면곡 계면조\>·\<춘면 곡 평조\>	
(己卯)琴譜 (1879)			\<勸酒歌 三章\>·\<梅花 打令\>·\<春眠曲\>·\<黃 鷄打令\>·\<處士歌\>· \<相思別曲\>	
峨洋琴譜208)			\<상사별곡\>·\<권주가\> ·\<춘면곡\>·\<어부사\> ·\<빅구사\>·\<길군악\> ·\<황계사\>·\<민화가\> ·\<양양가\>	\<달거리\>·\<오독기\>· \<청강녹슈\>·\<경주타 령\>·\<사딩늘양\>· \<방하타령\>·\<갈가\>

---

203) 금보단 : 전반부는 『양금신보』에서 전사했고, 후반부에 慢大葉 趙晟譜, 步虛子, 靈山 會上, 慢大葉 古調를 첨부했다.

204) 인수금보 : 『양금신보』를 전사한 뒤에 『趙晟琴譜』에서 전사한 '만대엽'과 한문 노랫말 이 붙어 있는 \<보허자\>·\<영산회상\>의 악보를 수록했다. 다른 악보에는 나오지 않는 퇴계의 \<琴譜歌\>가 책의 첫머리에, \<수歌琴譜\>라는 제목의 곡이 책의 마지막에 실 려 있는 점이 특이하다. 단가로는 『양금신보』와 같이 북전, 만대엽, 중대엽이 수록되어 있으나 중대엽류가 제일 많다.

205) 금보(초입문) : 앞부분에는 다양한 기악곡의 악보가 수록되어 있고, 책의 마지막 부분 에 장가와 단가의 노랫말이 악보 없이 실려 있다. 가곡 곡조는 보이지 않는다. 단가로는 종장 마지막 구절이 생략된 시조창의 노랫말이 다수 실려 있고, 장가로는 \<感君恩\>· \<권주가\>와 제목 불명의 가사체로 된 노래가 한 편 실려 있다. 제목 불명의 노래는 소설 \<조웅전\>에도 나오는 작품인데, 거기에는 이 작품이 매화라는 기생이 부른 \<태 평곡\>으로 소개되어 있다. 전반부에 수록된 악론이나 후반부의 \<감군은\>은 『양금신 보』에서 옮겨 온 것이다.

206) 삼죽금보 : 단가로는 중대엽, 삭대엽 및 그 파생곡을 비롯해 후정화(북전), 시조 등 다양한 곡조를 싣고 있으나 중심이 되는 곡조는 삭대엽류이다. 삭대엽과 그 파생곡들 은 이 책의 맨 앞부분에 실려 있고 곡조의 수도 중대엽이나 시조에 비해 훨씬 많다.

207) 일사금보 : 단가로는 삭대엽과 그 파생곡이 실려 있을 뿐, 중대엽류나 시조는 보이지 않는다.

208) 아양금보 : 단가로는 시조와 삭대엽류 및 파생곡이 수록되어 있고 중대엽류는 보이지

嶧陽雅韻209)			<권주가>	<神歌>·<土阿郞歌> ·<景福歌>
張琴新譜210)			<매화타령>·<권주가> ·<황계타령>	
洋琴註冊			<勸酒歌>	

금보에 수록된 곡은 크게 기악곡과 성악곡으로 나뉜다. 성악곡은 다시 가곡이나 시조와 같은 단가류와 고려가요·악장·가사 등이 포함되는 장가류로 구분해 볼 수 있다. 위의 표는 금보에 나오는 장가류 곡만 뽑아서 정리해 본 것이다.211)

위에 인용한 금보 중에 일부는 편찬 시기가 밝혀 진 것도 있지만 대부분은 시기를 알 수 없기 때문에 이를 대상으로 해서 시대적 변천상을 조사하는 데는 어려움이 따르는 것이 사실이다. 그러나 시기가 밝혀 진 금보를 중심으로 해서 수록곡들을 살펴보면 장가류에 포함되는 갈래들의 큰 흐름이 어느 정도 드러나기도 한다.

않는다.

209) 역양아운 : 단가로는 삭대엽과 그 파생곡들만 수록되어 있고 중대엽류와 시조 곡조는 보이지 않는다. 수록된 장가 <神歌>·<土阿郞歌>·<勸酒歌>·<景福歌> 중에서 <권주가>는 12가사에 드는 노래이나 나머지는 가사인지 아니면 잡가나 민요에 속하는 노래인지 알기 어렵다.

210) 장금신보 : 기악곡 위주의 악보로 가곡 곡조는 수록되어 있지 않다. 단가로는 시조한 곡이 수록되어 있다.

211) 위의 여러 금보 중에서 『삼죽금보』·『일사금보』·『기묘금보』·『아양금보』·『장금신보』 등에는 12가사에 포함되는 작품들이 다수 수록되어 있다. 이러한 금보에는 대개 개별 작품들의 곡조가 거문고 구음을 활용한 肉譜의 형식으로 기보되고 그 옆에 노랫말이 부기되어 있다. 그러나 금보는 노랫말보다는 곡조를 기보하기 위한 자료이기 때문에 거기에는 노랫말이 아예 생략되어 있기도 하고 포함되어 있더라도 매우 소략한 형태로 기록되어 있는 경우가 많다. 따라서 금보에 수록된 작품들은 12가사를 음악적으로 연구하는 데는 매우 소중한 자료가 된다고 할 수 있지만, 그 노랫말을 문학적으로 검토하기 위한 자료로서는 다소 불충분한 점이 있다.

대체로 18세기 이전에 나온 금보에는 고려가요와 악장이 수록되어 있는 경향이 나타난다. 가장 오래된 금보인 『금합자보(琴合字譜)』(1572)와 17세기에 나온 『현금동문유기(玄琴東文類記)』(1620)에는 고려가요와 악장이 모두 수록되어 있다. 그리고 17세기 초반에 편찬된 『양금신보(梁琴新譜)』(1610)를 필두로 그 후대에 나온 금보들에는 악장인 <감군은>이 빠짐없이 수록되어 있다.

19세기에 나온 금보에는 대개 12가사에 속하는 곡들이 수록되어 있다. 『청구영언(육당본)』과 『가곡원류(가람본)』가 편찬된 두 시기의 사이에 나온 것으로 보이는 『삼죽금보』(1841)에는 12가사에 속하는 작품들인 <상사별곡>·<춘면곡>·<길군악>·<매화곡>·<황계곡>·<권주가>의 곡조가 수록되어 있고, 그보다 조금 후대에 나온 『(기묘)금보』(1879)에도 역시 12가사에 속하는 곡인 <권주가>·<매화타령>·<춘면곡>·<황계타령>·<처사가>·<상사별곡>이 실려 있다.

그리고 19세기 후반이나 20세기 초엽에 나온 것으로 보이는 금보에는 12가사에 속하는 곡들과 함께 잡가나 민요에 포함되는 곡들까지 수록되어 있다. 가장 많은 가창가사를 수록하고 있는 『아양금보』에는 잡가나 민요에 해당하는 <달거리>·<오독기>·<청강녹슈>·<경주타령>·<방하타령>·<사당놀양>·<갈가>와 같은 곡들이 한데 섞여서 나타난다. <사당놀양>이나 <갈가>는 잡가에 해당하는 곡이고 <경주타령>·<방하타령> 등은 민요풍의 곡으로 짐작된다.212) 『역양아운』에는 12가사인 권주가와 함께 소속 장르가 분명치 않은 <神

---

212) 본고에서는 『아양금보』에 실린 <달거리>·<오독기>·<청강녹슈>를 잡가류 작품으로 분류하였으나, 노랫말로 볼 때는 12가사와 같은 가창가사의 범주에 포함시켜도 무방할 것으로 생각한다. 이 작품들의 소속을 분명하게 하기 위해서는 그것들의 음악적 성향을 같은 책에 수록된 다른 곡들과 비교하면서 검토해 볼 필요가 있다.

歌〉·〈士阿郞歌〉·〈景福歌〉 등의 곡이 수록되어 있다.

물론 위에서 살펴 본 일부 금보에 수록된 작품들이 장가류 갈래들의 구체적인 영향 관계까지 명확히 드러내 주는 것은 아니다. 그러나 이것들은 고려가요·악장에서 가창가사를 거쳐 잡가로 진행되어 온 한국 장가류 갈래들의 큰 흐름을 실증하고 있다는 점에서 주목할 만한 가치를 지닌다.213)

2) 가창가사 세부 갈래들의 상호 관계와 변천 양상

가집(歌集)이나 가사집(歌辭集)에는 12가사뿐만 아니라 12가사에 속하지 않는 다양한 가창가사 작품도 풍부하게 수록되어 있다. 그렇기 때문에 그것들을 시기별로 정리하면 12가사에 속하는 12편의 작품이 가창가사의 주요 레퍼토리로 확립된 과정이나 가창가사의 세부 갈래들이 시대의 흐름에 따라 겪어온 부침(浮沈)의 내력을 어느 정도 추적해 볼 수 있다.

먼저 4음4보격으로 이루어진 가사를 수록한 가사집(歌辭集)에 나오는 작품들을 정리해 보면 다음과 같다.

---

213) 당대 유행한 장·단가류 작품들의 곡조를 두루 수록하고 있는 금보는 가곡과 가창가사의 노랫말을 풍부하게 수록하고 있는 가집과 동전의 양면처럼 뗄 수 없는 관계를 맺고 있다. 그러므로 금보와 가집은 한국 시가의 연구에서 동등한 가치와 중요성을 지닌 자료로 취급되고 연구되어야 할 것이다.

〈표 12〉 가사집에 실려 있는 장가214)

서명 \ 장르	가사	잡가
海東遺謠 (1711)215)	<漁父詞>·**<春眠曲>**·<僧謌>·<僧答謌>·<自答謌>·**<雲林處士謌>**·<牧童謌>·<江村歌>216)·<楚漢歌>·<四時謌>·<關東別曲>·<思美人曲>·<續美人曲>·<星山別曲>·<將進酒辭>·<相思曲>·<樂貧歌>·**<襄陽歌>**·**<相思別曲>**·<相思歌>·<愁心歌>·<誠友辭>·<恨別歌>·<遊山曲>·<花柳歌>·<長恨歌>·<湖西歌>·<湖南歌>·<歸去來辭>217)·<七月章>218)·<出師表>·<後出師>·<秋風辭>·<樂志論>·<漁父辭>·<雜說>·<泣送歸時在腹兒>·<前赤壁>·<後赤壁>·<織錦𦀖詩>·**<勸酒歌>**·<歸田歌>·**<處士歌>**·<勸學歌>·<關西別曲>·<怨婦詞>·<春杵歌>219)·<富農歌>220)·<內了亂離歌>·<指路歌>·<退溪의 漁父詞序>·<淸陰의 漢詩>·<石洲의 漢詩>·<嶺南歌>·<彙永>	
歌詞六種 (가람본)	<玉樓宴歌>·<農家月令>·**<春眠曲>**·<江村別曲>·**<漁父詞>**·<老人歌>	
歌曲221)	<漁父詞>·<長思歎>·<樂貧歌>·<漁父歌>222)·<牧童歌>·<答>·**<雲林處士歌>**·<思美人曲>223)·<怨婦辭>·<孝養歌>·<湖西歌>·**<相思別曲>**·**<春眠曲>**·**<勸酒歌>**·<別勸酒歌>	

214) 진하게 표시된 것은 모두 12가사에 속하는 작품들이다.

215) 해동유요 : 이 책의 표지에 "長歌 庚寅仲春望前三日始役 海東遺謠"라는 기록이 있다. 이 기록으로 보아 이 책은 長歌만을 모아서 엮은 책임을 알 수 있다. 庚寅은 1711년으로 추정된 바 있다.(이혜화,「海東遺謠 所載 歌辭考」,『국어국문학』96, 국어국문학회, 1986, 86-87면.)

216) <강촌가> :『청구영언(육당본)』에 실려 있는 <江村別曲>과 같은 작품이다.

217) <귀거래사> :『고금가곡』에도 실려 있다.

218) <칠월장> : 토가 구결로 달려 있다.

219) <春杵歌> :『古今歌曲』에 있는 <相杵歌>와 같은 작품이다.

220) <부농가> :『청구영언(가람본)』에 실린 <명당가>와 유사한 작품이다.

221) 가곡 : 가사 15편과 함께 시조도 몇 작품 실어 놓았다. 시조로는 "천지로 집을 삼고~", "滿花山의 홀노 안즈~", "秋水는 天一色이요~", "夏后씨 濟江홀 제~" 및 羽調初數葉 "천황시 지은신 집을~", "남훈젼 달 밝근 밤의~"와 二數大葉 "강호의 긔약을 두고~", "치천(?) 오십년의~", "왕싱의 이어 즙고~"가 수록되어 있다.

222) <어부가> : "天地玄黃 숨긴 후의 日月盈昃 되어셔라 / 商山風景 바라보며 四皓遺蹟 쓴로리라 / 人間富貴 다 바리고 物外煙霞 興을 겨워 / 靑蒻烟月 딘사립을 白雲深處 다 〃두고 / 寂 〃松林 긔 지진들 寥 〃雲壑 제 뉘오리"로 시작된다. 집구시 형식의 <漁父詞>와는 다른 작품이다.

海東歌曲 (가람본)224)	<關東別曲>·<思美人曲>·<續美人曲>·<星山別曲>·<別思美人曲> ·<甲民歌>225)	
長篇歌集 (가람본)	<萬古名將歌>·<漁夫詞>226)·<歷代歌>227)·<五倫歌>·<金剛山歌>· <검부가>228)·**<운림쳐사가>**·<은군ㅈ가>·<樂貧歌>·<계우사>·<녹의 ㅈ탄가>·<사인곡>·<思美人曲>·<相思歌>·**<相思別曲>**·**<春眠曲>**· <월봉산최일정은셔상ㅅ가>229)·<秋風感別曲>	
歌辭選 (고려대본)	<칠월편>·<장한가>·<등왕각>·<젹벽부>·<후젹벽부>·<옥셜화담>· <긔힝>·<관셔가>·<호남가>·<관동별곡>·<환향별곡>·**<쥭지가>**·<낙 빈가>·<은군ㅈ가>·**<어부ㅅ>**·<권학가>·<천지가>·**<츈면곡>**·<연힝 별곡>·<계우사>	
歌詞 (가람본)	<낙디가>·<관동별곡>·**<어부ㅅ>**·<쇽사미인곡>·<무인님츈츅>·<듁창 곡>·<낙빈가>	
樂貧歌 (한글歌詞集)	<樂貧歌>·<옥셜>230)·<쟝진쥬가>·<황천가>·<秋風感別曲>·**<處士 歌>**·**<白鷗歌>**	<유산가>
은ㅅ가 (가람본)	<은ㅅ가>·<자지곡>·<소샹팔경>·<상ㅅ곡>·**<상ㅅ별곡>**·**<어부사>**· <듸동별곡>·<십쟝부가>	
白石謾成歌 (규장각본, 1898)	<츈몽가>·<선악가>·<다졍화가>·<노환가>·<탄쇽가>·<츌실가>· <ㅈ쇼가>·<어부가>231)·<상사곡>232)·<연년가>·<쳐사가>233)·<졀누 가>·<안혼탄>·<돈세가>·<비훙가>·<원약가>	

---

223) <사미인곡> : "平生의 盧浪ᄒ야 詩酒를 일숨더니 / 京華의 깃슬 드려 風月의 벗지되
야 / 白日 無情ᄒ야 歲月이 김퍼셔라 / 靑春이 可惜이라 行樂의 뜻지 잇셔 / 窈窕
佳人을 癏寐예 求ᄒ더니 / 城東 一美人을 偶然이 만나 보니 靑山眉 細柳腰난 態度를
씌여 잇고"로 시작된다. 정철의 <사미인곡>과 다른 작품이다.

224) 해동가곡 : 정철의 가사 작품을 기록한 다음, 시조도 다수 기록했다. <別思美人曲>과
<甲民歌>는 정철의 가사와 시조 뒤, 책의 마지막 부분에 수록되어 있다.

225) <갑민가> : 이 작품의 말미에 "右靑城公莅北靑時甲山民所作歌"라는 기록이 있다.
靑城公은 成大中(1732-1812)의 호이다.

226) <漁夫詞> : 집구시 형식의 <漁父詞>가 아니라, 『歌曲』에 수록된 <漁父歌>와 같은
작품이다.

227) <歷代歌> : 李晬光, 『芝峰類說』, 「文章部」 '歌詞'에 인용된 작품이다.

228) <검부가> : 한글 제목 옆에 한자로 "琴賦詞"라고 적어 놓았다. 『석정재가집』에 실려
있는 <금보샤> 및 『仁壽琴譜』에 실려 있는 <琴譜歌>와 같은 작품이다.

229) <월봉산최일졍은셔상ㅅ가> : 『은ㅅ가』의 <상ㅅ곡>과 다른 작품이다.

230) <옥셜> : 『청구영언(가람본)』에 실린 <옥셩화답>과 같은 작품. 제목이 "김춘택의
옥셜이라"로 되어 있다.

231) <어부가> : 12가사에 속하는 집구시 형식의 <어부사>와도 『가곡』의 <어부가>와도

춘풍감별곡 (일사본, 1907)	<추풍감별곡>·**<상사별곡>**·<한별곡>·<청누별곡>·<옹만신곡>
忘老却愁記 (가람본)	<漢陽太平歌>·<五倫歌>·<萬古名將歌>·<進學歌>·<樂貧歌>·<居山淸興歌>·<隱君子歌>·<箕城別曲>·<瀟湘八景歌>·<端歌>·**<處士歌>**·<農家月令歌>·<大同別曲>·**漁父辭**
忘老却愁方 (1917)	<訓民歌>·<男子訓>·<女子訓>·<福善禍淫>·<五倫歌>·<進學歌>·<樂貧歌>·**<處士歌>**·<大同別曲>·<箕城曲>·<瀟湘八景>
閑中談話 (경북대본)	<農夫歌>234)·<樂貧歌>·<玉設話談>235)·<岳陽樓歌>·<退溪歌>·**<春眠曲>**
石亭齋歌集	<ᄌ경별곡>·<불효탄>·<금보샤>236)
가ᄉ (동경대본)	<화죠연가>·<악양누가>·<효우가>·<화전별곡>·<계녀ᄉ>·**<어부ᄉ>**·<몽유가>
雜歌	<雇工歌>·<答歌>·<指路歌>·<關東別曲>·<關西別曲>·<星山別曲>·<俛仰亭歌>·<牧童歌>·<答歌>·<樂貧歌>·<歸田歌>·**<漁父詞>**·<將進酒辭>·**<勸酒歌>**·<孟嘗君歌>·<隱士歌>·**<處士歌>**·<春杵歌>·<湖南曲>
鄕歌 (충남대본)	<춘풍감별곡>·<회심곡>·<강셜누곡>·<낙평싱장가>·<치산가>·<ᄌ탄중완상긔>237)·<용부녹>238)·<우부편>239)
忘憂消遣錄	<쇼향난직금도>·<쇼직금도>·<등왕각셔>·<쇼야난직구문도>·<젹벽부>·<츄풍감별곡>
奇詞總錄(국립 중앙도서관본)	**<상사별곡>·<춘면ᄉ>**·<계유사>·**<어부사>**·<음창가>240)·<십팅가>·<쳥누가>·**<권쥬가>·<빅구ᄉ>**·<노쳐녀가>·<노인가>·<일빅쥬가>·<원우가>·<남초가>·<명당가>·<장긔가>·<환별가>·<농아가>
만언ᄉ	<계민ᄉ>·<농가>·<샹져가>·<송양별곡>·<만언ᄉ>·<사부모>·<ᄉ빅부>·<ᄉ쳐가>·<사자>·<만언답셔>·<옥셜화답>241)

다른 작품이다. 작품 전체는 다음과 같다. "노경의 헐 일 업셔 고기 낙기 슝상한다 / 뒷동슨 긴듸 부여 낙시 드라 두러메고 / 공명을 ᄒ즉ᄒ고 츙포로 ᄂ려가이 / 빅구야 본 체 마라 세숭 ᄉ람 혹 알이라 / 이러ᄒ 닉 지취을 너가 응당 짐죽ᄒᄂ"

232) <상사곡> : 12가사에 속하는 <상사별곡>과도 『은ᄉ가』의 <상사곡>과도 다른 별개의 작품이다.

233) <쳐ᄉ가> : 12가사에 속하는 <처사가>와 다른 작품이다.

234) <농부가> : 『청구영언(가람본)』에 있는 <명당가>와 같은 내용이 많다.

235) <옥셜화답> : 『청구영언(가람본)』에 있는 <玉城和答>의 이본이다.

236) <금보샤> : 『仁壽琴譜』에 실린 <琴譜歌>와 같은 작품.

237) <ᄌ탄중완상긔> : 가사가 아니라 소설의 일부로 보인다.

238) <용부녹> : <용부가>.

諺文古詩	「고시」242)·<백두음(白頭吟)>243)·<화츔가>·<탄우가>·<탄노가>·<삼국가>·<천ᄌ푸리>·<산중풍경>·<빅발가>·<규중감음편>·<뵈틀가>·「히바라니드리는법」·「의복의무든것쌔는법」·「언문칙목녹」	
牧童歌(한국학 중앙연구원본)	<목동가>·<농부가>·<퇴계가>·<낙ᄉ가>·<셩산별곡>·<명당가>	
牧童歌 (서강대본)	<목동가>244)·**<운림쳐스라>**·<노인가>·<쇽미인곡>·<ᄉ시가>·<원부사>245)·<합강졍>·<자탄가>·<사우가>	

위의 여러 가사집 중에서 『해동유요(海東遺謠)』·『가사육종(歌詞六種)』·『가곡(歌曲)』·『가사선(歌辭選)』·『낙빈가(樂貧歌)』·『은ᄉ가』·『잡가(雜歌)』·『기사총록(奇詞總錄)』 등에 12가사에 속하는 작품들이 다수 나온다. 특히 『海東遺謠』(1711)에 12가사에 속하는 작품으로 <어부사(漁父詞)>·<춘면곡(春眠曲)>·<양양가(襄陽歌)>·<상사별곡(相思別曲)>·<권주가(勸酒歌)>·<처사가(處士歌)> 등이 실려 있다는 점에 주목할 필요가 있다. 『해동유요』에 12가사 중의 절반에 해당하는 작품이 실려 있다는 사실은 12가사가 18세기 초반에 이미 시가계에 널리 성행하고 있었다는 점을 잘 말해준다. 12가사에 속하는 것으로 <어부사(漁父詞)>와 <춘면곡(春眠曲)>이 17세기 이전의 이른 시기에 창작되었다는 점은 이미 밝혀진 바 있지만, 그 나머지 작품들은 대개 18세기 중후반 무렵에 형성된 것으로 인식되어 온 것이 사실이다. 그러나 <양양가(襄陽歌)>·<상사별곡(相思別曲)>·<권주가(勸酒歌)>·

239) <우부편> : <우부가>.

240) <음창가> : <추풍감별곡>과 같은 내용이다.

241) <옥셜화답> : 제목 아래에 "或作玉屑華談"이라고 적혀 있다.

242) 「고시」: '고시'라는 제목 아래에 "무명씨십구슈"라고 적혀 있다.

243) <백두음> : 한시에 토를 달아 한글로 적고 아래에 번역도 해 놓았다.

244) <목동가> : 한국학중앙연구원에 소장된 『목동가』에 실린 <목동가>와 같은 작품이다.

245) <원부사> : 『고금가곡』에 실려 있는 <규원가>와 동일한 작품이다.

<처사가(處士歌)> 등은, 1711년에 편찬된 『해동유요』에 실려 있는 것을 통해 보건대, 18세기 초엽 이전의 비교적 이른 시기에 성립되었을 가능성도 배제할 수 없다.

그런데 위에 정리한 대부분의 가사집은 12가사와 같은 가창가사와 함께 가창되지 않은 것으로 보이는 작품들도 두루 싣고 있는 경우가 많다. 게다가 일부의 가사집은 가창되지 않은 작품들을 주로 싣고 어쩌다 한두 편 정도 가창 가사를 삽입해 놓은 경우도 있다. 물론 앞으로 자료가 확충되고 연구가 진척되면 가창되지 않은 것으로 보이는 작품들 중에서 가창가사로 밝혀질 것들이 더 나올 수도 있을 것이다. 그러나 가사집은 대체로 가창가사와 비가창가사를 함께 섞어서 수록해 놓고 있기 때문에, 12가사가 가창가사의 주요 곡목으로 확립된 시기나 가창가사 세부 갈래들의 시대적 변천을 살펴보는 데에 가창된 노래만 실어 놓은 가집만큼 효용이 있는 것은 아니다. 다만 일부 가사집에 수록된 개별 작품들은 가집에 수록된 작품들보다 더 풍부한 노랫말을 담고 있는 경우가 있기 때문에 12가사에 관한 문학적 논의에 보조 자료로 활용될 필요와 가치가 있다고 할 수 있다.

그러면 시조를 수록한 문헌인 가집(歌集)에는 어떠한 작품들이 실려 있을까? 가집에 수록되어 있는 장가류 작품들을 정리하면 다음과 같다.

〈표 13〉 가집에 실린 장가[246]

장르 서명	가사	잡가
靑丘詠言 (가람본)[247]	<漁父詞>·<誡喩詞>·<玉城和答>·**<相思別曲>**·**<春眠曲>**·<樂貧歌>·<織女歌>·**<勸酒歌古調>**·<明堂歌>·<月거리>·**<雲林處士歌>**·<勸酒歌>	

---

246) 진하게 표시된 것은 모두 12가사에 속하는 작품들이다.

古今歌曲 (1764)[248]	<歸去來辭>·<采蓮曲>·**<襄陽歌>**·<憶秦娥>·<白雲歌>·<舞釰哭行>·<答輕薄小年>·<桃源行>·<琵琶行>·<赤壁賦>·<女娘送秋千>·**<誦傳竹枝詞>**·<臥念小遊言>·<風雅別曲>·**<蒹葭三章>**·**<漁父詞>**·<感君恩>[249]·<相杵歌>·<關東別曲>·<思美人曲>·<續美人曲>·<星山別曲>·<將進酒>·<江村別曲>·<閨怨歌>·**<春眠曲>**	
槿花樂府[250]	<明堂歌>·<退居歌>·<關東別曲>·<思美人曲>·<續美人曲>·**<漁父歌>**	
靑丘永言(淵民本, 1815)[251]	<續漁父詞>	
靑丘永言(六堂本, 19세기 전반)[252]	**<相思曲>**·**<春眠曲>**·<勸酒歌>·**<白鷗詞>**·**<軍樂>**·<觀燈歌>·**<襄陽歌>**·<歸去來>·**<漁父詞>**·<還山別曲>·**<處士歌>**·<樂貧歌>·<江村別曲>·<關東別曲>·**<黃鷄歌>**·**<梅花歌>**	
敎坊歌謠 (1865)[253]	**<권주가>**·**<춘면곡>**·**<처사가>**·**<양양가>**·**<상사별곡>**·**<매화타령>**·**<행군악>**·<관동별곡>·**<어부사>**·<의암별곡>·<환산별곡>	
歌曲源流(국립국 악원본, 1876)[254]	**<漁父詞>**	
歌曲源流(河合本, 1876년 무렵)[255]	**<相思別曲>**·**<春眠曲>**·**<路中歌(길구낙)>**·**<白鷗詞>**·**<漁父詞>**·**<黃鷄打令>**·**<處士歌>**·**<首陽山歌>**	
歌曲源流 (가람본)[256]	<쟝진쥬>[257]·**<어부스>**·**<권쥬가>**·**<샹스별곡>**·**<춘면곡>**·**<길군악>**·**<빅구스>**·<황계스>·<쥭지스>·<슈양산가>·<민화스>·<쳐스가>	

---

247) 청구영언(가람본) : 가곡 곡조로는 初中大葉, 二中大葉, 三中大葉, 北殿, 初數大葉, 二數大葉이 실려 있다. 북전에서 삭대엽까지 실렸으나, 중대엽류가 맨 앞에 수록되었고 비중도 제일 높다.

248) 고금가곡 : 가곡을 주제별로 실어 놓아서 수록된 곡조가 어떤 것인지 알기 어렵다.

249) 『고금가곡』에 <감군은>이 나온다는 점에 주목할 필요가 있다. <감군은>은『금합자보』이래로 수많은 금보에 단골로 출현하는 노래이다. 가집으로서 <감군은>을 수록한 경우는 『고금가곡』이 유일한 것으로 보인다.

250) 근화악부 : 단가는『고금가곡』처럼 주제별로 분류해 놓아서 수록된 곡조를 알기 어렵다.

251) 청구영언(연민본) :『청구영언(京山本)』으로도 불린다. 경산 이한진이 지은 <續漁父詞>가 실려 있다.

252) 청구영언(육당본) : 1728년에 편찬된『청구영언(진본)』보다 100여년 후에 편찬된 것으로 보인다. 가곡 곡조로는 북전, 중대엽, 삭대엽과 그 파생곡들이 실려 있는데, 북전과 중대류에 배당된 시조 작품은 몇 편 되지 않고 삭대엽류에 속하는 작품이 대부분

女唱歌謠錄 (1883)258)	**＜相思別曲＞**	
協律大成259)	**＜어부가＞·＜쳐사가＞·＜상사별곡＞·＜츈면곡＞·＜名妓歌＞·＜관동별곡＞ ·＜백구사＞·＜권주가＞**	
歌謠260)	**＜상사별곡＞·＜츈면곡＞·＜백구사＞**	
詩歌謠曲261)	**＜상사별곡＞·＜츈면곡＞·＜길군악＞·＜황계〻＞·＜청우원별곡＞**	
大東風雅 (1908)262)	**＜권주가＞·＜상사별곡＞·＜츈면곡＞·＜쳐사가＞·＜죽지사＞·＜황계사＞**	
南薰太平歌 (1863)263)	**＜미화가＞·＜빅구사＞·＜츈면곡＞·＜상사별곡＞·＜쳐사가＞·＜어부사＞**	＜쇼츈향가＞

이다.

253) 교방가요 : 난가로 즁내엽, 삭내엽 및 그 파생곡이 수록되있다. 죵대엽류보다는 삭대엽
　　류의 비중이 높다.

254) 가곡원류(국립국악원본) : 단가로 즁대엽과 삭대엽 및 롱낙편 등의 파생곡이 수록되
　　어 있는데, 즁대엽은 편수가 적고 삭대엽과 파생곡이 대부분을 차지한다.

255) 가곡원류(하합본) : 『가곡원류』 원본이 편찬된 1876년에서 가까운 시기에 필사된
　　것으로 보인다.

256) 가곡원류(가람본) : 정확한 편찬 연대는 알 수 없다. 그러나 『가곡원류(가람본)』에
　　수록된 가창가사를 『歌曲源流(河合本)』에 수록된 것들과 비교해 보면 거의 모든 작품
　　이 중복되는 것으로 나타나는데, 그렇다면 이 가집도 『가곡원류』(1876) 원본이 나온
　　시기에서 그리 멀리 떨어져 있지 않은 것으로 알려진 『歌曲源流(河合本)』과 비슷한
　　시기에 정리된 것으로 추정해 볼 수 있다.

257) ＜쟝진쥬＞ : 『가곡원류』에는 ＜쟝진쥬＞가 가사 작품과 함께 수록되어 있으나, 다른
　　가집에는 이 작품이 사설시조로 분류되어 있는 경우가 많다.

258) 여창가요록 : 『가곡원류』의 여창 부분만 떼어 내서 만든 가집이다. 단가 곡조로 우조이
　　삭, 우조즁거, 우조평거, 우조두거, 율당, 계면이삭, 계면즁거, 계면평거, 계면두거, 롱,
　　우락, 계락, 편, 태평가가 수록되어 있고, 마지막 부분에 제목은 생략된 채 ＜相思別曲＞
　　의 노랫말이 일부분 기록되어 있다.

259) 협률대성 : 금보와 가집이 결합된 책이다. 악보를 수록하고 있는 전반부에는 기악곡과
　　가곡 곡조만 수록되었을 뿐, 장가 곡은 없다. 가곡 곡조에는 삭대엽과 그 파생곡들만
　　포함되어 있고 즁대엽류는 보이지 않는다. 후반부인 永言全部에는 악보를 생략하고
　　노랫말 위주로 기록해 놓았다. 단가로는 즁대엽과 삭대엽 및 파생곡들을 수록했는데,
　　중심이 되는 곡조는 삭대엽류이다. 여기에 실린 ＜명기가＞는 다른 곳에 없는 노래이다.

260) 가요 : 단가로 시조 곡조가 실려 있다.

261) 시가요곡 : 단가로 가곡 곡조 여창우됴쳐치, 듕허리, 막닉, 돈자지난엽, 밤얏자지난엽

精選朝鮮歌曲 (1914)[264]	**<상ᄉ별곡(相思別曲)>·<츈면곡(春眠曲)>·<고상ᄉ별곡(古相思別曲)>·<수양산가(首陽山歌)>·<양양가(襄陽歌)>·<쳐ᄉ가(處士歌)>·<죽지ᄉ(竹枝詞)>·<빅구ᄉ(白鷗詞)>·<황계ᄉ(黃鷄詞)>·<어부ᄉ(漁夫詞)>·<관산융마(關山戎馬)>·<회심곡(悔心曲)>·<왕쇼군원탄(王昭君怨歎)>·<로쳐녀가(老處女歌)>·<향산록(香山錄)>·<과부가(寡婦歌)>·<봉황곡(鳳凰曲)>·<화류ᄉ(花柳詞)>·<셕츈ᄉ(惜春詞)>·<규수상ᄉ곡(閨秀相思曲)>**	
增補歌曲源流 (1943)[265]	**<수양산가>·<양양가>·<쳐사가>·<권주가**(現行歌)**>·<권주가**(舊歌)**>·<백구가>·<황계사>·<죽지사>·<어부사>·<춘면곡>·<상사별곡>·<행군악>·<매화타령>**	
시철가[266]	**<상ᄉ별곡>·<춘면곡>·<빅구ᄉ>·<황계ᄉ>·<상ᄉ곡>**	<화룡도가>·<유산가>·<평양가>·<집장가>

계면쳣치, 듕허리, 막너, 죤자지난엽, 농, 우락, 환게락, 계락, 편, 틔평가, 장진쥬, 틔바침이 실려 있다. <청우원별곡>은 다른 곳에 보이지 않는 작품이다.

262) 대동풍아 : 단가로는 중대엽, 삭대엽과 다양한 파생곡이 수록되어 있다. <罷讌曲>이 가사 작품 사이에 나오는데, 이것은 노랫말의 형태로 보아 시조에 해당하는 작품이다.

263) 남훈태평가 : 시조창의 노랫말을 수록한 가집이다. 단가로는 낙시됴, 롱, 편, 송, 소용, 우도, 우정화, 계면, 만수틱엽, 원사청 등의 시조 곡조가 실려 있다. 삭대엽이 보이지 않고 파생곡들만 보인다. 장가로는 잡가와 가사가 함께 수록되어 있다. 잡가편에 <쇼츈향가>, <믹화가>, <빅구사>가 실려 있고, 가사편에 <춘면곡>, <상사별곡>, <쳐사가>, <어부사>가 실려 있다. 12가사에 속하는 <믹화가>, <빅구사>가 이 가집에는 잡가로 분류되어 있다.

264) 정선조선가곡 : 가곡은 우됴(羽調), 계면(界面), 우평됴(羽平調), 계평됴(界平調)의 악조로 나뉘어 수록되어 있다. 우됴(羽調)에는 쵸즁대엽(初中大葉), 이중대엽(李中大葉), 삼즁대엽(三中大葉), 쵸슈수엽(初數〃葉), 이수수엽(二數〃葉), 삼수수엽(三數〃葉), 삼뢰혹소용(三雷或騷聳)이 수록되어 있다. 그리고 계면(界面)에는 쵸즁대엽(初中大葉), 이즁대엽(二中大葉), 삼즁대엽(三中大葉), 초수수엽(初數〃葉), 이수수엽(二數〃葉), 삼수수엽(三數〃葉)이 수록되어 있다. 또 우평됴(羽平調)에는 장수대엽(長數大葉), 즁수대엽(中數大葉), 촉수대엽(促數大葉), 쇠수대엽(衰數大葉)이 수록되어 있다. 마지막으로 계평됴(界平調)에는 쟝수대엽(長數大葉), 즁수대엽(中數大葉), 촉수대엽(促數大葉), 우롱(羽弄), 계롱(界弄), 얼롱(旕弄), 우락(羽樂), 계락(界樂), 얼락(旕樂), 편락(編樂), 편수엽(編數葉), 편대(編臺), 쟝진쥬(將進酒), 권쥬가(勸酒歌), 파연곡(罷讌曲), 평지름, 사설지름이 실려 있다.

265) 증보가곡원류 : 함화진이 편찬한 가집으로, 단가로는 가곡 중대엽, 삭대엽, 파생곡이 수록되어 있다. <권주가>는 現行歌와 舊歌가 함께 수록되어 있는데, 이 책에 실린 구가는 『청구영언(가람본)』에 실린 現行歌로 보이는 <권주가>와 동일한 작품이다.

歌曲寶鑑 (1928)[267]	<勸酒歌(권쥬가)>·<漁夫詞(어부사)>·<春眠曲(츈면곡)>·<길꾸낙>·<黃鷄詞(황계사)>·<白鷗詞(빅구사)>·<想思別曲(상사별곡)>·<處士歌(쳐사가)>·<襄陽歌(양양가)>·<竹枝詞(쥭지사)>	<關山戎馬(관산융마)> 등 각 지방의 잡가
詩餘[268]		<소춘향가>
調및詞[269]		<十杖歌>·<赤壁歌>·<小春香歌>·<金華寺>

위의 표를 통해서 알 수 있는 것처럼 가창가사에는 12가사 외에도 다수의 작품들이 존재했다. 『청구영언(가람본)』에 실려 있는 <계유사>·<옥성화답>·<낙빈가>·<직녀가>·<명당가>·<月거리>나 『근화악부』에 실려 있는 <녕낭가>·<퇴계가>·<관동별곡>·<사미인곡>·<속미인곡> 및 『청구영언(육당본)』에 실려 있는 <관등가>·<귀거래>·<환산별곡>·<강촌별곡> 등은 모두 가집에 수록되어 있으니만큼 노래로 불린 가창가사에 포함된다고 할 수 있겠지만 12가사에는 들지 않는다. 12가사 외의 가창가사는 대체로 시기를 거슬러 올라

『청구영언(가람본)』에는 <勸酒歌古調>와 함께 <권주가>가 실려 있는데 별다른 표시 없이 <권주가>라고만 되어 있는 것이 당시의 현행가일 가능성이 높다. <권주가>에는 제목은 같지만 노랫말은 다른 다양한 이본이 다수 존재하는 셈이고, 각 이본들은 서로 대체관계에 있는 것으로 보인다. 『청구영언(가람본)』이 편찬되던 시대에 옛날 것을 대체하여 새롭게 창작된 <권주가>가 『증보가곡원류』가 편찬된 시대에 이르러서는 다시 낡은 것으로 인식되어 구가로 밀려나고 좀 더 새로운 노랫말을 담고 있는 신판 <권주가>로 교체되었던 것이다. <권주가>는 시대에 따라 새로운 이본이 생성되면서 끊임없이 변전해 온 작품이라고 할 수 있다.

266) 시철가 : 단가로 시조 곡조가 수록되어 있다.
267) 가곡보감 : 단가로는 가곡과 시조가, 장가로는 가사와 잡가가 수록되어 있다. 가곡·가사·시조·잡가의 순서로 수록되어 있다. 가곡 편에는 삭대엽과 파생곡이 주로 실려 있고, 시조는 平時調(평시됴)·時調(녀쳥딜님)·時調(남쳥딜님)·辭說時調(사셜시됴)로, 잡가는 서도·남도·경성 잡가로 나뉘어서 수록되어 있다.
268) 시여 : 『남훈태평가』와 체재가 같다. 단가로는 시조 곡조 樂時調, 弄, 編, 頌, 쇼용, 羽調, 後庭花, 계면, 萬壽大葉, 원슈쳥이 실려 있다.
269) 조및사 : 단가로 시조 곡조가 실려 있다.

갈수록 점점 더 많아지는 경향을 보인다. 『고금가곡』이나 『근화악부』
같이 비교적 이른 시기에 나온 것으로 보이는 가집을 살펴보면, 거기에
는 12가사에 속하는 작품은 한두 편밖에 존재하지 않고 그 밖의 작품들
이 대거 수록되어 있는 것을 확인할 수 있다. 『고금가곡』 등이 나온
18세기 후반 무렵까지만 해도 가창가사의 주류는 12가사가 아닌 일반
가창가사 작품들이 차지하고 있었던 것이다.

12가사에 속한 작품들은 대개 18세기 무렵부터 『고금가곡』 등에 처
음으로 나타나기 시작하여 시대가 흐를수록 점점 많아져 19세기 후반
에 이르면 『가곡원류(가람본)』와 같은 가집에 12편이 모두 나타나게 된
다. 18세기 후반에 나온 『고금가곡』에는 <어부사>와 <춘면곡> 두 편
밖에 보이지 않지만, 19세기 전반에 나온 『청구영언(육당본)』에는 이
두 곡 외에 8편이 더 추가되어 총 10편이 나타나고 있고, 19세기 후반에
나온 『가곡원류(가람본)』 등에서는 12가사에 속한 거의 모든 작품이 모
습을 드러내게 되는 것이다.[270] 그러므로 가창가사의 레퍼토리가 현재
와 같이 12편으로 확정된 것은 19세기 후반 무렵이라고 할 수 있다.

『청구영언(육당본)』(19세기 전반)이나 『고금가곡』(1764)과 같은 가집에
는 12가사에 속하는 것들 외의 가창가사 작품이 많이 실려 있을 뿐
아니라, 가사계로 분류되는 작품들이 12가사에 존재하는 것보다 훨씬
풍부하게 나타나기도 한다. 지금은 세 편 정도밖에 남아 있지 않는 가
사계 가창가사가 어떠한 과정을 거쳐 현재에 이르렀는지 자세히 살펴

---

270) 12가사에 포함되는 가창가사 작품들이 점차 늘어가는 추세와 함께 12가사에 포함되지
않는 가창가사 작품들이 점점 줄어드는 추세에도 주목할 필요가 있다. 18세기 후반의
『고금가곡』에서는 12가사보다 비12가사가 주류를 차지하고 있는 양상을 보인다면,
19세기 전반의 『청구영언(육당본)』에는 두 가지 부류가 어느 정도 대등한 비율로 실린
모습을 보이고, 19세기 후반의 『가곡원류(가람본)』 등에는 비12가사는 거의 사라지고
12가사가 가창가사의 영역을 주도하는 경향을 보인다.

보기로 하자.

먼저 현전하는 12가사에 포함되는 작품을 노랫말의 형태적 특성에 따라 몇 개의 부류로 나누어 도표로 정리해 보면 다음과 같다.

〈표 14〉 현전 12가사의 작품 분류271)

國文體 노래	歌辭系	<春眠曲>·<處士歌>·<相思別曲>
	麗謠系	<白鷗詞>·<길軍樂>·<黃鷄詞>·<梅花打令>·<首陽山歌>·<勸酒歌>·<竹枝詞>
漢文懸吐體 노래		<襄陽歌>·<漁父詞>

위의 분류는 『증보가곡원류(增補歌曲源流)』(1943)에 실린 12가사 작품들을 대상으로 한 것이다. 이 가집은 20세기 전반에 나온 것인데 거기에 실린 12가사 개별 작품의 노랫말은 현행의 것과 큰 차이점이 없다.

또 19세기 전반의 가집인 『청구영언(육당본)』에 수록된 가창가사 작품들을 노랫말의 유형에 따라 분류해 보면 다음과 같다.

〈표 15〉『청구영언(육당본)』(19세기 전반)에 수록된 가창가사 작품 분류272)

---

271) 함화진, 앞의 책, 195-203면. 졸고, 앞의 논문, 2004, 286면에서는 <상사별곡>을 잡가계로, <권주가>와 <죽지사>를 국문체와 한문현토체가 결합된 형식으로 분류한 바 있다. <상사별곡>의 경우 『청구영언(육당본)』에 수록된 것은 4음4보격의 가사체 율격을 완전하게 지키고 있지 못하고 종종 한 음보에 4음 이상의 음수가 나타나기도 하기 때문에 잡가계 혹은 여요계로 분류할 근거가 전혀 없는 것은 아니지만, 율격적인 일탈을 제외하고 반복구의 유무나 분절식 구성 등과 같은 작품 체재의 측면에서 본다면 잡가계 가창가사로 분류되는 작품들에 비해서 잡가적 성향이 현저히 떨어지고 가사에 가까운 경향을 보이기 때문에 가사계로 분류하는 것이 좋을 것이다. 또 <권주가>와 <죽지사>는 비록 작품 중간에 한문체 노랫말이 섞여 있기도 하지만, 우리말로 된 노랫말에 한시구가 삽입된 형태의 합성구성의 모습을 보이기 때문에 여요계로 분류해도 무방할 것이다.

272) 『청구영언(육당본)』. 여기에서도 위의 <표 14> '현전 12가사의 작품 분류'에서와 마찬가지로, 졸고(위의 논문, 같은 면)에서 국문체와 한문현토체가 결합된 형식으로

國文體 노래	歌辭系	<춘면곡>·<관등가>·<환산별곡>·<처사가>·<낙빈가>·<강촌 별곡>·<관동별곡>·<상사곡>
	麗謠系	<백구사>·<군악>·<황계가>·<매화가>·<권주가>
漢文懸吐體 노래		<양양가>·<귀거래>·<어부사>

한편 『고금가곡』에는 다음과 같은 작품들이 수록되어 있다.

<표 16> 『고금가곡』(1764)에 수록된 가창가사 작품 분류[273]

國文體 노래	歌辭系	<漁父詞>·<感君恩>·<相杵歌>·<關東別曲>·<思美人曲>· <續美人曲>·<星山別曲>·<將進酒>·<江村別曲>·<閨怨 歌>·<春眠曲>
	麗謠系	
漢文體 노래		<歸去來辭>·<采蓮曲>·<襄陽歌>·<憶秦娥>·<白雲歌>· <舞釰哭行>·<答輕薄小年>·<桃源行>·<琵琶行>·<赤壁 賦>·<女娘送秋千>·<誦傳竹枝詞>·<臥念小遊言>·<風雅別 曲>·<蒹葭三章>

위의 분류표를 통해서 알 수 있듯이 『고금가곡』(1764)이 나온 18세기 후반은 말할 것도 없고, 『청구영언(육당본)』이 나온 19세기 초반까지만 해도 가창가사의 본령은 가사계에 속하는 작품들이었다고 할 수 있다. 여요계로 분류되는 작품은 『고금가곡』(1764)에 수록된 가창가사를 통해 알 수 있는 것처럼 18세기까지의 가집에는 별로 발견되지 않다가, 19세기 전반에 이르면 『청구영언(육당본)』 같은 가집에 몇 편 모습을 드러내지만 그 숫자는 가사계 가창가사를 능가하지 못한다.[274]

분류했던 <권주가>를 여요계에 포함시켰고, 잡가계로 분류했던 <상사곡>을 가사계에 넣었다.

273) 『고금가곡』.(심재완, 『시조의 문헌적 연구』, 세종문화사, 1972, 28면 참조.)

274) 여요계 가창가사가 19세기 전반의 가집인 『청구영언(육당본)』에 여러 편 수록되어 있다는 사실은 그것들이 그 이전 시기에 형성되어 가집에 실릴 때까지 줄곧 가창되어 왔다는 점을 시사한다. 실제로 18세기 초중엽에 편찬된 것으로 추정되는 『청구영언(가

　그러나 가사계 작품들은 18세기 중후반부터 등장하여 가창 문화의 주도권을 장악해 나가기 시작한 여요계 가창가사에 밀려서 가창가사의 영역에서 점점 떨어져 나가게 된다. 그리하여 가창가사가 12편으로 축소된 19세기 후반에 이르면 『가곡원류(가람본)』 같은 가집에 단 3편만이 가사계에 속하는 작품으로 남게 되는 것이다.

　이렇게 12가사에 비록 가사계 가창가사가 세 편밖에 나오지 않지만 이들은 우리 시가의 역사에서 매우 중요한 위치를 차지한다. 이들은, 초창기에 풍부하게 존재하던 가사계 작품들이 후대로 갈수록 점차 가창 장르로서의 역할을 상실해간 가창가사의 역사적 흐름에서, 곡조가 사라져간 여타의 작품들과 달리 오랜 세월 동안 애창되면서 끈질기게 생명을 유지해온 가사계 가창가사의 정수에 해당하는 작품들이라고 할 수 있는 것이다.

　위에서 본 바와 같이 시대의 흐름에 따라서 가사계에 속하는 작품들은 점차 줄어들고 대신 여요계 가창가사가 점차 늘어나는 추세를 보이는데, 이러한 것과 함께 한문체 가창가사의 시기별 존재 양상에도 주목할 필요가 있다. 『고금가곡』에 수록된 작품들을 통해서 알 수 있는 것처럼, 18세기 후반까지 풍부하게 존재하던 한문체 가창가사는 후대로 가면서 점차 줄어들어 『청구영언(육당본)』에는 세 편밖에 실려 있지 않고 현행 12가사에 도달해서는 단 두 편밖에 남지 않게 된다.

　한문체 가요는 『대악후보』(1759)에도 35편이나 수록되어 있다. 『대악후보』에 수록된 곡은 총 61곡인데 그 중에 노랫말이 붙어 있는 곡은 48곡이다. 그 48곡 중 35편이나 되는 곡의 노랫말이 한문체로 되어 있었다는 사실은 당시 궁중의 음악적 취향과 판도를 짐작하게 한다. 물론

───────────────

　람본)』 같은 가집에는 여요계 가창가사로 분류되는 <권주가>가 두 편이나 수록되어 있다.

『대악후보』는 세조대(1455-1468)인 15세기의 음악을 수록한 문헌으로 알려져 있지만 거기에 수록된 곡들은 이 악보가 편찬된 18세기 중엽까지도 궁중에서 연주되고 있었다고 보아야 할 것이다. 『대악후보』 제1·2권에는 당시 제사에 사용된 종묘제례악이 수록되어 있는데 이것들은 모두 한문체의 노랫말을 사용하는 곡들로 지금까지도 연주되고 있다. 이러한 실정을 감안한다면, 언제부터인가 전승이 중단된 고려가요에 속하는 곡들까지 포함해서 『대악후보』에 수록된 대부분의 곡들은 18세기 무렵 궁중에서 흥행하고 있었다고 보아도 좋을 것이다. 18세기 무렵 한문체 노래는 궁중에서 성행했을 뿐 아니라 사대부와 가객들의 유흥 공간이라 할 풍류방에서도 유행하고 있었다고 볼 수 있다. 『고금가곡』에 큰 비중으로 실려 있는 한문체 가요들이 이 점을 잘 말해 준다.

『대악후보』나 『고금가곡』이 편찬된 18세기 중후반 무렵까지 궁중과 민간에서 가요계를 주름잡고 있던 한문체 노래들은 19세기로 접어들면서 점차 사양길로 접어드는 양상을 보인다. 위에서 살핀 『청구영언(육당본)』과 같은 가집에 수록된 가창가사 작품 목록을 통해서 알 수 있는 바와 같이, 19세기 이후로 한문체 노래들은 비록 궁중에서는 그 명맥을 유지할 수 있었는지 모르지만 민간 가요계에서는 한두 편을 제외하고는 점차 사라지는 운명에 처하고 마는 것이다. 그것들은 18세기라는 격변의 시기를 거치고 도래한 새로운 시대에서 더 이상 당대 가요계의 시대적 요구에 부응하는 문학적 형식이 될 수 없었기 때문에 가창 장르로서의 생명을 잃게 되었던 것이 아닌가 한다.[275) 19세기 이

---

275) 한문체 가창가사의 몰락은 시가에 관한 인식의 변화와도 관련될 것이다. 조선 후기로 접어들어 김만중·홍만종·홍대용 등으로 대표되는 국문 시가 옹호론자들의 우리 노래에 대한 애착과 관심이 점차 조선 가요계의 주도적인 사조로 자리 잡아 가면서, 한문체 가요의 퇴장도 점차 가속화되어 갔을 것으로 짐작된다.

후로는 가사계 가창가사도 한문체 노래와 비슷한 운명에 처해 있었다
고 할 수 있고, 그것들 대신에 궁중에서 연행되던 고려가요 계통의 노
래들이 사대부와 가객들이 주도하던 민간 가요계로 대거 편입되는 추
세를 보인다.

2. 12가사의 시가사적 위치와 가치

서론에서 12가사는 문학적 인식과 음악적 평가가 서로 엇갈리는 특
수한 환경 속에서 전승되고 있다고 한 바 있는데, 이제 이러한 현상이
어째서 나타나게 되었는지 설명할 수 있게 되었다. 즉 12가사에 관한
지금까지의 혼선은 대개 거기에 속한 대부분의 작품들이 고려가요나
악장 같은 궁중의 시가에 연원을 두고 있기 때문에 나타난 것이라고
할 수 있다.

주지하다시피 고려가요 중에는 대개 남녀 간의 사랑에 얽힌 감정을
솔직하고 대담한 표현으로 거침없이 발설하거나 여기저기서 노랫말
을 모아서 새로운 노래를 구성한 것으로 보이는 작품이 많다. 본론에
서 살핀 바와 같이 12가사 중에도 고려가요의 이러한 경향을 그대로
이어받고 있는 작품들이 상당수 존재한다. 그러다 보니 12가사는 그
것의 음악적 격조와는 무관하게 저급한 노래로 폄훼되는 일이 잦았던
것이다.

문학적 평가와는 반대로 12가사가 세련되고 수준 높은 경지를 구축
한 음악 양식으로 인정되는 것은 그것이 조선시대 궁중 음악의 예술적
관록을 충실히 계승했기 때문이라고 할 수 있다. 본고에서 살핀 바와
같이 12가사에 속한 거의 대부분의 작품들은 고려가요나 악장의 음악

을 바탕으로 하여 재창작된 것들이라고 해도 과언이 아닐 정도로 악곡의 구조, 장고 장단, 선율, 노랫말 배분 등의 음악적 측면에서 선행 악곡과 유사한 모습을 보인다. 특히 <처사가> 같은 작품은 <취풍형>의 선율을 잘 간직하고 있다. 이렇게 12가사가 지닌 예술성의 이면에는 고려시대나 조선 초기에 악관들에 의해 마련되어 수백 년 연주되어 온 고려가요와 악장 같은 궁중 음악의 숨결이 살아 있는 것이다.

12가사는 조선시대 궁중의 문학과 음악을 계승하고 있다는 점에서뿐만 아니라 그 안에 한국 시가의 역사에 존재해 온 다양한 갈래의 작품들이 집결되어 있다는 점에서도 중요한 의미를 지닌다. 거기에는 고려가요 계열에 속하는 것들이 있는가 하면 가사와 같은 형식으로 이루어진 것들이나 한문체로 짜인 것들도 있다. 그리고 12가사 안에 존재하는 여러 갈래들은 한국 시가사의 큰 흐름을 매개해 주는 역할을 하기 때문에 더욱 중요한 가치를 지닌다.

여요계 가창가사는 고려가요와 잡가를 잇는 다리 역할을 수행했다. <춘면곡>·<처사가> 등의 가사계 가창가사가 4음4보격의 가사체 율격으로 되어 있는 것과 달리, <백구사>·<길군악>·<매화가>·<황계사>·<수양산가>와 같은 여요계 가창가사는 대체로 4음4보격의 안정적인 가사체 율격이 파괴되어 있거나 여음구나 반복구를 포함한 분절식으로 구성되어 있기도 하고 잡다한 노랫말을 긁어모아 합성한 흔적이 보이기도 하는데, 이러한 경향은 잡가에서도 발견되는 형식적 특징이다.276) 몇몇 가창가사 작품들을 잡가 계열로 분류할 수 있는 근거도 바로 이러한 형식상의 특징에 있는 것이다. 그런데 본고에서 고찰한 바에 따르면 여요계 가창가사와 잡가가 공유하고 있는 이러한

---

276) 잡가 사설의 구성 방식에 대해서는 김학성, 『한국고전시가의 정체성』, 성균관대학교 대동문화연구원, 2002, 264-271면 참조.

문학적 특성들은 모두 고려가요에도 나타나는 것들이다. 따라서 고려 가요, 여요계 가창가사, 잡가는 서로 영향·계승관계를 맺고 있다고 할 수 있다.

여요계 가창가사가 가집에 나타나는 19세기 전반은 잡가의 태동기 이면서 동시에 고려가요 전승의 마지막 시점이라고 할 수도 있다. 말하 자면 이들 작품은 여요의 끝과 잡가의 머리에 걸쳐 있는 과도기적 작품 군인 셈이다. 잡가 장르나 잡가적 경향을 보이는 가창가사는 노랫말이 잡스럽고 속된 경향이 있는 데에다가 형식적으로 산만한 모습을 보이 고 문학성을 겸비하지 못한 작품들이 대부분이기 때문에 지금까지 우 리 시가사에서 유래를 알 수 없는 고아처럼 취급되어 오기도 했다. 그 러나 고려가요, 여요계 가창가사, 잡가의 영향 관계를 따지고 보면 이 잡가라는 장르도 결국은 고려가요에 그 뿌리를 대고 있다는 것을 알게 된다. 이렇게 보면, 여요계 가창가사는 잡가 이전의 장르와 잡가 사이 에 존재하는 장르적 단절을 메워 우리 시가사의 흐름을 순조롭게 이어 주는 매개자적인 역할을 수행했다고 할 수 있겠다.277)

그런데 본고에서 고찰한 바에 따르면 가사계 가창가사도 한국 장가 사에서 여요계 가창가사 못지않은 중요한 역할을 수행한 것으로 보인 다. 한국 장가의 역사에는 고려가요에서 여요계 가창가사를 지나 잡가 로 이어지는 흐름과 함께 악장에서 가사계 가창가사로 이어지는 또 하나의 흐름이 존재한다. 이 두 번째 흐름에서 가사계 가창가사는 악장 의 음악과 문학적 전통을 계승하는 중요한 역할을 수행했다고 할 수 있다.

앞에서 살핀 바와 같이 가사계 작품인 <처사가>의 원곡에 해당하는

---

277) 졸고, 앞의 논문, 2005, 124면.

작품은 바로 악장인 <취풍형>이라고 할 수 있다. 지금은 가사계 가창 가사로 남아 있는 악곡이 몇 편 되지 않기 때문에 그것들의 음악적 원형이 된 곡조가 <취풍형>외에도 더 존재했는지 말하기 어려운 상황 이다. 하지만 <처사가>가 악장인 <취풍형>에서 비롯되었다는 점을 감안한다면, 가사계 가창가사가 현재보다 풍성하게 존재했던 18세기 후반이나 19세기 초엽에는 가창가사의 악곡으로 차용된 궁중의 악장 이 <취풍형> 외에도 더 많이 있었을 것으로 추정할 수 있다. 물론 하나 밖에 안 되는 사례를 통해서 시가사의 전체적인 구도를 추측하는 것은 무리라고 할 수도 있겠지만, 가사계 가창가사로 남아 있는 중요한 사례 에서 악장의 전통이 확인된다면 이를 근거로 동일 계열에 속하는 나머 지 작품의 음악적 경향에 대해 생각해 보는 것이 전혀 불가능한 일은 아닐 것이다.278)

　지금까지 초창기 가사의 음악적 형식에 대해서는 관련 자료가 남아 있지 않기 때문에 추정하기조차 어려웠던 것이 사실이다. 초기 가사의 음악적 모습을 전하고 있는 것은 <서호별곡>에 부기되어 있는 '강(腔)' 이나 '엽(葉)'과 같은 표시가 거의 전부라고 해도 과언이 아니다.279) 그 러나 초창기 가사와 거의 동일한 형식으로 되어 있는 <처사가>의 곡 조가 <용비어천가>를 얹어 부른 <취풍형>에서 유래되었다는 점을 통해서 미루어 본다면 초기 가사의 음악도 대개 <취풍형>과 같은 악

---

278) 여요계 가창가사가 고려가요의 문학적·음악적 자질을 계승하여 잡가로 건네 준 것처 럼, 가사계 가창가사도 악장의 음악적 양식을 이어받아서 다른 갈래로 전승했는지 아니면 가사계 가창가사에서 악장의 명맥이 끊어졌는지 하는 점에 대해서는 현재로서 는 단언하기 어려운 형편이다. 이 점에 대해서는 차후에 보다 자세히 고찰해 보도록 하겠다.

279) 김동욱, 「허강의 서호별곡과 양사언의 미인별곡」, 『국어국문학』 25, 국어국문학회, 1962, 53면.

장 계통이었을 것으로 추정할 수 있다. 물론 <처사가> 같은 가창가사
가 생성된 시기는 올려서 잡아도 17세기를 넘어갈 수 없기 때문에 그것
들과 초창기 가사 사이에는 시대적 격차가 존재하는 것이 사실이다.
그러나 200~300년 전에 유행한 노래들이 지금까지 사라지지 않고 면면
히 계승되고 있는 한국 시가계의 뿌리 깊은 전통을 고려한다면 조선
초기에 가사를 얹어 부르던 음악적 양식이 조선 후기의 가창가사로
이어졌을 가능성은 농후하다고 해도 좋을 것이다.

그렇다면 한문체 가창가사에 대해서는 어떠한 평가를 내릴 수 있을
까? 12가사 중에 한문체 가창가사로 분류된 작품은 <어부사>와 <양
양가> 두 편에 지나지 않는다. 현재는 비록 한문체 가창가사가 두 편밖
에 남아 있지 않지만 『고금가곡』이 편찬된 18세기 중후반 무렵만 하더
라도 거기에는 많은 작품이 포함되어 있었던 것으로 파악된다. 한문체
가창가사를 수록하고 있는 가집이 『고금가곡』을 제외하고는 그다지
발견되어 있지 않은 상태이기 때문에 이에 대해 더 이상의 추론을 가하
는 것은 위험한 일이기도 하겠으나, 시기를 좀 더 거슬러 올라가 조선
전기까지 소급해 보면 거기에는 『고금가곡』에 수록된 것보다 훨씬 많
은 수와 다양한 부류의 작품들이 존재했을 것으로 생각해 볼 수 있다.

그렇게 본다면 한문체 가창가사도 가사계 가창가사와 유사한 진로
를 밟아갔던 것으로 이해된다. 앞에서 언급한 바와 같이 가사계 가창가
사의 경우, 가집에 수록된 것들만 통해서 보더라도 18세기 중후반 무렵
부터 현재에 이르기까지 소속 작품의 숫자는 점점 줄어드는 추세를
보인다. 시대의 흐름에 따라 점점 쇠락의 길을 걸어왔던 가사계 가창가
사와 마찬가지로 한문체 가창가사의 경우도, 그 작품 수가 풍부했을
것으로 추정되는 조선 초기에서 『고금가곡』이 편찬된 18세기를 거쳐
오늘날에 이르는 동안 곡목이 점차 감소하는 갈래 소멸 현상을 보이는

것이다.

두 갈래는 이렇게 시대적 변천상이 유사할 뿐 아니라 그 노랫말을 얹어 부른 악곡도 동일한 계통이었던 것으로 추정된다. 한문체 가창가사인 <양양가>의 곡조가 가사계 가창가사인 <처사가>나 <상사별곡>의 곡과 동일한 것이라는 점은 이미 선행 연구에서도 밝혀진 바있지만, 본고의 연구 결과에 따른다면 그 곡들의 원조가 되는 악곡은 악장 계열에 속하는 <취풍형>이다. 다른 한 편의 한문체 작품인 12가사 <어부사> 역시 과거에는 악장 계열에 속하는 악곡에 얹혀 불렸을 것으로 추정된다. 현재의 <어부사>는 그 노랫말이 『악장가사』에 수록되어 있을 정도로 오랜 세월 동안 애창되어 온 작품인데, 이 노래가 『악장가사』에 수록되어 있다는 사실은 이것 역시 조선시대의 궁중에서 악장의 하나로 연주되어 왔다는 점을 말해준다.

다만 <어부사>의 곡조는 『대악후보』나 『시용향악보』 같은 고악보에 수록되지 않아서 현재의 곡과 과거의 곡이 얼마나 같고 다른지 비교해 볼 수는 없다. 그러나 현행의 <어부사> 역시, <처사가>가 <취풍형>의 악곡을 변주·계승하면서도 원곡의 모습을 충실히 간직하고 있는 것과 마찬가지로, 옛날의 곡과 완전히 다른 것으로 인식될 정도로 크게 변질되지는 않았을 것으로 생각한다. 따라서 현재의 <어부사>곡조에는 조선시대 궁중에서 연주되던 악장 <어부가>의 원형이 고스란히 담겨 있다고 보아도 좋을 것이다.

그러므로 현재의 <양양가>나 <어부사>는 모두 악장 계열의 음악에서 비롯된 악곡이라고 해도 크게 틀리지 않을 것으로 생각한다. 그러한 점에서 이 두 작품을 대표로 하는 한문체 가창가사는 <상사별곡>이나 <처사가> 같은 가사계 가창가사와 동일한 음악적 기반 위에 놓여 있었다고 할 수 있다.

이상에서 본 것처럼 한문체 가창가사는 시대의 흐름에 따른 변천 과정이나 음악적 기반에서 가사계 가창가사와 유사한 점을 많이 지니고 있다. 그뿐만 아니라 두 가지는 앞에서도 살핀 바와 같이 율격 구조의 측면에서도 같은 모습을 보인다. 따라서 한문체 가창가사는 가사계 가창가사와 동일한 운명과 속성을 지닌 갈래였다고 할 수 있다. 그러므로 이제는 한문체 가창가사를 가창가사의 정당한 일원으로 인정하면서도 가사계 가창가사와 같은 범주로 묶어서 다룰 필요가 있다고 본다.

한문체 가창가사와 가사계 가창가사가 시대의 흐름에 따라 쇠락의 길을 걸었던 것과 반대로, 여요계 가창가사는 시대가 흐를수록 곡목을 풍부화하면서 가창가사의 주류로 부상하게 된다. 그것들이 가창가사의 영역 안으로 들어온 시기는 18세기 중후반 무렵으로 한문체나 가사계에 비해 늦은 편이지만,[280] 일단 입성한 이후로는 다른 갈래들을 제압하고 가창가사의 주도권을 장악해 나갔다고 할 수 있다. 그리하여 19세기 전반에는 『청구영언(육당본)』에서 가사계 가창가사에 필적할 정도로 성장하게 되고, 19세기 후반에 이르러서는 『가곡원류(가람본)』의 장가란에서 가장 큰 비중을 차지하는 부류로 부상하게 되는 것이다. 그리고 『가곡원류(가람본)』에서 여요계 중심으로 굳어진 가창가사의 판도는 현재까지 그대로 이어지고 있다.

이상에서 살핀 것처럼 여요계·가사계·한문체의 다양한 갈래가 포

---

280) 여요계 가창가사 처음으로 나타난 가집은 『청구영언(가람본)』이라고 할 수 있다. 앞의 표에서 인용한 바와 같이 이 가집에는 <漁父詞>·<誠喩詞>·<玉城和答>·<相思別曲>·<春眠曲>·<樂貧歌>·<織女歌>·<勸酒歌古調>·<明堂歌>·<月 거리>·<雲林處士歌>·<勸酒歌>가 실려 있는데, 이 중에 여요계 가창가사에 속하는 것은 <勸酒歌> 한 편밖에 없고 나머지는 모두 가사계 가창가사이다. 『청구영언(가람본)』의 편찬 시기는 정확히 밝혀져 있지 않지만 거기에 수록된 가곡 곡조로 보건대 대개 『청구영언(진본)』(1728)과 『고금가곡』(1764) 사이의 비교적 이른 시기에 편찬되었을 가능성이 높을 것으로 추정된다.

함된 조선 후기의 가창가사는 고려가요와 악장과 같은 궁중 음악의 예술적 관록을 이어 받아서 성립되었고 또 후대 시가 갈래의 형성에도 큰 영향을 미쳤다는 점에서 한국 장가사의 흐름에서 중요한 위치를 차지한다. 여요계 가창가사는 고려가요에서 잡가로 이어지는 장가류 갈래의 흐름을 매개했고, 가사계 가창가사는 악장의 음악과 문학적 전통을 계승하고 있으며, 한문체 가창가사는 가사계 가창가사와 동일한 속성과 운명을 지니고 조선시대 시가계의 한 부분을 담당했다는 점에서 각각 한국 시가사에서 중요한 역할을 수행했다고 하겠다.

V. 결론

지금까지 논의한 내용을 간단히 요약하고 본론에서 미처 다루지 못했던 문제와 앞으로 추진해야 할 연구 과제에 대해서 정리해 보도록 하자.

12가사는 18세기 중후반 무렵부터 형성되어 현재까지 전승되어 온 12편의 가창가사 작품들이다. 가창가사에는 이것들 외에도 많은 작품이 존재했지만 대부분은 곡조를 상실한 채 노랫말로만 전승되고 있는 형편이다. 그러나 12가사에 속하는 개별 작품들은 노랫말과 함께 곡조도 온전히 보전하고 있어서 가창가사의 연구에서 매우 중요한 위치를 차지한다.

12가사는 음악적으로 고려가요나 악장 같은 궁중 음악의 영향을 받아 형성되었다고 할 수 있다. 12가사의 악보를 『시용향악보』나 『대악후보』에 수록된 악곡들과 비교해 보면 악곡 구조, 장고 장단, 노랫말 배분 등의 측면에서 유사한 점들이 많이 발견된다. 악곡 구조의 측면에서 12가사와 선행 악곡은 일정한 선율을 반복하는 구조로 짜여 있다는 점에서 서로 유사한 모습을 보인다. 장고 장단의 측면에서도 6박 계열이 주종을 차지하는 12가사의 장단 형식과 '고(鼓) 요(搖) 편(鞭) 쌍(雙)'으로 이루어진 <청산별곡> 등의 장단 형식은 박자나 장고점이 놓이는 위치 등으로 볼 때 일정한 관련을 맺고 있다고 할 수 있다. 또 <어부사>나 <춘면곡> 같은 작품의 악보에는 일정한 속도로 노래를 불러나가기보다는 완급의 변화를 통해 가창의 묘미를 느낄 수 있도록 노랫말이 안배되어 있는데, 이러한 노랫말 배분법은 국문 악장이나 고려가요 같은 국문 시가 전반에 두루 존재하던 보편적 방식이었던 것으로 보인다.

율자보로 기보되어 있는 12가사 개별 곡조를 오음약보로 기보된 고악보 수록곡과 비교하기 위해서는 현행 12가사의 악보를 오음약보로 바꾸어 기보법을 일원화시켜야 한다. <양양가>·<상사별곡>과 유사한 선율을 지니고 있는 <처사가>의 악보를 오음약보로 고쳐서 선행 악곡인 <취풍형>과 비교해 보면, 두 곡 사이에 음악적인 연관성이 존재함을 발견할 수 있다. 두 곡은 음계와 악곡 구조뿐만 아니라 노랫말의 율격적인 구조도 유사하기 때문에 서로 잘 비교된다. 율격을 기초적인 단위로 활용하여 두 곡의 선율을 비교하여 보면 둘 사이에 유사한 흐름이 존재함을 확인할 수 있다. 물론 두 곡은 장고 장단의 형식이 일치하지 않고 시작 선율의 흐름도 서로 다른 모습을 보이기 때문에 완전히 같은 곡이라고 단정할 수는 없다. 그러나 <처사가>와 <취풍형>에서 반복적으로 되풀이되는 몇몇 주요 선율이 대체적인 흐름에서 유사한 모습을 보인다는 것은 전자가 후자의 영향을 받아서 형성되었을 가능성을 시사한다고 할 수 있다.

12가사는 그 노랫말도 전대의 장가 장르인 고려가요와 악장으로부터 영향을 받은 것으로 보인다. 여요계 12가사로 분류되는 <수양산가>·<백구사>·<매화가>·<권주가>·<길군악>·<황계사>·<죽지사>와 같은 작품들은 대개 노랫말 중의 한 구절을 따다가 작품의 제목으로 삼는다든가, 여러 편의 노랫말을 합성하여 새로운 작품을 만든다든가, 악기의 구음으로 된 여음구나 반복구를 사용한다든가 하는 특징을 지니고 있는데, 이러한 특징은 고려가요에 속하는 <쌍화점>이나 <청산별곡>·<서경별곡>과 같은 작품에도 그대로 발견된다.

또한 12가사의 일부 개별 작품들은 고려가요의 특정 작품과 매우 밀접한 관계를 맺고 있다. <매화가>는 <서경별곡>과, <백구사>는 <한림별곡>과, <길군악>은 <쌍화점>과, <황계사>는 <정석가>·<정읍사>와 밀접한 관계를 맺고 있다. 각 쌍들은 서로 동일한 표현이나 용어를 사용하기도 하고, 같은 방식으로 노랫말이 구성되어 있기도 하는 등 유사한 점들을 많이 지니고 있다. 특히 <매화가>는 <서경별곡>의 작중 배경과 같은 공간인 평양에서 창작된 것으로, <길군악>은 <쌍화점>의 화답가로 지어진 것으로 보인다. 또한 <황계사>는 <정석가>와 <정읍사>에 나오는 좋은 표현들을 여럿 모아서 새로운 작품을 형성한 경우에 해당한다.

가사계 12가사인 <춘면곡>·<처사가>·<상사별곡>과 한문체 12가사 <어부사>·<양양가>는 그 노랫말이 모두 4음보격의 율격으로 되어 있는데, 이러한 율격 양식은 국문 악장에 속하는 여러 작품에서도 흔히 발견되는 것이다. 또 가사계 12가사의 노랫말 구성에 나타나는 분할구성의 양식은 악장류의 연장체 시가에 존재하던 분절식 구성의 잔재라고 할 수 있다. <어부사>에 활용된 집구(集句)의 방식은 『악장가사』에 수록되어 있는 한문 악장의 노랫말 제작에 빈번히 사용된 작시 기법이다.

따라서 12가사에 속하는 많은 작품들은 선행 장르인 고려가요나 악장에서 비롯되었다고 할 수 있다. 여요계 12가사에 속하는 작품들은 대체로 고려가요의 곡조와 노랫말을 이어받고 있으며 가사계·한문체 12가사에 속하는 작품들은 악장의 음악적·문학적 전통을 충실히 계승하고 있다. 이렇게 12가사는 앞선 시대 궁중의 음악과 문학을 잘 계승하여 보존하고 있다는 점에서 소중한 가치를 지닌다.

12가사를 수록한 문헌에는 거문고 악보인 금보(琴譜)와 가사 작품을 수록한 가사집(歌辭集) 및 시조를 주로 싣고 있는 가집(歌集)이 있다. 이 중에서 특히 금보는 장가에 속하는 다양한 갈래의 작품들을 수록하고 있어서 고려가요와 악장에서 출발하여 가창가사를 거쳐 잡가로 이어지는 한국 장가사의 큰 흐름을 조망할 수 있게 한다. 금보에 수록되어 있는 장가류 작품들을 살펴보면 음악과 문학의 양쪽 측면에서 발견되는 장가류 장르들의 상호 관계와 흐름을 다시 확인할 수 있다.

또 가사집과 가집에는 12가사 이외의 가창가사 작품도 많이 수록되어 있어서 거기에 수록된 다양한 작품들을 시기별로 검토해 보면, 12가사를 구성하는 세부 갈래인 여요계·가사계·한문체 가창가사가 형성되어 온 과정이나 각 갈래의 상호 관계 및 시대적 변천 양상을 파악할 수 있다. 조선 초기부터 존재했던 가사계 가창가사와 한문체 가창가사는 초창기에는 비교적 풍부하게 존재했으나 시대가 흐름에 따라서 점차 쇠락의 길을 걸어 후대로 갈수록 작품 수가 현격하게 줄어드는 추세를 보인다. 이와 반대로 18세기 중후반 무렵부터 한국 시가계에 등장하기 시작한 여요계 가창가사는 후대로 갈수록 점차 세력을 확장해 19세기 후반 무렵에는 『가곡원류(가람본)』 같은 가집에 가장 큰 비율로 수록될 정도로 주도적인 갈래로 자리 잡게 된다. 『가곡원류(가람본)』에 정착된 가창가사의 곡목과 갈래별 판도는 큰 변화 없이 현재의 12가사까지 이어지고 있다.

이렇게 12가사는 다양한 장가 갈래들의 집결지이면서, 조선시대 궁중 음악과 문학의 보존처이자, 동시에 장가류 갈래들의 시대적 흐름을 이어주는 매개자로서 우리 시가의 역사에서 중요한 위치를 차지한다.

여요계 12가사는 고려가요의 문학과 음악적 특징을 계승하여 잡가로 넘겨준 중개자적 역할을 수행했고, 가사계와 한문체 12가사는 조선시대 궁중 악장의 예술적 관록을 이어받아 보존하고 있다는 점에서 여요계 12가사 못지않은 중요한 의미를 지닌다. 아울러 이것들은 초창기 가사의 음악적 양식에 대해서도 시사하는 바가 많기 때문에 앞으로 보다 진전된 연구를 통해 그 문학과 음악에 대해서 더욱 깊이 있는 이해를 도모할 필요가 있다.

논문의 요약은 이 정도로 마치고 본고에서 해결하지 못한 문제점과 앞으로 추진해야할 과제를 정리해 보기로 한다.

본고에서는 12가사와 선행 악곡을 음악적으로 비교하면서 주로 양자 간의 전반적인 동질성을 밝히고자 한 나머지, 개별 작품 사이의 구체적인 관계에 대해서는 자세히 다루지 못했다. 그리하여 <처사가> 한 편만을 택해 <취풍형> '불휘章'과 비교했을 뿐이고, 12가사의 나머지 작품들에 대해서는 그것들의 연원이 어떤 곡에 있는지 구체적으로 살피지 못했다. 그러나 12가사의 연원을 보다 분명하게 설명하기 위해서는 지금까지 선행 악곡과의 관계가 검토되지 않은 나머지 작품들에 대해서도 깊이 있게 연구하여 보다 많은 곡들의 유래를 밝힐 필요가 있다.

또 본고에서는 <어부사>의 음악적 측면에 대해서 논의하면서 단순히 현행 <어부사>의 음악이 조선시대에 애창되던 <어부가>의 곡조와 크게 다르지 않을 것이라는 점과 옛날의 <어부가>가 악장류의 음악에 얹혀 불리었을 것이라는 점을 추측하는 정도로 그치고 말았다. 물론 현재의 <어부사>와 『악장가사』에 수록되어 있는 <어부가>의 노랫말 사이에 동일한 구절이 많이 존재하고 <어부사>가 실려 있는 『악장가사』라는 문헌 자체가 악장 음악의 노랫말을 수록한 책이기 때문에 그러한 추측이 전혀 근거 없는 것이라고 할 수는 없겠지만, <어부사>의 곡조는 가창가사를 포함한 장가류 작품들 중에서도 가장 오랜 내력을 지닌 작품 중의 하나인 만큼 그것의 연원이나 음악적 성격은 반드시 규명될 필요가 있을 것으로 본다.

또한 본고에서는 주로 12가사와 선행 장르의 관계에 대해서만 집중적으로 다루었지만, 차후에는 12가사와 후행 장르의 관련성에 대해서도 깊이 연구해 보아야 할 것이다. 특히 여요계 가창가사와 잡가를 비교하여 둘 사이의 관련성을 명확히 하는 작업은, 한국 장가의 역사에 고려가요에서 여요계 가창가사를 거쳐 잡가로 이어지는 큰 흐름이 존재한다는 본고의 중요한 가설을 보다 확실하게 증명하기 위해서도 꼭 필요한 것이다. 여요계 가창가사와 잡가의 관련성에 대해서는 문학적 측면에서는 이미 해결된 것들이 많다고 할 수 있지만 음악적 측면에서는 아직 풀어야할 문제가 산적해 있는 것으로 보인다.

아울러 악장 계통의 음악을 계승한 가사계 가창가사의 운명은 어떻게 되었는지 하는 점에 대해서도 보다 면밀히 고찰해 볼 필요가 있다. 본고에서는 여러 가집에 수록된 가창가사 작품을 검토하여 가사계 가창가사가 한문체 가창가사와 함께 시대의 흐름에 따라 점차 쇠락의 길을 걸어갔다는 사실을 드러내기는 했지만, 가사계 가창가사가 여요계 가창가사와 마찬가지로 궁중 악곡으로부터 물려받은 예술적 자산을 후행 장르로 물려주었는지 아니면 물려주지 못한 채 스스로 소멸되어 갔는지 하는 점에 대해서는 특별히 논의하지 못했다. 그러나 가사계 가창가사는 초창기 가사 장르의 주류를 형성했던 것들로 오랜 세월 동안 한국 시가계에 존속해 온 갈래인 만큼, 후행 가창 장르에 그 예술적 유산을 물려주었을 가능성은 다른 어떤 갈래보다도 높다고 할 수 있다. 그러므로 뒷시대의 가창 장르 중에서 가사계 가창가사와 유사한 점을 지닌 것들이 있는지 적극적으로 찾아보아야 할 것이다.

특히 판소리 단가와 같은 가창 장르는 우선적으로 검토할 필요가 있을 것으로 생각한다. 판소리 단가의 노랫말은 대체로 4음4보격의 가사체로 되어 있기 때문에 문학적 측면에서 보면 가사 장르와 차이점이 거의 없다고 할 수 있다. 그렇다면 이것들의 음악적 성향은 어떠한지 가사계 가창가사와 비교하여 검토해 볼 필요가 있다. 다시 말해 판소리 단가와 가사계 가창가사 사이에도 가사계 가창가사와 악장 사이에서 발견되는 것과 같은 미묘한 동질성이 존재하는지 적극적으로 따져 볼 필요가 있다.

지금까지 12가사와 판소리 단가의 음악적 유사성에 대해서 일부 밝혀진 점이 있기도 하지만, 아직은 넘어야 할 산이 많아 보인다. 만약 음악적 측면에서도 두 갈래가 유사한 속성을 지니고 있다는 점이 충분히 밝혀진다면 본고에서 가정한 한국 장가사의 또 다른 흐름, 즉 악장에서 가사계 가창가사로 이어지는 흐름에 후행 장르를 추가할 수 있게 되고 그렇게 되면 이 두 번째 흐름은 고려가요로부터 잡가로 이어지는 첫 번째 흐름과 함께 한국 장가사의 양대 흐름으로 확고하게 자리 잡을 수 있을 것이다.

나아가 이러한 장가류 갈래들의 시대적 흐름은 단가에 속하는 갈래들의 역사적 전개와는 어떠한 관련을 맺고 있는가 하는 점도 시가 연구의 중요한 주제가 되어야 할 것으로 생각한다. 서론에서도 언급한 바와 같이 지금까지 단가에 속하는 갈래들은 그 발전 과정이나 시대적인 변천 양상 등에 관해서 많은 논의가 이루어졌고 또 그만큼 괄목할 만한 연구 성과가 축적되어 온 것도 사실이다. 그러나 장가의 경우는 거기에 속하는 갈래들의 상호 연관성이나 시대적 변천 과정 등이 단가 쪽만큼 깊이 있게 연구되지 못했다고 할 수 있다. 그러므로 앞으로는 장가 쪽에도 연구 역량을 집중시켜 보다 발전적인 성과를 도출함과 아울러 그러한 성과를 지금까지 쌓여온 단가 쪽의 연구 업적과 접목시켜서 한국시가사에서 장가와 단가가 맺어온 상호보완적인 관계를 효과적으로 해명할 수 있도록 해야 할 것이다. 그렇게 할 때 한국 시가의 양대 산맥인 장가와 단가에 대한 연구는 보다 균형 잡히고 생동감 넘치는 방향으로 발전할 수 있을 것으로 생각한다.

마지막으로 시가 연구의 대상을 음악적인 자료로까지 확대할 필요가 있다는 점에 대해서 언급하고 논의를 마치기로 한다. 지금까지 시가 연구는 주로 가집이나 문집과 같은 문학적 자료를 대상으로 이루어져 왔다. 고악보 등의 음악적 자료가 문학 연구의 대상이 되지 않은 것은 아니지만 가집 등에 수록된 시가 자료만큼 활발하게 고찰되지는 못했다. 그러나 시가는 문학으로서뿐만 아니라 음악으로서도 존재했던 것이므로 문학적 텍스트에만 의존하는 연구는 반쪽의 연구에 지나지 않는다고 할 수 있다. 오래 전에 편찬된 고악보나 금보에는 시가에 관한 자료가 많이 남아 있고, 그러한 음악 자료는 가집 등의 문학 자료와 동전의 양면과 같은 관계를 맺고 있다. 따라서 문학 자료와 음악 자료를 함께 다루지 않고는 시가 연구의 완성을 기대하기 어렵다고 해도 좋을 것이다.

고악보 가운데 『대악후보』나 『시용향악보』와 같은 자료는 이미 오래전부터 깊이 있게 연구되어 왔다고 할 수 있지만, 금보의 영역은 아직 미개척의 상태로 남아 있는 것으로 보인다. 그러므로 이제는 금보와 같은 음악 자료도 적극적으로 연구의 대상으로 삼을 필요가 있다. 물론 금보와 같은 음악적 자료는 국악에 대한 지식과 소양을 어느 정도 갖추어야 이해할 수 있기 때문에 국문학 쪽에서 연구 대상으로 삼기가 쉽지 않은 것이 사실이다. 그러나 지금은 자료와 방법의 획기적인 변화를

꾀하지 않고는 더 이상 성장을 이룰 수 없는 것처럼 보이는 **때인 만큼**,
문학적 자료와 음악적 자료를 함께 다루면서 두 분야의 상호 협력을
추구하는 것은 시대적 요청이라고도 할 수 있다.

참고문헌

━━━━━━━━━━━━━━━━━━━━━━━━━━━━━━━━━━━━

• 자료

1. 歌集

『歌曲寶鑑』.

『歌曲源流(가람본)』.

『歌曲源流(國立國樂院本)』.

『歌曲源流(河合本)』.

『歌謠』.

『古今歌曲』.

『敎坊歌謠』.

『槿花樂府』.

『南薰太平歌』.

『大東風雅』.

『詩歌謠曲』.

『詩餘』.

『時調文學事典』(정병욱, 신구문화사, 1966).

『시철가』.

『女唱歌謠錄』.

『歷代時調全書』(심재완, 세종문화사, 1972).

『精選朝鮮歌曲』.

『調및詞』.

『增補歌曲源流』(咸和鎭, 鍾路印文社, 1943).

『靑丘詠言(가람본)』.

『靑丘永言(淵民本)』.

『靑丘永言(六堂本)』(경성제국대학, 1930).

『靑丘永言』(조선진서간행회, 1948).

『協律大成』.

2. 歌辭集

『17세기 가사 전집』(이상보, 교학연구사, 1897).

『18세기 가사전집』(이상보, 민속원, 1991).

『歌曲』.

『歌詞(가람본)』.

『歌辭選(고려대본)』.

『歌詞六種(가람본)』.

『가亽(동경대본)』.

『奇詞總錄(국립중앙도서관본)』.

『樂貧歌(한글歌詞集)』.

『만언亽』.

『忘老却愁記(가람본)』.

『忘老却愁方』.

『忘憂消遣錄』.

『牧童歌(서강대본)』.

『牧童歌(한국정신문화연구원본)』.

『白石謾成歌(규장각본)』.

『石亭齋歌集』.

『素亭歌辭』 二(李輝, 김병국 소장, 1997).

『諺文古詩』.

『은亽가(가람본)』.

『雜歌』.

『長篇歌集(가람본)』.

『춘풍감별곡(일사본)』.

『한국가사선집』(이상보, 집문당, 1979).

『閑中談話(경북대본)』.

『海東歌曲(가람본)』.

『海東遺謠』.

『鄕歌(충남대본)』.

3. 琴譜

『(己卯)琴譜』.

『琴譜(慶北大)』.

『琴譜(東大)』.

『琴譜(延大)』.

『琴譜(初入門)』.

『琴譜古』.

『琴譜單』.

『琴譜新證假令』.

『琴譜』.

『琴合字譜』.

『南薰遺譜』.

『白雲庵琴譜』.

『三竹琴譜』.

『峨洋琴譜』.

『梁琴新譜』.

『洋琴註冊』.

『嶧陽雅韻』.

『仁壽琴譜』.

『一蓑琴譜』.

『張琴新譜』.

『增補古琴譜』.

『玄琴東文類記』.

4. 樂譜

『大樂後譜』.

『時用鄕樂譜』.

『歌詞譜』(김경배, 은하출판사, 2001).

『歌詞譜』(이주환, 가곡보존회, 1960).

『十二歌詞傳』(이양교·황규남, 도서출판 광명당, 1977).

『傳唱十二歌詞』(장사훈, 서울대학교 출판부, 1980).

『정가집』(김기수, 은하출판사, 1980).

5. 기타

『經世遺表』.

『溪陰漫筆』(尹昕, 서울대 규장각 소장).

『古今事文類聚』(『欽定四庫全書』).

『古代歌謠』(松岡靜雄, 東京: 同文館, 1932).

『高麗史 樂志』

『孤山歌辭·松江歌辭·蘆溪歌辭 合本』(아세아문화사, 1974).

『校註歌曲集』.

『校合 歌集』一(김동욱·임기중, 태학사, 1982).

『校合 樂府』(김동욱·임기중, 태학사, 1982).

『규방가사(신변탄식류)』(권영철, 효성여자대학교출판부, 1985).

『규방가사』1(권영철, 한국정신문화연구원, 1979).

『대한매일신보』(경인문화사, 1989).

『독립신문』(한국문화개발사, 1976).

『東文選』.

『東岳集』(李安訥, 『韓國文集叢刊』 78, 민족문화추진회, 1991).

『聾巖先生文集』.

『만언ᄉ』(서울대 규장각 소상).

『萬葉長歌全集』(吉澤義則·奧里將建, 東京: 大同館書店, 1929).

『孟子注疏』(『欽定四庫全書』).

『毛詩注疏』(『欽定四庫全書』).

『三體唐詩』(『欽定四庫全書』).

『書經』.

『書傳』(『欽定四庫全書』).

『西浦集·西浦漫筆』(金萬重, 통문관, 1971).

『石屛詩集』(『欽定四庫全書』).

『惺叟詩話』(許筠, 『韓國詩話叢編』 1, 동서문화원, 1989).

『歲時風謠』.

『松江全集』(성균관대학교 대동문화연구원, 1964).

『宋詩紀事』(『欽定四庫全書』).

『詩集傳』(『欽定四庫全書』).

『新增東國輿地勝覽』(민족문화추진회, 1967).

『樂府詩集』 2(郭茂倩, 台北: 里仁書局, 1984).

『樂章歌詞』.

『樂學軌範』.

『御定佩文齋詠物詩選』(『欽定四庫全書』).

『易酌』(『欽定四庫全書』).

『禮記註疏』(『欽定四庫全書』).

『禮記』.

『用易詳解』(『欽定四庫全書』).

『林下筆記』(李裕元, 성균관대학교 대동문화연구원, 1961).

『周易象辭』(『欽定四庫全書』).

『周易傳註』(『欽定四庫全書』).

『周易註疏』(『欽定四庫全書』).

『周易集註』(『欽定四庫全書』).

『周易集解』(『欽定四庫全書』).

『註解 樂府』(정재호 외, 고려대학교 민족문화연구소, 1992).

『주해 가사문학전집』(김성배·박노춘·이상보·정익섭, 집문당, 1977).

『芝峯類說』(李睟光, 『韓國詩話叢編』 2, 동서문화원, 1989).

『至元嘉禾志』(『欽定四庫全書』).

『淸陰集』(金尙憲, 『韓國文集叢刊』 77, 민족문화추진회, 1991).

『秋江集』(南孝溫, 『韓國文集叢刊』 16, 민족문화추진회, 1988).

『秋齋集』(趙秀三, 『閭巷文學叢書』 3, 려강출판사, 1986).

『退溪集』(李滉, 『韓國文集叢刊』 30, 민족문화추진회, 1989).

『韓國歌唱大系』(이창배, 홍인문화사, 1976).

『한국개화기시가집』(김근수, 태학사, 1993).

『한국민요대전(충청북도편)』(문화방송, 1995).

『한국속가전집』 1(정재호, 도서출판 다운샘, 2002).

『한국의 문학비평』(권영민, 민음사, 1995).

『漢陽歌』.

『欽定續文獻通考』(『欽定四庫全書』).

• 논문 및 저서

강석중, 「漁父歌의 集句 溯源 硏究」, 『국문학연구』 1998, 서울대학교 국문학연구회, 1998.

강은해, 「개화기가사연구」, 계명대 석사학위논문, 1979.

고순희, 「19세기 현실비판가사 연구」, 이화여대 박사학위논문, 1990.

_____, 「가사문학의 구비적 성격」, 『고전문학연구』 15집, 한국고전문학회, 1999.

권두환, 「조선 후기 시조가단 연구」, 서울대 박사학위논문, 1984.

권영민, 「개화기 시조에 대한 검토」, 『학술원 논문집』 15, 1976.

권오만, 『개화기시가연구』, 새문사, 1989.

김관도·유청봉,『중국문화의 시스템론적 해석』, 김수중·박동헌·유원준 역, 천지, 1994.

김광조, 「조선 전기 가사의 장르적 성격 연구」, 서울대 석사학위논문, 1987.

김기동, 「가사문학의 형태적 고찰」, 『가사문학연구』, 정음사, 1979.

김대행, 『시가시학연구』, 이화여자대학교출판부, 1991.

＿＿＿, 『시조유형론』, 이화여자대학교출판부, 1986.

＿＿＿, 『우리시의 틀』, 문학과비평사, 1989.

김동욱, 「임란전후 가사연구」, 『진단학보』 제25·6·7 합병호, 진단학회, 1963.

＿＿＿, 「허강의 <서호별곡>과 양사언의 <미인별곡>」, 『국어국문학』 25, 국어국문학회, 1962.

김문기, 『서민가사연구』, 형설출판사, 1983.

김민정, 「12가사의 파생관계에 관한 연구」, 서울대학교 석사학위논문, 2004.

김병철, 「개화기 시가사상에 있어서의 초기 한국찬송가의 위치」, 『아세아연구』 제 42호, 고려대학교 아세아문제연구소, 1971.

김사엽, 『일본의 만엽집』, 민음사, 1983.

김상선, 『한국시가형태론』, 일조각, 1979.

김상억, 「청산별곡연구」, 『국어국문학』 30, 국어국문학회, 1965.

김세중, 『정간보로 읽는 옛 노래』, 예솔, 2005.

김영철, 「한국 개화기 시가장르의 형성과정 연구」, 서울대 박사학위논문, 1986.

김완진, 「청산별곡의 '사슴'에 대하여」, 『문학과 언어』, 탑출판사, 1980.

＿＿＿, 『향가와 고려가요』, 서울대학교 출판부, 2000.

김용찬, 「<청구영언 육당본>의 성격과 시가사적 위상」, 『조선 후기 시가문학의 지형도』, 보고사, 2002.

김윤식, 『한국근대문학양식논고』, 아세아문화사, 1980.

김은희, 「12가사의 문화적 기반과 양식적 특성」, 성균관대학교 박사학위논문, 2001.

＿＿＿, 「<黃鷄詞> 연구」, 『인문과학연구』 7권, 덕성여자대학교 인문과학연구소, 2002.

김창곤, 「12가사의 악곡 형성과 장르적 특징」, 서울대학교 박사학위논문, 2006.

＿＿＿, 「쌍화점과 가사 길군악」, 서울대학교 석사학위논문, 1999.

＿＿＿, 「歌詞 황계사의 史的 考察」, 『한국음악연구』 28집, 한국국악학회, 2000.

김창원, 「조선 후기 '歌詞'에 대한 역사적 검토」, 『한국가사문학연구』, 태학사, 1996.

김학성, 『국문학의 탐구』, 성균관대학교출판부, 1987.

＿＿＿, 『한국고전시가의 정체성』, 성균관대학교 대동문화연구원, 2002.

김학주, 『중국문학개론』, 신아사, 1977.

＿＿＿, 『중국문학서설』, 범학사, 1979.

김현식, 「<서호별곡>과 <서호사>의 변이양상과 그 의미」, 『고전문학연구』 25집, 한국

고전문학회, 2004.

민병수, 『한국한시강해』, 태학사, 1995.

박병채, 『고려가요의 어석연구』, 선명문화사, 1974.

서원섭, 『가사문학연구』, 형설출판사, 1978.

서재극, 「여요 주석의 문제점 분석」, 『어문학』 19, 한국어문학회, 1968.

성기옥, 「용비어천가의 구조와 서사성」, 『고려가요·악장 연구』, 태학사, 1997.

_____, 『한국시가 율격의 이론』, 새문사, 1986.

성무경, 『가사의 시학과 장르실현』, 보고사, 2000

성호경, 『조선 전기 시가론』, 새문사, 1988.

_____, 『한국시가의 유형과 양식 연구』, 영남대학교출판부, 1995.

송방송, 『한국음악통사』, 일조각, 1984.

송성범, 「12가사의 악곡 형식 연구」, 한양대학교 석사학위논문, 1996.

송정숙, 「十二歌詞의 構造分析」, 『어문교육논집』 6, 부산대학교 사범대학 국어교육과, 1982.

신은경, 「唱詞의 有機性이 缺如된 詩歌에 대한 一考察 - 雜歌를 중심으로」, 『二靜 鄭然粲先生 回甲紀念論叢 Ⅱ』, 탑출판사, 1989.

심재완, 『시조의 문헌적 연구』, 세종문화사, 1972.

_____, 『역대시조전서』, 세종문화사, 1972.

양주동, 『麗謠箋注』, 을유문화사, 1947.

여기현, 『고전시가의 표상성』, 월인, 1999.

예창해, 「개화기시가의 율격의식」, 『관악어문연구』 9집, 서울대국어국문학과, 1984.

오태석, 「중국시가발전단계론 탐색」, 『중국문학』 20, 한국중국어문학회, 1992.

윤덕진, 「향유 방식을 중심으로 본 16-17세기 가사의 양상」, 『한국시가연구』 9집, 한국시가학회, 2001.

윤영옥, 「어부사 연구」, 『시조의 연구』, 영남대학교 출판부, 1986.

이능우, 『가사문학론』, 일지사, 1977.

_____, 『고시가론고』, 선명문화사, 1966.

이병기·백철, 『국문학전사』, 신구문화사, 1957.

이상주, 「春眠曲과 그 作者 - 南遊錄의 記錄을 통해서」, 『우봉 정종복 박사 화갑기념논문집』, 우봉 정종복박사 화갑기념논문집간행위원회, 1990.

이수웅·김경일, 『중국문학사』, 대한교과서주식회사, 1994.

이우성, 「고려말·이조초의 어부가」, 『성균관대 논문집』 9집, 성균관대학교, 1964.

이원주, 「가사의 형식에 대하여」, 『고전시가론』, 새문사, 1984.

이재수, 『윤고산 연구』, 학우사, 1955.

이준자, 「己卯琴譜의 歌詞」, 서울대학교 석사학위논문, 1985.

이혜구, 『한국음악서설』, 서울대학교 출판부, 1967.

이혜순, 「歌詞·歌辭論」, 서울대 석사학위논문, 1966.

이혜화, 「海東遺謠 所載 歌辭考」, 『국어국문학』 96, 국어국문학회, 1986.

임재욱, 「가사의 형태와 향유방식 변화의 관련양상 연구」, 서울대학교 석사학위논문, 1998.

_____, 「<서경별곡>에 나오는 '대동강'과 '배'의 상징성」, 『한국시가연구』 24집, 한국시가학회, 2008.

_____, 「12가사의 연원 연구」, 서울대학교 박사학위논문, 2007.

_____, 「가사의 가창 전통과 부분창의 가능성」, 『한국시가연구』 제16집, 한국시가학회, 2004.

_____, 「조선 후기 가창가사에 보이는 잡가적 경향의 연원」, 『국문학연구』 제13호, 국문학회, 2006.

임형택, 「'동국시계혁명'과 그 역사적 의의」, 『한국문학사의 시각』, 창작과 비평사, 1984.

장사훈, 「고려가요와 음악」, 『고려시대의 가요문학』, 새문사, 1982.

_____, 「유예지의 군악타령과 현행 군악과의 관계」, 『예술원보』 제8호, 대한민국 예술원, 1962.

_____, 『國樂論攷』, 서울대학교 출판부, 1966.

_____, 『최신 국악총론』, 세광음악출판사, 1985.

전규태, 「서경별곡 연구」, 『고려시대의 가요문학』, 새문사, 1982.

정병욱, 「악기의 구음으로 본 별곡의 여음구」, 『고려시대의 가요문학』, 새문사, 1982.

_____, 『시조문학사전』, 신구문화사, 1966.

_____, 『한국고전시가론(증보판)』, 신구문화사, 1994.

정운채, 「악장가사 소재 어부가의 한시 수용 양상」, 『장르교섭과 고전시가』, 월인, 1999.

정익섭, 「송강 문학 형성의 배경고」, 『도남조윤제박사 고희기념 논총』, 형설출판사, 1976.

정재호, 『한국가사문학론』, 집문당, 1982

_____, 『한국가사문학연구』, 태학사, 1996.

정한모, 『한국현대시문학사』, 일지사, 1974.

조규익, 『가곡창사의 국문학적 본질』, 집문당, 1994.

조동일, 「<흥부전>의 양면성」, 『흥부전 연구』, 집문당, 1991.

_____, 「개화기의 우국가사」, 『개화기의 우국문학』, 신구문화사, 1974.

_____, 『문학연구방법』, 지식산업사, 1980.

_____, 『하나이면서 여럿인 동아시아문학』, 지식산업사, 1999.

_____, 『한국문학통사』 4권, 지식산업사, 1989.

조윤제, 『한국시가사강』, 을유문화사, 1958.

_____, 『한국시가의 연구』, 을유문화사, 1948.

조태흠, 「훈민시조 종장의 특이성과 향유방식」, 『고시조연구』, 국어국문학회편, 태학사, 1997.

최강현, 『가사문학론』, 새문사, 1986.

_____, 『한국기행문학 연구』, 일지사, 1982.

최상은, 「유배가사의 작품구조와 현실인식」, 한국정신문화연구원 석사학위논문, 1983

_____, 「조선 전기 사대부 가사의 미의식」, 성균관대학교 박사학위논문, 1991.

최진형, 「흥부전의 전승 양상 -출판문화와의 관련을 중심으로-」, 『어문연구』 제34권 제4호, 한국어문교육연구회, 2006.

황준연, 「쌍화곡과 길군악」, 『민족음악학』 14, 서울대학교 음악대학 부설 동양음악연구소, 1992.

_____, 「致和平(三)과 醉豊亨의 관계」, 『예술논문집』 제1집, 부산대학교 예술대학, 1984.

_____, 「한국 전통음악의 악조(평조와 계면조)」, 『국악원논문집』 제5집, 국립국악원, 1993.

_____, 『한국 전통음악의 樂調』, 서울대학교 출판부, 2005.

小西甚一, 『일본문학사』, 김분숙 역, 고려원, 1995.

朱謙之, 『中國音樂文學史』, 北京: 北京大學出版社, 1989.

朱光潛, 『詩論』, 정상홍 역, 동문선, 1991.

월터 J. 옹, 『구술문화와 문자문화』, 이기우·임명진 역, 문예출판사, 1995.

Ruth Finnegan, *Oral Poetry*, Cambridge University Press, 1977.

찾아보기

ㄱ

가(歌)　21, 22, 23, 24, 25, 56, 58, 60,
　　107, 108, 111, 116, 117

가곡(歌曲)　68, 127, 245, 396, 399

『가곡(歌曲)』　402

『가곡보감』　209

『가곡원류(가람본)』　209, 212, 215,
　　356, 397, 404, 408, 419

『가곡원류(국립국악원본)』　404

『가곡원류(하합본)』　209, 211, 215,
　　404

가곡창　244

가능태　22, 29, 30, 31

가능한 방식　29, 31

가락　23, 26, 28, 43, 44, 116, 243

가무(歌舞)　215

가변부　272

가사(歌辭)　127

가사(歌詞)　126, 127, 129, 400

가사　13, 14, 16, 17, 18, 19, 20, 21, 29,
　　31, 34, 35, 37, 41, 42, 44, 45, 46, 51,
　　54, 56, 111, 245, 250, 256, 336, 396

『가스(동경대본)』　401

가사 〈길군악〉　247

가사 향유방식의 변화　54

가사 형태　18, 21, 46, 56

가사 형태 변모　18, 19, 20, 21

가사계　127, 128, 258, 325, 363, 364,
　　392, 408, 410

가사계 가창가사　410, 413, 414, 415,
　　420

가사계 12가사　375

가사계 작품　248

가사문학　14, 18

『가사보(歌詞譜)』　225, 229

가사사(歌辭史)　17

『가사선(歌辭選)』　400, 402

『가사육종(歌詞六種)』　399, 402

가사의 가창전통　244

가사의 향유방식　20

가사장르　15

가사집(歌詞集)　257

가사집(歌辭集)　398

가사창　45

가사체　32, 128, 129, 258

가사체 율격　128, 283, 329, 365, 414

〈가시리〉　224, 225, 336, 348, 350

가시(歌詩) 전환(轉換)　108

가아(歌兒)　37, 38

가영언(歌永言)　22

가요(歌謠) 405

가집(歌集) 123, 148, 215, 257, 398, 403, 428

『가집(歌集)』 207, 209, 210

가창 19, 20, 21, 22, 24, 25, 26, 27, 28, 29, 30, 31, 32, 33, 35, 40, 41, 42, 45, 46, 47, 50, 52, 55, 59, 65, 66, 69, 99, 116, 118, 120, 143

가창가사 40, 42, 52, 78, 106, 121, 123, 126, 134, 135, 147, 148, 157, 243, 244, 245, 257, 282, 392, 407, 410

가창가사 레퍼토리 408

가창민요 102, 103

가창 방법 135

가창 방식 122

가창성 32, 33, 121

가창 속도 280

가창의 관습 70

가창 장르 32, 46, 54, 56, 65, 97, 117

가창 장르의 교체 53

가창 전통 120, 148

간소화 201, 203

간음 229, 231, 235

간점(間點) 273

〈갈가〉 395, 397

갈래 소멸 현상 417

〈감군은(感君恩)〉 39, 40, 126, 133, 159, 166, 167, 175, 190, 191, 193, 194, 278, 287, 288, 347, 349, 350, 366, 368, 374, 379, 393, 394, 395, 397, 404

감탄사 346, 347, 349

감흥 137

〈갑민가(甲民歌)〉 400

강(江) 221

강(腔) 33, 416

〈강상문가(江上聞歌)〉 36

〈강셜누곡〉 401

강을 건너는 도구 222

〈강촌가(江村歌)〉 399

〈강촌별곡(江村別曲)〉 40, 41, 42, 124, 125, 126, 127, 131, 132, 133, 134, 399, 404, 407

개념 22, 28

개방성 78, 379

개방적 78, 149

개방적 담화 339

개작 135

개화가사 14, 15, 16, 17, 18, 33, 45, 47, 48, 49, 50, 53, 55, 62, 63, 64, 83, 86, 88, 89, 91, 105, 107, 110, 111, 115

개화기 13, 15, 16, 17, 18, 20, 21, 25, 32, 45, 46, 51, 52, 54, 55, 58, 59, 60, 61, 64, 83, 88, 111, 113, 117

개화기 가사 46

개화기 시가 46

개화기 시조 111

객관적 경물 356

거문고 26, 53, 257, 350, 392

거문고 구음 396

〈거사련곡(居士戀曲)〉 191, 393

〈거산청흥가(居山淸興歌)〉 401

〈거창가〉 72, 73

〈검부가〉 400

〈격양가요(擊壤歌謠)〉 57

결사 14, 69, 70, 105, 334, 376

〈겸가삼장(蒹葭三章)〉 126, 404

경과음 161, 229

〈경근곡(敬勤曲)〉 165, 168, 286

경기체가 20, 52, 56, 62, 118, 137, 144, 171, 250, 251, 336, 349, 355, 392

〈경무학도들 노리〉 49

〈경복가(景福歌)〉 396, 398

〈경쟁오해(競爭誤解)〉 60

경전(經典) 391

경종(景宗) 132

〈경주타령〉 395, 397

〈계녀스〉 401

계단식 하강 종지형 189

〈계동(癸童)의 동요(童謠)〉 57

계면조(界面調) 252

〈계민스〉 401

〈계우사(誠友辭)〉 399, 400

〈계유사(誠喻詞)〉 401, 403, 407

〈계흥(谿興)〉 386, 389

고(鼓) 268, 269, 271, 272, 273, 294

'고(鼓)'-'쌍(雙)'의 전환 관계 273

〈고공가(雇工歌)〉 401

『고금가곡(古今歌曲)』 123, 125, 126, 132, 133, 134, 148, 404, 408, 410, 412

『고금잡가』 207, 209, 214

고급음악 244

고대 98

고대가요 52, 96

고대의 민요 99

고려가요 136, 140, 148, 170, 177, 178, 208, 219, 223, 224, 225, 238, 249, 251, 257, 266, 278, 282, 325, 326, 347, 379, 396, 397, 412, 413, 414, 420

『고려사(高麗史)』「악지(樂志)」 138, 219

고려속요 56, 61, 137, 179, 221, 250, 341, 359, 392

고려시대 219, 414

〈고별리곡〉 39, 40

고사(故事) 327

『고사기(古事記)』 95, 96, 99

〈고산구곡가〉 61

〈고샹스별곡(古相思別曲)〉 406

고시 91, 93, 101, 108, 109

「고시」 402

〈고시십구수(古詩十九首)〉 93

고악보 157, 158, 159, 179, 180, 185, 226, 428

고악보 선율 변화 205

고악보의 궁(宮) 결정법 169

고전소설 217

고전시가 15, 17, 62

고정성 100

고정율 46

고정적 15

고정적 문학 115

고정적 4·4조 46, 50

고정적 율격 49, 94, 115

고정적 음수율 15, 88, 97

고정적 형태 115

고정화 90

〈고질난치(痼疾難治)〉 48

고착화된 율격 141

곡(曲) 30, 56, 58, 59, 82, 97, 116

곡조(曲調) 23, 26, 31, 45, 58, 66, 69, 70, 74, 116, 157, 158, 207, 238, 243

공간적 배경 352, 354

공덕(功德) 198

공부(孔俯) 391

공척보(工尺譜) 252

공통 구절 215

공통 선율 159

과도기적 작품 415

〈과란계(過蘭溪)〉 384

〈과부가(寡婦歌)〉 406

〈과정곡(瓜亭曲)〉 191, 393

〈관동별곡(關東別曲)〉 34, 35, 36, 37, 39, 40, 41, 42, 65, 68, 72, 75, 76, 84, 85, 122, 124, 125, 126, 127, 129, 132, 133, 134, 142, 147, 326, 399, 400, 401, 404, 405, 407

관동팔경 147

〈관등가(觀燈歌)〉 40, 124, 125, 127, 142, 404, 407

〈관산별곡〉 38, 39

〈관산융마(關山戎馬)〉 406, 407

〈관서별곡(關西別曲)〉 37, 39, 40, 42, 72, 76, 399, 401

〈관셔가〉 400

관습 28, 56

관습적 부분창 139

관악기 346, 350

관용구 144, 218, 219

관현(管絃) 108

광의의 가(歌) 32, 58

교방가요(敎坊歌謠) 404

교술 장르 356

『교주가곡집』 35, 41, 207

구비문학(口碑文學) 107, 113, 115, 117

구비성 27, 65, 113, 117

구비적 27, 54, 65

구성 방식 147, 225, 245, 336, 351, 354

구성 원리 223

구성 요소 104

구성음 161, 284, 285, 317

구성음의 출현 161

구성음의 출현 빈도 172

구성음의 출현 횟수 159, 162, 165, 171, 173, 176, 177, 204, 228, 229, 284, 285, 289, 316

구송 43

구수 15, 110

구술 27, 54, 114

구연 44

구연자 26

〈구운몽〉 208, 217

〈구웅(舊雄)〉 166, 168, 287

구절 170

구절 개수 209

구절 공유 209

구절 배치 209

구조적 유기성 147

〈구천〉 163, 165, 286

국문 198

국문 소설 43

국문시 111, 113

국문 시가 111, 168, 282

국문 악장 366

국문체 128, 162, 163, 166, 167, 285

국문체 노래 127, 128, 409, 410

국문체 속요 197

국문학계 248

국민(國民) 50

국시(國詩) 51, 113

국시론 112

국시 옹호론 112, 113

국악 428

국악계 248

국악 애호가 245

『국연정재창사초록(國讌呈才唱詞抄錄)』 259

〈군마대왕〉 162, 163, 164, 165, 268, 286

〈군악(軍樂)〉 40, 124, 125, 127, 142, 404

궁(宮) 158, 160, 161, 168, 169, 226, 251, 252

궁(宮) 결정법 159, 164, 165, 168, 169, 172, 204

궁녀 43

궁정가인 106

궁중 259, 412

궁중 시가 413

궁중 악장 292

궁중 음악 158, 413, 420

궁중 제례악 391

권주(勸酒) 340

〈권주가(勸酒歌)〉 36, 40, 124, 125, 127, 128, 170, 223, 243, 244, 258, 269, 316, 332, 337, 339, 340, 344, 395, 396, 397, 399, 401, 402, 404, 405, 406, 407, 409, 419

〈권주가고조(勸酒歌古調)〉 403

권필(權韠) 34, 35

〈권학가(勸學歌)〉 399, 400

〈귀거래(歸去來)〉 40, 124, 125, 404, 407

〈귀거래사(歸去來辭)〉 125, 399, 404

귀글체 62, 63

귀글체 가사 64

〈귀인(歸仁)〉 165, 168, 286

〈귀전가(歸田歌)〉 399, 401

귀족문학 14

귀족화 55, 106, 107

〈귀천긔힝 다젼듸 슈쟉〉 59

〈귀호곡〉 162, 164, 268, 285

규방가사 42, 44, 45, 49, 53, 59, 67, 71, 72, 78, 80, 81, 82, 86, 88

〈규수상ᄉ곡(閨秀相思曲)〉 406

〈규원가(閨怨歌)〉 126, 133, 404

〈규중감음편〉 402

규칙의 강화 105, 106

규칙의 완화 105

규칙의 전환 105

규칙적인 결합방식 76

균형감 77

그리움 328

〈근봉〉 59

근체시 21, 55, 89, 91, 97, 101, 104, 105, 108, 110, 117

『근화악부(槿花樂府)』 404, 408

〈금강 김교익의 글〉 49

〈금강산가(金剛山歌)〉 400

『금보(琴譜)』 190, 191, 196, 207, 225, 257, 283, 393, 394, 395, 428

『금보(琴譜)(慶北大)』 191, 393

『금보(琴譜)(東大)』 191, 394

『금보(琴譜)(延大)』 191, 394

『금보(琴譜)(尹容鎭)』 191, 394

『금보(琴譜)(初入門)』 191, 395

〈금보가(琴譜歌)〉 395

『금보고(琴譜古)』 191, 394

『금보단(琴譜單)』 191, 394

〈금보샤〉 401

『금보신증가령(琴譜新證假令)』 191, 394

『금합자보(琴合字譜)』 190, 191, 393, 397

〈금화사(金華寺)〉 407

〈긔힝〉 400

기기가요(記紀歌謠) 90, 94, 98, 99, 101, 105, 109

기록 65, 114, 117

기록문학 99, 107, 113, 115, 117

기록문화 27, 114

기록물 27, 54, 65, 115

기록 방식 62

기록성 21, 27, 54, 63, 64, 65, 119

기록성의 강화 54, 55, 66

기록적 27

기록화 118

〈기명(基命)〉 165, 168, 286

『기묘금보(己卯琴譜)』 315

『기묘금보』〈처사가〉 317, 322

기보 185

기보 방식 158

기보법 251

기보 체계 158, 284

기본음(基本音) 161

『기사총록(奇詞總錄)』 401, 402

〈기성곡(箕城曲)〉 401

〈기성별곡(箕城別曲)〉 401

기악곡 196, 247, 396

기악 〈길군악〉 247

기층계급 106

긴장과 이완 276

〈길군악〉 124, 125, 127, 171, 175, 176, 196, 243, 244, 246, 247, 250, 258, 268, 332, 345, 347, 356, 358, 359, 379, 395, 397, 404, 405, 407, 409, 414

길이 64, 65, 117, 199

김만중 111, 412

꽃 198

꿈 331

ㄴ

〈나례가〉 162, 164, 268, 285

낙구 129, 131, 132, 141

〈낙디가〉 400

〈낙빈가(樂貧歌)〉 40, 41, 42, 124, 125, 127, 129, 130, 131, 132, 133, 134, 399, 400, 401, 403, 404, 407

『낙빈가(樂貧歌)』 402

〈낙지론(樂志論)〉 399

〈낙평싱장가〉 401

〈낙ㅅ가〉 402

난설헌(蘭雪軒) 133

난이도 28

남녀 간의 사랑 413

남녀관계 221

남녀 사이이 육체저 결합 354

남녀상열지사(男女相悅之詞) 198, 354

〈남명가〉 39, 40

남성 화자 359

〈남자훈(男子訓)〉 401

〈남정가〉 39, 40, 42, 72, 76

〈남초가〉 401

『남훈유보(南薰遺譜)』 191, 393

『남훈태평가(南薰太平歌)』 140, 141, 405

〈납씨가(納氏歌)〉 162, 164, 166, 278, 285, 287, 366, 370, 371

낭독 26

〈내당〉 162, 164, 286

내면 율격 79

내면적인 율격 구조 80

내방가사 45, 71

내부적 질서 378

내용 16, 158

내용적 특징 159

내적 동인 18

네 음절 84, 86

노동요 139

노래 25, 31, 39, 44, 47, 108, 249

노래 부르는 방식 26, 30

노래하기 19, 21, 30

노랫말 47, 58, 69, 74, 206, 238, 261

노랫말 구성 방법 148

노랫말 구성 원리 208

노랫말 배분 274, 414

노랫말 배분 방식 275, 282

노랫말 붙임 278, 280, 281

노랫말 수록 양상 148

노랫말의 구성 143, 147, 170, 176, 204

노랫말의 연원 209, 215

노랫말의 형식 159

노랫말의 형태 157

노랫말 제작 원리 380

〈노인가(老人歌)〉 399, 401, 402

〈노중가(路中歌)〉 404

〈노처녀가(老處女歌)〉 72, 73, 401, 406

〈노환가〉 400

〈녹의ㄷ탄가〉 400

〈농가〉 401

〈농가월령(農家月令)〉 399

〈농가월령가(農家月令歌)〉 64, 401

〈농부가(農夫歌)〉 401, 402

〈농상공부 쥬ㅅ 최병헌 독립가〉 48, 49

누카타노오오키미(額田王) 106

ㄷ

다섯 음절 85
다양성 17
다양한 리듬감 77, 78
다양한 변주 190, 205
〈다정화가〉 400
단가(短歌) 94, 96, 110, 191, 250, 255, 427, 428
〈단가(端歌)〉 401
단가류 396
단련체 370
단순선택형 부분창 138
단순한 리듬 16
단순한 선율 200
단위 158, 169
단위 사설 208
단절 17
단절성 105
단조로운 가락 103
단형 13
단형의 여요 256
달 222, 223, 329, 362
〈달거리〉 395, 397
달님 222
달빛 223
닭 220, 329
담당 계층 292
담당층 117, 119
담당층의 확대 53, 54
〈답(答)〉 399
〈답가(答歌)〉 401
〈답경박소년(答輕薄小年)〉 125, 404

대강 159, 179, 204, 231, 254, 270
대구 91, 93, 110
〈대국 일〉 162, 163, 165, 268, 286
〈대국 이〉 162, 163, 165, 268, 286
〈대국 삼〉 162, 163, 165, 268, 286
대금 346
대동강 221, 222
대동문(大同門) 352
〈대동별곡(大同別曲)〉 400, 401
『대동풍아(大東風雅)』 209, 214, 405
대복고(戴復古) 385, 388
『대악후보』 159, 160, 165, 168, 177, 186, 189, 190, 191, 193, 196, 204, 228, 246, 251, 255, 259, 285, 288, 289, 364, 371, 411, 412, 428
대엽(大葉) 33
〈대왕반〉 162, 164, 268, 286
〈대유(大猷)〉 166, 286
대중가요 344
『대한매일신보』 32, 45, 46, 49, 51, 57, 59, 60, 82, 83, 84, 113, 114
『대한매일신보』의 가사 45, 46
더늠 139
도대선(都大船) 220, 221
〈도라지타령〉 336
「도산십이곡발(陶山十二曲跋)」 24
도연명의 〈四時〉 223
〈도원행(桃源行)〉 126, 404
독(讀) 25, 27
〈독경(篤慶)〉 166, 168, 287
〈독락당〉 59, 72
독립가 48

『독립신문』 45, 49, 114

〈독사유감(讀史有感)〉 60

〈돈세가〉 400

돗대선 329

동국시 113

〈동동(動動)〉 167, 288, 349, 350

〈동동 여음(動動 餘音)〉 167, 285, 288

동물 24

〈동정추월(洞庭秋月)〉 384

동질성 17

동질적 18

동질화 70

동춘(同春 : 宋浚吉) 34, 35, 41

동학가사 45

〈두견문답설화〉 59

두목(杜牧) 386, 388

두보(杜甫) 92, 106

두순학(杜荀鶴) 386, 388

두 음절 85

〈듁창곡〉 400

등시성 16

〈등왕각〉 400

〈등왕각셔〉 401

ㄹ

레퍼토리 54, 126, 134, 191

리듬 15, 43, 70, 74, 77, 109, 116, 243

리듬감 26, 55, 73, 78

ㅁ

마루 142, 177, 178, 244, 254, 261

〈만고명장가(萬古名將歌)〉 400, 401

만대엽(慢大葉) 167, 190, 191, 256, 288, 393

만두(饅頭) 198

〈만언답셔〉 401

〈만언사(萬言詞)〉 42, 43, 53, 56, 64, 66, 401

『만엽집』 94

〈만전춘(滿殿春)〉 160, 166, 252, 287

〈만전춘별사〉 160, 170, 223, 224, 341, 366, 375

〈만학천봉〉 336

『망노각수기(忘老却愁記)』 401

『망노각수방(忘老却愁方)』 401

『망우소견록(忘憂消遣錄)』 401

매개자적 역할 415

〈매음녀(賣淫女)야〉 83

〈매화가(梅花歌)〉 124, 125, 127, 142, 145, 170, 184, 223, 244, 247, 250, 258, 332, 337, 340, 343, 351, 352, 353, 395, 404, 405, 414

〈매화곡〉 395, 397

〈믹화ㅅ〉 404

〈매화타령(梅花打令)〉 124, 125, 127, 172, 173, 180, 182, 183, 243, 268, 316, 337, 395, 396, 397, 404, 406, 409

〈맹상군가(孟嘗君歌)〉 401

『맹자(孟子)』 391

『맹자주소(孟子注疏)』 390

멜로디 26, 142, 143

〈면앙정가(俛仰亭歌)〉 37, 38, 39, 40, 42, 72, 401

〈명기가(名妓歌)〉 405

〈명당가(明堂歌)〉 401, 402, 403, 404,
　407

〈명월음(明月吟)〉 57

〈모녀형제붕우소회가〉 72, 73

『모시주소(毛詩注疏)』 391

〈모심는 소리〉 102, 103

〈목동가〉 399, 401, 402

『목동가(牧童歌)(서강대본)』 402

『목동가(牧童歌)(한국학중앙연구원
　본)』 402

목판본 114, 115

〈몽유가〉 401

〈무검기행(舞劍器行)〉 125

무녀(舞女) 38

〈무등장가〉 37, 38

무맥락성 337

무맥락적 성향 327

무맥락적 차용 335

〈무인닙츈츅〉 400

무질서 336

〈무일곡행(舞釰哭行)〉 404

묵독 26

문인층 106

문자 27, 54

문자악보(文字樂譜) 252

문자 의존성 27, 55, 107

문집 428

문층 219

문학과 어학의 협력 249

문학과 음악의 통합적 연구 248

문학과 음악의 협력 249

문학사 206

문학 장르 43

문학적 기준 170

문학적 단위 159, 179, 180, 204, 255,
　298

문학적 요소 159

문학적 연관성 325

문학적 유사성 257

문화적 배경 30

미미한 변주 186

미미한 변화 204

미인 331

〈미인사〉 37

민간 259

민간 가요계 413

민속악 245

민요 14, 18, 55, 71, 80, 91, 117, 245,
　397

민요 〈길군악〉 247

민요적 작명법(作名法) 336

ㅂ

박인로 59

박자 229, 231, 247, 254, 261, 268, 270,
　297

박자 수 69

〈박진회(泊秦淮)〉 386

반복구 13, 15, 46, 50, 61, 64, 229, 268,
　344, 347, 350, 381, 414

반복 구조 207, 238, 262, 291

반복 선율 177, 178, 227, 254, 262,
　302, 315

반복형 139

반주 23

방언(方言) 39

방유심(方惟深) 388, 389

〈방하타령〉 395, 397

배 221, 222

배이도(裴爾度) 59

백거이(白居易) 329, 383, 388

백광홍 37, 38

〈백구가(白鷗歌)〉 345, 347, 400, 406

〈백구사(白鷗詞)〉 40, 72, 74, 75, 76,
　77, 124, 125, 127, 145, 147, 171, 173,
　174, 206, 243, 244, 247, 250, 258,
　268, 332, 354, 377, 378, 395, 401,
　404, 405, 406, 407, 409, 414

〈백두음(白頭吟)〉 402

〈뵑발가〉 402

『백석만성가(白石謾成歌)』 400

〈백운가(白雲歌)〉 125

『백운암금보(白雲庵琴譜)』 191, 394

뱃사공 353

변모 17, 18, 19, 20, 21, 32, 56, 67

변용 363

변이 204

변조체 46

변주 159

변주 유형 195

변천 21, 25

변칙적인 결합방식 76, 77

변형유절형식 179

변형 음보 73

「별곡(別曲)」 191

〈별권주가(別勸酒歌)〉 399

〈별대왕〉 163, 164, 286

〈별사미인곡(別思美人曲)〉 400

〈병자난리가(丙子亂離歌)〉 399

〈보대평(保大平)〉 366

보상 작용 117

보상적 장음화(compensatory lengthening)
　101

보완 장치 104

〈보허사〉 191, 393

〈보허자(步虛子)〉 167, 168, 190, 288,
　393, 394

복록(福祿) 198

〈복선화음(福善禍淫)〉 401

복수실연(複數實演) 120, 121

복잡한 선율 200

복잡화 203

복합성 78

복합적 90

복합형식 179

본사 224, 279, 280, 334, 367

「봉래의」 136

〈봉황곡(鳳凰曲)〉 406

〈봉황음(鳳凰吟) 一〉 166, 287

〈봉황음(鳳凰吟) 二〉 166, 287

〈봉황음(鳳凰吟) 三〉 166, 287

〈뵈틀가〉 402

부녀자 14, 53, 107

〈부농가(富農歌)〉 399

부동성(浮動性) 374

부분 선택의 자율성 149

부분의 독자성 135

부분의 분할성 147
부분의 통합성 145, 378
부분창 120, 122, 123, 135, 136, 137,
　　140, 143, 148, 149
부선율 264
부수적인 음 201
북 350
북과 젓대의 구음 350
〈북전(北殿)〉 167, 190, 191, 288, 289,
　　393
〈북천가〉 64
분련(分聯) 15, 46, 60, 61, 62, 64, 117
분련체 61, 116
분절성 63
분절식 229, 414
분절식 구성 379
분할구성 145, 147, 375, 379
불가능한 상황 220
불변부 272
〈불효탄〉 401
「불휘장」 294, 298, 299, 311, 374
비결사형 68
비교 곡 선정의 기준 170
비교 대상 악곡 177
비교의 기준 158, 169
비교의 기준과 단위 159
비반복형 139
비12가사 408, 409
비유기적 체계 378
비유법 220, 221
비전문성 107
비전문화 107

비정형 91
〈비파만대엽(琵琶慢大葉)〉 190
〈비파행(琵琶行)〉 126, 404
〈비충가〉 400
빈출(頻出) 구절 209, 216, 217

人

사(詞) 56, 58, 59, 97, 116
〈사겨울〉 59
사공 221
〈사당놀양〉 395, 397
사대부 292
사랑 338, 358
〈사리화곡(沙里花曲)〉 191, 393
〈사모곡(思母曲)〉 162, 164, 190, 256,
　　268, 278, 285, 348, 349, 350, 393
〈사미인곡(思美人曲)〉 34, 36, 37, 39,
　　40, 42, 126, 133, 145, 326, 399, 400,
　　404, 407
〈ᄉᆞ빅부〉 401
〈사부모〉 401
사상론 17
사설 공유 현상 208
사설 구성 기법 391
사설 구성 원리 208
사설시조 14, 20, 54, 208, 217
사설형태 207
〈사시가(四時謌)〉 399, 402
〈사아랑가(士阿郎歌)〉 396, 398
〈사우가〉 402
〈사인곡〉 400
〈사자〉 401

〈스쳐가〉 401

사회구조 104

삭대엽 191, 256, 393

산문성 64

산문 장르 20

산문정신 14, 16, 17, 65

산문화 14

〈산중풍경〉 402

〈삼국가〉 402

〈삼성대왕〉 162, 164, 268, 286

〈삼일가(三一歌)〉 81

〈삼장(三藏)〉 138

『삼죽금보(三竹琴譜)』 207, 225, 247,
  395, 397

삽화적 전개 145

삽화적 질서 145

〈상대별곡〉 348

〈상사가(相思歌)〉 399, 400

〈상사곡(相思曲)〉 40, 124, 125, 127,
  140, 399, 400, 404, 406

〈상사몽〉 59

〈상사별곡(相思別曲)〉 125, 127, 128,
  140, 141, 208, 217, 243, 244, 258,
  269, 283, 316, 330, 332, 364, 375,
  379, 395, 397, 399, 400, 401, 402,
  403, 404, 405, 406, 407, 409, 418

상실과 보상 101

〈상저가(相杵歌)〉 126, 133, 134, 162,
  164, 268, 285, 401, 404

상징적인 의미 331

〈상춘곡〉 65, 114

상층 55, 91

상층계급 106

상층귀족 55

상행 종지형 189

상호보완적인 관계 428

〈생가요량(笙歌寥亮)〉 162, 163, 165,
  228, 282, 285

〈생년불만백(生年不滿百)〉 92, 93

〈생매 잡아〉 336

〈서강월정(西江月艇)〉 388

『서경(書經)』 22, 24, 32, 391

〈서경별곡(西京別曲)〉 136, 138, 139,
  159, 160, 162, 164, 166, 167, 170,
  172, 173, 177, 178, 180, 182, 183,
  184, 186, 187, 190, 220, 221, 223,
  247, 251, 252, 268, 278, 285, 287,
  288, 336, 341, 343, 348, 349, 350,
  351, 352, 353, 366

서민 23, 53

서민가사 42, 53, 56, 67, 70, 71, 72,
  78, 80, 81, 82

서민의식 16

서민층 14, 55, 68, 71, 80, 107

서사 334, 373, 376

서사 장르 65, 145

서양악곡 46

〈서어부사후(書漁父歌後)〉 380

〈서왕가〉 114

『서전(書傳)』 389

서정성 64

서정적 화자 225

〈서호별곡〉 33, 34, 41, 75, 416

〈석문정구곡도가〉 72, 84, 85

『석정재가집(石亭齋歌集)』 401

석주(石洲 : 權韠) 34, 35

〈석주(石洲)의 한시(漢詩)〉 399

선법 161

〈선악가〉 400

〈선위(宣威)〉 166, 168, 228, 287

선율 26, 158, 159, 169, 176, 199, 205,
207, 225, 226, 238, 247, 254, 283,
414

선율 변주 159, 185

선율 비교 157, 158, 204

선율 비교의 단위 177

선율 형식 262, 264, 291

선자화상(船子和尙) 387, 388

선택조합형 부분창 138

선행 악곡 158, 159, 160, 170, 179,
253, 255, 259, 284

선행 장르 170

〈설인귀전〉 43

성(聲) 22, 24

성률 91, 98, 110

〈성산별곡(星山別曲)〉 34, 36, 37, 42,
126, 399, 400, 401, 402, 404

성악곡 245, 396

성의영(聲依永) 22, 24

성진 328

성천(成川) 352

〈성황반〉 162, 164, 286

『세시풍요(歲時風謠)』 206

세 음절 86

세조 259, 412

『세종실록악보』 160, 259

〈셕춘스(惜春詞)〉 406

〈소대성전〉 43

소동파(蘇東坡) 340

〈소상팔경(瀟湘八景)〉 400, 401

〈소상팔경가(瀟湘八景歌)〉 401

소설 14, 56, 58, 114, 145

『소악부(小樂府)』 191

소엽(小葉) 33

소절 142

소정(素亭 : 李輝) 44

〈소춘향가(小春香歌)〉 407

〈속미인곡(續美人曲)〉 34, 36, 37, 40,
42, 63, 79, 80, 126, 133, 145, 399,
400, 402, 404, 407

〈속사미인곡〉 39, 400

〈속어부사(續漁父詞)〉 404

송강(松江 : 鄭澈) 34, 35, 36, 40, 129,
133

송강가사 34, 37

송순 37, 39

〈송신(送神) 흥안지악(興安之樂)〉 166,
168, 287

〈송전죽지사(誦傳竹枝詞)〉 126, 404

송준길(宋浚吉) 35

송지문(宋之問) 106

〈쇼야난직구문도〉 401

〈쇼직금도〉 401

〈쇼향난직금도〉 401

〈숑양별곡〉 401

수사법 359

〈수심가(愁心歌)〉 399

수양산 335

〈수양산가(首陽山歌)〉 124, 125, 127, 223, 243, 258, 268, 278, 326, 327, 330, 332, 335, 337, 340, 341, 345, 347, 404, 406, 409, 414

수용층 106

〈수월정가〉 39, 40

숙종 14, 19

〈숙향전〉 43

『순오지』 41

〈순응(順應)〉 166, 168, 287

스토리 65

슬픔 225

〈승가(僧謌)〉 399

〈승답가(僧答謌)〉 399

시(詩) 21, 22, 23, 24, 25, 32, 35, 50, 51, 60, 99, 107, 108, 111, 117, 249

시가 13, 15, 22, 32

시가 갈래 208

시가 속성의 변모 111

『시가요곡(詩歌謠曲)』 209, 405

시가 장르 20, 45, 49, 53

시가 형태 18, 21, 47, 118

『시경(詩經)』 108, 109, 391

시경체 198

시대구분 32

시대상황 17

시대정신 15, 16, 119

시론(詩論) 50, 51

시름 225

시상 68, 145

시상의 연속성 145, 378

시언지(詩言志) 22

『시용향악보』 136, 159, 160, 162, 168, 177, 186, 187, 189, 191, 196, 203, 204, 229, 230, 246, 251, 254, 259, 268, 285, 288, 364, 428

시작 선율 292, 294

시조 20, 29, 30, 31, 46, 51, 66, 68, 70, 111, 118, 127, 146, 218, 245, 250, 255, 256, 344, 396

시조 종장 68, 67, 69, 70

시조 종장형 낙구 130, 131, 133

『시집전(詩集傳)』 389, 390, 391

『시철가』 209

〈신가(神歌)〉 396, 397

〈신도가(新都歌)〉 366, 369, 375

신문 32, 45, 46, 54, 55, 64, 113, 114, 117

〈신세타령〉 102, 103

〈신정(神定)〉 166, 168, 287

신채호 113

실현되는 방식 31

실현되는 양태 29

실현 불가능한 상황 360

실현 불가능한 조건 360

실현태 22, 29, 30, 31

심방곡(心方曲) 190

심전기(沈佺期) 106

〈심청전〉 43

십이가사(十二歌詞) 126

『십이가사전(十二歌詞傳)』 225

십이율(十二律) 22

〈십장가(十杖歌)〉 61, 407

〈십쟝부가〉 400

〈십틱가〉 401

쌍(雙) 268, 269, 271, 272, 273, 294

'쌍(雙)'과 '고(鼓)'의 교체 271

쌍화(雙花) 198

〈쌍화곡(雙花曲)〉 162, 164, 175, 180, 196, 198, 200, 202, 203, 246, 268, 282, 285

〈쌍화점(雙花店)〉 137, 138, 159, 167, 171, 175, 176, 180, 186, 196, 198, 200, 203, 246, 247, 251, 271, 272, 273, 288, 289, 335, 348, 349, 350, 356, 358, 359

쓰더귀 시조 344

ㅇ

〈아리랑〉 336

「아악가사(雅樂歌詞)」 389, 391

『아양금보(峨洋琴譜)』 207, 225, 283, 395

〈아헌(亞獻) 소무(昭武)〉 166, 287

악(樂) 23, 24

악곡 49, 58, 70, 73, 159, 205, 207, 244, 291

악곡 구조 158, 171, 205, 247, 262, 264, 290, 414

악곡 비교의 단위 283

악관 414

악기 23, 26, 39, 45, 54

악기 구음 226, 327, 346, 349, 350

악기 구음형 여음구 358

악기 반주 23, 26, 32, 44, 116, 243

악보 35, 160

악보 일원화 253

악부(樂府) 36, 58, 91, 93, 97, 99, 101, 105, 106, 108, 215

『악부(樂府)』 209, 213, 217, 330

악부시 93

〈악양루가(岳陽樓歌)〉 401

악장 136, 138, 140, 148, 170, 179, 198, 250, 251, 256, 257, 266, 278, 282, 325, 336, 363, 366, 379, 391, 392, 396, 397, 415, 416, 420

『악장가사』 177, 197, 251, 364, 366, 371, 381

악장 계열 418

『악학궤범』 136

안정감 77

안정 상태 104

안정적인 리듬감 99

〈안혼탄〉 400

암기 27, 65, 66

압운 91, 98, 110

〈애국가〉 48, 49, 50, 178

애국가류 46, 47, 49, 50

애정 352

〈야심사〉 162, 163, 164, 165, 286

양금보(洋琴譜) 315

『양금신보(梁琴新譜)』 190, 191, 393, 397

『양금주책(洋琴註冊)』 396

양반 107

양반가사 14, 45, 53, 67, 68, 70, 71, 88

양반계층 53

양반층 68, 80

양시(楊時) 384, 388

〈양양가(襄陽歌)〉 40, 124, 125, 127, 127, 142, 243, 244, 274, 275, 276, 283, 332, 364, 365, 380, 380, 395, 399, 402, 404, 404, 406, 406, 407, 409, 417, 418

양이일(楊理一) 34, 35

〈어부(漁父)〉 383, 385, 386, 389

〈어부가(漁父歌)〉 35, 278, 349, 350, 381, 381, 387, 389, 391, 399, 400, 404, 405, 418

〈어부사〉 34, 39, 40, 41, 122, 124, 125, 126, 127, 129, 132, 133, 134, 142, 243, 244, 258, 268, 274, 275, 282, 332, 341, 345, 346, 347, 364, 365, 380, 381, 395, 399, 400, 401, 402, 403, 404, 405, 406, 407, 409, 417, 418

〈어옹(漁翁)〉 387, 388

어학적인 전제 249

억제형 104

〈억진아(憶秦娥)〉 125, 404

『언문고시(諺文古詩)』 402

언문풍월 51

「언문칙목녹」 402

〈여낭송추천(女娘送秋千)〉 126, 404

〈여민락(與民樂)〉 136, 190, 191, 366, 393, 394

여성 화자 359

여요 256

여요계(麗謠系) 258, 392, 410

여요계 가창가사 414, 415, 419

여요계 12가사 325, 326

여요계 작품 248

여요적 경향 244

여음구(餘音句) 229, 250, 276, 282, 329, 344, 347, 350, 358, 370, 414

〈여자훈(女子訓)〉 401

여장(汝章 : 權鞸) 36

여창 207

여창가요록(女唱歌謠錄) 405

〈역대가(歷代歌)〉 39, 40, 400

역사언어학 101

〈역성(繹成)〉 166, 287

『역양아운(嶧陽雅韻)』 396

『역작(易酌)』 391

연 13, 15, 46, 60, 61

연광정(練光亭) 352

〈연년가〉 400

연속체 61, 148, 268, 356

연쇄적 질서 145

연시조 62, 336

연원 157, 206, 208, 217

연장체 148, 238, 250, 256, 268, 356

연장체 고려가요 178

연장체 속요 136

연장체 시가 136, 137, 138, 142, 177, 198, 266, 268

연장체 형식 379

연정 331

연행 208

〈연행가〉 64

연행 문학 장르 208

〈연행별곡〉 72, 400

연행 상황 118

연행 양상 208

〈연형제가〉 348

엽(葉) 33, 416

영(詠) 25, 27

〈영관(永觀)〉 166, 186, 287

〈영남가(嶺南歌)〉 399

〈영산회상(靈山會相)〉 167, 168, 191, 288, 393

〈영신(迎神) 희문(熙文)〉 165, 168, 286

영언(永言) 24

영정조 14

영조 32

『예기(禮記)』 23, 391

〈오관산(五冠山)〉 219, 220, 223

〈오관산곡(五冠山曲)〉 191, 393

〈오독기〉 395, 397

〈오륜가(五倫歌)〉 400, 401

오언율시 93

오음(五音) 22

오음약보(五音略譜) 158, 160, 169, 226, 228, 251, 253, 316

〈옥루연가(玉樓宴歌)〉 399

〈옥설화담(玉設話談)〉 401

〈옥성화답(玉城和答)〉 403, 407

〈옥설〉 400

〈옥설화담〉 400

〈옥설화답〉 401

〈옹만신곡〉 401

〈와념소유언(臥念小遊言)〉 126, 404

와카[和歌] 21, 52, 89, 90, 94, 97, 98, 99, 104, 105, 106, 110

완급 280

완급의 교체 281

완급의 변화 78, 278, 279

완급 조절 274, 276, 280

완독(玩讀) 19, 20, 26

〈왕쇼군원탄(王昭君怨歎)〉 406

요(搖) 268, 269, 271, 272, 294

〈요주파양정(饒州鄱陽亭)〉 387

〈용광정명(龍光貞明)〉 166, 286

〈용부녹〉 401

〈용비어천가(龍飛御天歌)〉 136, 138, 259, 299, 315, 366, 371, 374, 375, 416

〈용사음(龍蛇吟)〉 57

『용역상해(用易詳解)』 391

〈용저가(舂杵歌)〉 399, 401

우국가사 45

우리말 시가 51, 111

〈우부가〉 72, 79, 80, 84

〈우부편〉 401

〈우조북전(羽調北殿)〉 190

〈운림처사가〉 399, 400, 403

운율 28

원곡 186, 237, 260, 283

원곡과 파생곡 292

〈원부사(怨婦詞)〉 399

〈원부사(怨婦辭)〉 399

〈원부사〉 402

〈원약가〉 400

〈원우가〉 401

원음 229, 231, 232, 235
원점(原點) 273
원조 악곡 418
원형 194
〈월(月)거리〉 403, 407
〈월봉산최일정은셔상ㅅ가〉 400
〈유구곡〉 162, 164, 268, 285
유기적 전개 145
유기적 질서 145
유동성 78
유동적 78, 149
유동적인 문학 115
유동적인 율격 115
유동적인 형태 133
유래 157, 208, 238
〈유림가(儒林歌)〉 162, 164, 278, 285,
    348, 349, 350, 366, 368, 379
유만공(柳晚恭) 206
유배가사 145
유사 선율 159, 254, 255, 297
〈유산가〉 406
〈유산곡(遊山曲)〉 399
유연성 379
유의미한 구절 349, 350
유절형식 179
유종원(柳宗元) 288, 389
유행가 30
〈유황곡(維皇曲)〉 166, 168, 287
유흥(遊興) 327
육궐(陸厥) 91
육보(肉譜) 396
육조 110

〈육칠월〉 336
윤상현 113
윤이지 35
윤이후(尹爾厚) 132
율(律) 22, 52
율격 15, 16, 17, 33, 49, 67, 109, 129,
    159, 179, 180, 204, 243, 255, 258,
    281, 298, 364
율격 구조 18, 78, 115, 116, 130, 133,
    299, 365
율격 구조의 고착 89
율격 구조의 전환 89
율격 내적 요소 67, 117
율격 단락 47, 82
율격 단위 280
율격 변모 103
율격 분석 372, 373
율격 외적 요소 56, 117
율격 의식 109
율격 장치 101, 104
율격 장치의 상실 89
율격적 고정성 15, 104
율격적 균형 371
율격적 동질성 364, 365
율격적 리듬 26, 100
율격적 변이 103
율격적 불균형 371
율격적 안정성 117
율격적 유동성 131, 374
율격적 정형성 101
율격적 통어력 374
율곡(栗谷 : 李珥) 41, 129

율독(律讀) 20, 21, 22, 24, 25, 26, 27, 28, 29, 30, 31, 46, 51, 53, 55, 116, 118
율독가사 243
율독성 33, 45
율명 158
율문 15, 20, 28, 43, 100
율문 장르 21
율시 98, 106
율자보(律字譜) 158, 160, 161, 169, 226, 252, 253
율조 46, 49, 70, 71, 73, 77
율화성(律和聲) 22, 24
〈융화(隆化)〉 166, 168, 286
〈은군자가(隱君子歌)〉 400, 401
〈은사가(隱士歌)〉 400, 401
『은ㅅ가』 402
읊기 19, 21
읊는 방식 26
음(音) 23, 24
음계 161, 162, 165, 169, 173, 204, 228, 229, 238, 284, 285, 289, 290, 316
음고(音高) 252
음보 13, 16, 32, 67, 70, 71, 78, 83, 86, 89, 109, 115, 116, 117, 140, 275, 276, 279, 280
음보율 117
음보율의 변화 71, 89, 105
음송 31
음수 13, 67, 70, 78, 83, 89, 91, 109, 115, 116, 117, 140
음수 고정화 21, 88

음수율 32, 49, 90, 94
음수의 변모 89, 106
음악 17, 18, 20, 21, 23, 24, 25, 31, 32, 48, 49, 50, 52, 53, 54, 56, 58, 62, 70, 78, 99, 101, 108, 109, 116, 206, 207, 208, 257
음악 분리 100, 111
음악 상실 21, 55, 66, 101, 103, 105, 107, 109, 116, 117
음악 상실의 보상품 82
음악성 26, 27, 89, 101, 116, 118
음악적 감흥 139
음악적 구조 143, 177, 237, 261, 283
음악적 기준 171, 177
음악적 단위 159, 179, 204, 254, 255, 297
음악적 연원 158
음악적 요소 23, 103, 159
음악적 유사성 257, 259, 260, 325
음악적 조건 159, 177, 245
음악적 형식 205
음역(音域) 159, 171, 176, 284, 317
음영(吟詠) 19, 20, 21, 22, 24, 25, 26, 27, 28, 29, 30, 31, 32, 42, 43, 44, 45, 46, 50, 52, 55, 58, 59, 65, 66, 99, 116, 118, 120, 121, 243
음영가사 32, 52, 59, 70, 78, 82, 83, 89, 106, 243
음영민요 102
음영성 33, 42
음의 교체 195
음의 위치 바뀜 195

음의 추가 195

음절수 83, 97

〈음창가〉 401

〈읍송귀시재복아(泣送歸時在腹兒)〉 399

의미적인 요소 103

의병가사 45

「의복의무든것쌔는법」 402

의성어 346, 347

〈의암별곡〉 404

의태어 346

이능우 19, 26

이명(李洺) 132

이백 106, 380

이별 225, 328

〈이별곡(離別曲)〉 56

이병기 14

이본 208, 209, 214, 215, 238, 340

〈이부인급귀인가(李夫人及貴人歌)〉 91, 93

〈이상곡(履霜曲)〉 166, 287, 348, 350, 375

이수광 39

이안눌(李安訥) 37

이원(梨園) 38

이원제자 38, 39

이인로(李仁老) 384, 389

이제현(李齊賢) 219, 388, 389

이조(移調) 161

이주환 229

이질성 17, 70, 74, 77

이질적 17

이질적인 요소 70, 71, 73

이질적인 음보 73, 78

이질적인 후렴구 224

이탈 104

이현보(李賢輔) 381, 391

이황(李滉) 24, 25, 380, 381

이휘(李輝) 44, 81

이희징(李喜徵) 132

익재 소악부 393

인생무상(人生無常) 327, 340

인성부원군 36

인쇄매체 54, 55, 64, 114

『인수금보(仁壽琴譜)』 191, 395

〈일동장유가〉 42, 53, 64, 66

일률화 16

〈일민가〉 72, 84

일본 21, 52, 55, 98, 106, 109, 110

『일본서기(日本書紀)』 94, 96, 99

일본 시가 89

『일사금보(一蓑琴譜)』 395

일자일음 96

〈일빅쥬가〉 401

읽기 19, 21

읽는 방식 26, 30, 97

임 222, 361

임기준(林基俊) 124, 126

『임하필기(林下筆記)』 39, 259

입타령 211, 215, 358

ㅈ

〈ㅈ경별곡〉 401

〈자답가(自答謌)〉 399

자민(子敏 : 李安訥) 36

〈ᄌ쇼가〉 400

자수 46

자유시 46

자의적(恣意的)인 부분창 139

〈자제삼절(自題三絶)〉 387

〈자지곡〉 400

〈자탄가〉 402

〈ᄌ탄즁완상긔〉 401

〈자하동(紫霞洞) 一〉 167, 288

〈자하동(紫霞洞) 二〉 167, 288

작자층 55, 67, 68, 106

작자층의 변화 88

작자층의 확대 17, 55

작품 구성 방식 375

작품 구성 원리 238, 341

잠삼(岑參) 385, 388

잡가(雜歌) 54, 141, 250, 256, 257,
    336, 344, 392, 397, 401, 414, 420

『잡가(雜歌)』 41, 402

잡가계(雜歌系) 127, 128

잡가계 가창가사 170, 246

잡가 계열 414

잡가 장르 415

잡가적 경향 244

잡가집 214

〈잡설(雜說)〉 399

잡지 45, 46, 54, 55, 64, 113, 114

〈잡처용〉 162, 164, 286, 288

장 293

장가(長歌) 39, 40, 94, 96, 110, 190,
    191, 250, 255, 428

장가 계열 257

장가류 396

장가류 갈래 256, 420

장가류 작품 257, 393

장가 장르 392

장고 26

장고(장구) 장단 171, 226, 229, 237,
    238, 254, 261, 268, 269, 271, 273,
    292, 294, 297, 414

장고 장단 형식 272, 293

장고점 270, 271, 273, 294

장고형 247

장구의 구음 350

『장금신보(張琴新譜)』 207, 225, 396

〈장긔가〉 401

장단 22, 158, 179, 205, 262, 270

장단 형식 268, 269

장르 18, 20, 21, 28, 29, 31, 46

장르 교체 54, 105

장르 변동 105

장르 속성 20, 21, 59, 60

장르 위상 역전 113

장르 전환 91, 105

〈장사탄(長思歎)〉 399

장사훈 229

장식음 161, 229

〈장암곡(長巖曲)〉 191, 393

장지화(張志和) 387, 388

〈장진주(將進酒)〉 40, 41, 126, 133,
    404

〈장진주사(將進酒辭)〉 39, 40, 399,
    401

장편가사 42, 44, 45, 56, 116, 126

『장편가집(長篇歌集)』 400

장편대하소설 65

〈장한가(長恨歌)〉 399, 400

장형가사 32, 64, 66

장형화 14, 53, 54, 64, 66

〈쟝진쥬가〉 400

저널리즘 55

〈적벽가(赤壁歌)〉 407

〈적벽부(赤壁賦)〉 126, 340, 400, 404

적의성(適意性) 60

「젹인쟝(狄人章)」 294, 374

전(傳) 56

전강(前腔) 33

전기 가사 32, 33, 42, 55, 71, 78, 118, 130

전기수(傳奇叟) 43

전달방식 64, 66, 117

전달방식의 변화 53, 54

〈전적벽(前赤壁)〉 399

『전창십이가사(傳唱十二歌詞)』 225, 226, 255

〈전폐(奠幣)〉 389

〈전폐(奠幣) 희문(熙文)〉 165, 168, 286

절구 97, 98

절주(節奏) 24, 25

젓대의 구음 350

정가(正歌) 245

『정가집』 225

정간 179, 204, 270

정간보(井間譜) 180, 238, 251

정격 71

〈정과정〉 223, 224, 256

〈정대업(定大業)〉 366

〈정동방곡(靖東方曲)〉 160, 166, 186, 252, 287, 366

정서 224, 225, 335, 362

정서적 상관물 329

정석(鄭石) 334

〈정석가(鄭石歌)〉 136, 162, 164, 170, 186, 190, 219, 223, 224, 268, 285, 332, 334, 341, 359, 361, 366, 393

『정선조선가곡(精選朝鮮歌曲)』 209, 213, 215

〈정세(靖世)〉 166, 168, 287

〈정읍(井邑)〉 167, 288

〈정읍사(井邑詞)〉 222, 223, 349, 350, 359, 362

정제된 형태 99

정철(鄭澈) 30, 34, 35, 36, 39, 41, 129

정형성 101, 104, 107

정형시 52, 91, 97, 106, 109

정형화 21, 90, 101, 103, 109, 117

〈제망매가〉 375

제명 관습 60

제목 56, 57, 58, 60, 66, 117, 159, 185, 326, 327, 329, 335

제목 부여 방식 170

제목의 무맥락성(無脈絡性) 332

〈제위보곡(濟危寶曲)〉 191, 393

〈졀누가〉 400

〈조(潮)〉 384

〈조감고(藻鑑高)〉 84, 85, 86

〈조대(釣臺)〉 385, 389

조동각(趙東閣) 386, 388

조선 전기 가사 65, 69, 70, 76, 120, 121

조선 전기 가창가사 134, 420

조선 후기 가사 70

조선 후기 가창가사 134

조선 후기 음영가사 109

〈조천곡〉 39, 40

조합형 사설짜기 344

조흥구(助興句) 327, 328, 344

존재 양태 28

종결규칙 13, 14, 32, 66, 67, 68, 70, 83, 89, 90, 116, 117

종결규칙 탈락 70, 89, 105

종결어미 47

종묘제례악 412

종장 68, 118

종장의 규칙 250

종지 143, 302

종지 선율 143, 161, 227, 311, 314

종지음(終止音) 161

종지 행 311

종지형 189

「주국장(周國章)」 294

주선율 228, 264

주술적 기능 15, 17

『주역(周易)』 391

『주역상사(周易象辭)』 390

『주역전주(周易傳註)』 391

『주역주소(周易註疏)』 390

『주역집주(周易集註)』 390

『주역집해(周易集解)』 390

주요 선율 254, 263, 266, 297, 302, 304, 311, 314

주음(主音) 161

〈주중정신(酒中精神)〉 61

〈주하건계(舟下建溪)〉 388

〈죽지가〉 400

〈죽지사(竹枝詞)〉 124, 125, 127, 243, 258, 268, 332, 337, 340, 345, 347, 404, 405, 406, 407, 409

줄글체 62, 63

중강(中腔) 33

〈중광(重光)〉 166, 286

중국 21, 24, 25, 55, 58, 89, 97, 106, 108, 109, 110

중대엽(中大葉) 190, 191, 256, 393

중복음 231

중소(仲素) 윤이지(尹履之) 36

중심음(中心音) 161, 284

중엽(中葉) 33

중장 68

중층적 90

『증보가곡원류(增補歌曲源流)』 209, 325, 337, 409

『증보고금보(增補古琴譜)』 191, 394

〈지로가(指路歌)〉 399, 401

『지봉유설』 39

지속성 105

지속음 231

지화자 328, 347

〈직금면시(織錦回詩)〉 399

〈직녀가(織女歌)〉 403, 407

〈진작(眞勺) 一〉 166, 287

〈진작(眞勺) 二〉 166, 287

〈진작(眞勺) 三〉 166, 287

〈진작(眞勺) 四〉 166, 287

〈진정부〉 59

〈진찬 풍안지악(進饌 豊安之樂)〉 165, 168, 286

〈진학가(進學歌)〉 401

질서감 344

집구(集句) 380, 391

집구 방식 380

집단 이념 118

집단적인 향유 118

〈집령(輯寧)〉 166, 286

〈집장가〉 406

징(바라) 350

ㅊ

차천로(車天輅) 41, 133

찬송가 18, 46, 47, 49, 50, 62

창(唱) 27, 28, 51, 66

창가 18, 46

창법 149

〈창수곡(創守曲)〉 165, 168, 228, 286

창자 135, 139, 149

〈채련곡(采蓮曲)〉 125, 404

채정손(蔡正孫) 387, 388

〈처사가(處士歌)〉 40, 124, 125, 127, 131, 132, 243, 244, 258, 261, 264, 265, 269, 283, 284, 288, 289, 290, 292, 293, 296, 297, 298, 300, 306, 307, 308, 309, 314, 315, 316, 330, 332, 364, 365, 374, 375, 395, 397, 399, 400, 401, 402, 404, 405, 406, 407, 409, 414, 415, 416, 418

〈처용가(處容歌)〉 191, 366, 375, 393

「천희당시화(天喜堂詩話)」 50, 51, 112, 113

〈철변두(徹邊豆) 옹안지악(雍安之樂)〉 166, 168, 287

『청구영언』 40, 108, 111, 207, 215

『청구영언(가람본)』 403, 407, 419

『청구영언(연민본)』 404

『청구영언(육당본)』 41, 75, 121, 122, 123, 124, 125, 126, 127, 128, 132, 134, 140, 141, 142, 143, 147, 148, 209, 215, 337, 397, 404, 407, 408, 409, 410, 412, 419

청산(靑山) 335

〈청산별곡(靑山別曲)〉 136, 138, 139, 162, 163, 165, 177, 178, 224, 225, 228, 229, 230, 231, 234, 238, 266, 268, 269, 270, 273, 278, 281, 285, 335, 343, 348, 350, 366

청성(淸聲) 252

청음(淸陰) 김상헌(金尙憲) 35

〈청음(淸陰)의 한시〉 399

청자(聽者) 139, 149

청탁(淸濁) 161

체계 내적 변화 104

체계 붕괴 104

체계 외적 변화 104

〈천지가〉 400

〈천ᄌ푸리〉 402

〈청강녹슈〉 395, 397

〈청누가〉 401

〈청누별곡〉 401

〈청우원별곡〉 405

초기 가사 58, 64, 71, 73, 81, 109, 246, 256, 416

초기 가창가사 105, 157

초장 68

〈초한가(楚漢歌)〉 399

〈초헌(初獻) 국사(國社)〉 390

〈초헌(初獻) 풍운뇌우(風雲雷雨)〉 390

〈초헌(初獻) 희문(熙文)〉 165, 168, 286

촉진형 104

〈총수(寵綏)〉 166, 287

최다 출현음 163, 164, 165, 167, 168, 169, 176, 228, 284, 289, 317

최저음의 5번째 상위음 163, 164, 165, 167, 168, 169, 204, 226, 284

최치원(崔致遠) 387, 389

최현 57

〈추풍감별곡(秋風感別曲)〉 400, 401

〈추풍사(秋風辭)〉 399

〈춘망(春望)〉 92, 93

춘면(春眠) 331, 335

〈춘면곡(春眠曲)〉 40, 72, 74, 75, 76, 77, 124, 125, 126, 127, 132, 133, 134, 142, 206, 243, 244, 258, 268, 274, 276, 277, 282, 316, 329, 330, 331, 332, 335, 364, 375, 379, 395, 397, 399, 400, 401, 402, 403, 404, 405, 406, 407, 409, 414

〈춘풍감별곡〉 401

〈춘향가〉 208, 221, 222

〈춘향전〉 61

춘흥 331

〈출사표(出師表)〉 399

출현 빈도 163

출현음 159, 161, 169, 231, 284, 285

〈취가(醉歌)〉 329

〈취풍형(醉豊亨)〉 136, 166, 186, 278, 287, 289, 290, 292, 293, 296, 297, 298, 300, 306, 307, 308, 309, 311, 371, 414, 416, 418

〈취풍형〉 「불휘장」 314, 316, 322

취흥(醉興) 215, 340

〈츈몽가〉 400

〈츌실가〉 400

〈치산가〉 401

〈치화평(致和平)〉 136

〈치화평(致和平) 一〉 166, 287

〈치화평(致和平) 二〉 166, 287

〈치화평(致和平) 三〉 166, 287

〈칠월장(七月章)〉 399

〈칠월편(七月章)〉 399, 400

ㅋ

카키노모토아소미히토마로(柿本朝臣 人磨) 106

ㅌ

타악기 350

탁성(濁聲) 252

〈탁정(濯征)〉 166, 287

탄(嘆) 59

〈탄노가〉 402

〈탄속가〉 400

〈탄우가〉 63, 402

탈춤 145

『태서문예신보』 45

〈태평곡〉 395

〈태평사〉 72

텍스트 실현 양상 208

텍스트 존재 양상 208

통사 단락 47, 80, 82

통사적 완결성 374

통시성 17

통시적 18

통일성 344

통절형식 179

통합구성 145

통합학문적 방법 208

〈퇴거가(退居歌)〉 404

퇴계(退溪 : 李滉) 24, 34, 35, 41, 129, 133

〈퇴계가(退溪歌)〉 39, 40, 401, 402, 407

〈퇴계(退溪)의 어부사서(漁父詞序)〉 399

틀 158

━━ ㅍ ━━

파격 71, 90

파생곡 196, 237, 256

파생보격 374

판소리 14, 56, 65, 135, 140, 221, 245

판소리 단가 427

팔역가 64

편(鞭) 268, 269, 270, 271, 272

편구(片句) 71, 77, 78, 81, 83

편사(編辭) 208

평민 14

평민가사 71

평민문학 14, 106

평민층 67

평민화 107

평성침운(平聲侵韻) 93

〈평양가〉 406

평양성 352

평어(評語) 35

평조(平調) 203, 252

〈평조만대엽(平調慢大葉)〉 190

〈평조북전(平調北殿)〉 190

〈평천 벽진리씨 딸래끼리 서로 통정〉 59

평측 93

표기 체계 197

표면 율격 78

표현법 176, 351, 354

풍류방 292, 412

〈풍아별곡(風雅別曲)〉 126, 404

〈풍입송〉 162, 163, 165, 285

피리 346

피리 구음 358

필사 66

필사본 114, 115

━━ ㅎ ━━

하규일(河圭一) 124, 126

하위 시스템 104
하층 91
한·중·일 삼국 시가 119
한계기억용량 65
한국 시가사 420
한국 장가사 393, 420
한국 장가의 역사 255
『한국민요대전』 103
〈한녀자 유행 원부모 형제 붕우〉 59
〈한림별곡(翰林別曲)〉 39, 40, 167,
　171, 173, 174, 186, 190, 191, 247,
　251, 259, 288, 348, 349, 350, 354,
　355, 366, 393
한문 악장 366
한문체 165, 166, 167, 229, 259, 285,
　392
한문체 가사 364
한문체 가요 282, 411
한문체 가창가사 411, 417, 419, 420
한문체 노랫말 197
한문체 12가사 258, 274, 325, 363, 380
한문체 악장 371
한문현토체 127, 128, 162, 165, 166,
　168, 248, 258, 285, 371, 409, 410
〈한별곡(恨別歌)〉 399, 401
『한성순보』 114
한시 25, 51, 101, 107, 111, 113, 128,
　198, 223, 258
〈한양가(漢陽歌)〉 64, 206
〈한양태평가(漢陽太平歌)〉 401
한역시가 219
〈한잔 부어라〉 336

『한중담화(閑中談話)(경북대본)』 401
〈합강정〉 402
합성 138, 223, 225, 238, 338, 363, 414
합성구성 147, 223, 224, 238, 341, 343
해금 350
『해동가곡(海東歌曲)』 400
『해동유요(海東遺謠)』 399, 402
「해동장(海東章)」 373
「희바라니드리는법」 402
핵심 구절 216, 225
핵심 선율 178, 179, 228
행 46, 159, 179, 180, 204, 254, 255,
　273
〈행군악〉 404, 406
〈행로곡〉 247
행수 60, 61, 110, 250
행의 독립성 376
향가 56, 249, 250, 255, 336
『향가(鄕歌)(충남대본)』 401
향가계 256
향가의 형식 256
〈향산록(香山錄)〉 406
향악곡 269
향유 공간 292
향유방식 13, 18, 19, 20, 21, 22, 23,
　24, 25, 26, 27, 28, 29, 30, 31, 32, 46,
　52, 53, 55, 57, 59, 60, 66, 97, 98, 99,
　101, 108, 111, 116, 118, 120, 157
향유방식 변화 19, 20, 20, 21, 31, 32,
　52, 53, 54, 55, 56, 116, 117
향유방식의 구분 21
향유집단 103, 106

허강 33, 34

허굉(許磁) 352

〈혁정(赫整)〉 166, 287

『현금동문유기(玄琴東文類記)』 190, 191, 393, 397

현대시 30

〈현미(顯美)〉 166, 286

현악기 350

현행 〈처사가〉 317, 320, 322

협률대성(協律大成) 405

협의의 가(歌) 58

〈형가(亨嘉)〉 166, 286

형식적 통일성 343

형태론 17, 118

형태 변모 13, 14, 16, 17, 18, 19, 28, 52, 103, 105

형태적 공통성 250

형태적 변모 20, 32, 101, 109

형태적 요소 103

형태적 특성 17

〈호남가(湖南歌)〉 399, 400

〈호남곡(湖南曲)〉 401

〈호서가(湖西歌)〉 399

홍대용 412

홍만종 41, 412

홍주석 34

화답가 359

〈화룡도가〉 406

〈화류가(花柳歌)〉 399

〈화류ᄉᆞ(花柳詞)〉 406

〈화산별곡〉 348, 366

화유(花遊) 378

화자(話者) 222

〈화전별곡〉 401

〈화죠연가〉 401

〈화츙가〉 402

〈화태(和泰)〉 186

〈환별가〉 401

〈환산별곡(還山別曲)〉 40, 41, 42, 124, 125, 127, 129, 130, 131, 132, 404, 407

〈환향별곡〉 400

황계(黃鷄) 328, 329, 360

〈황계가(黃鷄歌)〉 124, 125, 127, 404

〈황계곡〉 395, 397

〈황계사(黃鷄詞)〉 124, 125, 127, 206, 207, 208, 209, 214, 215, 216, 220, 222, 223, 224, 225, 227, 229, 230, 232, 234, 238, 243, 258, 261, 262, 268, 269, 270, 273, 278, 327, 330, 332, 345, 347, 359, 360, 362, 379, 395, 404, 405, 406, 407, 409, 414

〈황계타령(黃鷄打令)〉 207, 316, 395, 396, 397, 404

황진이 30, 68

황진이 시조 69

〈황천가〉 400

황하수(黃河水) 220, 221, 329

황혼 328

〈회심곡(悔心曲)〉 401, 406

〈횡살문(橫殺門)〉 162, 164, 166, 285, 287

〈효양가(孝養歌)〉 399

〈효우가〉 401

후강(後腔) 33

후기 가사 33, 42, 53, 55, 66, 81

후기 음영가사 109

후렴 49, 207

후렴구(後斂句) 47, 49, 128, 170, 207,
    211, 214, 215, 223, 225, 238, 268,
    280, 281, 329, 344, 355, 358, 367,
    381

〈후적벽(後赤壁)〉 399

〈후적벽부〉 400

〈후출사(後出師)〉 399

후행곡 159

후행 장르 426, 427

〈훈가이담〉 59

〈훈민가(訓民歌)〉 401

훈민시조 118

〈휘영(彙永)〉 399

『흠정속문헌통고(欽定續文獻通考)』
    390

〈흥부전〉 344

〈희설가〉 72

기타

1지 68

12가사 45, 54, 121, 122, 123, 124, 134,
    142, 143, 147, 148, 157, 160, 169,
    170, 171, 178, 179, 196, 206, 207,
    217, 224, 243, 245, 249, 255, 261,
    282, 325, 413

12가사의 연원 245, 256

12율명(律名) 252

15세기 91

16세기 42, 72, 84, 129

16정간 255

17세기 32, 59, 68, 72, 117, 132, 133,
    135

18세기 32, 59, 68, 84, 88, 117, 122,
    135, 412

19세기 32, 59, 72, 121

2음보 14, 71, 72, 79, 80, 82, 109

2음보격 14, 78, 82, 83, 90, 103, 117,
    299, 373, 374

2음보 편구 73

2음절 음보 88

2지 68

20세기 32, 91

3·3조 49

3·4조 14, 33, 49, 87

3언 93

3음보격 281, 373

3음절 음보 88

3장 111

3지 68

4보격 128, 129, 365, 367, 368, 370,
    371

4언 109, 366

4언시 371

4음 84, 103, 109, 110

4음2보격 115

4음2음보 116

4음4보격 67, 128, 131, 250, 258, 283,
    329, 414

4음4음보 99, 109, 115, 116

4음4음보 연속체 13

4음보 14, 48, 71, 72, 73, 75, 78, 80,

　　81, 82

4음보격 71, 78, 80, 83, 90, 103, 117,
　　140, 299, 374, 375

4음절 16, 88, 117

4지 68

4·3조 49

4·4조 14, 33, 49, 87, 88, 89, 101, 141

5박 269

5박 장단 244, 269

5박 형식 292, 294

5언 91, 93

5언시 371

5음보 72, 73, 75

5자 96, 109

5장 68

5지 68

5·7 94, 101, 110

5·7·5·7·7 94, 110

5·7·7 94

6구 111

6대강 255

6박 269

6박 장단 179, 244, 269, 270, 273

6박 형식 268, 294

6음보 72, 73, 75

7언 91, 93

7음 103

7자 96, 109

8·8조 49

▌임재욱(林在旭)

서울대학교 국어국문학과를 졸업하고 동대학원에서 석사, 박사 학위를 받았다. 인접 학문이나 예술과의 학제간 연구를 통해 우리 옛 노래의 아름다움과 가치를 찾기 위해 노력하고 있다. 지금까지 「가사의 형태와 향유방식 변화의 관련 양상 연구」, 「12가사의 연원 연구」, 「<서경별곡>에 나오는 '대동강'과 '배'의 상징성」, 「고전시가 작품에 활용된 선어말어미 '-오/우-'의 기능」, 「악신 징치 신화소의 두 가지 유형, 해양형과 내륙형 비교 연구」, 「새로 발견한 육담풍월 <八情詩> 연구」 등 다수의 논문을 집필했다. 현재 서울대학교 기초교육원에서 전임대우강의교수로 재직하고 있다.

이메일 : ym010@hanmail.net

한국시가문학연구총서 21

가사 문학과 음악
노래로 부른 가사의 전통과 연원

2013년 10월 28일 초판 1쇄 펴냄

저 자 임재욱
발행인 김흥국
발행처 도서출판 보고사

등록 1990년 12월 13일 제6-0429호
주소 서울특별시 성북구 보문동7가 11번지 2층
전화 922-5120~1(편집), 922-2246(영업)
팩스 922-6990
메일 kanapub3@chol.com
http://www.bogosabooks.co.kr

ISBN 979-11-5516-088-6 93810
ⓒ 임재욱, 2013

정가 27,000원
이 도서의 국립중앙도서관 출판시도서목록(CIP)은 서지정보유통지원 시스템 홈페이지(http://seoji.nl.go.kr)와 국가자료공동목록시스템 (http://www.nl.go.kr/kolisnet)에서 이용하실 수 있습니다. (CIP 제어번호: CIP2013020899)